श्री राम लीला

ॐ

श्री गणेशाय नमः!

वक्रतुण्ड महाकाय।
सूर्य कोटि समप्रभः।।
निर्विघ्नं कुरुमे देव।
सर्व कार्येषु सर्वदा।।

हे ईश्वर, आपकी काया विशाल और सूँड़ मुड़ी हुई है
तथा आपकी आभा सैकड़ों सूर्यों के समान है।
मेरे द्वारा किए जाने वाले किसी भी कार्य में
आने वाली बाधाओं को दूर कीजिए।

ॐ

श्री राम लीला

वनमाली

अनुवाद : आशुतोष गर्ग

MANJUL
मंजुल पब्लिशिंग हाउस

MANJUL
मंजुल पब्लिशिंग हाउस
कॉरपोरेट एवं संपादकीय कार्यालय
द्वितीय तल, उषा प्रीत कॉम्प्लेक्स, 42 मालवीय नगर, भोपाल-462 003
विक्रय एवं विपणन कार्यालय
7/32, भू तल, अंसारी रोड, दरियागंज, नई दिल्ली-110 002
वेबसाइट : www.manjulindia.com
वितरण केन्द्र
अहमदाबाद, बेंगलुरू, भोपाल, कोलकाता, चेन्नई,
हैदराबाद, मुम्बई, नई दिल्ली, पुणे

आर्यन बुक्स इंटरनैशनल
के सहयोग से प्रकाशित

वनमाली द्वारा लिखित मूल अंग्रेजी पुस्तक
श्री राम लीला का हिन्दी अनुवाद

यह हिन्दी संस्करण 2016 में पहली बार प्रकाशित

ISBN 978-81-8322-767-4

अनुवाद : आशुतोष गर्ग

मुद्रण व जिल्दसाज़ी : मणिपाल टेक्नोलॉजीज़ लिमिटेड, मणिपाल

ॐ

श्री रामाय नमः!

मेरे पिता राम को समर्पित,
जो श्रीराम का जीवंत स्वरूप थे।

ॐ

श्री हनुमंताय नमः!

मैं भगवान हनुमान को प्रणाम करती हूँ,
जो राम की कथा,
रामायण
के एकमात्र साक्षी हैं।

मैं प्रार्थना करती हूँ कि वे हमें इस कथा को
सुनने के लिए कान तथा समझने के लिए हृदय प्रदान करें।

वेदव्ये परे पुंसि जते दशरथात्मजा,
प्रचेतासदासित साक्षात्रमन्यात्मना।

रामायण वास्तव में एक वेद है,
जिसे ऋषि वाल्मीकि ने हमारे सामने प्रकट किया
क्योंकि ईश्वर ने,

जिन्हें केवल वेदों के माध्यम से जाना जा सकता है,
स्वयं को दशरथ-पुत्र राम के रूप में अभिव्यक्त किया था।

अनुक्रमणिका

खण्ड 4

किष्किंधा कांड

खण्ड 5

सुंदर कांड

खण्ड 6

युद्ध कांड

खण्ड 7

उत्तर कांड

प्रस्तावना

परम पूज्य श्री स्वामी सच्चिदानंदजी महाराज

इससे पहले, माता देवी वनमाली की पुस्तक *संपूर्ण कृष्णचरित* को पढ़ने के बाद मैंने उसे बार-बार पढ़ा क्योंकि वह इतनी मनोहर एवं प्रेरणादायक है कि उसे प्रत्येक बार पढ़ने से और अधिक सुख मिलता था। जब लेखिका ने टेलीफ़ोन करके बताया कि वे *संपूर्ण रामचरित* प्रकाशित करवा रही हैं और मुझसे पूछा कि क्या मैं उस पुस्तक की प्रस्तावना लिख दूँगा, तो मैं यह सोचकर प्रसन्नता से भर उठा कि मुझे शीघ्र ही उसकी पांडुलिपि पढ़ने को मिलेगी।

मैं इस बात से अत्यंत प्रसन्न हूँ कि देवी वनमाली को *संपूर्ण रामचरित* लिखने की प्रेरणा मिली। यह *संपूर्ण कृष्णचरित* से इस मायने में भिन्न है कि इस शानदार पुस्तक को पढ़ने वाला कोई भी व्यक्ति भाव-विभोर हुए बिना नहीं रह सकता। हालांकि यह पुस्तक एक अवतार के जीवन से संबंधित है, जिसने हर क़ीमत पर धर्म की रक्षा करके आदर्श पुरुष की भूमिका निभाई, राम को इस पृथ्वी पर बाल्यकाल एवं वैवाहिक जीवन के कुछ वर्ष छोड़कर, अपने निवास के दौरान जिन परीक्षाओं और पीड़ाओं से गुज़रना पड़ा, वे अत्यंत कठिन एवं मार्मिक थीं।

जैसा लेखिका ने कहा, *रामायण* एक प्रेम कथा है। श्रीराम सीता देवी से बहुत प्रेम करते थे। उनके मन में अपने पिता, माताओं, भाइयों तथा अपनी प्रजा के लिए भी बहुत प्रेम था, किंतु धर्म के प्रति उनका प्रेम इन सबसे ऊपर था। उन्होंने धर्म की रक्षा के लिए अपनी पत्नी, अपने पिता और भाई समेत सब कुछ बलिदान कर दिया। *रामायण* में वर्णित इस तरह की अनेक घटनाएँ संबद्ध पात्रों को आकर्षक ढंग में प्रस्तुत करती हैं, जो हमारे मस्तिष्क पर गहरी छाप छोड़ती हैं तथा हमारे भावों को इतना अधिक उद्वेलित करती हैं कि ऐसा प्रतीत होता है मानो वह दृश्य हमारे सामने ही घट हो रहा हो। हमें ऐसा लगता है कि हम श्रीराम के साथ, अयोध्या से आरंभ करके उन सभी स्थानों पर चल रहे हैं, जहाँ पर मूल दृश्य घटित हुए थे।

रामायण के अनेक पाठक कुछ विवादास्पद बातों को जानकर दुविधा में पड़ जाते हैं, जैसे श्रीराम ने अपनी पत्नी सीता देवी का त्याग क्यों किया जिनसे वे इतना प्रेम करते थे। वन जाने से पूर्व अयोध्या से निकलते समय, उन्होंने अपनी परेशान पत्नी को बाँहों में भरा और उनके आँसू चूमते हुए बोले, "जानकी, तुम्हारे उद्देश्य की दृढ़ता से अनजान होने के कारण मैंने तुम्हें रोकने का प्रयास इसलिए नहीं किया कि मैं तुम्हें छोड़कर जाना चाहता था, अपितु इसलिए कि तुम्हें वन्य जीवन के संकटों से सावधान करना मेरा कर्तव्य था। प्रिय, तुम्हें पता है कि मैं तुम्हें कष्ट नहीं दे सकता। प्रिय सीता, तुम्हारी मोहक अनुपस्थिति में

स्वर्ग का सुख भी मेरे लिए तुच्छ है। मैं भी तुम्हारे साथ जंगल में वनमार्ग के बीच और पहाड़ों पर घूमना चाहता हूँ, इसलिए तुम शीघ्र ही अपने आभूषण एवं मूल्यवान वस्त्र उतार दो और मेरे साथ वन जाने को तैयार हो जाओ।"

उन्हीं राम ने कुछ वर्ष बाद, अपने भाई लक्ष्मण से कहा कि वे सीता को, जो उस समय गर्भवती थीं, वन में ले जाकर अकेला छोड़ दें। यह कैसा त्याग था! और इसका उद्देश्य क्या था? केवल धर्म की रक्षा करना। इसके अतिरिक्त, बालि का वध इत्यादि, ऐसे लोगों के लिए विवादास्पद घटनाएँ हैं जो इस महाकाव्य को केवल शैक्षणिक महत्त्व देते हैं। जबकि ऐसे भक्त, जो श्रीराम से अवतार पुरुष के रूप में प्रेम करते हैं, ईश्वर के प्रत्येक कार्य को आदर्श समझते हैं और उनके मस्तिष्क में कोई प्रश्न नहीं उठता, जानते हैं कि हमारा तुच्छ विवेक ईश्वरीय लीला को समझ नहीं सकता और इसलिए उसे स्वीकार कर लेना श्रेष्ठ है क्योंकि ईश्वर ही जानता है कि क्या सर्वोत्तम है। लेखिका ने इन सब विवादास्पद विषयों को बहुत सुंदर ढंग से समझाने का प्रयास किया है। श्रीराम ने जो कुछ किया, वह धर्म की रक्षा के लिए किया और इसलिए, वह मानवता के हित में था।

इस पुस्तक का सौंदर्य इस बात में है कि यह एक ऐसे व्यक्ति ने लिखी है, जिसके मन में श्रीराम के लिए अगाध प्रेम व निष्ठा है। यह पाठक के मन की उन सूक्ष्म तंत्रियों को स्पर्श करती है, जिनसे असीम आनंद उत्पन्न होता है। हम इसे जितना पढ़ते हैं, हमारे मन में उतनी अधिक निष्ठा विकसित होती है।

जिन लोगों ने *श्रीकृष्ण लीला* पढ़ी है, वे इस पुस्तक को प्राप्त करने के लिए अवश्य उत्सुक होंगे। मेरी इच्छा है कि यह पुस्तक प्रत्येक घर में पहुँचे ताकि इसे पढ़ने, सुनने और श्रीराम के तेजस्वी नाम का जाप करने से सबके हृदय में विशुद्ध प्रेम एवं निष्ठा प्रवाहित हो तथा श्रीराम की शाश्वत उपस्थिति की सुगंध से घर का वातावरण ऊर्जान्वित हो जाए और लोग धार्मिक एवं पवित्र जीवन जी सकें।

ॐ *श्रीराम, जय राम, जय जय राम!*

ॐ

श्री स्वामी सच्चिदानंदजी महाराज (1919-2008), जिनका जन्म के समय नाम अनंतशिवन था, स्वामी रामदास (प्रिय पापा) के निष्ठावान शिष्य थे। वे 1949 में स्वामी रामदास के आश्रम, आनंदाश्रम में रहने लगे जहाँ उन्हें प्रिय पापा से सच्चिदानंद की उपाधि मिली। उन्होंने अपना जीवन अपने गुरुओं, स्वामी रामदास और पूज्य माताजी (प्रिय पापा की निकटतम निष्ठावान भक्त एवं आश्रम समुदाय के लिए मातृ-सम) की भक्ति में व्यतीत कर दिया। स्वामी सच्चिदानंदजी ने *'द गॉस्पल ऑफ़ रामदास'* में अपने गुरुओं के दैनिक जीवन का वर्णन किया है। उन्होंने 1989 में माताजी से आनंदाश्रम के संचालन का कार्य विरासत में पाया, जिसे उन्होंने बड़े प्रेम, करुणा एवं निष्ठा के साथ किया।

प्रस्तावना

परम पूज्य श्री स्वामी कृष्णानंदजी महाराज

ऋषि वाल्मीकि द्वारा रचित *रामायण* संस्कृत भाषा की उत्कृष्ट साहित्यिक कृति है। यह सौंदर्य, शैली और विन्यास की दृष्टि से श्रेष्ठ है। *रामायण* और "गायत्री मंत्र", दोनों 'तत्' शब्द से आरंभ होते हैं और यह माना जाता है कि "गायत्री मंत्र" के चौबीस "बीज अक्षर" *रामायण* में छिपे हुए हैं - प्रत्येक हज़ारवें श्लोक का प्रथम शब्द, क्रमानुसार, गायत्री के एक शब्द से आरंभ होता है। पवित्र रामायण को स्वयं एक वेद माना जाता है : *"वेदाः प्रचेतियासात असीद साक्षात् रामायणत्मना।"* आध्यात्मिक जिज्ञासु इसे जीवन की समस्याओं से सुरक्षा पाने के लिए पढ़ते हैं और यह मानते हैं कि यह कवच का काम करती है। कुछ लोग हनुमान की शक्ति और उनके साहस को आत्मसात करने के लिए *रामायण* के पाँचवें सर्ग "सुंदर कांड" को नियमित रूप से पढ़ते हैं। वाल्मीकि कृत *रामायण* के अर्थ की गहराई को पूरी तरह कोई नहीं समझ सकता।

सामान्य तौर पर, *महाभारत* को सुबह के समय, रामायण को दोपहर में और *श्रीमद् भागवतम्* का पाठ सायंकाल में किया जाता है। इसका वर्णन करने वाला संस्कृत श्लोक इस प्रकार है : अच्छे लोग सुबह द्यूत खेलते हैं (अर्थात वे *महाभारत* पढ़ते हैं), दोपहर के समय स्त्रियों की बात करते हैं (*रामायण* में राम की पत्नी सीता के संदर्भ में) तथा रात्रि को चोरी करते हैं (अर्थात *श्रीमद् भागवतम्*)।"

रामायण में अनेक विसंगतियाँ हैं, जैसे श्रीराम के राज्याभिषेक के समय भरत का अनुपस्थित होना, राम द्वारा पेड़ के पीछे से छिपकर बालि पर वार करना तथा गढ़े गए आरोपों के लिए बालि को दोषी मानना। वाल्मीकि ने राम के अंदर ऐसे मानवीय पक्ष को उत्पन्न किया है, जिसे समझ पाना असंभव है - एक ही व्यक्ति, ईश्वर की शक्ति और मनुष्य की दुर्बलता, दोनों को एकसाथ निरूपित करता है। भक्तगण, आदर्श पुरुष के इस प्रस्तुतिकरण की पूरी तरह उपेक्षा करते हैं अथवा इसका आलोचनात्मक विश्लेषण करते हैं। किसी भी तरह देखें, *रामायण* में मस्तिष्क को अनुशासित करके ईश्वर एवं मनुष्य को एक ही व्यक्ति के भीतर समाहित करने का प्रयास किया गया है। वाल्मीकि ने प्रायः राम को नारायण - परमेश्वर कहा है। कहते हैं, अंत समय में रावण ने राम के भीतर शक्तिशाली विष्णु अर्थात ब्रह्मांड के ईश्वर के दर्शन किए थे।

प्रत्येक व्यक्ति को *रामायण* का श्रमपूर्वक अध्ययन करना चाहिए ताकि इसमें प्रयुक्त भाषा की गरिमा तथा इसमें प्रतिपादित संदेश को समझा जा सके। *रामायण* में ईश्वर के कार्य करने के रहस्यमयी तरीक़े तथा मानव द्वारा लिए जाने वाले निर्णयों की अस्थिरता को

दर्शाकर, ईश्वर को नीचे पृथ्वी पर उतारा एवं पृथ्वी को ऊपर स्वर्ग तक उठाया गया है। चूंकि इस तरह का मिश्रण मानवीय बोध के लिए अकल्पनीय है, इसलिए पंडितों, कथावाचकों एवं विद्वानों द्वारा *रामायण* की अनंत प्रकार से व्याख्या की जाती है।

यह निश्चित है कि *रामायण* के गहन अध्ययन से पाठक का मन असाधारण बल और असीम अनुकंपा से भर उठता है। वाल्मीकि कहते हैं कि सूर्य और चंद्रमा के रहने तक *रामायण* की महिमा रहेगी। राम के राज्य और उनके प्रशासनिक कौशल के आश्चर्यजनक विवरण, स्वर्ग में जीवन की परिस्थितियों को सही ढंग से दर्शाते हैं। *रामायण* एक महान ग्रंथ है। जीवन के प्रत्येक पक्ष में, राम के साहसिक एवं समर्पित मार्ग की अपार महिमा है।

माता देवी वनमाली ने *रामायण* के जटिल अर्थों को खोजकर तथा शानदार वाक्य-विन्यास द्वारा, इसे आधुनिक मस्तिष्क के लिए आकर्षक बनाया है तथा धार्मिक समुदाय की विलक्षण सेवा की है।

श्रीरामचंद्र भगवान की जय!

ॐ

श्री स्वामी कृष्णानंदजी महाराज (1922-2001) चालीस वर्षों तक डिवाइन लाइफ़ सोसाइटी के महासचिव, शिवानंद साहित्य प्रसार समिति के अध्यक्ष तथा डिवाइन लाइफ़ सोसाइटी की मासिक पत्रिका, *द डिवाइन लाइफ़* के संपादक थे। इन्हें 1946 में स्वामी शिवानंद ने संन्यास की दीक्षा दी। ये 2001 में अपने अंतकाल तक भारत में ऋषिकेश के पास स्वामी शिवानंद के आश्रम में रहे। इन्होंने संस्कृत ग्रंथों एवं अद्वैत दर्शन का गंभीर अध्ययन किया और इनकी अपने गुरु स्वामी शिवानंद द्वारा लिखित पुस्तकों के प्रति विशेष निष्ठा थी। इन्होंने इकतालीस पुस्तकें लिखीं, जिनमें *'द रिअलाइजेशन ऑफ़ द एब्सोल्यूट'*, *'द स्टडी ऐंड प्रेक्टिस ऑफ़ योग'*, *'द फ़िलॉसोफ़ी ऑफ़ लाइफ़'* तथा *'लेसन्स ऑन द उपनिषद्स'* प्रमुख हैं।

ॐ

रामभद्राय नमः!

भूमिका

श्री राम रामेति रामेति रमे रामे मनोरमे,
सहस्रनाम तत्तुल्यं रामनाम वरानने।

राम के नाम का बारंबार उच्चारण करना,
विष्णु के सहस्त्र नामों का जाप करने के समान है।

यह पृथ्वी पर राम के रूप में ईश्वर के सातवें अवतार की कथा है, जो रघुकुल के वंशज तथा मानव आदर्श के शिखर पुरुष थे। यह कथा उन लोगों के मस्तिष्क को मोहित करती है जिन्होंने, इसे न केवल इसके उद्गम-स्थल भारत में, अपितु विश्वभर में पढ़ा है। राम की कथा तिब्बत, तुर्की, म्याँमार तथा दक्षिण एवं दक्षिणपूर्वी एशिया विशेषकर इंडोनेशिया, मलेशिया और थाईलैंड समेत हर जगह प्रसिद्ध हो गई है। भारत की तरह, बाली और थाईलैंड में श्रीराम की ईश्वरीय अवतार के रूप में पूजा की जाती है।

भारत से बाहर *रामायण* का प्रवाह चार दिशाओं में हुआ है। एक धारा उत्तर की ओर चली गई, जैसा कि तिब्बती और तुर्की पांडुलिपियों से सिद्ध होता है। दो बौद्ध पुस्तकों, *अनामकम जातकम* तथा *दशरथ कथानकम* के चीनी अनुवाद को देखने से चीन में इसकी उपस्थिति का पता लगता है। दूसरी दिशा इंडोनेशिया की ओर गई। जोगजकार्ता में चौदहवीं शताब्दी के दो प्राचीन शिव मंदिरों तथा पूर्व जावा के पंतारण के प्राचीन मंदिर की शिलाओं पर इस महाकाव्य के दृश्य देखने को मिलते हैं। बाद में, इंडोनेशिया व मलेशिया में *रामायण* की विषयवस्तु पर विस्तृत साहित्य की रचना की गई। इस महाकाव्य की तीसरी धारा भारत-चीन, थाईलैंड और म्याँमार की ओर प्रवाहित हुई। सातवीं शताब्दी के शिलालेख दर्शाते हैं कि उन क्षेत्रों में वाल्मीकि कृत *रामायण* बहुत लोकप्रिय थी। थाईलैंड में पढ़ी जाने वाली राम की कथा को *राम क्यिन* कहते हैं। बर्मी रूपांतरण, जो देश की सबसे महत्त्वपूर्ण काव्यात्मक रचना है, इसी पर आधारित है और इसे *राम यगन* कहते हैं। राम कथा की चौथी धारा पाश्चात्य यात्रियों एवं धर्म प्रचारकों की रचनाओं में मिलती है, जो पंद्रहवीं शताब्दी के बाद से भारत के दौरे पर आए थे। ये रचनाएँ अंग्रेज़ी, फ़्रांसीसी, स्पेनिश तथा डच समेत अनेक यूरोपीय भाषाओं में मिलती हैं।

यह देखकर आश्चर्य होता है कि स्थानीय घटनाओं पर आधारित यह रामकथा

विश्वभर में लोकप्रिय है और इतने वर्षों बाद भी यह पहले की तरह प्रभावित करती है। ऐसा इसलिए है क्योंकि यह कथा कुछ ऐसी विशिष्ट सनातन सत्य बातों पर आधारित है जो मनुष्य स्वभाव को सहज ही आकर्षित करती हैं। वास्तव में, इन मूल्यों का सार्वभौमिक आकर्षण इतना अधिक है कि राम का चरित्र संप्रदाय, धर्म, जाति तथा देश की सीमाओं से ऊपर उठ गया है। निश्चय ही, इस कथा में मानवीय मस्तिष्क और हृदय को स्पर्श करने का सामर्थ्य है।

रामायण प्राचीन इतिहास हो सकता है, किंतु आधुनिक संदर्भ में भी इसका गहरा अर्थ है। हम ऐसे युग में जी रहे हैं जिसमें मानवीय अस्तित्व के अर्थ को लेकर दुविधा है और ईश्वर के अस्तित्व पर संदेह होता है। हम यह सोचकर परेशान रहते हैं कि ऐसे समय में जबकि सारा संसार उन्मत्त हो गया है, सत्य एवं प्रेम का अर्थ पता नहीं लगता और जहाँ ऊपर से नीचे तक घृणा एवं आत्म-हित ही आचरण के नियम बन चुके हैं, हम पवित्रता से कैसे रह सकते हैं। इन दुविधाजनक प्रश्नों का उत्तर *रामायण* में मिल सकता है क्योंकि मानव स्वभाव में इतने वर्षों में भी कोई बदलाव नहीं आया है। परिस्थितियाँ बदल सकती हैं, अवतार आते जाते हैं, किंतु मानव स्वभाव में परिवर्तन नहीं आता। हालांकि समाज की प्रगति के लिए मनुष्य बदल सकता है और उसे बदलना भी चाहिए, और इस पुस्तक के पात्र भी अनुकरणीय हैं। हम जब यह पढ़ते हैं कि राम और सीता ने अपने-अपने जीवन की परीक्षाओं एवं पीड़ाओं का कितने साहस के साथ सामना किया तो उससे हमारे जीवन में भी बदलाव आ सकता है। इसी में राम की महानता है। हम जब कृष्ण की कथा को पढ़ते हैं तो हमें पता लगता है कि यह ईश्वर की कथा है - एक ऐसा दिव्य पुरुष, जिसने प्रत्येक परिस्थिति को अपने वश में रखा और कभी उसका शिकार नहीं हुआ। इसीलिए, कृष्ण को पूर्ण अवतार कहा जाता है। हालांकि राम के संदर्भ में एक अंतर है। राम के समय में, ईश्वर ने हमें यह दिखाने के लिए समस्त दुर्बलताओं के साथ मानव शरीर धारण किया कि धार्मिक जीवन की अभिलाषाओं को किस तरह तृप्त किया जा सकता है। राम के माध्यम से हम यह सीखते हैं कि यदि हम अपने अहंकार को वश में कर लें, संसार के हितार्थ जिएँ तथा समाज में अपने विशिष्ट स्थान से जुड़े दायित्त्वों व कर्तव्यों के अनुसार कार्य करें तो हम किस तरह अपनी दुर्बलताओं पर विजय प्राप्त करके दिव्य बन सकते हैं। वाल्मीकि कृत राम, ऐसे पुरुष का स्वरूप है जो नश्वरता की सीमाओं को झकझोरकर, सत्य एवं सम्मान का कड़ाई से अनुपालन करके दिव्यता प्राप्त करता है। कृष्ण की भांति, यदि राम समस्त मानवीय मनोभावों से ऊपर उठ जाते तो भारतीयों के मन पर उनका इतना गहरा प्रभाव नहीं पड़ता। हालांकि वाल्मीकि के राम में, औसत पुरुष के समस्त गुण - आसक्ति, इच्छा, क्रोध, प्रेम, करुणा एवं स्थिरता मौजूद हैं। उनके पात्र की महानता इस बात में निहित है कि उन्होंने अपने पात्र की बाधाओं पर विजय प्राप्त की, स्वयं को उत्तम बनाया, अपने कर्तव्य को निजी चिंताओं से ऊपर रखा और महामानव बन गए। हम सब, कितने भी दुर्बल क्यों न हों, इस तरह की पूर्णता प्राप्त कर सकते हैं। यही कारण है कि *रामायण* इतनी लोकप्रिय है। राम सभी पुरुषों के लिए, तथा सीता सभी स्त्रियों हेतु उदाहरण हैं। हम सब लोग उनकी कथा को पढ़ते हुए उनके साथ तादात्म्य स्थापित कर सकते हैं और उन्होंने जिस तरह अपने-अपने पात्र को संपूर्ण बनाया, उसी तरह हम भी

अपने पात्र को संपूर्णता प्रदान करने का प्रयास कर सकते हैं।

रामायण की एक अन्य प्रीतिकर विशेषता, जिसने शताब्दियों तक पाठकों को मंत्रमुग्ध किया, यह है कि सर्वोपरि, यह एक प्रेम कथा है और प्रेम, कठोर से कठोर हृदय की तंत्रियों को भी स्पर्श करने में सफल हो जाता है। परंतु *रामायण* एक अलग तरह की प्रेम कथा है क्योंकि इसमें मानवीय प्रेम के धार्मिक और अधार्मिक दोनों पक्ष मौजूद हैं : पिता का अपने पुत्र के लिए प्रेम, पुत्र का अपने माता-पिता और भाइयों के लिए प्रेम, पति-पत्नी अथवा मित्र का प्रेम और यहाँ तक धर्म द्वारा निंदित प्रेम - दूसरे पुरुष की पत्नी की अभिलाषा। रामायण में ये सभी उच्चतम एवं अत्यंत असाधारण ढंग से चित्रित किए गए हैं।

रामायण के रचयिता ऋषि वाल्मीकि हैं जिन्हें आदिकवि कहा जाता है और *रामायण* को आदिकाव्य कहा जाता है। यह प्रथम भारतीय महाकाव्य भी है और ऋषि व्यास द्वारा रचित *महाभारत* को द्वितीय महाकाव्य मानते हैं।

महाकाव्य में सामान्य तौर पर प्राचीनकाल के महान राजाओं तथा योद्धाओं के जीवन के प्रेरक प्रसंगों का वर्णन किया जाता है। उनके साहसिक कारनामे आचरण के नियम प्रस्तावित करते हैं और पाठकों व श्रोताओं को सकारात्मक ढंग से प्रभावित करते हैं। चमत्कारी घटनाओं को महाकाव्य में रोज़मर्रा की बात समझा जाता है तथा देवता मनुष्य का रूप धारण करके मनुष्यों से संवाद करते हैं ताकि सदाचार की विजय हो और सत्य प्रबल रहे। यूनानी महाकाव्य, *इलियड* तथा *ओडिसी* इन विशेषताओं का प्रतिनिधित्व करते हैं। यूनानी महाकाव्यों का वर्णन घटनाओं के होने के बहुत बाद लिखा गया, किंतु भारतीय महाकाव्यों के रचयिता मुख्य पात्रों के समकालीन थे और उनके द्वारा वर्णित नाटक में उनकी महत्त्वपूर्ण भूमिकाएँ रहती थीं।

जिस समय वाल्मीकि ने *रामायण* की रचना की, उस दौरान भारत सांस्कृतिक एवं नैतिक परिष्कार के शिखर पर था और लोग धर्म अथवा श्रेष्ठ नैतिक मूल्यों के अनुसार जीने के महत्त्व से भली-भांति परिचित थे। इसलिए, वे राम जैसे श्रेष्ठ पात्र के समस्त गुणों को समझने में समर्थ थे, जो धर्म की वेदी पर अपना सर्वस्व बलिदान करने को तत्पर था।

कृष्ण का जीवन, यद्यपि संघर्षों से भरा हुआ था, वह हमारे भीतर केवल आनंद का संचार करता है। परंतु राम की जीवन गाथा पढ़कर हमें दुख होता है। इस दुख की गहराइयों से काव्य की धारा फूटती है जो केवल विषाद द्वारा उत्पन्न हो सकती है। समस्त यूनानी नाटक दुखांत होते हैं क्योंकि यूनानी ऐसा मानते हैं कि मानवीय जीवन की केवल दुखांत घटनाएँ ही मानव स्वभाव का विरेचन करने में सक्षम हैं, जिससे मनुष्य को अपना विकास करने में सहायता मिलती है।

वाल्मीकि मानते हैं, "शोक से श्लोक उत्पन्न होता है।" दुख ही काव्य का उद्गम है। जिस तरह पीड़ा और विषाद मनुष्य के अंतर्मन की तंत्री को स्पर्श करते हैं, उस तरह खुशी और आनंद नहीं कर सकते। छुरी जिस गहराई तक जा सकती है, वहाँ तक अंगुली नहीं पहुँच सकती। हमारे भौतिक संसार में शिशु का आगमन पीड़ादायक रुदन से होता है और वृद्धजन भी सुबकी के साथ हमें छोड़ जाते हैं। हम इन दो पीड़ादायक घटनाओं के

बीच का समय, आँसुओं के सागर में व्यतीत करते हैं, जहाँ डूबने से बचना अत्यंत कठिन होता है।

हम तथाकथित खुशी के तिनकों को पकड़कर, जो इस भौतिक जगत में हमारे समीप से तिरते हुए गुज़रते हैं, स्वयं को डूबने से बचाते हैं और खुश होने का मिथ्या दावा करते हैं। हम अधिकांश समय कोई न कोई कष्ट भोग रहे होते हैं। इसी कारण, दुनिया का सर्वश्रेष्ठ काव्य, दुख की धारा से उत्पन्न हुआ है। *रामायण* इस नियम का अपवाद नहीं है। यह करुणा का महाकाव्य है और जिस तरह से यह मर्म को मरोड़ता है, वह अन्य पुस्तकें नहीं कर पातीं।

कथा आरंभ करने से पूर्व, कुछ संदेहों का निवारण करना उचित होगा जो इस पुस्तक में विभिन्न परिस्थितियों को लेकर पाठक के मन में उत्पन्न हो सकते हैं।

तुलसीदासजी द्वारा राम की कथा को हिंदी में दोबारा सुनाने को लेकर कोई विवाद नहीं है क्योंकि यह भक्ति अथवा निजी ईश्वर, राम के प्रति निष्ठा पर एक स्पष्ट ग्रंथ है। परंतु वाल्मीकि कृत *रामायण* को लेकर कई विवाद हैं क्योंकि इसमें ऐसी बहुत सी घटनाएँ हैं जो आदर्श पुरुष के विषय में हमारी परिकल्पना पर खरी नहीं उतरतीं, जो राम कथा को अपने ढंग से लिखते समय वाल्मीकि का प्रयोजन भी रहा था। इन विवादों में पड़ने से पहले हमें यह समझ लेना चाहिए कि वाल्मीकि मूर्ख नहीं थे। उन्हें यह पता था कि इन घटनाओं को वर्णित करने से उनका वह पात्र कलंकित हो जाएगा जिसे वे आदर्श रूप में प्रस्तुत करना चाहते थे। तब फिर प्रश्न यह उठता है : उन्होंने ऐसा क्यों किया? वे तुलसीदास की भांति, सरलता से उन संदिग्ध परिस्थितियों की उपेक्षा कर, केवल उन घटनाओं का वर्णन कर सकते थे जिनसे उनका नायक अत्यंत अनुकूल ढंग से उभर सकता था। चूंकि वाल्मीकि ने ऐसा नहीं किया, इसलिए हमें यह मानना पड़ेगा कि उन विवादास्पद घटनाओं को अपनी पुस्तक में रखने का कोई कारण अवश्य रहा होगा। वास्तव में, इन परिस्थितियों के रहस्य को सुलझाने से राम का चरित्र प्रकट हो सकेगा तथा *रामायण* का वास्तविक बोध भी हो पाएगा।

राम की कथा आरंभ करने से पूर्व, यह जानना लाभप्रद होगा कि राम, वाल्मीकि की कल्पना मात्र थे अथवा वे कोई ऐतिहासिक पात्र थे। सामान्य तौर पर, ऐसा माना जाता है कि भारत का कोई अभिलिखित इतिहास नहीं है। परंतु हमारे इतिहास अथवा महाकाव्यों - *रामायण* और *महाभारत* में उस समय के भारत के इतिहास का विश्वसनीय विवरण मिलता है। वाल्मीकि, राम के समकालीन थे, इसलिए रामायण वास्तव में उस काल में हुई घटनाओं का प्रत्यक्ष विवरण है। यह आश्चर्य की बात है कि समय के साथ यह सत्य इतना विरूपित कैसे हो गया कि भारत के लोग भी अब राम को काल्पनिक पात्र मानते हैं।

पश्चिम के लोग जब पहली बार भारत आए तो वे यह जानकर अचंभित हो गए कि यदि महाकाव्यों में वर्णित भारतीय इतिहास सही है तो जिन दिनों भारत में गौरवशाली सभ्यता मौजूद थी, उस समय यूरोपीय लोग असभ्य थे और कच्चे हथियार घुमाते फिराते थे। उन्हें यह समझ में आ गया कि इस देश पर अपनी संस्कृति थोपने का एकमात्र तरीक़ा यह है कि हिंदू धर्म के दो सबसे महान देवताओं, राम और कृष्ण का तिरस्कार किया जाए। उन्होंने

यह सिद्ध करने के लिए अथक परिश्रम किया कि दोनों देवता विशुद्ध रूप से काल्पनिक पात्र थे जिन्हें वाल्मीकि और व्यास के उपजाऊ दिमाग़ों ने मूर्त रूप दे दिया। दुर्भाग्य से, अंग्रेज़ी विश्वविद्यालयों में शिक्षित हिंदू कुलीन वर्ग ने इन बातों पर विश्वास कर लिया क्योंकि उनके भीतर यह आस्था पैदा की गई थी कि सभ्यता का आरंभ यूनान से हुआ।

रामायण में वाल्मीकि द्वारा दर्ज भारतीय इतिहास स्पष्ट तौर पर राम के कुल का पूर्ण विवरण देता है। राम सूर्यवंश में जन्मे तथा इक्ष्वाकु कुल के चौंसठवें शासक थे। उनके पूर्ववर्तियों के नाम भी दिए गए हैं। उनकी ऐतिहासिकता को सिद्ध करने के लिए और क्या प्रमाण की आवश्यकता है? पाश्चात्य इतिहासवेत्ता इस बात को सिद्ध करने पर अड़े थे कि राम काल्पनिक पात्र थे।

वाल्मीकि केवल आदि कवि ही नहीं, अपितु सबसे पहले ज्योतिर्विद भी थे और अपने असाधारण खगोलीय पर्यवेक्षण के कारण उनके द्वारा बताई गई सटीक तिथियों का पता लगाना संभव है। उनके द्वारा किया गया भूमंडलीय विन्यास का अध्ययन, समय की कसौटी पर खरा उतरा है तथा आधुनिकतम कंप्यूटर सॉफ़्टवेयर उनकी गणनाओं की पुष्टि करता है। उन्होंने दशरथ (राम के पिता) की राशि का नाम मीन और नक्षत्र का नाम रेवती बताया है। राम इन दोनों नक्षत्रों के संगम के क्षण पर वनवास के लिए निकले थे। आधुनिक गणना के अनुसार यह संगम 5 जनवरी 5089 ई.पू. को हुआ था, जिस समय वाल्मीकि के अनुसार, राम पच्चीस वर्ष के थे। उन्होंने सूर्य ग्रहण का भी उल्लेख किया है। यह ग्रहण राम के साथ खर एवं दूषण नामक असुरों के युद्ध के समय पड़ा था। उन्होंने लिखा है कि वह अमावस्या की रात्रि थी और मंगल ग्रह के एक ओर शुक्र तथा दूसरी ओर बुध था। इन आँकड़ों को जब सॉफ़्टवेयर में डाला गया तो वह तिथि 7 अक्टूबर 5077 ई.पू. प्राप्त हुई थी।

वाल्मीकि द्वारा बताए अन्य खगोलीय विन्यासों का अनुसरण करने से हम देख सकते हैं कि रावण का वध 4 दिसंबर 5076 ई.पू. को हुआ था। राम ने अपना वनवास 2 जनवरी 5075 ई.पू. को चैत्र माह के शुक्ल पक्ष में पूरा किया और वे उनतालीस वर्ष की आयु में अयोध्या लौटे।

भारतीय उपमहाद्वीप में ऐसे तेईस स्थान हैं, जहाँ से राम गुज़रे थे और जहाँ उनके जीवन के स्मृति-चिह्न मौजूद हैं। संपूर्ण हिंदू भारत तथा दक्षिणपूर्वी एशिया के अनेक भाग, राम तथा कृष्ण की ऐतिहासिकता को मानते हैं तथा भारत के अधिकांश त्योहार इन महान अवतारों के जीवन की घटनाओं के इर्द-गिर्द घूमते हैं। ये भारत की सामूहिक चेतना की प्राण शक्ति हैं तथा इसकी विविधता को संगठित राष्ट्र के रूप में बाँधते हैं।

मुख्य कथा पर आने से पूर्व आइए अब हम इस पुस्तक की विवादास्पद परिस्थितियों का विश्लेषण करने का प्रयास करते हैं। इसके लिए हमें *रामायण* के रचयिता, वाल्मीकि के मस्तिष्क को टटोलना होगा ताकि हम यह जान सकें कि वाल्मीकि के अनुसार राम की प्रमुख चारित्रिक विशेषताएँ क्या थीं। केवल ऐसा करने से ही हम राम के विचित्र प्रतीत होने वाले व्यवहार का कारण समझ पाएँगे जिसकी सब तरफ़ निंदा की जाती है और जिसे समझाने में उनके घोर समर्थक भी विफल हो जाते हैं।

राम के पात्र का वह अजेय और ठोस आधार, जिसके चारों ओर वाल्मीकि ने पूरी कथा की रचना की है, राम की धर्म के प्रति पूर्ण एवं स्पष्ट निष्ठा है। यही उनका प्रथम और अंतिम प्यार है। धर्म के प्रति उनके सर्वव्यापी अनुराग के समक्ष, जो कभी-कभी धार्मिक हठ का रूप ले लेता था, उनके जीवन के अन्य सब अनुराग महत्त्वहीन हो गए। यह उनके स्वभाव की मूल विशेषता है। उनके अन्य कार्यों को, जो एक नेक व्यक्ति के विषय में हमारी अवधारणा के विरुद्ध दिखाई पड़ते हैं, समझने से पूर्व हमें उनकी इस विशेषता को समझना होगा। जैसे : राम ने भरत को कहा, "मैं धर्म के मार्ग का अनुसरण करूँगा तथा अपने पिता की इच्छा का पालन करूँगा। धर्मनिष्ठ व्यक्ति को अपने गुरु की आज्ञा का पालन करना चाहिए; उसे स्वयं के साथ सत्यनिष्ठ रहना एवं अपने दिए वचन का पालन करना चाहिए।"

हिंदू परंपरा के अनुसार, ब्रह्मांड का संचालन करने वाले तीन नियम हैं : ऋत, सत्य और धर्म। पहले दोनों ब्रह्मांडीय नियम हैं जिसका अर्थ मानव जीवन में धर्म है। जो अपने जीवन को इस धर्म पर आधारित करता है, वह अपने साथ और ब्रह्मांड के नियमों के साथ सत्यनिष्ठ रहता है और इसलिए ऐसे व्यक्ति को आदर्श पुरुष कहा जा सकता है। श्रीराम ऐसे ही एक पात्र का मानवीकृत रूप हैं। वे धर्म के अवतार हैं। *महाभारत* में यह भूमिका युधिष्ठिर ने निभाई थी हालांकि वह राम जितना आदर्श रूप नहीं था।

ऋत और सत्य के ब्रह्मांडीय नियम, जब मानवीय मस्तिष्क से परावर्तित होते हैं तो विरूपित हो जाते हैं और इसीलिए हम देखते हैं कि हम में से अनेक लोग पूरी तरह धार्मिक बनने का अथक प्रयास करते हैं किंतु हमें हमेशा सफलता नहीं मिलती। यहाँ तक कि ईश्वर भी, जब मानव शरीर धारण करते हैं, तो माया से प्रभावित लगते हैं। इसी कारण हम अनेक बार देखते हैं कि श्रीराम मानवीय भावना की दुर्बलताओं के शिकार हो जाते हैं। उदाहरण के लिए, सीता को खोकर वे एकदम उन्मत्त हो जाते हैं और अपनी पत्नी से बिछड़ने के बाद किसी मोहित पति की भांति रोने लगते हैं। परंतु वाल्मीकि द्वारा राम को ऐसी दशा में दिखाने के पीछे एक और कारण था। सीता के प्रति अगाध प्रेम के बावजूद, वे राजा के रूप में धर्म के प्रति सत्यनिष्ठ रहने के लिए अपनी पत्नी का त्याग करने को भी तैयार थे। राम ने दर्शाया कि राजा की प्रथम निष्ठा, अपने राष्ट्र एवं उसके नागरिकों के प्रति होती है तथा प्रजाधर्म को सदा निजी सुख से ऊपर रखना चाहिए। यह बात सरकारी पद पर आसीन प्रत्येक व्यक्ति पर लागू होती है। यदि सब राजनीतिज्ञ इस नियम का पालन करें तो प्रत्येक राष्ट्र में रामराज्य आ जाएगा। यह बात सिद्ध करने के लिए वाल्मीकि ने राम की अपनी से पत्नी प्रगाढ़ता दर्शाने का कोई अवसर नहीं गँवाया। उस युग की परंपराओं को देखते हुए यह अस्वाभाविक था कि ऐसे समय में, जबकि राजाओं के लिए अनेक पत्नियाँ रखना सामान्य बात थी, राम ने सीता के निर्वासन के बाद पुनर्विवाह करना स्वीकार नहीं दिया। इससे वाल्मीकि हमें जो बात सिखाना चाहते हैं वह "यह नहीं है कि राम सीता से कम प्रेम करते थे, अपितु यह कि राम को धर्म से अधिक लगाव था।"

जैसा कि ऊपर कहा गया है राम का जीवन यह दर्शाता है कि जब मनुष्य किसी भी मूल्य पर धर्म की रक्षा करना चाहता है तो उसे अन्य समस्त प्रीतिकर वस्तुओं का त्याग

करने के लिए तत्पर रहना चाहिए। धर्म एक कठोर अनुशासक है तथा अपने मार्ग से भटकना सहन नहीं करता। जो व्यक्ति आँख बंद करके धर्म के मार्ग पर चलता है, उसे राम की भांति, यह पता लगता है कि अपनी धारणाओं की रक्षा हेतु अत्यंत घनिष्ठ सांसारिक आसक्ति का भी त्याग करना पड़ता है। *रामायण* बहुत रोचक कथा है क्योंकि जिस समय राम के लिए धर्म की वेदी पर बलिदान देने का समय आता है तो हम उन्हें किसी साधारण मनुष्य की भांति घोर पीड़ा व दुख भोगते हुए देखते हैं। दूसरी ओर, हम यह भी देखते हैं कि इतना दुख सहने के बावजूद वे अपने कड़े आदर्शों से नहीं डिगते और अपने प्रिय भाई लक्ष्मण का त्याग करने से भी हिचकिचाते नहीं हैं। हम लोग सहज नैतिकता के युग में जीते हैं, जहाँ आत्म-लाभ के लिए आदर्शों को आसानी से त्याग दिया जाता है, जहाँ लोभ एवं स्वार्थ का अनुसरण किया जाता है। ऐसे में हमें राम मूर्ख प्रतीत हो सकते हैं, किंतु प्राचीन भारतीय समाज के लोग राम को भगवान मानते थे क्योंकि केवल भगवान ही पूरी तरह आत्म-लाभ से मुक्त होकर कार्य कर सकते हैं। इसी कारण, तुलसीदास ने राम को देवता के रूप में प्रस्तुत किया है और इसीलिए उनका चित्र प्रत्येक हिंदू वेदिका पर मिलता है। वैदिक काल से जो नैतिक शिक्षा भारतीय लोगों के मन में बैठाई गई है, हम बेशक उसका अनुसरण न कर पाएँ, किंतु वह कम से कम देवत्व को समझने में हमारी सहायता करती है। दुर्भाग्य से, युवा पीढ़ी ने यह समझने का प्रयास नहीं किया कि वाल्मीकि ने इस तरह के पात्र का वर्णन क्यों किया। वे बिना उसके महान उद्देश्य को जाने, राम के कुछ कृत्यों की भर्त्सना करते हैं। राम को आदर्श पुत्र, भाई, मित्र और पति माना गया है। उन्होंने निस्संदेह अपनी प्रत्येक भूमिका को कुशलता से निभाया, किंतु अंत में उन्हें सब लोगों का त्याग करना पड़ा जिनसे वे अतिशय प्रेम करते थे। *रामायण* अत्यंत कारुणिक कथा है जो प्रभुता की उदात्त ऊँचाइयों तक उठकर दिव्यता के शिखर को प्राप्त करती है क्योंकि कोई साधारण मनुष्य निर्दयी होने की सीमा तक निस्वार्थी नहीं हो सकता। उन्होंने जो भी भूमिका निभाई, इस नियम का सदैव पालन किया : क्या मैं धर्म के अनुसार कार्य कर रहा हूँ? इस अग्निपथ पर चलते समय उन्होंने स्वयं को अनेक बार जलाया तथा अपने पिता से आरंभ करके अपने प्रियजनों की मृत्यु में महत्त्वपूर्ण भूमिका निभाई। दुखद अंत होने तक राम, जिस धर्म का पालन करते रहे, उस धर्म के कठोर नियम की रक्षा हेतु राम को अपने प्रत्येक प्रियजन की यज्ञ के समान आहुति देनी पड़ी।

"अयोध्या कांड" में हम देखते हैं राम की विमाता कैकेयी राम के पिता को दो वचन देने के लिए कहती है जो उन्होंने कैकेयी से वादा किया था - अपने पुत्र भरत को राजप्रतिनिधि बनाया जाए और राम को चौदह वर्ष के लिए वनवास दिया जाए। राम ने अपने राज्याभिषेक से एक दिन पूर्व संध्या को जब अपनी विमाता का यह कठोर आदेश सुना तो वे बिलकुल नहीं हिचकिचाए। उनके पिता अपार दुख के कारण कुछ नहीं बोल सके किंतु राम ने सहर्ष उस प्रस्ताव को मान लिया तथा अपने पिता द्वारा कैकेयी को दिए वचन का पालन करने हेतु अयोध्या का राजसिंहासन त्यागने के लिए तैयार हो गए। वे धर्मानुचर की अपनी भूमिका के प्रति निष्ठावान रहते हुए, राजसी जीवन की महिमा, अपनी नव-विवाहिता पत्नी, प्रिय भाइयों और माता-पिता का त्याग करके चौदह वर्ष अकेले वन में

भटकने के लिए पूरी तरह तैयार थे। उनके पिता से यह कष्ट सहन नहीं हुआ तथा दुख से उनकी मृत्यु हो गई।

एक अन्य विवाद राम के द्वारा ताड़का के वध तथा शूर्पणखा को विरूपित करने के संदर्भ में उठता है। उन्होंने स्त्रियों के साथ ऐसा कैसे कर दिया? यहाँ फिर से, हमें इसे समझने के लिए उनकी धर्मरक्षक की भूमिका को देखना होगा। राजा होने के नाते उनका एक दायित्व यह सुनिश्चित करना था कि ऋषियों की पूजा-अर्चना में कोई बाधा न आए। यह इसलिए आवश्यक था क्योंकि राष्ट्र की समृद्धि एवं उसका कल्याण इस पर निर्भर करता था। ऋषिगण निस्संदेह अपने क्षेत्र की रक्षा करने में पर्याप्त रूप से सक्षम थे किंतु किसी की हत्या करने से उनकी अहिंसा की प्रतिज्ञा का उल्लंघन होता था। इससे तप द्वारा प्राप्त उनकी अलौकिक शक्तियों का क्षय होता था इसलिए वे सदैव राजा से सहायता माँगते थे क्योंकि सुरक्षा प्रदान करना राजा का धर्म होता है। राम ने हर क़ीमत पर यज्ञ की रक्षा करने का वचन दिया था इसलिए विश्वामित्र ने उनसे सहायता माँगी। यही कारण था कि इस बात से कोई अंतर नहीं पड़ा कि तपस्या भंग करने वाला दोषी, पुरुष था अथवा स्त्री।

शूर्पणखा की कहानी अलग थी। वह कामुक राक्षसी राम पर इतनी मोहित हो गई कि वह ज़बर्दस्ती उन्हें प्राप्त करना चाहती थी। उसे लगा कि सीता ही उसके मार्ग की एकमात्र बाधा है, तो वह सीता पर झपटी और यदि राम बीच न आए होते, तो वह सीता को एक क्षण में खा ही जाती। अपनी निर्दोष पत्नी की रक्षा करना राम का कर्तव्य था, किंतु उन्हें शूर्पणखा का वध करना उचित नहीं लगा क्योंकि वह एक स्त्री थी तथा उसका दोष सिर्फ़ इतना था कि वह राम को पसंद करती थी। हालांकि, राम उसे बिना दंड दिए छोड़ नहीं सकते थे। यदि वे ऐसा करते तो शूर्पणखा निश्चित रूप से अधिक हठी बनकर लौटती और अवसर देखकर, जब राम अपनी पत्नी के निकट नहीं होते, वह सीता को मार सकती थी। इसलिए उन्होंने लक्ष्मण से शूर्पणखा को कुरूप बनाकर उसे सबक़ सिखाने के लिए कहा।

अगली विवादपूर्ण घटना है, जब राम ने पेड़ के पीछे छिपकर बालि को मारा। इसे समझने के लिए हमें राम द्वारा सुग्रीव को दिए वचन को याद करना होगा। जब राक्षसराज रावण ने सीता का हरण कर लिया तो राम बहुत परेशान हो गए। उस समय उनका सर्वप्रथम धर्म किसी भी क़ीमत पर अपनी पत्नी को छुड़ाना था। इस कार्य को पूर्ण करने के लिए हनुमान ने राम को वानरों के अपदस्थ राजा सुग्रीव से मित्रता करने का आग्रह किया ताकि बाद में सुग्रीव को उनकी सहायता करने के लिए बाध्य किया जा सके। यह मैत्री-संधि अग्नि के समक्ष संपन्न हुई। राम और सुग्रीव ने अग्नि के तीन फेरे लिए और राम ने सुग्रीव को यह वचन दिया कि वे बालि को मारकर सुग्रीव को उसका राज्य वापस दिलवाएँगे तथा सुग्रीव ने भी राम को वचन दिया कि वह सीता को छुड़वाने में उनकी सहायता करेगा। धर्म के प्राचीन नियमों के अनुसार अपनी पुत्री, पुत्र-वधू अथवा छोटे भाई की पत्नी के साथ व्यभिचार करने पर मृत्युदंड दिया जाता था। सुग्रीव के बड़े भाई बालि ने सुग्रीव की पत्नी रूमा का हरण किया, जैसे रावण ने सीता का हरण कर लिया था और अब राम धर्म की रक्षा हेतु बालि का वध करने के लिए बाध्य थे। वे अपने मित्र को दिए इस वचन का पालन करने के लिए भी बाध्य थे कि वे बालि को पदच्युत करके, किष्किंधा

का राज्य तथा सुग्रीव को उसकी पत्नी रूमा भी वापस दिलवाएँगे।

कोई यह पूछ सकता है कि राम ने बालि के साथ आमने-सामने युद्ध क्यों नहीं किया। बालि भक्त था और राम उसे कभी न मार पाते क्योंकि युद्ध के समय बालि उनसे दया की भिक्षा माँगने लगता। उस समय राम दुविधा में पड़ जाते : वे न तो बालि को मार पाते, जैसे कि होना चाहिए था क्योंकि उसने अपने छोटे भाई की पत्नी के साथ अनुचित व्यवहार किया था और न ही राम सुग्रीव को दिए वचन की रक्षा कर पाते। यह सब सोचकर राम ने यह निर्णय लिया कि बालि को छिपकर मारना ही एकमात्र उपाय है। इस तरह उन्होंने राजा की भांति, न्याय करके धर्म की रक्षा की और साथ ही अपना वचन निभाकर मित्र-धर्म का भी पालन किया।

अंतिम और सबसे गूढ़ दो घटनाएँ, जिनकी सबने समान रूप से निंदा की, सीता से संबंधित हैं। राम ने सीता की अग्नि परीक्षा क्यों ली तथा सीता को उनके गर्भवती होने के समय जंगल में क्यों भेज दिया? वाल्मीकि ने अग्नि परीक्षा से पूर्व असंख्य दृष्टांत लिखे हैं जिनसे यह स्पष्ट सिद्ध होता है कि राम अपनी पत्नी को कितना अधिक प्रेम करते थे। उनके लिए किसी अन्य स्त्री का महत्त्व नहीं था और न कभी होगा। वास्तव में, ऐसे अनेक दृश्य हैं जहाँ राम अपनी पत्नी के वियोग में बुरी तरह रोते-तड़पते प्रतीत होते हैं। यहाँ तक कि लक्ष्मण ने भी उन्हें एकाध बार टोकते हुए कहा कि इस तरह का व्यवहार उन्हें शोभा नहीं देता। वाल्मीकि ने जान-बूझकर यह दिखाने के लिए ऐसे दृश्य डाले कि राम अपनी पत्नी से कितना प्रेम करते थे। किसी स्त्री को सीता जितना प्रेम प्राप्त नहीं हुआ। यद्यपि सीता कामुक रावण की नगरी में रहीं, राम को सीता की शुचिता पर बिलकुल संदेह नहीं था क्योंकि वे जानते थे कि सीता की आंतरिक पवित्रता उनकी रक्षा करेगी। परंतु राजा के धर्म के लिए यह आवश्यक था कि वे सीता की शुचिता को सार्वजनिक रूप से प्रदर्शित करें। उनका धर्म कहता था कि राजा की पत्नी कानून से ऊपर नहीं होती अन्यथा वे अपनी प्रजा के समक्ष बुरा उदाहरण प्रस्तुत कर बैठते जो उन्हें सदाचारी शासक मानती थी। यह जानते हुए की "राजा की पत्नी को संदेह से ऊपर होना चाहिए," राम ने अपनी प्रिय सीता से अग्नि में प्रवेश करने के लिए कह दिया। उन्हें एक क्षण के लिए भी सीता के अग्नि में जल जाने की चिंता होती तो वे सीता से अग्नि परीक्षा देने के लिए कहने का साहस नहीं कर पाते। यह जानते हुए सीता ने निर्भय होकर अग्नि में प्रवेश कर लिया। बाद की घटनाओं ने यह सिद्ध किया कि राम ने ऐसा करके सही निर्णय लिया था, किंतु वह अग्नि परीक्षा भी उन ईर्ष्यालु स्वरों को दबाने में असमर्थ रही, जो सदा किसी न किसी निंदा, विशेषकर राजसी आक्षेप की बातों के लिए प्यासे रहते हैं।

अगली घटना है, जिसमें राम अपने भाई लक्ष्मण से गर्भवती सीता को जंगल में छोड़कर आने के लिए कहते हैं। आज के आधुनिक युग में हम लोग धर्म को भुलाकर क्षणिक ऐंद्रिक मुग्धताओं में इतने आसक्त हैं कि ऐसे व्यक्ति की प्रशंसा करना तो दूर, उसे समझ भी नहीं पाते, जो राजधर्म की रक्षा के लिए अपनी सबसे प्रिय वस्तु को बलिदान करने को तैयार है। हम एक अंग्रेज़ राजा की प्रशंसा कर सकते हैं जिसने एक स्त्री के लिए अपने राज्य का बलिदान दे दिया, किंतु हम किसी ऐसे हिंदू राजा को आदर नहीं दे सकते

जिसने अपनी प्रजा के लिए अपनी प्रिय पत्नी का बलिदान दे दिया। ऐसा मनुष्य, जो जन सेवा की वेदी पर निजी सुख का बलिदान देने को तैयार है, हमारी आधुनिक संस्कृति के लिए पूरी तरह अजनबी है क्योंकि हम लोग ऐसे राजनेताओं को देखने के अभ्यस्त हैं जो अपने हितों के लिए सार्वजनिक पद का दुरुपयोग करते हैं। हम सदाचार की उस प्राचीन संहिता से इतना दूर भटक गए हैं कि हम इस तरह के पात्र की ईश्वरीय श्रेष्ठता को देख पाने में असमर्थ हैं। जैसा कि पहले कहा जा चुका है, राम के जीवन में कोई अन्य स्त्री न थी और न कभी होगी। अपनी पत्नी का परित्याग करने के समय, राम युवा थे किंतु फिर भी उन्होंने पुनर्विवाह करने से मना कर दिया क्योंकि उनके लिए किसी अन्य स्त्री के साथ रहने का विचार भी असह्य था। वाल्मीकि ने उनकी यात्रा की ऐसी पर्याप्त घटनाएँ बताईं जिनसे हम राम द्वारा अपनी पत्नी को निर्वासित करने के बाद अकेलेपन और पीड़ा से भरे अनेक वर्षों की कल्पना कर सकते हैं, तथापि वे अपने सुखों का त्याग करके राजधर्म के पालन हेतु आजीवन ब्रह्मचारी रहने को तैयार थे। जब अश्वमेध यज्ञ करने का समय आया तो उनके गुरु ने उनसे दूसरी पत्नी बनाने का आग्रह किया क्योंकि पत्नी के बिना कोई भी यज्ञ पूर्ण नहीं होता, परंतु राम ने ऐसा करने से मना कर दिया और अनुष्ठान के दौरान जीवित स्त्री के स्थान पर सीता की स्वर्ण प्रतिमा बनवाकर अपने पास रख ली। इतने ज़बर्दस्त त्याग को देखकर कोई भी व्यक्ति विस्मित हुए बिना नहीं रह सकता।

इसके बाद हमें यह सोचकर आश्चर्य होता है कि राम ने सीता का त्याग करने से पूर्व उन्हें इस विषय में क्यों नहीं बताया और उस कार्य को स्वयं न करके उन्होंने लक्ष्मण को वह कार्य करने को क्यों कहा। यदि हम सीता के निर्वासन की रात्रि में स्वयं को राम के स्थान पर रखकर देखें तो यह बात स्पष्ट हो सकती है। क्या कोई व्यक्ति, जो राम की तरह अपनी पत्नी से प्रेम करता हो, इस तरह की भीषण घोषणा करते समय अपनी पत्नी को रोता हुआ देखने की पीड़ा सहन कर सकता है? यहाँ तक कि राम का संकल्प भी अपनी पत्नी को बिलखता देखकर टूट सकता था और वे अपने राजधर्म को निभाने के अटल संकल्प को तोड़ने के लिए बाध्य हो सकते थे। इसी चिंता के कारण वे सीता को जंगल में छोड़ने स्वयं नहीं गए। वे सीता को उन जंगली वनमार्गों पर अकेला कैसे छोड़ देते जहाँ उन्होंने अपने वनवास के दौरान प्रसन्नता भरे दिन गुज़ारे थे? जब सीता उन्हें छोड़कर न जाने के लिए रोते हुए याचना करतीं तो वे अपनी प्रिय पत्नी के आँसुओं का विरोध कैसे करते? अनेक वर्ष पूर्व, जब सीता ने उनके साथ वन चलने का आग्रह किया था, राम उस समय भी सीता का विरोध नहीं कर पाए थे। यदि उस समय वे सुबह चुपचाप चले गए होते तो शायद सीता को इस समय यह दुख न भोगना पड़ता, किंतु उस समय राम नरम पड़ गए थे और इस बार भी उन्हें विश्वास नहीं था कि वे सीता के आँसुओं को देखकर अपने संकल्प पर अडिग रह पाएँगे। उनका साहसी हृदय पिघल सकता था और वे अपने कर्तव्यानुसार, सीता को छोड़ नहीं पाते। इस प्रकार हम देखते हैं कि उन्हें निष्ठुर व्यक्ति मानकर उनकी निंदा करने के बजाय, इस बात पर आश्चर्यचकित होना बेहतर है कि कभी कोई ऐसा पुरुष भी था। राम को भगवान मानना कोई आश्चर्य की बात नहीं है क्योंकि केवल भगवान ही इतने उदात्त हो सकते हैं।

शंबूक की घटना भी आधुनिक लोगों के लिए पीड़ादायक है। हम उस समय की कठोर वर्ण-व्यवस्था को समझे बिना इस घटना को नहीं समझ सकते। प्राचीन वैदिक वर्ण-व्यवस्था में सभी जातियों के शांतिपूर्ण सह-अस्तित्व का प्रावधान था ताकि समाज का कार्य सुचारू रूप से चलता रहे। प्रत्येक वर्ण के अपने विशुद्ध नियम होते थे। इन नियमों का उल्लंघन करने के प्रयास का कड़ाई से दमन कर दिया जाता था तथा दोषी व्यक्ति को तत्काल दंड दिया जाता था। ये नियम समाज के सभी वर्गों के परस्पर सहयोग पर आधारित थे। उनका आधार आधुनिक काल की अस्वस्थ प्रतिस्पर्द्धा जैसा नहीं था। सामाजिक तंत्र के सुचारू संचालन का दायित्व राजा का होता था और कभी-कभी उसे समाज के लिए व्यक्ति का निर्ममता से बलिदान देना पड़ता था। शंबूक का सिर काटना इसी का एक उदाहरण था। राम ने अयोध्या के लोगों के लिए अपना सर्वस्व सुख त्याग दिया। यह स्वाभाविक था कि वे विधि व्यवस्था का अतिक्रमण करके समाज के सुचारू संचालन में बाधा डालने वाले किसी भी व्यक्ति को मार देने के लिए तैयार रहते थे। यह घटना हमें निर्मम प्रतीत हो सकती है किंतु वाल्मीकि ने इसका उल्लेख ऐसे नायक को दर्शाने के लिए किया है, जो किसी भी क़ीमत पर राजधर्म की रक्षा के अपने संकल्प में अजेय था।

इस तरह हम राम में, ऐसे अलौकिक पुरुष का चित्र देखते हैं जिसका संपूर्ण जीवन धर्म के कठोर नियम के कड़े अनुपालन पर आधारित था। यह नियम अंधा है तथा प्रकृति के अन्य सभी नियमों की भांति, इसमें करुणा के लिए कोई जगह नहीं है और इसके लिए अवज्ञा सर्वथा असहनीय है। अबोध बालक आग से जल जाता है और वयस्क उस ख़तरे को जानता है। प्रकृति में, अज्ञानता के आधार पर दया करने का प्रश्न नहीं उठता। हालांकि, मनुष्य अपने लोभी मन को अपने विवेक पर शासन करने देता है। राम इसके अकेले अपवाद थे और उन्होंने इस अंधे कानून के प्रति अपनी ज़बर्दस्त निष्ठा की भारी क़ीमत चुकाई।

राम का जीवन आरंभ से अंत तक करुणा से भरा है। उन्हें एक-एक करके अपने समस्त प्रियजनों की मृत्यु का साधन बनने के लिए बाध्य किया गया। उनके पिता की अपने पुत्र के वियोग के दुख से मृत्यु हुई। सीता को जब दूसरी बार अग्नि-परीक्षा देने के लिए कहा गया तो उन्होंने अपने प्राण त्याग दिए तथा जीवन के अंत समय में, उन्हें एक तपस्वी को दिए वचन के कारण अपने प्रिय भाई लक्ष्मण को भी निर्वासित करना पड़ा। लक्ष्मण ने नगर छोड़ दिया तथा सरयू नदी में अपने प्राण त्याग दिए। यह अंतिम आघात था और यहाँ तक कि राम का पराक्रमी हृदय भी इस दर्द को नहीं सह सका। गहन चिंतन में डूबे राम ने स्वयं से कहा, "कुछ शेष नहीं रहेगा, कुछ शेष नहीं रहेगा!"

अपनी प्रजा से, जिनके लिए उन्होंने इतना त्याग किया था, विदा लेकर राम ने महाप्रयाण किया और पीछे-पीछे उनके बहुत-से अनुचरों ने, जो उनके बिना नहीं जी सकते थे, अपने प्राण त्याग दिए। राम ने अपना जीवन केवल दूसरों के लिए - भारतवर्ष के लोगों के लिए - जिया, जिनपर उन्होंने शासन किया और जिनकी ऐसे देखभाल की, जैसे पिता अपने बच्चों की देखभाल करता है। केवल तेरह वर्ष, जो उन्होंने सीता-हरण से पूर्व, अपनी पत्नी और लक्ष्मण के साथ बिताए, उनके उनके जीवन के सबसे आनंददायक वर्ष

थे। राम ने अत्यंत धैर्य एवं साहस के साथ सभी परीक्षाएँ सहन कीं तथा उन्होंने दुस्तर कठिनाइयों के बावजूद उस उच्च आचार संहिता का पालन किया, जो उन्होंने स्वयं अपने लिए तय की थी। इसमें क्या आश्चर्य की बात है कि भारत ने उन्हें श्रेष्ठ मनुष्य का देदीप्यमान उदाहरण माना है।

रामायण का पाठ करने से हमारे भीतर के नकारात्मक मनोभावों का परिमार्जन होता है तथा हम इस महाकाव्य के महान पात्रों - राम, सीता, लक्ष्मण, भरत, हनुमान इत्यादि की कृपा एवं नैतिक तीव्रता से ऊर्जान्वित होते हैं।

इस अमर गौरव-ग्रंथ की व्याख्या करते समय, लेखिका ने मुख्य रूप से वाल्मीकि द्वारा वर्णित कथा की सहायता ली है तथा व्यापक रूप से उपलब्ध मौखिक परंपरागत कथाओं को भी सम्मिलित किया है। भगवान वनमाली (कृष्ण) ने लेखिका का मार्गदर्शन किया है और इसका सारा श्रेय उन्हें जाता है। ईश्वर करें कि श्रीराम की कथा हमारा मार्गदर्शन करे तथा हमें सदा, न्याय एवं सम्मान सहित कार्य करने के लिए प्रेरित करती रहे।

लंबी भुजाओं वाले श्रीरामचंद्र का ध्यान करें
जिनका वर्ण नीले बादल के समान और केश उलझे हुए हैं
एवं जो समस्त शृंगारिक वस्तुओं से सुशोभित हैं
जो पीत वस्त्र धारण करते हैं तथा
धनुष-बाण पकड़े पद्मासन में विराजमान हैं
उनके कमल नयन बाईं ओर घूमे हुए हैं
और वे सीता के कमल-मुख की ओर देख रहे हैं।

हरि ॐ तत सत

ॐ

ॐ

श्रीरामचंद्राय नमः!

खण्ड 1

बाल कांड

ॐ

शाश्वताय नमः!

अध्याय 1

वाल्मीकि

रामाय रामभद्राय रामचन्द्राय वेधसे,
रघुनाथाय नाथाय सीतायाः पतये नमः!
सीता-लक्ष्मण, भरत-शत्रुघ्न, हनुमतसमेता,
श्री रामचन्द्र स्वामिने नमः!

मैं रघुकुल के वंशज और
सीता के पति राम को नमन करता हूँ।
मैं रामचंद्र के साथ सीता, लक्ष्मण, भरत, शत्रुघ्न और
हनुमान को नमन करता हूँ।

रामायण की कथा आरंभ करने से पूर्व, आइए, हम इसके रचयिता ऋषि वाल्मीकि की कथा को देखें। कहते हैं, उनका जन्म ब्राह्मण परिवार में हुआ था, किंतु उनके माता-पिता ने उन्हें जन्म के समय ही जंगल में छोड़ दिया। एक शिकारी ने उन्हें उठाया और उनका पालन-पोषण किया। इस तरह, वे शिकारी और डाकू बन गए। वे स्वभाव से जंगली और खूंखार थे और उनका नाम रत्नाकर था। उन्हें संस्कृति अथवा सभ्यता के बारे में कुछ पता नहीं था। जंगल में जाने वाले लोग डरकर अपनी जान बचाते थे क्योंकि रत्नाकर बहुत क्रूर था। वह अपनी पत्नी और बच्चों के साथ घने जंगल में रहता था और किसी नगर के निकट नहीं जाता था। एक दिन उसने एक व्यक्ति को अपनी ओर आते देखा। वह जंगली पशु जैसी उग्रता के साथ, उसे मारने तथा धन लूटने के लिए झपटा। उसे यह देखकर आश्चर्य हुआ कि वह व्यक्ति तनिक भी भयभीत नहीं हुआ और अपनी जगह स्थिर खड़ा रहा। रत्नाकर ने इससे पहले अपने जीवन में केवल दो प्रकार के पशु देखे थे - एक, जो उसे देखते ही दुम दबाकर भाग खड़े होते थे तथा दूसरे, जो दाँत दिखाकर उसपर झपट पड़ते थे। उसने पहली बार ऐसा प्राणी देखा था, जो करुणामयी दृष्टि से निर्भय होकर उसे देख रहा था। रत्नाकर प्रेम और करुणा जैसे भावों से पूरी तरह अनजान था। वह एक क्षण के लिए लड़खड़ाया और घातक छुरा थामे उसका ऊपर उठा हुआ हाथ मानो हवा में जम गया।

वह धीरे-से हाथ को नीचे लाया और उस व्यक्ति से पूछा, "तुम कौन हो जो इस तरह निर्भय होकर खड़े हो? मैं जिसे भी जानता हूँ, वह मुझे देखते ही भाग जाता है और मैं उन सबको आसानी से पकड़ लेता हूँ। तुम क्यों नहीं भागते?"

"मैं देवर्षि नारद हूँ और मैं इसलिए नहीं भाग रहा क्योंकि मैं तुमसे डरता नहीं हूँ।"

"तुम मुझसे क्यों नहीं डरते?" शिकारी ने पूछा, "क्या तुम्हें पता नहीं कि मैं तुम्हें मार सकता हूँ?"

"तो फिर तुमने मुझे क्यों नहीं मारा?" ऋषि ने उत्सुक होकर पूछा।

"क्योंकि मैंने तुम्हारी आँखों में कुछ देखा, जो मुझे परेशान कर रहा है।"

"तुमने क्या देखा?"

"मुझे नहीं पता। मैंने ऐसा पहले किसी की आँखों में नहीं देखा, किंतु यह बड़ा सुखद है।"

"मैं बताता हूँ," ऋषि ने कहा, "तुमने मेरी आँखों में करुणा और प्रेम देखा है।"

"तुम्हारे मन में मेरे लिए प्रेम क्यों है?" उसने अचंभित होकर पूछा क्योंकि उसने ऐसा कुछ पहले कभी, यहाँ तक कि अपनी पत्नी की आँखों में भी नहीं देखा था।

"क्योंकि मैं प्रत्येक प्राणी और वस्तु से प्रेम करता हूँ।"

"तुम ऐसा क्यों करते हो?" रत्नाकर ने पूछा।

"क्योंकि प्रत्येक प्राणी और वस्तु उस परमेश्वर का ही रूप है जिसकी मैं आराधना करता हूँ। अब मैं तुमसे कुछ पूछता हूँ," ऋषि ने कहा।

"क्या तुम जानते हो कि इन सब प्राणियों और मनुष्यों की हत्या करके तुम महान पाप के भागी बन रहे हो?"

"हाँ, शायद मुझे यह पता है," शिकारी ने संदेहपूर्वक उत्तर दिया।

"फिर तुम ये सब क्यों करते हो?" ऋषि ने पूछा।

"क्योंकि मुझे अपने परिवार का भरण-पोषण करना है," शिकारी बोला।

"क्या वे तुम्हारे इन कर्मों से उत्पन्न पाप का एक भी अंश तुम्हारे साथ साझा करेंगे?" ऋषि ने पूछा।

"मुझे विश्वास है कि वे ऐसा करेंगे," शिकारी ने कहा।

"तुम जाकर उनसे पूछ क्यों नहीं आते," नारद ने कहा, "मैं तुम्हारे लौटने तक यहीं प्रतीक्षा करूँगा।"

शिकारी दौड़कर अपने घर गया और उसने अपनी पत्नी और अपने बच्चों से पूछा कि क्या वे उसके पापों में भागीदार बनेंगे क्योंकि वे उसके दुष्कर्मों से प्राप्त सामग्री में भागीदार बनते हैं। वे शिकारी की बात सुनकर हैरान हो गए और उससे पूछने लगे कि इस बात से उसका क्या आशय है। उसने अपने परिवार वालों को समझाया कि चूंकि वह इतने दुष्कर्म उन्हीं के लिए करता है, तो उन्हें भी उसके हिस्से के पाप का भागीदार बनना चाहिए।

वे लोग उसकी प्रार्थना सुनकर घबरा गए। स्त्री ने कहा कि अपनी पत्नी की देखभाल करना पति का कर्तव्य होता है और बच्चों ने कहा यह पिता का दायित्त्व होता है कि वह अपनी संतान का पालन-पोषण करे। जहाँ तक पाप का प्रश्न है, वे निश्चित रूप से उसके अपने कर्मों के परिणाम हैं और इसलिए उसे अकेले ही भोगने पड़ेंगे। शिकारी उनकी बात आगे सुनने के लिए नहीं रुका। वह दौड़कर ऋषि के पास पहुँचा। ऋषि को पता था कि शिकारी अवश्य वापस आएगा और वे होंठों पर मुस्कराहट लिए रत्नाकर की प्रतीक्षा कर रहे थे। "उन्होंने क्या कहा?" नारद ने पूछा। "जिस तरह वे लूट की सामग्री में भागीदार बनते थे, क्या वे तुम्हारे पापकर्मों के भागीदार बनने के इच्छुक नहीं हैं?"

रत्नाकर ने सिर झुकाकर स्वीकार किया कि कोई भी उसके बोझ का भागीदार बनने को तैयार नहीं था। तब नारद ने उसे कर्म के सिद्धांत का उपदेश दिया और बताया कि अपने कर्मों का परिणाम उसे स्वयं ही भोगना पड़ेगा। किसी दूसरे के लिए पापकर्म करना मूर्खता है।

शिकारी विचारमग्न और दुखी हो गया और फिर उसने ऋषि से पूछा, "अब मुझे क्या करना चाहिए?"

"ईश्वर का ध्यान करो," ऋषि ने उसे सलाह दी। "तभी तुम्हें मोक्ष प्राप्त होगा। केवल ईश्वर ही तुम्हारा सच्चा संबंधी है। वही तुम्हारा मित्र है। मैं तुम्हें एक मंत्र देता हूँ जिससे तुम्हें तप करने में सहायता मिलेगी।"

"मैं आपका सेवक हूँ, कृपया मेरा मार्गदर्शन कीजिए," शिकारी बोला और देवर्षि के समक्ष झुक गया।

नारद ने उसके दाहिने कान में महान मंत्र "राम" फूँक दिया, किंतु बेचारा रत्नाकर इतना नासमझ था कि वह उसे दोहरा नहीं पाया। तब नारद ने उससे पूछा, "क्या तुम 'मरा' शब्द दोहरा सकते हो?"

"निश्चित रूप से, मैं यह बोल सकता हूँ," शिकारी ने कहा, क्योंकि 'मरा' का अर्थ 'वृक्ष' होता है और वह इतने समय से वही वृक्ष काटता था।

नारद ने उसे आशीर्वाद दिया और बताया कि ध्यान की मुद्रा में बैठकर किस प्रकार लगातार उस शब्द को दोहराते जाना है। 'मरा' शब्द को जल्दी-जल्दी दोहराने से, वह अपने आप 'राम' में बदल जाता है और इस प्रकार शिकारी अनजाने में 'मरा' के स्थान पर 'राम' शब्द दोहराने लगा। वह पूर्व संस्कारों के कारण अनेक वर्षों तक गहन ध्यान में डूबा रहा और चींटियों ने उसके ऊपर बहुत-सी मिट्टी बिछाकर बाँबी बना ली।

अनेक वर्ष बाद, नारद लौटे तो उन्होंने देखा कि जिस स्थान पर वे शिकारी को छोड़कर गए थे, उस जगह चींटियों की बाँबी बनी हुई थी। उन्होंने बाँबी (वल्मीकम्) को तोड़कर, उसके भीतर बैठे व्यक्ति को जगाया।

"उठो ऋषि!" वे बोले, "क्या तुम्हें याद है तुम कौन हो?"

"जी, देवर्षि," वह बोला, "मैं वही शिकारी हूँ जिसपर आपने दया की थी और जिसे 'राम' नाम का महान मंत्र जपने के लिए कहा था।"

"अब तुम शिकारी नहीं रहे। आज से तुम वाल्मीकि के नाम से जाने जाओगे क्योंकि तुम इस वल्मीक से निकले हो।"

"आपने मुझे क्यों जगाया, देवर्षि?" वाल्मीकि ने पूछा। "मैं कुछ और वर्ष ध्यान में मग्न रहना चाहता हूँ।"

"तुम्हारा ध्यान करने का समय पूरा हो गया है। अब कार्य करने का समय है। तुम्हें अपने जीवन में बहुत कुछ प्राप्त करना है। तमसा नदी के तट पर जाओ, जहाँ वह गंगा से मिलती है, और वहाँ अपना आश्रम बनाओ। शीघ्र ही, राम की पत्नी सीता वहाँ आएँगी। वे गर्भवती हैं तथा उनके पति ने उनका त्याग कर दिया है। यह आपका कर्तव्य है कि आप सीता तथा उनकी संतान के बड़ा होकर अपने पिता के पास लौटने तक उनकी देखभाल करें।"

"हे देवर्षि," वाल्मीकि ने कहा, "यह संसार अधम लोगों से भरी भ्रष्ट जगह है। यदि मुझे सदाचारी गुणों से युक्त एक भी मनुष्य मिल जाए तो मैं इस संसार में लौटने के लिए तैयार हूँ। अन्यथा मेरे लिए अपने इस वल्मीक में सुरक्षित रहना ही बेहतर है। बताइए, क्या आप किसी ऐसे मनुष्य को जानते हैं?"

नारद ने इन गुणों को विस्तार से बताने के लिए कहा। वाल्मीकि ने उत्तर दिया, "ईमानदारी, साहस, पवित्रता, कृतज्ञता, सच्चाई, सिद्धांतों के प्रति समर्पण, जीवों के प्रति सहानुभूति, प्रवीणता, कौशल, सौंदर्य, पराक्रम, क्रोध पर नियंत्रण रखने की क्षमता, ईर्ष्या का अभाव तथा निडर पौरुष। हे ऋषिवर! कृपया बताइए, क्या मेरी अपेक्षा बहुत अधिक है? क्या किसी एक व्यक्ति में ये सब गुण हो सकते हैं?"

नारद को इस प्रश्न का उत्तर देने में प्रसन्नता हो रही थी। वे बोले, "अवश्य, मैं एक ऐसे व्यक्ति को जानता हूँ। वे इक्ष्वाकु कुल में जन्मे हैं और उनका नाम राम है।"

इसके बाद नारद ने वाल्मीकि को संक्षेप में राम की कथा सुनाई जिनमें श्रेष्ठ पुरुष होने के सभी गुण विद्यमान थे। उन्होंने कथा के अंत में कहा, "राम अयोध्या नगर में रहते हैं और पवित्रता के साथ शासन कर रहे हैं। उनका जन्म पृथ्वी पर धर्म की स्थापना के लिए हुआ है। जैसा कि मैंने कहा, उनकी पत्नी सीता शीघ्र ही यहाँ आने वाली हैं और उनकी देखभाल करना आपका कर्तव्य है।" यह कहकर देवर्षि नारद अपनी वीणा बजाते हुए चले गए।

उनके जाने के बाद, वाल्मीकि तमसा नदी के तट पर पहुँचे और वहाँ अपना आश्रम बनाया। शीघ्र ही उनके बहुत-से शिष्य बन गए। एक दिन शीतकाल में वे नदी तट पर स्नान करने गए। मार्ग में उन्होंने दो सारस पक्षियों को संसर्ग करते देखा। ऋषि उनकी प्रेम-क्रीड़ा का आनंद ले रहे थे कि तभी एक व्याध ने, धर्म के नियमों के विरुद्ध, नर पक्षी पर बाण चला दिया। रति-क्रीड़ा के मध्य, बाण लगने से घायल नर पक्षी चीत्कार करता हुआ धरती पर गिर पड़ा। अपने प्रेमी से झटके से अलग होने पर मादा पक्षी भी दयनीय ढंग से चीख़ने लगी और पंखों से अपनी छाती पीटने लगी। वह घबराई और परेशान होकर फड़फड़ाती रही। उसका दयनीय रुदन सुनकर वाल्मीकि के हृदय में करुणा की धारा फूट पड़ी और

उन्होंने व्याध को शाप दे दिया। मुख से शाप निकलते ही उनका मन ग्लानि से भर उठा। वे यह जानकर भयभीत हो गए कि उस पक्षी के प्रति करुणा के चलते उन्होंने व्याध को, जो उसी तरह अपने कर्मों के आगे लाचार था जैसे कुछ वर्ष पूर्व वे स्वयं बेबस थे, शाप देकर अहिंसा के प्रण का उल्लंघन कर दिया था। उन्हें इस पूरी घटना से बहुत दुख हुआ। बाद में उन्हें यह महसूस हुआ कि उनके मुख से जो शाप निकला था, वह आठ-आठ अक्षरों वाली चार पंक्तियों की कविता का रूप था। उन्हें उस छंद के सौंदर्य पर बहुत आश्चर्य हुआ और उन्होंने अपने शिष्य भरद्वाज को वह छंद याद करने के लिए कहा। इसके बाद, ऋषि वाल्मीकि ने अबाधित ढंग से स्नान-ध्यान किया और अपने आश्रम लौट आए। उसी समय, पड़ोस के एक आश्रम से दो ब्रह्मचारी भागते हुए उनके पास आए और बताया कि एक सुंदर स्त्री नदी के तट पर परित्यक्त अवस्था में है और नदी में छलांग लगाने जा रही है। वाल्मीकि दौड़कर उस स्त्री के पास पहुँचे क्योंकि वे समझ गए कि वह स्त्री, राम की पत्नी सीता है, जैसा कि नारद ने बताया था। वे सीता को अपने साथ आश्रम ले गए और अन्य ऋषि-पत्नियों से कहा कि उनकी अच्छी तरह से देखभाल करें क्योंकि उनके गर्भ में इक्ष्वाकु वंश के राजसिंहासन का उत्तराधिकारी पल रहा है।

बाद, में जब वाल्मीकि ध्यान में बैठे तो उनका मन सारस पक्षियों तथा व्याध को दिए अनैच्छिक शाप के कारण दुख से भरा हुआ था। संसार के रचयिता ब्रह्मा, वाल्मीकि पास आए और बोले कि उन्हें उस विचित्र घटना पर दुखी नहीं होना चाहिए क्योंकि इसी घटना से उन्हें राम, सीता और लक्ष्मण की कथा लिखने की प्रेरणा मिलेगी।

इस तरह ब्रह्मा ने कहा, "ऋषिवर, आपको राम के जीवन की घटनाओं पर आधारित एक महाकाव्य लिखने की प्रेरणा मिलेगी। उनका समस्त जीवनचरित आपके सामने प्रकट हो जाएगा। आप उस महाकाव्य में जो कुछ लिखेंगे, वह आपके द्वारा सत्य तथ्यों पर आधारित होगा। आप श्रीराम के जीवन की प्रत्येक गौरवमयी घटना को देख सकेंगे। इस महाकाव्य की रचना के बाद आप आदिकवि के रूप में प्रसिद्ध होंगे। राम की यह कथा, पृथ्वी पर पर्वतों व नदियों के रहने तक रहेगी। आपके यश का डंका धरती के ऊपर और नीचे, समस्त लोकों में गूँजेगा।"

वाल्मीकि को यह आशीर्वाद देकर ब्रह्मा अपने लोक को लौट गए। इसके बाद वाल्मीकि ध्यान में बैठकर भगवान का चिंतन करने लगे और उनके मुख से अमर काव्य *रामायण* की रचना हुई।

इस प्रकार, उन दो पक्षियों की नियति के फलस्वरूप, जो एक-दूसरे से बहुत प्रेम करते थे और अत्यंत क्रूरतापूर्वक अलग कर दिए गए थे, वाल्मीकि के मन में उत्पन्न दुख से *रामायण* लिखी गई। उन पक्षियों की कथा और राम-सीता की नियति की कथा में, जहाँ अगाध प्रेम के बावजूद उन्हें बार-बार एक-दूसरे से अलग होना पड़ा, समानता को समझने के लिए अधिक कल्पना की आवश्यकता नहीं है।

इस महाकाव्य को लिखने में बारह वर्ष का समय लगा और इस दौरान सीता के पुत्र, बारह वर्ष के हो गए।

राम और सीता के जीवन पर आधारित चौबीस हज़ार श्लोकों वाले इस शानदार महाकाव्य की रचना करने के बाद, वाल्मीकि को विलक्षण स्मृति वाले किसी व्यक्ति की तलाश थी जो उस पूरे काव्य को याद कर सके। उसी समय, श्रीराम के दोनों जुड़वाँ पुत्र, लव और कुश, जो वाल्मीकि के आश्रम में बड़े हो रहे थे, तपस्वियों के वेश में उनके सामने आ गए। ऋषि जानते थे कि वे दोनों अत्यंत बुद्धिमान और संगीत में पारंगत थे, इसलिए वाल्मीकि ने लव-कुश को वह महाकाव्य सिखाने का निर्णय किया। वे दोनों सचमुच उस काव्य को सीखकर उसमें सरलता से पारंगत हो गए। ऋषि-मुनियों के एक पावन सम्मेलन में, दोनों बालकों ने पूरा महाकाव्य अत्यंत सुंदर ढंग से एक स्वर में सुनाया। ऋषिगण उनसे बहुत प्रसन्न हुए और दोनों को अनेक वरदान दिए।

उसी समय, आश्रम में यह समाचार प्राप्त हुआ कि राजा अश्वमेध यज्ञ करवाने वाले हैं जो नैमिषारण्य वन में आयोजित किया जाएगा तथा एक वर्ष तक चलेगा। जब वाल्मीकि ने यह सुना तो उन्होंने दोनों बालकों को यज्ञ में सम्मिलित होने तथा राम के समक्ष संपूर्ण *रामायण* गाकर सुनाने को कहा। बालकों ने ऐसा ही किया। दोनों बालकों की दोषरहित ताल और उत्तम सामंजस्य युक्त मधुर आवाज़ सुनकर श्रीराम और समस्त दरबारियों की आँखों से अश्रुधारा बहने लगी। वे सब मोहित होकर उनके गायन में डूब गए। *रामायण* की कथा जो उन्होंने गाई इस प्रकार थी :

राम पूछते हैं :

"हे परमपूज्य, कृपया ईश्वर का वर्णन कीजिए।"

वशिष्ठ उत्तर देते हैं :

"ईश्वर वह ज्ञान है, जिसके भीतर नामों एवं आकृतियों का ब्रह्मांड समाप्त हो जाता है।

ईश्वर वह रिक्तता है, जिसमें ब्रह्मांड का अस्तित्व दिखाई पड़ता है।

ईश्वर के भीतर कर्ता-कर्म का कोई संबंध नहीं होता।

*ईश्वर के भीतर चेतना पर्वत की भांति स्थिर हो जाती है।"**

हरि ॐ तत सत

ॐ

**पुस्तक में वशिष्ठ के नाम से उल्लेखित सामग्री "योग वशिष्ठ" से ली गई है।*

ॐ

जानकीवल्लभाय नमः!

अध्याय 2

अवतार

चन्द्रकान्तनानं भोजम्
चन्द्रबिम्बोपमाननम्
मथमतांगगमनम्
मथाहम्स्वदुगतिम्।

(राम) में चंद्रमा का वैभव और
(सीता) में उसका सौंदर्य था।
राम की चाल गज के समान एवं
सीता की हंसिनी के समान थी।

बहुत समय पूर्व सरयू नदी के तट पर सुंदर कोसल प्रदेश में अयोध्या नाम की शानदार नगरी थी। वहाँ के राजा दशरथ बुद्धिमान एवं न्यायसंगत थे। वे प्रथम पुरुष वैवस्वत मनु के पुत्र इक्ष्वाकु के कुल में जन्मे सूर्यवंशी थे। दशरथ को केवल एक बात का दुख था कि वंश को आगे चलाने हेतु उनकी संतान नहीं थी। उन्हें इस चिंता में डूबा देख उनके गुरु वशिष्ठ ने उनसे संतान प्राप्ति के लिए अश्वमेध यज्ञ तथा पुत्रकामेष्टि यज्ञ करने का आग्रह किया। उन्होंने दशरथ से प्रसिद्ध ऋषि ऋष्यशृंग के पास जाने और उनसे यज्ञों को संपन्न करवाने की प्रार्थना करने को कहा।

उसी समय देवतागणों ने संसार के रचयिता ब्रह्मा के पास जाकर उनसे याचना की कि वे समस्त देवताओं की ओर से भगवान विष्णु से राक्षसराज रावण का, जो उन्हें बहुत परेशान करता था, वध करने का अनुनय करें। ब्रह्मा ने देवताओं का संदेश भगवान विष्णु के पास पहुँचा दिया, जो राजा दशरथ के चार पुत्रों के रूप में अवतार लेने पर सहमत हो गए। उसी समय पर, राजा दशरथ ने अश्वमेध यज्ञ सफलतापूर्वक पूर्ण कर लिया तथा पुत्रकामेष्टि यज्ञ आरंभ कर दिया था।

ऋष्यशृंग ने कलछी ऊपर उठाकर अग्नि में घी की आहुति देते हुए संसार के रक्षक

भगवान विष्णु का आह्वान किया ही था कि तभी यज्ञाग्नि में से हाथ में चावल, दुग्ध तथा शहद युक्त अमृतमयी खीर से भरा स्वर्ण पात्र लिए एक दिव्याकृति प्रकट हुई। उसने वह पात्र राजा दशरथ को दिया और कहा कि वह खीर तीनों रानियों को दे दी जाए। राजा ने खीर का आधा भाग अपनी ज्येष्ठ रानी कौशल्या को दे दिया। राजा ने शेष आधे भाग के फिर दो हिस्से किए। उनमें से एक अपनी दूसरी रानी सुमित्रा को दिया। शेष भाग को उसने फिर दो हिस्सों में बाँटा और आधा तीसरी रानी कैकेयी को तथा बाक़ी आधा फिर से सुमित्रा को दिया। खीर खाते ही तीनों रानियाँ भगवान विष्णु के प्रताप से गर्भवती हो गईं। उचित समय पर, उन्होंने चार पुत्रों को जन्म दिया। प्रत्येक पुत्र में उसी अनुपात में भगवान का अंश था जिस अनुपात में उनकी माताओं ने खीर खाई थी। सबसे पहले कौशल्या के पुत्र राम का जन्म हुआ, जिनमें भगवान की आधी शक्ति विद्यमान थी। राम का जन्म चैत्र माह में पुनर्वसु नक्षत्र के उत्कर्ष काल में अत्यंत शुभ मुहूर्त में हुआ जब पाँच ग्रह उच्चावस्था में थे। उसके बाद, सबसे छोटी रानी कैकेयी ने भरत को जन्म दिया जिनमें भगवान की एक चौथाई शक्ति थी। अंत में, मँझली रानी सुमित्रा ने लक्ष्मण और शत्रुघ्न नाम के जुड़वाँ बालकों को जन्म दिया। राजा की प्रसन्नता का ठिकाना नहीं रहा। एक पुत्र प्राप्ति की इच्छा के बदले उन्हें चार पुत्र प्राप्त हुए थे। सब लोगों को प्रचुर मात्रा में उपहार बाँटे गए। अयोध्या नगरी ख़ुशी से झूमने लगी। इसके बाद एक माह तक आनंद और उल्लास का समारोह चलता रहा।

बच्चे बड़े होते गए और उन्हें सभी तरह का प्रशिक्षण दिया गया जो राजकुमारों के लिए आवश्यक होता है। उनके गुरु महर्षि वशिष्ठ थे। बचपन से ही राम के भीतर असाधारण बुद्धिमत्ता एवं विलक्षण चारित्रिक गुण विद्यमान थे। हालांकि बाक़ी भाई राम का अनुसरण करते थे, किंतु सुमित्रा-पुत्र लक्ष्मण, सदा राम के साथ छाया के समान रहते थे और उन्हें राम से एक पल के लिए भी अलग होना पसंद नहीं था जबकि लक्ष्मण के दूसरे जुड़वाँ भाई शत्रुघ्न, भरत के अधिक निकट रहते थे।

गुरु के आश्रम से लौटकर आने पर, राम ने भारतवर्ष की पावन भूमि पर तीर्थाटन करने की इच्छा व्यक्त की। दशरथ ने सहर्ष उनकी प्रार्थना मान ली और चारों भाई अपने सैन्य-दल के साथ यात्रा पर निकल पड़े। यात्रा से लौटने पर राम के पिता और उनके भाइयों ने राम में बड़ा परिवर्तन देखा। वे बहुत उदासीन हो गए थे, उन्हें अपने भाइयों के साथ विभिन्न प्रकार की क्रीड़ाओं एवं मनोरंजन में आनंद नहीं आता था। वे सामाजिक संपर्क से बचने लगे और अपनी माताओं में से किसी एक के बहुत बार कहने के बाद ही भोजन करते थे। वे कांतिहीन एवं दुर्बल हो गए, किंतु अपने चिंतित पिता के सभी प्रश्नों को विनयपूर्वक टाल दिया करते थे।

उस समय ऐसा हुआ कि ऋषि विश्वामित्र एक प्रार्थना लेकर राजदरबार आए। राजा ने उन्हें आश्वासन दिया कि उनकी इच्छा अवश्य पूर्ण की जाएगी। विश्वामित्र ने दशरथ से उनके पुत्र राम को उनके साथ वन में भेजकर मारीच और सुबाहु नाम के दो दैत्यों को मारने की याचना की, जो उनके आश्रम में उपद्रव मचाते और उन्हें यज्ञ व पूजा आदि करने से रोकते थे। राजा यह प्रार्थना सुनकर स्तब्ध रह गए और अपने पुत्रों की, जो उस

समय केवल सोलह वर्ष के थे, सुरक्षा को लेकर चिंतित हो उठे। राजा ने ऋषि से कहा कि वे उनके साथ पूरी सेना भेज सकते हैं अथवा स्वयं भी चल सकते हैं परंतु ऋषि ने उनके प्रस्ताव अस्वीकार कर दिए क्योंकि उनके अनुसार केवल राम में उन दैत्यों को मारने की क्षमता थी। अंत में, अपने गुरु वशिष्ठ के कहने पर दशरथ ने अनिच्छा से उनकी बात मान ली और अपने एक सेवक को भेजकर राम को बुलवाया। सेवक ने लौटकर यह समाचार दिया कि तीर्थाटन से लौटने के बाद से ही राम बहुत सुस्त हो गए हैं। उनमें आशा और इच्छा का अभाव हो गया है और किसी वस्तु से उन्हें लगाव नहीं है।

यह सुनकर विश्वामित्र ने कहा, "उनकी यह स्थिति किसी भ्रम के कारण नहीं, अपितु विवेक और अनासक्ति के कारण हुई है जिससे उनको ज्ञान प्राप्त हो सकेगा। उन्हें दरबार में बुलाइए।"

राम राजसभा में आए और उन्होंने अपने पिता और महर्षियों को प्रणाम किया। उनके पिता ने पूछा, "प्रिय पुत्र, तुम दुखी और निराश क्यों हो जबकि तुम्हारे पास सब कुछ है। तुम्हें किसने क्षति पहुँचाई है? तुम्हें क्या हुआ है?"

राम ने उत्तर दिया, "इस पावन भूमि पर यात्रा के दौरान मुझे ऐसे बहुत-से दृश्य दिखाई पड़े जो मैंने पहले कभी नहीं देखे थे। मैंने पीड़ा और दुख देखा, साथ ही दरिद्रता, रोग एवं मृत्यु को देखा। मुझे एक नई तरह की विचारधारा ने जकड़ लिया है। इस तरह के परिवर्तनशील संसार में क्या आनंद मिल सकता है? सब प्राणी यहाँ सिर्फ़ मरने के लिए जन्म लेते हैं और मरने के बाद उनका फिर जन्म हो जाता है। मुझे यह नश्वर घटनाक्रम निरर्थक जान पड़ता है जिसके मूल में दुख और अज्ञानता व्याप्त है। संसार में सब कुछ हमारी मानसिकता पर निर्भर करता है किंतु मस्तिष्क स्वयं ही असत्य प्रतीत होता है। हालांकि हम इसके मायाजाल में उलझे हुए हैं। हम बंधुआ मजदूर नहीं हैं, फिर भी हमारे पास कोई स्वतंत्रता नहीं है। संसार के विषय में अज्ञान से ग्रस्त होने के कारण हम इस संसार में अनेक जन्मों से निरुद्देश्य भटक रहे हैं। हमारे दुख का अंत कैसे होगा? इन बातों के बारे में सोचने पर मेरा हृदय आहत हो जाता है और जब तक मुझे इन प्रश्नों के उत्तर नहीं मिलते, मेरी खाने या सोने की इच्छा नहीं होगी तथा निरर्थक कार्यों में मन नहीं लगेगा।"

वे इसी तरह कुछ देर तक विषादपूर्ण बातें करते रहे तथा पूरी सभा इस युवक के विचारों की गहराई तथा कुशाग्रता देखकर स्तब्ध रह गई। अंत में राम ने कहा, "मैं किसी ऐसे व्यक्ति को नायक नहीं मानता जो सेना के विरुद्ध युद्ध कर सकता हो। मेरे लिए वही असली नायक है जो अपने मन पर विजय प्राप्त कर ले। इस संसार रूपी गड्ढे में गिरे लोगों की दयनीय स्थिति पर विचार करने से मुझे बहुत दुख होता है। मेरा मन दुविधा से ग्रस्त है। मैंने सब चीज़ों का त्याग कर दिया है, फिर भी मुझे ज्ञान प्राप्त नहीं हुआ है। मैं आंशिक रूप से मुक्त और आंशिक रूप से फँसा हुआ हूँ, जैसे कोई पेड़, जिसे ऊपर से तो काट दिया गया किंतु उसकी जड़ें सुरक्षित हैं। कृपया मुझे बताइए, मैं किस प्रकार परमानंद की स्थिति को प्राप्त कर सकता हूँ?"

राम के वचन सुनकर वहाँ एकत्र सभी ऋषिगण और लोग हैरान हो गए तथा विश्वामित्र एवं वशिष्ठ के उत्तर को सुनने की प्रतीक्षा करने लगे।

विश्वामित्र ने कहा, "राम, तुम निश्चय ही बुद्धिमानों में श्रेष्ठ हो और तुम्हारे जानने लायक़ अब कुछ शेष नहीं है। हालांकि तुम्हारे ज्ञान को पुष्टि की आवश्यकता है और इसलिए मैं ऋषि वशिष्ठ से प्रार्थना करता हूँ कि वे तुम्हें उपदेश दें ताकि यहाँ एकत्र हम लोग भी उससे प्रेरित हो सकें। वशिष्ठ सही अर्थों में मुक्त हो चुके हैं, जो ऐंद्रिक सुखों के प्रति आकर्षित नहीं होते तथा वे बिना किसी प्रेरणा अथवा प्रोत्साहन के कार्य करते हैं।"

विश्वामित्र की प्रार्थना सुनकर ब्रह्मर्षि वशिष्ठ ने राम को आत्म-ज्ञान एवं ब्रह्म-सुख पर उपदेश देना आरंभ किया। यह ग्रंथ "योग वशिष्ठ" के नाम से प्रसिद्ध हुआ। यद्यपि अनेक लोगों ने उस शानदार उपदेश को सुना, केवल बुद्धिमान राम ही वशिष्ठ के उपदेश को पूरी तरह आत्मसात कर पाए।

इस तरह मात्र सोलह वर्ष की आयु में राम सचमुच मुक्तात्मा हो गए, जो धर्म की खोज में अटल थे तथा जिन्हें अपने निजी सुख की नहीं अपितु सदाचारी जीवन की खोज थी क्योंकि वे जानते थे कि केवल धर्म द्वारा ही मनुष्य शाश्वत आनंद प्राप्त कर सकता है।

उस महान उपदेश की समाप्ति के बाद, राम के पिता ने राम को विश्वामित्र के साथ जाने और उनकी इच्छा को पूर्ण करने की अनुमति प्रदान कर दी। लक्ष्मण भी उनके साथ चले गए। राजा ने उन्हें व्याकुल नेत्रों से जाते हुए देखा किंतु उनका कुछ कहने का साहस नहीं हुआ क्योंकि विश्वामित्र के क्रोध को आमंत्रित नहीं करना चाहते थे।

नदी-तट पर पहुँचने के बाद विश्वामित्र ने उन्हें अजेय होने तथा भूख और थकान से बचने के दो मंत्र दिए। वे आगे बढ़ने पर एक वन में पहुँचे, जहाँ बहुत-से तपस्वी ताड़का नामक राक्षसी से भयभीत थे। विश्वामित्र ने राजकुमारों को इस राक्षसी के विषय में बताया जो स्त्री के रूप में जन्मी थी किंतु उसमें हज़ार हाथियों का बल था। वह और उसके पुत्र मारीच एवं सुबाहु वन में घूमते थे और जो भी वहाँ आता था, उसे मार डालते थे। वे वन में रहने वाले ऋषि-मुनियों को भी परेशान करते और उनके यज्ञादि में बाधा डालते थे। जब भी ऋषिगण अग्नि में आहुति देने के लिए घी से भरी कलछी ऊपर उठाते, तो राक्षस यज्ञाग्नि में रक्त, अस्थियाँ तथा मल-मूत्र डालकर उसे बुझा देते थे। विश्वामित्र ने राम से ताड़का का वध करके वनवासियों की रक्षा करने को कहा।

ताड़का स्त्री थी, इसलिए राम उसे मारने से हिचकिचा रहे थे। उन्होंने उसे अपंग बनाकर छोड़ देने का निर्णय किया ताकि वह ऋषि-मुनियों को परेशान न कर सके। उन्होंने अपना धनुष उठाकर ज़ोरदार टंकार की। इससे ताड़का को क्रोध आ गया और वह आवाज़ सुनकर दौड़ती हुई आ गई। वह राजकुमारों के ऊपर शिलाएँ और वृक्ष फेंकने लगी तथा उन्हें दुविधा में डालने के उद्देश्य से आकाश में कभी प्रकट तो कभी ओझल हो जाती। राम को समझ में नहीं आ रहा था कि वे क्या करें। विश्वामित्र ने राम से कहा कि ताड़का द्वारा अधिक विध्वंस मचाने से पूर्व, उसे तत्काल मार देना उचित है। वे बोले कि ताड़का दया की पात्र नहीं है और उसे दुर्बल क़दापि नहीं समझना चाहिए। विश्वामित्र का आदेश सुनकर, राम बिलकुल नहीं हिचकिचाए क्योंकि वे जानते थे कि ताड़का को मारना उनका कर्तव्य था और विश्वामित्र उन्हें वन में इसी विशिष्ट प्रयोजन से लेकर आए थे। ताड़का ज्यों ही राम और लक्ष्मण को मारने के लिए दौड़ी, राम ने तुरंत बाण चलाकर उसे धरती

पर मार गिराया। इस प्रकार, सब ऋषि-मुनियों तथा वनवासियों ने उन्हें धन्यवाद दिया। अपनी प्रजा की रक्षा करना राजा का धर्म है, इसलिए ताड़का के स्त्री होने के बावजूद राम को उसका वध करना पड़ा।

उस रात, सभी वनवासी ताड़का के भय से मुक्त होकर आराम से सो पाए। सुबह उठने पर, विश्वामित्र ने राम को अनेक शक्तिशाली अस्त्र दिए, जिनसे वे अपने शत्रुओं को पराजित कर सकें, और साथ ही उन अस्त्र-शस्त्रों का आह्वान करने का ज्ञान भी दिया। उसके बाद, विश्वामित्र उन्हें अपने आश्रम में ले गए। उन्हें देखकर तपस्वी बहुत प्रसन्न हुए। अगले दिन, विश्वामित्र ने अपना यज्ञ आरंभ किया। उन्होंने दोनों राजकुमारों को अगले छह दिनों तक सावधान रहने को कहा ताकि उनके यज्ञ में कोई बाधा न पड़े। जैसे ही यज्ञ आरंभ हुआ, आकाश में भयंकर शोर करते हुए दो राक्षस, मारीच और सुबाहु यज्ञ वेदी के ऊपर कूद गए तथा उन्होंने सब तरफ़ रक्त, पीव और अस्थियाँ बिखेर दीं। राम ने बाहर निकलकर मारीच पर बाण चलाया जिसके प्रहार से वह आठ सौ योजन दूर समुद्र में जा गिरा। इसके बाद, राम ने आसानी से सुबाहु का वध कर दिया तथा अपने वचनानुसार यज्ञ की रक्षा की।

अगले दिन तपस्वियों ने राम को मिथिला नगरी में राजा जनक द्वारा आयोजित किए जा रहे धनुष-यज्ञ के विषय में बताया। सब लोग मिथिला की ओर चल पड़े और मार्ग में, ऋषियों ने विश्वामित्र के जन्म और इतिहास तथा गंगा की कथा सुनाकर राजकुमारों का मनोरंजन किया। उन्होंने देवताओं तथा असुरों द्वारा किए गए समुद्र मंथन की कथा भी सुनाई।

मार्ग में उन्हें गौतम ऋषि का आश्रम दिखाई दिया, जो वीरान पड़ा था। गौतम ने अपनी अत्यंत सुंदर पत्नी अहिल्या को अनजाने में उनसे विश्वासघात करने के दंडस्वरूप, शाप देकर पाषाण में परिवर्तित कर दिया था। राम ने ज्यों ही आश्रम में प्रवेश करके अहिल्या को अपने पैर से स्पर्श किया, शाप समाप्त हो गया और वह अपने मुग्ध कर देने वाले रूप में लौट आई। इस बीच गौतम ऋषि भी आश्रम में वापस आ गए और फिर दोनों ने राम का सेवा-सत्कार किया।

उनके दल ने मिथिला नगरी में प्रवेश किया, जहाँ धनुष-यज्ञ होना था। विश्वामित्र ने बताया कि वह धनुष भगवान शिव का है और इतना बड़ा और भारी है कि उसे कोई नहीं उठा सकता। एक बार, जनक की पुत्री सीता, बचपन में गेंद से खेल रही थी तो वह गेंद लुढ़कती हुई धनुष के नीचे चली गई। जनक यह देखकर आश्चर्यचकित रह गए कि उस बच्ची ने बहुत आसानी से धनुष उठाकर अपनी गेंद निकाल ली। जनक ने उसी क्षण यह निर्णय कर लिया कि जो पुरुष उनकी पुत्री से विवाह करना चाहेगा, उसे पहले वह धनुष उठाकर, प्रत्यंचा चढ़ानी होगी। अनेक राजकुमार अपना भाग्य परखने आए किंतु सभी निराश होकर चले गए। विश्वामित्र जानते थे कि सीता का विवाह राम से होना है, इसीलिए वे राम को मिथिला लेकर आए थे। राजमहल के द्वार में प्रवेश करते ही, राम की दृष्टि महल की एक खुली हुई खिड़की पर पड़ी जहाँ से उन्हें एक कन्या का सिर दिखाई पड़ा। उनकी दृष्टि ने मानो उस कन्या को आकर्षित कर लिया और उसने भी सिर घुमाकर सीधे

राम की आँखों में देखा। उस कन्या की दृष्टि में इतना तेज़ था कि राम को उसे देखकर झटका-सा महसूस हुआ। उनका हृदय सदा के लिए उस रूपसी कन्या की आँखों में खो गया। यद्यपि वह कन्या आयु में छोटी थी, किंतु वह समझ गई कि उसे अपना जीवनसाथी मिल गया है। दोनों राजकुमार आगे बढ़ गए और वह कन्या पूरी शक्ति से इच्छा करती रही कि वह युवक धनुष को उठाकर उससे विवाह कर लेगा। वह कन्या और कोई नहीं, राजा जनक की दत्तक पुत्री सीता थी।

कुछ वर्ष पूर्व, जब राजा जनक यज्ञ हेतु भूमि पर हल चला रहे थे तो उन्हें एक शिशु की दबी-सी हँसी सुनाई दी। राजा ने समय पर हल को रोक लिया और उन्हें हल से बनी लकीर में एक सुंदर कन्या मिली। वह बहुत आकर्षक थी। राजा ने उसे धीरे-से उठा लिया और गोद लेने का निर्णय किया। उन्होंने बालिका का नाम सीता रखा, जिसका अर्थ "लीक" होता है। अब वह बालिका बड़ी होकर सुंदर युवती हो गई थी।

राजा जनक ने विश्वामित्र और दोनों राजकुमारों का हर्षपूर्वक स्वागत किया। राजा ने उन्हें धनुष और अपनी पुत्री सीता की कथा सुनाई। विश्वामित्र ने जनक को आश्वासन दिया कि दशरथ पुत्र राम आसानी से धनुष को मोड़ देंगे। उस धनुष के संदूक को राजसभा में उठाकर लाने के लिए पाँच हज़ार हृष्ट-पुष्ट पुरुषों की आवश्यकता होती थी। संदूक का ढक्कन उठाया गया। सब लोग धनुष को देखने लगे। विश्वामित्र के कहने पर, राम ने उस धनुष को सरलता से उठा लिया। उन्होंने उसे ज्यों ही मोड़ा, वह टूट गया। उसके टूटने से किसी पर्वत के खंडित होने जैसी आवाज़ आई। उसके प्रभाव से समूची धरती काँपने व थरथराने लगी। दोनों राजकुमारों, विश्वामित्र और राजा जनक को छोड़कर शेष सभी लोग नीचे गिर पड़े। सब लोग राम को आश्चर्य से देखने लगे। राजा जनक को बहुत प्रसन्नता हुई क्योंकि उन्होंने अपनी पुत्री के लिए पति को पाने की आशा छोड़ दी थी। देश के सभी शक्तिशाली राजाओं ने अपना भाग्य परख लिया था किंतु वे सब असफल हो चुके थे। जनक ने तत्काल अपने दूत अयोध्या भेजकर राजा दशरथ को उनके पुत्र के विवाह का निमंत्रण भिजवा दिया।

राजा दशरथ जब भरत एवं शत्रुघ्न के साथ बहुत-से उपहार लेकर अपने दल-बल सहित मिथिला पहुँचे तो राजा जनक ने उनका यथोचित स्वागत-सत्कार किया। जनक ने प्रस्ताव दिया कि उनकी छोटी पुत्री उर्मिला का विवाह लक्ष्मण के साथ कर दिया जाए। इसके अतिरिक्त, जनक ने अपने भाई की पुत्रियों मांडवी और श्रुतकीर्ति का विवाह, राम के भाइयों भरत एवं शत्रुघ्न के साथ करने का भी सुझाव दिया। अपने पुत्रों के लिए सुंदर पत्नियाँ पाकर राजा दशरथ प्रसन्न हो गए।

विजय नामक शुभ मुहूर्त में सभी के विवाह संपन्न हो गए। वशिष्ठ ने विवाह-मंडप की वेदी तैयार की तथा उसे चंदन के लेप, स्वर्णिम थालों, फूलदानों, धूप कल्लों, शंख, समिधा से भरे पात्रों और कच्चे चावल तथा हल्दी के चूर्ण से सिंके एवं पुते हुए स्वर्ण पात्रों से सजाया गया। वेदी पर दर्भ घास बिखेरकर वशिष्ठ ने *ऋग्वेद* में वर्णित विवाह-संबंधी पावन मंत्रों को पढ़ना आरंभ कर दिया। राजा जनक आभूषणों से सुसज्जित अपनी सुंदर पुत्री को लेकर विवाह-मंडप में आए। उन्होंने सीता का हाथ दृढ़ता से राम के हाथ पर रख

दिया। सीता ने लजाते हुए राम की ओर देखा और ज्यों ही उनकी दृष्टि मिली, वे जान गए कि उन्होंने एक-दूसरे को बहुत दिन पहले, जब राम मिथिला में आए थे, देखा और पसंद कर लिया था। वे एक-दूसरे से अपनी दृष्टि हटा नहीं पाए और उन्हें यह भी पता न लगा कि इस बीच जनक अपनी पुत्री उर्मिला को लक्ष्मण के हाथ तथा अपनी भतीजियों मांडवी व श्रुतकीर्ति को भरत एवं शत्रुघ्न के हाथ में सौंप रहे थे।

राम ने अपनी पत्नी का हाथ थामकर पवित्र अग्नि के तीन फेरे लिए और विवाह का वचन दिया। राम के भाइयों ने भी ऐसा ही किया। यह संयुक्त विवाह बहुत धूमधाम और सफलता के साथ संपन्न हो गया।

विवाह-दल अगले दिन अयोध्या के लिए निकल पड़ा। मार्ग में उन्हें परशुराम मिले। वे अजेय थे। उनका जन्म ब्राह्मण कुल में हुआ था किंतु वे साहस और बल में क्षत्रिय के समान थे। किसी क्षत्रिय ने उनके पिता की हत्या कर दी थी और तभी से उन्होंने प्रण लिया था कि वे धरती से क्षत्रिय वंश को समाप्त कर देंगे। वशिष्ठ एवं अन्य ऋषियों ने परशुराम को शांत करने का बहुत प्रयास किया किंतु क्रोधी स्वभाव वाले परशुराम ने, जो भगवान के विष्णु के एक अन्य अवतार माने जाते हैं, किसी की न सुनी और उन्होंने राम को संबोधित करते हुए कहा, “मैंने तुम्हारे अदम्य भुजबल के विषय में सुना कि तुमने भगवान शिव का धनुष तोड़ दिया। मेरे पास उससे भी शक्तिशाली भगवान विष्णु का धनुष है। यदि तुम सच्चे क्षत्रिय और शूरवीर हो तो इस धनुष को उठाओ, इसकी प्रत्यंचा चढ़ाओ और फिर मेरे साथ युद्ध करो!” दशरथ ने यह सुना तो वे घबरा गए और परशुराम से अपने पुत्र को छोड़ देने की याचना करने लगे किंतु परशुराम ने उनकी बात नहीं मानी तथा राम को फिर से युद्ध के लिए ललकारा। परशुराम के उग्र रूप से बिना भयभीत हुए, राम ने वह धनुष उठाया और सरलता से उसकी प्रत्यंचा चढ़ा दी। उसे परशुराम की ओर घुमाते हुए राम ने निडरता से कहा, “हे ब्राह्मण! बताइए, मैं इस बाण को किस पर चलाऊँ?”

परशुराम ने अपने प्रभु को पहचान लिया और वे छौने की भांति विनम्र होकर बोले, “हे राम! मैं समझ गया हूँ कि आप स्वयं भगवान विष्णु हैं क्योंकि उनके अतिरिक्त इस धनुष पर कोई प्रत्यंचा नहीं चढ़ा सकता। मैं अपनी समस्त शक्तियाँ आपको अर्पित करता हूँ और स्वयं तपस्या करने महेंद्र पर्वत पर जा रहा हूँ।”

परशुराम के चले जाने के बाद, राम ने विष्णु का धनुष जल के देवता वरुणदेव को दे दिया तथा विवाह-दल अयोध्या की ओर बढ़ गया, जहाँ राजकुमारों तथा उनकी पत्नियों के स्वागत के लिए बंदनवार बाँधे गए थे।

अगले बारह वर्ष तक राम और सीता ने एक-दूसरे के साहचर्य में सुख से समय व्यतीत किया। सीता जितनी सुंदर थीं उतनी ही सदाचारिणी भी थीं। राम के मन में सीता के सौंदर्य और आकर्षण के साथ, उनके चरित्र की श्रेष्ठता के लिए भी प्रगाढ़ प्रेम उत्पन्न हो गया था। सीता भी अपने आकर्षक एवं श्रेष्ठ पति से बहुत प्रेम करती थीं और देवताओं के प्रति कृतज्ञ थीं। समय के साथ, उनका एक-दूसरे के प्रति प्रेम बढ़ता गया और उन्हें एक क्षण के लिए भी अलग रहना पसंद नहीं था। इस प्रकार उस दीप्तिमान युगल के लिए दिवस और माह, क्षणों के समान बीतने लगे तथा उन्हें एक-दूसरे के कमल-नेत्रों में देखते

हुए समय बीतने का भान ही नहीं रहा।

वशिष्ठ कहते हैं :

"जिस तरह स्पर्श्य सागर में लहरें दिखाई देती हैं,
उसी प्रकार निराकार ब्रह्म में ये संसार निराकार रूप में रहता है।
अनंत में अनंत उत्पन्न होता है और
उस अनंत रूप में ही रहता है।
इसलिए संसार की वास्तव में रचना नहीं हुई है।
वह उसी रूप में है जिसमें से यह उत्पन्न हुआ है।"

हरि ॐ तत सत

ॐ

ॐ

राजीवलोचनाय नमः!

खण्ड 2

अयोध्या कांड

ॐ

रघुत्तमाय नमः!

अध्याय 1

आसन्न राज्याभिषेक

रघुनाम कुलदीपं च
निमीनं कुलदीपकम्
सूर्यवंशमुद्भूतम्
सोमवंशमुद्भूतम्

(राम) रघुकुल के प्रकाश
(सीता) निमि कुल का दीप थीं,
एक का सूर्य वंश और
दूसरे का चंद्र वंश था।

अयोध्यावासी चारों राजकुमारों से प्रेम करते थे, किंतु उनके मन में ज्येष्ठ कुमार राम के प्रति, राम के पिता व अयोध्या के राजा के समान, विशेष सम्मान एवं प्रेम था। राम असाधारण मनुष्य थे। प्रकृति ने उन्हें अत्यंत उदारता से अपने उपहार प्रदान किए थे। वे न केवल आकर्षक एवं सौष्ठव थे, अपितु बहुत कम आयु में ही उन्होंने पूर्ण ज्ञान प्राप्त कर लिया था। वशिष्ठ द्वारा दिए गए उपदेश को केवल राम ही पूरी तरह आत्मसात कर सके थे तथा अन्य लोगों के मध्य वे उसी प्रकार अलग दिखते थे जिस तरह कंकड़ों के मध्य हीरा चमकता है। उनका शारीरिक सौंदर्य अद्‌भुत तथा उनके गुण आकर्षक थे। वे अत्यंत बुद्धिमान थे और उचित समय पर मृदु एवं दयालु बन जाते थे। वे दुर्बल व दरिद्र लोगों के प्रति विनम्र और दयावान थे, किंतु दोषियों के साथ उनका व्यवहार अत्यंत कड़ा और अनम्य हो जाता था। वे सदा संयमित तथा आत्म-लीन रहते थे। उनका स्वभाव बहुत शांत था। वे न कभी क्रोध करते और न ही अशोभनीय आमोद-प्रमोद में डूबते थे। वास्तव में, वे धर्माचरण का उदाहरण थे, किंतु उनके भीतर इस बात से दंभ अथवा अहंकार उत्पन्न नहीं हुआ और वे प्रत्येक वस्तु को ईश्वर का उपहार समझकर स्वीकार करते थे।

विवाह के बारह वर्ष तक, राम ने निश्चिंत होकर अपनी सुंदर पत्नी के साथ आनंदपूर्वक समय व्यतीत किया तथा राज्य के विविध कार्यों को संचालित करना सीखते

रहे। इस बीच कैकेयी का भाई, भरत और शत्रुघ्न को अवकाश पर अपने साथ अपने घर ले गया।

दशरथ ने अपने पुत्र राम को सद्गुणों से युक्त देखा तो उन्हें लगा कि राम को शीघ्र ही राज्य का उत्तराधिकारी नियुक्त कर देना चाहिए क्योंकि वे स्वयं अशक्त और वृद्ध हो गए थे। यह निर्णय लेने के बाद, वे इस कार्य को पूर्ण करने के लिए आतुर हो गए। उन्होंने अपने मंत्रियों से चर्चा की तथा राम के अभिषेक का दिन निश्चित कर दिया। सभी राजाओं को निमंत्रण भेजे गए किंतु भाग्य के अनोखे चक्र से, राजा दो अपने सबसे निकटतम संबंधियों - अपने श्वसुर कैकेयराज तथा अपने पुत्र के श्वसुर राजा जनक - को आमंत्रित करना भूल गए। यदि कैकेयराज को बुलाया गया होता तो स्वाभाविक रूप से भरत एवं शत्रुघ्न भी उनके साथ आते और फिर इस कथा का पूरा घटनाक्रम भिन्न होता। हालांकि जब तक दशरथ को इस भूल का पता लगा, निमंत्रण भेजने के लिए बहुत देर हो चुकी थी। यह भूल अप्रत्याशित थी अथवा जान-बूझकर की गई, यह स्पष्ट नहीं है किंतु कहते हैं दशरथ ने स्वयं को यह सांत्वना दी कि भरत व शत्रुघ्न को शीघ्र ही वह आनंददायक समाचार मिल जाएगा।

सभी राजाओं एवं नगर के समस्त विशिष्ट नागरिकों की सभा में राजा दशरथ ने राम को अगले दिन सुबह राज्य का उत्तराधिकारी नियुक्त करने की घोषणा कर दी। ज्योतिषियों द्वारा अत्यंत शुभ मुहूर्त चुना गया था, जिस समय पुष्य नक्षत्र उच्चावस्था में था। वहाँ उपस्थित सभी राजाओं ने भी इस निर्णय को बुद्धिमत्तापूर्ण माना।

दशरथ ने अपने गुरु वशिष्ठ को देखा और उनसे अगले दिन महोत्सव की तैयारियाँ करने को कहा। मंत्री सुमंत्र को राम को राजसभा में लेकर आने का कार्य दिया गया। राम ने ज्यों ही उत्कृष्ट ढंग से सभा में प्रवेश किया, वे सबके आकर्षण का केंद्र बन गए। उन्होंने अपने पिता को प्रणाम किया। दशरथ ने राम को गले लगाया और फिर उन्हें एक विशेष आसन पर बैठाया। इसके बाद, दशरथ ने राम को अगले दिन सुबह होने वाले उनके सम्मान के विषय में बताया। राम को यह घोषणा सुनकर न दुख हुआ और न ख़ुशी, अपितु उन्होंने उस समाचार को अपने स्वभाव के अनुकूल शांत भाव से ग्रहण कर लिया। इसके बाद वे अपने महल में लौट आए। नगरवासियों ने जब यह समाचार सुना तो वे प्रसन्न होकर महल के द्वार पर एकत्र हो गए और राम की जय-जयकार करने लगे।

सभा भंग हो गई और राजा भी अपने कक्ष में चले गए। उन्होंने फिर से सुमंत्र को कहकर राम को बुलवाया। दशरथ बहुत चिंतित थे क्योंकि उनके ज्योतिषियों ने उन्हें बताया था कि उनका समय बहुत प्रतिकूल चल रहा था और उसके कारण उनकी मृत्यु भी हो सकती है, इसलिए वे चाहते थे राम का राज्याभिषेक शीघ्रातिशीघ्र हो जाए। इसके अतिरिक्त, कैकेयी से विवाह के समय, दशरथ ने कैकेयी के पिता को वचन दिया था कि उनके बाद कैकेयी का पुत्र राजा बनेगा। दशरथ को डर था कि राम के राज्याभिषेक के समय यदि भरत वहाँ उपस्थित हुआ तो वह अपना अधिकार माँगेगा।

राम के वहाँ पहुँचने पर, दशरथ ने उनसे कहा कि राम और सीता को रात्रि में उपवास करना होगा तथा दर्भ घास के आसन पर पत्थर को तकिया बनाकर सावधान रहना

होगा। राम ने उनकी सब बातें मान ली तथा अपने महल लौटकर सीता को यह समाचार सुनाना चाहा। परंतु सीता अपने कक्ष में नहीं थीं। वे अपनी माता के कक्ष में गए तो देखा कि सीता तथा लक्ष्मण की माता सुमित्रा भी कौशल्या के पास उपस्थित थीं। उन्हें समाचार मिल चुका था और वे अपने पुत्र के कल्याण की प्रार्थना कर रही थीं। कौशल्या और सुमित्रा ने राम को आशीर्वाद दिया। राम ने लक्ष्मण को भी अगले दिन अपने साथ रहने तथा उस सौभाग्य का भागीदार बनने को कहा। इसके बाद, वे सीता के साथ अपने कक्ष में चले गए।

आसन्न राज्याभिषेक का समाचार जंगल की आग की तरह फैल गया। इस भावी कार्यक्रम में भाग लेने के लिए सभी स्थानों से लोग अयोध्या पहुँचने लगे क्योंकि लोग राम से बहुत प्रेम करते थे। नगर को सजाने का कार्य तत्काल आरंभ हो गया।

राम का नाम इस संसार की जटिलताओं से
बचने का एकमात्र मंत्र है।
जो व्यक्ति इस नाम को सदा ध्यान में रखता है,
उसे समस्त शक्तियाँ सतत रूप से प्राप्त हो जाती हैं।

हरि ॐ तत सत

ॐ

ॐ

राजेंद्राय नमः!

अध्याय 2

कैकेयी की युक्ति

अयोध्यापुरनेत्रम्
मिथिलापुम्यिकम्।
राघवनमलकर्म
वैदेहीनमलक्रियम्।

(राम) अयोध्या के नरेश हैं,
(सीता) मिथिला की राजकुमारी हैं,
(राम) रघुकुल शिरोमणि हैं,
और (सीता) विदेह की निधि हैं।

कैकेयी राजा दशरथ की सबसे छोटी एवं प्रिय रानी थी। विवाह के बाद जब वह अयोध्या आई, तो मंथरा नाम की एक कुबड़ी दासी भी उसके साथ आ गई, जो कैकेयी के सेवा करती थी। उस दिन संध्या को मंथरा ने प्राचीर पर चढ़कर नीचे नगर में महोत्सव की तैयारियाँ देखीं। उसे नगर में अचानक हो रही इस सज्जा को देखकर बहुत आश्चर्य हुआ।

मंथरा ने राम की एक पुरानी दासी से पूछा, "अयोध्या नगरी इस तरह अचानक खुशी से पागल क्यों हो रही है? ऐसी क्या विशेष बात है?"

दासी ने उसे आसन्न राज्याभिषेक का समाचार सुनाया। यह सुनकर मंथरा अचंभित हो गई और दौड़ती हुई अपनी स्वामिनी के पास गई, जो उस समय आराम कर रही थी।

"उठो, मोहित रानी!" वह बोली, "तुम्हारे पति ने, जो तुमसे प्रेम करने की बात करते हैं, तुम्हारे साथ छल किया है। तुम्हारे पुत्र को उसके नाना के घर भेजकर, वे कौशल्या के पुत्र राम को कल राज्य का उत्तराधिकारी नियुक्त करने वाले हैं। तुम्हारे पति ने मीठे वचनों से तुम्हें भ्रमित करके कपटी सर्प जैसा व्यवहार किया है।"

कैकेयी राम के राज्याभिषेक का समाचार सुनकर प्रसन्नता से भर गई। उसने मंथरा को सुंदर हार उपहार में दिए क्योंकि उसने कैकेयी को यह शुभ समाचार सुनाया था। कैकेयी

ने कहा, "तुम्हारा धन्यवाद है, जो तुमने मुझे यह शुभ समाचार सुनाया। मेरे लिए राम और भरत में कोई अंतर नहीं है। मैं महाराज के निर्णय से प्रसन्न हूँ।"

इस समाचार पर कैकेयी की प्रतिक्रिया देखकर मंथरा को बहुत आश्चर्य हुआ। उसने कैकेयी का दिया हार फेंका और घृणापूर्ण स्वर में बोली, "मुझे विश्वास नहीं हो रहा कि आप अपने दुर्भाग्य के प्रति इतनी विमुख कैसे हो सकती हैं। राम के राजा बन जाने बाद, आप कौशल्या के लिए दासी के समान हो जाएँगी और आपका पुत्र भरत का पद भी राम के सेवक से अधिक कुछ नहीं होगा।"

कुबड़ी मंथरा अपनी रानी पर आने वाली मुसीबतों के विषय में बोलती और चिल्लाती रही और वह कैकेयी द्वारा राम की प्रशंसा में कुछ सुनने के लिए तैयार नहीं थी। कैकेयी को मंथरा द्वारा बताई गई किसी भीषण स्थिति के उत्पन्न होने की संभावना नहीं दीख रही थी। परंतु एक घंटे तक मंथरा का भाषण सुनने के बाद कैकेयी को भी मंथरा की बातों पर विश्वास होने लगा कि महाराज ने उसके पुत्र भरत को उसकी न्यायसंगत स्थिति से वंचित करने का षड्यंत्र रचा था। इस घटना से यह पता लगता है कि सदाचारी लोगों की संगति कितनी आवश्यक होती है और इसीलिए हमारे ग्रंथों में सत्संग के महत्त्व पर इतना बल दिया जाता है। बुरे लोगों की संगति करने से अत्यंत उच्च बुद्धि वाले व्यक्ति के विचार भी धीरे-धीरे विषाक्त होने लगते हैं।

अंत में परेशान होकर कैकेयी ने मंथरा से विनती की कि वह इस बड़ी मुसीबत से उसके पुत्र भरत को बचाने का कोई उपाय बताए। मंथरा ने कैकेयी को उन दो वरदानों की याद दिलाई जो दशरथ ने अनेक वर्ष पूर्व उसे देने का वचन दिया था। एक बार दशरथ, कैकेयी को सैन्य आक्रमण पर अपने साथ ले गए थे। वहाँ दशरथ बुरी तरह घायल होने के बाद अचेत हो गए। उस समय कैकेयी अत्यंत कुशलता से रथ का संचालन करके दशरथ को सुरक्षित स्थान पर ले गई थी। चेतना लौटने पर राजा अपने प्राणों के रक्षा करने के लिए कैकेयी से इतने प्रसन्न हुए कि उन्होंने रानी को दो वरदान माँगने को कहा। कैकेयी ने वरदान को बाद के लिए सुरक्षित रख लिया और फिर वह स्वयं भी उनके विषय में भूल गई। मंथरा ने उसे उन वरदानों की याद दिलाई और इस अवसर पर उनका उपयोग करने को कहा। पहला, भरत को अयोध्या का राज्य और दूसरा, राम को चौदह वर्ष का वनवास, ताकि इस बीच भरत को देश में अपनी स्थिति सुदृढ़ करने के लिए पर्याप्त समय मिल जाए। मंथरा ने कैकेयी को कोप भवन में जाकर अपने केश बिखेरने, वस्त्र फाड़ने और रोने का सुझाव दिया ताकि उसके पति को उसके दुखी होने का संदेश मिल सके। कुबड़ी द्वारा भड़काए जाने के बाद, कैकेयी ने अपने विवेक की पूरी तरह उपेक्षा करके मंथरा का सुझाव मान लिया।

रात्रि होने पर राजा दशरथ ने कैकेयी के कक्ष में प्रवेश किया ताकि वे अपनी प्रिय पत्नी को आगामी शुभ घटना का समाचार दे सकें। उन्हें यह देखकर बहुत निराशा हुई कि कैकेयी उस ढंग से उनकी प्रतीक्षा के लिए उपस्थित नहीं थी, जैसा कि वह सामान्यतया करती थी। उन्हें यह जानकर और भी दुख हुआ कि रानी कोप भवन में बैठी थी। राजा शीघ्रता से कोप भवन की ओर गए जहाँ वे अपनी प्रिय पत्नी को फ़र्श पर छटपटाते हुए

देखकर डर गए। कैकेयी के आभूषण सर्वत्र बिखरे हुए थे, बाल खुले थे और चेहरा क्रोध से काला हो गया था।

"क्या बात है प्रिये?" वृद्ध राजा ने दुखी होकर पूछा। "किसने तुम्हें परेशान करने का दुस्साहस किया है? तुम्हें किस वस्तु का अभाव है? तुम्हारी जो भी इच्छा है, बताओ। तुम्हें पता है कि तुम जो भी माँगोगी, वह तुम्हें मिलेगा।"

कैकेयी ने कहा, "मेरा न तो अपमान हुआ है और न ही किसी ने मुझसे अनादरपूर्वक कुछ कहा है। परंतु मैं कुछ चाहती हूँ, जो केवल आप ही मुझे दे सकते हैं। मुझे वचन दीजिए कि आप मेरी इच्छा पूर्ण करेंगे। उसके बाद ही मैं यहाँ से उठूँगी।"

प्रेमासक्त राजा ने अपने हाथ से कैकेयी के बिखरे हुए केश सँवारे और उसका सिर अपनी गोद में रखकर वचन दिया कि वे उसकी हर इच्छा पूर्ण करेंगे।

रानी कैकेयी ने, यह जानते हुए कि उसके शब्दों का राजा पर क्या प्रभाव होगा, मंथरा के बताए अनुसार कठोरता से कहा, "हे राजन! क्या आपको याद है, मैंने एक बार युद्ध में आपके प्राणों की रक्षा की थी जब आप अचेत हो गए थे? उस समय आपने मुझे दो वरदान माँगने को कहा था। यह समय आपके वचन-पूर्ति के लिए उपयुक्त है। मैं आपसे प्रार्थना करती हूँ कि आप मेरे पुत्र भरत को राज्य का उत्तराधिकारी घोषित करें तथा राम को चौदह वर्ष के लिए वन में भेज दें। मेरी यही दो इच्छाएँ हैं। यदि आप इन्हें पूर्ण नहीं कर सकते तो आपके श्रेष्ठ कुल की कीर्ति पर कलंक लगेगा तथा आपको वचन भंग करने के महापाप का दोषी माना जाएगा।"

राजा को यह विश्वास नहीं हुआ कि उसकी सबसे प्रिय पत्नी ये कठोर वचन बोल रही थी। कैकेयी के वचनों से होने वाली पीड़ा दशरथ से सहन न हो सकी और वे मूर्छित हो गए।

मूर्छा से बाहर आने पर राजा ने कहा, "दुष्ट स्त्री! तुझ पर किसका प्रभाव है जो तू इस तरह के भयंकर वरदान माँग रही है? निर्दोष राम ने तुझे क्या क्षति पहुँचाई है? सारा देश राम के सद्गुणों की सराहना कर रहा है। ऐसे में, तू उसका और इस श्रेष्ठ कुल का विनाश क्यों चाहती है? तू इस बात से भली-भांति परिचित है कि मैं राम को देखे बिना एक दिन भी नहीं रह सकता। क्या तू अपने पति की भी हत्या करना चाहती है? कैकेयी! तुम्हारे ऊपर किस दुष्टात्मा का प्रभाव है? क्या मैं इतने वर्ष से आस्तीन में साँप पाल रहा था? मैं तुमसे याचना करता हूँ, तुम्हारे पैर पकड़ता हूँ, मुझे वचन भंग करने का दोषी मत बनाओ क्योंकि मैं तुम्हारी इस भयंकर प्रार्थना को स्वीकार नहीं कर सकता।" यह कहते हुए, राजा दुखी होकर कैकेयी के पैरों में गिर पड़े।

रानी कैकेयी ने, जिसकी बुद्धि को मंथरा के दुष्ट शब्दों ने निष्क्रिय कर दिया था, क्रूरतापूर्वक उत्तर दिया, "आपने मुझे, एक बार युद्ध के समय और फिर दोबारा अभी वचन दिया है। आप इक्ष्वाकु कुल के वंशज होकर, एक नहीं बल्कि दो बार, वचन भंग कैसे कर सकते हैं? अपने कुल और राजा के पद की मर्यादा के साथ विश्वासघात करने के लिए आपको धिक्कार है! सुनो भ्रष्ट राजा, यदि राम को इस राज्य का उत्तराधिकारी बनाया गया

तो मैं इसी क्षण आपके सामने विष खाकर अपने प्राण दे दूँगी।" ऐसा कहकर, कैकेयी नीचे बैठ गई और फिर कुछ नहीं बोली।

राजा विक्षिप्त होकर याचना करता रहा कि वहाँ एकत्र अन्य राजागण को जब यह पता लगेगा कि दशरथ ने राम का राज्याभिषेक करने का अपना ही निर्णय बदलकर भरत को राजसिंहासन दे दिया है और निर्दोष राम को वन में भेज दिया है तो वे सब उसकी निंदा करेंगे। दशरथ ने पूछा कि वे सीता को क्या उत्तर देंगे? कौशल्या से क्या कहेंगे?

"दुष्ट औरत! तू क्या अपने पति को मारकर अपने पुत्र के साथ राज्य भोगना चाहती है? मेरा कोमल और प्रिय पुत्र राम वन में जीवित कैसे रहेगा? विदेहराज की पुत्री अपने प्रिय पति से अलग होना कैसे सहन करेगी?" इस प्रकार शोकाकुल एवं दुखी राजा दशरथ अपनी क्रूर पत्नी के निकट फ़र्श पर गिरकर छटपटाने लगे।

रात्रि बीत गई थी तथा अभिषेक का शुभ दिन उदय हो चुका था। महर्षि वशिष्ठ ने अपने शिष्यों के साथ नगर में प्रवेश किया तथा सुमंत्र को कहा कि वह राजा को उनके आगमन का समाचार दें। सुमंत्र राजा को फ़र्श पर एवं रानी कैकेयी को उनके पास अस्त-व्यस्त अवस्था में देखकर दंग रह गया। कैकेयी ने सुमंत्र से कहा कि वह राम को बुला लाएँ। सुमंत्र तुरंत गया और राम को लेकर राजा के कक्ष में आ गया। रथ में बैठे राम एवं लक्ष्मण को नगर की वीथिकाओं से गुज़रता देखकर लोग उनकी जय-जयकार करने लगे तथा उनके ऊपर पुष्प एवं आभूषणों की वर्षा करने लगे। राजमहल में प्रवेश करने पर राम ने झुककर निराश राजा और कैकेयी को प्रणाम किया। उन्हें अपने पिता को, जो सदा प्रसन्न रहते थे, उदास बैठे देख बहुत आश्चर्य हुआ।

"पिताश्री, क्या मैंने आपको दुख पहुँचाया है? आप मुझसे अप्रसन्न क्यों हैं?" राम ने पूछा।

राजा कुछ न बोल सके। उन्होंने दृष्टि उठाकर राम की ओर भी नहीं देखा। कैकेयी ने कहा, "राजा तुमसे अप्रसन्न नहीं हैं और न ही क्रोधित हैं। वे दुखी हैं क्योंकि वे अपने वचन का, जो उन्होंने मुझे बहुत समय पहले दिया था, पालन नहीं करना चाहते। उनके आज्ञाकारी और प्रिय पुत्र होने के नाते यह सुनिश्चित करना तुम्हारा कर्तव्य है कि तुम्हारे पिता अपना दिया हुआ वचन भंग न करें। वचन भंग करने वाला व्यक्ति विशेष प्रकार के नरक में गिरता है।"

यह सुनकर राम आश्चर्यचकित रह गए। वे बोले, "मेरे पिता को यह संदेह कैसे हो गया कि मैं उनके आदेश का पालन नहीं करूँगा? यदि वे मुझे आदेश दें तो मैं अभी अग्नि में कूद जाऊँगा।"

कैकेयी फिर बोली, "सुनो, रघुवंशी, मैंने महाराज से दो वरदान माँगे हैं - तुम्हारी जगह, मेरे पुत्र भरत को राज्य का उत्तराधिकारी बनाया जाए और दूसरा, तुम्हें चौदह वर्ष के लिए वन में भेजा जाए। तुम्हारे पिता से मेरी इन इच्छाओं को पूर्ण करना सहन नहीं हो रहा। इसीलिए वे इतने उदास हैं तथा तुम्हारी ओर देख नहीं रहे हैं।"

राम के लिए यह समाचार चौंकाने वाला था किंतु उन्होंने इसे सुनकर पलक भी नहीं

झपकाई। वे यहाँ समारोह में भाग लेने व उत्सव मनाने की आशा लेकर आए थे, किंतु उन्हें मानो किसी विषैले सर्प ने डस लिया था। परंतु उनके मुख पर क्रोध या घृणा का कोई भाव नहीं था।

उन्होंने अत्यंत समभाव से कहा, "हे कैकेय की राजकुमारी, आपको यह संदेह कैसे हुआ कि मैं अपने पिता की इच्छा नहीं मानूँगा, यद्यपि मैंने यह आदेश उनके अपने मुख से नहीं सुना है? आपकी इच्छा मेरे लिए आदेश है। मुझे केवल अपनी माता कौशल्या तथा विदेह की राजकुमारी सीता से मिलने का समय दीजिए। मैं आज ही, आपकी इच्छानुसार, अपने केश खोलकर और वन के लिए प्रस्थान कर जाऊँगा।"

यह कहकर, राम ने अपने पिता और कैकेयी की तीन बार परिक्रमा की और कक्ष से बाहर निकल गए। पीड़ित दशरथ का दुख से दम निकला जा रहा था। वे एक शब्द भी नहीं कह सके, किंतु राम एक बार भी बिना पीछे मुड़े, राजमहल से बाहर चले गए। राम की चाल अथवा व्यवहार को देखकर उनके मित्रों एवं नागरिकों को उस अचंभित करने वाले समाचार का बिलकुल अनुमान नहीं लगा जो राम को अभी-अभी प्राप्त हुआ था। उन्होंने प्रभुत्व के प्रतीक, श्वेत छत्र एवं चँवर को अस्वीकार कर दिया। किसी स्थितप्रज्ञ की भांति, जो समस्त प्रकार के द्वैतवाद से ऊपर उठ गया हो, राम स्वयं पर तथा अपनी भावनाओं पर पूर्ण नियंत्रण रखते हुए अपनी माता के कक्ष में चले गए। परंतु लक्ष्मण दहकते नेत्रों के साथ राम के पीछे आए। उनका चेहरा क्रोध से तमतमा रहा था, उनके हाथ की पकड़ कमर में बँधी तलवार पर कभी कस रही थी कभी ढीली पड़ रही थी मानो राम के आदेश पर वे अपने पिता को भी मार डालने को तैयार थे।

राम ने अपने भाई लक्ष्मण के साथ माता के कक्ष में प्रवेश किया तो देखा कि वे पूजा में बैठी हुई थीं। राम को देखते ही वे दौड़ीं और राम को गले लगा लिया तथा रत्नजड़ित आसन पर बैठने को कहा। राम ने केवल आसन का स्पर्श किया। उन्हें अपनी माता को परेशान करने का दुख हो रहा था किंतु उस समाचार को आराम से सहजता से सुनाने का कोई तरीक़ा नहीं था।

"माताश्री!" राम ने कहा, "मुझे आपको एक दुखद समाचार देना है। यह रत्नजड़ित सिंहासन अथवा यह श्वेत छत्र मेरे लिए नहीं है क्योंकि मुझे अपने पिता के आदेशानुसार, वल्कल वस्त्र धारण करके दंडक वन के लिए प्रस्थान करना है और अगले चौदह वर्ष, वहीं कंद-मूल फल आदि खाकर व्यतीत करने हैं। मेरे स्थान पर अब भरत राज्य करेगा।"

यह अचंभित करने वाला समाचार सुनकर कौशल्या मृतक की भांति धरती पर गिर पड़ी। मूर्छा दूर होने पर, कौशल्या ने दुखी स्वर में कहा, "प्रिय पुत्र! क्या मैं ठीक सुन रही हूँ? क्या महाराज इतना धृष्ट आदेश दे सकते हैं? मैं तुम्हारे बिना कैसे जीवित रहूँगी? कैकेयी से विवाह करने के अनेक वर्ष तक राजा दशरथ ने मुझे सम्मान नहीं दिया, किंतु तुम्हारे जन्म के बाद, कम से कम, मुझे कुछ श्रेय मिल पाया था। अब, तुम्हारी अनुपस्थिति में मुझे फिर अपमानित किया जाएगा और मुझे कैकेयी की दासी बनकर रहना पड़ेगा। मैं यहाँ नहीं रहूँगी और जिस तरह गाय अपने बछड़े के पीछे चलती है, मैं भी तुम्हारे साथ चलूँगी।"

यह सुनकर लक्ष्मण, जो अत्यंत क्रोधित मुद्रा में थे, बोले, "भैया, ऐसे वृद्ध पुरुष के आदेश का कौन पालन करेगा जो पूरी तरह एक स्त्री के नियंत्रण में है? कोई मूर्ख ही अपनी पत्नी की बकवास सुनकर, आपके जैसे ईश-समान पुत्र को त्याग सकता है! इससे पहले पूर्व कि इस निर्लज्ज कृत्य के विषय में किसी को पता लगे, आप शासन की बागडोर अपने हाथ में लेकर स्वयं राजसिंहासन पर बैठ जाइए। पुजारी और प्रजा सब आपका समर्थन करेंगे। मैं नगर के द्वार पर खड़ा रहूँगा तथा आपको रोकनेवाले किसी भी व्यक्ति को, चाहे वह स्वयं राजा या फिर भरत ही क्यों न हो, मार डालूँगा। राजा को यह राज्य कैकेयी के पुत्र को देने का क्या अधिकार है, जबकि इसपर केवल आपका अधिकार है? मैं अपने वृद्ध और दुष्ट पिता का, जो अपनी द्वितीय बाल्यावस्था में हैं, वध करके इसी क्षण राज्य की सत्ता आपको सौंप दूँगा!"

कौशल्या ने कहा, "लक्ष्मण बिलकुल सही कह रहा है। मैं तुम्हें वन में जाने की अनुमति क़दापि नहीं दूँगी। यदि तुम वन में गए तो मैं आमरण व्रत ले लूँगी।"

राम अपनी माता की पीड़ा को समझ रहे थे किंतु वे उनकी कोई सहायता नहीं कर सकते थे। वे बोले, "हे माता! कृपया समझने का प्रयास कीजिए। मैं आपको तथा स्वयं को दुख पहुँचाकर भी अपने पिता की आज्ञा का उल्लंघन नहीं कर सकता। हमारी भूमि ऐसे महान पुरुषों की कथाओं से भरी हुई है जो अपने पिता के कहने पर किसी भी आदेश का पालन करने को तैयार थे। पुत्र होने के नाते यह मेरा कर्तव्य है। इसके अतिरिक्त, मैं माता कैकेयी को वचन दे चुका हूँ और अब उस वचन को भंग नहीं कर सकता। मुझे आशीर्वाद देना और मुझे अपना कर्तव्य पूर्ण करने की अनुमति देना आपका कर्तव्य है।"

राम ने फिर अपने भाई को देखकर कहा, "लक्ष्मण, मैं जानता हूँ कि तुम वीर हो तथा मुझसे बहुत प्रेम करते हो, किंतु ध्यान रहे कि मैं अपने पिता को उनकी आज्ञा मानने का वचन दे चुका हूँ और ऐसा करते हुए, मैं उनके द्वारा कैकेयी को दिए गए वचन का भी पालन कर रहा हूँ। हे वीर लक्ष्मण, मैंने नीति के अनुसार यह निर्णय लिया है तथा इस राजाज्ञा का पालन करने में मेरी सहायता करना तुम्हारा कर्तव्य है। मेरे प्रिय भाई, यह हिंसा का समय नहीं है। तुम्हें इस प्रकार का अनैतिक कार्य करना शोभा नहीं देता।"

राम ने फिर से अपनी माता को देखकर कहा, "हे माता, मुझे अपने पिता के वचन का पालन करने की आज्ञा दीजिए। मैं चौदह वर्ष के वनवास के बाद, लौट आऊँगा। मेरे पिता की आज्ञा का पालन करना आपका, सीता का और माता सुमित्रा का कर्तव्य है। यही धर्म का सनातन नियम है।"

राम के ऐसा कहने के बाद भी कौशल्या रोईं और उनसे वन में न जाने की याचना की, किंतु समय कम था तथा इससे पहले कि कोई अन्य उन्हें रोकने का प्रयास करता, राम वहाँ से चले जाने को आतुर थे।

राम ने एक बार फिर लक्ष्मण की ओर देखा और बोले, "लक्ष्मण! मैं अपने प्रति तुम्हारी निष्ठा से अवगत हूँ किंतु तुम और माता, दोनों मुझे पूरी तरह समझ नहीं पाए हो तथा मेरे मार्ग में अवरोध उत्पन्न करके मुझे कष्ट पहुँचा रहे हो। धर्म, अर्थ और काम

मानव जीवन के तीन लक्ष्य हैं किंतु इन तीनों के माध्यम से मोक्ष तभी प्राप्त होता है जब मनुष्य नैतिकता के मार्ग पर चलता है। ऐसे मनुष्य को नैतिक किस प्रकार कहा जा सकता है जो अपने वृद्ध पिता द्वारा दिए गए आदेश का, पावन प्रतिज्ञा की भांति, अनुपालन न कर सके? मेरी माता उनकी पत्नी हैं, इसलिए जब तक वे जीवित हैं, माता विधवा की तरह मेरे साथ वन में नहीं जा सकतीं। यहाँ रहकर मेरी सफल वापसी के लिए प्रार्थना करना उनका कर्तव्य है। इसलिए मैं तुमसे प्रार्थना करता हूँ कि मुझे वन जाने की अनुमति दे दो। जीवन बहुत छोटा है तथा यदि मुझे पृथ्वी के इस क्षुद्र साम्राज्य को प्राप्त करने के लिए अनैतिकता के मार्ग पर चलना पड़े तो मैं इसे क़दापि स्वीकार नहीं करूँगा।"

ऐसा कहकर, राम ने अपनी माता की परिक्रमा की और अपने भाई से कहा, "मेरे पिता और कैकेयी के प्रति अपने क्रोध को नियंत्रित करो तथा इस बात से प्रसन्न रहो कि तुमने अपने पिता के वचन का पालन करने में उनकी सहायता की है। तुम मेरी केवल इतनी सहायता कर सकते हो कि जो भी सामग्री राज्याभिषेक के लिए मँगाई गई थी, उसे वापस भेज दो। मेरे वन जाने की तैयारी अविलंब होनी चाहिए। यह सुनिश्चित करो कि माता कैकेयी के मन में इस बात का थोड़ा भी भय न रहे कि मैं अपने वचन से पीछे हट जाऊँगा। मेरे मन में उनके प्रति तनिक भी द्वेष भाव नहीं है। यह विधि का विधान है कि मैं वन में चला जाऊँ तथा अंतिम क्षण में मुझसे यह राज्याधिकार छीन लिया जाए। कैकेयी और मंथरा नियति के साधन मात्र हैं, अन्यथा मेरी सहृदय माता कैकेयी को इस तरह का विचार कैसे आ सकता है? जहाँ तक मुझे पता है, मैंने कभी दुख नहीं पहुँचाया और मैंने अपनी तीनों माताओं में कभी भेदभाव नहीं किया। विधि के विधान को कोई नहीं टाल सकता। सुख और दुख, भय और क्रोध, लाभ एवं हानि, जन्म तथा मृत्यु सब समय के साथ आते हैं। जो व्यक्ति इन द्वैत भावों के प्रभाव में आएगा, वह सदा दुखी रहेगा। जो इनसे उत्पन्न होने वाले दुख और सुख पर विजय प्राप्त कर लेता है, वही वास्तव में ज्ञानी कहलाता है। आज सुबह मुझे जो अचंभा हुआ है, उसके बावजूद मेरे मन में पीड़ा या क्रोध नहीं है। इसलिए, हे लक्ष्मण, मेरा परामर्श मानकर मेरे दुर्भाग्य पर किसी प्रकार का दुख मत मनाओ। मुझे इस बात से कोई अंतर नहीं पड़ता कि मेरे हिस्से में राज्य है अथवा वनवास। वास्तव में, मेरे लिए वनवास अधिक अनुकूल है क्योंकि इससे मुझे अपने पिता द्वारा दिए वचन को पूरा करने का अवसर मिला है।"

इन शब्दों को सुनकर भी लक्ष्मण आश्वस्त नहीं हुए क्योंकि वे क्रोधी स्वभाव के थे, किंतु कौशल्या ने जब देखा कि राम अपने प्रण में दृढ़ थे तो वे बोलीं, "मुझे लग रहा है कि तुम अपने प्रण से नहीं डिगोगे इसलिए मैं तुम्हें आशीर्वाद देती हूँ। प्रिय पुत्र, ईश्वर तुम्हारा सदा भला करें। विधि सर्वशक्तिमान है और उसे टाला नहीं जा सकता। जहाँ तक मेरा प्रश्न है, तुम्हारे सुरक्षित एवं सकुशल लौटकर आने तक मुझे शांति नहीं मिलेगी। तुम शिलाओं और पत्थरों पर सोओगे तो मुझे रेशमी बिस्तर पर कैसे नींद आएगी? तुम कंद-मूल और फल खाकर जीवित रहोगे तो मैं राजसी भोजन कैसे खा सकूँगी? तुम वल्कल वस्त्र धारण करोगे तो मैं साटन के वस्त्र कैसे पहनूँगी? पुत्र, अब मुझे चैन से तभी नींद आएगी जब तुम वापस मेरी बाँहों में लौट आओगे। वह धर्म, जिसका तुम इतनी कड़ाई से पालन

करते हो, तुम्हारे रक्षा करे! तुम्हारा मार्ग निर्विघ्न हो और तुम्हें प्रत्येक कार्य में सफलता मिले। पुत्र, प्रसन्नतापूर्वक जाओ और सुरक्षित लौटकर आओ। मैं सदा तुम्हारी सुरक्षा की प्रार्थना करूँगी।" यह कहकर, कौशल्या ने अपने दुख को नियंत्रित कर लिया और राम को आशीर्वाद दिया। इसके बाद, राम अपने राजमहल की ओर चल पड़े, जहाँ उन्हें यह दुखद समाचार अपनी पत्नी को सुनाना था।

सीता प्रसन्नतापूर्वक, भाटों के साथ तथा चँवर डुलाते हुए, अपने पति के आगमन की प्रतीक्षा कर रही थीं। वे राम को कुम्हलाए ढंग से अकेले आता देखकर चकित हो गईं। राम दुविधा में थे कि अपनी प्रिय पत्नी को वह समाचार कैसे सुनाएँ।

"आपको किस बात की चिंता है, स्वामी?" सीता ने पूछा। "आप अकेले कैसे आ गए और आपके साथ कोई चारण क्यों नहीं है? शुभ मुहूर्त आ गया है और आप अभी तक सभागृह में नहीं पहुँचे। मुझे बताइए कि कार्यक्रम में परिवर्तन का क्या कारण है?"

राम ने अपने पिता द्वारा कैकेयी को दिए वचन और कैकेयी द्वारा भरत को राज्याधिकार तथा राम को वनवास देने की कथा संक्षेप में सुना दी।

"प्रिय सीता, मेरी वृद्ध माता के साथ रहना, उनकी एवं अपने श्वसुर की देखभाल करना तथा मेरे वनवास से लौटने तक पूजा एवं प्रायश्चित करना तुम्हारा कर्तव्य है। भरत को किसी भी तरह अप्रसन्न मत करना क्योंकि वह भविष्य में राजा बनेगा और मेरी तीनों माताओं की समान रूप से देखभाल करना।"

राम के वचन सुनकर सीता से, यद्यपि वे विनयी एवं आज्ञाकारी पत्नी थीं, अपने प्रिय पति से वियोग का विचार सहन नहीं हुआ और उन्होंने दृढ़ता से कहा।

"रघुवंशी! आपने जो कुछ कहा है, वह आपको शोभा नहीं देता। सभी माता और पिता अपने-अपने भाग्य का परिणाम भोगते हैं। केवल पत्नी ही अपने पति के सौभाग्य की भागीदार होती है। पत्नी को केवल उसका पति शरण दे सकता है। इसलिए, आप जहाँ भी जाएँगे, मैं आपके साथ चलूँगी। मैं आपसे आगे चलूँगी तथा आपके मार्ग के काँटों को दूर करती जाऊँगी। आपके साथ रहने से मुझे वन भी अपने माता-पिता के घर के समान सुरक्षित लगेगा। स्वामी, मैं भी पर्वतों, सरोवरों तथा वन के फूलों को देखना चाहती हूँ। मैं आपके साथ बिना किसी परेशानी के सैकड़ों वर्ष तक रह सकती हूँ। आपके बिना मेरे लिए स्वर्ग का सुख भी व्यर्थ है। मैं आपको विश्वास दिलाती हूँ कि मैं आपके लिए बोझ नहीं बनूँगी। मैं जैसे आपकी यहाँ सेवा करती हूँ, उसी प्रकार वन में भी करूँगी तथा हम एक-दूसरे के साथ, प्राकृतिक सौंदर्य के बीच प्रसन्न एवं सानंद रहेंगे।"

अपनी पत्नी के वचन सुनकर राम ने उनसे कहा, "प्रिय, तुमने वन में जीवन का आकर्षक चित्र बनाया है, किंतु मेरा विश्वास करो ऐसा बिलकुल नहीं है। तुम अत्यंत कोमल और दुर्बल राजकुमारी हो और जंगली पशुओं, राक्षसों तथा विषैले जीव-जंतुओं से भरे कठोर वन में रहने में अक्षम हो। तुम जिस प्रकार के भोग-विलास और सेवा-सत्कार की अभ्यस्त हो, वैसा वहाँ कुछ नहीं होगा। तुम उस तरह के जीवन की कल्पना भी नहीं कर सकतीं, इसलिए ऐसा कह रही हो। कृपया मेरी बात सावधानी से सुनो और इस विचार

को त्याग दो। मैं यह तुम्हारे हित में कह रहा हूँ, न कि इसलिए कि तुम मेरे ऊपर बोझ बन जाओगी।"

ये शब्द सीता को उनके दृढ़संकल्प से विमुख नहीं कर सके। "स्वामी," वे बोलीं, "मैंने आपसे पहले भी कितनी बार वन में भ्रमण करने की प्रार्थना की है और जब यह अवसर आया है तो आप मुझे इससे वंचित क्यों कर रहे हैं? कुछ ब्राह्मण भविष्यवक्ताओं ने मुझे बताया था कि वन में रहना मेरे भाग्य में है। उस भविष्यवाणी के सत्य होने का समय आ गया है। वास्तव में, मैं आपकी सुखद संगति में वन की इस लंबी यात्रा के बारे में सोचकर बहुत प्रसन्न हूँ। स्वामी, मैं आपके बिना एक क्षण भी नहीं रह सकती। यदि आप मुझे अपने साथ नहीं ले जाएँगे तो मैं विष खाकर यहीं आपके सामने अपने प्राण त्याग दूँगी। कोई भी मुझे आपके साथ जाने के मेरे संकल्प से डिगा नहीं सकता। कृपया वन में जीवन की कठिनाइयों का वर्णन करके मुझे मनाने में अपना समय नष्ट मत कीजिए।"

राम को सीता के वचन सुनकर बहुत प्रसन्नता हुई। वे स्वयं सीता से अलग होने के विचार से भयभीत थे और उन्होंने केवल अपना कर्तव्य निभाने के उद्देश्य से सीता को रोकने का प्रयास किया था, किंतु वे राम के साथ जाने के लिए इतनी अटल थीं, राम ने उनकी बात सहर्ष स्वीकार कर ली।

अपनी परेशान पत्नी को बाँहों में लेकर, राम ने उनके आँसू पोंछे और स्नेहपूर्वक बोले, "हे जानकी (राजा जनक की पुत्री), तुम्हारे उद्देश्य से अनजान होने के कारण, मैंने तुम्हें रोकने का प्रयास किया परंतु वह इसलिए नहीं कि मैं तुम्हें छोड़कर जाना चाहता हूँ अपितु इसलिए कि तुम्हें वन के संकटों से अवगत करवाना मेरा कर्तव्य है। प्रिय, तुम जानती हो कि मैं तुम्हें दुख नहीं पहुँचा सकता। तुम्हारे आकर्षक साथ के बिना मेरे लिए स्वर्ग का सुख भी व्यर्थ है। मैं भी तुम्हारे साथ जंगलों, घास के वनों में और पर्वत शिखरों पर विहार करना चाहता हूँ। तुम शीघ्रता से अपने आभूषण एवं मूल्यवान वस्त्र त्याग दो तथा मेरे साथ वन में लंबी यात्रा पर चलने के लिए तैयार हो जाओ।"

अपने पति के ये आनंददायक वचन सुनकर सीता तत्काल उनकी आज्ञा का पालन करने हेतु तत्पर हो गईं।

लक्ष्मण, जो राम और सीता के संवाद को सुन रहे थे, राम से अलग होने के विचार को सहन नहीं कर सके और बोले, "भैया, मैं भी आपके बिना अयोध्या में नहीं रह सकता। मैं आपके साथ चलूँगा तथा आप दोनों के पथ को साफ़ करूँगा ताकि आप लोग वन के सौंदर्य का पूर्ण रूप से आनंद ले सकें।"

राम ने लक्ष्मण को समझाने का प्रयास किया और कहा, "हे लक्ष्मण, यदि तुम भी हमारे साथ चलोगे तो हमारे वृद्ध माता-पिता की देखभाल कौन करेगा? मैं जानता हूँ कि तुम मुझसे बहुत प्रेम करते हो किंतु यहाँ रहकर वृद्ध माता-पिता की सेवा करना तुम्हारा कर्तव्य है।"

"भैया, क्या आपको इस बात पर संदेह है कि भरत जिस तरह अपनी माता का ध्यान रखता है, वह उस प्रकार हमारी माताओं की देखभाल नहीं करेगा? उसकी सहायता के लिए

यहाँ शत्रुघ्न भी रहेगा, इसलिए आप इस विषय में चिंता न करें। कृपया मुझे अपने सेवक के रूप में साथ चलने की अनुमति दीजिए। मैं अपनी तलवार और कुदाली तथा धनुष-बाण लेकर आपके साथ चलूँगा और आपके मार्ग में आने वाले वृक्षों एवं बेल आदि को काटता जाऊँगा। मैं रात-दिन आपकी और सीता की रक्षा करूँगा ताकि आप दुष्टात्माओं से निर्भय होकर जंगलों एवं पर्वत शिखरों पर विहार कर सकें। प्रिय भैया, कृपया मुझे अपने साथ चलने से मत रोकिए क्योंकि मैं यह निश्चय कर चुका हूँ।"

राम जानते थे कि लक्ष्मण को समझाना व्यर्थ है इसलिए उन्होंने लक्ष्मण को साथ चलने की अनुमति दे दी और उनसे कहा कि वे शीघ्र अपने प्रियजनों से मिलकर आ जाएँ तथा अपने दोनों अजेय धनुष, अक्षय तरकश एवं अदम्य तलवारें लेकर तत्काल लौट आएँ। ज्यों ही, लक्ष्मण अपने अस्त्र-शस्त्र लेकर वापस आए, राम ने लक्ष्मण को अपने गुरु वशिष्ठ के पुत्र सुयज्ञ को बुलाने के लिए कहा ताकि वे वन में जाने से पूर्व अपनी सारी संपत्ति उन्हें देकर उनसे आशीर्वाद प्राप्त कर सकें।

हरि ॐ तत सत

ॐ

ॐ

सत्यव्रताय नमः!

अध्याय 3

वनवास

पुत्रं दशरथस्यपि
पुत्रिं जनकभूपते
वशिष्ठानुमताचरम्
सदानन्दमतानुगम्

(राम) दशरथ के पुत्र थे
(सीता) जनक की पुत्री थी,
राम वशिष्ठ से परामर्श लेते थे
और सीता शतानंद से राय लेती थीं।

राम, सीता और लक्ष्मण ने ब्राह्मणों, अपने सेवकों, तथा व्यथित, दीन-हीन लोगों एवं भूखों को मूल्यवान उपहार दिए। इसके बाद, वे अपने पिता से अनुमति लेने उनके महल में गए। जिस समय वे तीनों बिना रथ एवं अनुचरों के नगर की गलियों से गुज़र रहे थे, अयोध्यावासी उनके प्रति अपनी संवेदना व्यक्त कर रहे थे।

"हमारे सदाचारी राजकुमार का यह कैसा भयंकर दुर्भाग्य है कि उन्हें गलियों से रक्षकों के बिना गुज़रना पड़ रहा है! देखो, विदेह की राजकुमारी, जिसका चेहरा कभी किसी ने नहीं देखा था, आज साधारण स्त्री की तरह चल रही है! राजा ने ऐसे नेक पुत्र को, जिसके चरित्र को सब सराहते हैं, वन में कैसे भेज दिया? विधि का विधान विचित्र है!" अपने प्रिय राजकुमार की दशा देखकर अयोध्यावासी बोले, "आओ, हम सब भी इनके साथ वन में चलें और कैकेयी तथा उसके पुत्र भरत को इस वीरान भूमि पर शासन करने दें। यहाँ भंडारित समस्त अनाज और खाद्यान्न को खाकर मूषक इस स्थान को नष्ट कर देंगे। अयोध्या को जंगल बन जाने दो और हम लोग जंगल में ही राम की नगरी बसाएँगे।"

नगरवासियों का विलाप सुनकर भी राम व्यथित नहीं हुए और अपने पिता से मिलने, कैकेयी के महल की ओर बढ़ते गए। राजा ने राम के आने से पूर्व अपनी शेष दोनों रानियों

को वहाँ उपस्थित होने को कहा। कौशल्या और सुमित्रा अपनी दासियों के साथ वहाँ आ गईं। राम के आने पर राजा दशरथ ने उठकर राम से मिलने का प्रयास किया किंतु अत्यंत दुर्बलता के कारण वे नीचे गिर पड़े। राम और लक्ष्मण दौड़कर आए और राजा को उनके दीवान पर बैठाया।

राम ने हाथ जोड़कर कहा, "राजन! कृपया मुझे वन जाने की अनुमति प्रदान करें। मेरे साथ सीता और लक्ष्मण को भी जाने की अनुमति दीजिए। मैंने इन्हें यहीं रुकने के लिए बहुत समझाया किंतु ये लोग मेरे बिना यहाँ रहने को तैयार नहीं हैं।"

शोकाकुल राजा ने संतप्त शब्दों में कहा, "कैकेयी को दिए वचन के कारण मुझे यह विवेकहीन कार्य करना पड़ रहा है। मैं तुमसे प्रार्थना करता हूँ कि मुझे इसी क्षण बंदी बनाकर तुम इस सिंहासन पर आसीन हो जाओ।"

राम ने मुस्कराते हुए कहा, "महाराज, मुझे राज्य की कोई कामना नहीं है। मैं वन में जाकर आपके द्वारा दिए वचन को पूरा करूँगा। मैं वापस लौटकर फिर से आपके चरण स्पर्श करूँगा।"

कैकेयी के ज़ोर देने पर पीड़ित राजा दशरथ ने लड़खड़ाती आवाज में रोते हुए कहा, "मेरे प्रिय पुत्र, मैं तुम्हें वन में जाने की अनुमति देता हूँ, किंतु याद रखना कि यह वचन कैकेयी ने मुझसे छल से लिया है। मैं तुम्हें जाते हुए नहीं देख सकता। कम से कम आज की रात्रि मेरे और अपनी माता के पास रुको ताकि हम तुम्हारे जाने से पहले कुछ और समय तुम्हारे साथ रहने का सुख उठा सकें।"

राम को अपने पिता की प्रार्थना सुनकर बहुत दुख हुआ। वे बोले, "महाराज, कृपया आप मुझे मेरे लक्ष्य से विक्षेपित न करें। आपके आदेश का पालन करने तथा आपका वचन पूरा करने में मुझे जो खुशी मिल रही है, वह राज्य अथवा सुख-सुविधाओं के भोग से प्राप्त नहीं होगी। पिताजी, आप हमारी चिंता मत कीजिए। हम लोग वन में पशु-पक्षियों के साथ विहार करेंगे तथा साधु-संतों की संगति करेंगे। मैंने माता कैकेयी को वचन दिया है कि मैं आज ही यहाँ से चला जाऊँगा और मुझे अपने वचन का पालन करना है। आप कृपया दुखी न हों। भरत को राज्य दे दीजिए। मुझे इसका तनिक भी दुख नहीं होगा। मेरे लिए परेशान न हों। मैं जितना प्रसन्न नगर में रहता हूँ, उतना ही खुश वन में भी रहूँगा।"

पीड़ा से उन्मत्त राजा दशरथ ने अपने पुत्र राम को गले से लगा लिया और रोते हुए उन्हें आशीर्वाद दिया। जैसे ही राम, लक्ष्मण और सीता बाहर जाने के लिए मुड़े, दशरथ ने अपने मंत्री और सारथी सुमंत्र से कहा कि एक सैन्य-दल और अन्य सभी मूल्यवान वस्तुओं एवं सामग्री के साथ तीनों को वन में छोड़ दिया जाए। यह आदेश सुनकर कैकेयी ने राजा को फटकारते हुए कहा कि ऐसा करना बहुत अनुचित होगा क्योंकि यदि राजा सब सामग्री राम के साथ वन में भिजवा देंगे तो भरत को उत्तराधिकार में बंजर भूमि प्राप्त होगी। यह सुनकर राजा भीतर तक आहत हो गए किंतु राम ने सदाचार के साथ हस्तक्षेप करते हुए कहा, "पिताजी, मैं जिस संपत्ति का त्याग करके वन में जा रहा हूँ, उसको मेरे साथ बोझ की भांति भेजने का क्या लाभ है? वनवासी को संपत्ति अथवा सेना की कोई आवश्यकता नहीं होती। इन सब वस्तुओं की ज़रूरत राजा को होती है, इसलिए भरत को इनका उपभोग

करने दीजिए। मुझे ये सब नहीं चाहिए।"

कैकेयी ने मंथरा को वनवसियों की उचित वेशभूषा, वल्कल वस्त्र लाने को कहा और उसने तीनों को उसका एक-एक जोड़ा दिया। राम ने तत्काल रेशमी वस्त्र उतारकर वल्कल वस्त्र धारण कर लिए। यद्यपि, राम का तन उससे पूरी तरह नहीं ढँक पाया, ऐसा कुछ नहीं था जो उस महान पुरुष के व्यक्तित्व को क्षति पहुँचा पाता। लक्ष्मण ने भी राम का अनुसरण किया। सीता वल्कल वस्त्र देखकर घबरा गईं और उन्हें समझ नहीं आया कि वे उसका क्या करें। उन्होंने याचनापूर्ण दृष्टि से अपने पति को देखा। राम ने वह छाल सीता के हाथ से लेकर धीरे-से उनके वस्त्रों के ऊपर लपेट दिया। वहाँ उपस्थित लोग यह देखकर रोने लगे। स्त्रियों ने राम से सीता को साथ न ले जाने की प्रार्थना की।

"कैकेयी ने सीता को वनवास देने की माँग नहीं की है। हम, आपको नहीं तो कम से कम सीता को देखकर, खुश हो जाएँगे। यदि सीता आपके साथ जाएँगी, तो हम सब भी इनके साथ चलेंगे।" कैकेयी को देखकर न स्त्रियों ने कहा, "समस्त कोसल प्रदेश राम के साथ वन चला जाएगा और फिर तुम इस वीरान स्थल पर शासन कर सकती हो। यहाँ तक कि तुम्हारा पुत्र भी, जिसके लिए तुम यह सब कर रही हो, तुम्हें धिक्कारेगा क्योंकि वह भी राम के प्रति निष्ठावान है। हे रानी, तुम्हें सीता को वल्कल वस्त्र नहीं, अपितु आभूषण देने चाहिए। क्या तुम्हें स्वयं पर लज्जा नहीं आती? यदि तुम यह कुकृत्य करोगी तो तुम्हें केवल अपयश प्राप्त होगा।"

सीता, जो यह सब सुन रही थीं, तनिक भी परेशान नहीं हुईं क्योंकि उन्हें तो वन में अपने पति का अनुसरण कर पाने की खुशी थी। दशरथ ने भी कैकेयी को समझाया कि उसे सीता को वल्कल वस्त्र धारण करवाने का हठ नहीं करना चाहिए।

"दुष्ट औरत!" राजा बोले, "विदेह की राजकुमारी को ज़बर्दस्ती ये वस्त्र पहनाकर तुम्हें क्या मिलेगा? यदि वह जाना चाहती है तो उसे जाने दो, किंतु उसे राजकुमारी को शोभा देने वाले वस्त्र पहनने दो।"

राजा ने अपने मंत्री को कहा कि राजकोष से सबसे मूल्यवान आभूषण लाकर उनकी पुत्रवधू को सजाया जाए। इसके बाद दशरथ ने सुमंत्र को कहकर राम को वन में भेजने के लिए रथ मँगवाया। सब स्त्रियाँ रोने लगीं। कौशल्या ने सीता को गले से लगाया और उन्हें परामर्श देने लगीं। राम ने अपने पिता से कहा कि वे उनकी माता कौशल्या का विशेष रूप से ध्यान रखें क्योंकि वे उनसे बिछड़ना सह नहीं पाएँगी। तीनों ने अपने पिता की तीन बार परिक्रमा की और फिर वे माताओं की ओर मुड़े।

उनमें सुमित्रा सबसे साहसी थी। लक्ष्मण को छाती से लगाकर वह बोली, "पुत्र, मैं तुम्हें अपने भाई के साथ वन जाने की अनुमति प्रदान करती हूँ। ईश्वर तुम्हारा भला करें। राम को अपने पिता समान तथा सीता को मेरी तरह अपनी माता के समान समझना तथा वन को अयोध्या के समान समझना। प्रसन्नतापूर्वक जाओ, पुत्र! मेरा आशीर्वाद सदा तुम्हारे साथ है।"

सौभाग्य से, लक्ष्मण की पत्नी उर्मिला ने उनके जाने का विरोध नहीं किया और न ही

उनके साथ जाने का आग्रह किया। चौदह वर्ष के लिए वन में रहने का विचार निस्संदेह, भयभीत करनेवाला था। जिस प्रकार राम असाधारण पुरुष थे, उसी प्रकार सीता भी साधारण स्त्री नहीं थीं क्योंकि कोई साधारण स्त्री राजसी जीवन की सुख-सुविधाओं का त्याग कर, जंगल के कठोर जीवन को स्वीकार नहीं कर सकती। सभी ऋषि-मुनियों ने सीता की पति के प्रति प्रेम और निष्ठा की प्रशंसा की जिसके कारण वे राम के लिए कुछ भी करने को तैयार थीं। लक्ष्मण का चरित्र भी भरत की भांति, अपने भाई के प्रति पूर्ण निष्ठा से भरा हुआ है। उन्हें राम की सेवा से अधिक सुख किसी अन्य कार्य में नहीं मिलता था। यह सचमुच एक अन्य गुण है जिसे राम के चरित्र का विश्लेषण करते समय हमें ध्यान रखना चाहिए। उनका आकर्षण इतना प्रबल था कि उनके संपर्क में आने वाला कोई भी व्यक्ति उनसे प्रभावित हुए बिना नहीं रहता था। वानरों और भालुओं सहित, सभी उनकी ओर प्रबल रूप से आकर्षित हो जाते थे। उनका व्यक्तित्व अत्यंत शक्तिशाली और प्रेम सशक्त था, जो वे अपने सगे संबंधियों एवं अंगीकृत लोगों को बिना भेदभाव दिया करते थे तथा वे सबके लिए एक समान थे।

सुमंत्र की प्रार्थना पर वे तीनों स्वर्णिम रथ पर सवार हो गए जिसमें उनके अस्त्र-शस्त्र तथा सीता को उनके श्वसुर द्वारा दिए गए वस्त्र एवं बहुमूल्य आभूषण रखे थे। ज्यों ही रथ आगे बढ़ा, नगरवासियों ने उसे चारों ओर से घेर लिया और वे रोते हुए राम की प्रशंसा करने लगे। राम ने सारथी को रथ तेज़ चलाने को कहा। राम ने पीछे मुड़कर देखा तो उन्हें बहुत दुख हुआ क्योंकि उनके वृद्ध माता-पिता भी धूल-भरे मार्ग पर रथ के पीछे चल रहे थे। यद्यपि उन्हें उस दृश्य को देखकर बहुत पीड़ा हुई किंतु वे जानते थे कि पीछे लौटकर उन्हें सांत्वना देना घातक हो सकता था। अपनी माता को व्याकुल और रोता हुआ रथ के पीछे दौड़ता देखकर राम का दृढ़ मन भी भटकने लगा। उन्होंने अपनी भावनाओं को संयमित करके सुमंत्र को रथ को और तेज़ी से चलाने को कहा ताकि उन्हें वह पीड़ादायक दृश्य अधिक समय न देखना पड़े।

राम अपने पीछे अयोध्या नगर के जीवन को गतिहीन करके छोड़ आए थे। चूल्हों की आग ठंडी पड़ गई क्योंकि कोई उनको देखने वाला नहीं था। उस दिन अयोध्या में भोजन नहीं पकाया गया क्योंकि किसी की एक ग्रास भी ग्रहण करने की इच्छा नहीं थी। गायें दयनीय ढंग से बैठी रहीं तथा उन्होंने अपने बछड़ों को दूध भी नहीं पिलाया। नगर की सभी दुकानें बंद रहीं। किसी के मन में भोजन अथवा मनोरंजन का विचार नहीं आया। उस दिन सूर्य भी बादलों के पीछे छिपा रहा जिससे ऐसा प्रतीत हो रहा था मानो राम के जाने के बाद नगर अंधकारमय हो गया था। अयोध्या नगरी, जो उस दिन सुबह ही सजी और हर्षित थी, शोक में डूब गई। उत्सव-संबंधी ध्वज दयनीय ढंग से फहरा रहे थे, मालाएँ टूटी पड़ी थीं एवं सर्वत्र पुष्प बिखरे हुए थे तथा गलियों में धूल के बादल उड़ रहे थे। नगरवासी उदास चेहरे लिए घूम रहे थे और अपने भाग्य पर दुख मना रहे थे जिसने उन्हें अंतिम क्षण में अपने मुक्तिदाता से वंचित कर दिया था। वे सब कैकेयी को कोस रहे थे क्योंकि उनके अनुसार वही इस कष्ट का मूल कारण थी।

दशरथ टकटकी लगाए रथ को जाते देखते रहे। अंत में रथ के पहियों से उड़ने वाली

धूल शेष रह गई। वे मुड़े और धीरे-धीरे महल लौट आए। उन्होंने कैकेयी की सहायता लेने से मना कर दिया तथा कौशल्या के हाथ का सहारा ले लिया। पूरी रात, दोनों परेशान माता-पिता अपने भाग्य पर दुखी होते रहे। बाद में लक्ष्मण की माता सुमित्रा ने वहाँ आकर उन्हें विवेकपूर्ण सलाह दी। उसने उनसे कहा कि वे अत्यंत सौभाग्यशाली हैं कि उन्हें राम जैसा धर्मात्मा पुत्र प्राप्त हुआ जो इतना धार्मिक है कि उसने अपने पिता के वचन की रक्षा के लिए राज्य भी त्याग दिया।

अगले दिन संध्याकाल तक सुमंत्र अयोध्या लौट आया। दशरथ उत्सुकता से राम के समाचार की प्रतीक्षा कर रहे थे किंतु सुमंत्र ने केवल इतना बताया कि राम ने रात्रि में नदी पार कर ली और उसे नगर लौट जाने को कह दिया। उसका मानना था कि राम चित्रकूट के जंगल में गए थे और फिर उसने राम द्वारा दिया गया संदेश दशरथ को दे दिया।

यह समाचार सुनकर दशरथ और कौशल्या बहुत परेशान हो गए। दशरथ ने तब अपनी युवावस्था की एक कथा सुनाई जब उन्होंने एक युवा तपस्वी को मार दिया था जो नदी पर पानी का घड़ा भरने आया था। पानी भरने की गुड़गुड़ाहट वाले स्वर को भूल से हाथी की आवाज समझकर दशरथ ने उस युवक को बाण से मार डाला। उस युवक के माता-पिता नेत्रहीन थे और उनकी सहायता करने वाला अब कोई शेष नहीं था। जब उन्होंने इस जघन्य अपराध के विषय में सुना तो उन्होंने राजा को शाप दिया कि उनकी भांति, दशरथ की मृत्यु भी पुत्र-वियोग के दुख में होगी। यह कहकर, उन दोनों ने प्राण त्याग दिए।

दुखी राजा दशरथ, इस घटना को कौशल्या और सुमित्रा को सुनाने के बाद, मूर्छित हो गए और फिर कभी उस मूर्छा से बाहर नहीं आए। अगले दिन सुबह जब चारण और भाट उन्हें जगाने के लिए आए तो उन्होंने दशरथ को मृत पाया। इस समाचार को सुनकर रानियाँ विलाप करने और इस क्षति पर शोक मनाने लगीं। सारी अयोध्या नगरी शोक से मानो जड़ हो गई। ऋषि-मुनियों ने वशिष्ठ से प्रार्थना की कि वे भरत और शत्रुघ्न को तत्काल वापस बुला लें तथा भरत को राजा नियुक्त कर दें क्योंकि बिना शासक के कोई राज्य आसानी से आक्रमणकारियों का शिकार हो सकता है। राजकुमारों को बुलवाने के लिए दूत तुरंत कैकेय देश प्रस्थान कर गए।

जो व्यक्ति राम का नाम जपकर स्वयं की रक्षा करता है,
उसे पातालवासी कभी क्षति नहीं पहुँचा सकते।

हरि ॐ तत सत

ॐ

ॐ

पितृभक्ताय नमः!

अध्याय 4

भरत की प्रतिज्ञा

अन्योन्यसदृश्कारौ!
त्रैलोक्यगृदम्पतिम्!
इमौ युवम् प्रणम्याहम्!
भजम्याद्य कृतार्थतम्!

मैं इस दिव्य युगल को प्रणाम करता हूँ
जो एक-दूसरे के समान लगते हैं,
मैं पूर्ण संतुष्टि के लिए उनकी पूजा करता हूँ।

इस बीच, अनेक नगरवासी राम के रथ के पीछे दौड़ते गए और वे सब वापस न लौटने के लिए दृढ़ संकल्प थे। राम ने उन्हें बहुत समझाया किंतु वे नहीं माने। तब वनवास पर जा रहे तीनों लोग रथ से उतर गए और तमसा नदी के तट तक उनके साथ पैदल चलते रहे। उन सबने रात्रि वहीं बिताई। राम और सीता के लिए पत्तों की शैय्या बनाई गई तथा उनके सोते समय, लक्ष्मण और सुमंत्र ने रात में पहरा दिया। भोर होने से बहुत पहले राम ने उठकर देखा कि सभी नगरवासी गहरी नींद में सो रहे थे। उन्हें डर था कि वे लोग फिर से राम को लौटने के लिए कहेंगे, इसलिए उन्होंने सीता और लक्ष्मण को उठाया तथा सुमंत्र को कहा कि वह उन्हें नगरवासियों के उठने से पूर्व जंगल में छोड़ आए। सुबह उठने पर, नगरवासियों ने पाया कि राम जा चुके थे। यह देखकर वे सब बहुत दुखी हुए। अपने भाग्य को कोसते हुए वे सब धीरे-धीरे अयोध्या लौट आए।

इस बीच, राम का रथ तेज़ी से कोसल राज्य की सीमा को पार करके गंगा तट पर पहुँच गया। वहाँ उनकी भेंट निषादराज गुह्य से हुई जो दोनों राजकुमारों तथा सीता से मिलकर बहुत प्रसन्न हुआ। वह तीनों के सेवा-सत्कार के लिए जो कुछ श्रेष्ठ कर सकता था, उसने किया। सुबह होने पर, राम ने गुह्य से नदी पार करवाने की प्रार्थना की। राम ने फिर सुमंत्र से अयोध्या लौट जाने को कहा और बोले कि वे आगे का मार्ग पैदल तय करेंगे। यह सुनकर सारथी सुमंत्र बहुत दुखी हुआ और उसने राम से दोबारा अयोध्या

लौट चलने की विनती की क्योंकि राजा दशरथ ने उसे राम को अपने साथ वापस ले आने को कहा था, किंतु उसके पास राम की आज्ञा मानने के अतिरिक्त कोई विकल्प नहीं था।

राम बोले, "सुमंत्र, मेरे पिता की देखभाल का दायित्व आपके ऊपर है। हमारे परिवार के प्रति आपके जितना निष्ठावान कोई अन्य नहीं है। कृपया भरत को तत्काल नगर ले आइए, उससे मेरे पिता को कुछ बेहतर महसूस होगा। महाराज को कहना कि मुझे अयोध्या छोड़ने तथा वन में रहने का कोई दुख नहीं है। सीता और लक्ष्मण भी दुखी नहीं हैं। मैं चौदह वर्ष के बाद लौटकर आऊँगा तथा उनकी चरण-रज ग्रहण करूँगा। मेरी माताओं को मेरा प्रणाम कहना और भरत एवं शत्रुघ्न को प्रेम देना। सुमंत्र, यहाँ से वापस लौट जाना और मेरे वृद्ध माता-पिता की सेवा करना आपका दायित्त्व है। कृपया हमारे विषय में चिंता न करें।" सुमंत्र, अश्रुपूरित नेत्रों के साथ अनिच्छा से, अयोध्या लौट आया।

इस बीच, गुह्य ने एक नौका का प्रबंध कर लिया था और शीघ्र ही उसने तीनों को पावन नदी गंगा के पार पहुँचा दिया। वे लोग वहाँ से आगे पैदल चल पड़े, जिससे सीता बहुत खुश थीं। अगले दिन, वे भरद्वाज मुनि के आश्रम में पहुँचे, जो गंगा तथा यमुना नदी के संगम-स्थल प्रयाग पर स्थित था। एक रात उस सुंदर स्थल पर रुकने के बाद, मुनि के आदेशानुसार, वे चित्रकूट के पावन पर्वत की ओर चल पड़े। राम मैथिली (सीता) के प्रति अपने दायित्त्व के लिए बहुत सजग थे क्योंकि मिथिला की राजकुमारी उनके साथ रहने के लिए वन के समस्त ख़तरों का सामना करने को तैयार थी। राम मार्ग में आने वाले कठोर स्थानों में सीता की सहायता करते तथा उनका उत्साह बढ़ाते थे। दूसरी ओर, सीता वन के शानदार पौधों और पुष्पों को देखकर प्रसन्न हो रही थीं तथा प्रत्येक नई चीज़ देखकर खुशी से चिल्लाने लगतीं और राम से उनके विषय में पूछती जाती थीं। राम ने कहा, "लक्ष्मण, कृपया सीता के आगे चलो और उनके मार्ग को साफ़ करते जाओ ताकि नुकीले पत्थरों व काँटों से उनके कोमल पाँव घायल न हो जाएँ। मैं पीछे चलते हुए उनकी रक्षा करूँगा। यदि मार्ग में तुम्हें सुंदर पुष्प अथवा फल मिलें तो उन्हें भी सीता के लिए तोड़ लेना।"

लक्ष्मण को यह कार्य करने में बहुत खुशी हो रही थी। शीघ्र ही सीता के पास पुष्पों और फलों का ढेर लग गया और वे वनदेवी के समान लगने लगीं। वे जैसे ही चित्रकूट प्रदेश में पहुँचे, जिसे वहाँ रहनेवाली ऋषि-मुनियों ने तैयार किया था, राम ने सीता को अनेक रोचक चीज़ें दिखाईं।

"इन वृक्षों को देखो प्रिय, जो फलों और बादाम आदि से लदे हुए हैं। इनके ऊपर लगे शहद से भरे छत्तों और स्वादिष्ट कंद मूल को देखो। हम यहाँ कभी भूखे नहीं रह सकते। तुम्हें यहाँ राजसी पकवान तो नहीं मिलेंगे, किंतु प्राकृतिक भोजन प्रचुर मात्रा में उपलब्ध होगा। तुम्हें यहाँ सुगंधित घास एवं फूलों की शैय्या पर सोने को मिलेगा तथा बुलबुल तुम्हें लोरी सुनाएगी। सुबह जंगली कपोत अपनी कूजन से तुम्हें उठाएँगे। बताओ, क्या ये अयोध्या के भाटों से अधिक सुरीले नहीं हैं?"

इस प्रकार, राम ने सीता को अनेक रोचक किस्से सुनाकर आकर्षित कर लिया। वे तीनों शीघ्र ही चित्रकूट पर्वत पर पहुँच गए। राम ने लक्ष्मण को वहाँ पर टट्टर की कुटिया बनाने की प्रार्थना की क्योंकि उन्हें लगा कि वह स्थान उनके रहने के लिए उचित था।

लक्ष्मण ने उनके लिए सुंदर आश्रम तैयार कर दिया और उन्हें उस मनोहर स्थल पर आराम से प्रसन्नतापूर्वक रहते हुए तीन माह बीत गए। सीता और राम पर्वत पर हाथ में हाथ डालकर भ्रमण करते थे तथा लक्ष्मण उनकी चौकसी करते थे। छोटे-छोटे जंगली फूल पहाड़ी ढलान पर फैले हुए थे और चट्टानों के ऊपर से चाँदनी-सा चमकता जलप्रपात नीचे गिरता था। एक दिन राम और सीता मंदाकिनी नदी में स्नान करके, तट पर भ्रमण एवं तैरने से हुई थकान दूर कर रहे थे। सीता पेड़ का सहारा लेकर बैठी थीं और राम ने उनकी गोद में सिर रखा हुआ था। उसी समय, एक विचित्र घटना हुई, जिसे बहुत बाद में सीता ने हनुमान को सुनाया था। राम जब लेटे हुए थे, तभी हवा का तेज़ झोंका आया और सीता के ऊपरी वस्त्र उड़ाकर ले गया। उसी समय वहाँ से एक कौवा उड़ता हुआ जा रहा था जो सीता के वक्षस्थल का सौंदर्य देखकर नीचे उतरा आया और उनके गुलाबी स्तनाग्र को पकी हुई बेरी समझकर उसपर चोंच मारने लगा। सीता ने बार-बार उसे भगाने की कोशिश की। उनका चिल्लाना सुनकर राम उठ गए किंतु उन्हें सीता की चोट का अनुमान नहीं था। उन्होंने सीता को परेशान न होने की सलाह दी और फिर सो गए। वह कौवा फिर से नीचे आ गया और सीता को ज़ोर से चोंच मारने लगा। गर्म रक्त की बूँदें जब राम के चेहरे पर गिरीं तो उनकी नींद खुल गई। राम ने देखा कि वह कोई साधारण कौवा नहीं था, अपितु इंद्र का पुत्र जयंत था। सीता को रोते देख, उन्हें क्रोध आ गया। उन्होंने एक सरकंडा लिया, उसे भीषण ब्रह्म मंत्र से अभिमंत्रित किया और कौवे पर छोड़ दिया। कौवा भयभीत होकर वहाँ से भागा। वह सरकंडा तीनों लोक में कौवे का पीछा करता रहा और अंत में वह कौवा राम की शरण आया और उनसे क्षमा माँगी। राम का स्वभाव था कि वे किसी को दुखी नहीं देख सकते थे, इसलिए उन्होंने कौवे को क्षमा कर दिया। परंतु, अभिमंत्रित किए हुए बाण के लिए किसी लक्ष्य को भेदना आवश्यक था, इसलिए उस तीर ने कौवे के प्राण नहीं लिए अपितु उसने कौवे की दाहिनी आँख फोड़ दी। राम ने फिर अपनी भयभीत पत्नी को सांत्वना दी जो दर्द और क्रोध के कारण रो रही थी।

जिस बीच, ये तीनों वन में समय व्यतीत कर रहे थे, वशिष्ठ द्वारा भेजे गए दूत भरत और शत्रुघ्न को वापस अयोध्या बुला लाए। नगर में प्रवेश करते ही वे नगरवासियों के उदास चेहरे देखकर चकित रह गए। वे दोनों पहले राजा के कक्ष में गए, किंतु उन्हें वहाँ न पाकर, भरत अपनी माता कैकेयी के पास गए। कैकेयी अपने पुत्र को देखकर हर्षित हो गई। जब भरत ने नगरवासियों की उदासी और अपने पिता की अनुपस्थिति के विषय में पूछा, तो कैकेयी ने पूरी बात बता दी। उसे यह आशा थी कि उसका पुत्र भरत अपने भाई के स्थान पर शीघ्र ही राजा बनने के विचार से अत्यंत प्रसन्न हो जाएगा। भरत को अपने कानों पर विश्वास नहीं हुआ और उन्हें यह जानकर बहुत आश्चर्य हुआ कि उनकी माता उन्हें कितना कम जानती थी! भरत ने कहा, “निश्चित रूप से, मुझे नहीं अपितु मेरे सबसे बड़े भैया राम को ही राजा होना चाहिए।”

कैकेयी ने भरत को राजा राजा दशरथ द्वारा दिए गए वचन और राम के वनवास के विषय में बताया और फिर वह अपने पुत्र द्वारा अपने लिए प्रशंसा के शब्द सुनने की प्रतीक्षा करने लगी। वह भरत की प्रतिक्रिया देखकर अचंभित हो गई। भरत उछल पड़े मानो

उन्हें किसी ततैये ने काट लिया हो और वे ज़ोर से चिल्लाए, “क्या आप सचमुच मुझसे इस समाचार पर प्रसन्न होने की आशा रखती हैं? मुझे दो ऐसे लोगों से वंचित करके, जिन्हें मैं अपने जीवन में सबसे अधिक महत्त्व देता हूँ, मेरे पिता और मेरे भाई, क्या आप इस बात की कल्पना कर सकती हैं कि मैं सिंहासन पर बैठकर अपने भाग्य पर प्रसन्न हो सकूँगा? दुष्ट स्त्री! मैं अब तुम्हें ‘माता’ भी नहीं कह सकता। यह मेरा दुर्भाग्य है कि मैंने तुम्हारे गर्भ से जन्म लिया। तुमने हमारे कुल के लिए संकट खड़ा कर दिया है और अब तुम इसे नष्ट करना चाहती हो। तुमने यह सब किसके प्रभाव में आकर किया?” अपनी माता पर चीख़ने-चिल्लाने के बाद भरत माता कौशल्या के कक्ष में गए क्योंकि उनसे कैकेयी को और अधिक देखना सहन नहीं हो रहा था।

कौशल्या ने भरत को अपनी ओर आते देखकर मुँह फेर लिया। भरत इस व्यवहार से व्यथित हो गए और स्वयं को निर्दोष बताते हुए कौशल्या के चरणों में गिर पड़े। अंत में, कौशल्या ने यह बात मान ली कि भरत को अपनी माता के षड्यंत्र के विषय में कोई जानकारी नहीं थी। अपने दुख को नियंत्रित करते हुए, भरत और शत्रुघ्न अपने पिता के अंतिम संस्कार की तैयारी करने चल पड़े।

अगले दिन वशिष्ठ ने भरत को राजदरबार में आकर राजसिंहासन ग्रहण करने की प्रार्थना की। भरत ने ज़ोरदार ढंग से इस प्रस्ताव का विरोध किया और कहा कि उन्होंने वन में जाकर अपने भाई को वापस लाने एवं उन्हें अपनी यथोचित धरोहर सँभालने के लिए प्रेरित करेंगे। जब यह समाचार राजमहल से बाहर पहुँचा तो सारा नगर उनके साथ चलने को तैयार हो गया। हाथियों, घोड़ों और रथों के विशाल जुलूस के साथ सैनिक तथा यहाँ तक कि तीनों विधवा रानियाँ भी राम को वापस लाने के लिए चल पड़ीं। जब वे लोग गंगा तट पर पहुँचे तो निषादराज गुह्य ने उन्हें नदी पार करने से रोक दिया क्योंकि उसे भरत की नीयत पर संदेह हो रहा था। परंतु जब उसे पता लगा कि भरत अत्यंत नेक उद्देश्य से जा रहे हैं तो उसने उन्हें आगे जाने की अनुमति दे दी। वहाँ से वे सब भरद्वाज मुनि के आश्रम में पहुँचे। मुनि ने उन्हें राम के विषय में जानकारी दी। उस महान मुनि ने अपनी असाधारण सिद्धियों द्वारा संपूर्ण सेना को आश्चर्यजनक ढंग से भोजन करवा दिया।

अगले दिन सुबह, भरत की सेना चित्रकूट की ओर प्रस्थान कर गई। राम अपने आश्रम के बाहर सीता के साथ बैठे उन्हें वन जीवन के विषय में चित्रात्मक वर्णन द्वारा लुभा रहे थे। तभी उन्होंने देखा कि समस्त क्षेत्र में शोर होने लगा। पक्षी चहचहाने लगे तथा पशु इधर-उधर भागने लगे और कुछ दूरी से धूल के बादल उठते हुए दिखाई दे रहे थे। राम ने लक्ष्मण को पेड़ पर चढ़कर उस उपद्रव का कारण जानने को कहा। लक्ष्मण, भरत के नेतृत्व में विशाल सेना को आता देख भयभीत हो गए और उन्होंने सोचा कि भरत वन में राम को मारने के उद्देश्य से आ रहे हैं ताकि राजसिंहासन के लिए कोई प्रतियोगी शेष न रह जाए। लक्ष्मण ने प्रण लिया कि वे भरत को वहाँ पहुँचने से पूर्व ही मार डालेंगे। राम ने अपने क्रोधी भाई को शांत किया और वे भरत के पहुँचने की प्रतीक्षा करने लगे। लक्ष्मण के मन में घबराहट थी किंतु राम को भरत पर पूर्ण विश्वास था।

अपने भाई के उलझे केश और वल्कल वस्त्र देखकर भरत इतने भावुक हो गए कि

वे लड़खड़ा गए। यदि राम ने आगे बढ़कर उन्हें सँभाला न होता तो शायद वे गिर जाते। भरत को अपने पास बैठाकर राम ने उनके पिता तथा अन्य लोगों का कुशल क्षेम पूछा। राम अपने पिता की मृत्यु का समाचार सुनकर बहुत दुखी हुए। भरत ने उनसे वापस लौटकर राज्य सँभालने की विनती की और कहा कि वह स्वयं इस कार्य को करने में अक्षम हैं। राम ने भरत को अयोध्या जाकर अपना दायित्व पूरा करने तथा उनके लौटने तक चौदह वर्ष शासन करने की सलाह दी। भरत ने यहाँ तक कह दिया कि राम के लौटने तक वे आमरण उपवास करेंगे, किंतु अपने सामान्य मैत्रीपूर्ण तथा शांतिप्रद शब्दों द्वारा राम ने दुखी राजकुमार भरत को उनका दायित्व निभाने के लिए प्रेरित किया। तब भरत ने याचना की कि राम अपने स्थान पर उन्हें वन में रहने दें किंतु यह बात भी अस्वीकार कर दी। इस विषय में प्रतिनिधित्व करने का कोई प्रश्न ही नहीं था। उस समय में, जबकि अपने बड़े भाई की हत्या करके उसका राज्य हड़पना सामान्य होता था, भरत जैसे सदाचारी मनुष्य का होना दुर्लभ बात थी। यदि राम धर्मात्मा थे तो भरत उनसे किसी भी तरह कम नहीं थे और गौरव की आत्मा कहे जा सकते थे। इस प्रकार *रामायण* एक प्रेरक कथा है जिसमें प्रत्येक पात्र दूसरे पात्रों लिए, अपने हितों का बलिदान देने की होड़ में रहता है।

इस बीच, वशिष्ठ तीनों रानियों को लेकर राम के पास आ गए। राम ने अपनी माता को गले से लगा लिया और पिता की मृत्यु पर शोक व्यक्त किया। राम और लक्ष्मण ने अपने पिता के अंतिम संस्कार की प्रथा पूर्ण की। अंत में, भरत को अयोध्या का राज्याधिकार स्वीकार करना पड़ा क्योंकि यही उनके भाई की सेवा करने का एकमात्र ढंग था। भरत अपने भाई के लिए बहुत-सी सुंदर वस्तुएँ लाए थे। उन्होंने उन वस्तुओं में से स्वर्ण से सजी लकड़ी की खड़ाऊँ निकालीं और राम के समक्ष रखकर राम को उनमें अपने पैर रखने की प्रार्थना की। भरत ने प्रतिज्ञा ली कि वह अपने पिता के सिंहासन पर कभी नहीं बैठेंगे जिसपर वास्तव में उनके भाई राम का अधिकार है, किंतु वे उस खड़ाऊँ के जोड़े को सिंहासन पर रखकर, उसे अपने भाई का प्रतिनिधि मानकर शासन करेंगे। भरत ने यह भी प्रतिज्ञा ली कि जब तक उनके भाई राम वन में रहेंगे, वे स्वयं भी नगर के बाहर केश खुले रखकर तथा वल्कल वस्त्र धारण करके वन में रहेंगे और कंद-मूल खाकर जीवित रहेंगे जैसा कि उनके भाई कर रहे थे। वे ऐसा चौदह वर्ष तक करेंगे और उसके बाद यदि उनके भाई राम वापस नहीं लौटे तो वे आत्मदाह कर लेंगे।

राम ने अपने सदाचारी भाई भरत को गले से लगा लिया। भरत उनके कँधे पर सिर रखकर रो रहे थे और राम उनके सिर को धीरे-धीरे थपथपा रहे थे। राम ने भरत को आशीर्वाद दिया और उनको वचन दिया कि चौदह वर्ष पूर्ण होते ही वे अयोध्या लौट आएँगे और राज्य का कार्यभार सँभाल लेंगे। उसके बाद राम ने अपने पैर खड़ाऊँ पर रखे तथा कुछ क्षण ध्यान की मुद्रा में खड़े रहे। उसके बाद, उन्होंने खड़ाऊँ उतारकर भरत को दे दिए। भरत ने खड़ाऊँ अपने सिर पर रखकर राम की तीन बार परिक्रमा की और लौट गए। इसके बाद राम ने अपनी माताओं को भी प्रणाम करके उनसे विदा ली क्योंकि वे उन्हें और अधिक रोते हुए देखना सहन नहीं कर पा रहे थे। सभी वृद्धजनों एवं अपने गुरु को प्रणाम करके राम अश्रुपूरित नेत्रों से अपनी कुटिया के भीतर चले गए क्योंकि वे

उन्हें जाते हुए नहीं देख सकते थे।

राजसी दल निराश और शोकाकुल होकर अयोध्या लौट आया। नगरवासी बहुत दुखी थे क्योंकि वे अपने प्रयास में विफल हो गए थे। अपनी माताओं को उनके महल में छोड़ने के बाद, भरत ने अयोध्या से कुछ मील की दूरी पर नंदीग्राम में अपना निवास बना लिया। स्वर्ण राजसिंहासन को नंदीग्राम लाया गया और भरत ने लकड़ी के खड़ाऊँ उसके ऊपर रख दिए और उन्हें प्रणाम किया।

भरत ने अपने मंत्रियों से कहा, "इस राज्य पर मैं अपने भाई के लौटने तक पूरी निष्ठा से शासन करूँगा। इस श्वेत राज्य छत्र को इन खड़ाऊँ के ऊपर पकड़ो क्योंकि राज्य पर मैं नहीं, अपितु ये खड़ाऊँ शासन करेंगे। जब तक मैं राम के चरणों को फिर से इन खड़ाऊँ पर रखा नहीं देख लेता, तब तक मैं तपस्वी के समान रहूँगा।"

वहाँ एकत्र सभी लोगों ने भरत की ऐसी नेक भावनाओं की प्रशंसा की। भरत ने अगले चौदह वर्ष तपस्वी की तरह बिताए। प्रतिदिन वल्कल वस्त्र पहने हुए अयोध्या से मंत्रिगण आते थे। वे खड़ाऊँ के समक्ष उसी तरह नतमस्तक होते थे जैसे राजा के सामने होते हैं तथा राज्य से संबंधित सभी मामलों पर उनके सामने ही चर्चा होती थी। चौदह वर्ष तक अयोध्या में किसी तरह का आनंदोल्लास अथवा संगीत के स्वर सुनाई नहीं दिए। रथों को हटा दिया गया और सभी लोग पैदल चलते थे क्योंकि राम पैदल चलकर वन में गए थे। केवल रिक्त स्थानों के आस-पास के उद्यानों को इस आशा में पानी देकर हरा-भरा रखा गया कि राम लौटकर आएँगे। इस बीच, राम के साथ लक्ष्मण और सीता वन्य जीवन के छोटे-छोटे सुखों का आनंद ले रहे थे।

वाल्मीकि ने राम के लौटने तक भरत का कोई उल्लेख नहीं किया, किंतु हम इस बात की कल्पना कर सकते हैं कि भरत ने समस्त सुखों का त्याग करके कितना कठोर जीवन बिताया होगा। खुले केश और वल्कल वस्त्र धारण करके, यहाँ तक कि भरत ने रुचिकर भोजन करना भी अस्वीकार कर दिया। कहते हैं, वे केवल पानी में भीगे हुए गेहूँ के कुछ दाने ही खाते थे। वे खड़ाऊँ से वार्ता करते और उन्हें सब कुछ बताते थे तथा उनसे पूछे बिना कोई कार्य नहीं करते थे। हमारे लिए ऐसे पात्र की कल्पना करना भी असंभव है। इस प्रकार का बलिदान और आत्म-त्याग ऋषि-मुनियों में भी देखने को नहीं मिलता। इसमें कोई आश्चर्य नहीं कि भरत को सदाचार का श्रेष्ठ उदाहरण माना जाता है!

भरत के जाने के बाद आश्रम में उदासी छा गई। राम के सामने अपने भाई की अश्रुपूरित आँखें घूम रही थीं। उन तीनों में से कोई भी भरत के आगमन से संबंधित घटना को भूल नहीं पाया। कभी प्रसन्नता से भरा-पूरा रहने वाला आश्रम उदासी में लिप्त हो गया। इस बीच, राम ने देखा कि अन्य आश्रमों में रहने वाले ऋषिगण किसी बात से परेशान थे। जब उन्होंने इस विषय में पूछा तो उन्हें पता लगा कि जनस्थान नामक उस स्थान पर राक्षस उन्हें परेशान करते थे। राक्षस नरभक्षी थे और वे आश्रमों पर आक्रमण करके तपस्वियों को उठा ले जाते थे। उनका मुखिया खर नाम का एक राक्षस था जो रावण का चचेरा भाई था। इस उत्पीड़न से तंग आकर ऋषि-मुनियों ने चित्रकूट छोड़ने का निर्णय कर लिया था।

यह सुनकर सीता और दोनों भाइयों ने भी वह स्थान छोड़ने का विचार बना लिया। वे महर्षि अत्रि और उनकी पत्नी अनसूया के आश्रम में चले गए। अनसूया अपनी तपस्या और शुचिता के लिए विख्यात थीं। दोनों ने राम और उनके भाई व पत्नी का स्नेहपूर्वक स्वागत किया। अनसूया सीता को अपने साथ कुटिया के भीतर ले गईं और पति के प्रति प्रेम एवं निष्ठा की तथा साहस की प्रशंसा की, जिसके कारण वे समस्त राजसी सुख त्यागकर वन के संकटों को झेलने अपने पति के साथ आ गई थीं।

सीता ने उत्तर दिया, "माता, यदि आपको मेरे पति के विलक्षण गुणों के बारे में पता लगेगा तो आपको इस बात पर आश्चर्य नहीं होगा कि मैंने राजमहल के सुविधाजनक कक्ष को त्यागकर अपने पति के साथ यहाँ आना बेहतर समझा।" यह उत्तर सुनकर अनसूया बहुत प्रसन्न हुईं। उन्होंने इतनी तपस्या की हुई थी कि उनके पास वरदान देने की शक्ति थी, इसलिए उन्होंने सीता को स्नेहपूर्वक सहलाते हुए उन्हें वरदान माँगने को कहा। सीता को यह जानकर बहुत आश्चर्य हुआ कि एक तपस्विनी ने तपश्चर्या द्वारा इतनी शक्ति अर्जित कर ली थी।

सीता ने मुस्कराकर कहा, "माता, मुझे वरदान की क्या आवश्यकता है? क्या मैं सबसे सौभाग्यशाली स्त्री नहीं हूँ? क्या संसार के श्रेष्ठतम पुरुष मेरे पति नहीं हैं?"

अनसूया इस उत्तर से मंत्रमुग्ध हो गईं। उन्होंने अपने सारे वस्त्र और आभूषण लाकर सीता को दे दिए और उन्हें दुल्हन की भांति सजाया। उन्होंने सीता को विशेष रूप से बनाए गए इत्र भी दिए जिनसे उन्हें सदा सुगंधित और निर्मल महसूस होगा। इसके बाद उन्होंने सीता को स्वयंवर की घटनाएँ सुनाने को कहा, जिन्हें सीता ने बहुत खुशी से उन्हें सुनाया। इतनी देर में, रात्रि होने लगी तो अनसूया ने सीता को अपने पति के पास जाने को कहा। राम ने जब अपनी प्रिय पत्नी को इस प्रकार सज्जित देखा, जैसा कि उनका अधिकार था, तो उनकी आँखें प्रशंसा से चमक उठीं।

उन्होंने वह रात्रि आश्रम में ही बिताई। सुबह ऋषि अत्रि ने राम को दंडक वन जाने को कहा और उन्हें राक्षसों से सावधान रहने को कहा जिन्हें ऋषियों को परेशान करने में आनंद आता था। अत्रि मुनि चाहते थे कि राम आश्रमों में रहने वाले ऋषियों की राक्षसों से रक्षा करें ताकि वे आराम से सादगी एवं त्याग का जीवन जी सकें। राम ने यह बात सहर्ष स्वीकार कर ली और फिर उन तीनों ने घने एवं अनिष्टकारी दंडक वन में प्रवेश किया।

राम पूछते हैं :

"आप यह कैसे कह सकते हैं कि वह 'रिक्त, प्रकाशित, अंधकारमय' नहीं है?"

वशिष्ठ उत्तर देते हैं :

"यहाँ तक कि कोई बिना तराशी छवि भी लकड़ी के खंड में

छिपी रहती है।

आप इस संसार को, सत्य मानें अथवा असत्य, यह परम तत्व में अंतर्निहित है।

जिस प्रकार आप यह नहीं कह सकते कि शांत समुद्र में लहरें नहीं हैं, उसी प्रकार यह नहीं कह सकते कि परम तत्व में संसार निहित नहीं है।

वास्तव में, संसार परम तत्व से उत्पन्न नहीं होता और न ही वह उसमें विलीन होता है।

केवल परम तत्व ही आज विद्यमान है और सदा रहेगा।"

हरि ॐ तत सत

ॐ

ॐ

दंडकारण्य-कर्तानिय नमः!

खण्ड 3

अरण्य कांड

ॐ

रघुपुंगवाय नमः!

अध्याय 1

वनवासी

कौसल्या गर्भसम्भूतम्
वेदिगर्भोदितम् स्वयम्!
पुण्डीरकाक्षलक्षम्!
स्फुरदिन्दीवरेक्षणम्!

(राम) का जन्म कौशल्या के गर्भ से हुआ,
(सीता) का जन्म पृथ्वी के गर्भ से हुआ,
(राम) के नेत्र कमल के समान थे,
और (सीता) के नेत्रों में चंद्रमा की चमक थी।

दंडक वन बाहर से अंधकारमय और निर्जन लग रहा था, किंतु जब उन्होंने उसके भीतर प्रवेश किया तो उन्हें वहाँ अनेक ऋषियों के आश्रम देखकर आश्चर्य हुआ। यज्ञ वेदियों से चंदन एवं धूप की सुगंध आ रही थी तथा वन्य पशु निर्भय होकर विचरण कर रहे थे। राम और लक्ष्मण ने अपने धनुष ढीले कर दिए क्योंकि वे जान गए थे कि उस स्थान पर कोई ख़तरा नहीं था। वहाँ बहुत-से सरोवर एवं पुष्प थे तथा वृक्ष पर फल एवं मेवों से लदे हुए थे। उस स्थल की आध्यात्मिक ऊर्जा का तीनों को सहज रूप से आभास हो रहा था। राम की ख्याति उनसे पहले वहाँ पहुँच गई थी और मुनियों ने बड़े स्नेह से उनका स्वागत किया। उन्होंने तीनों को अपने-अपने आश्रमों में रात्रि बिताने के लिए आमंत्रित किया।

अगले दिन सुबह, तीनों ने एक बार फिर यात्रा आरंभ की और वन में अधिक भीतर चले गए। अब उन्हें समझ में आ रहा था कि उस वन को भयानक क्यों माना जाता था। वहाँ की भूमि खुरदुरी, वीरान थी और वहाँ कोई पटरी नहीं बनी हुई थी। वृक्षों पर लताएँ लिपटी हुई थीं जिनके स्पर्शक नीचे झूलते हुए किसी भी असावधान पथिक को जकड़ सकते थे। साँपों से भरी बाँस की झाड़ियाँ शुष्क, गर्म हवा के झोंके से चरचरा जाती थीं। बाघ, भेड़िए और भालू जैसे अनेक जंगली पशु घूमते थे। पक्षी, भौंचक्के और शांत थे क्योंकि चित्रकूट की भांति उनकी यहाँ कूजन नहीं सुनाई दे रही थी। वन के सरोवर भी गहरे और

भयानक लग रहे थे जिनमें कोई कमल-पुष्प नहीं खिलता था। सीता अपने पति के निकट आ गईं और उन्होंने डरते हुए राम के वल्कल वस्त्र का कोना थाम लिया। राम ने मुड़कर सीता को निश्चिंत दृष्टि से देखा और अपना हाथ बढ़ाकर सीता का हाथ पकड़ लिया। सीता ने कसकर राम की बाँह पकड़ ली। झाड़ियों में से आ रही अशुभ आवाज़ें उन्हें भयभीत कर रही थीं। राम जानते थे कि सीता को इस प्रकार का वन पसंद नहीं था। वे उन्हें अपने निकट रखते हुए आगे बढ़ रहे थे तथा बीच-बीच में किसी दलदल या गिरे हुए वृक्ष को पार करने के लिए वे सीता को उठा लेते थे। मार्ग में उन ऋषि-मुनियों की श्वेत अस्थियों के अनेक ढेर मिले जिन्हें नरभक्षी राक्षसों ने मारकर खा लिया था। वे सावधानी से चलते रहे। लक्ष्मण आगे थे और राम का हाथ थामे सीता पीछे चल रही थीं। लक्ष्मण मार्ग में बुरी तरह फैली विषैली झाड़ियों-लताओं को काटते हुए चल रहे थे।

अचानक एक विशालकाय आकृति ने सामने से उनका मार्ग रोक लिया। उसके हाथ में त्रिशूल था और उसके ऊपर शेर, हिरण और एक हाथी के कंकाल लटके हुए थे जिनमें से रक्त टपक रहा था। एक लंबे रोएँदार हाथ ने आगे बढ़कर सीता को कमर से पकड़ लिया और पेड़ों की शाखाओं से बहुत ऊपर ले गया। सीता चिल्ला रही थीं और छूटने का प्रयास कर रही थीं। वह विशालकाय जीव गरजा।

"तुम कौन मूर्ख लोग हो जिन्होंने इस भयानक दंडक वन में आने का दुस्साहस किया है? तुम लोगों ने ऋषियों जैसे वस्त्र पहने हैं और हाथ में अस्त्र-शस्त्र लेकर तथा बीच में एक स्त्री को लेकर जा रहे हो। मेरा नाम विराध है और मैं ऐसे ऋषियों को पकड़कर खाता हूँ जो इस वन में घुसने की मूर्खता करते हैं। तुम लोग मेरा आज का आहार बनोगे और मैं इस स्त्री को अपनी पत्नी बनाऊँगा।"

अपनी प्रिय पत्नी को उस राक्षस के हाथों में पत्ते के समान काँपते हुए देख, राम एक क्षण के लिए घबरा गए। उन्होंने सीता को अपने साथ वन में लाकर जो अन्याय किया था, उसके विषय में सोचकर उनकी आँखों में आँसू आ गए। परंतु लक्ष्मण बिलकुल नहीं घबराए। वे विराध पर तलवार लेकर झपटे किंतु वह राक्षस उपहास करता हुआ बोला, "ऐसी मूर्खता मत करो मनुष्य। मुझे वरदान मिला हुआ है कि मुझे किसी अस्त्र-शस्त्र से नहीं मारा जा सकता। इसलिए इस स्त्री को मेरे पास छोड़ दो, फिर मैं तुम्हें बिना परेशान किए जाने दूँगा।"

यह सुनकर राम को क्रोध आ गया। उन्होंने राक्षस पर सात अग्नि बाण चलाए, किंतु वे सब उसकी छाती से टकराकर नीचे गिर गए। राक्षस सीता को नीचे उतारकर, त्रिशूल लेकर राम की ओर दौड़ा। राम ने उसके त्रिशूल के दो टुकड़े कर दिए और तब विराध दोनों भाइयों को अपने कँधे पर उठाकर, सीता को रोता छोड़, वन में जाने लगा। सीता ज़ोर-ज़ोर से रोने लगीं और उन्होंने राक्षस से विनती की कि वह उनके पति को छोड़कर उन्हें ले जाए। राम और लक्ष्मण ने किसी तरह राक्षस के दोनों हाथ काट डाले जिससे वह धरती पर गिर पड़ा परंतु वे उसे मार नहीं सके।

अंत में राम ने कहा, "लक्ष्मण, हम इसे जीवित ही जमीन में गाड़ देते हैं। इसे मारने का यही एकमात्र तरीक़ा है।"

विराध ने ज्यों ही राम की बात सुनी, वह बोला, "ओह! अब मैं समझा कि तुम कौन हो। तुम राम हो। तुम्हीं मुझे इस शाप से मुक्त कर सकते हो। मैं वास्तव में एक गंधर्व हूँ जिसे कुबेर ने शाप दिया था। कृपया मुझे जल्दी जमीन में गाड़ दो ताकि मैं इस भयानक शरीर को त्यागकर अपने मूल रूप में लौट सकूँ। मुझे गाड़ने के बाद तुम शरभंग ऋषि के आश्रम में जाकर उनसे आशीर्वाद लेना।"

राम और लक्ष्मण ने, विराध द्वारा बताए अनुसार ही किया और वह गंधर्व शाप से मुक्त होकर अपने धाम लौट गया। रात्रि का अंधकार छाने लगा था। राम ने सीता का हाथ पकड़ा जिससे वे भयभीत न हों। इससे सीता की थकान दूर हो गई और वे आश्रम की ओर चल पड़े।

उन्हें आश्रम के बाहर एक दिव्य रथ खड़ा दिखाई दिया। उन्होंने देवराज इंद्र को आश्रम से निकलते देखा जो उस स्वर्णिम रथ में बैठकर चले गए। वृद्ध ऋषि उनकी प्रतीक्षा कर रहे थे। राम को देखकर वे प्रसन्न हो गए। कहते हैं, उन्होंने इंद्र द्वारा उन्हें सशरीर स्वर्ग ले जाने के प्रस्ताव को अस्वीकार कर दिया था क्योंकि वे राम के रूप में ईश्वर के दर्शन किए बिना पृथ्वी को नहीं छोड़ना चाहते थे। उन्होंने राम से स्नेहमयी आशीर्वाद माँगा और फिर वे अपनी देह त्यागकर अग्नि में समा गए।

अगले दिन आस-पास रहने वाले सभी ऋषि राम को प्रणाम करने आए। उन्होंने राम को अस्थियों के ढेर दिखाए जिन्हें वहाँ के राक्षसों ने मारा था। ऋषियों ने राम से इस सतत संकट से बचाने की प्रार्थना की। राम ने उन्हें आश्वासन दिया कि वे राक्षसों को मार देंगे ताकि ऋषिगण अपनी तपस्या शांतिपूर्वक ढंग से संपन्न कर सकें।

इसके बाद, वे तीनों सुतीक्ष्ण मुनि के आश्रम में गए जो उनकी प्रतीक्षा कर रहे थे क्योंकि मुनि को अपनी सिद्धि द्वारा ज्ञात हो गया था कि राम उनसे मिलने आ रहे हैं। मुनि ने उनसे कहा कि वे जब तक चाहें वहाँ रुक सकते हैं किंतु तीनों ने ऋषियों को दिए वचनानुसार, वहाँ से आगे जाकर वन में स्थित अन्य आश्रमों को देखने का निर्णय किया।

रात्रि में विश्राम करने के बाद, वे फिर से उस वन के और भीतर बढ़ते गए। सीता ने अपने पति से स्नेहपूर्वक कहा।

"स्वामी," वे बोलीं, "मैं बहुत लंबे समय से धर्म शब्द के अर्थ के विषय में सोच रही थी। यह समझना हमेशा सरल नहीं होता कि व्यक्ति का धर्म क्या है। किसी कार्य को तनिक भी बिगाड़े बिना करना केवल उस व्यक्ति के लिए संभव है जो इच्छाओं से पूरी तरह मुक्त है। आपने जो आश्रमवासियों को राक्षसों से बचाने का वादा किया है, मैं उसे लेकर भयभीत हूँ। उन्होंने आपका कुछ नहीं बिगाड़ा किंतु फिर भी आप उन्हें मारने के लिए तैयार हो गए हैं। क्या यह धर्म के नियमों के विरुद्ध नहीं है? मुझे लगता है कि हमें इस वन में और अधिक भीतर नहीं जाना चाहिए। यदि आपको राक्षस दिखाई दे गए तो आपकी अँगुलियाँ धनुष की डोर खींचने के लिए व्याकुल होने लगेंगी क्योंकि यही क्षत्रिय का दायित्व है। परंतु अब आपने तपस्वी का वेश धारण कर लिया है। क्या आपको नहीं लगता कि आपको तपस्वी की भांति ही जीना चाहिए? कृपया मुझे इस तरह बोलने के लिए क्षमा

कीजिए क्योंकि मैं जानती हूँ कि आप धर्मात्मा हैं। मुझे केवल अज्ञात के भय ने ऐसा कहने के लिए प्रेरित किया है।" बेचारी सीता, यह नहीं जानती थीं कि उन्होंने जो कहा वह सत्य था और राम द्वारा राक्षसों के वध के लिए उन्हीं को सताया जाएगा।

राम अपनी कर्तव्यपरायण पत्नी के मुख से धर्म पर ऐसा उपदेश सुनकर बहुत प्रसन्न हुए। राम ने प्रेमपूर्वक उत्तर दिया, "हे जानकी, तुम अपने समय के सबसे बुद्धिमान व्यक्ति राजा जनक की पुत्री हो। इसलिए इसमें कोई आश्चर्य की बात नहीं है कि तुम्हें धर्म की सब बारीकियों के विषय में पता है। परंतु प्रिय, तुम्हें ऋषियों की कठिनाई के विषय में भी सोचना चाहिए। उन लोगों ने केवल तप करने के लिए ही समस्त सांसारिक सुखों का त्याग किया है। इस समय, वे लोग राक्षसों के अत्याचार के कारण तपस्या नहीं कर पाते। उन्होंने मुझसे उनकी रक्षा करने की विनती की है और चूंकि मैं क्षत्रिय एवं उनका राजा हूँ, क्या तुम्हें नहीं लगता कि उनकी रक्षा करना मेरा कर्तव्य है? यदि वे मुझसे विनती नहीं करते तो भी उनकी रक्षा करना मेरा दायित्व होता। अब, उन्हें वचन देने के बाद, मैं निस्संदेह उसे भंग करने के विषय में सोच भी नहीं सकता। मैं जानता हूँ कि तुमने केवल पत्नीधर्म का पालन करते हुए ये बातें मुझसे कही हैं और मैं इसके लिए तुम्हारा आभारी हूँ। परंतु प्रिये, यदि उन तपस्वियों का संकट मेरे सिर पर आ जाए, तो भी मैं यहाँ खड़ा रहकर उन नरभक्षी राक्षसों को इन निर्दोष तपस्वियों का भक्षण करते हुए नहीं देख सकता।" ऐसा कहकर, राम आगे, जानकी उनके पीछे तथा सबसे पीछे लक्ष्मण चलने लगे।

राम पूछते हैं :

"ईश्वर का वास कहाँ है और मैं उन्हें कैसे प्राप्त कर सकता हूँ?"

वशिष्ठ उत्तर देते हैं:

"वह, जिसे ईश्वर कहा जाता है, अधिक दूर नहीं होता।
वह शरीर के भीतर विशुद्ध ज्ञान के रूप में वास करता है।
वह ब्रह्मांड है, यद्यपि ब्रह्मांड ईश्वर नहीं है।"

हरि ॐ तत सत

ॐ

ॐ

जनार्दनाय नमः!

अध्याय 2

पंचवटी

चन्दनाद्रबुजमध्यम्!
कुंकुमार्द्रकुचस्थलीम्!
चपलंकृतहस्ताब्जम्!
पद्मलंकृतपाणिकम्!

(राम की) छाती पर चंदन का लेप लगा हुआ है,
(सीता के) वक्ष पर केसर का चूर्ण लगा है,
उनके हाथ में धनुष शोभा देता है,
और सीता के हाथ में कमल शोभायमान है।

दंडक वन में एक आश्रम से दूसरे आश्रम तक घूमते हुए, तीनों ने अनेक माह और वर्ष बिता दिए। सब जगह उनका खुशी से स्वागत किया जाता था क्योंकि राम की ख्याति भारतवर्ष में चहुँओर फैल गई थी तथा प्रत्येक व्यक्ति उन्हें देखने और उनका सत्कार करने का अवसर चाहता था। वे कुछ स्थानों पर कुछ दिन, कहीं पर छह माह अथवा एक वर्ष भी रुके। सौभाग्य से, इनमें से किसी भी स्थान पर उनका किसी राक्षस से सामना नहीं हुआ। सीता निर्भय होकर अपने पति के साथ घूमतीं तथा पर्वत शिखरों, सरोवरों, पक्षियों और पशुओं का सौंदर्य निहारती रहती थीं। वे अनेक छोटी-छोटी वस्तुओं को, जो राम और लक्ष्मण की दृष्टि से चूक जाती, देखकर हर्षित हो जाती थीं। वे कोई पल्लव यहाँ से तो कोई पत्ती वहाँ से उठातीं तो कभी बालों में फूल लगा लेतीं। वे कभी किसी छोटी चिड़िया के घोंसले में झाँकतीं और कभी हिरण के पीछे भागतीं। उन्हें प्रकृति का सौंदर्य सदा अच्छा लगता था तथा वे वन के कठिन जीवन से विचलित नहीं होती थीं और न ही उन्हें महल की सुख-सुविधाओं की याद आती थी। उन्होंने अनसूया को बताया था कि उनके पति की अनुपस्थिति में श्रेष्ठ सुविधाएँ भी उन्हें यातना के समान प्रतीत होतीं। उनके लिए अपने पति के हाथ में हाथ डालकर चलना, उनके साथ पर्वत शिखर पर धूप में लेटना, राम को बालों में वेणी लगाने देना और उनके पास बैठकर केवल उनकी आवाज़ सुनना सबसे

अधिक पसंद था। लक्ष्मण को भी कभी अपने राजसी जीवन की याद नहीं सताती थी तथा उन्हें अपने दोनों संबंधियों की सेवा करना सबसे अच्छा लगता था।

एक दिन राम जंगल में शिकार करने गए थे और लक्ष्मण जलाने के लिए लकड़ी लेने गए थे। सीता पीछे से अकेली थीं। अंधकार बढ़ रहा था। उन्हें भय लगने लगा तो वे राम के पीछे जंगल में चली गईं। ऐसा पहली बार हुआ था जब वे अकेले अँधेरे में जंगल में गईं थीं। उनके पैर लताओं और कंटीली झाड़ियों में उलझते रहे।

वे आगे बढ़ती और पुकारती रहीं, "राम! हे राम! आप कहाँ हैं?" उनकी आँखों से आँसू बहकर नीचे गिरने लगे किंतु वे चिंता न करके आगे बढ़ती गईं। आख़िर, उन्हें उत्तर में राम का स्वर सुनाई दिया। राम एक वृक्ष के नीचे विश्राम कर रहे थे। वे भागकर उनके पास गईं और ज़ोर से उनका आलिंगन कर लिया।

"प्रिय, तुम यहाँ क्यों आई हो?" राम ने सीता से पूछा।

"बहुत देर हो गई थी और आप नहीं आए, तो मुझे डर लग रहा था," सीता ने राम के चौड़े वक्ष पर अपना सिर रखकर कहा।

"क्या तुम्हारे साथ वहाँ लक्ष्मण नहीं था?" राम ने पूछा, "मैंने उसे विशेष रूप से कहा था कि तुम्हें कभी अकेला न छोड़े।"

"लक्ष्मण ईंधन की लकड़ी लेने गए हैं और मुझसे अकेलापन सहन नहीं हो रहा था।"

राम की उन्हें डाँटने की इच्छा नहीं हुई और फिर वे दोनों घर की ओर चल पड़े, किंतु मार्ग लंबा था और सीता थक चुकी थीं। उन्हें परेशानी में देखकर राम ने सीता को शिशु की भांति बाँहों में उठा लिया और उनके गले में हाथ डालकर चल पड़े। वह गर्म रात थी और पसीने की बूँदें राम की जाँघों से बहती हुई नीचे गिर रही थीं। अंत में वे आश्रम पहुँच गए जहाँ लक्ष्मण उनकी प्रतीक्षा कर रहे थे। राम ने उन्हें सीता को अकेला छोड़ देने के लिए धीरे-से फटकारा।

अगले सप्ताह सीता ने उसी मार्ग फिर से चलने की इच्छा व्यक्त की क्योंकि वह वन में जाने का उनका प्रथम और शायद एकमात्र एकल साहसिक कार्य था। जब वे वन में जा रहे थे तो उन्होंने मार्ग में कुछ नए पौधे देखे जो उन स्थलों पर उग आए थे जहाँ पर सीता के आँसू गिरे थे तथा उन स्थानों पर भी कुछ नए प्रकार के पौधे उगे थे जहाँ राम के तन से पसीने की बूँदें गिरी थीं। कुछ ही माह में पौधे बड़ी झाड़ियों में परिवर्तित हो गए थे। सीता यह देखकर बहुत प्रसन्न हुईं कि उनमें से एक झाड़ी में विचित्र-सा हरे रंग का फल लगा हुआ था और दूसरी प्रकार की झाड़ी में लाल फल उगा था, किंतु दोनों बहुत स्वादिष्ट थे। उन्होंने ऐसे फल पहले कभी नहीं देखे थे। राम ने हँसते हुए सीता से कहा, "ये हरे फल सीताफल कहलाएँगे तथा ये लाल रंग वाले रामफल के नाम से प्रसिद्ध होंगे।" आज भी भारत में ये फल इन्हीं नामों से जाने जाते हैं।

उसके बाद दस वर्ष बीत गए और किसी को कोई परेशानी नहीं हुई। परंतु नंदीग्राम में रह रहे भरत के लिए ये दस वर्ष दस युगों के समान थे क्योंकि उनके ऊपर राज्य का भार था और उनके उत्साहवर्द्धन के लिए राम भी वहाँ नहीं थे।

राम को याद आया कि उन्होंने सुतीक्ष्ण को वचन दिया था कि वे उनके आश्रम फिर से आएँगे। इसलिए वे तीनों मुनि के आश्रम गए। मुनि उनसे मिलकर बहुत प्रसन्न हुए। राम ने उनसे प्रार्थना की कि वे उन्हें महर्षि अगस्त्य के आश्रम का पता बताएँ। सुतीक्ष्ण ने राम को अगस्त्य मुनि के आश्रम की दिशा के विषय में बता दिया और अगले ही दिन, वे तीनों अगस्त्य मुनि से आशीर्वाद लेने के लिए चल पड़े। उन्होंने अपने वनवास के ग्यारहवें वर्ष में विंध्याचल पर्वत को पार किया तथा दक्षिणी पठार से नीचे आ गए। वहाँ उनकी भेंट पहले अगस्त्य मुनि के भाई से हुई जिन्होंने महर्षि अगस्त्य के वीरता-भरे कार्यों के विषय में बताया। उन्होंने कहा कि अगस्त्य मुनि अत्यंत छोटे क़द के पुरुष हैं जो हिमालय में तपस्या करते हैं। एक बार विंध्य पर्वत को हिमालय से ईर्ष्या हो गई और वह आकार में बढ़ाने लगा ताकि कोई उसे पार न कर सके। यहाँ तक कि पर्वत ने उत्तर दिशा से आने वाले वर्षा-मेघों का मार्ग भी अवरुद्ध कर दिया। अगस्त्य मुनि हिमालय से आए और उन्होंने विंध्य से प्रार्थना की तथा आगे जाने की अनुमाति माँगी। विंध्य ने अपना सिर झुकाकर मुनि को मार्ग दे दिया। उसके बाद अगस्त्य मुनि दक्षिण से वापस नहीं लौटे और विंध्य पर्वत आज भी सिर झुकाए उनके लौटने की प्रतीक्षा कर रहा है। अगस्त्य के भाई ने बताया कि उन्होंने एक बार वातापि तथा इल्वल नाम दैत्यों का घमंड भी तोड़ा था। अगस्त्य मुनि के भाई के पास रात्रि बिताने के बाद, वे तीनों अपने लक्ष्य की ओर बढ़ गए।

वे तीनों इस प्रतापी ऋषि से मिलने को उत्सुक थे जिनके विषय में उन्होंने इतना कुछ सुना था। वे लोग जैसे ही आश्रम के निकट पहुँचे, उन्होंने देखा कि वहाँ के पशु-पक्षी पालतू बने हुए थे और तपस्वियों के वल्कल वस्त्र बाहर धूप में सूख रहे थे। वेदी में यज्ञाग्नि से उठ रहे धुएँ की सुगंध चारों ओर फैल रही थी।

राम ने लक्ष्मण से ऋषि को उनके आगमन की सूचना देने को कहा। लक्ष्मण ने भीतर जाकर सूचना दे दी। महर्षि अगस्त्य को स्पष्टतः राम के आने का पता था। उन्होंने तत्काल अपने शिष्य को भेजकर तीनों को भीतर बुलवाया। यद्यपि अगस्त्य मुनि का क़द छोटा था किंतु उनका चेहरा कठोर तप के तेज़ से चमक रहा था और उनके निकट आ जाने के बाद भी तीनों को उनके छोटे आकार का आभास नहीं हुआ। मुनि ने राम का सत्कार किया तथा यज्ञ संपन्न करने के उपरांत उन्होंने सबको भोजन करवाया। उसके बाद, उन्होंने राम को अनेक दिव्य अस्त्र-शस्त्र दिए जो उन्हें देवताओं ने प्रदान किए थे। इनमें प्रमुख रूप से भगवान नारायण का धनुष, इंद्र द्वारा दिया अक्षय तरकश तथा नारायण की चाँदी की म्यान वाली तलवार थी। राम ने पूर्ण विनम्रता के साथ वे सब अस्त्र-शस्त्र ग्रहण कर लिए हालांकि वे समझ नहीं पाए थे कि वन में इन शस्त्रों का क्या उपयोग होगा। परंतु अगस्त्य को पता था कि वह समय तेज़ी से निकट आ रहा था जब उन्हें इनकी आवश्यकता होगी।

अगस्त्य ने कहा, "हे राम, आपके वनवास का समय पूर्ण होने वाला है और वन में कठिनाई के दिन भी अब समाप्त होने को हैं। ईश्वर करें आप पूर्ण गौरव के साथ लौटें तथा फिर से अपने राज्य का कार्यभार सँभालें।"

राम ने उत्तर दिया, "ऋषिवर, वन में हमारा समय बहुत प्रसन्नता से कटा है और हमें किसी तरह की परेशानी नहीं हुई। हमें अपने जीवन को स्वतंत्रता एवं अनौपचारिक

ढंग से जीने की खुशी मिली है तथा आपके जैसे महान तपस्वियों का सान्निध्य प्राप्त हुआ है। हम आश्रमों में जीवन की सादगी से बहुत प्रभावित हुए हैं। परंतु मैं आपसे एक प्रार्थना करना चाहता हूँ : क्या आप हमें वनवास की शेष अवधि में रहने के लिए कोई उपयुक्त स्थान बता सकते हैं? वहाँ नदी एवं पुष्पित झाड़ियाँ हों किंतु उस स्थान पर अधिक भीड़ न हो ताकि मेरी पत्नी खुश हो जाए।"

अगस्त्य ने कहा, "राम, यह बिलकुल सही बात है कि आपको सदा अपनी पत्नी की खुशी का ध्यान रखना चाहिए क्योंकि बहुत कम स्त्रियाँ सुख-सुविधाओं का त्याग करके अपने पति के साथ वन में जाने के लिए तैयार होती हैं। सीता निश्चित रूप से आदर्श पत्नी हैं और आपको इनकी अच्छी तरह देखभाल करनी चाहिए। आपको इस वन में निशाचरों एवं राक्षसों को मारने के लिए बुलाया गया है जिन्होंने इस जगह को अपना निवास-स्थान बना लिया है। यहाँ से थोड़ी दूरी पर पंचवटी नामक स्थान है। वहाँ कंद-मूल एवं फल प्रचुर मात्रा में उपलब्ध हैं। वहाँ बहुत-सा पानी है और वृक्षों के मध्य पशु-पक्षी विचरण करते हैं। मुझे विश्वास है कि सीता को वहाँ अच्छा लगेगा। आप चाहें तो आश्रम बनाकर वनवास का समय पूर्ण होने तक वहाँ रह सकते हैं। मैं आपको वनवास की अवधि पूर्ण होने तक यहीं रहने के लिए कह देता किंतु मैं देख सकता हूँ कि आपको अभी अनेक कार्य पूरे करने हैं जिन्हें करना पंचवटी से ही संभव होगा।"

महर्षि से अनुमति लेकर, तीनों उनकी बताई दिशा में चलते हुए पंचवटी नामक एक अत्यंत रमणीय स्थान पर आ पहुँचे। मार्ग में उन्होंने एक विशालकाय गिद्ध को वृक्ष पर बैठे देखा, जिसका उल्लेख अगस्त्य मुनि ने उनसे पहचान के तौर पर किया था। वह पक्षी उन्हें देखकर बहुत प्रसन्न हुआ और उसने अपना नाम जटायु बताया। उसने बताया कि वह दशरथ का मित्र है और संपाती नाम का उसका एक भाई है जिसे उसने अनेक वर्षों से देखा नहीं है। जटायु ने राम को वचन दिया कि वह उनके साथ रहकर उनकी रक्षा करेगा तथा वन्य पशुओं एवं राक्षसों के वहाँ आने पर उन्हें सावधान करेगा। राम यह सुनकर खुश हो गए और फिर जटायु ने उन्हें आगे का मार्ग दिखाया।

पंचवटी अत्यंत सुंदर स्थान था जिसके चारों ओर पर्वत शिखर तथा फूलों एवं फलों से लदे वृक्ष थे। निकट बह रही गोदावरी नदी का स्वर तथा पास में एक अन्य जलधारा की गुड़गुड़ाहट कानों को अत्यंत प्रिय लगती थी। राम ने जलधारा के पास एक स्थान देखा जहाँ पाँच प्रकार के फूलों के - चंपक, पारिजात, अशोक, कदंब और चंदन वृक्ष लगे थे और लक्ष्मण को वहीं कुटिया बनाने को कह दिया।

लक्ष्मण ने पहले कुछ पुष्प देवताओं से सुरक्षा माँगते हुए उन्हें अर्पित किए और फिर उस स्थान पर निर्माण हेतु अनुमति माँगी। इसके उपरांत उन्होंने टहनियों, टट्टर एवं घास की छत बनाई और फिर राम एवं सीता को भीतर आमंत्रित किया। वे दोनों अत्यंत प्रसन्न हुए। लक्ष्मण ने भोजन, शयन तथा पूजा के लिए अलग-अलग हिस्से बनाए थे। सब कुछ देखने में बहुत सुंदर था और अत्यंत उपयोगी ढंग से तैयार किया गया था।

राम ने हँसते हुए पूछा, "पुत्र, तुमने यह निर्माण की कला कहाँ से सीखी? मुझे याद नहीं कि हमने ऐसा कुछ भी गुरुकुल में सीखा था।"

लक्ष्मण ने उत्तर दिया, "हृदय में प्रेम हो तो कोई भी कार्य दुष्कर अथवा कठिन नहीं होता। प्रेम का जादू सब कठिनाइयों को दूर करके सब प्रकार का ज्ञान देता है।"

राम की आँखों में आँसू आ गए और उन्होंने लक्ष्मण को गले लगाकर कहा, "मेरे प्यारे भाई, तुमने अनेक वर्ष तक इतने प्रेम से मेरी सेवा की है, मैं उसका ऋण कैसे चुका पाऊँगा? यदि तुमने निरंतर सावधानी से देखभाल न की होती, तो वनवास के दौरान मेरा जीवन असहनीय हो जाता।"

उन तीनों ने उस स्थान पर काफ़ी समय बिताया। कभी जटायु उनके पास आ जाता और उन्हें अपने पिता के किस्से सुनाता और कभी वे लोग महल में अपने जीवन के विषय में बात करते जो किसी स्वप्न के समान लगता था। जटायु सदैव जंगली पशुओं और राक्षसों के प्रति सतर्क रहता था और उनमें से किसी के पचास गज की सीमा के भीतर आने पर वह ज़ोर-ज़ोर से चिल्लाता था।

एक दिन शरद ऋतु में कोहरे वाली सुबह को जब दोनों भाई गोदावरी नदी में स्नान कर रहे थे तो लक्ष्मण ने कहा, "पता नहीं क्यों पर आज मेरे मन में प्रिय भाई भरत के विचार आ रहे हैं कि वह भी सरयू नदी के ठंडे जल में स्नान कर रहा होगा और हमारे विषय में सोच रहा होगा। वह कितना सदाचारी पुरुष है! वह हमारे प्रति प्रेम और निष्ठा व्यक्त करने हेतु राजमहल की सुख-सुविधाओं को भोगने के स्थान पर वह तपस्वी बनकर नंदीग्राम में रह रहा है। उस बेचारे के पास तो यह खुशी भी नहीं, जो मेरे पास है क्योंकि वह तो आपकी सान्निध्य के सौभाग्य से भी वंचित है। उसके जैसे सदाचारी पुरुष का जन्म कैकेयी जैसी दुष्ट स्त्री के गर्भ से कैसे उत्पन्न हो गया?"

राम ने अश्रुपूरित नेत्रों से उत्तर दिया, "प्रिय लक्ष्मण, तुम मुझसे भरत के विषय में और बातें करो किंतु मैं अपनी माता के विषय में कोई अनुचित बात नहीं सुनना चाहता। आख़िर, वे विधि का केवल साधन हैं। मैं भी भरत के अश्रुपूरित नेत्रों को भूल नहीं सकता जब उसने मुझे अपने साथ वापस चलने के लिए कहा था। मुझे आज भी वह दृश्य याद है जब उसने मेरी खड़ाऊँ अपने सिर पर धारण की थी और वह रोते हुए वापस नगर लौटा था। मैं उस दृश्य को कैसे भूल सकता हूँ? मुझे रात्रि में वह कई बार याद आता है। मुझे लगता है कि मेरे भाग्य में अपने प्रियजनों को दुख देना ही लिखा है।" राम द्वारा ये शब्द सचमुच पूर्वकथन सिद्ध हुए।

इस प्रकार उन तीनों ने पंचवटी में अपने निर्धारित कार्य, पूजा करते एवं आनंद मनाते हुए बहुत समय व्यतीत किया। वे सीता के जीवनकाल के सर्वश्रेष्ठ वर्ष थे। वे राम के साथ हाथ में हाथ डालकर वन में भ्रमण करती थीं और राम उनके लिए विविध प्रकार के पुष्प तोड़ा करते थे। राम उनके केश में पुष्प गूँथते थे और फिर वे पर्वत शिखर पर लेटकर रात्रि में तारों को देखते रहते थे।

एक दिन जब वे वन में टहल रहे थे, राम ने सीता को कुछ दिखाने के लिए हाथ उठाया तो भूल से सीता के मस्तक पर सिंदूर से बनी बिंदी मिट गई। राम ने उनसे क्षमा माँगी और तुरंत एक लाल पत्थर को पीसकर उसका चूरा अत्यंत सावधानी से सीता के

मस्तक पर लगा दिया। उसके बाद, हँसते हुए शेष चूरा सीता के गालों पर लगा दिया। कभी-कभी जब जलधारा गहरी होती थी तो राम सीता को बाँहों में उठाकर लेते थे किंतु पार पहुँचने के बाद सीता नीचे उतरने से मना कर देती थीं। वे सीता को आकाश में उछालने का ढोंग करते थे और वे सिमटकर राम के निकट आ जाती थीं। वे सदा आनंददायक स्वप्न में जीती थीं। राम को भी प्रकृति के सौंदर्य में अपनी आकर्षक पत्नी और अपने भाई के साहचर्य में रहना बहुत अच्छा लगता था। उन्हें इस बात का तनिक भी अनुमान नहीं था कि उनके अवतार के उद्देश्य और वनवास के कारण का समय अनवरत रूप से निकट आ गया था।

वशिष्ठ पूछते हैं :

संसार की रचना अज्ञान की नहीं अपितु ज्ञानयुक्त क्रिया है।
परंतु फिर प्रश्न यह उठता है,
कोई ज्ञानी व्यक्ति इस प्रकार की निरर्थक क्रिया में क्यों उलझता है?
इसलिए यह स्पष्ट है कि संसार केवल आभास है और उसका कोई अस्तित्व नहीं है।"

हरि ॐ तत सत

ॐ

ॐ

स्वरद्गकसिठे ठाम:!

अध्याय 3

निशाचर

श्यामभीरमम्! नयनभीरमम्!
गुणभीरमम्वचनभीरमम्!
विश्वप्रणामम् कृतभक्तकामम्!
श्री रामचन्द्रं सततम् नमामि!

मैं श्रीरामचंद्र को प्रणाम करता हूँ,
जिनके सुंदर और गहरे रंग के नेत्र हैं,
जो विलक्षण गुणों से युक्त हैं तथा मृदु वचन बोलते हैं,
जिनके समक्ष समस्त ब्रह्मांड नतमस्तक होता है,
और जो अपने भक्तों की मनोकामनाएँ पूर्ण करते हैं।

एक दिन जब तीनों ने अपने नित्यकर्म पूर्ण कर लिए, पूजा कर ली और सरल भोजन कर लिया तो वे चंपक वृक्ष की छाँव में बैठ गए। राम और सीता निकट बैठे थे तथा राम सीता को इस बात के लिए छेड़ रहे थे कि जब वे सुबह स्नान करने नदी पर गए थे तो एक छोटा भालू देखकर सीता भयभीत हो गई थीं। लक्ष्मण थोड़ी दूरी पर बैठे एक लकड़ी के टुकड़े को छील रहे थे जो उन्होंने नदी के समीप से उठाया था। उसी समय शूर्पणखा नामक राक्षसी और राक्षसराज रावण की बहन वहाँ से जा रही थी। उसकी दृष्टि उन दोनों आकर्षक राजकुमारों पर पड़ी। वह राम के शारीरिक सौंदर्य एवं पुरुषत्व को देखकर मोहित हो गई। यद्यपि राम के केश तपस्वी के समान उलझे हुए थे, उनकी काया क्षत्रिय जैसी और श्रेष्ठता राजा के समान थी। वह राम को हर्षित होकर देखती रही। वह उनके ऊपर से दृष्टि नहीं हटा पा रही थी हालांकि राम का ध्यान उसपर नहीं गया था और वे अपने निकट बैठी स्त्री से बातों में व्यस्त थे। शूर्पणखा ने निर्णय ले लिया कि उसके लिए वही पुरुष उपयुक्त था। राक्षस नरभक्षी थे और उनका आचरण भी शास्त्रविरुद्ध था। उन्हें जो पसंद था उसे वे छीन लेते थे और ऐसा करते हुए वे न तो परिणाम की और न ही अपने व्यवहार के औचित्य की चिंता करते थे। शूर्पणखा के मन में यह विचार तक नहीं

आया कि राम को वह अनाकर्षक भी लग सकती है।

वह विशालकाय थी और उसके बाल ऊष्मा-भरी लालिमा लिए हुए थे। उसकी छोटी-छोटी आँखें अत्यंत क्रूर दीख रही थीं। उसकी त्वचा मेंढक के समान चितकबरी व पीले रंग की थी, पेट कड़ाहे के समान और नाभि बाहर को निकली हुई थी। उसके पल्लेदार कान हाथी के समान थे और उसके हाथ व पैर की अँगुलियाँ पंजेदार थीं। उसने कुछ देर पहले ही एक खरगोश को मारकर खाया था, जिसका रक्त उसके दाँतों से टपक रहा था। वह काफ़ी देर से एक खरगोश का पैर चबा रही थी। उसने वह फेंका और राम के पास आई। उसने मन में राम को प्राप्त करने का निश्चय कर लिया था और उसे इस बात की भी चिंता नहीं थी कि राम के पास बैठी स्त्री उनकी पत्नी हो सकती थी। वह हथिनी की चाल से राम के पास पहुँच गई तथा कठोर व कर्कश स्वर में बोली।

"हे आकर्षक पुरुष, तुम कौन हो? तुम्हारे वस्त्र तपस्वी जैसे हैं, किंतु तुम्हारा मुख-मंडल अलग है। इसके अतिरिक्त, तुम्हारे पास अस्त्र-शस्त्र भी हैं। तुम यहाँ कैसे आए हो?"

राम ने विनम्रतापूर्वक उत्तर दिया, "मैं राजा दशरथ का पुत्र राम हूँ। ये मेरा भाई लक्ष्मण है और यह मेरी पत्नी, विदेह की राजकुमारी सीता है। अब बताओ कि तुम कौन हो और मैं तुम्हारे लिए क्या कर सकता हूँ?"

उसने कहा, "मैं शूर्पणखा नाम की राक्षसी हूँ और मैं रावण की बहन हूँ। मैं इधर से गुज़र रही थी और तुम्हें देखकर मुझे तुमसे प्रेम हो गया है। तुम मेरे पति बनने के लिए आदर्श पुरुष हो। तुम्हारे निकट बैठी यह छोटी-सी स्त्री निश्चय ही तुम्हारे योग्य नहीं है। मैं इसे और तुम्हारे भाई को एक क्षण में खा जाऊँगी और फिर हम दोनों इस सुंदर वन में आनंद से विचरण करेंगे।"

ऐसा कहकर, शूर्पणखा ने अपनी हाथ कमर पर रख लिए तथा अपने पूर्ण आकार में आ गई। वह पर्वत के समान ऊँची हो गई थी। सीता भय से काँपते हुए अपने पति के निकट आ गईं। उन्होंने सीता को पकड़कर भरोसा दिलाया और फिर हँसने लगे। उन्हें विश्वास नहीं हुआ कि वह स्त्री उनकी पत्नी और उनके भाई के सामने ही दिन दहाड़े प्रेम-प्रदर्शन कर रही थी। उन्हें यही लगा कि वह मज़ाक कर रही है।

राम ने हँसते हुए कहा, "प्रिये, मैं सचमुच तुम्हारे प्रस्ताव से सम्मानित हुआ हूँ किंतु तुम्हें समझना चाहिए कि मैं विवाहित पुरुष हूँ। इसके अतिरिक्त, मेरी पत्नी हालांकि छोटी-सी है और शायद तुम्हें यह सुनकर आश्चर्य भी हो, किंतु मैं इससे बहुत प्रेम करता हूँ। मुझे विश्वास है कि तुम अपने पुरुष को किसी अन्य स्त्री के साथ साझा नहीं कर सकोगी। मेरे इस आकर्षक छोटे भाई को देखो, जिसके साथ इसकी पत्नी नहीं है। तुम इसके पास क्यों नहीं जाती?" शूर्पणखा ने विचार किया और उसे वह बात ठीक लगी। वह लक्ष्मण के पास गई और उनको भी उसी तरह अपना पति बनने की प्रार्थना करने लगी।

लक्ष्मण को भी उसकी बात सुनकर हँसी आ रही थी तो उन्होंने भी उस मज़ाक को चलने दिया। वे बोले, "मैं तो राम का केवल सेवक हूँ। आपके जैसी राजकुमारी किसी सेवक

के साथ कैसे ख़ुश रह सकती है? आपने बताया कि आप अपनी इच्छा से रूप बदल सकती हैं। आप सुंदर रूप धारण करके अधिक उत्साह के साथ दोबारा राम के समक्ष विवाह का प्रस्ताव क्यों नहीं रखतीं? मुझे विश्वास है कि वे आपकी बात से प्रेरित होकर अपनी कुरूप पत्नी को छोड़कर आपके जैसी सुंदर स्त्री से अवश्य विवाह कर लेंगे।"

शूर्पणखा इस तरह के परिहास की अभ्यस्त नहीं थी। वह दोबारा राम के पास गई और बोली, "मुझे लगता है कि तुम केवल अपने पास बैठी इस कुरूप स्त्री के कारण मुझमें रुचि नहीं दिखा रहे हो। मैं इसे अभी खा जाती हूँ और फिर तुम्हें इससे मुक्ति मिल जाएगी। उसके बाद हम इस प्राणी से निर्भय होकर साथ रह सकते हैं।"

यह चेतावनी देकर, शूर्पणखा ने कोयले के समान दहकती आँखों से काँपती सीता की ओर देखा और उनकी ओर दौड़ी। सीता चिल्लाईं और राम से लिपट गईं। राम ने सीता को अपने पीछे किया और लक्ष्मण से बोले।

"ऐसे लोगों से परिहास करना हमारी भूल थी। देखो, सीता कितनी डर गई है। कृपया इस स्त्री को दंड दो और यहाँ से भगाओ। लक्ष्मण, हम इसका वध नहीं करेंगे क्योंकि यह स्त्री है किंतु हमें इसे सबक़ सिखाना होगा ताकि यह यहाँ से चली जाए और हमें शांति से रहने दे, अन्यथा हमारी अनुपस्थिति में यह दोबारा आकर बेचारी सीता को परेशान करेगी।"

लक्ष्मण ने तत्काल अपनी तलवार उठाई और शूर्पणखा की नाक और उसके कान काट डाले। क्रोध और पीड़ा से चीख़ती तथा प्रतिशोध का प्रण लेकर शूर्पणखा वन के भीतर भाग गई। उसके भारी भरकम क़दमों से सारा वन काँप रहा था तथा पक्षी भयभीत होकर चिल्लाते हुए उड़ गए। वह भागती हुई जनस्थान पहुँची जहाँ उसका चचेरा भाई खर रहता था और उसको सारी बात कह सुनाई। उसने निस्संदेह वह बात छिपा ली कि उसने स्वयं पहले कोसल बंधुओं को क्रोध दिलाया था।

खर ने प्रतिशोध लेने का प्रण किया और उसने अपने चौदह श्रेष्ठ सैनिक उन दोनों घुसपैठियों का अंत करने के लिए भेजे, जिन्होंने उसकी बहन को हानि पहुँचाने का दुस्साहस किया था। शूर्पणखा उन्हें आश्रम ले गई। तीनों वनवासी बैठकर उस दिन की असाधारण घटना पर चर्चा कर रहे थे कि तभी राक्षस वहाँ आ पहुँचे। राम ने लक्ष्मण से कहा, "ऐसा लगता है कि हमें थोड़ी लड़ाई करनी होगी। तुम सीता का ध्यान रखो, इस बीच मैं इन्हें समाप्त करता हूँ।"

ऐसा कहकर, राम ने शीघ्र ही सबको मार दिया जैसा कि उन्होंने कहा था। शूर्पणखा को अपनी आँखों पर विश्वास नहीं हुआ। उसने कभी ऐसे मनुष्य नहीं देखे थे जो चौदह तो दूर, एक भी राक्षस का सामना कर सकते थे। वह भागती हुई खर के पास गई और गीदड़ की तरह उसके समक्ष चीख़ने लगी।

"अब क्यों परेशान हो रही हो?" उसने पूछा, "मैंने वचनानुसार अपने सैनिक भेजे थे और अब तक वे राम को खा चुके होंगे।"

शूर्पणखा ने चिढ़ते हुए कहा, "तुम अपने कुल पर कलंक हो। मुझे लगता है कि तुम स्वयं जाकर उनका सामना करने से डरते हो। तुम्हारे सब सैनिक रक्त के तालाब में पड़े

हुए हैं क्योंकि राम ने अकेले ही उन सबको मार दिया है।"

यह सुनकर खर को बहुत आश्चर्य हुआ और उसने राम से लड़ने के लिए अपने सेनापति दूषण के साथ चौदह हज़ार सैनिक भेजे। खर की सशस्त्र सेना दुर्ग से बाहर निकली और दो क्षुद्र मनुष्यों को मारने के लिए चल पड़ी।

उधर, आश्रम में राम ने अनेक अपशकुन देखे तथा उन्हें समुद्री लहर के समान आती किसी सेना की गर्जना सुनाई देने लगी।

राम ने लक्ष्मण से कहा, "मुझे डर है कि मैं तुम्हें अपने अस्त्र-शस्त्रों के उपयोग के अवसर से वंचित कर रहा हूँ, किंतु मेरे विचार से यही बेहतर होगा कि तुम अपने अस्त्र-शस्त्रों के साथ सीता को लेकर गुफा में चले जाओ। सीता को किसी क़ीमत पर अकेला मत छोड़ना अन्यथा वह स्त्री आकर उसे खा जाएगी और हम लोग यहाँ लड़ते रहेंगे। इसलिए मैं जैसा कहता हूँ, वैसा ही करो।"

लक्ष्मण अनिच्छा से सीता को लेकर अपने भाई को युद्ध के लिए अकेला छोड़कर चले गए। जब राम ने देखा कि वे दोनों सुरक्षित रूप से गुफा में चले गए तो उन्होंने अपने धनुष की डोरी चढ़ाई और युद्ध के लिए तैयार हो गए। उन्होंने धनुष से टंकार की और राक्षसों को युद्ध के लिए चुनौती दे दी। खर अपना रथ लेकर राम के निकट आ गया और उसने सैकड़ों बाण, त्रिशूल, हँसिया, कुल्हाड़ियाँ और अनेक प्रकार के अस्त्र एक साथ चला दिए। उसकी सेना ने भी ऐसा ही किया। राम इस आक्रमण से बिना घबराए चट्टान की भांति खड़े रहे। हालांकि उन्हें अनेक जगह चोट लगी, किंतु वे शांति से डटे रहकर आक्रमण का सामना करते रहे। वे जिस कौशल से अपने धनुष का उपयोग कर रहे थे, उसे देखकर उनके शत्रु भी प्रशंसा करने लगे। उनके द्वारा अभिमंत्रित बाणों का प्रहार इतना पीड़ादायक था कि राक्षसों का प्रथम हमला उलटा पड़ गया और वे सब दर्द से चीख़ते हुए भागने लगे। खर ने बार-बार अपने सैनिक भेजे किंतु हर बार वे राम के घातक बाणों से मारे जाते थे। अंत में, यह सुनाने के लिए बहुत कम सैनिक शेष रह गए। खर को यह देखकर बहुत चिंता हुई कि उसका वीर सेनापति दूषण भी मारा गया। उसके बाद उसने अपने एक अन्य साहसी सेनापति त्रिशिरा को भेजा जिसने राम को मस्तक में चोट करके घायल कर दिया। राम ने उसकी वीरता की प्रशंसा तो की किंतु अंत में उन्हें उसको मारना पड़ा। खर भी डर लग रहा था कि वह भी राम के हाथों मारा जाएगा, फिर वह रथ में बैठकर राम की ओर चल पड़ा।

राम ने, जो ज़मीन पर खड़े होकर युद्ध कर रहे थे, राक्षस का रथ तोड़ दिया और बोले, "तुम्हारी तरह दुष्कर्म करने वाले किसी प्राणी को जीवित रहने का अधिकार नहीं है। तुम कितने निर्दोष ऋषियों की हत्या कर चुके हो? खर, आज तुम्हारा अंतिम दिन है! मरने के लिए तैयार हो जाओ।"

खर अपनी गदा उठाकर राम की ओर दौड़ा और उसने गदा राम पर फेंकी, किंतु राम ने अपने बाणों से उसके हज़ारों टुकड़े कर दिए। इसके बाद खर ने वृक्ष उखाड़कर राम पर फेंका जिससे राम बड़ी सहजता से बच गए। खर क्रोध में उन्मत्त होकर राम की

ओर दौड़ा और उसने उन्हें हाथ से ही मारने का प्रयास किया। राम ने बाण लिया और उसमें इंद्र की शक्ति का आह्वान करके उसे खर पर छोड़ दिया। वह बाण खर की छाती में लगा जिससे उसके प्राण निकल गए। अपने सेनापति को मरता देख, शूर्पणखा समेत शेष राक्षस भयभीत होकर वहाँ से भाग निकले। सीता का शांतिपूर्ण और सुंदर उद्यान पूरी तरह नष्ट हो गया और कटे हुए हाथ, पाँव, सिर, रक्त एवं अस्थियों से भर गया था।

लक्ष्मण और सीता गुफा से बाहर आ गए और उन्होंने राम को बधाई दी। सीता ने दौड़कर राम को गले से लगा लिया। वे उन्हें जीवित देखकर अत्यंत प्रसन्न थीं। उन्होंने अपने ऊपरी परिधान से धीरे-से राम के चेहरे और तन पर से रक्त की छींटे पोंछे। वे भावुक हो गईं और उनका गला रुँध गया तथा उनसे कुछ बोला नहीं गया। यद्यपि उन्हें राम द्वारा इतने राक्षसों को अकेले मार देने के कारण उनकी शक्ति पर गर्व था, उन्हें ऐसा लग रहा था कि बात यहाँ समाप्त नहीं हुई थी और उनके शांतिपूर्ण दिन पूरे हो चुके थे।

हरि ॐ तत सत

ॐ

ॐ

दूषण-त्रिशरो-हन्त्रे नमः!

अध्याय 4

राक्षसराज

संसारसारं निगामाप्रचारम्!
धर्मावतारं हृदभूमिभारम्!
सदानिर्विकारं सुखसिन्धुसारम्!
श्री रामचन्द्रं सततम् नमामि।

मैं संसार के सार-तत्त्व श्रीरामचंद्र को प्रणाम करता हूँ,
जिनकी वेदों में स्तुति की गई है,
जो धर्म के अवतार हैं तथा जिनका जन्म
पृथ्वी का बोझ कम करने को हुआ है,
जो अचल हैं तथा गुणों के सागर हैं।

जनस्थान में हुए युद्ध में से केवल एक राक्षस बचकर भाग निकल पाया। उसका नाम अकंपन था। युद्ध में अपनी पराजय होती देख, वह एक पेड़ के पीछे छिप गया था और वहाँ से उसने अपने साथियों को मरते देख रहा था। अंत में वह हड़बड़ाकर लंका द्वीप पर रावण की राजधानी आया और उसने वहाँ सारी बात सुनाई। राक्षसराज को यह विश्वास नहीं हुआ कि एक अकेले व्यक्ति ने उसके श्रेष्ठ सेनापति और पूरी सेना को मार डाला था।

रावण गुस्से से घूरते हुए गरजा, “वह कौन मूर्ख है जिसने जनस्थान में मेरी सेना की चौकी के साथ छेड़छाड़ करने का दुस्साहस किया है? यह स्पष्ट है कि उसका अंत अब निकट है। यहाँ तक कि देवताओं का राजा इंद्र भी मुझसे डरता है और इसी तरह धन का देवता कुबेर और मृत्यु का देवता यम भी डरता है। मैं स्वयं मृत्यु के लिए काल हूँ और मेरा क्रोध अग्नि को भी नष्ट कर सकता है। उसका नाम बताओ, जिसने मुझे चुनौती दी है।”

अकंपन भय से काँपने लगा और हकलाते हुए बोला, “स्वामी, वह एक पुरुष है।”

“पुरुष! एक मनुष्य! मुझे विश्वास नहीं होता। मैंने जनस्थान की ओर आती किसी सेना का समाचार नहीं सुना, तो फिर यह कैसे हुआ?”

"वहाँ कोई सेना नहीं है, स्वामी। वह अकेला मनुष्य है जिसने पूरी सेना को मार डाला और उसका नाम राम है। वह इक्ष्वाकु कुल के वंशज और अयोध्या के राजा दशरथ का पुत्र है। वह, उसका भाई और उसकी पत्नी वनवास काट रहे हैं तथा इस समय पंचवटी के जंगल में रहते हैं। वह कृष्ण वर्ण का आकर्षक पुरुष है तथा सिंह के समान शक्तिशाली है। वह अद्भुत धनुर्धर है और उसने अकेले ही हमारी पूरी सेना को नष्ट कर दिया।"

रावण को इस कहानी पर विश्वास नहीं हुआ। वह बोला, "मैं तत्काल जनस्थान जाऊँगा और इस मनुष्य को मार डालूँगा।"

अकंपन ने उत्तर दिया, "स्वामी, मैं आपको ऐसा करने की सलाह नहीं दूँगा। राम अजेय है। यदि वह चाहे तो इस संपूर्ण ब्रह्मांड को नष्ट करके नए ब्रह्मांड की रचना कर सकता है। उसके पास समस्त अस्त्र-शस्त्रों का नियंत्रण है। आप उसे न्यायोचित युद्ध में कभी पराजित नहीं कर सकेंगे। परंतु मैं आपको उसे पराजित करने का एक तरीक़ा बता सकता हूँ। उसकी एक पत्नी है, जिसका नाम सीता है और वह उसे बहुत प्रेम करता है। वही उसकी दुर्बलता है। सीता तीनों लोकों में सबसे सुंदर स्त्री है। यहाँ तक कि देवता भी उसके सौंदर्य पर मोहित हो जाते हैं। वह मिथिला के राजा जनक की पुत्री है। आप भी उसके सौंदर्य पर मुग्ध हो जाएँगे। मेरे विचार से आप दंडक वन जाकर सीता का अपहरण कर लीजिए। यदि राम ने सीता को गँवा दिया तो वह जीवित नहीं रह पाएगा। वह विलाप करते-करते मर जाएगा। यही एकमात्र तरीक़ा है जिससे आप उसे समाप्त कर सकते हैं।"

अंतःपुर में एक और स्त्री को जोड़ने के विचार से रावण की हरी आँखों में चमक आ गई। "अकंपन, तुम्हारी योजना बहुत अच्छी है," वह बोला, "मैं कल दंडक वन जाऊँगा और स्वयं उस सुंदरी का अपहरण करूँगा। जैसा कि तुम जानते हो, मैं स्त्री-सौंदर्य का पारखी हूँ, इसलिए मैं अपने संग्रह में एक और रत्न जोड़ना चाहता हूँ।"

रावण ने अपने स्वर्ण विमान को बुलवाया, पिशाच के चेहरों वाले मायावी गधे उसमें जोते और ताड़का के पुत्र मारीच के आश्रम में पहुँच गया, जिसे विश्वामित्र के यज्ञ की रक्षा के समय अपने पहले ही युद्ध में सैकड़ों मील दूर उछाल दिया था। मारीच अब तपस्वी बन चुका था और गोकर्ण नामक स्थान पर सादगी के साथ रहता था। वह राजा के आगमन से कृतार्थ हुआ और उसने रावण का यथोचित सत्कार किया।

रावण ने बातचीत में समय व्यर्थ नहीं किया। वह सीधे मुद्दे की बात आ गया। "मामाश्री," वह बोला, "क्या आपने सुना कि जनस्थान पर संपूर्ण राक्षस शिविर पूरी तरह नष्ट कर दिया गया है?"

मारीच को यह सुनकर बहुत आश्चर्य हुआ और उसने पूरी बात सुननी चाही।

"वह सब राम नाम के एक साधारण मनुष्य ने नष्ट किया है!"

राम का नाम सुनकर मारीच पत्ते की भांति काँपने लगा और उसे पसीना आ गया।

रावण ने ऐसे दिखाया मानो उसने ध्यान नहीं दिया और बोला, "ऐसा प्रतीत होता है कि राम के पास अलौकिक शक्तियाँ हैं अन्यथा उसके लिए यह सब कर पाना संभव नहीं है। मैंने सुना है कि उसकी पत्नी सीता असाधारण रूप से सुंदर है। मैं उसका अपहरण

करना चाहता हूँ और इस कार्य में मुझे आपकी सहायता चाहिए। राम को दंड देने का यही एकमात्र तरीक़ा है।"

मारीच बोला, "स्वामी, क्या आपने किसी का अपमान किया है? ऐसा लगता है कि कोई आपका पतन चाहता है। जिस व्यक्ति ने आपको यह सलाह दी, वह आपका बहुत बड़ा शत्रु है। सीता को राम के पास से चुराना नागराज के मुख से उसका विषैला दंत निकालने के समान है। राम जंगली हाथी के समान है और यदि आपने उसे परेशान किया तो वह आपको कुचल सकता है। कृपया ऐसी मूर्खता न करें। मैंने स्वयं राम की शक्ति का अनुभव किया है और वह भी उस समय जब वह मात्र सोलह वर्ष का था। इस समय वह कैसा होगा? इसीलिए मैंने संन्यास ले लिया। मैं आपको सलाह देने के लिए बहुत वृद्ध हूँ और मुझे यह बताने से आपसे न कोई लाभ है और न हानि, इसलिए मेरी बात मानिए और सीता का विचार छोड़ दीजिए। उन्हें आराम से वन में रहने दीजिए और आप अपने अंतःपुर की स्त्रियों के साथ संतुष्ट रहिए। दूसरे व्यक्ति की पत्नी की कामना मत कीजिए।"

रावण यद्यपि राम की वीरता की कथाएँ सुनकर हतोत्साहित नहीं हुआ, उसने मारीच की सलाह को उचित महत्त्व दिया तथा सीता के अपहरण की योजना को त्याग कर लंका लौट आया।

अगले दिन जब रावण राजदरबार में अपने स्वर्ण सिंहासन पर बैठा हुआ था, उसी समय शूर्पणखा रोती हुई वहाँ आई। रावण ने अनेक युद्ध जीते थे और उसकी गौरव गाथाएँ अनंत थीं। रावण और उसके पुत्र मेघनाद ने देवताओं के राजा इंद्र को भी परास्त कर दिया था। रावण विश्रवा का पुत्र और कुबेर का सौतेला भाई था, जिसे उसने पराजित करके उसका पुष्प से बना मनोहर पुष्पक विमान छीन लिया था। रावण को ब्रह्मा से वरदान प्राप्त था कि वह किसी दैत्य, देवता, गंधर्व अथवा पशु द्वारा नहीं मारा जा सकता था। उसने अपने घमंड के कारण वरदान में मनुष्यों को इस सूची में सम्मिलित नहीं किया था क्योंकि उन्हें वह अपने सामर्थ्य के सामने बहुत तुच्छ समझता था। उसका अन्याय और अत्याचार इतना बढ़ गया कि आख़िर में देवताओं को ब्रह्मा के पास जाकर सुरक्षा माँगनी पड़ी। इसके बाद, भगवान विष्णु ने देवताओं के सामने प्रकट होकर पृथ्वी पर अवतार लेने तथा रावण को मारने का वचन दिया। यह ठीक उसी समय हुआ था जब राजा दशरथ पुत्र प्राप्ति के लिए यज्ञ कर रहे थे और उसी के फलस्वरूप भगवान विष्णु के सातवें अवतार के रूप में राम ने दशरथ के पुत्र-रूप में जन्म लिया।

शूर्पणखा रावण के सामने खड़ी पागल कुत्ते के समान अपने दुर्भाग्य पर विलाप कर रही थी। उसने जो कहानी रावण को सुनाई, वह सत्य के विपरीत थी। वह अपने भाई को अपमानजनक शब्द कहने लगी।

"तुम किस प्रकार के राजा हो?" वह चिल्लाई, "तुम यहाँ बैठकर मदिरा और स्त्रियों में डूबे रहते हो और तुम्हें अपने दायित्व की कोई चिंता नहीं है। क्या तुम्हें पता नहीं कि जनस्थान पर तुम्हारी सेना की चौकी को राम नामक एक पुरुष ने अकेले ध्वस्त कर दिया है?"

रावण ने शूर्पणखा को थोड़ी देर रोने-चीख़ने दिया। फिर उसने अपनी बहन को टोका, "राम कौन है? वह कैसा दिखता है? उसके पास कौन-से अस्त्र-शस्त्र हैं?"

"राम अयोध्या के राजा दशरथ का पुत्र है। वह दिखने में प्रेम का देवता लगता है किंतु वह युद्ध-कौशल में अत्यंत घातक है। उसके बाण नागराज के समान हैं। उसका एक भाई है, जिसका नाम लक्ष्मण है। वह भी बहुत वीर है और पूरी तरह राम के प्रति समर्पित है। राम की पत्नी सीता का सौंदर्य अप्रतिम है। राम उससे बहुत प्रेम करता है और वह भी राम के प्रति पूर्ण रूप से समर्पित है। मैंने सीता के जैसी आकर्षक काया पहले कभी नहीं देखी। उसका रंग पिघले सोने की तरह है, कमर इतनी पतली है कि तुम उसे एक हाथ में पकड़ सकते हो। उसका वक्ष-स्थल उन्नत और उसके बाल लंबे व चमकदार हैं। उसकी आँखें कमल की पंखुड़ियों के समान हैं तथा उसके सुंदर हाथों के नख गोल व गुलाबी हैं। तीनों लोकों में कोई स्त्री सीता की बराबरी नहीं कर सकती। उसे देखकर, मुझे लगा कि वह तुम्हारे लिए एकदम उपयुक्त है। मैंने उसे तुम्हारे लिए उपहारस्वरूप अपहृत करके लाने का प्रयास किया और लक्ष्मण ने मेरे साथ यह किया है। जब मैंने सीता को उठाने का प्रयास किया तो राम को क्रोध आ गया और यदि मैं स्त्री न होती तो उसने मुझे मार डाला होता। परंतु अब उसने मुझे जीवन भर के लिए विकलांग कर दिया है। यदि तुम्हारे मन में मेरे लिए थोड़ी-सी भी करुणा है, यदि तुम जनस्थान में अपने लोगों की हत्या का प्रतिशोध लेना चाहते हो, यदि तुम उस सुंदरी को पाना चाहता हो, तो तत्काल जाओ और उन दोनों भाइयों को मारकर सीता को पकड़ लाओ।"

रावण राजसभा को स्थगित करके अपनी बहन की बात पर विचार करने लगा। उसे पता था कि राम उसके लिए कोई साधारण प्रतिद्वंद्वी नहीं थे किंतु मन में सीता का विचार आते ही उसका हृदय तेज़ी से धड़कने लगा। अंत में उसकी कामेच्छा उसके विवेक पर हावी हो गई और वह दोबारा मारीच के आश्रम गया। मारीच ने रावण को आते देखा तो वह संशय से भर उठा किंतु उसने अपने मनोभाव छिपा लिए और रावण का स्वागत किया।

"स्वामी, आपने इस कुटिया में दोबारा आने का कष्ट क्यों किया?" उसने पूछा।

रावण ने उत्तर दिया, "मैंने आपको उस निकृष्ट प्राणी राम के विषय में पहले भी बताया था जिसने जनस्थान में मेरे सेनापतियों तथा उनकी सेना को समाप्त कर दिया तथा मेरी बहन को विकलांग बना दिया था। निश्चय ही, वह दुष्ट व्यक्ति है अन्यथा उसके पिता उसे वन में नहीं भेजते। मामाश्री, केवल आप ही मेरी सहायता कर सकते हैं। मेरी बहन ने बताया है कि सीता ही राम की मुख्य दुर्बलता है। यदि मैं सीता का अपहरण कर लूँ तो राम की दशा मृत जैसी हो जाएगी। यहाँ मुझे आपकी सहायता की आवश्यकता है। मैं चाहता हूँ कि आप सोने का हिरण बनकर राम के आश्रम के निकट जाएँ। आप सीता के सामने उछलना-कूदना और उसे लुभाने का प्रयास कीजिए ताकि सीता राम से उस हिरण को पकड़ने को कहे। उसके बाद, आप राम को आश्रम से दूर वन के भीतर ले जाइए ताकि सीता अकेली रह जाए। तब मैं वहाँ जाकर उसका अपहरण कर लूँगा। आपको मेरी योजना कैसी लगी?"

मारीच दोबारा राम को क्रोध दिलाने के विचार से काँप उठा। उसका मुँह सूख गया

और उससे बोला नहीं जा रहा था। अंत में उसने हकलाते हुए कुछ शब्द कहे, “पुत्र, तुम राजा हो और तुम्हारे आस-पास ढेरों चाटुकार हैं। वे केवल वही बात कहेंगे जिसे सुनकर तुम प्रसन्न हो जाओ, बेशक वह तुम्हारे हित में न हो। राम सद्गुणों के सागर हैं। वे इंद्र और कुबेर से भी अधिक शक्तिशाली हैं। यदि तुमने सीता का अपहरण किया तो राम का क्रोध तुम्हारे ऊपर क़हर बनकर टूटेगा। वे सीता को अपने जीवन से भी अधिक प्रेम करते हैं। वह स्त्री तुम्हारी मृत्यु का कारण बन जाएगी। तुम अभी प्रसन्न हो तथा राक्षसों के शक्तिशाली राजा हो। यदि तुम ऐसे ही रहना चाहते हो तो राम को भूल जाओ। तुम्हारे पास अंतःपुर में अनेक सुंदर स्त्रियाँ हैं। तुम्हें किसी अन्य पुरुष की पत्नी की कामना करने की क्या आवश्यकता है?”

रावण शांत खड़ा रहा। इससे मारीच को लगा कि वह रावण को समझाने में सफल हो गया था और इसलिए वह आगे बोलता रहा।

“मैं तुम्हें राम के साथ हुए प्रथम लड़ाई के विषय में बताता हूँ, जब वे केवल सोलह वर्ष के थे। एक बार जब महर्षि विश्वामित्र यज्ञ कर रहे थे तो मैं उन्हें परेशान कर रहा था। तब विश्वामित्र अपनी यज्ञशाला की सुरक्षा के लिए राम को बुला लाए। मुझे वह आज भी ठीक से याद है। वे देखने में अत्यंत शानदार, युवा और शक्तिशाली थे। उनके हाथ में विशाल धनुष था। मैंने यह सोचकर कि वह कोई साधारण युवक है, यज्ञशाला को अपवित्र करना जारी रखा। राम ने किसी कारणवश मुझे मारा नहीं किंतु मैं उनके बाण के प्रहार से सैकड़ों कोस दूर समुद्र में जा गिरा। कुछ वर्ष पूर्व, मेरी राम से दूसरी बार भेंट हुई। तुम्हें तो पता है कि हम राक्षसों को ऋषि मुनियों को मारकर उनका माँस खाना कितना पसंद है। मैं दो अन्य राक्षसों के साथ हिरण का रूप धारण करके आश्रम में गया और राम के आने से पहले हमने अनेक ऋषियों को मार दिया था। मैंने सोचा कि राम ने मेरे साथ पहले जो किया था, उसके लिए मैं उन्हें मृत्युदंड दूँगा। मैं अपने सींग नीचे झुकाकर राम की ओर दौड़ा। राम ने हम पर तीन बाण छोड़े और मेरे दोनों साथी तो वहीं मारे गए। मैं किसी तरह वहाँ से बचकर भाग निकला। तब से मैंने अपने जीवन को बदल लिया और यहाँ तपस्वी बनकर रहने लगा। मैं यहाँ इस वन में अकेला रहता हूँ तथा मुझे किसी का साथ पसंद नहीं है। मैंने माँस खाना और लोगों की हत्या करना छोड़ दिया है और अब मैं केवल कंद मूल और फल खाता हूँ। मैं वृद्ध हो गया हूँ और थक चुका हूँ। मैं अब शांतिपूर्वक जीना और अपने पापों का प्रायश्चित करना चाहता हूँ। मुझे राम के नाम से ही भय लगता है यदि तुम इस मूर्खतापूर्ण योजना को नहीं छोड़ोगे तो हम दोनों निश्चित रूप से मारे जाएँगे। जहाँ तक जनस्थान में हुई त्रासदी का प्रश्न है, मुझे पूरा विश्वास है कि अवश्य ही शूर्पणखा ने राम को क्रोध दिलाया होगा। उसकी झूठी बातों में पड़कर तुम अपनी मृत्यु को निमंत्रण दे रहे हो।”

रावण, मारीच को बहलाने का जो ढोंग कर रहा था, वह उसने छोड़ दिया। वह आत्महत्या करने की योजना को लागू करने का निर्णय ले चुका था। उसकी नियति मृत्यु की ओर इंगित कर रही थी।

रावण ने क्रोध में भरकर कहा, “मारीच, तुम अपने राजा से बात करने के शिष्टाचार

की सीमा लाँघ रहे हो। मुझे तुमसे किसी तरह की सलाह की आवश्यकता नहीं है कि मुझे क्या करना चाहिए। मैं केवल अपनी आज्ञा का अनुपालन चाहता हूँ। तत्काल स्वर्ण मृग का रूप धारण करके राम के आश्रम में जाओ और उसे फुसलाकर सघन वन में ले जाओ। यदि सीता की चौकसी के लिए लक्ष्मण रहता है तो तुम राम की आवाज़ में ज़ोर से चीत्कार करना, 'हाय सीता! हाय लक्ष्मण!' यह सुनकर सीता डर जाएगी और लक्ष्मण को राम को सहायता के लिए भेजेगी। मैं उस समय आश्रम में घुसकर सीता का अपहरण कर लूँगा। यह कार्य करने के बाद तुम वापस अपने घर में लौट सकते हो। यदि तुम मेरी बात नहीं मानोगे तो मैं तुम्हें इसी क्षण यमलोक पहुँचा दूँगा!"

मारीच की स्थिति दयनीय थी किंतु उसके पास कोई विकल्प नहीं था। वह जानता था कि उसका मरना निश्चित था, किंतु उसने सोचा कि अपने दुराचारी भाँजे के हाथों मरने से राम के हाथों मरना बेहतर होगा। मारीच ने चिढ़ते हुए कहा, "रावण, मैं देख सकता हूँ कि हम दोनों की मृत्यु निश्चित है। याद रखो, यदि तुमने सीता को पकड़ा तो तुम मृत्यु को पकड़ लोगे। जहाँ तक मेरा प्रश्न है, यह मेरी राम के साथ तीसरी और अंतिम भेंट होगी।"

रावण ने मारीच की बात को अनसुना कर दिया। "आओ! अब हम चलते हैं," वह बोला। "मैं तुम्हें राम के आश्रम के निकट पहुँचा देता हूँ ताकि समय नष्ट न हो।"

रावण ने मार्च को अपने साथ मायावी गधों वाले पुष्पक विमान में बैठाया और शीघ्र ही वे राम के आश्रम के निकट पहुँच गए।

रथ नीचे उतरा तो रावण ने मारीच को जल्दी अपना रूप बदलने के लिए कहा।

वशिष्ठ कहते हैं :

"संपूर्ण ब्रह्मांड, विशुद्ध चेतना के अतिरिक्त और कुछ नहीं है।
यह ऐसा था और ऐसा ही है।
आकार का बोध तथा भाव एवं अवधारणाओं
को लेकर शंका होने पर भी
वह चेतना ही केवल रहती है।"

हरि ॐ तत सत

ॐ

ॐ

मायामारीचहन्त्रे नमः!

अध्याय 5

स्वर्ण मृग

लीलाशरीरं रणरंगतीरम्
विश्वैकवीरं, रघुवंशधीरम्!
गम्भीरनाथं जितसर्ववाधम्!
श्री रामचन्द्रं सततम् नमामि!

मैं रघुकुल के वंशज श्रीरामचंद्र को प्रणाम करता हूँ,
जो अपने चपल रूप में भी सब शत्रुओं का विनाश करते हैं,
जो युद्ध में अजेय हैं और जिनकी शक्तिशाली आवाज़ है।

मारीच ने अपना रूप बदल लिया और वह अत्यंत मोहक स्वर्ण मृग में परिवर्तित हो गया। उसका चेहरा देदीप्यमान पुखराज के समान लग रहा था जिसमें से जंबुमणि जैसी उसकी आँखें चमक रही थीं। उसकी खाल सुनहरी थी और उसके ऊपर चाँदी के रंग की धारियाँ थीं, जो धूप में चमक रही थीं। उसके सजीले सींग ऐसे चमक रहे थे मानो उसमें रत्न जड़े हों। उसकी गर्दन लंबी मुड़ी घुमावदार थी तथा अपनी बरौनीदार आँखों से एक ओर देखने के लिए उसका सिर को झुकाने का तरीक़ा मन को ललचाता था। वह अचानक आश्रम के सामने उद्यान में प्रकट हुआ हुआ और अपने काले चमकदार गोमेद रत्न जैसे खुरों पर उछलने-कूदने लगा। वह सीता की ओर देखते हुए बीच-बीच में घास चबाने का ढोंग भी करता था और कभी-कभी धीरे-से पैर बढ़ाता मानो उसे पकड़े जाने का भय हो। वहीं निकट में घास खा रहे अन्य हिरणों को पता लगा गया कि वह कोई साधारण मृग नहीं है और वे सब घबराकर भाग गए। पुराने दिन होते तो मारीच, उनमें से एक हिरण को बहुत मज़े से खा जाता। वह आश्रम की ओर देखता रहा क्योंकि सीता बाहर नहीं थीं। उसी समय, सीता सुबह की पूजा-अर्चना के लिए फूल लेने बाहर निकलीं। मृग उनके पास आ गया और सिर झुकाकर शांत खड़ा रहा मानो घास खा रहा हो। सुबह की धूप उसकी सुनहरी खाल पर पड़कर अग्नि-सी चमक रही थी। सीता ने मृग को देखा तो स्थिर हो गईं। उन्हें अपनी आँखों पर विश्वास नहीं हुआ। उन्होंने इतना समय वन में रहते हुए भी ऐसा जीव नहीं देखा था। हालांकि उनका हाथ फूल चुनने के लिए अपने आप आगे बढ़

गया, किंतु वे अपनी दृष्टि मृग पर से नहीं हटा पाईं। मृग भी उनकी आँखों के सामने बने रहने का पूरा प्रयास कर रहा था। वह सीता को लुभाने हेतु विचित्र हरकतें करने लगा। वह चपलतापूर्वक उछलता-कूदता रहा और अपनी लंबी गर्दन घुमाकर सीता को देखने लगा। उसके मनोहारी तरीक़े लगभग मनुष्य जैसे थे। सीता ने आगे बढ़कर उसे पकड़ने की चेष्टा की किंतु वह बड़ी कुशलता से बच निकला। सीता ने उसे घास के तिनकों और पत्तियों से लुभाने का प्रयास किया। कभी वह उन्हें चबाने का दिखावा करता किंतु ज्यों ही सीता उसे पकड़ने के लिए दूसरा हाथ बढ़ातीं, वह लुभावने ढंग से पीछे देखते हुए छोटे बच्चे की तरह भाग जाता। सीता फूलों को चुनने का कार्य भूलकर मृग के पीछे-पीछे भागने लगीं। उनकी फूलों की टोकरी नीचे गिरी पड़ी थी और उसमें से फूल बाहर बिखरे हुए थे। अंत में निराश होकर उन्होंने राम और लक्ष्मण को पुकारा। उनकी पुकार सुनकर दोनों भाई भागते हुए बाहर आए।

सीता ने अपना आकर्षक चेहरा ऊपर करके राम से कहा, “राम, कृपया मेरे लिए यह मृग पकड़ लीजिए। देखिए, यह कितना सुंदर है। यह मुझे अपने लिए चाहिए। कृपया इसे पकड़ लाइए। यह इतना चालाक है कि मैंने इसे पकड़ने की बहुत कोशिश की किंतु यह मुझे चकमा दे देता है। मुझे पता है, आप इसे पकड़ लेंगे।”

राम ने मृग को ध्यान से देखा और बोले, “भाई, मुझे पूरा भरोसा है कि यह मृग नहीं है। यह अवश्य हमारा पुराना मित्र मारीच है जो रूप बदलकर आया है। याद है, वह मृग का रूप धारण करके ऋषियों को मारने में कितना निपुण है। यह वही है। कोई सामान्य मृग इतना असाधारण रूप से सुंदर नहीं हो सकता।”

राम ने सीता की उत्तेजना को देखा तो उनका मन पिघल गया। उन्होंने सीता को इतना उत्तेजित पहले कभी नहीं देखा था। वे सीता को किसी बात के लिए मना नहीं कर सकते थे। इसके अतिरिक्त, इसमें कोई संदेह नहीं था कि मृग सचमुच बहुत आकर्षक था। राम ने सीता को स्नेहपूर्वक देखा और बोले, “प्रिय, यदि तुम्हारी यही इच्छा है तो मैं उस मृग को तुम्हारे लिए अवश्य पकड़कर लाऊँगा।” उन्होंने लक्ष्मण से कहा, “मुझे लगता है कि तुम्हारा संदेह ठीक है कि यह मृग वास्तव में कोई राक्षस है, किंतु फिर भी इसे मारना मेरा कर्तव्य है। यह जो भी है, मैं इसे पकड़ूँगा क्योंकि यह सीता को चाहिए और मुझे इसकी इच्छा पूर्ण करनी है। यदि मैं पुरुष होकर इस मृग की ओर आकर्षित हो रहा हूँ तो सीता क्यों नहीं होगी? तुम्हें पता है कि इसे सभी पशु अच्छे लगते हैं। मैं या तो इसे जीवित पकड़ लूँगा अथवा मार डालूँगा और शीघ्र ही वापस आ जाऊँगा। कृपया तुम सीता के पास रहना। इसे एक क्षण के लिए भी अकेला मत छोड़ना और ख़तरे के प्रति सावधान रहना। मैं महसूस कर सकता हूँ कि संकट निकट ही है। मुझे लगता है कि हमारे जीवन पर कोई संकट आने वाला है। तुम प्राण रहते सीता की रक्षा करना और मैं इस मृग को जीवित अथवा मृत लेकर लौटूँगा।”

राम ने अपनी तलवार कमर में बाँधी तथा अपने धनुष-बाण लेकर सीता की ओर आश्वस्त करने वाली मुस्कान से देखा। सीता ने राम को प्रेमपूर्वक देखा क्योंकि उन्हें विश्वास था कि राम उनके लिए मृग अवश्य लाएँगे। राम वन के छोर पर पहुँचकर मुड़े और एक

बार फिर सीता को देखा। वे सीता को इतना प्रसन्न अंतिम बार देख रहे थे। सीता की बड़ी आँखें, उत्तेजित मुख तथा मनमोहक मुस्कान उन्हें सीता से दोबारा मिलने तक अनेक माह याद आने वाले थे।

राम मृग की ओर मुड़े, जो अब भी उनके सामने कूद-फाँद रहा था। राम बिलकुल चिंतित नहीं थे क्योंकि उन्हें पता था कि वे शीघ्र ही उस मृग को पकड़ लेंगे। वे सहज ढंग से उसका पीछा कर रहे थे किंतु वे आस-पास सावधानीपूर्वक देख रहे थे। यद्यपि रावण अपने विमान में छिपा बैठा था और राम उसे देख नहीं पाए, किंतु राम अपने निकटस्थ संकट को महसूस कर रहे थे। मृग ने अब राम के साथ चालाकी करनी आरंभ कर दी। वह लगभग उनकी पकड़ में आकर और फिर शरारती मुद्रा बनाता हुआ भाग निकलते हुए मानो कह रहा था, "मुझे पकड़ सको तो पकड़ो।" राम अधीर हो उठे और उन्हें चिंता भी होने लगी क्योंकि दिन ढल रहा था और वह मृग उन्हें जान-बूझकर वन के भीतर ले जा रहा था। जैसे बादलों के बीच चाँद आँख-मिचौली खेलता है, उसी प्रकार वह मृग भी राम को अपने सामने दिखाई देता और फिर वन में ओझल हो जाता था। वह राम को कभी भयभीत आँखों से देखता तो कभी रुककर आराम करने का दिखावा करता मानो बुरी तरह थक गया हो। परंतु राम जैसे ही हाथ बढ़ाकर उसे पकड़ने का प्रयास करते, वह तीर की तरह छलाँग लगाता और राम का उपहास करता हुआ भाग जाता। अंत में राम को एहसास हुआ कि वे आश्रम से बहुत दूर निकल आए थे। उन्हें यह भी समझ में आ गया कि वह कोई साधारण मृग नहीं अपितु राक्षस ही है जैसा कि लक्ष्मण ने कहा था। राम शांत खड़े रहे और मृग अचानक उनके सामने प्रकट हो गया। वे जैसे ही इसकी ओर भागे, वह डरकर आगे दौड़ गया। यह अंत था। राम ने उसे मार देने का निर्णय किया क्योंकि उसे पकड़ पाना संभव नहीं था। उन्होंने धनुष पर बाण चढ़ाया और मृग पर छोड़ दिया। निशाना अचूक था। बाण सीधा मृग के शरीर में घुसा और उसे भागों में विभक्त कर दिया। मारीच उन्मत्त कुत्ते की भांति चीख़ा और अपने असली रूप में प्रकट होकर धरती पर गिर पड़ा। राम ने सोचा कि लक्ष्मण का अनुमान सही था कि यह दुष्ट राक्षस मारीच ही है। मारीच के प्राण तेज़ी से निकल रहे थे और उसने अपनी अंतिम श्वास के साथ राम की आवाज में, ज़ोरदार पुकार लगाई, "हाय सीता! हाय लक्ष्मण!"

राम अपनी आवाज़ में उसकी पुकार सुनकर परेशान हो उठे। वे समझ गए कि यह सब नाटक उन्हें आश्रम से दूर ले जाने के लिए किया गया था और अब यह पुकार निश्चय रूप से लक्ष्मण को सहायता हेतु बुलाने के लिए लगाई गई थी। राम अचानक बहुत भयभीत हो गए और उन्हें सीता की सुरक्षा की चिंता होने लगी। यदि सीता को कोई क्षति पहुँची तो क्या होगा? निस्संदेह, सीता की रक्षा हेतु लक्ष्मण वहाँ थे किंतु इस पुकार ने राम को उद्वेलित कर दिया। वे समझ गए कि उसे सुनकर सीता दुख से व्याकुल हो जाएँगी और वे यह भी सोच सकती हैं कि राम संकट में हैं। उन्होंने पूरी गति से वापस दौड़ना शुरू कर दिया किंतु वे आश्रम से बहुत दूर थे।

उधर, आश्रम में सीता ने राम की आवाज़ में वह करुण पुकार सुनी तो वे भय से जड़ हो गईं। उन्हें विश्वास हो गया कि वह राम की आवाज़ थी और वे संकट में थे। वे

भूल गईं कि राम अजेय योद्धा हैं और उन्हें कोई परास्त नहीं कर सकता। उस करुण पुकार ने सीता की बुद्धि को भ्रमित कर दिया। उन्होंने लक्ष्मण की ओर देखा और बोलीं, "क्या तुमने मेरे स्वामी की पुकार सुनी? वे संकट में हैं। मैं चाहती हूँ कि तुम तत्काल उनके पास जाओ। उन्हें राक्षसों ने घेर रखा होगा और उनके प्राण संकट में होंगे अन्यथा वे इस तरह नहीं चीख़ते। एक क्षण की भी देरी न करो। उनकी सहायता के लिए जाओ।"

लक्ष्मण अपने स्थान से तनिक भी नहीं हिले। वे मारीच की पुकार से विचलित नहीं हुए क्योंकि उन्हें पता था कि वह उसकी चाल थी।

सीता भय और क्रोध से काँप रही थीं और बार-बार राम की सहायता हेतु जाने के लिए कह रही थीं। अंत में, लक्ष्मण बोले, "हे सीता! क्या आपको पता नहीं कि राम युद्ध में अजेय हैं? क्या आपने अपनी आँखों से नहीं देखा कि उन्होंने किस प्रकार अकेले ही सैकड़ों राक्षसों को मार डाला था? क्या आपको उनके सामर्थ्य पर भरोसा नहीं है? मैंने ज्यों ही उस मृग को देखा, मैं समझ गया था कि वह कोई राक्षस है और मैंने राम को सावधान भी किया था किंतु उन्होंने मेरी बात पर ध्यान नहीं दिया क्योंकि वे आपको प्रसन्न करना चाहते थे। मैं आपको विश्वास दिलाता हूँ कि वे शीघ्र ही लौट आएँगे। हमने जो आवाज़ सुनी, वह राम की नहीं अपितु मारीच की थी। राम ने मुझे आपके पास रहकर आपकी सुरक्षा करने का आदेश दिया है। मैं आपके कहने से भी उनकी आज्ञा की अवहेलना नहीं कर सकता। इस समय आपको यहाँ अकेला छोड़ना बहुत ख़तरनाक है। मुझे यहाँ आस-पास किसी ख़तरे का आभास हो रहा है। यह आभास राम को भी हुआ था और इसीलिए उन्होंने मुझे कहा कि कुछ भी हो जाए, मुझे यहीं आपके पास रहना है।"

सीता को क्रोध आ गया। उनके भय ने उनका विवेक पूरी तरह हर लिया था। उन्हें केवल यही लग रहा था कि उनके पति संकट में हैं और उनका भाई सहायता हेतु जाने से मना कर रहा है। वे यह कहती हुई आश्रम से बाहर भागीं, "यदि तुम नहीं जाओगे तो मैं स्वयं जाऊँगी।"

सीता बाहर भागने लगीं तो लक्ष्मण ने उन्हें पकड़ लिया। एक पल के लिए घबराकर वे दोनों एक-दूसरे की आँखों में देखने लगे। यह जीवन में प्रथम अवसर था जब लक्ष्मण ने सीता को स्पर्श किया अथवा उनके चेहरे को देखा था। वे दोनों घबराए हुए थे। लक्ष्मण ने तुरंत सीता को छोड़ दिया और उनसे क्षमा माँगी। अपने पति के लिए सीता का भय इतना अधिक था कि उन्होंने लक्ष्मण से बहुत अनुचित ढंग से बात की। नियति द्वारा नियंत्रित, बेचारी सीता, लक्ष्मण को ताना मारने लगीं।

"तुमने राम के साथ विश्वासघात किया है। तुम वन में उनके साथ किसी गोपनीय अभिप्राय से आए हो। तुम या तो भरत के लिए कार्य करते हो अथवा तुम्हारे मन में मेरे प्रति कोई अनुचित विचार आ गया है और इसलिए तुम सोच रहे हो कि राम की मृत्यु के पश्चात तुम मुझे प्राप्त कर लोगे। परंतु मैं यह स्पष्ट कर देती हूँ कि यदि तुम तत्काल नहीं गए तो मैं अभी यहीं आत्महत्या कर लूँगी। मैं तुम्हें स्वयं को स्पर्श नहीं करने दूँगी।"

सीता के मुख से ऐसे कटु वचन सुनकर लक्ष्मण घृणा से पीछे हट गए। उन्होंने हाथ जोड़कर सीता से कहा, "सीता, मैंने आपको सदैव अपनी माता समान समझा है। मेरी

अपनी माता ने अयोध्या छोड़ते समय यह बात कही थी कि मैं राम को अपने पिता और आपको माता के समान समझूँ। आप मेरे लिए देवी समान हैं और आपके इन वचनों के बावजूद मुझे आपके ऊपर क्रोध नहीं आ रहा है। आपने यह सब निस्संदेह अपने पति के प्रति भयभीत होकर कहे हैं। मैंने आपको कभी ऐसे बोलते हुए नहीं सुना। आप मुझपर जघन्य पाप का आरोप लगा रही हैं जबकि मैं पूर्ण रूप से निर्दोष हूँ। मैं यहाँ खड़ा होकर ऐसे वचन नहीं सुन सकता। मैं अपने भाई के पीछे वन में जा रहा हूँ किंतु मुझे डर है कि आपके निकट कोई ख़तरा है। कृपया मुझे जाने के लिए बाध्य मत कीजिए।"

साधारण स्त्री की भांति व्यवहार करते हुए, सीता अपनी छाती पीटने लगीं और उन्होंने कहा कि यदि लक्ष्मण नहीं गए तो वे अपने प्राण त्याग देंगी। उन्होंने लक्ष्मण को बहुत डाँटा और स्वयं नदी अथवा अग्नि में कूदने की धमकी देने लगीं। लक्ष्मण घबरा गए और उन्हें समझ नहीं आ रहा था कि वे क्या करें। अंत में उन्होंने अश्रुपूरित नेत्रों से कहा, "ठीक है, मैं जाता हूँ किंतु उससे पहले मैं आपके चारों ओर एक जादुई घेरा बना रहा हूँ। कृपया आप इससे बाहर मत जाइएगा। आप जब तक इसके भीतर हैं, आप सुरक्षित रहेंगी। मैं अनिच्छा से जा रहा हूँ। मेरे भैया मुझसे बहुत अप्रसन्न हो जाएँगे, किंतु ऐसा लगता है कि मैं एक साथ आप दोनों को प्रसन्न नहीं कर सकता।" ऐसा कहकर, लक्ष्मण ने मंत्रोच्चारण करते हुए अपने धनुष की नोक से सीता के चारों ओर एक घेरा बना दिया। उन्होंने सीता को प्रणाम किया और फिर अनिच्छा से वन की ओर चले गए।

सीता केवल इतना कह सकीं, "जाओ, जाओ, जाओ!" लक्ष्मण ने अनेक बार पीछे मुड़कर देखा और फिर वे धीमे, उदास क़दमों से आश्रम से दूर चले गए।

राम पूछते हैं :
"जीवनमुक्त व्यक्ति की क्या विशेषताएँ हैं?"

वशिष्ठ उत्तर देते हैं :
"वह, जो संपूर्ण जगत को असार मानता है,
वह, जो जाग्रत अवस्था में भी गहन निद्रा की शांति का आनंद लेता है,
वह, जो सुख और दुख से अप्रभावित रहता है,
वह, जो कार्य और अकार्य से असंबद्ध है,
वह, जो इच्छा और अहंकार से मुक्त है,
वह, जो किसी से नहीं डरता और किसी को नहीं डराता,
ऐसा व्यक्ति ही जीवनमुक्त कहलाता है।"

हरि ॐ तत सत

ॐ

ॐ

सुमित्रापुत्र-सेविताय नमः!

अध्याय 6

सीता का अपहरण

वेदान्वेद्यं सकलैस्चमन्यम्!
हृदभीमनमं क्रतुशुप्रधानम्!
गजेन्द्रपालमं विगतभीमानम्!
श्री रामचन्द्रं सततं नमामि!

मैं श्रीरामचंद्र को प्रणाम करता हूँ
जिनकी वेदों में वंदना की जाती है,
जिनकी सब पूजा करते हैं,
जिन्होंने अपने शत्रुओं के अहंकार को तोड़ा है,
जो यज्ञ करने में सर्वप्रथम रहते हैं,
जिन्होंने गजेंद्र हाथी की रक्षा की और पूरी तरह
अहंकार से मुक्त हैं।

लक्ष्मण को जिस तरीक़े से अपना स्थान छोड़ने और राम के साथ विश्वासघात करने के लिए बाध्य किया गया था, उसपर उन्हें क्रोध और निराशा का एहसास हो रहा था, किंतु उनसे सीता के कटु वचन सहन नहीं हो रहे थे। वास्तव में, सीता को तुरंत अपने द्वारा कहे कटु वचनों पर पछतावा हो रहा था, किंतु राम के प्रति उनकी व्याकुलता और भय ने उनके विवेकशीलता को मानो समाप्त कर दिया था।

रावण निकट ही छिपा, दोनों के बीच हुई बातचीत को सुन रहा था तथा लक्ष्मण के जाने की प्रतीक्षा कर रहा था। उसके पास नष्ट करने के लिए समय नहीं था। उसे सीता का अपहरण करके राम के लौटने से पूर्व वहाँ से निकलना था। उस समय, राम के साथ युद्ध करने की उसकी इच्छा नहीं थी। उसने ज्यों ही मारीच की आवाज़ सुनी, वह समझ गया कि उसके मामा की मृत्यु हो गई थी किंतु उसे मारीच को मरवाने का तनिक भी पछतावा नहीं था। मारीच ने उसका कार्य कर दिया था और रावण केवल इतना ही चाहता था।

लक्ष्मण के चले जाने तक रावण बेचैन हो रहा था। लक्ष्मण के जाते ही, रावण ने संन्यासी का रूप धारण किया, उसने अपने केश खोले, गेरुए रंग के वस्त्र और पाँव में लकड़ी की खड़ाऊँ पहन लीं। वह एक हाथ में छत्र और डंडा तथा दूसरे में जल का पात्र लेकर झटपट आश्रम पहुँच गया। सीता भीतर थीं और वह लक्ष्मण द्वारा बनाई रेखा को पार नहीं कर सकता था इसलिए उसने बाहर से ही आवाज लगाई, "भिक्षाम देहि," जो भिक्षुक संन्यासियों द्वारा भिक्षा माँगने का सामान्य ढंग था।

सीता डरती हुई आश्रम के द्वार से बाहर निकलीं और देखने लगीं। रावण के मुख से प्रसन्नता भरी आह निकल गई। वह सौंदर्य का सच्चा पारखी था और उसने अपने अंतःपुर के लिए संसार के अनेक सुंदर स्त्रियों का हरण किया था किंतु उसने सीता के समान सुंदर स्त्री आज तक नहीं देखी थी। बड़ी-बड़ी आँखों एवं जमीन को छूते केश लेकर सीता द्वार पर खड़ी रहीं। उनकी त्वचा सुनहरी, होंठ गुलाबी व नर्म एवं अपने पति की प्रतीक्षा में खुले हुए थे। वे इतनी आकर्षक थीं कि रावण कुछ पल के लिए मानो जड़ हो गया। वह स्थिर खड़ा मानो आँखों से सीता का भक्षण कर रहा था। उसने सीता के समान अद्वितीय रूप से सुंदर स्त्री पहले नहीं देखी थी और इसलिए उसके मन उन्हें प्राप्त करने की इच्छा तीव्र हो गई। उसने बहुत कठिनाई से स्वयं को सँभाला और कुछ वैदिक मंत्र पढ़कर अपनी उपस्थिति का आभास दिया। रावण स्त्रियों को लुभाने में पारंगत था किंतु इस मामले में सीता ने अपने रूप से उसका मन पूरी तरह मोह लिया था, इसलिए उसे कोई दिखावा करने की आवश्यकता नहीं थी।

अपनी हरी आँखों से कामेच्छा की स्वर्णिम ज्वाला उगलते हुए वह बोला, "हे सुंदरी, तुम कौन हो और इस वन में अकेली क्यों रहती हो? तुम्हारी काली आँखों की गहराई में जादू छिपा है। तुम्हारी काया अप्रतिम है। मैं सोच रहा था कि किन दिव्य हाथों ने तुम्हारे कामोत्तेजक वक्ष को बनाया होगा। तुम्हारा चेहरा, तुम्हारी मुस्कान, तुम्हारी दंतावली बहुत सुंदर है और इन्होंने मुझे पूरी तरह मोहित कर दिया है। तुम्हारी कमर इतनी पतली है कि मैं इसे एक हाथ से पकड़ सकता हूँ। तुम्हारे केश से कमल-पुष्प की सुगंध आ रही है। मुझे विश्वास नहीं हो रहा कि तुम साधारण स्त्री हो। तुम अवश्य शिव की पत्नी पार्वती, अथवा इंद्र की पत्नी शचि हो। मैं तुम्हारे रूप और सौंदर्य पर आसक्त हो गया हूँ किंतु यह कैसे संभव है कि तुम इस वन में अकेली रह रही हो। यह स्थान तुम्हारे लिए उपयुक्त नहीं है। तुम्हें तो सुंदर उद्यानों से युक्त किसी शानदार महल में रहना चाहिए। वह कौन क्रूर व्यक्ति है जिसने तुम्हें राक्षसों एवं वन्य जीवों से भरे इस भयानक वन में अकेला छोड़ दिया है?"

रावण के उत्तेजित वचन सुनकर तथा उसकी मुद्रा देखकर सीता को लज्जा महसूस हो रही थी, किंतु उन्होंने उसे वृद्ध संन्यासी के रूप में देखा था तथा गेरुए वस्त्र धारण किए हुए किस संन्यासी से कटु वचन बोलना सदाचार के नियमों के विरुद्ध समझा जाता था। सीता का मन राम के लिए व्याकुल था और वे वन की ओर जाती पगडंडी को देख राम की प्रतीक्षा कर रही थीं। साथ ही, सीता उस संन्यासी की उपेक्षा भी नहीं करना चाहती थीं क्योंकि ऐसा करने पर उसके शाप देने का डर था।

सीता ने उत्तर दिया, "मैं मिथिला नरेश राजा जनक की पुत्री और दशरथ-पुत्र राम

की पत्नी हूँ। मैं इस वन में अपने पति के साथ आई हूँ जिन्हें चौदह वर्ष का वनवास दिया गया है। उनका भाई लक्ष्मण भी हमारे साथ आया है। मैं अपने पति के बिना जीवित नहीं रह सकती तथा वे भी मेरे वियोग को सहन नहीं कर सकते और इसीलिए मैं भी उनके साथ वन में आई हूँ। इस समय, वे वन में मेरे लिए एक मृग पकड़ने गए हैं। यदि आपकी इच्छा हो तो आप उनके लौटने तक प्रतीक्षा कर सकते हैं। आपको इस घेरे के बाहर ही बैठना होगा क्योंकि इसके भीतर कोई नहीं आ सकता। मैं आपके लिए भोजन लाती हूँ।"

यह कहकर, सीता संन्यासी के खाने के लिए सामग्री लेने भीतर चली गईं। रावण सीता की प्रत्येक मुद्रा और हरकत को हरित अग्नि सी चमकती लालची आँखों से देख रहा था।

सीता उसके पाँव धोने के लिए पानी, बैठने के लिए आसन और कुछ खाने की सामग्री लेकर लौटीं। संन्यासी के सत्कार का यही तरीक़ा हुआ करता था। सीता को अपने समक्ष खड़े व्यक्ति के असली रूप पर तनिक भी संदेह नहीं हुआ। वे भोलेपन से लक्ष्मण द्वारा बनाई रेखा को लाँघकर बाहर आ गईं और संन्यासी के लिए तैयारी करने लगीं। इसके बाद, वे सम्मानपूर्वक उसके पास खड़ी हो गईं और उससे भोजन करने को कहा।

रावण के पास शिष्टाचार के लिए समय नहीं था, तो उसने तत्काल वहाँ आने का अपन उद्देश्य बता दिया। "हे राजकुमारी!" वह बोला, "तुमने राक्षसराज रावण का नाम तो सुना होगा। उसका नाम सुनकर ही लोग भय से काँपने लगते हैं। मैं वही हूँ। मैंने जब से अपनी बहन शूर्पणखा से तुम्हारे सौंदर्य के विषय में सुना है, मैं कुछ और नहीं सोच पा रहा हूँ। अब तुम्हें देखकर मुझे बहुत आनंद मिल रहा है। उसने बहुत कुछ बताया किंतु फिर भी तुम्हारे रूप का वर्णन नहीं किया जा सकता। उसने जितना कहा था, तुम उससे कहीं अधिक आकर्षक हो। मैं पूरी तरह तुम पर मुग्ध हो चुका हूँ और अब मुझे तुम्हारे अतिरिक्त कोई अन्य स्त्री नहीं चाहिए। मेरे साथ चलो, मैं तुम्हें अपनी महारानी बनाऊँगा। मेरी नगरी का नाम लंका है और वह एक द्वीप पर बसी हुई है। वह संसार की सबसे सुंदर नगरी है। तुम अपने लिए सर्वश्रेष्ठ राजमहल चुन सकती हो और इस भयानक वन के स्थान पर लंका के सुंदर उद्यानों में घूम सकती हो। इस दुखी जीवन को छोड़ो और मेरे साथ चलो और मेरी रानी बन जाओ।"

सीता ने जब ये अपशब्द ऐसे व्यक्ति के मुख से सुने, जिसे वे संन्यासी समझ रही थीं, तो उन्हें क्रोध आ गया। उस समय वे तनिक भी भयभीत नहीं हुईं।

ज्वलंत नेत्रों तथा अपमानजनक मुद्रा के साथ, उन्होंने कठोरतापूर्वक कहा, "दुष्ट, मेरी बात सुनो! मैं इस संसार के सर्वश्रेष्ठ पुरुष की पत्नी हूँ और तुम सबसे अधम पुरुष हो। क्या तुम्हें सचमुच लगता है कि मैं अपने पति को छोड़कर तुम्हारे साथ चल दूँगी? तुमने मुझसे इस प्रकार बात करने का दुस्साहस कैसे किया? मुझे तुम्हारे नाम और यश और संपत्ति में क्या रुचि है? मेरे पति सद्गुणों के भंडार हैं और मैं कभी पर-पुरुष की ओर नहीं देखूँगी। इन पापी विचारों को छोड़ दो और इससे पहले मेरे पति आ जाएँ और तुम्हें मार डालें, यहाँ से चले जाओ।"

यद्यपि सीता ने बहुत साहस से अपनी बात कही, उनके मन में अचानक भय पैदा हो

गया क्योंकि वे जानती थीं कि वे उस समय असहाय थीं। वे अकेली थीं और ऐसे व्यक्ति की दया पर आश्रित थीं जो सचमुच बहुत दुष्ट था।

रावण ने सीता को काँपते हुए देखा किंतु वह बल का प्रयोग नहीं करना चाहता था ताकि सीता के मन में उसके प्रति घृणा जाग्रत न हो जाए। यद्यपि समय तेज़ी से निकल रहा था, रावण ने सीता को अपनी गौरव-गाथाओं से लुभाने का प्रयास किया। "सीता," वह बोला, "तुम नहीं जानती कि मैं कितना महान व्यक्ति हूँ। मेरे लिए कोई कार्य असंभव नहीं है। मैंने तीनों लोकों पर विजय प्राप्त कर ली है। यहाँ तक कि देवता भी मेरे सामने सिर झुकाते हैं। मेरे पास एक शानदार रथ है जो हवा में उड़ सकता है। मैं तुम्हें धरती और सागर के ऊपर से ऐसी अद्‌भुत चीज़ें दिखा सकता हूँ जो तुम्हारी कल्पना से परे हैं। वह दुर्बल मनुष्य राम क्या कर सकता है? उसके पिता ने उसे वन में भेज दिया और उसमें अपनी विमाता के विरुद्ध बोलने का साहस तक नहीं है। तुम्हारी जैसी रूपसी को ऐसे कायर के साथ अपना जीवन व्यर्थ नहीं करना चाहिए। मेरे साथ चलो और नगरी में सुख से रहो। तुम्हें जो चाहिए, मैं तुम्हें वह सब दूँगा।"

सीता ने गुस्से में उत्तर दिया, "तुम कहते हो कि तुम्हारा जन्म उच्च कुल में हुआ है, किंतु कोई अधमाधम व्यक्ति भी तुम्हारी तरह व्यवहार नहीं करता। यदि तुमने मुझे स्पर्श किया तो तुम जीवित नहीं रहोगे। राम के बाण तुम्हारी छाती को भेद देंगे। तुम व्यर्थ स्वयं को मुसीबत में फँसा रहे हो। यदि तुम्हें अपने प्राणों से मोह है तो इसी क्षण यहाँ से चले जाओ।"

रावण का क्रोध धीरे-धीरे बढ़ने लगा था। उसे इससे पहले कभी किसी, विशेषकर, स्त्री ने रोका नहीं था! उसने सोचा था कि वह आसानी से जीत जाएगा किंतु समय समाप्त हो रहा था। उसने सीता को अपना महत्त्व समझाने का अंतिम प्रयास किया।

"मैं अंतिम बार तुमसे याचना कर रहा हूँ। मेरी बात मान लो और मेरी पत्नी बन जाओ। मैं वचन देता हूँ कि तुम्हें कभी अप्रसन्न नहीं करूँगा। मेरी तुलना में राम बहुत क्षुद्र है। वह केवल एक घूमने वाला भिक्षुक है जिसके पास अपना राज्य तक नहीं है। उसे भूल जाओ और मेरे साथ चलो।" यह कहकर, उसने अपना छद्‌म-रूप गिरा दिया और अपने दस सिर आदि के साथ संपूर्ण राक्षसी वैभव में सीता के समक्ष प्रकट हो गया!

सीता उसका राक्षसी रूप देखकर भयभीत हो गईं किंतु उन्होंने अपना भय छिपाने का पूरा प्रयास किया। वे जानती थीं कि यदि वे किसी तरह अपने जादुई घेरे में लौट सकीं तो वे सुरक्षित हो जाएँगी। वे धीरे-धीरे उस घेरे की ओर पीछे जाने लगीं। उन्हें घेरे के भीतर रहने की लक्ष्मण की चेतावनी न मानने का पछतावा हो रहा था। यदि वे पलटकर भागने की प्रयास करतीं तो रावण उन्हें निश्चय ही पकड़ लेता, इसलिए वे धीरे-धीरे पीछे लौटने लगीं।

रावण को सहसा इस बात का एहसास हुआ कि सीता क्या करना चाह रही थीं और इससे पहले कि वे उस घेरे तक पहुँच पातीं, रावण उनकी ओर कूद गया। उसने अपने बाएँ हाथ से सीता के लंबे केश पकड़े और दाहिने हाथ से सीता को जंघा के नीचे से पकड़कर अपने कंधे पर उठा लिया। उसका हवाई विमान जो वृक्षों में छिपा हुआ था, जादू की भांति उसके सामने प्रकट हो गया। वह रथ पर चढ़ा और उसने सीता को

अपनी गोद में बैठा लिया। समूचे वन की भय से श्वास अवरुद्ध हो गई। ऐसा लगा मानो संपूर्ण प्रकृति उस अपराध की जघन्यता से स्तब्ध थी। वृक्ष पीड़ा से कराह और तड़प रहे थे। पक्षी चीख़ते हुए इधर-उधर उड़ने लगे। उनके शोर से वन के पशु भी मानो राम को बुलाने हेतु वन के भीतर भाग गए।

सीता ने रावण की पकड़ से निकलने का ज़ोरदार प्रयास किया किंतु, रावण की पकड़ और अधिक मजबूत हो गई। वे चिल्लाईं, "राम! राम! मुझे बचाओ! मुझे बचाओ!" परंतु राम ने उनकी आवाज़ नहीं सुनी। वे पागलों की भांति चीख़ने लगीं, "हे राम! हे राम के प्रिय भाई लक्ष्मण! यह दुष्ट राक्षस मुझे ज़बर्दस्ती उठा ले जा रहा है। मुझे बचाओ! मुझे बचाओ!"

रथ तीव्र गति से जमीन से ऊपर उठ रहा था। सीता को अपनी पसंद के वृक्ष और वह वन दिखाई देने लगाम जहाँ वे राम के साथ घूमती थीं। वे फूलों और पक्षियों से उन्हें बचाने की याचना करने लगीं और रावण को उसके अपराध के लिए कोसने लगीं। रावण ने किसी बात पर ध्यान नहीं दिया और उसका रथ तेज़ी से दक्षिण दिशा की ओर बढ़ने लगा। वह बहुत प्रसन्न था क्योंकि उसकी योजना सफल हो गई थी। रथ में बैठकर सीता को अचानक जटायु दिखाई दिया जो एक वृक्ष पर बैठा था। दुर्भाग्य से, जटायु ने उस घटना को नहीं देखा क्योंकि वह अपने सिर को पंखों में दबाकर सो रहा था।

सीता ने ज्यों ही उसे देखा, वह चिल्लाईं, "हे आदरणीय, यह राक्षस मुझे ज़बर्दस्ती अपने साथ ले जा रहा है। कृपया राम को सूचित कीजिए।" सीता, सुबकियों के कारण और कुछ नहीं कह सकीं।

सीता की पुकार सुनकर जटायु की नींद टूट गई। वह रथ के साथ-साथ उड़ते हुए रावण से तर्क करने लगा, "हे रावण! तुम जो कर रहे हो, वह पाप है। राम ने तुम्हें किसी तरह की क्षति नहीं पहुँचाई। यह पागलपन छोड़ दो अन्यथा तुम्हें पछताना पड़ेगा। यद्यपि मैं वृद्ध और निशस्त्र हूँ, मैं तुम्हें सीता को अपने साथ नहीं ले जाने दूँगा। यदि तुम इस मूर्खता को नहीं छोड़ोगे तो तुम्हें पहले मेरे साथ युद्ध करना पड़ेगा।"

रावण को इस प्रकार की किसी बाधा की आशा नहीं थी। जटायु ने अपने विशाल पंखों से उसके रथ का मार्ग अवरुद्ध करने की कोशिश की तो रावण को बहुत क्रोध आया। जटायु अपने पंजों, पंखों और अपनी चोंच की सहायता से रावण से लड़ता रहा। उसने रावण के शरीर को अनेक जगहों पर घायल कर दिया और उसके घावों से रक्त बहने लगा। रावण ने उसे बाणों से बींधने का प्रयास किया किंतु जटायु ने बहुत साहस के साथ उसका सामना किया तथा अपने पंजों से रावण का धनुष और उसका कवच काट डाला।

क्रोध में अंधे जटायु ने रथ में जुते जादुई गधों को रथ से अलग कर दिया जिसके कारण रावण का रथ धरती पर आ गिरा। इसके बाद जटायु ने गिद्धों का युद्धघोष करते हुए रावण पर आक्रमण किया और अपनी चोंच से उसकी छाती को चीर दिया। उसकी शक्ति और उसका साहस आश्चर्यजनक थे। रथ के नीचे गिरते समय, रावण ने सीता को पकड़े रखा। राक्षसों के पास उड़ने की शक्ति होती थी, जिसकी सहायता से रावण सीता को बाँहों में लिए हवा में उठ गया। उसके पीछे जटायु भी उड़ा किंतु वृद्ध होने के कारण वह

थका हुआ और दुर्बल लग रहा था। तथापि वह रावण की पीछे गया और उसने साहसी ढंग से अपनी चोंच से बार-बार रावण पर प्रहार किया। आख़िर, रावण को नीचे धरती पर उतरना पड़ा। जटायु का साहस देखकर रावण हैरान रह गया किंतु वह बेचैन भी हो गया था। अंत में उसने अपनी तलवार से जटायु के दोनों पंख काट डाले। जटायु चीख़ता हुआ नीचे गिर पड़ा। सीता अपने मित्र की, जो उनके श्वसुर का भी मित्र था, दुर्दशा पर बहुत दुखी हुईं। वह रावण की पकड़ से छूटकर जटायु के पास पहुँचीं और उसे अपनी बाँहों में लेकर रोने लगीं। रावण ने अत्यंत अशिष्टतापूर्वक सीता को खींचा और अपनी जंघा पर बैठाकर फिर से आकाश में उड़ गया।

सीता बार-बार पुकारती रहीं, "राम! हे राम! क्या आपको मेरी आवाज़ सुनाई नहीं पड़ रही?"

उधर वन में, राम का बायाँ नेत्र फड़कने लगा। उन्हें सीता की करुण पुकार की तरंगें महसूस हुईं तो उन्होंने अपनी चाल तेज़ कर दी और वे वन में बने कच्चे मार्ग पर लगभग दौड़ने लगे।

रावण आकाश में उड़ा तो सूर्य बादलों के पीछे छिप गया था मानो वह भी उस अपमानजनक दृश्य का साक्षी नहीं बनना चाहता था। वायु भी पीड़ादायक स्वर करती हुई बह रह थी और फिर हवा में निराशा-भरा मौन छा गया।

अनसूया द्वारा दिए पीले रेशमी वस्त्रों तथा आभूषणों में सजीं सीता, राक्षसराज रावण के चौड़े वक्ष के समक्ष बिजली की पतली लकीर जैसी लग रही थीं। उनके बालों में लगे कमल पुष्प, जो उस दिन सुबह ही राम ने स्वयं लगाए थे, मुरझाकर नीचे गिरने लगे थे मानो वे रावण के क्रूर स्पर्श को सहन नहीं कर पा रहे थे। उनके एक पाँव का नूपुर निकलकर दूसरे से अलग हो गया था। रावण द्वारा सीता को ले जाते समय उसकी काली एवं डरावनी नीचे पड़ रही थी। उसकी छाया जिन वन्य पशुओं पर पड़ रही थी, वे सब डरकर चिल्ला रहे थे और उन्हें पता नहीं क्यों, किंतु वे उसे अपने पंजों से नोच रहे थे। नदी में तैर रही मछलियाँ बाहर कूदकर मानो सीता की रक्षा करना चाहती थीं। सीता ने बार-बार रावण से उन्हें छोड़ देने की याचना की लेकिन हर बार वह अपनी पकड़ और कसता गया। सीता उसे अपशब्द और धमकियों से डराती रहीं किंतु सब प्रयास व्यर्थ हो गए। सीता को अपनी बाँहों में पकड़कर रावण इतना प्रसन्न था कि उसे इस बात का तनिक भी एहसास नहीं हुआ कि उसने अपनी मृत्यु को थाम रखा है। रावण, इस बात से आश्वस्त होकर कि सीता को अंत में उसकी बात माननी ही पड़ेगी, तेज़ी से आकाश मार्ग से आगे बढ़ता जा रहा था।

सीता ने अचानक नीचे देखा कि पाँच वानर एक पर्वत शिखर पर बैठे हुए थे। यद्यपि उन्हें इस बात का पता नहीं था किंतु ये उनके लिए हनुमान की प्रथम झलक थी, जिन्होंने बाद में उनके जीवन में अत्यंत महत्त्वपूर्ण भूमिका निभाई थी। सीता को सहसा एक युक्ति सूझी और उन्होंने अपने कुछ आभूषण उतारे। फिर अपने ऊपरी वस्त्र का एक टुकड़ा फाड़कर उन आभूषणों को उसमें लपेटकर वानरों की ओर इस आशा में फेंक दिया कि किसी दिन राम वहाँ से गुज़रेंगे तो उन आभूषणों को पहचान लेंगे। रावण ने, जो ख़ुशी

से उड़ता जा रहा था, सीता को यह सब करते नहीं देखा। वानरों ने देखा कि एक राक्षस एक सुंदर स्त्री को बाँहों में उठाकर ले जा रहा था। वह स्त्री "हे राम! हे लक्ष्मण!" की पुकार लगा रही थी।

शीघ्र ही रावण दक्षिणी जलडमरूमध्य तक आ पहुँचा जो मुख्य भूमि को रावण की लंका से अलग करता था। सीता ने समुद्र पहली बार देखा था पर उन्हें किसी चीज़ में आनंद नहीं आ रहा था। रावण ने सीता को कसकर पकड़ लिया क्योंकि वे उससे छूटने की कोशिश कर रही थीं तथा रावण को डर था कि कहीं सीता नीचे उफनते पानी में न गिर जाएँ।

कुछ ही देर में वे लोग शानदार लंका नगरी पहुँच गए। रावण, सीता को अपने निजी निवास में ले गया और उसने कुछ स्त्रियों से सीता की निगरानी करने को कह दिया। उसने उन्हें यह कड़ा आदेश भी दिया कि उसकी जानकारी के बिना किसी को सीता के निकट न जाने दिया जाए। उसने यह निर्देश भी दिया कि सीता को उनकी इच्छानुसार सब कुछ, आभूषण, वस्त्र अथवा स्वादिष्ट भोजन, उपलब्ध करवाया जाए। "यह जो भी माँगे, इसे तत्काल दिया जाए।"

इसके बाद रावण ने अपने आठ सेवकों को जनस्थान जाने तथा नियमित रूप से राम की गतिविधियों की सूचना देने का आदेश दिया। उन्हें यह भी कहा कि यदि आवश्यकता पड़े तो राम को मारने का प्रयास भी किया जाए। रावण ने राहत और आनंद की श्वास ली। उसने राम को दंडित कर दिया था तथा तीनों लोकों में सबसे सुंदर स्त्री को अपने लिए प्राप्त कर लिया था। वह अपने रेशमी पलंग पर बैठकर उन सब मोहक बातों की कल्पना करने लगा जो सीता द्वारा उसकी पत्नी बनना स्वीकार करने के बाद उसे प्राप्त होने वाली थीं।

रावण अधिक समय आराम नहीं कर सका। सीता का आकर्षक चेहरा उसके मस्तिष्क में घूमता रहा और उसने एक बार फिर सीता से मिलकर बात करने का निर्णय किया। वह अनेक स्त्रियों को जानता था, जिन्होंने आरंभ में आपत्ति की, किंतु बाद में उसे मना करने का साहस नहीं कर सकीं। उसे विश्वास था सीता कोई अपवाद नहीं थीं। यद्यपि शुरू में, सीता का अपहरण करने का मुख्य कारण राम को दंड देना था, किंतु सीता से मिलने के बाद रावण को लगा कि वह उनके आकर्षण पर मोहित हो चुका था और अब अन्य किसी बात में उसका मन नहीं लगता था। उसका अनुराग ज्वाला के समान धधक रहा था। वह सीता के कक्ष में पहुँच गया। सीता राक्षसियों से घिरी हुईं, नीचे फ़र्श पर बैठी ऐसी लग रही थीं मानो कोई मृगछौना सियारों से घिरा हो। उनका आँसुओं से भीगा उदास चेहरा नीचे झुका हुआ था और उनकी सुंदर आँखों को उनकी लंबी पलकों ने ढँक रखा था। रावण कक्ष में आया तो सीता को ऊपर देखने की भी इच्छा नहीं हुई।

वह उन्हें किसी भी तरह प्रभावित करना चाहता था तो उसने सीता को उस स्थान के सौंदर्य के विषय में बताना शुरू कर दिया। "हे सुंदरी, इस लंका नगरी के गौरव को देखो। यहाँ के राजमहल सोने के बने हैं था अलंकारिक स्तंभों से युक्त हैं। पुष्पों से भरी छतें और उद्यान हैं तथा कमल के फूलों से भरे सरोवरों में हंस रहते है। मेरी और राम की संपत्ति की कोई तुलना नहीं है। वह एक दयनीय मनुष्य है जो वल्कल वस्त्र धारण करके वनवासी का जीवन व्यतीत कर रहा है। वह यहाँ पहुँचकर तुम्हें कभी नहीं ले जा

सकता क्योंकि समुद्र से घिरी यह लंका नगरी अभेद्य है। उसकी प्रतीक्षा में अपना यौवन नष्ट मत करो। मेरे प्रेम को स्वीकार कर लो, तो मैं तुम्हें जहाँ तुम चाहो, ले जा सकता हूँ और जो तुम चाहो, तुम्हें दे सकता हूँ। हम आकाश में विचरण करेंगे और मैं तुम्हें तीनों लोकों के दृश्य दिखाऊँगा। इन तीनों लोकों में कोई मेरे समान वीर नहीं है और किसी में इतना साहस नहीं जो मुझे रोक सके। मेरी रानी बन जाओ तो मैं समस्त संसार तुम्हारे चरणों में लाकर रख दूँगा।"

सीता ने वस्त्र से अपना चेहरा ढँक लिया और रोने लगीं मानो उनका हृदय आहत हो गया हो। रावण ने करुणा से उनकी ओर देखा और बोला, "इस प्रकार मत रोओ। तुम्हें रोने की क्या आवश्यकता है? क्या मैंने तुम्हें नहीं कहा कि मैं समस्त संसार तुम्हें दे दूँगा? यही नहीं, मैं अपने दसों सिर तुम्हारे चरणों में अर्पित करने को तैयार हूँ। क्या तुम इस बात का आशय समझती हो? क्या किसी ने कभी मुझे ऐसा कहते सुना है? रावण ने कभी अपना सिर किसी के समक्ष नहीं झुकाया और किसी स्त्री के सामने तो कदापि नहीं! परंतु तुम्हारे सौंदर्य ने मुझे मंत्रमुग्ध कर दिया है। आओ प्रिये, मुझे स्वीकार करो और मेरी इच्छा मान लो।"

रावण के प्रेम की घोषणा के समाप्त होने पर, सीता ने चमकती आँखों से ऊपर देखा और अपमानजनक स्वर में कहा, "तुम मेरे राम को नहीं जानते और इसीलिए ऐसा कहने का साहस कर रहे हो। वे धर्म की प्रतिमा हैं। वे सत्य के अवतार हैं। मैं उनसे पूर्ण रूप से प्रेम करती हूँ। तुमने मुझे, उनकी पत्नी को, स्पर्श किया है और इसके लिए वे तुम्हें कभी क्षमा नहीं करेंगे। वे तुम्हें नहीं छोड़ेंगे। वे उनका भाई लक्ष्मण यहाँ आकर तुम्हारा वध करेंगे। इस बात में कोई संदेह नहीं है। तुम स्वयं को वीर कहते हो किंतु मेरे लिए तुम कायर हो। तुमने मेरे पति को वन में भेजकर मेरा अपहरण कर लिया। तुम उनका सामना करने से डरते हो। तुम कायर ही नहीं अपितु चोर भी हो। सावधान रहो क्योंकि तुम्हारा अंत निकट आ रहा है अन्यथा तुमने इस प्रकार का नीचतापूर्ण कृत्य नहीं किया होता।"

यह सुनकर रावण को क्रोध आ गया। अपमान और गुस्से से उसके होंठ थरथरा रहे थे। "बस, बहुत बकवास हो गई," वह चिल्लाया, "मैं तुम्हें सोचने के लिए बारह माह का समय देता हूँ। यदि इस बीच तुम मेरा प्रस्ताव स्वीकार कर लोगी तो तुम इस संसार की रानी बन सकती हो अन्यथा तुम्हारे कोमल माँस के टुकड़े मेरे सुबह के नाश्ते बन जाएँगे।" यह चेतावनी देता हुआ रावण कक्ष से बाहर निकल गया तथा उसने यह आदेश दिया कि सीता को अशोक वाटिका में रात-दिन कड़ी चौकसी में रखा जाए।

हरि ॐ तत सत

ॐ

ॐ

सीतापतये नमः!

अध्याय 7

शोकसंतप्त राम

सुग्रीवमित्रमं, परमं पवित्रम्!
सीताकलत्रं नवमेघगात्रम्!
कारुण्यपत्रं शतपत्रनेत्रम्!
श्री रामचन्द्रं सततं नमामि।

मैं करुणामयी कमलाक्ष श्रीरामचंद्र को प्रणाम करता हूँ,
जो परम शुद्ध हैं,
जिनके तन का वर्ण नए वर्षा मेघों के समान हैं,
जो सुग्रीव के मित्र तथा सीता के पति हैं।

उधर, वन में राम का मन आशंकाओं से भरा हुआ था। राम और सीता का एक-दूसरे के प्रति प्रेम इतना प्रगाढ़ था कि वियोग के समय में भी वे परस्पर संपर्क में थे और राम को सीता का भय महसूस हो रहा था। वे जितना तेज़ संभव हो, चल रहे थे। वे जानते थे कि मारीच ने किसी विचित्र कारण से अपने प्राणों को संकट में डाला होगा। राम ने मार्ग में अपशकुन होते देखे। एक सियार चिल्ला रहा था और उनकी बाईं आँख भी फड़क रही थी जिसे पुरुषों के संदर्भ में अपशकुन माना जाता है।

वे जैसे ही पंचवटी पहुँचे, उन्होंने लक्ष्मण को परेशान अवस्था में अपनी ओर आते देखा। राम ने हाथ उठाकर चिंतित होते हुए पूछा, "पुत्र, तुम सीता को अकेला छोड़कर यहाँ क्यों आए हो? क्या मैंने तुम्हें सीता के पास रहने के लिए नहीं कहा था? तुमने सही कहा था। वह मृग सचमुच मारीच ही था जिसे किसी कुटिल उद्देश्य की पूर्ति हेतु मुझको लुभाने एवं वन के भीतर ले जाने लिए भेजा गया था। अब तुम भी मेरे पीछे यहाँ आ गए जबकि मैंने तुम्हें वहीं रुकने के लिए कहा था। मुझे डर है कि अब हम सीता को जीवित नहीं देख पाएँगे। मैंने जैसे ही मारीच को अपनी आवाज़ में पुकारते सुना, मैं समझ गया था कि यह किसी प्रकार के अनिष्ट का संकेत है।"

लक्ष्मण कुछ न कह सके। उन्होंने राम को बोलने दिया।

राम ने कहा, "मैं राज्य के बिना भिक्षुक के समान हो गया था, तथापि सीता ने महल की सुख-सुविधाओं को छोड़कर मेरे साथ चलना पसंद किया। वह मेरे बिना नहीं रह सकती और मैं उसके बिना जीवित नहीं रह सकता। क्या मेरी सीता जीवित होगी? यदि उसकी मृत्यु हो गई तो मैं भी प्राण त्याग दूँगा। आख़िर, क्या मेरा वनवास व्यर्थ चला गया? हमारी मृत्यु से कैकेयी प्रसन्न हो सकती है किंतु इस दुख से मेरी माता की अवश्य मृत्यु हो जाएगी।"

इस प्रकार दुखी होते हुए वे दोनों आश्रम के निकट पहुँचे। राम बहुत थके हुए, भूखे और प्यासे थे क्योंकि वे बहुत देर से मृग का पीछा कर रहे थे। कुटिया पर पहुँचते ही उन्होंने सीता को पुकारा किंतु उन्हें कोई उत्तर नहीं मिला। केवल हवा के चलने से पत्तियों की सरसराहट सुनाई दे रही थी। वे बाहर भागे और अपने सभी मनपसंद स्थानों पर जाकर पुकारने लगे, "जानकी! हे जानकी! प्रिय, तुम कहाँ हो? तुम मुझसे छिप क्यों रही हो? क्या तुम्हें पता नहीं कि मैं भूखा और थका हुआ हूँ? क्या तुमने मेरे लिए भोजन नहीं पकाया? तुम मेरे साथ ऐसे विनोद क्यों कर रही हो? मेरा इस समय मज़ाक का मन नहीं है। प्रिय, मेरे पास आओ। मैं अब यह और अधिक सहन नहीं कर सकता।"

आख़िर उनके अंगों ने उनका साथ छोड़ दिया और वे धरती पर बैठकर बोले, "मुझे जिस बात का डर था, वही हुआ। सीता का या तो अपहरण हो गया है अथवा उसे जीवित खा लिया गया है।" लक्ष्मण चुपचाप उनके निकट खड़े रहे। उनकी आँखों से अश्रुधारा बह रही थी।

राम ने लक्ष्मण की ओर देखकर कहा, "मैंने उसे केवल इसलिए छोड़ा क्योंकि मैंने तुम्हें उसकी ज़िम्मेदारी सौंपी थी। तुम उसे छोड़कर क्यों आए?"

सुबकियों के कारण रुँधे गले से लक्ष्मण बोले, "सीता ने जब मारीच द्वारा मरते समय निकाली आपकी आवाज़ सुनी तो वे घबरा गईं और मुझे आपकी सहायता के लिए जाने को कहा। मैंने जब जाने से मना किया तो उन्होंने मुझे इतने कटु वचन बोले कि मुझसे सहन नहीं हुआ। उन्होंने मुझपर आपका शत्रु होने और उनके प्रति कामासक्त होने का आरोप लगाया। यद्यपि मेरा हृदय फटा जा रहा था किंतु मैं फिर भी वहाँ से नहीं हिला। उसके बाद उन्होंने नदी में कूदकर अथवा गले में फँदा लगाकर आत्महत्या करने की धमकी दी। इससे अधिक मुझसे सहन नहीं हुआ और मैं उन्हें अकेला छोड़कर आश्रम से बाहर आ गया। परंतु निकलने से पूर्व मैंने उनके चारों ओर धरती पर एक रेखा बनाई थी और उन्हें उसके भीतर रहने की चेतावनी दी थी। यदि वे अंदर रहतीं तो वे सुरक्षित रह सकती थीं।"

राम ने लक्ष्मण से कहा, "भाई, तुमने सीता को अकेला छोड़कर सही नहीं किया। वह मेरे लिए अत्यधिक परेशान थी इसलिए उसने तुम्हें ऐसा कहा होगा परंतु तुम तो मुझे अच्छी तरह जानते हो कि मुझपर कोई विपत्ति नहीं आ सकती, फिर भी तुमने सीता को अकेला छोड़ दिया। तुमने ऐसा क्यों किया?"

राम अत्यधिक दुख के चलते बार-बार यही बात दोहराते रहे। आश्रम शरद ऋतु में सरोवर की भांति वीरान और उजाड़ लग रहा था। वृक्ष रुदन करते प्रतीत हो रहे थे, फूल

मुरझा गए थे और मृग उदास थे तथा उनका घास खाने की भी इच्छा नहीं थी। टहनियों पर बैठे पक्षी उदास आँखों से राम को देख रहे थे। उनके गले की आवाज़ मानो ग़ायब हो गई थी।

राम ने दुखी स्वर में कहा, "हे प्रिय, जब से तुम गई हो, सारे पुष्प न जाने कहाँ चले गए हैं और वे सब पंछी, जो प्रतिदिन मीठे स्वर में गाते थे, कहाँ चले गए हैं?"

राम को सांत्वना दे पाना संभव नहीं था। वे एक वृक्ष से दूसरे के पास जाकर उनसे सीता के विषय में पूछ रहे थे। "क्या मेरी प्रिय सीता ने जाते समय तुमसे विदा नहीं ली? क्या तुम मुझे नहीं बताओगे कि वह कहाँ गई है?"

एक मृग राम के निकट आया और उनका अपनी थूथन से स्पर्श किया। राम ने उसकी ओर देखा तो उनकी आँखों से आँसू बहने लगे और वे बोले, "मेरी प्रिय पत्नी की आँखें बिलकुल तुम्हारे जैसी कोमल और करुणामयी थीं। क्या तुम मुझे सांत्वना दे रहे हो? क्या तुम मुझे नहीं बताओगे कि वह कहाँ गई है?"

राम फिर इधर-उधर दौड़ने और पुकारने लगे, "हे लक्ष्मण, मैं सीता के बिना जीवित नहीं रह सकता। मैं उसके बिना अयोध्या नहीं लौट सकता। सीता के बिना मेरे लिए राज्य के भोग का क्या अर्थ है? भाई, तुम वापस जाओ और उनसे कह दो कि राम की मृत्यु हो गई। सीता ने मुझपर पूर्ण विश्वास किया किंतु मैं उसकी रक्षा नहीं कर सका। वह मेरी प्रिय पत्नी थी और मैं उसे नहीं बचा पाया। अब जीने का क्या लाभ है?" इस प्रकार विलाप करते हुए, राम का तन अग्नि के समान जलने लगा और उनका मन दुख से भर उठा। उनके लिए आराम से बैठना अथवा खड़े रहना मुश्किल हो गया।

लक्ष्मण ने कभी राम को ऐसी अवस्था में नहीं देखा था। उन्होंने राम ने धीरे-से कहा, "प्रिय भैया! इस प्रकार दुखी होकर हार मत मानिए। यह वन बहुत बड़ा है और यहाँ ऐसे अनेक स्थान हैं जहाँ कोई सीता को छिपा सकता है। शायद उन्हें किसी गुफा में छिपाया गया हो। हम लोगों को उन्हें व्यवस्थित ढंग से खोजने का प्रयास करना चाहिए। उन्हें नदी-तट पर और वृक्षों के नीचे बैठना पसंद था। हमें उन्हें ऐसे स्थानों पर खोजना चाहिए। आप इस विषाद से बाहर निकलिए और हम उन्हें खोजने चलते हैं।"

ऐसा कहकर, लक्ष्मण ने राम को उनकी निष्क्रियता से बाहर निकालने की कोशिश की जिसमें राम दुख के कारण गिर पड़े थे। राम ने स्वयं को सँभाला तथा महामानव के समान लक्ष्मण के साथ मिलकर सीता को खोजने का व्यवस्थित प्रयास आरंभ कर दिया। लक्ष्मण ने बताया कि उन्हें आश्रम से निकले अधिक देर नहीं हुई थी, इसलिए सीता ज़्यादा दूर नहीं गई होंगी। निश्चय ही, वे इस बात की कल्पना नहीं कर सकते थे कि सीता को विमान द्वारा अपहृत किया गया था। उन्होंने हर संभव जगह खोजा किंतु सीता का कुछ पता नहीं लगा। राम का दुख और थकान से बुरा हाल था। उनके अंग कमज़ोर और बेकार हो रहे थे और वे लगभग एक घंटे तक मूक बनकर धरती पर लेटे रहे। उनके चेहरे की कांति लुप्त हो गई तथा उसपर रहने वाला धीरता एवं शांति का भाव ग़ायब हो गया। लक्ष्मण को समझ में नहीं आ रहा था कि वे क्या करें। अपने भाई को होश में लाने के

उनके प्रयास विफल हो गए थे।

"हे लक्ष्मण! मुझे लगता है कि इस पृथ्वी पर मुझसे बड़ा पापी कोई नहीं है। इसीलिए, मेरे साथ एक के बाद एक दुर्भाग्यपूर्ण बातें हो रही हैं, किंतु यह आपदा सबसे भयंकर है। मुझे लगता है मैं पागल हो जाऊँगा। मैंने अपना राज्य खोया, अपने पिता को खोया, मैं राक्षसों और वन्य पशुओं से भरे इस वन में भिक्षुकों की भांति भटक रहा हूँ किंतु अपनी प्रिय पत्नी के साथ मैं ये सब सहन कर रहा था। परंतु अब मेरी पत्नी को भी कोई राक्षस ले गया है और इस समय वह उसे सता रहा होगा। इस पत्थर को देखो। हम संध्या के समय, इसके ऊपर बैठा करते थे और अनेक बातों पर चर्चा करते थे। मैं यह दुख और अधिक सहन नहीं कर सकता। यह मेरे शरीर को छील रहा है और मेरी बुद्धि काम नहीं कर रही है। सूर्य भी कितना निर्दयी है! उसे अवश्य पता होगा कि सीता को कहाँ ले जाया गया है, तथापि यह मुझे नहीं बताएगा। यह वायु भी सब जगह जाती है और इस समय भी यह मेरी सीता के चेहरे को सहला रही होगी और उसके आँसू सुखा रही होगी, किंतु यह भी मुझे सीता का पता नहीं बताएगी।" इस तरह बार-बार विलाप करते हुए राम ने कहा, "हे जानकी! हे वैदेही! हे मैथिली! क्या तुम लौटकर नहीं आओगी?"

लक्ष्मण ने पहले कभी राम को इस तरह नहीं देखा था। उन्होंने राम से उसी तरह प्रार्थना की जिस तरह कृष्ण ने कुरुक्षेत्र की रणभूमि में अर्जुन से की थी, कि वे अपने भय एवं हेय विषाद को छोड़ दें, किंतु सब प्रयास निष्फल हो गए।

"आइए भैया, इस दुख को छोड़िए और उठिए। विजय साहसी लोगों का वरण करती है। केवल वही लोग सफल होते हैं, जो प्रयास करते रहते हैं। उठिए, हम लोग चलकर फिर से उन्हें खोजते हैं।"

परंतु लक्ष्मण के शब्दों का राम पर कोई प्रभाव नहीं पड़ा। राम दुख में पूरी तरह डूबे हुए थे और उन्हें लक्ष्मण की बात सुनाई तक नहीं दे रही थी। लक्ष्मण को दोहरी ग्लानि महसूस हो रही थी क्योंकि वे अनजाने में सीता के अपहरण का कारण बन गए थे।

राम बार-बार विलाप करते रहे। "जब मेरा राज्य छिन गया तो मुझे सांत्वना देने के लिए सीता मेरे साथ थी, किंतु अब मुझे कौन धीरज बँधाएगा? हे लक्ष्मण! मैं उसके बिना यह कठोर जीवन कैसे जिऊँगा?" उन्होंने मृग को देखकर कहा, "सीता तुम्हारी सहेली थी। वह तुमसे बहुत प्रेम करती थी। क्या तुम भी मुझे नहीं बताओगे कि वह कहाँ गई है?"

लक्ष्मण ने देखा कि वह मृग दक्षिण दिशा में भागकर और फिर लौटकर संकेत द्वारा कुछ बताना चाहता था।

"राम," वे बोले, "ये मृग हमें कुछ बताना चाहते हैं। मुझे लगता है कि सीता को दक्षिण दिशा में ले जाया गया है। हमें उसी ओर जाना चाहिए।"

ऐसा कहकर, लक्ष्मण ने अपने भाई को प्रेरित किया और वे दोनों धीरे-धीरे ज़मीन को ध्यान से देखते हुए दक्षिण दिशा की ओर चलने लगे। राम ने मुरझाए हुए कमल-पुष्पों और पंखुड़ियों को देखा और ज़ोर से बोले, "देखो लक्ष्मण! मैं इन फूलों को पहचानता हूँ। मैंने इन्हें आज सुबह ही नदी से तोड़कर सीता के बालों में लगाया था। हे सीता! मेरी प्रिय

पत्नी! तुम कहाँ हो? यह कहकर, उन्होंने पंखुड़ियों को हाथ में लेकर चूमा। उनकी आँखों से आँसू बह रहे थे। उनका दुख सहसा क्रोध में परिवर्तित हो गया।

वे आँखों में क्रोध की ज्वाला लिए पर्वत को देखकर चिल्लाए, "मैं तुम्हें मसलकर रख दूँगा। मैं अपने क्रोध से इस नदी के जल को सुखा दूँगा। यदि तुमने मुझे नहीं बताया कि मेरी पत्नी कहाँ है तो मैं समूचे संसार को नष्ट कर दूँगा।"

लक्ष्मण अपने भाई के क्रोध से डर गए। उन्होंने थोड़ा आगे बढ़कर उन्हें वहाँ की कोमल धरती पर बने बड़े-बड़े गड्ढे दिखाए जो रावण के पैरों से बने थे और साथ ही सीता के मृदु चरणों के चिह्न भी थे जो उनके इधर-उधर भागने से तब बने थे जब उन्होंने रावण की पकड़ से छूटने का प्रयास किया था। राम ये देखकर स्वयं को रोक नहीं पाए किंतु लक्ष्मण ने उन्हें टूटा हुआ धनुष, तरकश और ध्वस्त रथ भी दिखाया।

राम ने सीता का नाम कई बार पुकारा और फिर वे बोले, "लक्ष्मण! देखो! ये सीता के कुछ आभूषण हैं और ये उसके फूल हैं जो धरती पर मसले हुए पड़े हैं। ऐसा शानदार धनुष किसका हो सकता है? यहाँ एक श्वेत छत्र भी पड़ा है जो एक राजा का चिह्न है। किस राजा ने यह अपराध करने का दुस्साहस किया होगा? यहाँ दो गधे मृत पड़े हैं। रथ चलाने वाला निश्चय ही कोई राक्षस रहा होगा। यदि उसका आशय उसकी सेना के विनाश का प्रतिशोध लेना था तो वह पूरी तरह सफल रहा है क्योंकि मैं सीता के बिना जीवित नहीं रह सकता। लक्ष्मण तुमने ठीक कहा था। तुम्हें याद है तुमने क्या कहा था जब कैकेयी ने मुझे वन जाने का आदेश दिया? तुमने कहा था कि मैं बहुत विनम्र हूँ और मेरी विनयशीलता तथा धर्मनिष्ठा को मेरी कायरता समझा जाएगा। तुमने बिलकुल सही कहा था। मैंने अपने मन को संयमित करके मानवता के हित में भिक्षुक की भूमिका निभाना स्वीकार किया था ताकि मैं धर्म के प्रति अटूट आस्था का उदाहरण प्रस्तुत कर सकूँ किंतु देवताओं ने भी मुझे समझने में भूल की है। परंतु लक्ष्मण, सावधान! आज से मैं बदल रहा हूँ। मैं अपनी विनम्रता और करुणा को एक ओर करके निर्मम तथा भीषण प्रतिद्वंद्वी बन जाऊँगा। मैं तीनों लोकों को प्राणियों से विहीन कर दूँगा। मेरे क्रोध से अग्नि और वायु भी नष्ट हो जाएँगे और देवतागण असहाय खड़े मुझे देखते रहेंगे।"

ऐसा कहकर राम ने अपने धनुष पर बाण चढ़ा लिया। लक्ष्मण उनके चरणों में गिर पड़े तथा उनसे सृष्टि का विनाश न करने की याचना करने लगे।

"हे राम, मेरे प्रिय भैया! आपके मन में सदा संसार के कल्याण का विचार रहता है। आप इस प्रकार क्रोध कैसे कर सकते हैं? चंद्रमा के आकर्षण, सूर्य के तेज़ और माता पृथ्वी के धैर्य के अद्भुत संयोग से आपके व्यक्तित्व का गठन हुआ है। आप अपने क्रोध को स्वयं पर हावी कैसे होने दे सकते हैं? आप और सीता, दोनों धर्म की प्रतिमाएँ हैं। दुष्टता आपका कुछ नहीं बिगाड़ सकती। अंत में विजय धर्म की होगी। निश्चय ही, यहाँ कोई लड़ाई हुई है। यह आपका दायित्व है कि आप उस दुरात्मा का पता लगाकर उसे दंडित करें, न कि पूरी सृष्टि को, जो निर्दोष है। हमें पता लगाना चाहिए कि सीता को कहाँ ले जाया गया है। हमें तीनों लोकों में सीता को खोजना होगा और यदि वे न मिलीं, तब आप चाहें तो, सृष्टि को नष्ट कर सकते हैं, परंतु उससे पहले नहीं! हे नरसिंह, आपने अपने

राज्याभिषेक से एक दिन पूर्व, बिना एक शब्द बोले, सब प्रकार की परीक्षाएँ और वनवास के कष्ट सहन किए। आप अब अपने मन पर संयम क्यों खो रहे हैं? आपको दूसरों के लिए उदाहरण प्रस्तुत करना है। यदि आप दुख में ऐसे हार मान जाएँगे तो कोई सामान्य मनुष्य स्वयं को कैसे सँभालेगा? कौन व्यक्ति है जिसपर कभी संकट नहीं आया? हमारे अपने कुल का इतिहास साक्षी है कि अनेक राजाओं के जीवन में कष्ट आए और उन्होंने साहस के साथ उनका सामना किया। व्यक्ति अपने कर्म से नहीं भाग सकता। मैंने आपको सदा ईश्वर का रूप माना है किंतु दुख के कारण आपके भीतर का ईश्वर निष्क्रिय हो गया है। परंतु आपको दुख को अपने विवेक पर हावी नहीं होने देना चाहिए। अपने मन पर संयम रखिए और विवेक से कार्य लीजिए। उस दुष्ट को खोजिए जिसने आपको यह पीड़ा पहुँचाई है और उसे दंड दीजिए। एक क्षत्रिय का यही धर्म है!"

राम ने शांतिपूर्वक लक्ष्मण की बात सुनी और फिर धीरे-से धनुष की डोरी उतारकर, अपना बाण वापस तरकश में रख लिया। "तुम सही कहते हो, लक्ष्मण! तुम बताओ, मुझे क्या करना चाहिए। मैं तुम्हारी सलाह मानूँगा। मेरी बुद्धि कार्य नहीं कर रही है। तुम्हें हम दोनों के लिए सोचना पड़ेगा।"

वे दोनों आगे बढ़े और जल्द ही विशालकाय जटायु के पास पहुँच गए। शुरू में, उन्हें लगा कि वह कोई राक्षस है किंतु निकट जाने पर उन्होंने पाया कि वह उनका मित्र जटायु था जो अपनी मृत्यु से पूर्व राम के दर्शन करने को व्याकुल था।

जटायु मरणासन्न था और उसके मुँह से रक्त बह रहा था। वह बहुत प्रयास करते हुए बोला, "राम, आप यहाँ अपना समय नष्ट मत कीजिए। राक्षसराज रावण ने मेरे जीवन का अंत और आपकी पत्नी सीता का अपहरण किया है। मैंने उसे रोकने का प्रयास किया और उसमें सफल भी हो गया था किंतु उसने अपनी तलवार से मुझे काट दिया और सीता को अपनी बाँहों में उठाकर दक्षिण दिशा की ओर भाग गया। आप उसके राज्य में जाइए। आपको निश्चित रूप से सीता वहीं मिलेंगी।"

राम को यह जानकर बहुत दुख हुआ कि वे अनजाने में अपने मित्र की मृत्यु का कारण बन गए थे। जटायु ने बहुत वीरता से युद्ध किया किंतु वह रावण की शक्ति के आगे हार गया। राम ने नीचे झुककर जटायु को गले से लगाया और रोने लगे।

"हे लक्ष्मण," वे बोले, "हमने सीता को खो दिया और अब हमारे इस मित्र की भी मृत्यु होने वाली है। मुझे विश्वास है कि पूरे संसार में मुझसे अधिक दुर्भाग्यशाली कोई नहीं है। यदि मैं समुद्र के जल को स्पर्श कर दूँ तो मुझे लगता कि मेरे दुर्भाग्य से वह भी सूख जाएगा। नियति ने मुझे दुख के गहरे गड्ढे में धकेल दिया है और मुझे पता नहीं कि मैं इसमें से बाहर कैसे निकलूँगा।"

राम जटायु के निकट बैठकर उसे अपने स्नेही हाथों से सहलाते रहे। जटायु के प्राण द्रुत गति से निकल रहे थे।

राम ने एक बार फिर उससे पूछा, "यदि संभव हो तो मुझे बताओ कि यह सब कैसे हुआ। रावण ने मेरे साथ ऐसा क्यों किया? मैंने उसे किसी प्रकार की क्षति नहीं पहुँचाई।

उसने ऐसा जघन्य अपराध क्यों किया है? वह कैसा दिखता है? वह कहाँ रहता है?"

राम को निस्तेज पड़ रहे जटायु से उत्तर की अपेक्षा बहुत कम थी। वे अपने दुख की गहराई के कारण बोल रहे थे, किंतु राम का दुख देखकर जटायु ने अथक प्रयास किया और धीरे-से बोला, "पुत्र, मेरे प्राण निकलने वाले हैं। मैं केवल इतना ही कह सकता हूँ कि वह सीता को चक्रवात की भांति बहुत तेज़ी से दक्षिण की ओर ले जा रहा था। परंतु हिम्मत रखो क्योंकि जिस समय में रावण ने सीता का अपहरण किया है, वह विजय काल कहलाता है और यह निश्चित है कि उस समय में खोई हुई कोई भी वस्तु अवश्य वापस मिल जाती है। यद्यपि रावण ज्योतिषशास्त्र का पंडित है, ऐसा लगता है उससे यह अनुमान लगाने में भूल हुई है। आपको सीता अवश्य मिल जाएँगी तथा आप रावण का वध करेंगे इसलिए कृपया दुख मत कीजिए। मैं अब आपसे विनती करता हूँ कि मुझे अपनी बाँहों में ले लीजिए क्योंकि मेरा अंत समय आ चुका है और यदि मैंने आपके पावन हाथों में अपने प्राण छोड़े तो मुझे इस संसार से मुक्ति मिल जाएगी।" इसके बाद वह शांत हो गया और राम के हाथों में प्राण त्याग दिए। मृत्यु के समय जटायु की आँखें राम की आँखों में देख रही थीं जिससे उसे मोक्ष मिल गया।

राम का हृदय विछिन्न हो गया। उन्हें जटायु के साथ बिताया अच्छा समय याद आ रहा था। उन्होंने लक्ष्मण से कहा, "लक्ष्मण! जटायु हमारे पिता के समान थे। हमें उनका यथोचित अंतिम संस्कार करना चाहिए। तुम थोड़ी लकड़ी जमा कर लो। जटायु ने मेरे लिए अपने प्राण दिए हैं इसलिए मैं अपने हाथों से उनका संस्कार करूँगा।"

राम धीरे-से जटायु का मृत शरीर उठाकर गोदावरी नदी के तट पर ले गए। एक उचित स्थान देखकर वहाँ दर्भ घास बिछाई गई। लक्ष्मण ने लकड़ी की चिता तैयार की और राम ने जटायु का शव अत्यंत स्नेहपूर्वक चिता पर रख दिया।

"हे पक्षीराज!" राम ने कहा, "ईश्वर करे, आप स्वर्गलोक के उस क्षेत्र में जाएँ जो कठोर तपस्या करने वाले महान लोगों के लिए आरक्षित है।" ऐसा कहकर, राम ने जलती हुई लकड़ी से चिता को स्वयं अग्नि दी। फिर उन्होंने पितरों को आहुति दी तथा उपयुक्त मंत्रों का उच्चारण किया। अंतिम संस्कार पूर्ण होने के बाद, दोनों राजकुमारों ने नदी में स्नान किया और फिर उदास मन से अपने मार्ग पर आगे बढ़ गए।

वशिष्ठ कहते हैं :

"जब निद्रा खुलती है तो संसार का आभास उदय होता है।
जब यह समाप्त होता है तो विशुद्ध चेतना शेष रहती है।"

हरि ॐ तत सत

ॐ

ॐ

महायोगिने नमः!

अध्याय 4

कष्टदायक यात्रा

मन्दारमालं वचनेरसालम्!
गुणैर विशालं हृतसप्ततालम्!
क्रव्यतकालं सुरलोकपाम्!
श्री रामचन्द्रं सततं नमामि।

मैं श्रीरामचंद्र को प्रणाम करता हूँ जो श्वेत पुष्पमाला पहनते हैं
और जो समस्त सद्गुणों के भंडार हैं
उनका स्वर मधुर है और वे देवताओं के सहायक हैं
उन्होंने सभी सातों ग्रंथाल के वृक्ष
एक ही बाण से भेद दिए थे।

जटायु से हुई भेंट ने राम के मन में थोड़ी आशा जाग्रत कर दी। कम से कम उन्हें अब यह पता था कि सीता को कहाँ ले जाया गया है। सीता को खोजना अब उनके ऊपर था और उन्हें वह प्रयास करने का कारण भी मिल गया था। राम के स्वभाव में परिवर्तन को देखकर लक्ष्मण को बहुत राहत मिली। उन्होंने अपने भाई को कभी क्रोध में नहीं देखा था और वे उन्हें देखकर सचमुच भयभीत हो गए थे। वे तेज़ी से दक्षिण दिशा की ओर चल पड़े क्योंकि जटायु ने बहुत स्पष्ट तौर पर बताया था कि रावण सीता को लेकर किस दिशा से गया था। वह मार्ग उदासी भरा था। उस मार्ग पर सीता चलते हुए राम से हज़ारों प्रश्न पूछती थीं और वे फूल चुनने अथवा किसी पशु-पक्षी को देखने के लिए बार-बार रुक जाती थीं।

राम से कुछ नहीं बोला गया और लक्ष्मण भी चुपचाप उनके साथ चलते रहे। दोनों अपने-अपने उदास विचारों में खोए हुए थे। वे भेड़ियों और बाघों से भरे उस सघन वन में भीतर घुसते चले गए। वहाँ व्याप्त अंधकार अत्यंत गहन और भयानक था और उन्हें बीच-बीच में रुकना पड़ता था क्योंकि लक्ष्मण आगे का मार्ग साफ़ करते चलते थे। इस स्थान पर ऋषियों का निवास नहीं था। वे जल्द ही एक गुफा के समीप पहुँच गए। उसके द्वार पर विशालकाय एवं डरावनी राक्षसी खड़ी थी। वह निकट आई और उसने भी शूर्पणखा

की भांति, लक्ष्मण को निवेदित किया।

"मेरा नाम अयोमुखी है," उसने कहा, "और मैं तुमसे विवाह करना चाहती हूँ। मेरे साथ आओ, हम यहाँ से दूर चलेंगे।"

लक्ष्मण का धैर्य लगभग समाप्त हो गया था। उनका मन सीता को लेकर ग्लानि, जटायु की मृत्यु से उत्पन्न दुख तथा राम के व्यवहार पर आश्चर्य से भरा हुआ था। अयोमुखी से बिना एक भी शब्द कहे, लक्ष्मण ने अपनी तलवार निकाली और उसके कान, नाक तथा वक्ष काट डाले। वह दर्द और क्रोध से चिल्लाती हुई वहाँ से भाग गई। वे दोनों फिर चुपचाप चलने लगे।

लक्ष्मण को ख़तरे का एहसास हो गया और उन्होंने राम को सावधान रहने के लिए कहा। तभी उन्हें एक भयानक आवाज़ सुनाई पड़ी मानो किसी ने सारा जंगल काट दिया हो। कुछ ही देर में उनके सामने एक भीमकाय राक्षस आ गया जिसका सिर नहीं था। उसका मुख उसके पेट के अंदर था। वह उन दोनों को गुस्से से भरी अपनी एक आँख से घूर रहा था जो उसकी छाती पर लगी हुई थी। उसके गुफादार मुख में से उसकी विशाल जीभ बाहर लटक रही थी मानो वह सामने आए भोजन की प्रत्याशा में अपने होंठ चाट रहा हो। उसके हाथ वृक्ष जितने लंबे थे और राम-लक्ष्मण के पास उससे बच निकलने का कोई रास्ता नहीं था। उसने अपने हाथ बढ़ाकर दोनों को पकड़ लिया और अपने पेट पर बने मुख के समीप ले आया।

लक्ष्मण दुख से पीड़ित थे। वे बोले, "भैया, जिस बीच यह राक्षस मुझे खाएगा, आप कृपया अपनी रक्षा कीजिए और जाकर सीता को खोजिए।"

राम ने लक्ष्मण को हिम्मत से काम लेने की सलाह दी। राक्षस अपना पुरस्कार पाकर बहुत ख़ुश था और बोला, "मनुष्य का माँस खाए हुए बहुत समय हो गया है। यह पशुओं के माँस से कहीं अधिक स्वादिष्ट होता है। तुम लोग मुझसे बचकर नहीं जा सकते।"

राम ने लक्ष्मण से कहा, "हमारे साथ एक के बाद एक दुर्भाग्यपूर्ण घटनाएँ हो रही हैं और अब ऐसा लगता है कि यह राक्षस हमें खा जाएगा। नियति ऐसा शत्रु है जिसपर विजय प्राप्त नहीं की जा सकती।"

लक्ष्मण बोले, "भैया, हमें इस राक्षस के हाथ काट देने चाहिए।" यह सुनकर उस राक्षस ने उन्हें यथाशीघ्र अपने मुख में भरने का प्रयास किया किंतु विचार की गति से राम ने राम ने उसका दायाँ हाथ और लक्ष्मण ने बायाँ हाथ काट डाला। राक्षस भयानक चीत्कार करता हुआ नीचे गिर पड़ा और उसके गिरने से अनेक वृक्ष भी गिर पड़े। वह समझ गया कि वे दोनों कोई साधारण मनुष्य नहीं थे और फिर उसने उनके विषय में पूछा। तब दोनों ने उसे अपने कुल का परिचय दिया।

उनका परिचय पाकर कबंध (यही उस राक्षस का नाम था) बहुत प्रसन्न हुआ और बोला, "मैं ऋषियों के शाप से राक्षस बन गया हूँ। मैं पहले आप दोनों की भांति आकर्षक था किंतु मैं अपना वेश बदल-बदलकर ऋषियों के साथ मज़ाक किया करता और उन्हें डराता था। एक दिन मैंने उन्हें डराने के लिए यह भयानक रूप धारण कर लिया और फिर

उन्होंने मुझे शाप दिया कि मेरा शेष जीवन इसी रूप में व्यतीत होगा। जब मैंने उनसे मुझे शाप मुक्त करने की प्रार्थना की तो उन्होंने कहा कि मुझे शाप से तभी मुक्ति मिलेगी जब दशरथ पुत्र राम इस वन में आकर मेरे हाथ काटेंगे। अब आप आ गए हैं। राम, मैं आपसे विनती करता हूँ कि आप कृपया मेरा अंतिम संस्कार कर दीजिए ताकि मुझे इस शाप से मुक्ति मिल जाए और मैं अपने पहले वाले रूप में वापस आ जाऊँ।"

राम ने कहा, "मेरी पत्नी सीता को रावण नाम का एक राक्षस उठाकर ले गया है। क्या तुम मुझे उसके विषय में कुछ बता सकते हो?"

कबंध ने कहा कि उसकी स्मृति समाप्त हो चुकी है किंतु अपने पुराने रूप में लौटकर उसे सब याद आ जाएगा और फिर वह उन्हें सब कुछ बता सकेगा। उसने राम से कहा कि वे एक विशाल गड्ढा खोदकर उसके शरीर को उस गड्ढे में डालकर जला दें। ज्यों ही उस राक्षस का विशालकाय तन जलने लगा, उसमें से धनु नाम का एक आकर्षक व्यक्तित्व उत्पन्न हुआ।

उसकी स्मृति लौट आई और वह बोला, "एक व्यक्ति है जो आपकी पत्नी को वापस लाने में आपकी सहायता कर सकता है। उसका नाम सुग्रीव है। वह वानरों का राजा और बालि का भाई है। बालि ने उसे राज्य से निकाल दिया है और इस समय वह अपने चार साथियों के साथ पंपा सरोवर के निकट ऋष्यमूक पर्वत पर रहता है। वह बहुत वीर तथा शक्तिशाली है और वह आपकी सहायता कर सकता है। आप दुखी न हों और सीधे पंपा सरोवर की ओर प्रस्थान करें। आप पश्चिम दिशा में जाएँगे तो आपको नंदन नामक उद्यान मिलेगा और शीघ्र ही आप पंपा सरोवर पहुँच जाएँगे। उस रमणीक स्थान पर ऋष्यमूक पर्वत की तराई में, जहाँ सुग्रीव रहता है, आपको काफ़ी शांति मिलेगी। हे राम, आप उसके पास जाइए। आपको अपने कार्य में अवश्य सफलता प्राप्त होगी। मतंग मुनि की एक अत्यंत वृद्ध शिष्या वहाँ आपकी प्रतीक्षा कर रही है। उसका नाम शबरी है। अब आप मुझे देवलोक जाने की अनुमति दीजिए।" यह कहकर वह दिव्यपुरुष अंतर्ध्यान हो गया।

इस अप्रत्याशित भेंट तथा शांतिदायक संदेश के मिलने से दोनों राजकुमार बहुत प्रसन्न हुए। उन्होंने सीधे शबरी के आश्रम जाने का निर्णय किया।

दो दिन की यात्रा के बाद वे लोग पंपा सरोवर पहुँच गए और उसके तट पर उन्हें शबरी का आश्रम मिल गया। शबरी बहुत वृद्ध थी और आयु से उसके तन पर झुर्रियाँ पड़ गईं थीं। उसके लंबे जटादार केश जमीन को छू रहे थे। वह अनेक वर्षों से राम की प्रतीक्षा कर रही थी और उसने राम को पहली बार में ही पहचान लिया। राम ने उसके स्वास्थ्य और तप के विषय में पूछा।

शबरी ने विनम्रतापूर्वक राम को प्रणाम किया और बोली, "प्रभु, मेरे तप का फल आज मेरे सामने है। आपकी दृष्टि मेरे ऊपर पड़ने से ही मैं पवित्र हो गई हूँ। मुझे अब निश्चय ही मोक्ष मिल जाएगा। मैंने जिन ऋषियों की इतने समय सेवा की, वे सब परलोक सिधार गए। उन्होंने मुझसे यहाँ आपकी प्रतीक्षा करने को कहा था। मैं इतने वर्षों से आपकी ही प्रतीक्षा कर रही थी। मैं वन में जाकर आपके लिए फल एकत्रित करती रही हूँ।"

वह भीतर से फलों का टोकरा लेकर आई। उसने सब बेर चखे थे और उनमें से मीठे बेर अपने प्रभु के लिए अलग कर दिए थे। किसी व्यक्ति का झूठा भोजन किसी अन्य को परोसना बहुत बुरा माना जाता है किंतु निम्न जाति की होने के कारण उसे इस नियम पता नहीं था। शबरी को केवल इतना पता था कि उसे अपने प्रभु को केवल श्रेष्ठ फल देने हैं। लक्ष्मण को यह देखकर बहुत आश्चर्य हुआ कि राम को शबरी के मन की बात पता थी और उन्होंने शबरी के दिए हुए सब फल प्रेम से खा लिए। शबरी ने राम को बैठाया और उनके निकट बैठकर अपने हाथ से फल राम के मुँह में डालने लगी। लक्ष्मण हैरानी से देखते रहे। राम ने मुस्कराकर देखा और आनंद लेकर फल खाते रहे। इसके बाद शबरी ने उनसे परलोक जाने की अनुमति माँगी।

राम बोले, "आप सचमुच पूर्ण ज्ञानी हैं। आपकी समस्त इच्छाएँ पूर्ण हों। आपको अवश्य ही उन ऋषियों के जगत में स्थान मिलेगा जिनकी आपकी पूरी निष्ठा से सेवा की है।" राम के ये शब्द सुनकर शबरी बहुत प्रसन्न हुई। वह ध्यान की मुद्रा में बैठ गई तथा अपने तपोबल से उसने अपनी देह अग्नि को सौंप दी।

शबरी द्वारा अपनी देह त्यागने के बाद दोनों भाई सरोवर के किनारे चलते रहे। वे उस स्थान की पवित्रता को देखकर स्तब्ध थे। ऋषियों द्वारा छोड़ी गई तरंगों का प्रभाव इतना प्रबल था कि बाघ और मेमने निर्भय होकर एक साथ घूमते थे। वहाँ राम के व्याकुल मन को बहुत शांति मिली किंतु उनके पास नष्ट करने के लिए समय बिलकुल नहीं था और उन्हें ऋष्यमूक पर्वत पहुँचकर सुग्रीव से मिलने की जल्दी थी।

जल्द ही वे एक अन्य सरोवर के किनारे पर पहुँच गए। यहाँ प्राकृतिक सौंदर्य का प्राचुर्य था। फूलों से लदे वृक्ष और झाड़ियों की कोई कमी नहीं थी। सरोवर के घासदार तट फूलों से भरे हुए थे, वहाँ मोर नृत्य कर रहे थे और पक्षी मधुर स्वर में कूजन कर रहे थे। राम का मन दुख से इतना भारी हो गया कि उन्होंने लक्ष्मण से कहा कि वे और आगे नहीं जा पाएँगे इसलिए लक्ष्मण ही सुग्रीव से भेंट कर लें। लक्ष्मण को बहुत आश्चर्य हुआ। उन्होंने पूछा, "भैया, क्या बात है?"

"इस स्थान का सौंदर्य देखकर मेरे मन में सीता के लिए दुख बढ़ गया है। मैं उसके बिना नहीं रह सकता। उसे यह स्थान कितना पसंद आता! सीता से मिले बिना मुझे शांति नहीं मिलेगी। तुम मेरी ओर से सुग्रीव से भेंट कर लो। मैं यहाँ अपनी पत्नी की स्मृतियों के साथ बैठा रहूँगा। यह वसंत ऋतु है, लक्ष्मण। यह मुझे मेरी पत्नी की याद दिलाती है। प्रत्येक दिन मेरे मन में सीता के लिए प्रेम बढ़ता जाता है। कमल-पुष्पों से भरे इस सरोवर के सौंदर्य को देखो। मुझे ये फूल तोड़कर सीता के बालों में लगाना बहुत पसंद था। मेरा मन कामदेव के बाणों से बिंधा जा रहा है। मेरा मन विदेह की राजकुमारी के अतिरिक्त किसी वस्तु में नहीं लग रहा। सुगंधित हवा मेरे चेहरे पर फूलों की पंखुड़ियाँ बिखेर रही है। सीता भी मुझे इसी तरह छेड़ा करती थी। हवा मानो कोयल की कूजन पर थिरक रही है। इन वृक्षों की टहनियों को देखो कि ये किस तरह परस्पर लिपटी हुई हैं मानो एक दूसरे का आलिंगन कर रही हों। चंदन की सुगंध से मेरे पूरा तन महक रहा है। सीता को यह महक बहुत पसंद थी। मैं दुख में डूब रहा हूँ और केवल सीता ही मुझे सँभाल सकती है

किंतु वह मुझसे बहुत, बहुत दूर है। लक्ष्मण, उन पंछियों को देखो। ये सब युगल बनकर उड़ रहे हैं। हाय! सीता कहाँ है? हे लक्ष्मण, मैं सीता के विरह से दग्ध हूँ। मेरा शरीर जल रहा है। मुझे उसकी बड़ी काली आँखों, मधुर स्वर और मनोहर स्पर्श की बहुत याद आ रही है। मैं उससे अलग होकर कैसे जी सकूँगा? उसे भी यह ऋतु बहुत पसंद है और वह भी मेरे लिए इसी तरह दुखी होगी। लक्ष्मण, मुझे सीता की बहुत चिंता हो रही है। मैं आशा करता हूँ कि वह आत्महत्या नहीं करेगी। मेरा जीवन उसके हाथ में और उसका जीवन अब मेरे हाथ में है। हम दोनों एक-दूसरे के बिना नहीं रह सकते। इस जगह की प्रत्येक वस्तु मुझे सीता की याद दिलाती है और मैं इस पीड़ा को सहन नहीं कर सकता।"

लक्ष्मण को पहले लगने लगा था कि राम अपने दुख से बाहर निकल रहे हैं किंतु अब ऐसा नहीं था। उन्हें समझ नहीं आ रहा था कि वे राम से क्या कहें। उन्होंने सीता के प्रति अपने भाई की भावनाओं की इस रूप में कभी कल्पना नहीं की थी। उन्हें यह सोचकर राहत मिली कि उनके मन में अपनी पत्नी, उर्मिला के लिए ऐसे भाव जाग्रत नहीं हो रहे थे। वे उसे बिना किसी पीड़ा के छोड़कर चले आए थे। उनका पूरा जीवन अपने भाई राम के साथ बँधा हुआ था और उन्हें इस बात की ख़ुशी थी कि वे पूरा समय राम के साथ रहते थे। अंत में राम को सांत्वना देने के लिए लक्ष्मण ने कहा, "मैं जानता हूँ भैया कि सीता कितनी अच्छी हैं और उनके समान दूसरी स्त्री मिलना असंभव है किंतु आप भावनाओं के तूफ़ान में क्यों फँसे हैं? आपने एक क्षण में बिना सोचे राज्य त्याग दिया तथा शांत भाव से वन में चले आए। आप सिंह के समान साहसी हैं। आप इस तरह दुख से परेशान क्यों होते हैं? हमें चलते रहना चाहिए और सीता का अपहरण करने वाले को खोजकर उसे दंड देना चाहिए। इसके अतिरिक्त, क्या आपको ऐसा नहीं लगता कि सीता भी आपकी प्रतीक्षा कर रही होंगी कि आप उन्हें मुक्त करवाने आएँगे? उन्हें आपसे यह आशा नहीं होगी कि आप यहाँ इस तरह बैठकर दुखी होते रहेंगे। उन्हें तो यह आशा होगी आप किसी तरह उनका पता लगा लेंगे। इसलिए अपनी दृढ़ता एवं साहस को बनाए रखिए। विरह के विषय में विचार करने से उसका दुख बढ़ जाता है। दुख का त्याग कीजिए और हमें सीता को खोजने का प्रयास करना चाहिए। रावण ने उन्हें इस लोक में अथवा किसी अन्य लोक में, जहाँ भी बंदी बना रखा है, हम उन्हें खोज लेंगे। आइए भैया, दुख का त्याग कीजिए और अपने निर्भय, दृढ़ तथा शांत रूप में वापस आ जाइए। उत्साहपूर्वक प्रयास करने से हम जो चाहेंगे, हमें मिल सकता है।"

लक्ष्मण की बातें सुनकर राम को बहुत राहत मिली। राम हताशा छोड़कर उठे और दृढ़ क़दमों से ऋष्यमूक पर्वत की ओर चल पड़े। राम उत्कंठा से जलप्रपात और फूलों एवं पक्षियों को देख रहे थे। परंतु अब उन्होंने अपने होंठ बंद कर लिए और सीता के विषय में सोचना छोड़कर अपने मन को भटकने से रोक लिया। किसी भी क़ीमत पर सीता को बचाना सबसे महत्त्वपूर्ण था। शीघ्र ही उन्होंने पर्वत तक पहुँचकर ऊपर चढ़ना आरंभ कर दिया और मार्ग में वे सुग्रीव जैसे किसी व्यक्ति को देखते हुए जा रहे थे।

राम इच्छापूर्ति करने वाले वृक्षों के वास्तविक उद्यान के समान हैं
वे संसार को मोहित और हमारे दुखों का अंत करते हैं
केवल राम ही हमारे प्रभु हैं।

हरि ॐ तत सत

ॐ

ॐ

सप्ततल प्रणेत्रे नमः!

खण्ड 4

किष्किंधा कांड

ॐ

सदाहनुमदाश्रिताय नमः!

अध्याय 1

प्रसिद्ध भेंट

बुद्धीरबालं यशोधरायम्
निर्भयत्वं अरोगता।
अजड्यं वाक्पादुत्वं च
हनुमद् स्मरणाद् भवेत।

हनुमान का ध्यान करने से हमें बुद्धि,
धैर्य, ख्याति, निर्भयता, स्वास्थ्य, ऊर्जा
एवं वाणी की पटुता प्राप्त होती है।

ऋष्यमूक पर्वत के शिखर पर सुग्रीव अपने चार मंत्रियों के साथ बैठा, दो अजनबियों को पर्वत पर चढ़ता देख रहा था। उसके भाई बालि ने उसे इतनी बुरी तरह पीटा था कि उसे सदा बालि के गुप्तचरों का भय रहता था। उसने पर्वत शिखर पर ऐसा स्थान चुना था, जहाँ बैठकर वह सब जगह विहंगम दृष्टि रखता तथा उसे अपने आस-पास दस मील के दायरे में प्रत्येक गतिविधि का पता रहता था। उसने ज्यों ही दो आकर्षक युवकों को पहाड़ पर चढ़ते देखा, वह चिंतित हो उठा क्योंकि उसे भय था कि वे दोनों बालि के ही गुप्तचर हों। हनुमान उसके प्रमुख मंत्री थे। उन्होंने अपने स्वामी को शांत करने तथा उसका भय दूर करने का बहुत प्रयास किया किंतु सुग्रीव को चैन नहीं था।

"ये दोनों तपस्वी के वेश में हैं, किंतु हनुमान देखो, इनके पास धनुष-बाण भी हैं और मैं इनकी कमर में बँधी तलवारों की चमक भी देख सकता हूँ। मुझे विश्वास है कि इन्हें मेरे भाई बालि ने मेरी हत्या करने के उद्देश्य से भेजा है। मैं तुमसे प्रार्थना करता हूँ कि तुम जाकर उनसे मिलो तथा उनका मंतव्य जानने का प्रयास करो। उनसे स्नेहपूर्वक बात करो और उनका इस निर्जन स्थान पर आने का वास्तविक उद्देश्य समझो।"

हनुमान पवनदेव के पुत्र थे। वे अत्यंत शक्तिशाली और बुद्धिमान थे। वे स्वेच्छा से कोई भी रूप धारण कर सकते थे। वे ब्रह्मचारी का रूप धारण करके राम व लक्ष्मण के

पास पहुँच गए तथा उनसे मधुरता से बात की। यह निश्चय ही महत्त्वपूर्ण भेंट थी। गणेश के बाद, हिंदू देवताओं में हनुमान सर्वप्रिय हैं जो राम के प्रति अटूट निष्ठा के लिए प्रसिद्ध हैं। परंतु यह उनकी प्रथम भेंट थी।

राम की एक प्रीतिकर विशेषता थी कि कोई भी उनके व्यक्तित्व के आकर्षण से प्रभावित हुए बिना नहीं रह पाता था। इस भेंट के दौरान हनुमान ने उनसे कहा, "मुझे बताइए कि आप लोग कौन हैं। आप दिखने में तपस्वी लगते हैं किंतु आपके पास अस्त्र-शस्त्र भी हैं। आप इस निर्जन पर्वत पर क्यों घूम रहे हैं जबकि आपको किसी महल में होना चाहिए? मैं आपको बहुत देर से देख रहा हूँ और लगता है कि आप कुछ खोज रहे हैं। यद्यपि आप दोनों अत्यंत आकर्षक हैं, आपके चेहरों पर उदासी झलक रही है। पहले मैं आपको अपने परिचय देता हूँ। मैं पवनपुत्र हनुमान हूँ। मैं वानरों के राजा सुग्रीव का मंत्री हूँ। उन्हें उनके भाई बालि ने राज्य से निकाल दिया और अब वे इस पर्वत पर रहते हैं। वे आपसे मित्रता करना चाहते हैं और उन्होंने मुझे आपका यहाँ आने का मंतव्य जानने के लिए भेजा है। मैं, वास्तव में एक वानर हूँ किंतु मैं स्वेच्छा से कोई भी रूप धारण कर सकता हूँ।"

हनुमान के वचन सुनकर राम को उत्साह आ गया। उन्होंने लक्ष्मण से कहा, "लक्ष्मण, हनुमान अत्यंत निष्ठावान तथा वेदों के ज्ञाता लगते हैं। ये उसी उद्देश्य से आए हैं जो हमारे मन में है - सुग्रीव से मित्रता करना। कृपया तुम इनसे बात करो और अन्य बातें जानने का प्रयत्न करो।"

लक्ष्मण ने कहा, "हम लोग आपके स्वामी सुग्रीव से मित्रता करने के उद्देश्य से ही यहाँ आए हैं। आप जो भी कहेंगे, हमें वैसा करने में बहुत खुशी होगी।"

उनका उत्तर सुनकर हनुमान प्रसन्न हो गए तथा उन्होंने लक्ष्मण से भयानक दंडक वन पार करके उस निर्जन स्थान पर आने और सुग्रीव से मित्रता करने का कारण पूछा।

लक्ष्मण ने हनुमान को प्रथानुसार अपने वंश का परिचय दिया और वहाँ आने का कारण भी बताया। "मैं अयोध्या के राजा दशरथ के ज्येष्ठ पुत्र राम का छोटा भाई लक्ष्मण हूँ। राम को चौदह वर्ष का वनवास दिया गया है। मेरे लिए राम ही मेरे प्रभु हैं और उनकी इच्छा की पूर्णता ही मेरा धर्म है, इसलिए मैं उनके साथ वन में आया हूँ। उनकी पत्नी सीता भी हमारे साथ आई थीं किंतु राक्षसराज रावण ने उनका अपहरण कर लिया है। हम यहाँ इसलिए आए हैं क्योंकि हमें बताया गया था कि आपके स्वामी सुग्रीव, सीता को खोजने में हमारी सहायता कर सकते हैं। यह नियति की विचित्रता है कि स्वयं राम, जो दीन-दुखियों को शरण देते हैं, अपने हित की पूर्ति के लिए किसी अन्य से सहायता लेने को बाध्य हैं।"

हनुमान ने बहुत ध्यान उनकी कथा सुनी और फिर बोले, "मेरे स्वामी सुग्रीव भी काफ़ी मुसीबत में हैं। उनकी पत्नी का उनके भाई बालि ने अपहरण कर लिया और वे अब इस निर्जन पर्वत शिखर पर रहने को बाध्य हैं। मैं आपको उनके पास ले चलूँगा। मुझे विश्वास है कि वे अवश्य आपकी सहायता करेंगे। परंतु ये पर्वत शिखर आपके लिए बहुत ऊँचे हैं, इसलिए मैं आपको अपने कंधे पर बैठाकर ले चलता हूँ।"

यह कहकर, हनुमान ने दोनों भाइयों को आसानी से अपनी पीठ पर बैठा लिया

और उन्हें लेकर सुग्रीव के पास आ गए। हनुमान ने सुग्रीव को बताया कि उनकी दोनों भाइयों से भेंट किस प्रकार हुई थी तथा उनके आने का क्या प्रयोजन था। उन्होंने सुग्रीव को दोनों भाइयों से मित्रता करने तथा उनकी यथा संभव सहायता करने का सुझाव दिया। सुग्रीव को यह जानकर बहुत अच्छा लगा कि बालि ने उन्हें नहीं भेजा था और फिर उसने उनका यथोचित सत्कार किया।

सुग्रीव ने अपना हाथ राम को देते हुए कहा, "आइए, हम ऐसा मैत्री संबंध स्थापित करें जिसे कोई न तोड़ सके।"

राम ने सुग्रीव का हाथ लिया और उसे प्रसन्नतापूर्वक थाम लिया। इस बीच हनुमान ने अग्नि प्रज्ज्वलित कर ली और फूलों से उसकी अर्चना की। राम और सुग्रीव ने तीन बार उस पवित्र अग्नि के तीन फेरे लिए और सदा मित्र रहने की शपथ ली। राम ने बालि का वध करने और सुग्रीव को उसका राज्य वापस दिलवाने का प्रण किया। सुग्रीव ने भी राम को उनकी पत्नी से मिलवाने की शपथ ली। हनुमान ने टहनियों का आसन बनाया और दोनों भाई उसपर बैठ गए। सुग्रीव ने राम को अपनी दुखभरी कथा सुनाई।

"मेरे भाई बालि ने मेरी पत्नी को बंदी बनाकर मुझे राज्य से बाहर फेंक दिया। मैं उससे बचकर इस पर्वत पर आ गया क्योंकि यही वह स्थान है जहाँ बालि ऋषियों के शापवश नहीं आ सकता। मैं आपसे विनती करता हूँ कि मेरी पत्नी और मेरा राज्य वापस दिलवाने में मेरी सहायता कीजिए।"

राम उसकी कथा सुनकर भावुक हो गए, जो उनकी अपनी कथा से मिलती थी और उन्होंने सुग्रीव की सहायता करने का वचन दिया।

सुग्रीव ने आगे कहा, "मेरे मंत्री हनुमान ने मुझे आपके विषय में सब कुछ बता दिया है और मैं आपको वचन देता हूँ कि आपकी पत्नी को खोजने में आपकी सहायता करूँगा। कुछ ही दिन पहले, हम पाँच लोग इस पर्वत पर बैठे हुए थे जब हमने एक राक्षस को आकाश मार्ग से किसी सुंदर स्त्री को उठाकर ले जाते देखा। वह चिल्ला रही थी, 'हे राम! हे लक्ष्मण!' वही आपकी पत्नी होंगी। उन्होंने हमें देखकर एक वस्त्र में कुछ लपेटकर नीचे हमारी ओर फेंक दिया। हमने उस पोटली को सँभालकर रखा है। यह देखिए!"

सीता के पीले वस्त्र का वह टुकड़ा देखकर, राम का चेहरा फीका पड़ गया। उन्होंने काँपते हाथों से उसे खोला और वे उसमें बँधे आभूषणों को देखकर लगभग अचेत हो गए। उन्होंने लक्ष्मण से कहा, "मैंने अपने दुख पर किसी तरह नियंत्रण किया था किंतु अपनी पत्नी के ये आभूषण देखकर मेरा दुख दोबारा भड़क गया है। कृपया इन्हें देखकर बताओ कि क्या ये आभूषण सचमुच सीता के हैं। मेरी आँखें धुँधली पड़ गई हैं।"

लक्ष्मण ने कहा, "भैया, मैंने सीता के चेहरे की ओर कभी ठीक से नहीं देखा, इसलिए मैं गले का यह हार नहीं पहचान सकता। परंतु ये पाजेब उन्हीं की है। मैं इन्हें भली-भांति पहचानता हूँ क्योंकि मैं प्रतिदिन उनके चरण स्पर्श करके आशीर्वाद लेता था।"

राम ने उत्सुक होकर सुग्रीव से वह सब पूछा जो उसने उस दिन देखा था और उन्होंने रावण के विषय में भी पूछा। सुग्रीव ने उन्हें बताया कि दुर्भाग्य से उसे रावण के

बारे में कुछ नहीं पता था। उसने केवल इतना ही देखा कि वह स्त्री बहुत कष्ट में थी। उनके पुकारने के ढंग से लग रहा था कि उनका अपहरण किया गया है। परंतु सुग्रीव ने राम को आश्वासन दिया कि वे शीघ्र ही सीता को मुक्त करवा लेंगे।

"आप आशा और साहस रखें। कृपया दुखी न हों," सुग्रीव ने कहा, जिसका स्वभाव अत्यंत मृदु था और उससे राम का दुख सहन नहीं हो रहा था। "एक मित्र अपने मित्र के दुख को अपना दुख मानता है और मुझसे आपका दुख सहन नहीं हो रहा। आप कृपया विश्वास रखिए कि मैं आपकी पत्नी को खोजने में आपकी पूरी सहायता करूँगा।"

उसके बाद उसने राम को अपने निष्कासन के बारे में विस्तार से बताया, "बालि मेरा बड़ा भाई है और उसे मेरे पिता ने राजा नियुक्त किया था। बालि किष्किंधा में रहता है। एक दिन दुंदुभि नाम के एक असुर ने भैंसे का रूप बनाकर बालि को युद्ध के लिए ललकारा। दुंदुभि को युद्ध करने में बड़ा आनंद आता था। उसने समुद्र को चुनौती दी किंतु समुद्र ने अपनी लहरों के प्रवाह से उसे पीछे धकेल दिया। दुंदुभि का अगला लक्ष्य हिमालयराज हिमवान था, जिसने दुंदुभि को बर्फ़ और ओला-वृष्टि में जमा दिया।"

"अंत में दुंदुभि किष्किंधा आया और उसने बालि को ललकारा। काफ़ी देर लड़ने के बाद बालि ने उसकी गर्दन मरोड़ दी और उसके निर्जीव शरीर को उठाकर मीलों दूर इस पर्वत पर फेंक दिया। जब उसका शव हवा में था, तो उसमें से रक्त की कुछ बूँदें ऋषि मतंग की हवन-वेदी में गिर गईं, जो यहाँ तपस्या कर रहे थे। ऋषि ने बालि को शाप दिया कि यदि वह कभी उस पर्वत पर गया तो उसके सिर के टुकड़े हो जाएँगे। इसीलिए, मैंने इस पर्वत पर शरण ली है क्योंकि बालि यहाँ नहीं आ सकता।"

"दुंदुभि के पुत्र का नाम मायावी था। वह बालि से बदला लेने किष्किंधा आया और उसने बालि को युद्ध के लिए ललकारा। मैं और बालि बाहर आए तो मायावी भाग गया। हम दोनों ने मायावी का पीछा किया। वह एक गुफा में घुस गया। बालि भी उसके पीछे गुफा में घुस गया और उसने मुझे बाहर प्रतीक्षा करने को कहा। मैंने गुफा के बाहर एक वर्ष तक प्रतीक्षा की, किंतु एक दिन मैंने देखा कि गुफा के अंदर से रक्त की धारा बहती हुई बाहर आ गई और उस असुर की दहाड़ भी सुनी। मुझे लगा कि मेरा भाई मारा गया। मैंने एक विशाल पत्थर से गुफा का द्वार बंद कर दिया ताकि मायावी बाहर निकलकर मुझे भी न मार डाले। मैं उदास होकर किष्किंधा लौट आया और यहाँ सबको पूरी बात बताई। मंत्रणा के बाद बालि के मंत्रियों ने मुझे किष्किंधा का राजा नियुक्त कर दिया।"

"बहुत समय के बाद एक दिन बालि वापस आ गया। मुझे राजा बने हुए देख उसे बहुत क्रोध आया। उसने मुझे अत्यंत कटु वचन कहे और मेरे ऊपर या आरोप लगाया कि मैंने उसे विरासत से वंचित करने के लिए षड्यंत्र रचा था। मैंने उससे बहुत प्रेम से बात की और उसे पूरी बात सुनाई तथा उसे उसका राज्य लौटाने का प्रस्ताव भी दिया। उसने मेरी कोई बात नहीं सुनी। उसने मुझे मारकर राज्य से निकाल दिया और मेरी पत्नी को अपनी पत्नी बनाकर रख लिया। मैं अनेक वर्ष तक भिक्षुक बनकर घूमता रहा। मैंने अंत में इस पर्वत पर शरण ली क्योंकि यही एक स्थान है जहाँ बालि नहीं आ सकता। हे राम! मैं अपने भाई द्वारा दिए दर्द और अपमान को कभी नहीं भूल सकता।" यह कहकर

सुग्रीव ज़ोर-ज़ोर से रोने लगा।

राम ने उसे सांत्वना दी तथा बालि को मारकर सुग्रीव को उसका राज्य वापस दिलवाने का वचन दिया। यद्यपि सुग्रीव को राम पर विश्वास था, उसे इस बात पर संदेह था कि राम सचमुच बालि को परास्त कर सकेंगे क्योंकि वह जानता था कि उसका भाई बहुत शक्तिशाली था।

सुग्रीव ने कहा, "बालि में हज़ार हाथियों का बल है। वह चलते-चलते मज़ाक में मार्ग के वृक्षों को हाथ से खींचकर गिरा देता था। वह पर्वत शिखर तोड़कर उन्हें दूर समुद्र में उछाल देता था। आइए, मैं आपको दुंदुभि का विशालकाय कंकाल दिखाता हूँ जो यहाँ से अधिक दूर नहीं है।"

ऐसा कहकर, सुग्रीव राम को कंकाल के पास ले गया। उसने राम को ग्रंथाल के सात विशाल वृक्ष भी दिखाए, जिन्हें बालि हँसी-खेल में एकसाथ हिलाकर उनके पत्ते गिरा देता था।

बालि के बल के विषय में सुनकर लक्ष्मण को मज़ा आ रहा था। उन्हें समझ में आ गया कि सुग्रीव को राम की शक्ति पर संदेह हो रहा है। उन्होंने सुग्रीव से कहा, "मुझे लगता है कि आपको राम की शक्ति पर संदेह हो रहा है। मुझे बताइए कि राम ऐसा क्या करें कि आपके मन का संदेह दूर हो जाए और आपको उनके सामर्थ्य पर भरोसा हो जाए।"

सुग्रीव ने लज्जा से सिर झुका लिया क्योंकि लक्ष्मण ने उसके मन का भय भाँप लिया था। "कृपया मुझे ग़लत न समझें," वह बोला, "मैं बालि से इतना भयभीत हूँ कि मुझे इस बात पर विश्वास नहीं हो रहा कि राम के समान कोई दुबला और आकर्षक व्यक्ति बालि को परास्त कर सकता है। क्या आपको वे सात वृक्ष दिखाई दे रहे हैं? बालि एक वृक्ष को एक ही बाण से भेद देता था। क्या राम ऐसा कर सकते हैं और क्या वे दुंदुभि के कंकाल को एक पैर से उछाल सकते हैं? यदि राम ये दोनों कार्य कर सकें तो मेरे मन की दुविधा दूर हो जाएगी।"

सुग्रीव ने राम से कहा, "कृपया आप यह न समझें कि मैं आपकी परीक्षा ले रहा हूँ अथवा मैं आपसे शक्ति-प्रदर्शन करवाकर आपका अपमान कर रहा हूँ, किंतु मैं तब तक आपकी बालि से भेंट नहीं करवाना चाहता जब तक मुझे यह विश्वास न हो जाए कि आप उसका सामना कर सकते हैं।"

राम बड़े विश्वास से मुस्कराए और बोले, "मैं तुम्हारा भय समझ सकता हूँ। मैं तुम्हें आश्वस्त करने का प्रयास करूँगा।" यह कहकर, राम दुंदुभि के कंकाल के निकट आए और उन्होंने उसे एक पैर उठाकर दस मील दूर उछाल दिया। सुग्रीव अत्यंत प्रभावित हुआ किंतु उसके मन में अब भी दुविधा थी।

"बालि ने जिस समय दुंदुभि का शव उठाकर फेंका था, तब यह रक्त और मज्जा से भरा होने के कारण बहुत भारी था। यदि आप एक बाण से किसी एक वृक्ष को भेद दें, तो मैं आश्वस्त हो जाऊँगा।"

राम मुस्कराए और उन्होंने अपने धनुष पर बाण चढ़ाकर उसे छोड़ दिया। वह बाण

सुनहरी बिजली के समान छूटा और एकसाथ सातों वृक्षों को चीरता चला गया। राम के बाण से सातों वृक्ष कटकर धरती पर गिर पड़े।

यह अद्भुत कार्य देखकर पाँचों वानर प्रसन्नता से उछलने लगे। सुग्रीव का संदेह दूर हो गया और उसने राम को गले लगाकर संदेह करने के लिए उनसे क्षमा माँगी।

"हमें तत्काल किष्किंधा जाकर बालि को मार डालना चाहिए," वह बड़े उत्साह से बोला।

राम ने उसकी बात मान ली किंतु उन्होंने सुग्रीव को कहा कि वह पहले बालि के पास जाकर उसे युद्ध के लिए चुनौती दे। राम ने वचन दिया कि वे छिपकर अवसर मिलते ही बालि का वध कर देंगे।

राम पूछते हैं :

"हे परमपूज्य, कृपया ईश्वर का वर्णन कीजिए।"

वशिष्ठ ने उत्तर दिया :

"ईश्वर वह बुद्धि है जिसमें नामों और रूपों का ब्रह्मांड लुप्त हो जाता है।
ईश्वर वह रिक्ति है जिसमें ब्रह्मांड का अस्तित्व दिखाई देता है।
उसके भीतर कोई कर्ता-कर्म का संबंध नहीं होता।
उसके भीतर चेतना पर्वत के समान अचल रहती है।"

हरि ॐ तत सत

ॐ

ॐ

बालिप्रमथनाय नमः!

अध्याय 2

सुग्रीव के साथ मैत्री

लक्ष्मीविलासं जगतम्निवासम्!
भूदेव वासं शरदिन्दुहासम्!
लंकाविनाशं भुवनाप्रकाशम्!
श्री रामचन्द्रं सततं नमामि!

मैं श्रीरामचंद्र को प्रणाम करता हूँ
जहाँ लक्ष्मी का निवास है,
जो पृथ्वी के ईश्वर हैं,
जिनकी मुस्कान शरद ऋतु के चंद्रमा के समान दीप्तिमान है,
जो संपूर्ण जगत के प्रकाश हैं तथा
जिन्होंने लंका को नष्ट किया था।

सुग्रीव यद्यपि भीतर से काँप रहा था, वह बालि के दुर्ग के द्वार तक पहुँचा और उसने गरजकर बालि को द्वंद्व के लिए ललकारा। बालि को अपने कानों पर विश्वास नहीं हुआ। उसने सोचा, सुग्रीव अवश्य पागल हो गया होगा अन्यथा वह ऐसा करने का साहस नहीं करता। बालि ने उसे मज़ाक समझा और वह ज़ोर से हँसने लगा। सुग्रीव ने दोबारा ललकारा तो बालि ने निश्चय किया कि सुग्रीव को सबक़ सिखाने का समय आ गया था और वह गरजता हुआ बाहर आ गया। वह नगर के द्वार से बाहर आया तो वह किसी चलायमान पर्वत के समान लग रहा था। सुग्रीव का हृदय भय से काँपने लगा किंतु वह अपनी जगह पर डटा रहा क्योंकि उसे भरोसा था कि राम उसकी सहायता के लिए आ जाएँगे। वे दोनों नगर के द्वार के सामने भिड़ गए। राम और लक्ष्मण झाड़ियों के पीछे छिपे हुए थे। राम उन दोनों को ध्यान से देखते रहे किंतु दोनों भाइयों में इतनी अधिक समानता थी कि राम बालि और सुग्रीव में भेद नहीं कर सके। सुग्रीव यद्यपि बहुत वीर योद्धा था परंतु उसका बालि से कोई बराबरी नहीं थी और बालि ने कुछ ही मिनटों में सुग्रीव को धूल चटा दी। राम अत्यंत असहाय थे और उन्होंने बाण इस डर से बाण नहीं चलाया कि कहीं दुविधा

में वह सुग्रीव को न मार बैठें। बेचारे सुग्रीव के पास वहाँ से भागकर ऋष्यमूक लौटने के अतिरिक्त कोई विकल्प नहीं था। बालि ने उसका पीछा किया और उसे चेतावनी दी कि यदि उसने दोबारा ऐसा दुस्साहस किया तो वह सुग्रीव को मार डालेगा।

राम, लक्ष्मण और हनुमान घायल सुग्रीव के पास पहुँचे। वह निश्चय ही इस घटना से बहुत दुखी था और बोला, "आप यदि बालि को मारना नहीं चाहते थे तो आपने मुझे उससे युद्ध के लिए बाध्य क्यों किया? आप मुझे यह बात पहले ही बता देते तो मेरा इस प्रकार अपमान नहीं होता।"

राम को बहुत पछतावा हो रहा था। वे बालि को मारने हेतु सुग्रीव को दिए वचन के प्रति कटिबद्ध थे और उन्होंने बाण न चलाने का कारण भी बताया।

"तुम दोनों के आकार और आकृति के अतिरिक्त युद्ध कौशल में भी इतनी समानता है कि मैं बाण नहीं चला पाया क्योंकि मुझे डर था कि वह तुम्हारे न लग जाए। यदि ऐसा हो जाता तो कितनी बड़ी भूल हो जाती! तुम चिंता मत करो और हिम्मत रखो। इस बार लक्ष्मण तुम्हारे गले में एक माला डाल देगा ताकि मैं तुम्हें पहचान सकूँ। तुम कृपया साहस बनाए रखो। एक बार फिर जाओ और उसे चुनौती दो और इस बार, मैं तुम्हें वचन देता हूँ कि मेरा बाण निशाने पर लगेगा।"

वे सब लोग एक बार फिर रणभूमि के पीछे वाली झाड़ियों के निकट पहुँच गए। राम, लक्ष्मण और हनुमान झाड़ियों के पीछे छिप गए और सुग्रीव ने फिर से सिंह के समान नगरद्वार पर खड़े होकर गरजते स्वर में बालि को युद्ध के लिए ललकारा। बालि उस समय अपने रनिवास में था और उसे सुग्रीव की ललकार सुनकर उसे अपने कानों पर विश्वास नहीं हुआ। उसकी कामुक मनोदशा हिंसक घृणा में परिवर्तित हो गई। वह क्रोध में भरकर गरजा और उसने अपने दुस्साहसी भाई को सदा के लिए समाप्त कर देने का निश्चय कर लिया। बहुत समय से सुग्रीव उसके मार्ग का काँटा बना हुआ था और अब उसे समाप्त कर देने का समय आ गया था। इस तरह वह अपने भाई की पत्नी रूमा को बिना किसी ग्लानि भाव के अपने साथ रख सकता था। वह नियम जानता था और उसे पता था कि उसने अपने भाई की पत्नी के साथ, जिसे पुत्री के समान मानना चाहिए, रहकर कुत्सित कार्य किया था। उसने कई बार अपनी अंतरात्मा को बहुत-से बहाने बताकर दबाया था किंतु सुग्रीव के मरने के बाद रूमा को अपने साथ रखने का उसके पास वैध कारण हो जाएगा। उस समय, अपने मृत भाई की विधवा पत्नी के साथ सुरक्षा कारणों से विवाह करना नैतिक नियमों के अनुकूल समझा जाता था। यह सोचकर वह द्वार से बाहर निकलने ही वाला था कि उसकी पत्नी तारा ने उसे रोका।

"स्वामी," वह बोली, "आप इस समय अपने भाई से युद्ध करने मत जाइए। आपने उसे अभी मारकर भगाया था। तो फिर उसकी तत्काल वापस आने की हिम्मत कैसे हो गई? अवश्य कोई उसकी सहायता कर रहा है। हमारे पुत्र अंगद ने मुझे कुछ ही समय पहले बताया है कि राजा दशरथ के पुत्र राम और लक्ष्मण यहाँ आए हुए हैं और उन्होंने सुग्रीव से मैत्री स्थापित करके उसकी सहायता करने का वचन दिया है। मैंने सुना है कि राम अत्यंत सदाचारी मनुष्य और महान योद्धा हैं। यदि वे सुग्रीव की सहायता कर रहे हैं

तो आपका जीत पाना मुश्किल है। याद रखिए कि आपने सुग्रीव को बिना किसी भूल के राज्य से निष्कासित करके तथा उसकी पत्नी को हथियाकर उसके साथ बहुत अन्याय किया है। कृपया आप सुग्रीव से मैत्री कर लीजिए और उसे वापस बुलाकर युवराज नियुक्त कर दीजिए। आख़िर, आप बड़े हैं और उदाहरण स्थापित करना आपका दायित्व है। ऐसा करके आपकी राम से भी मैत्री हो जाएगी। कृपया मेरी सलाह मान लीजिए और राम से शत्रुता मत कीजिए। मुझे बहुत डर लग रहा है।"

तारा की बात का बालि पर कोई प्रभाव नहीं पड़ा। बालि का समय पूरा हो चुका था और वह एक बार फिर उससे लड़ने और उसे समाप्त करने के उद्देश्य से चल पड़ा।

"मैं उस अहंकारी कायर से मैत्री कैसे कर सकता हूँ? उसका अंत आ गया है। मैं उसकी धृष्टता और अधिक सहन नहीं करूँगा। जहाँ तक राम का प्रश्न है, मैंने सुना है कि वे सम्मान का मूर्त रूप हैं। मेरी उनके साथ कोई शत्रुता नहीं है, तो मुझे उनसे डरने की क्या आवश्यकता है?"

बालि भूल गया कि राम यदि सम्मान का मूर्त रूप थे, तो वे धर्म के अवतार भी थे और वे बड़े भाई द्वारा अपने छोटे भाई की पत्नी को हथियाने एवं उसके साथ दुर्व्यवहार करने के कुकृत्य को कभी सहन नहीं करेंगे।

तारा ने अपने पति को गले लगाया और उसकी रक्षा के लिए प्रार्थना की। वह दुखी मन से अपने कक्ष में लौट आई। उसे पूर्वाभास हो गया था कि वह अपने पति को फिर कभी नहीं देख पाएगी।

बालि भीषण गर्जना करता हुआ बाहर आया और दोनों भाइयों के बीच भयंकर युद्ध छिड़ गया। सुग्रीव अपनी पूरी शक्ति से लड़ रहा था तथा वहाँ केवल कराहने और चीख़ने की आवाज़ें सुनाई दे रही थीं। राम बहुत ध्यान से उनकी लड़ाई देख रहे थे। वे शायद सोच रहे थे कि सुग्रीव अपने बल पर बालि को परास्त कर देगा किंतु उन्होंने देखा कि उनका मित्र कमज़ोर पड़ रहा था और सहायता की आशा में इधर-उधर देख रहा था। राम ने देखा कि अब वह कार्य करने का समय आ गया था जो उन्हें पसंद नहीं था किंतु अपने मित्र को दिया वचन निभाने के लिए वह करना आवश्यक था। उन्होंने धनुष पर बाण चढ़ाया और ज़ोरदार टंकार के साथ छोड़ दिया। तीर ने अत्यंत सटीकता से अपना लक्ष्य भेद दिया। बालि कराहता हुआ नीचे गिर पड़ा। वह किसी पतित देवता की भांति, रक्त में डूबा किंतु मृत्यु के समय भी पूरी शान से, धरती पर गिरा हुआ था। राम और लक्ष्मण झाड़ियों के पीछे से बाहर निकल आए और बालि की ओर चल पड़े।

बालि उन्हें देखता रहा और जब वे उसके निकट आ गए तो वह बोला, "मैं अपने भाई के साथ युद्ध कर रहा था कि तभी एक बाण ने मुझे विशाल वृक्ष की भांति नीचे गिरा दिया। राम, मेरी आपसे कोई शत्रुता नहीं थी, तथापि आपने मुझे वृक्षों के पीछे से छिपकर मारना उचित समझा। आपने ऐसा क्यों किया? आपको यह करके क्या मिला? आप एक सम्राट के पुत्र तथा महान गुणों से युक्त हैं। लोग कहते हैं कि आप वीर, उदार एवं धर्मनिष्ठ हैं। आप संपूर्ण जीवन धर्म का अनुसरण करने के लिए ही प्रसिद्ध हैं। आप अपने सिद्धांत क्यों भूल गए? जब सुग्रीव ने मुझे दूसरी बार ललकारा तो मेरी पत्नी तारा ने मुझे

यह कहकर सावधान किया था कि आप शायद सुग्रीव की सहायता कर रहे हैं किंतु मैं भयभीत नहीं हुआ क्योंकि मुझे विश्वास था कि आप अधार्मिक कृत्य नहीं करेंगे। आप इस भूमि के राजा हैं और हम लोग इस क्षेत्र में रहने वाले केवल वानर मात्र हैं जो छोटी-छोटी चीज़ों पर लड़ते हैं। आपको हमारे झगड़ों में पड़ने की क्या आवश्यकता है? राम, आपने मेरी हत्या की है जबकि मैं निर्दोष हूँ। आपका यह कृत्य सदा आपत्तिजनक समझा जाएगा। यह धर्म के सभी नियमों के विरुद्ध है। मुझे पता है कि आपकी पत्नी खो गई हैं और सुग्रीव ने आपकी सहायता करने का वचन दिया है, किंतु यदि आप पहले मेरे पास आए होते तो मैं बहुत सरलता से आपकी सहायता कर देता। मैं आपकी पत्नी को एक ही दिन वापस ला सकता था। मैंने बहुत पहले भी रावण को परास्त कर चुका हूँ।" यह कहकर बालि थककर गिर पड़ा। वानरों के राजा के तेज़ी से प्राण निकल रहे थे।

यह प्रश्न अनेक बार पूछा जाता है कि राम ने ऐसा क्यों किया। हमारे समस्त प्राचीन ग्रंथों को ऐसी दुविधाजनक स्थितियों में आनंद क्यों आता है? वे अपने नायकों को ऐसी विवादास्पद स्थितियों में डालने के बजाय इस समस्या से निश्चित ही बच सकते थे। हमें *महाभारत* में यही देखनें को मिलता है। अर्जुन को अपने ही बंधु-बांधवों को मारने की कठिन परिस्थिति में डाल दिया गया था। संपूर्ण *भगवद्गीता*, भगवान कृष्ण द्वारा दिया गया इसी कठिन प्रश्न का उत्तर है।

यह सत्य है कि हमें जीवन में अनेक बार ऐसी दुविधाजनक परिस्थितियों का सामना करना पड़ता है। हम किस तरह इनका सामना करते हैं, यह हमारे चरित्र एवं जीवन के प्रति हमारे दृष्टिकोण तथा हमारे अपने धार्मिक सिद्धांत पर निर्भर करता है। यह प्रश्न प्रायः पूछा जाता है कि राम ने स्वयं बालि को चुनौती क्यों नहीं दी? वाल्मीकि ने सायास यह दर्शाया है कि राम शक्ति के संदर्भ में बालि से कहीं अधिक श्रेष्ठ थे, इसलिए बालि का सामना न करने का कारण उनका बालि से पराजित होने का भय नहीं हो सकता। हालांकि, इसके बहुत-से कारण थे। बालि वास्तव में महात्मा था और यदि वह राम को अपने सामने देख लेता तो वह निश्चित रूप से, राम से युद्ध नहीं करता, अपितु उनसे मैत्री करने का प्रयास करता। इसका अर्थ यह होता कि राम सुग्रीव को दिया अपना वचन पूर्ण नहीं कर पाते। वे सुग्रीव के साथ पहले ही, अग्नि को साक्षी मानकर मैत्री संबंध स्थापित कर चुके थे जो एक ऐसा पवित्र अनुबंध था जिसे तोड़ा नहीं जा सकता था। इसके अतिरिक्त, बालि ने स्वयं वही भूल की थी जिसके लिए राम, रावण को दंडित करने जा रहे थे, यानि बालि ने सुग्रीव की पत्नी का अपहरण किया था। अपने भाई की पत्नी का अपहरण करने के अपराध के लिए मृत्युदंड धर्मसंगत था और धर्म का अवतार होने के नाते बालि को मृत्युदंड देना राम का धर्म था। इन सब बातों को ध्यान में रखते हुए राम ने बालि को स्वयं चुनौती देना उचित नहीं समझा क्योंकि वे जानते थे कि बालि तत्काल आत्मसमर्पण करके राम की शरण में आ जाता और राम अपनी शरण में आने वाले किसी व्यक्ति को क्षमा करने से मना नहीं कर सकते थे। यही बात हम बाद में रावण के साथ होने वाले युद्ध में भी देखेंगे। इसका आशय यह था कि राम कभी बालि को नहीं मार पाते, जैसा कि उन्होंने सुग्रीव को वचन दिया था। इन्हीं कारणों से राम ने बालि से लड़ने के लिए सुग्रीव को भेजा।

राम ने धैर्यपूर्वक बालि की बात सुनी क्योंकि वे जानते थे कि वास्तव में बालि को उनकी निंदा करने का अधिकार था। बालि जब पूरी तरह थक गया तो राम ने क्रोध का दिखावा करते हुए, करुणामयी नेत्रों से बालि को देखते हुए कहा।

"बालि!" वे बोले, "तुम धर्म-अधर्म की बात करते हो मानो तुम इस विषय में सब कुछ जानते हो। तुम्हें अपने छोटे भाई सुग्रीव के साथ, जो सद्गुणों से भरपूर है, अपने पुत्र जैसा व्यवहार करना चाहिए था। परंतु तुमने उसे मारकर भगा दिया और उसकी पत्नी रूमा को हथिया लिया। इस भूमि के कानून के अनुसार, जो व्यक्ति अपनी पुत्री, बहन अथवा भाई की पत्नी को कामुक दृष्टि से देखता है, वह मृत्युदंड का अधिकारी होता है। तुम अपने भाई के जीवित रहते हुए, उसकी पत्नी के साथ व्यभिचार करते रहे। यह शाश्वत धर्म का उल्लंघन है। तुम मुझे धर्म का उल्लंघन करने का दोषी क्यों बता रहे हो, जबकि मैंने धर्म का पालन किया है? सुग्रीव मुझे लक्ष्मण के समान प्रिय है। मैंने उसे मित्र माना है और सबके सामने उसका राज्य एवं उसकी पत्नी को उसे लौटाने का वचन दिया है। मैं अपना वचन कैसे तोड़ सकता हूँ? मैंने केवल अपने वचन की रक्षा की है, इसलिए तुम मुझे अधर्म करने का दोषी क्यों मानते हो? यदि तुम मेरे स्थान पर होते तो तुम भी यही करते।"

बालि ने राम की बात पर विचार किया और पाया कि वे ठीक कह रहे थे। उसे अपने भाई के साथ, जिसे उसे अपने पुत्र की तरह मानना चाहिए था, हुए अत्याचार पर पछतावा था। उसे यह भी पता था कि अपने भाई की पत्नी का अपहरण करना कुत्सित कृत्य था। वह रोते हुए रुँधे गले से बोला, "हे राम! आप ठीक कहते हैं। मुझे दंड मिलना चाहिए किंतु मुझे अपनी चिंता नहीं है। मुझे अपने अपराधों के लिए मृत्युदंड ही मिलना चाहिए परंतु मुझे अपने एकमात्र पुत्र अंगद की चिंता है। आप कृपया उसे अपने पुत्र की तरह समझें तथा उसकी देखभाल करें। कृपया मेरी पत्नी तारा को सुग्रीव के हाथों अपमानित न होने दें। वह मेरी बहुत अच्छी पत्नी बनकर रही है। अब मुझे लग रहा है कि मेरी मृत्यु आपके हाथों होनी लिखी थी और इसीलिए मैंने उसकी बात नहीं मानी जब उसने मुझसे युद्ध पर न जाने की प्रार्थना की थी।"

राम ने बालि को सांत्वना देते हुए उसे वचन दिया कि वे अंगद का पूरा ध्यान रखेंगे। "अंगद, जो तुम्हारे लिए था, वही मेरे और सुग्रीव के लिए रहेगा। तुम निश्चिंत होकर प्रस्थान करो।" राम ने बालि के शरीर को अपने हाथों से स्नेहपूर्वक सहलाया। बालि को राम के कोमल स्पर्श से अपने भीतर अनंत शांति जाती हुई महसूस हो रही थी। उसने राम से अज्ञान एवं क्रोधवश, उद्विग्नता में कहे शब्दों के लिए क्षमा माँगी। उसके बाद बालि अपनी चेतना खो बैठा।

तारा अपने पति की मृत्यु का समाचार सुनकर अपने पुत्र के साथ भागती हुई बाहर आई। अन्य वानरों ने उसे रोका और वहाँ से अंगद के साथ भाग जाने के लिए कहा ताकि सुग्रीव उन्हें कोई हानि न पहुँचा सके। तारा ने तिरस्कारपूर्ण शब्दों में कहा, "मेरे पति की मृत्यु हो गई है और तुम लोग मुझसे यह अपेक्षा करते हो कि मैं अपनी रक्षा करूँ। उनके जाने के बाद मेरे जीवन का क्या लाभ है? मुझे राज्य नहीं चाहिए और मैं अपने पुत्र के लिए भयभीत नहीं हूँ। मैं अपने पति के पास जाना चाहती हूँ।" यह कहकर, तारा दौड़ती

हुई बालि के ऊपर गिर गई और फूट-फूटकर रोने लगी। अंगद ने भी ऐसा ही किया। यह दृश्य देखकर राम और लक्ष्मण की भांति सुग्रीव को भी बहुत दुख हुआ।

"मैं तारा हूँ, प्रभु," वह बोली, "आप मेरी बात का उत्तर क्यों नहीं देते? यह कठोर भूमि आपकी शैय्या के लिए उपयुक्त नहीं है। आइए, हम लोग वापस महल में चलते हैं जहाँ मैंने आपके लिए रेशमी गद्दा तैयार किया है। मेरा हृदय अवश्य ही बहुत कठोर है अन्यथा यह आपकी मृत्यु के पश्चात भी धड़क क्यों रहा है? जब मैंने आपसे जाने के लिए मना किया था तो आपने मेरी बात क्यों नहीं सुनी? पुत्र अंगद, तुम अपने वीर पिता के अंतिम दर्शन कर लो। कौन जाने तुम्हारे भाग्य में क्या लिखा है? राम ने अपने मित्र को दिया वचन निभाया और उन्होंने तुम्हारे पिता को परलोक पहुँचा दिया है। सुग्रीव, अब यह राज्य तुम्हारा है। तुम्हारा शत्रु मारा गया। अब तुम अपनी पत्नी के साथ रह सकते हो। तुम्हारी सब इच्छाएँ पूर्ण हो जाएँगी। मुझे आशा है कि तुम प्रसन्न होगे।" यह कहकर, तारा अपनी छाती पीटकर बुरी तरह रोने लगी। यह सबके लिए अत्यंत पीड़ादायक दृश्य था।

हनुमान तारा के पास जाकर उसे सांत्वना देने लगे। "मनुष्य को अपने अच्छे और बुरे कर्मों का फल मिलता है। मानव शरीर पानी की सतह पर तैरते बुलबुले के समान है। हम सब दयनीय अवस्था में हैं इसलिए किसी को किसी अन्य के लिए दुखी नहीं होना चाहिए। इस संसार में जहाँ सब कुछ नश्वर है, दुखी होने की संभावना ही कहाँ है? अभी आपका पुत्र आपके साथ है इसलिए आपके लिए प्राण त्यागने के विषय में सोचना अनुचित है। आपके पुत्र तथा आपकी प्रजा को आपसे आशाएँ हैं। अंगद निश्चित ही राजा बनेगा। उसे अब अपने पिता का अंतिम संस्कार करने दीजिए जो एक पुत्र का धर्म है। इसके बाद उसे युवराज नियुक्त किया जाएगा। आप ज्ञानी स्त्री हैं और आपको यह भली-भांति पता है कि जीवन और मृत्यु अवश्यंभावी हैं और यह जीवन नश्वर है। इसीलिए व्यक्ति को जीवित रहते अधिक से अधिक संभव अच्छे कर्म करने चाहिए। अब आपको केवल अपने पुत्र के विषय में विचार करना चाहिए।"

बालि ने बहुत मुश्किल से अपनी थकी हुई आँखें खोलीं और अपने भाई से कहा, "सुग्रीव, मैंने जो कुछ तुम्हारे साथ किया है, उसके लिए मुझे क्षमा कर दो। हमारे भाग्य में प्रेम से मिलकर रहना नहीं था। तुम इस राज्य के साथ मेरे पुत्र, मेरी अथाह संपत्ति तथा यश को स्वीकार करो। मेरी अंतिम इच्छा सुनो : यह मेरा पुत्र अंगद है, जो मुझे अपने जीवन से भी अधिक प्रिय है। इसे अपना पुत्र समझना। यह अपना साहस तुम्हें रावण के साथ होने वाले युद्ध में दिखाएगा। राम को दिया अपना वचन मत भूलना। इनकी पत्नी को खोजने में इनकी सहायता करना। इन्होंने तुम्हारे लिए, अपने मित्र के लिए अपना अपयश भी सहन कर लिया। इसलिए, इनकी सहायता हेतु तुमसे, जो संभव हो, करना। मेरी पत्नी तारा बहुत बुद्धिमान स्त्री है। राज-काज चलाने में इसका परामर्श अवश्य लेना। इन विषयों में यह बिलकुल सही सलाह देती है। अंत में तुम यह मेरा सुनहरा हार रख लो। यह दिव्य है और मेरी मृत्यु के बाद यह भी शक्तिहीन हो जाएगा, इसलिए मेरे प्राण निकलने से पूर्व इसे निकाल लो। तुम इसे पहन लो। मेरे लिए अब इसका कोई लाभ नहीं है।"

बालि के ये शब्द सुनकर सुग्रीव रोने लगा और उसकी विजय का संपूर्ण आनंद समाप्त हो गया।

बालि ने अपने पुत्र को अपने निकट बुलाया और कहा, "पुत्र, अपनी बदली हुई परिस्थिति को ध्यान रखना और सदा सुग्रीव की बात मानना। सुख और दुख को यथास्थिति स्वीकार करना तथा दोनों में से किसी से भी प्रभावित मत होना।"

बालि का अंत निकट था और वह हाँफते हुए गिर पड़ा। कुछ ही क्षणों में उसकी मृत्यु हो गई। तारा को सँभालना कठिन हो गया। सुग्रीव भी दुख से भर उठा। वह राम के पास जाकर बोला, "राम, आपने अपना वचन पूरा किया और बालि की मृत्यु हो गई है। बालि की मृत्यु, उसकी पत्नी का दुख और उसके पुत्र की आँखों में हताशा देखकर अब मेरी अपने भाई के सिंहासन पर बैठने की इच्छा नहीं है। मैंने उसके साथ अनेक बार युद्ध किया और वह मुझे किसी भी क्षण मार सकता था, किंतु उसने प्रत्येक बार मुझे धमकाकर छोड़ दिया। मुझे उसकी हत्या की इच्छा नहीं करनी चाहिए थी। मैं पापी हूँ और शासन करने का अधिकारी नहीं हूँ। मैं आपको दिया वचन नहीं तोड़ूँगा। हनुमान आपकी सहायता करेंगे किंतु मैं अपने भाई के साथ चिता में जलकर अपने प्राणों का अंत करना चाहता हूँ।"

तारा ने भी राम से कहा, "आप भी अपनी पत्नी से अलग हैं और आपको पता होगा कि इस विरह की पीड़ा कितनी अधिक होती है। क्या बालि को भी वही पीड़ा नहीं हो रही होगी? मुझ पर एक उपकार कीजिए कि जिस बाण से आपने बालि को मारा है, उसी से मेरे प्राण भी ले लीजिए ताकि मैं बालि के साथ जा सकूँ।"

राम ये वचन सुनकर दुखी हो गए और उन्होंने तारा को सांत्वना देते हुए कहा, "तुम एक नायक की पत्नी हो और तुम्हें दुखी नहीं होना चाहिए। वेदों के अनुसार, सब कुछ ब्रह्म की इच्छा से होता है। तुम नियति को बदल नहीं सकती और केवल नियति के सामर्थ्य से ही सब घटनाएँ घटित होती हैं। नियति से कोई नहीं बच सकता। वह किसी के साथ पक्षपात नहीं करती। बालि अब स्वर्गलोक पहुँच चुका है जो उसने अपनी वीरता से प्राप्त किया है। इस हताशा से बाहर निकलो और अपने पुत्र से कहो कि वह अपने पिता का अंतिम संस्कार संपन्न करे।"

लक्ष्मण ने भी सुग्रीव को आवश्यकतानुसार सब कार्य करने को कहा। बालि को सुसज्जित पालकी में लिटाकर चिता के पास ले जाया गया। अंगद ने चिता को अग्नि दी। संस्कार संपन्न होने के बाद, सबने नदी में स्नान किया और किष्किंधा नगरी लौट आए।

सभी वानरों ने राम से राज्य का कार्यभार ग्रहण करने की प्रार्थना की क्योंकि सुग्रीव आघात की स्थिति से बाहर नहीं आया था। हनुमान ने राम को नगर में प्रवेश करके राज्याभिषेक समारोह में आमंत्रित किया।

राम ने कहा, "अपने पिता को दिए वचन के अनुसार, मैं चौदह वर्ष के वनवास की अवधि पूर्ण होने से पहले नगर में प्रवेश नहीं कर सकता। सुग्रीव को नगर के भीतर ले जाकर उसका राज्याभिषेक किया जाए।" वे सुग्रीव से बोले, "जाओ और राज्य का कार्यभार सँभालो और राजकुमार अंगद को युवराज नियुक्त करो।"

राम ने फिर लक्ष्मण और अन्य लोगों से कहा, "यह वर्षा ऋतु का प्रथम मास, श्रावण है। मैं और लक्ष्मण वर्षा ऋतु के आगामी चार महीने वन की गुफा में ही व्यतीत करेंगे। कार्तिक माह के समय जब वर्षा समाप्त हो जाएगी, तो तुम मुझे दिए वचन के विषय में आगे विचार कर सकते हो।"

सुग्रीव को नगर में ले जाकर राजा बना दिया गया। इसके बाद उसने अंगद को युवराज नियुक्त कर दिया। उसकी पत्नी भी उसे वापस मिल गई और उसने अगले चार महीने अपनी पत्नी एवं बालि के रनिवास की अन्य स्त्रियों के साथ आनंद से बिताए।

राम और लक्ष्मण प्रश्रवण नामक पर्वत पर चले गए जहाँ उन्हें वर्षा ऋतु के दौरान रहने के लिए उचित गुफा मिल गई।

वशिष्ठ कहते हैं :

"जब मस्तिष्क से विचारों का ईंधन हटाकर निज की अवधारणा
को समाप्त कर दिया जाता है,
तब जो कुछ शेष रहता है, वही ईश्वर है।"

हरि ॐ तत सत

ॐ

ॐ

सौम्याय नमः!

अध्याय 3

सीता की खोज

श्री रामचन्द्र कृपालु भज मन
हरण भव भय दारुणम्!
नव कंज लोचन कंज मुख,
कर कंज पद कंजारुणम्!

हे मन, तू भगवान श्रीरामचंद्र की करुणा के गीत गा,
जिनके नेत्र, चेहरा और चरण कमल के समान हैं,
जो इस कठोर संसार का भय दूर करते हैं।

वह गुफा चारों से से सुंदर वृक्षों तथा उनपर लिपटीं पल्लवित बेलों से घिरे अत्यंत रमणीय स्थान पर स्थित थी। दोनों भाई जिधर भी देखते, केवल प्राकृतिक सौंदर्य दिखाई देता था। ऐसे राम को सीता की पुरानी स्मृतियाँ तथा उनकी याद सताने लगी क्योंकि उन्हें यह सब बहुत पसंद था। वे ऐसे दृश्य देखकर खुशी से चिल्लातीं और राम को उनकी निश्छल खुशी देखकर बहुत आनंद आता था। राम को सीता के विषय में सोचकर नींद नहीं आती थी। शीघ्र ही वर्षा ऋतु आरंभ हो गई। इंद्र ने अपने जल-द्वार खोल दिए तथा मूसलाधार वर्षा और आकाशीय बिजली मिलकर विशेष विशेष प्रभाव उत्पन्न कर रहे थे। राम और लक्ष्मण के लिए गुफा से बाहर निकलना कठिन था। यह ज़बर्दस्ती का एकांतवास अत्यंत कष्टप्रद था। राम का ध्यान किसी ओर आकर्षित नहीं हो रहा था। उन्हें केवल सीता की नियति की चिंता सता रही थी। राम ने जब ओजहीन चंद्रमा को पर्वत के ऊपर उदित होते देखा तो उनसे अपना दुख सँभाला नहीं गया और वे छोटे बच्चे की भांति बिलखने लगे। लक्ष्मण ने उन्हें भरसक दिलासा देने की कोशिश की।

"भैया," लक्ष्मण बोले, "आपने मुझे कई बार यह कहा है कि जो व्यक्ति अपना मानसिक संतुलन खो देता है, वह जीवन में कुछ प्राप्त नहीं कर पाता। हमें केवल थोड़े समय रुकना है। वर्षा ऋतु के समाप्त होते ही हम लोग सीता को खोजने निकल पड़ेंगे तथा

उस राक्षस को मारकर उन्हें मुक्त करवा लेंगे। इसलिए आप दुखी मत होइए।"

लक्ष्मण के मधुर वचन सुनकर राम को अच्छा लगा। "भाई, मैं जानता हूँ कि तुम्हारे मन में मेरे लिए असीम प्रेम है और तुम बहुत ज्ञान की बात कह रहे हो। मैं जानता हूँ कि दुख से व्यक्ति दुर्बल हो जाता है और इससे बाहर निकलने की चेष्टा करूँगा। अपनी प्रिय पत्नी का विचार मन में आते ही, मैं अधीर हो जाता हूँ, किंतु मैं पूरा प्रयास करूँगा।"

लक्ष्मण ने स्वीकार किया कि इस प्रकार की आरोपित निष्क्रियता से उन्हें भी बहुत परेशानी होती है। उन दोनों ने किसी तरह अपनी अधीरता पर संयम पाया। आख़िरकार, चार महीने की अवधि समाप्त होने को थी तथा आकाश फिर से साफ़ हो गया।

हनुमान सदैव अपने कर्तव्य के प्रति सजग रहते थे और जैसे ही निर्धारित अवधि समाप्त हुई, उन्होंने सुग्रीव के पास जाकर उसे राम को दिया वचन याद दिलाया। परंतु, अनेक वर्ष के निष्कासन के बाद सुग्रीव अपने नए जीवन की विलासिता में डूबा हुआ था। बहुत लंबे समय तक अच्छे भोजन एवं स्त्रियों से वंचित होने के कारण उसे इनके अतिरिक्त कुछ नहीं सूझता था। उसने राज्य का समस्त कार्य अपने मंत्रियों के सुपुर्द कर दिया तथा स्वयं अपना समय रनिवास में स्त्रियों एवं मदिरा के साथ बिताने लगा। तारा ने, दार्शनिक स्त्री होने के नाते, अपने पति की मृत्यु का दुख मदिरा में डुबो दिया तथा उसने सुग्रीव द्वारा प्रदत्त सुविधाओं एवं सुरक्षा का पूरा उपभोग किया। वानर जाति, नैतिकता के लिए विख्यात नहीं है।

हनुमान सुग्रीव के पास गए और और उसका कर्तव्य याद दिलाया। "स्वामी, राम ने आपको आपकी पत्नी और राज्य वापस दिलवा दिया है। क्या आप भूल गए हैं कि आपका भी राम के प्रति कुछ कर्तव्य है? समय आ गया है कि आप अपना ऋण चुकाएँ। कृपया अपनी अन्य अभिरुचियों को छोड़कर अपने कार्य पर ध्यान दीजिए। राम इतने सदाचारी हैं कि वे आपको आपका कर्तव्य याद नहीं दिलाएँगे, इसलिए आपको स्वयं ही सारे प्रबंध करने हैं और उन्हें इसकी सूचना देनी है। राम का क्रोध मत जगाइए। यदि ऐसा हुआ तो आपको कोई नहीं बचा सकेगा।"

सुग्रीव अपनी मदहोशी से बाहर निकला और उसने अपने सेनापति नील को समस्त वानर सेना को किष्किंधा में एकत्र करने का आदेश दिया। वह बोला, "पूरी सेना को आज से पंद्रह दिन में यहाँ उपस्थित होने के लिए कहो।" इतना कहकर, सुग्रीव फिर से रनिवास की विलासिता में डूब गया।

वर्षा ऋतु समाप्त हो चुकी थी। शरद पूर्णिमा का चंद्रमा आकाश में सुनहरे वृत्त की भांति झूल रहा था जिसे देखकर राम को अपनी सीता की याद सताने लगी। वे हताशा से भर उठे।

लक्ष्मण जब फल लेकर लौटे तो उन्होंने अपने भाई को असहाय अवस्था में देखा। वे सुग्रीव को उसकी निष्क्रियता के लिए बुरा-भला बोलने लगे। "प्रिय भैया, इस तरह शोकाकुल होना आपको शोभा नहीं देता। दुख में यूँ डूबकर अपनी ऊर्जा को व्यर्थ मत कीजिए। मुझे विश्वास है कि सुग्रीव ने सीता की खोज आरंभ कर दी होगी। सीता को कुछ नहीं होगा।

वे ज्वाला की भांति हैं और जो भी उन्हें स्पर्श करने का प्रयास करेगा, उसे वे जलाकर भस्म कर देंगी।"

राम ने लक्ष्मण की बात से सहमति जताते हुए कहा, "वत्स, ज्ञान से भरे तुम्हारे वचन मुझे सदा ही दिलासा देते हैं। मुझे खेद है कि मैं फिर से दुखी हो गया किंतु इस ऋतु का सौंदर्य मेरे मन में अपनी पत्नी के लिए मार्मिक विचार उत्पन्न कर रहा है। मेरा हृदय सीता से मिलने को व्याकुल है। वह मेरी तरह भी विरह की पीड़ा भोग रही होगी। उसे सारस पक्षियों की पुकार सुनना और उनकी नक़ल करना बहुत पसंद था। यहाँ के पुष्प कितने भी सुंदर हों, किंतु सीता की अनुपस्थिति में मेरे लिए इनका कोई महत्त्व नहीं है। यह अत्याचार कब तक चलेगा? ये चार महीने मुझे चार वर्ष के समान लग रहे हैं। सुग्रीव ने अभी तक किसी को भेजा नहीं है। मुझे लगता है कि वह अपना वचन भूल गया है। ऐसा प्रतीत होता है कि विलासिता में लिप्त, वह वानरों का राजा हमें बिलकुल भूल चुका है। लक्ष्मण, तुम वहाँ जाओ और उससे पूछो कि क्या वह मेरे धनुष की टंकार सुनना चाहता है। उसे बालि के वध की तथा हमें दिए हुए वचन की याद दिलाओ। वर्षा थम चुकी है और वह अब तक आमोद-प्रमोद के स्वप्न से नहीं जागा है। समय बीत रहा है और मैं बहुत देर प्रतीक्षा कर चुका हूँ। हे लक्ष्मण, शीघ्र जाओ! उसे कहना कि अपना वचन निभाए अन्यथा मेरे बाणों का सामना करने के लिए तैयार रहे।"

लक्ष्मण स्वभाव से शांत व्यक्ति नहीं थे। वे चार माह से गुफा तक सीमित थे किंतु इससे उनका स्वभाव बेहतर नहीं हुआ था। अपने भाई की व्याकुलता देखकर उनका ख़ून खौलने लगा। उन्होंने अपना तरकश कंधे पर बाँधा और धनुष उठाकर बोले, "भैया, सुग्रीव राजा बनने का अधिकारी नहीं है। सत्ता के नशे में वह सदाचार के नियम भूल गया है। मैं अभी उसे यमलोक पहुँचा देता हूँ और अंगद से कहूँगा कि वह सीता को खोजने का कार्य आगे बढ़ाए।"

अपने भाई की प्रतिक्रिया देखकर राम का क्रोध शांत हो गया और उन्होंने लक्ष्मण से कहा कि वे क्रोध में कही अपनी बात को न दोहराएँ तथा मैत्रीपूर्ण व्यवहार से काम लें।

लक्ष्मण दृढ़ क़दमों से किष्किंधा की ओर चल पड़े। उनकी क्रुद्ध चाल से पृथ्वी काँपने लगी। नगर में प्रवेश का मार्ग एक गुफा से होकर गुज़रता था जहाँ वानर पहरा देते थे ताकि कोई व्यक्ति बिना अनुमति भीतर प्रवेश न कर सके। लक्ष्मण को देखकर वानरों ने उन्हें रोकने के लिए वृक्ष उठा लिए। इस पर लक्ष्मण का क्रोध दुगुना हो गया, जिसे देखकर सारे वानर भयभीत होकर इधर-उधर भागने लगे। वे दौड़कर सुग्रीव को लक्ष्मण की हिंसक मनोदशा के बारे में बताने गए। सुग्रीव पूरी तरह मदोन्मत्त स्थिति में अपने भाई की पत्नी की बाँहों में पड़ा हुआ था। वानर दौड़ते हुए अंगद के पास गए। अंगद तत्काल द्वार पर गया और उसने लक्ष्मण को शांत करने का प्रयास किया। लक्ष्मण ने अंगद को तत्काल अपने चाचा को बुलाने का आदेश दिया। उन्हें संगीत की मीठे तंत्रियाँ और आमोद-प्रमोद के स्वर सुनाई दे रहे थे और जब ऐसे में लक्ष्मण को अपने भाई द्वारा बिताए गए कष्टपूर्ण चार महीनों का ध्यान आया तो उनका गुस्सा अनियंत्रित हो गया। अंगद घबराकर अपने चाचा के पास भागा और उसे तथा अपनी माता को लक्ष्मण के आगमन का समाचार

दिया। सुग्रीव को समझ नहीं आ रहा था कि क्या हो रहा है। वास्तव में वह तो खड़ा भी नहीं हो पा रहा था। हनुमान फिर से सुग्रीव के पास आए और उसे बाहर निकलकर लक्ष्मण को शांत करने को कहा।

"वे मुझसे अप्रसन्न क्यों हैं? मैंने क्या अपराध किया है?" प्रमत्त सुग्रीव ने दबी आवाज़ में पूछा।

हनुमान ने सुग्रीव को कहा, "राम आपसे सचमुच अप्रसन्न नहीं हैं। आपको यह स्वीकार करना चाहिए कि आपने बहुत समय नष्ट होने दिया है। अपने भोग-विलास में आपको ऋतुओं का भान नहीं रहा। राम अपनी पत्नी की खोज में निकलने के लिए दिन गिन रहे हैं। मन और हृदय से दुखी होकर उन्होंने लक्ष्मण को आपके पास भेजा है। कृपया लक्ष्मण से मिलकर उनसे स्नेहपूर्वक बात कीजिए।"

सुग्रीव का लक्ष्मण के सामने जाकर उनसे बात करने का साहस नहीं हुआ। उसने तारा से उन्हें शांत करने की प्रार्थना की क्योंकि उसे पता था कि लक्ष्मण स्त्री पर क्रोध नहीं करेंगे। तारा भी मदोन्मत्त थी। उसकी चाल अस्थिर तथा केश एवं वस्त्र अस्त-व्यस्त थे। लक्ष्मण ने तारा की अवस्था भाँपकर अपनी दृष्टि हटा ली।

तारा लक्ष्मण के निकट आई और कामुक ढंग से बोली, "राजकुमार, आप इतने क्रुद्ध क्यों हैं? आपके क्रोध को भड़काने की मूर्खता किसने की है?"

लक्ष्मण ने उत्तर दिया, "ऐसा लगता है तुम्हारे पति धर्म के सब सिद्धांत भूल गए हैं। कामुकता में डूबकर उन्हें यह भी याद नहीं है कि उन्होंने मेरे भाई को कोई वचन दिया था। यदि तुम अपने पति का हित चाहती हो तो उसे जाकर कहो इस कामुकता से बाहर निकले और राम की सहायता करे। कृतघ्नता श्रेष्ठ पुरुषों का भी नाश कर देती है। हमने जिसे मित्र समझा, उसी ने हमारे साथ विश्वासघात किया है।"

तारा ने मधुर व मीठे शब्दों में उत्तर दिया, "राजकुमार, आप कृपया सुग्रीव पर क्रोधित न हों। आप तो जानते हैं कि काम अत्यंत शक्तिशाली भाव है। ऋषि-मुनि भी इससे बच नहीं पाते तो मैं एक वानर के संदर्भ में क्या कहूँ जो स्वभाव से चंचल है और जिसे वर्षों तक इस सुख से वंचित रखा गया है? कृपया सुग्रीव को उसकी दुर्बलता के कारण उत्पन्न उपेक्षा के लिए क्षमा कर दीजिए। वह सेना को संगठित होने का आदेश पहले ही दे चुका है और शीघ्र ही देशभर से हज़ारों वानर सीता की खोज पर निकलने के उद्देश्य से यहाँ एकत्र होने वाले हैं। कृपया भीतर आइए और सुग्रीव से भेंट कीजिए।"

यह कहकर, तारा लक्ष्मण को भीतरी कक्ष में ले गई। सुग्रीव चुपचाप हाथ जोड़कर खड़ा रहा और लक्ष्मण उसे फटकारते रहे। तारा ने फिर से हस्तक्षेप करना चाहा और अपने पति का पक्ष लिया।

"हे राजकुमार, राम के लिए सुग्रीव मुझे और अपनी पत्नी रूमा को भी त्याग सकते हैं। ये पूरी तरह राम के प्रति समर्पित हैं। इनकी सेना किसी भी क्षण यहाँ पहुँच जाएगी। कृपया शांत हो जाइए और विश्वास कीजिए कि सब कुछ आपकी इच्छानुसार होगा।"

इस आश्वासन से लक्ष्मण का क्रोध थोड़ा शांत हो गया। सुग्रीव ने जब देखा कि

लक्ष्मण थोड़ा शांत हो गए हैं तो उसने भी लक्ष्मण से क्षमा माँगी। दोनों राम से भेंट करने गए और उन्हें भरोसा दिया कि सीता को खोजने की तैयारी आरंभ हो चुकी है।

सुग्रीव ने राम को प्रणाम करते हुए कहा, "आप मेरे लिए ईश्वर के समान हैं। आपने जो कुछ मेरे लिए किया है, उसे मैं कैसे भूल सकता हूँ? कृपया आप मुझे कृतघ्न न समझें। शीघ्र ही यह पहाड़ी ढलान वानरों से भर जाएगी। मैं उन्हें सीता का पता लगाने के लिए संसार भर में भेजूँगा। विश्वास कीजिए कि शीघ्र ही सीता आपको वापस मिल जाएँगी।"

सुग्रीव ने जैसा कहा था, दस दिन के भीतर पूरी पर्वत ढलान वानरों से भर गई। सिंह-पुच्छ वाले, काले मुँह के, लाल पुट्ठे वाले, सफ़ेद और सुनहरे बालों वाले लाखों वानर, हिमालय से लेकर दक्षिणी सागर तक, देश के सभी भागों से वहाँ पहुँच गए थे। संसार के समस्त वानर सुग्रीव के बुलावे पर आए थे और फिर वे अपने राजा के चारों ओर एकत्र होकर उसकी आज्ञा की प्रतीक्षा करने लगे। उनके साथ जांबवंत नाम के एक वृद्ध काले भालू के नेतृत्व में भालुओं की सेना भी मौजूद थी। जांबवंत अपनी बुद्धिमत्ता के लिए प्रसिद्ध था और सभी वानर तक उसका सम्मान करते थे।

सुग्रीव ने अपने सेनापति विनत को बुलाया और उससे कहा कि वह पूर्व दिशा के जंगलों, पर्वतों तथा गुफाओं में सीता का पता लगाए तथा एक माह के भीतर वापस लौटे अन्यथा उसे मार दिया जाएगा। एक दल को पश्चिम दिशा में और एक को उत्तर दिशा में भेजा गया। सुग्रीव ने हनुमान से कहा, "आप असाधारण हैं। आप एक दल लेकर दक्षिण दिशा की ओर जाइए। मुझे विश्वास है कि आप अवश्य सीता को खोज लेंगे।"

राम को यह जानकर प्रसन्नता हुई कि हनुमान को दक्षिण में भेजा जा रहा था। राम ने अपनी इक्ष्वाकु वंश वाली चिह्नित अँगूठी उतारी और उसे हनुमान को दिया ताकि वे सीता से मिलने पर उन्हें इस बात का भरोसा दे सकें कि वे सचमुच राम के दूत हैं। राम ने हनुमान को अंत में कहा, "हनुमान, ध्यान रहे कि मैं पूरी तरह तुमपर निर्भर हूँ। सीता को खोजने का हर संभव प्रयास करना। मुझे पता है कि तुम इस कार्य में सफल होओगे।"

उत्तर, पूर्व एवं पश्चिमी दिशा में भेजे गए सभी वानर एक माह की नियत अवधि के भीतर लौट आए और दुखी होकर बताया कि उन्हें सीता का कुछ पता नहीं लगा। सुग्रीव ने राम से कहा कि सीता अवश्य दक्षिण दिशा में ही होंगी क्योंकि उसने उन्हें उसी दिशा में जाते देखा था। उसने राम को यह आश्वासन भी दिया कि यदि कोई उस असंभव कार्य को कर सकता है तो वे पवनपुत्र हनुमान हैं।

हनुमान के दल ने दक्षिण दिशा के सभी वनों और गुफाओं में खोज की। उनकी निर्धारित समयावधि समाप्त होने को थी और वे आशा छोड़ने लगे थे। इसके साथ, उन्हें कई दिनों से भोजन और पानी भी नहीं मिला था। सहसा उन्हें एक गुफा नज़र आई जिसके द्वार पर बहुत-से पक्षी उड़ रहे थे। उन्होंने वहाँ जाने का निश्चय किया। हनुमान आगे चले और उनकी पूँछ पकड़कर पीछे-पीछे अंगद भी चल पड़ा। उनके पीछे शेष वानर भी आगे वाले की पूँछ पकड़कर चलने लगे। तभी वे गुफा की ढलान से फिसलते हुए नीचे एक उद्यान में आ गिरे जो स्वर्ग के समान सुंदर था। वहाँ उन्होंने अनेक सुंदर महल और रत्नों से चमकते सरोवर देखे। अंत में उन्हें एक तपस्विनी दिखाई दी। उन्होंने उससे उस स्थान

के विषय में पूछा। उसने बताया कि इस स्थान को असुरों के शिल्पी मय दानव ने बनाया था। वह घोर मायावी था और तपस्विनी ने कहा कि वहाँ दिखाई देने वाला सारा दृश्य भी मायाजाल है। वह उस स्थान की सुरक्षा करती थी और उसका नाम स्वयंप्रभा था। वह उन सभी के विषय में जानना चाहती थी किंतु उसने उन्हें पहले फल और शहद का शानदार भोजन करवाया। इसके बाद हनुमान ने सीता की खोज की कथा उसे सुनाई और गुफा से बाहर जाने का मार्ग पूछा। उसने बताया कि सामान्य तौर पर जो उस गुफा में प्रवेश कर जाता है, वह बिना सहायता के बाहर नहीं निकल सकता, इसलिए उसने अपनी यौगिक शक्तियों से उन सबको गुफा से बाहर पहुँचा दिया। स्वयंप्रभा ने एक ओर सागर तथा दूसरी ओर मलय पर्वत दिखाया और उन्हें अपना मार्ग चुनने को कहा।

वानर समुद्र-तट पर हताश खड़े सागर के प्रताप को निहारने लगे। निर्धारित समय भी पूरा हो गया क्योंकि उन्होंने बहुत दिन उस सुंदर उद्यान में बिता दिए थे। उनमें ख़ाली हाथ वापस लौटने का साहस नहीं था क्योंकि वे सब राजा सुग्रीव के क्रोध से डरते थे। अंगद ने सभी वानरों की बैठक बुलाई और कहा, "हमें दिया गया समय समाप्त हो चुका है और अब हमें वापस नहीं लौटना चाहिए क्योंकि हमें मार दिया जाएगा। बेहतर होगा कि हम लोग यहीं सागर-तट पर भूखा रहकर अपने प्राण त्याग दें। महाराज के मन में मेरे लिए प्रेम नहीं है और वे मुझे बहुत बुरा दंड देंगे। मेरे लिए उनका क्रोध सहने से बेहतर होगा कि मैं इसी तट पर प्राण छोड़ दूँ।"

सभी वानरों ने कहा कि वे लोग अपने प्राण गँवाने के बजाय गुफा में लौटकर आराम से रहना अधिक पसंद करेंगे। यह सुनकर अंगद दुविधा में पड़ गया। तब हनुमान मध्यस्थता के लिए आगे आए। उनकी न तो गुफा में सुख-सुविधा से जीवन बिताने की इच्छा थी और न ही वे भूखा रहकर प्राण त्यागना चाहते थे।

"हम वापस चलते हैं और सुग्रीव से क्षमा माँगेंगे," हनुमान बोले, "यही करना सम्मानजनक होगा।"

अंगद को अपने चाचा से बहुत डर लगता था और वह इस बात से आश्वस्त नहीं था। उसने सागर तट पर अपने प्राण देने का निश्चय कर लिया। जो वानर उसके साथ थे, वे ऐसा कर सकते थे और शेष के पास लौट जाने का विकल्प मौजूद था। यह कहकर, अंगद गर्म रेत पर लेट गया और मरने के लिए तैयार हो गया। शेष वानरों ने भी ऐसा ही किया।

रघुकुल प्रिय की जय हो,
जिनकी दाईं ओर लक्ष्मण खड़े हैं,
और बाईं ओर जनक की पुत्री हैं,
तथा सामने हनुमान बैठे हैं।

हरि ॐ तत सत

ॐ

ॐ

श्यामांगाय नमः!

अध्याय 4

गिद्ध का सुझाव

यत्र, यत्र रघुनन्द कीर्तनम्!
तत्र, तत्र कृतमस्तकंजलीम,
बश्पवारिपरिपूर्ण लोचनम्!
मरुतिं नमति राक्षसन्तकम्!

जहाँ भी राम का नाम जपा जाता है,
वहाँ अश्रुपूरित नेत्रों तथा अवनत मस्तक के साथ
असुरों का नाश करने वाले हनुमान रहते हैं।

वहीं एक निकटस्थ गुफा में संपाती नाम का एक बूढ़ा गिद्ध रहता था जो जटायु का भाई था। उसने बहुत दिनों से भोजन नहीं किया था क्योंकि वह शिकार पकड़ने के लिए बहुत बूढ़ा हो चुका था। वानरों का शोर सुनकर वह गुफा से बाहर आया और उसने उनको सागर तट पर मृत्यु की प्रतीक्षा में लेटे हुए देखा।

"आज भाग्य सचमुच मेरे साथ है। मैंने बहुत दिनों से कुछ खाया नहीं है और यहाँ अनेक स्वादिष्ट वानर लेटे हुए हैं जो मेरा भोजन बनने की प्रतीक्षा कर रहे हैं!" यह बोलकर, वह गिद्ध उछलता हुआ वानरों के पास आ गया क्योंकि उसके पंख नहीं थे। वानरों ने उसे ऐसा कहते सुना तो वे सब भयभीत हो गए। वे जीवित हालत में गिद्ध का भोजन नहीं बनना चाहते थे हालांकि वे मरने के लिए ही बैठे थे।

अंगद अपने दुर्भाग्य पर दुखी होने लगा। उसने हनुमान से कहा, "हमारे भाग्य को देखो। यह पक्षी साक्षात यमराज प्रतीत होता है और यह मारने आ रहा है। कहते हैं, सभी पशु एवं पक्षी राम से प्रेम करते हैं। यहाँ तक कि वह बूढ़ा गिद्ध जटायु भी राम के लिए अपने प्राण देने को तत्पर था।"

संपाती ने ज्यों ही अपने भाई जटायु का नाम सुना तो वह बोला, "तुम कौन हो? तुम जटायु के विषय में क्या जानते हो? उसकी मृत्यु कैसे हुई? मुझे पूरी बात बताओ।"

आरंभ में वानरों को संदेह हुआ लेकिन बाद में उन्होंने संपाती को सारी कथा सुना दी। अपने भाई की मृत्यु के विषय में सुनकर संपाती का आँखें भर आईं और वह बुरी तरह रोने लगा। अंगद ने पूछा कि वह जटायु को कैसे जानता है।

संपाती ने कहा, "जटायु मेरा छोटा भाई था। हम दोनों जब युवा थे तो हमारी बीच ऊँचा उड़ने की प्रतियोगिता हुई और हम उड़ते हुए सूर्य के निकट पहुँच गए। वहाँ बहुत तेज़ गर्मी थी तो मैंने अपने पंखों से जटायु को ढँक लिया जिसके कारण वह तो बच गया किंतु मेरे पंख जल गए और मैं यहाँ आ गिरा। उसके बाद, मैंने जटायु को कभी नहीं देखा।"

इसके बाद अंगद ने संपाती को राम की कथा सुनाई और अपने वहाँ आने का कारण बताया और संपाती से रावण के बारे में पूछा।

संपाती बोला, "मैंने उस राक्षस को सीता को ले जाते देखा था। उसने सीता को कसकर पकड़ा हुआ था जबकि वे उसकी पकड़ से छूटने का प्रयास कर रही थीं। वे रोते हुए राम और लक्ष्मण को पुकार रही थीं। मैं तुम्हें बताता हूँ कि रावण कहाँ रहता है।"

यह सुनकर वानरों के मन में आशा की किरण चमक उठी और वे सब उस बूढ़े गिद्ध के चारों ओर एकत्र होकर उससे पूरी बात बताने की प्रार्थना करने लगे।

संपाती ने कहा, "रावण, विश्रवा का पुत्र है और लंका नगरी उसकी राजधानी है। वह एक द्वीप पर स्थित है और सीता को वहीं बंदी बनाकर रखा गया है। मैं अपनी पैनी गिद्ध दृष्टि से लंका को देख सकता हूँ। यदि तुम में से कोई समुद्र पार कर सकता है, तो मेरी तरह तुम भी सीता को देख सकते हो।" उसने जैसे ही यह बात कही, एक चमत्कार हुआ तथा उस बूढ़े गिद्ध के नए पंख उग आए। उसे यह वरदान मिला था कि वह जैसे ही राम की कथा का श्रवण करेगा, उसके नए पंख निकल आएँगे। संपाती युवा पक्षी की भांति आकाश में उड़ गया।

सभी वानर तट पर एकत्रित हो गए और समुद्र पार करने की योजना पर विचार करने लगे। वे बहुत असहाय महसूस कर रहे थे किंतु फिर अंगद ने उन्हें प्रोत्साहित किया और सबसे पूछा कि उनमें से कौन इतनी लंबी छलांग लगाकर समुद्र पार कर सकता है। वानर-दल उत्साहित हो गया। किसी ने दस मील कहा, किसी ने बीस मील, किसी ने तीस मील, इत्यादि। अंगद ने कहा कि वह स्वयं छलांग लगाकर समुद्र पार कर लेगा किंतु वह वापस नहीं आ सकता।

इस पर बूढ़ा भालू जांबवंत, जो उस दल में शामिल था, हनुमान के पास गया। हनुमान अलग बैठे विचारों में खोए हुए थे।

"हनुमान," वह बोला, "तुम इस तरह विचारों में क्यों खोए हुए हो? क्या तुम्हें नहीं पता कि तुम पवनपुत्र हो और सामर्थ्य में तुम राम या लक्ष्मण या सुग्रीव के बराबर हो?" तब जांबवंत ने हनुमान को उनकी कथा सुनाई।

"एक अप्सरा थी, जिसका नाम पुंचिकस्थला था। उसे पृथ्वी पर वानरों के राजा की पुत्री के रूप में जन्म लेने का शाप मिला था। उस जन्म में उसका नाम अंजना था और वह अपने सौंदर्य के लिए प्रसिद्ध थी। उसका विवाह केसरी नामक वानर से हुआ और वह

स्वेच्छा से मानव रूप धारण कर सकती थी। एक बार वह मानव रूप में किष्किंधा के पास पहाड़ियों में घूम रही थी। तभी उसे पवनदेव ने देख लिया। पवनदेव को वह सुंदर कन्या बहुत अच्छी लगी और उन्हें उससे प्रेम हो गया। एक झोंके में उन्होंने उस अंजना के वस्त्र उड़ा दिए और उसके अंगों पर मोहित होकर उन्होंने पहाड़ी पर उसके साथ दुष्कर्म किया।"

"अंजना ने जब विरोध किया तो पवनदेव बोले, 'हे सुंदरी, घबराओ मत! तुम एक अत्यंत तेजस्वी जीव को जन्म दोगी। वह मेरे समान शक्तिशाली होगा तथा उसमें असाधारण साहस, बल, ऊर्जा एवं बुद्धि होगी।' यह सुनकर अंजना संतुष्ट हो गई। उसने उसी दिन एक सुंदर वानर, यानि तुम्हें जन्म दिया। तुम्हारे श्वेत बाल, लाल मुँह तथा कपिल वर्ण की सुनहरी आँखें थीं। चूंकि तुम्हारी माता किसी अन्य वानर की पत्नी थी, तो वह तुम्हें एक गुफा में छोड़कर किष्किंधा लौट आई।

"अगले दिन सुबह तुम्हें तेज़ भूख लगी थी। जब सूर्योदय हुआ तो तुम्हें लगा कि वह कोई सुनहरा आम है और तुमने उसे पकड़ने के लिए आकाश में छलांग लगा दी। तुम्हारे पिता वायुदेव ने तुम्हें जलने से बचाने की कोशिश की। वह सूर्य ग्रहण का समय था तो राहु नाम का ग्रह सूर्य को ग्रसने आ रहा था। उसे देखकर तुमने राहु को पकड़ना चाहा। राहु ने तुम्हारी शिकायत इंद्र से कर दी। तब इंद्र तुमसे निबटने अपने हाथी पर बैठकर आया। एक छोटे-से वानर को यह सब करते देख, इंद्र ने तुम्हारे ऊपर अपने वज्र से प्रहार किया, जिससे आहत होकर तुम नीचे गिर पड़े और तुम्हारी ठुड्डी (हनु) पर चोट लगी। तभी से तुम्हारा नाम हनुमान पड़ गया। तुम्हारे पिता वायुदेव, बहुत क्रोधित हुए और उन्होंने संसार में बहना बंद कर दिया। तब ब्रह्मा ने उन्हें शांत किया और तुम्हें वरदान दिया कि तुम युद्ध में सदा अजेय रहोगे। इंद्र को भी अपने किए पर पछतावा हुआ और उन्होंने भी तुम्हें इच्छा-मृत्यु का वरदान दिया। उसके बाद तुम्हारे पिता तुम्हें भगवान शिव के निवास, कैलाश पर्वत पर ले गए। शिव ने तुम्हें अनेक चीज़ें सिखाईं जिसमें से एक इच्छानुसार रूप बदलना था। शिव के बैल नंदी ने तुम्हें कलाएँ सिखाईं जिनके कारण तुम निपुण विद्वान और वेदों के ज्ञाता बन गए। उन्होंने साथ ही, तुम्हें विनयशील भी बनाया ताकि किसी के याद दिलाए बिना तुम्हें अपनी शक्तियों का आभास न हो। इसके सुग्रीव की प्रार्थना पर तुम किष्किंधा आए और तुमने उससे मित्रता की। हम लोग हताश हो चुके हैं और अब केवल तुम ही हमारी रक्षा कर सकते हो। अपनी शक्ति को पहचानो और रावण की नगरी तक छलांग लगाकर हमें इस संकट से बचाओ।"

जांबवंत के ये वचन सुनकर हनुमान को सहसा अपनी शक्तियों का आभास हो गया और उन्होंने अपना आकार बढ़ाना आरंभ कर दिया। शीघ्र ही वे इतने विशाल हो गए कि उनका सिर आकाश को छूता हुआ प्रतीत होने लगा। अन्य वानर इस चमत्कार को देखकर हैरान रह गए।

अपना आकर बढ़ाकर, हनुमान ने कहा, "वायु अत्यंत शक्तिशाली है। वह सर्वत्र विद्यमान है। मैं उसी वायु का पुत्र हूँ और मेरे लिए कोई कार्य असंभव नहीं है। मैं कुछ ही क्षणों में समुद्र पार करके राम की पत्नी से मिलूँगा और यदि संभव हुआ तो उन्हें वापस ले आऊँगा।"

हनुमान इसी उल्लास में एक शिखर से दूसरे पर कूदने लगे और उन्होंने पैरों से पर्वतों को कंकर की भांति मसल दिया। वानरों के मुँह आश्चर्य से खुले रह गए। फिर हनुमान ने एक शिखर पर चढ़कर राम का ध्यान किया और स्तब्ध वानरों के समक्ष समुद्र पार करने के लिए छलांग लगाने को तैयार हो गए।

राम पूछते हैं :

"ईश्वर की प्राप्ति कैसे होती है?"

वशिष्ठ उत्तर देते हैं :

"ईश्वर को इस ब्रह्मांड की असत्यता में स्वयं को स्थापित करके ही पाया जा सकता है।

यह संसार आकाश की नीलेपन की तरह मिथ्या है। द्वैतवाद एकात्मकता को उसी तरह मानकर चलता है, जैसे अद्वैतवाद स्वयं द्वैतवाद की ओर संकेत करता है।

सृष्टि को असत्य मानकर ही ईश्वर को प्राप्त किया जा सकता है।"

हरि ॐ तत सत

ॐ

ॐ

सुंदराय नमः!

खण्ड 5

सुंदर कांड

ॐ

जगद्गुरुवे नमः!

अध्याय 1

लंका तक छलांग

मनो जावं मारुत तुल्य वेगम्!
जितेन्द्रियं बुद्धिमतं वरिष्ठम्
वातात्मजं वानरयुधमुख्यम्
श्री राम दूतं शिरसा नमामि।

मैं श्रीराम के दूत को प्रणाम करता हूँ
जो विचार से अधिक गतिवान
और वायु की भांति तेज़ हैं,
जिन्होंने इंद्रियों पर विजय प्राप्त कर ली है
और जो अत्यंत बुद्धिमान हैं,
जो वानरों में श्रेष्ठ तथा वायुदेव के पुत्र हैं।

हनुमान ने पर्वत शिखर पर खड़े होकर वहाँ के अधिष्ठाता देवताओं को प्रणाम किया। फिर वे "राम, राम, राम" का प्रतापी मंत्र जपने लगे और उन्होंने राम पर ध्यान केंद्रित कर लिया। उन्होंने अपने तन को झटका दिया और ज़ोर से गरजे। उन्होंने अपनी पूँछ को फणधारी सर्प की भांति घुमा लिया। अपने हाथ पथरीली सतह पर रखे और पैर मोड़ लिए। उन्होंने अपनी गर्दन आगे की, श्वास रोकी तथा अपना ध्यान राम पर लगाकर राम मंत्र का जाप करते हुए एक ज़ोरदार छलांग लगा दी। उन्हें सागर पार करके सीता को खोज लेने की अपनी क्षमता पर पूर्ण विश्वास था। उनकी छलांग के प्रभाव से कुछ वृक्ष उखड़ गए तथा कुछ उनके साथ घिसटते चले गए जिनमें से फिर फूल झरते हुए सागर की सतह पर बिखर गए। हनुमान गरजते हुए बादल की तरह हवा को चीरते आगे बढ़ रहे थे। जल के देवता वरुण उनकी सहायता करना चाहते थे, इसलिए वरुण ने मैनाक पर्वत को पानी से ऊपर उठकर हनुमान को विश्राम का स्थान देने करने को कहा। हनुमान ने मैनाक को ऊपर उठते देखा तो उन्हें लगा कि वह उनके मार्ग में बाधा बन रहा था तो उन्होंने उसे दूर धकेलना चाहा किंतु तब पर्वत ने स्त्री का रूप धारण कर लिया और हनुमान को कहा

कि उसे हनुमान को विश्राम-स्थल के रूप में भेजा गया है। हनुमान इस बात से प्रसन्न हुए किंतु उन्होंने वह सहायता का प्रस्ताव अस्वीकर कर दिया क्योंकि वे जल्दी में थे। देवतागण हनुमान की दृढ़ता की परीक्षा लेना चाहते थे। उन्होंने सर्पों की माता सुरसा को हनुमान का मार्ग रोकने को कहा। वह विशाल राक्षसी का रूप बनाकर आई और हनुमान को रोकने का प्रयास करने लगी।

वह बोली, "कोई मेरे मुँह के भीतर से निकले बिना यहाँ से नहीं जा सकता।" यह सुनकर हनुमान ने अपना आकार बढ़ाना आरंभ कर दिया तो सुरसा भी अपना मुँह उसी अनुपात में फैलाती गई। तब हनुमान ने सहसा अँगूठे के आकार का बनकर सुरसा के मुख में प्रवेश किया और तेज़ी से बाहर निकल आए।

"मैंने आपकी शर्त पूरी कर दी है। अब आप मुझे जाने दीजिए," हनुमान ने कहा।

सुरसा बहुत प्रसन्न हुई और उसने हनुमान को मार्ग दे दिया। उसके बाद, हनुमान को एक अन्य समुद्री राक्षस मिला जिसने उनकी परछाईं द्वारा उन्हें पकड़ना चाहा, किंतु हनुमान ने नीचे आकर उसे भी मार दिया और आगे बढ़ गए। शीघ्र ही उन्हें भूमि के संकेत दिखने लगे जिससे उनको लगा कि उनका गंतव्य आने वाला है।

उन्होंने सोचा कि यदि वे इतना विशाल आकार लेकर लंका में प्रवेश करेंगे तो सबका ध्यान उनकी ओर आकर्षित हो जाएगा। इसलिए उन्होंने अपना रूप छोटे-से वानर का बना लिया और एक ऊँचे स्थान पर खड़े होकर लंका का निरीक्षण करने लगे। उन्होंने पहाड़ी पर बनी उस सुंदर नगरी को देखा जो चारों ओर से खाई से घिरी हुई थी। वह इतनी अच्छी तरह सुरक्षित थी कि उसमें प्रवेश करना लगभग असंभव था। वहाँ के महल संध्या के प्रकाश में चमक रहे थे और पूरा पर्वत वृक्षों तथा फूलों वाली झाड़ियों से आच्छादित था। हनुमान ने देखा कि वह लंका की सड़कें अत्यंत साफ़ और सफ़ेद रंग की थीं जिनके दोनों ओर हरी शानदार घास उगी थी। पहाड़ी पर स्थित होने के कारण, कुछ बादलों से घिरी लंका हवा में झूलती हुई प्रतीत होती थी। हनुमान धीरे-धीरे चट्टानों पर कूदते हुए उत्तरी द्वार के पास आ गए, जिनपर भयानक राक्षसों का पहरा था। उन्होंने यह निष्कर्ष निकाला कि किसी सेना के लिए लंका में घुस पाना असंभव कार्य था। सबसे पहले तो प्रश्न यह था कि राम अपनी विशाल वानर सेना के साथ समुद्र कैसे पार करेंगे, जिस तरह हनुमान ने उसे पार किया था? यदि किसी तरह सागर पार कर लिया तो वे इस अभेद्य दुर्ग में प्रविष्ट कैसे होंगे? चौकसी पर खड़े प्रहरी सागर तट पर आए किसी भी व्यक्ति को तत्काल देख लेंगे। "यहाँ तक कि मेरे पिता, वायुदेव भी बिना अपना आभास दिए इस नगरी में प्रवेश नहीं कर सकते," हनुमान ने सोचा। इसके बाद हनुमान तत्काल सीता को खोजने चल पड़े क्योंकि उस समय वही उनका मुख्य कार्य था। उन्होंने अंधकार होने की प्रतीक्षा की और फिर अपना आकार थोड़ा और घटाकर बिल्ली जितना कर लिया। उन्होंने वहाँ सात और आठ-मंजिल वाले भवन देखे जिनके स्तंभ रत्नों और मूँगों से चमक रहे थे। दीवारों पर बहुमूल्य रत्न जड़े थे तथा चूल्हों से धूप जलने की सुगंध आ रही थी। वे रात्रि में चंद्रमा और तारों के निकलने की प्रतीक्षा करने लगे। वे इतने छोटे हो गए थे कि आसानी से द्वार की सलाखों के बीच से निकल सकते थे किंतु जब वे ऐसा करने लगे तो उन्हें द्वार

पर पहरा दे रही एक राक्षसी ने देख लिया।

"तुम कौन हो?" उसने पूछा, "तुम वानर जैसे लगते हो। यहाँ क्यों आए हो? सच कहो नहीं तो मैं तुम्हारे प्राण ले लूँगी। मेरी अनुमति के बिना लंका में कोई प्रवेश नहीं कर सकता।"

हनुमान ने विनम्रतापूर्वक कहा, "आप मुझे बताइए कि आप कौन हैं? आप ऐसी भयंकर मुद्रा में क्यों खड़ी हैं?"

राक्षसी ने गुस्से से उत्तर दिया, "मेरा नाम लंकिनी है और मैं यहाँ राजा की आज्ञा का पालन कराने के लिए तैनात हूँ। मुझे यह आदेश दिया गया है कि जो भी अकारण भीतर घुसने का प्रयास करे, उसे मार दिया जाए और इसलिए यदि तुमने मुझे यहाँ आने का अपना कारण नहीं बताया तो मैं तुम्हें मार डालूँगी।"

इस धमकी से बिना भयभीत हुए, हनुमान बोले, "देवी, मैंने लंका नगरी के सौंदर्य में बहुत सुना है और मैं वही देखने आया हूँ। मैं केवल लंका के प्रताप को देखना चाहता हूँ और फिर लौट जाऊँगा। मैं यहाँ रहने नहीं आया हूँ।"

हनुमान के मधुर वचनों से लंकिनी प्रभावित नहीं हुई और बोली, "तुम मूर्ख वानर हो। यदि तुम्हें भीतर जाना है तो पहले मुझसे लड़ना होगा।" यह कहकर लंकिनी ने हनुमान के मुँह पर मुक्का जमा दिया।

हनुमान ने बिना कुछ कहे अपने बाएँ हाथ से लंकिनी को मुक्का मारा। यद्यपि हनुमान ने अधिक शक्ति का प्रयोग नहीं किया, किंतु लंकिनी धड़ाम से नीचे गिर पड़ी। उसे बिल्ली-जितने उस छोटे वानर से मार खाने पर बहुत आश्चर्य हुआ।

लंकिनी ने कहा, "मुझे ब्रह्मा ने अजेय होने का वरदान दिया था। परंतु उन्होंने यह भी कहकर सावधान किया था कि एक वानर मुझे पराजित कर देगा। उन्होंने कहा था कि जब ऐसा होगा तो वह राक्षसों के अंत का पूर्वाभास होगा मुझे लगता है कि रावण का अंत समय निकट है। मेरे विचार से तुम सीता की खोज में यहाँ आए हो। तुम्हें भीतर जाने की अनुमति है और तुम जो करना चाहते हो, कर सकते हो।" यह कहकर, लंकिनी उस नगरी से सदा के लिए विदा हो गई।

नगर की मुख्य प्रहरी से बच निकलने के बाद, हनुमान ने जब शानदार लंका नगरी में प्रवेश किया तो वे स्तब्ध रह गए। उन्हें सब ओर केवल सौंदर्य दिखाई देता था। स्त्रियों के पाजेब की खनखनाहट से लेकर रेशमी एवं साटन वस्त्रों की सरसराहट तक सब तरफ़ संगीतमय माहौल था। हवा में चमेली और चंदन की सुगंध फैली थी तथा नगर के भवन चंद्रमा की धवलता में चमक रहे थे। सड़कों पर सेना गश्त लगा रही थी किंतु हनुमान के अत्यंत छोटे आकार के कारण कोई उन्हें देख नहीं सका। उन्होंने रावण का वह शानदार विमान भी देखा जो उसने अपने भाई कुबेर से छीन लिया था। उसका नाम पुष्पक था, क्योंकि वह विमान पुष्पों से निर्मित था। हनुमान ने अनेक ऐसी अद्भुत चीज़ें देखीं।

अंत में, हनुमान एक महल में पहुँचे जो अन्य सभी से अधिक शानदार था। "यह अवश्य रावण का महल होगा," उन्होंने सोचा। उसका द्वार पर अत्यंत सुंदर नक्काशी बनी

हुई थी और वह रत्नों एवं माणिक्यों से जड़ा हुआ था। हनुमान ने धीरे-से उसके अंदर प्रवेश किया। भीतर के कक्ष उनमें भरे स्वर्ण एवं आभूषणों से निकल रहे प्रकाश से चमचमा रहे थे। ऐसा लगता था मानो कुबेर की समस्त संपत्ति वहीं मौजूद थी। वहाँ आमोद-प्रमोद एवं रास-रंग का माहौल था। सैकड़ों कामुक स्त्रियाँ यहाँ-वहाँ अकेली बैठी दिखाई दे रही थीं। उनमें से कुछ अस्त-व्यस्त केश और बिखरे हुए आभूषणों के साथ कालीन पर लेटी हुई थीं, कुछ नृत्य कर रही थीं तथा कुछ खाने-पीने में व्यस्त थी। कुछ के मस्तक की लाल बिंदियाँ उनके प्रेमी के स्पर्श से फैल चुकी थीं, उनके कमरबंद ढीले पड़े थे, वस्त्र कुचले हुए थे और मालाएँ रौंद दी गईं थीं। उनके भारी वक्ष के बीच लटके मोती चाँदनी में चमक रहे थे और उनके कानों में सोने की बालियाँ झूल रही थीं। कुछ स्त्रियाँ अपने मदोन्मत्त प्रेमियों को दुलार रही थीं तो कुछ उनके स्वेद-युक्त तन पर चंदन का लेप लगा रही थीं। कुछ स्त्रियाँ नग्नावस्था में थीं, तो कुछ अपने प्रेमियों का चुंबन से स्वागत करने को आतुर थीं। कुछ नेक स्त्रियाँ अपने पतियों की बाँहों में छिपी बैठी थीं। वे सब अत्यंत सुंदर, सुरुचिपूर्ण ढंग से कपड़े पहने हुए तथा पुष्पों से महक रही थीं। उनकी बड़ी-बड़ी आँखें, लंबी बरौनियाँ तथा तिरछी नज़रें निश्चित रूप से पुरुषों को लुभाने में सक्षम थीं। रावण ने संसार-भर की सबसे सुंदर और आकर्षक स्त्रियों का अपहरण करके लंका में रखा हुआ था। उसने अपने विमान में बैठकर तीनों लोकों को नाप लिया था और वहाँ से नागों, गंधर्वों, दैत्यों, दानवों और ऋषियों की कुँवारी कन्याओं का अपहरण कर लिया था। उसे उन कन्याओं और उनके माता-पिता से अनेक बार शाप भी दिए जा चुके थे। सबने अपहरण के समय रावण का विरोध किया, विलाप किया और आत्महत्या करने की धमकियाँ दीं परंतु अंत में वे सब रावण के आकर्षण का शिकार हो गईं क्योंकि प्रेम-क्रीड़ा में रावण की दक्षता जग-प्रसिद्ध थी। उन सब आकर्षक सुंदरियों को देखकर हनुमान के मन में रावण के लिए दुख उत्पन्न हो रहा था। रावण, इतनी स्त्रियों से संतुष्ट न होकर, सीता का अपहरण करके जान-बूझकर अपनी मृत्यु को आमंत्रित कर रहा था। उनमें से अधिकतर स्त्रियाँ मदिरा के प्रभाव में थीं। हनुमान ने उन सब स्त्रियों को देखकर यह निष्कर्ष निकाला कि उनमें से कोई भी कामुक स्त्री, चाहे कितनी भी सुंदर हो, सीता नहीं हो सकती थी। हनुमान ने राम द्वारा दिए गए वर्णन के आधार पर सीता का एक चित्र अपने मन में बना लिया था और उन्हें पूर्ण विश्वास था कि उनमें से कोई स्त्री उस वर्णन के अनुकूल नहीं थी।

सहसा, हनुमान ने एक शानदार मंच पर स्फटिक, हस्तिदंत, चंदन और स्वर्ण से बना एक दीवान देखा। वह अविश्वसनीय रूप से सुंदर था। हनुमान कुछ क्षण उसकी मन में प्रशंसा करते रहे। उसके ऊपर श्वेत शाही छत्र लगा हुआ था। उसके निकट पहुँचकर हनुमान ने देखा कि उस दीवान पर रावण सो रहा था। वह अत्यंत तेजस्वी था और उसकी बाँहें विशाल व बलशाली थीं। उसका चौड़ा सीना श्वेत रेशम से ढँका था। उसके निकट एक सुंदर स्त्री सो रही थी। वह इतनी सुंदर थी कि उसे आभूषणों की कोई आवश्यकता नहीं थी। उसकी सुनहरी त्वचा और आकर्षण देखकर हनुमान को लगा उन्होंने सीता को खोज लिया, किंतु फिर उन्होंने सोचा कि सीता के लिए इस तरह राम के बिना आराम से सोना संभव नहीं होगा। वे इस तरह रेशमी वस्त्रों तथा आभूषणों से भी सज्जित नहीं होंगी।

हनुमान को यह विश्वास हो गया कि सीता, रावण के रनिवास में नहीं हो सकती थीं।

हनुमान एक कक्ष से दूसरे कक्ष में घूमते रहे किंतु सीता का पता नहीं लगा। हनुमान को कामुक मुद्रा में लेटी आकर्षक स्त्रियों को देखने में शर्म महसूस हो रही थी। परंतु, बाद में उन्हें महसूस हुआ कि उन असाधारण सुंदरियों के बीच घूमने पर भी उनका मस्तिष्क पूरी तरह विरक्त और अप्रभावित था। परंतु अन्य वानरों से अलग, हनुमान ब्रह्मचारी थे और उन्होंने कभी किसी के साथ वैवाहिक संबंध स्थापित नहीं किया था।

हनुमान ने महल के प्रत्येक स्थान को देख लिया और फिर वे सीता को उद्यानों एवं लताकुंजों में खोजने लगे। जैसे-जैसे रात्रि हो रही थी, हनुमान की व्याकुलता बढ़ रही थी किंतु वे सीता को नहीं खोज पाए थे। उन्हें लगा कि सीता ने आत्महत्या कर ली होगी अथवा राक्षसों ने उन्हें खा लिया होगा।

"यदि राम को पता लगा कि सीता की मृत्यु हो गई है तो राम भी अपने प्राण त्याग देंगे," हनुमान ने सोचा। इस बात का उन्हें विश्वास था और इसलिए वे जानते थे कि वे सीता का कोई समाचार, चाहे उनकी मृत्यु अथवा उनका पता, लिए बिना वहाँ से नहीं जा सकते थे। "बिना किसी समाचार के वापस लौटने से बेहतर होगा कि मैं संन्यास ले लूँ।"

अंत में उन्हें एक और वाटिका दिखाई दी जो अशोक वृक्षों से भरी थी। उनकी दृष्टि इस वाटिका पर पहले नहीं पड़ी थी। यही एक स्थान था जो उन्होंने देखा नहीं था। वे वाटिका की दीवार पर कूदे और नीचे देखने लगे। यह अवश्य ही राक्षसराज का मनपसंद स्थान था क्योंकि उसकी बहुत अच्छी तरह देख-रेख होती थी। वहाँ अनेक दुर्लभ वृक्ष तथा पुष्प थे। कुछ अत्यंत सुंदर नक्काशीदार सीढ़ियाँ सफ़ेद रेत के किनारे वाले एक सरोवर तक जा रही थीं। रात्रि बीत रही थी और सीता का अभी तक कुछ पता नहीं चला था। हनुमान की कूद-फाँद से पक्षी परेशान होकर आकाश में उड़ रहे और गुस्से में चहचहा रहे थे। यह देखकर हनुमान एक बड़े वृक्ष के पत्तों के पीछे छिप गए, जहाँ से एक शानदार चबूतरा दीख रहा था। उन्हें आशा थी कि सीता वहाँ आ सकती हैं।

वशिष्ठ कहते हैं :

"ऐसे व्यक्ति का स्वभाव, जो नियमों तथा अवधारणाओं से मुक्त है किंतु मृत नहीं है,
और जिसका मन शरद ऋतु के आकाश के समान शुद्ध और साफ़ है,
विशुद्ध चेतना का स्वरूप होता है।"

हरि ॐ तत सत

ॐ

ॐ

शूराय नमः!

अध्याय 2

अशोक वाटिका

सर्विष्टानिवारकं शुभाकारम्
पिंगाक्षमाकाशपाहम्
सीतान्वेषणातत्पारम् कविवारम्
कोटीन्दुसूर्यप्रभम्
लंकाद्विपाभयंकरम् सकलदम्
सुग्रीवसम्मानितम्
देवेन्द्रसमस्त देवाविनूथम्
काकुत्स्तदुतं भजे।

मैं राम के दूत की वंदना करता हूँ,
जो सब कष्टों को दूर करते हैं,
और शुभाशीष देते हैं,
जिनके नेत्र कपिल वर्ण के हैं और
जो सहस्रों सूर्य एवं चंद्रमा की दीप्ति के समान तेजस्वी हैं,
इंद्र से आरंभ करके समस्त देवतागण जिनकी प्रशंसा करते हैं,
जो सीता को खोजने वाले वानरों में सर्वश्रेष्ठ हैं,
जिन्होंने लंका द्वीप को भयभीत कर दिया था
और इस प्रकार सुग्रीव को प्रसन्न किया था।

राम ने हनुमान को बताया था कि सीता को वृक्ष और पुष्प बहुत पसंद थे इसलिए हनुमान को आशा थी कि सीता उस रमणीय वाटिका में टहलने आ सकती हैं। ऐसा लगता था मानो पुष्पित झाड़ियों, झरनों और सरोवरों से भरी वह वाटिका विशेषकर सीता के लिए ही बनाई गई थी। अस्त होते चंद्रमा के प्रकाश में हनुमान को एक मंदिर दिखाई दिया जिसके श्वेत स्तंभ चाँदनी में चमक रहे थे। उस मंदिर की सीढ़ियाँ मूँगे की बनी थीं तथा उसका फ़र्श सोने से मढ़ा हुआ था। थोड़ा ध्यान से देखने पर हनुमान को सीता दिखाई दे गईं और

वे देखते ही पहचान गए कि वे राम की पत्नी सीता ही थीं। वे दूज के चंद्रमा के समान दुर्बल और थकी हुई थीं। यह स्पष्ट था उन्होंने कई दिन से भोजन नहीं किया था। उनका सौंदर्य धुएँ से ढँकी ज्वाला जैसा लग रहा था। उन्होंने एक पीला रेशमी वस्त्र पहना था किंतु उनके तन पर कोई आभूषण नहीं थे। उनकी आँखों से आँसू बह रहे थे और दुख उनका एकमात्र साथी था। उन्होंने अपने लंबे काले केश साधारण चोटी में बाँधे हुए थे जो उनकी जांघों तक लटक रही थी। उन्हें कुरूप राक्षसियों ने घेरा हुआ था जिनका रूप अत्यंत भयानक था। उनमें कुछ राक्षसियाँ एक आँख अथवा एक कान वाली थीं और कुछ के एक भी कान नहीं था। किसी की नाक माथे पर थी। कुछ के बाल थे तो कुछ गंजी थीं। कुछ का कूबड़ निकला हुआ और कुछ के चेहरे बकरी, लोमड़ी, ऊँट और घोड़े से मिलते-जुलते थे। इन सबके मध्य बैठीं सीता खूँखार शिकारी कुत्तों के बीच हिरण जैसी लग रही थीं। उन्होंने इससे पहले कभी दुख नहीं देखा था और अब उनके पास दुख के अतिरिक्त कुछ नहीं था। उनकी आँखों में गहन हताशा थी।

हनुमान ने सोचा, "ये अवश्य सीता हैं। आभूषणों का अभाव तथा फटे-पुराने वस्त्र एवं दुर्बल व क्षीण तन होने के बावजूद उनका अनूठा सौंदर्य छिप नहीं रहा है। राम ने जैसा वर्णन किया था, वे ठीक वैसी ही हैं - अत्यंत सुंदर भँवें, मनोहर, गोल वक्ष, बिंब बेरी के समान लाल होंठ, पतली कमर तथा कमल के समान नेत्र - ये सब उनके दुख के परदे में से भी दिखाई दे रहा है।"

वे तपस्विनी की भांति दुख में डूबी तथा हताशा की प्रतिमा के रूप में फ़र्श पर बैठी थीं। राम ने जिन आभूषणों के विषय में बताया था, वे सब वृक्ष पर लटक रहे थे। अपने पति से बलपूर्वक अलग कर दिए जाने के बाद भी उनका मन केवल राम में बसा हुआ था। उनके होंठ निरंतर "राम, राम" का जप कर रहे थे। यही वह स्त्री थीं जिनके लिए राम दुखी थे। हनुमान के समक्ष यह स्पष्ट था कि सीता तन, मन और आत्मा से केवल राम की थीं।

"ये केवल राम के लिए हैं और उन्हीं की हैं। इनका प्रेम एक-दूसरे के लिए इतना प्रगाढ़ है कि केवल उसी के चलते ये दोनों अब तक जीवित हैं।" हनुमान ने मन में राम को प्रणाम किया और कहा, "प्रभु, मैंने सीता को खोज लिया है।"

हनुमान विदेह की राजकुमारी का दुख देखकर भावुक हो गए थे जिन्हें अपने पति से बलपूर्वक अलग कर दिया गया था। "नियति ही सर्वशक्तिमान है," हनुमान ने सोचा, "अन्यथा इस निर्दोष स्त्री को इस प्रकार कष्ट क्यों सहना पड़ता? इनकी रक्षा इनके प्रतापी पति राम एवं उनके भाई लक्ष्मण कर रहे थे। इनके पति ने जनस्थान पर हज़ारों राक्षसों को इन्हीं के लिए मार दिया था और अब ये रावण की क़ैद में हैं जहाँ इन भयानक राक्षसियों ने इन्हें घेर रखा है और ये अकेले में रो भी नहीं सकतीं। इनके मन में इस सुंदर वाटिका को देखने की भी इच्छा नहीं है। इनकी आँखें इनके हृदय में बसी हैं और इनका हृदय राम में बसा हुआ है।"

रात्रि लगभग बीत चुकी थी। सुबह होने के साथ, हनुमान को भाटों द्वारा वेदों के उच्चारण के स्वर सुनाई पड़ने लगे जो राजा रावण के लिए गाए जा रहे थे। उषाकाल का स्वागत करने के लिए भेरियाँ एवं बाँसुरियाँ बजाई जा रही थीं। रावण उठा तो उसके मन

में प्रथम विचार सीता का था। रावण को निश्चित रूप से सभी प्रकार की स्त्रियों के साथ रहने का अनुभव था किंतु उसने अपने जीवन में किसी स्त्री द्वारा इतना विरोध नहीं देखा था। सीता के विरोध ने रावण की क्षुधा को अधिक बढ़ा दिया था। यह उसके लिए चुनौती थी तथा वह हर क़ीमत पर उस दुर्ग पर विजय प्राप्त करना चाहता था। उसे विश्वास था कि कोई स्त्री उसके आकर्षण का अधिक समय तक विरोध नहीं कर सकती और वह जानता था कि सीता को उसके आगे पराजय स्वीकार करने में केवल थोड़ा समय लगेगा, जैसा कि अन्य स्त्रियों के साथ पहले हो चुका था।

रावण टहलता हुआ अशोक वाटिका की ओर चल पड़ा। हाथ में चँवर तथा सोने के दीपक लेकर एक सौ स्त्रियाँ रावण के साथ चल रही थीं। वे सब रावण से बहुत प्रेम करती थीं और यद्यपि उन्हें मदिरा के प्रभाव से अभी तक नींद आ रही थी, वे सब सीता की झलक पाने और रावण के साथ उनकी वार्ता को सुनने के लिए उत्सुक थीं। हनुमान वृक्ष के ऊपर से यह सब देख रहे थे। उन्होंने रावण को सोते हुए देखा था, किंतु वह जाग्रत अवस्था में कहीं अधिक शानदार लग रहा था।

रावण की पदचाप सुनकर सीता भय और दुख से काँपने लगीं। उन्हें रावण को देखने से भी घृणा महसूस होती थी किंतु उन्होंने साहसी बनने का दिखावा किया। वे किसी पल्लवित वृक्ष की कटी हुई टहनी की भांति फ़र्श पर बैठी थीं। उन्होंने अपनी छाती को दोनों हाथों से ढँककर, अपने अपर्याप्त वस्त्र में लिपटे तन को छिपाने तथा रावण की पैनी और कामुक दृष्टि से बचने का प्रयास किया।

सीता द्वारा स्वयं को ढँकने के इस दयनीय प्रयास को देखकर, रावण बोला, "तुम अपने सौंदर्य को मुझसे छिपाने का प्रयास क्यों करती हो? मैं जिधर भी देखता हूँ, मुझे केवल तुम्हारा सौंदर्य दिखाई देता है। मुझे विश्वास है कि तीनों लोकों में तुम्हारे समान आकर्षक कोई नहीं है। मेरे प्रेम का सम्मान करो और मुझे पति रूप में स्वीकार कर लो। तुम्हें लगता है यह अनुचित है किंतु राक्षसों के नियमानुसार, दूसरे की पत्नी को अपना बना लेना पूर्ण रूप से स्वीकार्य माना जाता है। क्या तुम्हें लगता है कि मैं तुम्हें बलपूर्वक अपना नहीं बना सकता? मैं केवल तुम्हारे प्रति अतिशय प्रेम के कारण ऐसा नहीं करता। मैं चाहता हूँ कि तुम स्वेच्छा से मुझे स्वीकार करो। तुम स्वयं को इस तरह कष्ट क्यों दे रही हो? तुम्हारे सुंदर बाल कड़े हो गए हैं, तुम्हारे वस्त्र मैले और फटे हुए हैं और तुम भूखी व दुर्बल हो। आओ, सुंदर रेशमी एवं साटन के वस्त्र धारण करो। आभूषण पहनो और इत्र लगाओ। यह कठोर भूमि तुम्हारी जैसी सुंदर स्त्री के बैठने के लिए उपयुक्त नहीं है। प्रिय सीता, तुम मेरी बात मानकर मेरे निवेदन को स्वीकार क्यों नहीं करतीं? यौवन और सौंदर्य बहुत कम समय के लिए मिलते हैं। इन्हें व्यर्थ दुखी होकर नष्ट मत करो। आओ, दुखी होना छोड़ो और मेरे प्रेम को स्वीकार करो। मैं तुम्हें संसार की सबसे सुखी स्त्री और अपनी पटरानी बना दूँगा। मैं तुम्हारे अति आकर्षक रूप से अपनी दृष्टि नहीं हटा सकता। मुझे रात-दिन तुम्हारा चेहरा दिखता है। क्या तुम्हें पता नहीं चल रहा कि मैं तुम्हारे प्रेम में दीवाना हो गया हूँ? तुमसे मिलने के बाद, मेरी अन्य रानियों को देखने की भी इच्छा नहीं होती। तुम्हारे वस्त्र मैले और फटे हुए हैं और तुमने कोई आभूषण नहीं पहने हैं, फिर

भी मैं तुम्हारी ओर आकर्षित हो रहा हूँ। तुमने मुझे और मेरे वैभव को देखा है। इसकी तुलना में राम के पास क्या है? वह सिर्फ़ एक भिक्षुक है, जो वल्कल वस्त्र पहनता है और जिसके पास कहने के लिए अपना राज्य तक नहीं है। तुम मेरी बात का विश्वास करो कि तुम उसे अब कभी नहीं देख पाओगी।"

रावण ने जब से वाटिका में प्रवेश किया था, सीता ने अपनी दृष्टि नीचे रखी हुई थी तथा वे उसके द्वारा किए गए उत्कट प्रेम प्रदर्शन के समय मुँह फेरकर बैठी रहीं। यद्यपि, वे उससे डर हुई थीं और उसकी कामुक बातों से परेशान थीं, उन्होंने अपने जीर्ण स्वाभिमान को कसकर पकड़ रखा था। सीता ने बिना ऊपर देखे, फ़र्श पर से घास का एक तिनका उठाया और उसे अपने सामने रखकर इस तरह बात की मानो वे रावण को चेतावनी दे रही हों! यह उनके व्यवहार का चित्रात्मक रूप था कि रावण अपने विषय में कुछ भी सोचता हो, किंतु उन्हें उसकी कोई चिंता नहीं थी।

"मैं राम की पत्नी हूँ और मेरे प्रति कामातुर होना धर्मविरुद्ध है। यह अधम विचार छोड़कर अपनी अन्य पत्नियों पर ध्यान दो। उनके साथ संतुष्ट रहो। मैं तुम्हारे लिए नहीं हूँ।" रावण की ओर पीठ करके, सीता ने कहा, "तुम अपने कुल का नाश क्यों करवाना चाहते हो? यदि कोई शासक अपनी इच्छाओं का दास हो जाए तो उसका पूरा राज्य नष्ट हो जाता है। लंका का विनाश निश्चित है। तुम्हें लगता है, तुम मुझे धन और आभूषणों का लालच दे सकते हो? मेरे लिए राम वैसे ही हैं, जैसे प्रकाश के लिए सूर्य है। तुम मुझे राम को वापस लौटा दो, तो तुम्हें मेरी कृपा मिल सकती है किंतु मेरा प्रेम पाने की आशा मत करो क्योंकि वह पूरी तरह राम के लिए है! शीघ्र ही, राम और लक्ष्मण यहाँ पहुँचकर अपने बाणों से तुम्हारा नाश करेंगे। इसलिए सावधान रहो!"

रावण ने उत्तर दिया, "तुम अन्य सभी स्त्रियों से पूरी तरह भिन्न हो। अधिकतर स्त्रियाँ मेरे द्वारा दिए गए उपहारों एवं प्रशंसा से प्रसन्न हो जाती हैं, किंतु मैं तुम्हें जितना अधिक देता हूँ, तुम उतना ही अधिक मुझसे दूर हो रही हो। तुम सौभाग्यशाली हो कि तुमसे प्रेम के कारण मेरा क्रोध नियंत्रित है अन्यथा मैंने बहुत पहले तुम्हारा वध कर दिया होता। मैंने तुम्हें सोचने के लिए बारह मास का समय दिया था। उसमें से केवल दो माह शेष रह गए हैं। उसके बाद तुम्हें या तो मेरे साथ सोना पड़ेगा अथवा तुम मेरा नाश्ता बन जाओगी!" यह कहकर, रावण ने सीता को घूरा। क्रोध से भरी उसकी आँखों में नीली व हरी ज्वाला चमक रही थी और उसकी पैनी दृष्टि से सीता का जीर्ण रेशमी वस्त्र बिंधा जा रहा था। सीता अंदर से घबराई हुई थीं, किंतु उन्होंने क्रोध में उत्तर दिया।

"तुम्हारी मुझसे इस प्रकार बात करने की हिम्मत कैसे हुई! मैं तुम्हें चेतावनी दे रही हूँ। तुम्हारी मृत्यु निश्चित है। तुम स्वयं को वीर करते हो क्योंकि तुमने देवताओं को पराजित किया है। तथापि तुमने मेरे पति की अनुपस्थिति में मेरा अपहरण किया। क्या कोई वीर ऐसा कार्य करता है?"

कुछ स्त्रियों को, जो रावण के पीछे आई थीं, सीता के लिए दुख हो रहा था। परंतु किसी में कुछ कहने का साहस नहीं था। उनमें से कुछ ने इस अवसर का लाभ उठाते हुए रावण के गले में अपनी कोमल बाँहें डालकर उसे रिझाने तथा सीता का स्थान लेने

का प्रयास किया, किंतु रावण ने उन्हें झिड़क दिया और राक्षसियों को कहा कि वे सीता को, प्रेम से अथवा बलपूर्वक, अपना विचार बदलने पर बाध्य करें। इस चेतावनी के साथ, रावण भारी-भरकम क़दमों से फ़र्श को हिलाता वहाँ से चला गया।

रावण के जाते ही, राक्षसियाँ सीता पर चिल्लाने लगीं और उन्हें बुरा-भला कहने लगीं। "तुम कैसी मूर्ख स्त्री हो, जो राजाओं के राजा रावण की पत्नी बनने से मना कर रही हो! उन्हीं के आदेश से वृक्षों पर फूल आते हैं और बादल वर्षा करते हैं। यदि वे न चाहें, तो सूर्य और चंद्रमा चमकना छोड़ दें। तुम उनकी बात मानकर उनकी पत्नी बनना क्यों नहीं स्वीकार कर लेतीं?"

एक अन्य राक्षसी बोली, "तुम बहुत सुंदर हो। मेरे मन में तुम्हारे स्वादिष्ट वक्षस्थल और बेरी जैसे होंठों और यकृत व तिल्ली खाने की इच्छा पनप रही है। आओ, हम सब मिलकर दावत उड़ाएँ। मदिरा ले आओ और फिर हम इसके टुकड़े करके इसे मज़े से खाएँगे!"

रावण के आने से पूर्व, सीता के मन में जितनी भावनाएँ दबी हुई थीं, वे सब बाहर आ गईं और वे हृदय-विदारक ढंग से रोने लगीं। जिस वृक्ष पर हनुमान छिपे बैठे थे, वे उसी का सहारा लेकर बोलीं, "हे राम! हे राम! आप कहाँ हैं? आप यहाँ क्यों नहीं आते? मुझे अब यह विश्वास हो गया है कि नियत समय से पूर्व मृत्यु भी नहीं आती, अन्यथा मैं अपने प्रिय राम से अलग होकर, इस कामुक पुरुष के महल में, इन भयानक प्राणियों के बीच भी कैसे जीवित हूँ?"

हनुमान से उनका दुख सहन नहीं हो रहा था किंतु उनमें सीता के निकट जाने का साहस नहीं था। उस समय त्रिजटा नाम की एक राक्षसी ने, जो अन्य राक्षसियों से अधिक समझदार थी, सबको चुप रहने और सीता को परेशान न करने को कहा। उसने बताया कि उसने स्वप्न देखा था जिसमें राम और सीता श्वेत वस्त्रों में विजयी होकर हाथी पर सवार आ रहे थे। रावण पराजित होकर काले वस्त्र पहने हुए था तथा उसका सिर मुँड़ा हुआ था।

इस बीच, सीता इतना रो चुकी थीं कि उनकी आँखों में आँसू भी शेष नहीं थे। दुखी और अकेली सीता की सहन करने की शक्ति समाप्त हो गई थी और उन्होंने अपने प्राणांत करने का निर्णय कर लिया। वे जैसे ही वृक्ष का सहारा लेने लगीं, उनकी बाईं आँख और बायाँ कंधा फड़कने लगे। इन्हें स्त्री के संदर्भ में अत्यंत शुभ माना जाता है। क्या त्रिजटा की बात में कुछ सत्य था? क्या राम उन्हें मुक्त करवाने आ रहे थे?

हनुमान सोचने लगे कि सीता को बिना भयभीत किए उनके पास किस तरह जाएँ। इतने भयानक प्राणियों के बीच रहने के कारण सीता के लिए किसी पर जल्दी भरोसा करना कठिन था। "यदि मैं अपने वानर रूप में नीचे कूदा तो ये डर जाएँगी और इनके चिल्लाने से राक्षसियाँ सतर्क हो जाएँगी जिसके कारण मेरी योजना विफल हो सकती है।" तभी उनके दिमाग़ में एक योजना आई। चूंकि सीता सदा राम के बारे में सोचती थीं तो हनुमान ने राम की स्तुति गाने का विचार किया ताकि सीता उनके ऊपर विश्वास कर सकें। उन्होंने बिना सामने प्रकट हुए अपने छिपने के स्थान से बोलना आरंभ कर दिया।

वृक्ष के नीचे बैठी सीता ने अकस्मात ये मधुर वचन सुने : "दशरथ नाम के एक राजा थे जो अपने प्रताप के कारण प्रसिद्ध थे। उनके चार पुत्र थे जिनमें से ज्येष्ठ पुत्र का नाम राम था। राम समस्त पुरुषों में उत्तम हैं। वे अपने भाई और पत्नी के साथ दंडकवन में गए। एक दिन जब दोनों भाई वहाँ नहीं थे, तो रावण उनके आश्रम में घुसा और उसने राम की पत्नी, सीता का अपहरण कर लिया। राम ने दुखी होकर देशभर में सीता की खोज की। अंत में, उन्होंने वानरों के राजा से मित्रता कर ली जिसने राम की सहायता करने का वचन दिया। वानरों को सीता की खोज में चारों दिशाओं में भेजा गया। मैं उनमें से एक हूँ मैं यहाँ इसलिए आया हूँ क्योंकि मुझे वह स्त्री मिल गई है जिसे राम ने मनोहर, आकर्षक और सुंदर बताया था।" यह कहकर, हनुमान शांत हो गए।

यह सुनकर सीता आश्चर्य एवं आशा से भर उठीं। अपने बिखरे हुए केश एक ओर करके, उन्होंने ऊपर वृक्ष की ओर देखा तथा वे उस प्राणी को खोजने लगीं जो उनके हताश हृदय में आशा की किरण लेकर आया था। सीता को घने पत्तों में छिपे हनुमान दिखाई नहीं दिए। उनकी आँखें चहुँ ओर घूम रही थीं किंतु उन्हें कोई नज़र नहीं आया। इस बीच राक्षसियाँ सीता को समझाकर हार चुकी थीं। कुछ रावण को सूचना देने गई थीं और कुछ वृक्षों के नीचे गहरी नींद सो रही थीं।

हनुमान धीरे-से नीचे वाली डाल पर कूद गए जहाँ से उन्हें देखा जा सकता था। आख़िर सीता की उत्सुक आँखों ने हनुमान को - राम के दूत, आशा और खुशी के सूचक - देख लिया। सीता ने देखा कि एक छोटा-सा वानर वृक्ष की टहनी से चिपका हुआ था। उसके बाल सफ़ेद और मुँह लाल था। वह बड़ा प्यारा लग रहा था। उसकी आँखें तरल स्वर्ण के रंग की थीं। वह वृक्ष पर बैठा बहुत भोला लग रहा था। किंतु सीता के मन में संदेह था। पिछले कुछ माह में सीता को इतनी बार परेशान किया व छला जा चुका था कि उन्हें प्रत्येक वस्तु एवं व्यक्ति पर संदेह होता था कि कहीं वह रावण की कोई नई चाल न हो। सीता को लगा कि वे स्वप्न देख रही हैं, इसलिए उन्होंने सहायता के लिए राम और लक्ष्मण को पुकारा। हनुमान समझ गए कि सीता क्या सोच रही हैं। उन्हें लगा कि अब उन्हें सीता के समक्ष प्रकट हो जाना चाहिए। वे धीरे-से नीचे कूदे और हाथ जोड़कर सीता के समक्ष खड़े हो गए। उन्होंने अपने हाथ उठाए और वंदना की मुद्रा में मधुर स्वर में बोलने लगे।

"हे देवी, मुझे बताइए कि आप कौन हैं। आपने मैले वस्त्र पहने हैं किंतु आप राजकुमारी जैसी दीख रही हैं। कमल की पंखुड़ियों पर ओस की बूँदों की भांति आपकी आँखों में आँसू रुके हुए हैं। आप यहाँ अकेली क्यों है और आपके दुख का क्या कारण है? यदि सौभाग्य से आप राम की पत्नी सीता हैं, जिन्हें रावण यहाँ ज़बरदस्ती उठा लाया है, तो मेरी बात ध्यान से सुनिए। आप सचमुच राम की पत्नी लग रही हैं। कोई स्त्री आपके समान सुंदर नहीं है। मुझे सत्य बताइए, क्या आप सीता हैं?"

ये शब्द सुनकर सीता बहुत प्रसन्न हुईं और उन्होंने कहा, "हाँ, मैं महाराज दशरथ की पुत्र-वधू और राम की पत्नी हूँ। मेरे पिता विदेह नरेश हैं तथा मेरा नाम सीता है। मैं अपने पति के साथ वन में गई थी, जहाँ रावण ने मेरा हरण कर लिया और मुझे यहाँ ले आया। रावण ने मुझे उसकी इच्छा मान लेने के लिए दो माह का समय और दिया है। यदि

उससे पहले राम यहाँ नहीं आए तो मैं अपना जीवन समाप्त कर लूँगी।"

हनुमान ने ध्यान से सीता की बात सुनी और फिर विनम्रतापूर्वक कहा, "हे देवी! मैं यहाँ आपके पति का दूत बनकर आया हूँ। आपके पति जीवित हैं और स्वस्थ हैं और वे मुझसे आपका हाल-चाल जानने के लिए मेरी प्रतीक्षा कर रहे हैं। वे आपके लिए रात-दिन दुखी होते हैं और उन्होंने मुझे दूत बनाकर आपके पास यह कहने को भेजा है कि वे शीघ्र ही, रावण को मारकर आपको यहाँ से मुक्त करने के लिए आएँगे।"

ऐसे सुखदायी वचन सुनकर सीता के भीतर खुशी की लहर दौड़ गई। वे कई महीनों से निराशा के अंधेरे में जी रही थीं और उन्होंने अपनी मुक्ति की आशा लगभग छोड़ दी थी। हनुमान के वचन सुनकर सीता के भीतर नवजीवन का संचार होने लगा और वे बोलीं, "कहते हैं, यदि व्यक्ति आशा न छोड़े तो शीघ्र अथवा विलंब से, उसे खुशी अवश्य मिलती है। अब मुझे लग रहा है कि यह सत्य है।"

हनुमान थोड़ा निकट आए तो सीता के मन में फिर से भय उत्पन्न हो गया। वे सिमट गईं। उन्हें रावण द्वारा अनेक बार छला गया था और इसीलिए उन्हें प्रत्येक प्राणी पर संदेह होता था कि ये कहीं रावण की चाल न हो और कहीं वह राम की झूठी प्रशंसा करके उन्हें पथभ्रष्ट न कर रहा हो। सीता का मुँह सूखने लगा और उनके हाथ-पैर दुर्बल पड़ने लगे। वे जिस शाखा को पकड़कर खड़ी थीं, उसे छोड़कर फ़र्श पर बैठ गईं। हनुमान समझ गए कि सीता के मन में क्या चल रहा था। उन्होंने सीता को दंडवत प्रणाम किया और फिर ऊपर ही नहीं देखा।

सीता ने भयभीत होकर, हनुमान को दुविधाजनक ढंग से देखा और कहा, "रावण, तुमने मुझे पहले संन्यासी के रूप में धोखा दिया है। क्या तुम अब वानर का रूप धर कर आए हो? यदि ऐसा है, तो तुम्हारा प्रयास व्यर्थ है। मुझे और अधिक परेशान मत करो।"

हनुमान शांत रहे तो सीता ने आगे कहा, "शायद तुम वही हो, जो तुम होने का दावा कर रहे हो। मुझे तुमपर विश्वास हो रहा है। कृपया मुझे राम के विषय में बताओ ताकि मेरा भय दूर हो जाए।" सीता संदेह और आशा के बीच झूल रही थीं और उनकी स्थिति अत्यंत दयनीय थी।

हनुमान ने धीरे-से और मधुर स्वर में राम के विषय में कहना आरंभ किया जो उनके हृदय के सबसे समीप थे। "हे देवी! मेरा विश्वास कीजिए। मुझे आपके पति और अयोध्या के महाराज ने ही आपके पास भेजा है। वे कामदेव के समान आकर्षक हैं। वे वीरता में सिंह के समान हैं। वे अपने शत्रुओं के लिए आतंक हैं किंतु इस समय वे आपके दुख में पूरी तरह हताश हैं। मैं वानरों के राजा सुग्रीव का मंत्री हूँ और मेरा नाम हनुमान है। मैं बहुत दिनों से आपको खोज रहा था। मैं समुद्र पार करके आपसे मिलने के लिए यहाँ आया हूँ और मेरा ध्येय पूरा हो गया है। मुझे बस, अब वापस लौटकर राम को आशा का संदेश देना है जो उत्सुकता से मेरे लौटने की प्रतीक्षा कर रहे होंगे। शीघ्र ही आप राम और लक्ष्मण को लंका में विशाल सेना के साथ प्रवेश करते देख सकेंगी और वे आपको मुक्त करवा लेंगे।"

अंत में, सीता को भरोसा हो गया कि हनुमान सचमुच राम के दूत हैं। इसके बाद

सीता ने हनुमान से राम के बारे में सब कुछ बताने को कहा। सीता ने पूछा कि उनके अपहरण के बाद राम ने क्या किया, वे कहाँ गए और उन्हें लंका पहुँचने में कितना समय लगेगा, इत्यादि। वे राम का समाचार सुनने के लिए अत्यंत उत्सुक थीं तथा हनुमान ने जो कुछ बताया, सीता ने तुरंत सारे समाचार को आत्मसात कर लिया। हनुमान भी अपने प्रभु राम के विषय में बात करके प्रसन्न थे। उन्होंने बताया, वानरों ने किस प्रकार रावण को सीता का हरण करके ले जाते हुए तथा उन्हें आभूषण नीचे गिराते हुए देखा था जब वे ऋष्यमूक पर्वत पर बैठे हुए थे। हनुमान ने सीता को खोजने तक की समस्त घटनाएँ कह सुनाईं। यह सब कहने के बाद, हनुमान हाथ जोड़कर सीता के सामने खड़े हो गए। सीता बहुत प्रसन्न हुईं। अब उन्हें पूरी तरह विश्वास हो गया था कि राम ने ही हनुमान को भेजा है। सीता की आँखों से दुख की जगह, खुशी के आँसू बहने लगे। उनके मुख से शब्द नहीं निकल रहे थे।

हनुमान ने आदरपूर्वक कहा, "देवी! अब मुझे जाने की आज्ञा दीजिए। आप जो कुछ जानना चाहती थीं, वह सब मैंने आपको बता दिया है। विश्वास कीजिए कि राम शीघ्र ही यहाँ पहुँचकर आपको मुक्त करवाएँगे। यह रघुवंश की चिह्नित मुद्रिका है जो राम ने मुझे अपनी पहचान स्वरूप आपको दिखाने के लिए दी थी।" यह कहकर, हनुमान ने राम की दी हुई मुद्रिका सीता को दे दी जिसे वे भली-भांति पहचानती तथा प्रेम करती थीं।

उस मूल्यवान वस्तु को अपने हाथों में लेकर, सीता उसे बहुत देर तक देखती रहीं मानो वे उस हाथ को पाने के लिए व्याकुल थीं जिसने वह मुद्रिका पहनी थी। उनकी आँखों से आँसू बहने लगे। कृतज्ञता-भरे नेत्रों से सीता ने हनुमान को देखा जो उनके शक्तिहीन हृदय में नई आशा लेकर आए थे।

"हनुमान!" वे बोलीं, "तुम सचमुच समस्त प्राणियों में श्रेष्ठ हो! तुम उस सैकड़ों मील चौड़े विशाल सागर को पार करके, इस अत्यंत सुरक्षित दुर्ग में प्रविष्ट कैसे हुए? तुम्हारे पास निश्चय ही जादुई शक्तियाँ हैं। तुमने मुझे मेरे पति के विषय में भी समाचार सुनाया है जो मुझे मेरे पिता, माता और शेष सबसे अधिक प्रिय हैं। अपने राज्य से निकाले जाने के बाद, वे मेरे साथ इतने वर्षों तक वन में भटकते रहे। हम लोग इस संकट के आने से पहले, बहुत खुश थे। मुझे आशा है कि वे निराश नहीं हुए होंगे। कृपया उन्हें कहना कि मैं केवल उनसे मिलने की आशा में ही जीवित हूँ।"

"देवी! यदि राम को पता होता कि आप यहाँ हैं तो वे आपको लेने बहुत पहले आ जाते। वे न अधिक खाते हैं और न ही सोते हैं। उन्हें अन्य किसी बात की चिंता नहीं है और वे सदा विचारों में खोए रहते हैं। यदि उन्हें थकानवश थोड़ी नींद आ भी जाए, तो वे रोते हुए उठ बैठते हैं और 'सीता! सीता!' पुकारने लगते हैं। उन्हें जब भी आपकी कोई मनपसंद वस्तु दिखाई दे जाती है, तो वे आह भरते हैं और फिर उन्हें सांत्वना दे पाना कठिन हो जाता है।"

सीता यह सुनकर हर्षित हो गईं कि राम भी उनसे मिलने के लिए उन्हीं की तरह आतुर हैं। साथ ही उन्हें इस बात का भी दुख हुआ कि राम अपने स्वास्थ्य का ध्यान नहीं रख रहे थे। "तुम्हारे शब्दों को सुनकर मुझे प्रसन्नता और दुख दोनों हो रहे हैं। हनुमान!

उनके दुख के विषय में सोचकर, मैं भी दुखी हो जाती हूँ। सुख और दुख दोनों ही मनुष्य के पूर्वजन्म के कर्मों का परिणाम हैं। मुझे पता नहीं कि वे समय से मुझे लेने आएँगे अथवा नहीं। मुझे केवल दो महीने और जीवित रहना है। मुझे बंदी बने हुए दस माह बीत चुके हैं और मुझे सोचने के लिए कुल एक वर्ष का समय दिया गया है। उसके बाद, मैं उस निशाचर का भोजन बन जाऊँगी।"

हनुमान के लिए यह विचार असहनीय हो रहा था कि सीता को दो माह के लिए वहाँ अकेला छोड़ना पड़ेगा। वे बोले, "देवी! राम निश्चित ही यथाशीघ्र आएँगे परंतु मेरा मन आपको यहाँ छोड़कर जाने का नहीं कर रहा। आप मेरे साथ चलिए! मैं आपको इसी क्षण सागर पार करके राम के पास ले चलता हूँ। आप केवल आदेश दीजिए!"

सीता नन्हें वानर के प्रस्ताव को सुनकर भावुक हो गईं और उन्हें हँसी भी आई। वे बोलीं, "प्रिय वानर, तुमने सदाचारवश यह असंभव बात कही है। तुम्हारे जैसा नन्हा प्राणी मुझे अपनी पीठ पर बैठाकर इतना विशाल समुद्र कैसे पार कर सकता है?"

हनुमान मुस्कराए और बोले, "देवी! आप मेरी क्षमता पर संदेह न करें। मैं अपना आकार चितना चाहूँ, बढ़ा सकता हूँ।" यह कहकर हनुमान अपना आकार बढ़ाने लगे और कुछ ही पलों में विशाल पर्वत के समान हो गए। उनका आकार विशाल और शरीर पत्थर के समान कठोर हो गया।

"यदि आवश्यक हो, तो मैं इस पूरी लंका नगरी को सागर पार ले जा सकता हूँ। आप डरिए मत। मेरे साथ चलिए। मैं आपको राम से मिलवाकर उन्हें प्रसन्न कर दूँगा।"

हनुमान का अति विशाल आकार देखकर सीता स्तब्ध रह गईं और बोलीं, "मैंने तुम्हारी शक्तियों को पहचानने में भूल की, किंतु हमें इस बात पर ध्यान से विचार करना होगा। यह संभव है कि तुम्हारी तीव्र गति से मेरा सिर चकरा जाए और मैं नीचे समुद्र में गिर जाऊँ। यह अभी संभव है ये दुष्ट राक्षस हमें देखेंगे तो वे हमारा पीछा करेंगे और मुझे पकड़कर वापस ले जाएँगे और ऐसी स्थिति में मेरी दशा और भी बुरी हो सकती है। इसके साथ तुम भी संकट में पड़ सकते हो और शायद राम के पास वापस न लौट पाओ। इसके अतिरिक्त, यदि तुमने मुझे मुक्त करवा लिया तो इससे राम को श्रेय नहीं मिलेगा। ऐसे में यही उचित होगा कि मेरे पति स्वयं यहाँ आएँ और राक्षसों को मारकर मुझे मुक्त करवाएँ। साथ ही, मैंने सदा अपने पति को हृदय में स्थान दिया है, इसलिए मैं स्वेच्छा से किसी अन्य पुरुष को स्पर्श नहीं करना चाहती। रावण ने बलपूर्वक मुझे स्पर्श किया, किंतु उस समय मैं असहाय थी और मेरे पास कोई विकल्प नहीं था। हनुमान! तुम तत्काल वापस जाओ और राम एवं लक्ष्मण को यथाशीघ्र यहाँ लेकर आओ। तभी मेरे दुखों का अंत हो पाएगा।"

हनुमान सीता के वचन सुनकर प्रसन्न हुए और बोले, "देवी, केवल एक शुद्धात्मा ही ऐसे वचन कह सकती है। मैंने वह प्रस्ताव केवल इसलिए दिया था क्योंकि राम के प्रति मेरी अटूट निष्ठा है तथा मैं आपको भी प्रसन्न करना चाहता हूँ। मैं तुरंत वापस जाऊँगा और राम को सब समाचार दूँगा। क्या आप उन्हें कोई विशेष संदेश देना चाहती हैं?"

सीता के आँखें पुरानी बातों को स्मरण करने से भर आईं। वे बोलीं, "हनुमान, राम को उस समय का स्मरण करवाना जब वे चित्रकूट पर्वत के पास मंदाकिनी नदी में स्नान

के बाद मेरी गोद में सिर रखकर विश्राम कर रहे थे। उन्हें नींद आ गई थी और उसी समय एक कौवे ने आकर मेरे वक्षस्थल पर चोंच मारी थी। मैंने उसके ऊपर मिट्टी का ढेला फेंककर उसे उड़ाने का प्रयास किया किया, किंतु वह नहीं गया और बार-बार चोंच मारता रहा। मैं रोने लगी तो राम उठ गए और उपहास करने लगे। उसके बाद उन्होंने मुझे सँभाला और अपनी गोद में बैठा लिया और उन्हें फिर से नींद आ गई। वह दुष्ट कौवा वापस आ गया तथा फिर से मेरे वक्ष पर चोंच मारने लगा। गर्म रक्त की बूँद मेरे पति के चेहरे पर गिरीं तो वह उठ गए। उन्हें क्रोध आ गया और वे इधर-उधर देखने लगे। तभी उन्हें वह शरारती कौवा दिखाई पड़ गया। उन्होंने उस कौवे को पहचान लिया। वह इंद्र का पुत्र जयंत था। राम ने तुरंत नीचे से कुशा उठाई और उसके भीतर मंत्र द्वारा ब्रह्म की शक्ति का आह्वान करके, उसे कौवे पर छोड़ दिया। वह कौवा भयभीत होकर वहाँ से उड़ गया किंतु वह अस्त्र उसका पीछा करता रहा। जब उसे कहीं शरण नहीं मिली तो वह लौटकर राम के पास आया और उनसे अपना अस्त्र वापस लेने की विनती करने लगा। यद्यपि, उस कौवे के लिए मृत्युदंड ही उपयुक्त था, राम ने उसे क्षमा कर दिया। परंतु राम ने कहा कि ब्रह्मास्त्र का आह्वान करने पर वह कुछ न कुछ क्षति करने के बाद ही लौटता है, इसलिए उस ब्रह्मास्त्र ने कौवे की दाहिनी आँख फोड़ दी। हनुमान! ऐसा कैसे हो सकता है कि वह पुरुष जिसने मुझे हानि पहुँचाने वाले एक कौवे पर ब्रह्मास्त्र छोड़ दिया, वह इस राक्षस द्वारा मेरा अपहरण किए जाने पर शांत बैठा है?"

हनुमान ने सीता को विश्वास दिलाया कि राम उनके प्रति विरक्त नहीं थे और यह कि उन्हें ज्यों ही सीता का पता लगेगा, वे उन्हें लेने आ जाएँगे।

इसके बाद, सीता ने कहा, "राम को वह क्षण भी स्मरण करवाना जब मेरे मस्तक की लाल बिंदी उनका हाथ लगने से मिट गई थी और उन्होंने एक लाल पत्थर का चूरा करके वह बिंदी मेरे मस्तक न लगाकर मज़ाक में, मेरे गाल पर भी लाल बिंदी लगा दी थी!"

सीता ने लक्ष्मण के लिए भी आशीर्वचन कहे। वे बोलीं, "यदि मेरी अनुपस्थिति में राम का कोई ध्यान रख सकता है तो वह लक्ष्मण है। वह राम को पिता और मुझे माता की भांति प्रेम करता है। उसका क्रोध सहने का साहस किसी में नहीं है। उन दोनों को यहाँ यथाशीघ्र आने के लिए कहना। हनुमान, मैं दो माह के बाद एक दिन भी जीवित नहीं रहूँगी।"

ऐसा कहकर, सीता ने अपने वस्त्र में बँधा सिर का एक आभूषण निकाला और उसे हनुमान को देते हुए बोलीं, "इसे राम को देना। वे जब इसे देखेंगे और लाल बिंदी तथा कौवे वाली बात सुनेंगे, जो केवल हम दोनों को पता है, तो उन्हें इस बात का विश्वास हो जाएगा कि तुमने सचमुच मुझसे भेंट की है। हनुमान, मेरा जीवन अब तुम्हारे ऊपर निर्भर है। क्या तुम्हें तत्काल लौटना आवश्यक है? तुम्हारी उपस्थिति से मेरी आहत अंतरात्मा को राहत मिली है।"

सहसा सीता के मन में एक अन्य संदेह उत्पन्न हो गया। "क्या तुम्हें भरोसा है कि राम और उनकी सेना सागर पार करके यहाँ पहुँच सकेगी?"

हनुमान ने उन्हें आश्वासन दिया कि सब कुछ संभव है और उन्हें निश्चिंत रहने को कहा। उन्होंने सीता को धीरज बँधाने का हर संभव प्रयास किया किंतु वे उस एक परिचित

चेहरे के प्रस्थान के समय, जिसे उन्होंने इतने लंबे समय में पहली बार देखा था, अपने आँसू नहीं रोक पाईं। परंतु वे जानती थीं कि उनके साथ हनुमान का वहाँ दिखना ख़तरनाक हो सकता था, इसलिए सीता ने अंत में हनुमान को जाने की अनुमति दे दी।

वशिष्ठ कहते हैं :

"जो प्रकृति, स्व-भाव के बिना उचित ऋतुओं में घास तथा वृक्षों के उगने में होती है, वही भाव विशुद्ध चेतना है।"

हरि ॐ तत सत

ॐ

ॐ

महाभुजाय नमः!

अध्याय 3

हनुमान का क्रोध

क्यथा श्री रामदूत पवनतनुभवा
पिंगालक्षशिखावन
सीताशोकपरिहरि दशमुख विजयी
लक्ष्मणप्राणदाता।

उन्हें राम का दूत कहा जाता है
वायुदेव के पुत्र
जिनके कपिल वर्ण के लाल नेत्र हैं
उन्होंने सीता का दुख दूर किया
और दशानन को परास्त किया
तथा लक्ष्मण के जीवन की रक्षा की।

हनुमान को लंका में सीता के साथ किए जा रहे व्यवहार पर इतना क्रोध आया कि उन्होंने जाने से पहले रावण को अपनी शक्ति दिखाने का निर्णय किया। वे रावण को उसकी शत्रु सेना के सामर्थ्य का एहसास दिलाना चाहते थे। उन्होंने निश्चय किया कि राक्षसराज को क्रोध दिलाने का सबसे अच्छा तरीक़ा उसके मनपसंद उद्यान को नष्ट करना होगा। उन्होंने इस विनाश को यथाक्रम तरीक़े से पूरा किया। किसी भयानक तूफ़ान की भांति, उन्होंने प्रत्येक वृक्ष को उखाड़ कर अपने विशाल पैरों के नीचे रौंद डाला, लताओं को पेड़ों से अलग कर दिया, मंदिर तोड़ दिया, सरोवरों में अशोक वृक्ष के भूरे पत्ते बिखेर दिए और उनके जल को मथकर मटमैला बना दिया। छोटी पहाड़ियों को मसलकर चूरा कर दिया तथा रावण का प्रिय उपवन उजाड़कर पूरी तरह बर्बाद कर दिया। उपवन को उजाड़ने के बाद, हनुमान वाटिका के तोरणद्वार पर चढ़ गए। उन्हें कुछ होने की प्रत्याशा थी। उन्हें अधिक समय प्रतीक्षा नहीं करनी पड़ी। वाटिका में बहुत हलचल होने लगी थी। पक्षी भयभीत होकर शोर मचाने लगे तथा हिरण व मोर करुण पुकार करते और चिल्लाते, इधर-उधर भागने लगे।

सीता के पहरे में बैठी राक्षसियाँ भी शोर सुनकर उठ गईं और उन्होंने जानना चाहा कि वहाँ क्या हो रहा था। उन्होंने विशालकाय वानर को देखा और सीता से पूछा कि वह कौन है। सीता ने कहा कि उन्हें इस विषय में कोई जानकारी नहीं है। राक्षसियों ने रावण को यह समाचार सुनाया और कहा, "एक विशालकाय वानर ने पूरी वाटिका को उजाड़ दिया है। उस वानर ने, सीता जिस वृक्ष के नीचे बैठी है उसे छोड़कर, सारी वाटिका उजाड़ दी है। उसे सीता के साथ बात करते देखा गया था किंतु वह कह रही है कि उसे कुछ पता नहीं है।"

रावण ने जब अपनी प्रिय वाटिका के विनाश के बारे में सुना तो वह बहुत क्रोधित हो गया तथा उसने महल के प्रहरियों को उस प्राणी को पकड़ने का आदेश दिया। सैनिकों को अपनी ओर आते देख, हनुमान बड़े ख़ुश हुए क्योंकि वे शक्ति प्रदर्शित करने के अवसर की प्रतीक्षा कर रहे थे। सैनिकों ने उन्हें चारों ओर से घेर लिया और पीटने की कोशिश करने लगे। उन्होंने अपना आकार बढ़ा लिया और पहलवान की भांति अपने कंधे थपथपाकर गर्जना करते हुए बोले, "मैं राम का सेवक, हनुमान हूँ। एक सहस्त्र रावण मिलकर भी मेरा मुक़ाबला नहीं कर सकते। मैं लंका को नष्ट करके ही लौटूँगा।"

उन्होंने तोरण से निकली हुई एक शलाका तोड़ ली और उन्हें पकड़ने आए सब राक्षसों को उससे पीट-पीटकर मार डाला। रावण ने यह समाचार सुना तो उसे विश्वास नहीं हुआ। उसने एक युवा योद्धा तथा अपने सेनापति के पुत्र, जंबुमाली को बुलाया और सैन्य टुकड़ी के साथ हनुमान को पकड़ने का आदेश दिया। हनुमान ने उसे तत्काल ही मार डाला जिससे सैनिकों में भगदड़ मच गई। इसके बाद रावण ने अपने अन्य मंत्रियों के पुत्रों को भेजा परंतु हनुमान ने उन सबको भी मार दिया। महल तक जाने वाले लंका के मुख्य राजमार्ग पर रक्त की धाराएँ बहने लगीं, जिनमें मृत राक्षसों के क्षत-विक्षत शरीर, कटे हुए पाँव एवं हाथ बह रहे थे। रावण इस अप्रत्याशित घटना से अचंभित था और उसने अपने सबसे छोटे पुत्र अक्षय कुमार को भेजा और हनुमान को बंदी बनाकर लाने का आदेश दिया। उदित होते सूर्य के समान स्वर्ण कवच पहने हुए, वह युवा योद्धा सफलता की आशा लिए चल पड़ा। दोनों के बीच भयंकर युद्ध हुआ। हनुमान उससे बहुत प्रभावित हुए। हनुमान उसे मारना नहीं चाहते थे, किंतु युद्ध में दया दिखाने का प्रश्न नहीं था। हनुमान ने पहले उसके अश्वों को मारा और फिर उसका रथ नष्ट कर दिया। अक्षय कुमार उछला तो हनुमान ने उसे हवा में ही पकड़ लिया और धरती पर पटककर मार डाला। रावण को अपने प्रिय पुत्र की मृत्यु पर बहुत दुख हुआ। उसने अपने ज्येष्ठ पुत्र मेघनाद को बुलाया, जिसे इंद्रजित भी कहते थे क्योंकि वह युद्ध में इंद्र को परास्त कर चुका था। रावण ने इंद्रजित को वानर को दंडित करके का आदेश दिया क्योंकि रावण को संदेह था कि हनुमान असाधारण वानर थे और उसकी सेना उन्हें सँभाल नहीं पा रही थी। इंद्रजित अजेय योद्धा था और वह ख़ुशी से निकल पड़ा।

इंद्रजित ने हनुमान पर एक के बाद एक अनेक बाण चलाए किंतु हनुमान अपने कौशल से हर बार बच गए। उनकी शक्ति देखकर इंद्रजित हैरान रह गया और वह समझ गया कि हनुमान को मारना असंभव है। तब उसने हनुमान को आहत करने के लिए

दिव्यास्त्र का प्रयोग किया। नागपाश नाम के इस दिव्यास्त्र के प्रहार से हनुमान नीचे गिर पड़े। उन्हें ऐसा लगा मानो उनके हाथ-पैर बाँध दिए गए हैं। हनुमान उस बाण के प्रहार से शीघ्र ही उबर गए किंतु उन्होंने अचेत रहने का दिखावा किया क्योंकि वे स्वयं चाहते थे कि उन्हें रावण के पास ले जाया जाए। उन्हें मोटी रस्सियों से बाँधकर रावण के समक्ष प्रस्तुत किया गया। रस्सियों ने जैसे ही हनुमान के शरीर को स्पर्श किया, मंत्रों का सूक्ष्म प्रभाव समाप्त हो गया किंतु इंद्रजित दुविधा में था कि हनुमान ने स्वयं को मुक्त करने का प्रयास क्यों नहीं किया। इंद्रजित परेशान था लेकिन उसने यह समाचार अपने पिता को सुनाया।

हनुमान को लात मारकर और खींचकर दरबार में प्रस्तुत किया गया, जहाँ रावण अपने मंत्रिगणों के साथ बैठा था। हनुमान ने स्वीकार किया कि रावण का व्यक्तित्व सचमुच बहुत शानदार था। उसने अत्यंत कोमल रेशमी वस्त्र धारण किए हुए थे जो सागर में उठने वाली लहरों के समान लग रहे थे। उसने गले में अनेक बहुमूल्य रत्नजड़ित मालाएँ तथा हाथ में बाजूबंद पहने हुए थे। उसकी हरी आँखें विचित्र ढंग से चमक रही थीं। उसने घूरकर हनुमान की ओर देखा। कुछ देर के लिए हनुमान उसके रूप पर मोहित हो गए थे और उन्हें लगा, यदि रावण सदाचारी होता तो वह तीनों लोकों पर शासन करने में समर्थ था।

हनुमान के कपिल नेत्रों को देखकर, रावण के मन में एक अज्ञात भय उत्पन्न हो गया। उसे वह घटना याद हो आई जब उसके इष्टदेव, भगवान शिव उसकी इच्छा पूर्ण नहीं कर पाए थे। इससे रावण को इतना क्रोध आया कि अपने घमंड के चलते, उसने शिव के निवास स्थान कैलाश पर्वत के नीचे अपनी उँगली रखी और उसे एक ओर झुका दिया। पार्वती भयभीत हो गईं। उन्हें दिलासा देने और रावण का घमंड चूर करने के लिए शिव ने अपने पैर के अँगूठे से पर्वत को नीचे दबा दिया जिसके कारण रावण की उँगली पर्वत के नीचे पिचक गई! तब शिव को शांत एवं प्रसन्न करने के लिए रावण ने "शिव तांडव स्तोत्र" नामक असाधारण स्तुति की रचना की। परंतु शिव के बैल नंदी ने रावण को शाप दिया कि नंदी स्वयं वानर के रूप में आएगा और रावण को पराजित करेगा। एक क्षण के लिए रावण को लगा कि नंदी द्वारा दिए गए शाप के पूरा होने का समय आ चुका है, परंतु फिर उसने उस घटना को अधिक महत्त्व न देते हुए अपने मंत्री से कहा कि वह उस वानर से लंका आने का कारण पूछे।

मंत्री ने पूछा, "वानर! भयभीत मत होओ। यदि तुम सत्य बोलोगे तो तुम्हें कोई हानि नहीं होगी। यह तो स्पष्ट है कि तुम साधारण वानर नहीं हो अपितु तुम्हें देवताओं ने छद्म रूप में यहाँ भेजा है। यदि तुमने झूठ बोला तो तुम्हें मार दिया जाएगा।" हनुमान ने उसे कोई उत्तर देना आवश्यक नहीं समझा।

हनुमान ने रावण से कहा, "मैं देवताओं का दूत नहीं हूँ और न ही छद्म रूप में यहाँ आया हूँ। मैं जन्म से वानर हूँ और मैंने तुम्हारी वाटिका को सिर्फ़ इसलिए उजाड़ा क्योंकि मैं तुमसे मिलना चाहता था। मैं श्रीराम का दूत हूँ, जिनकी पत्नी सीता का तुमने अपहरण कर लिया है। राम के साथ अनुचित करने वाला व्यक्ति जीवित नहीं रह सकता। यदि तुम धर्म का पालन करोगे तो शायद तुम्हें क्षमा कर दिया जाए। तुम्हें अनेक देवताओं से आशीर्वाद मिला है और तुम्हारे पास बहुत-सी शानदार वस्तुएँ हैं। एक स्त्री के लिए

अपने इस प्रताप को नष्ट क्यों कर रहे हो? तुम बुद्धिमान हो और धर्म के ज्ञाता हो। क्या किसी अन्य पुरुष की पत्नी का, उसकी इच्छा के विरुद्ध, अपहरण करना उचित है? तीनों लोकों में ऐसी कोई शक्ति नहीं जो राम के सामर्थ्य का सामना कर सके। तुम्हें धर्म और अपने हित की बात सोचनी चाहिए। सीता को उनके पति को लौटा दो। मैंने सीता को देखा है। वे अत्यंत दुखी हैं। मैं अकेला ही पूरी लंका नष्ट कर सकता हूँ, तो फिर सोचो यदि राम स्वयं आ गए तो क्या होगा? सीता मृत्यु पाश के समान हैं जिन्हें तुमने अपने गले में डाल लिया है। राम का क्रोध घातक है। तुम्हारा धर्म अपनी प्रजा, अपने संबंधियों, बच्चों, पत्नी तथा संपत्ति की रक्षा करना है। मैंने जो कहा है, उसपर ध्यान से विचार करो और फिर कोई कार्य करो।"

हनुमान के प्रत्येक शब्द से रावण का क्रोध बढ़ता जा रहा था। वह हनुमान की बात समाप्त होने तक रुक नहीं सका और उसने गरजकर अपने प्रहरियों को उस बड़बोले वानर को मार डालने का आदेश दिया।

रावण के भाई विभीषण ने बीच में कहा, "स्वामी, वानर की हत्या करने से पहले दोबारा विचार कीजिए। मैं मानता हूँ कि इसने बहुत क्षति पहुँचाई है किंतु ध्यान रखिए कि यह दूत है तथा दूत की हत्या करना नियमों के विरुद्ध है।"

रावण बुद्धिमत्तापूर्ण सुझाव सुनने का इच्छुक नहीं था। उसने आदेश दिया कि हनुमान को तत्काल मार डाला जाए।

विभीषण ने फिर कहा, "यह केवल शत्रु द्वारा भेजा गया दूत है और स्वयं निर्दोष है। इस बात पर नियम बिलकुल स्पष्ट हैं कि दूत की हत्या नहीं की जा सकती। आप इसे सता सकते हैं, इसका सिर मुँड़वा सकते हैं अथवा इसे कोड़े लगवा सकते हैं किंतु इसकी हत्या नहीं कर सकते अन्यथा आपके यश पर कलंक लग जाएगा। हमें उन राजकुमारों पर हमला करना चाहिए जिन्होंने इसे भेजा है। उन दोनों मनुष्यों को मारने के लिए आपकी थोड़ी-सी सेना ही पर्याप्त होगी किंतु इस वानर को मत मारिए।"

आख़िरकार रावण ने विभीषण की बात मान ली और कहा, "विभीषण, तुम सही कह रहे हो कि दूत की हत्या नहीं करनी चाहिए परंतु मैं इस वानर को इसकी उद्दंडता के लिए दंड अवश्य दूँगा। वानर को अपनी पूँछ सबसे प्रिय होती है, इसलिए इसकी पूँछ में तुरंत आग लगा दी जाए और इसे लंका नगरी में घुमाया जाए ताकि सबको यह मज़ेदार दृश्य देखने को मिले।"

यह आदेश सुनकर राक्षस बहुत खुश हुए। जिस समय हनुमान को घसीटकर दरबार में लाया जा रहा था, वे सभी राक्षस चिल्ला रहे थे, "इसे मार दो! इसे जला दो! इसे खा जाओ!" वे सब प्रसन्न होकर हनुमान की पूँछ पर टूट पड़े। वे पूँछ पर तेल में डूबे चिथड़े लपेटने लगे। वे जितना कपड़ा लपेटते, हनुमान की पूँछ उतनी ही लंबी होती गई। लंका के समस्त वस्त्र-भंडारों से कपड़ा लेने के बाद भी वह कपड़ा पूरा नहीं पड़ा। वह इतनी लंबी हो गई कि उसने लंका नगरी को चारों ओर से दस बार लपेट लिया। राक्षस परेशान होकर गोल-गोल भाग रहे थे और पूँछ पर कपड़ा लपेटने की कोशिश कर रहे थे। पूँछ, लगातार लंबी होती जा रही थी। अंत में हनुमान को उनपर दया आ गई और उन्होंने राक्षसों को

अपना कार्य पूर्ण करने दिया। उस विशाल पूँछ पर कपड़ा लपेटने के बाद, राक्षसों ने तेल में डुबाकर उसमें आग लगा दी। उनकी विशालकाय पूँछ ने भयानक ज्वाला का रूप ले लिया। लोग इस दृश्य को देखने अपने घरों से बाहर भागे। हनुमान को क्रोध आ गया था। उन्होंने पूँछ को झटका देकर अपने आस-पास खड़े सभी राक्षसों को मार डाला! इसके बाद उन्होंने स्वयं को नियंत्रित करके बँध जाने दिया और नगर में घूमने लगे, जिसे उन्होंने पहले केवल रात के समय देखा था। उन्हें लगा कि घूमते हुए नगर का मानसिक चित्र बनाना अच्छा विचार था क्योंकि सेना के साथ लौटकर आने पर नगर की जानकारी उनके काम आएगी।

कुछ राक्षसियाँ प्रसन्न होकर सीता के पास दौड़ीं और उन्हें सारा हाल सुना दिया। यह सुनकर सीता रोने लगीं। उनके मन में आशा जगी ही थी किंतु अब उन्हें लगने लगा कि वह सब व्यर्थ था। उन्होंने अग्निदेव से प्रार्थना की कि वे हनुमान की पूँछ को क्षति न पहुँचाए अग्निदेव ने तत्काल हनुमान की पूँछ पर अपना ताप कम कर दिया और हनुमान के पिता वायुदेव उनके चारों ओर चलकर हनुमान को ठंडक पहुँचाने लगे। इसके बाद, हनुमान को यह चमत्कार देखकर बहुत आश्चर्य हुआ।

हनुमान ने जब देखा कि वे राक्षसराज रावण से मिलने में सफल हो गए हैं और उन्होंने पूरी लंका को भी देख लिया है, उन्हें लगा कि इतना करना पर्याप्त था। हनुमान कोई साधारण वानर नहीं थे जिन्हें वे मूर्ख राक्षस बुरा-भला कह पाते अथवा कष्ट दे पाते। एक क्षण में उन्होंने अपनी रस्सियाँ तोड़ दीं और अपने शरीर को झटका दिया। इसके बाद रक्त जमा देने वाली दहाड़ के साथ वे कूद कर नगरद्वार पर चढ़ गए तथा एक स्तंभ को लकड़ी के टुकड़े की भांति सरलता से उठा लिया। उसके प्रहार से उन्होंने प्रहरियों को मार गिराया। वे सोचने लगे कि किष्किंधा के लिए प्रस्थान करने से पूर्व वे और किस तरह का विध्वंस कर सकते थे।

उन्होंने सोचा, "इस अग्नि को, जिसके द्वारा मुझे दंडित किया गया है, अपना आहार नहीं मिल रहा है, इसलिए मैं इसे भोजन प्रदान करूँगा।" यह सोचकर उन्होंने नगर के मध्य एक ज़ोरदार छलांग लगाई और फिर एक भवन से दूसरे भवन पर कूदते गए और प्रत्येक को अपनी पूँछ में लगी आग से जलाते चले गए। माणिक्य एवं रत्नों से जड़ित महल और घर चरमराकर नीचे गिरने लगे। अंत में उन्होंने रावण के महल पर कूद कर उसे भी जला डाला। लोगों में उल्लास का जो माहौल था, वह अचानक घबराहट में बदल गया। चारों ओर अफरा-तफरी मच गई। लोग चिल्लाते हुए इधर-उधर भाग रहे थे और उस भयानक आग को बुझाने का प्रयास कर रहे थे। पूरी लंका जलती हुई मशाल जैसी लग रही थी। वह एक ज़बर्दस्त दृश्य था।

हनुमान का क्रोध जब थोड़ा शांत हुआ तो उन्हें अपने किए पर पछतावा होने लगा। "यह मैंने क्या किया?" उन्होंने मन में सोचा। "क्रोध में, क्या यह संभव है कि मैं जिसे बचाने आया था, उसी को नष्ट कर दिया हो? मैं अपने क्रोध का दास कैसे बन गया? लोग क्रोध में भरकर आसानी से अपराध कर बैठते हैं। क्रोध में व्यक्ति सम्मानजनक लोगों की भी हत्या कर सकता है। सच्चा साधु वही है, जो उत्तेजित होने की स्थिति में भी क्रोध न करे। मैंने सीता को मार डाला और साथ ही अपने स्वामी को भी मार दिया।"

उन्होंने फिर विचार किया, "नहीं, ऐसा नहीं हो सकता। जिस अग्नि ने मुझे क्षति नहीं पहुँचाई, वह उन्हें भी हानि नहीं पहुँचा सकती। सीता की शुचिता की कांति ने उनकी रक्षा कर ली होगी। उनके तपोबल और अपने पति के प्रति उनकी निष्ठा उनकी रक्षा करेगी।" वे दुख में डूबे यह सब सोच ही रहे थे कि उन्होंने कुछ दिव्य लोगों को अपने ऊपर से बातें करते हुए जाते देखा जो यह कहते जा रहे थे कि पूरी लंका आग की लपटों में है, किंतु केवल सीता ही उस अग्नि से सुरक्षित हैं। यह सुनकर हनुमान बहुत ख़ुश हुए और तुरंत वाटिका में सीता से प्रस्थान करने की अनुमति लेने पहुँच गए। सीता उन्हें देखकर बहुत प्रसन्न हुईं तथा हनुमान को आशीर्वाद दिया और वहाँ से शीघ्र ही निकल जाने को कहा।

हनुमान राम के पास लौटने को उत्सुक थे। वे उस नगरी की अंतिम झलक पाने के लिए पीछे मुड़कर देखने लगे। वह शानदार लंका नगरी, जो आकाश-हृदय पर चमचमाते मोती के झुमके जैसी लगती थी, अब उनके समक्ष जर्जर पड़ी थी। उसे देखकर हनुमान को थोड़ा खेद हुआ किंतु फिर उन्हें लगा कि रावण उस दंड का अधिकारी था। वे लंका के पर्वतशिखर पर चढ़ गए और वहाँ से ज़ोरदार छलांग लगा दी। अपना मुख उत्तरी दिशा में करने पर नीचे समुद्र को उफनते देखा और अपनी गति बढ़ा दी। वे लाल रंग के बादलों के बीच में से तीव्र बाण की भांति द्रुत गति से जा रहे थे। उनके वानर मित्र, जो उत्सुकता से हनुमान की प्रतीक्षा कर रहे थे, उनका जयघोष सुनकर उत्तेजित हो उठे। तभी हनुमान उनके बीच नीचे उतर आए। वे सब हनुमान को देखकर अत्यंत हर्षित हुए। उन्होंने सबको समाचार सुनाया कि किस तरह उन्हें अशोक वाटिका में सीता मिलीं, उन्होंने कैसे लंका में आग लगाई, इत्यादि। इन सब बातों को सुनकर वानर प्रसन्नता से उछलने लगे। अंगद ने गर्व से कहा कि उन्हें तुरंत लंका जाकर, रावण की सेना को परास्त करके सीता को वापस ले आना चाहिए। परंतु हनुमान बोले कि सीता को राम से यह आशा है कि वे स्वयं आकर उन्हें मुक्त करवाएँ और इसलिए, उन्हें शीघ्र किष्किंधा लौटना चाहिए।

उनके उत्साह से उनके पैरों को मानो पंख लग गए और उन सबने किष्किंधा तक की यात्रा आधे समय में पूर्ण कर ली। नगर के प्रवेशद्वार पर मधुवन नाम का एक उद्यान था, जो रसदार फलों और फूलों के वृक्षों से भरा था। वानरों ने जांबवंत और हनुमान से उद्यान के फलों तथा शहद खाने की अनुमति माँगी। उनके विशेष अनुरोध पर उन्हें अनुमति दे दी गई और सब वानरों ने उपवन में घुसकर भरपेट खाया-पिया और तृप्त हो गए। वानरों ने इतना शहद पी लिया कि उनके लिए चलना कठिन हो गया। कुछ गा रहे थे तो कुछ नाचने लगे। सुग्रीव का चाचा उस उद्यान का प्रहरी था। उसने वानरों को बहुत रोका किंतु उन्होंने उसकी एक न सुनी। पूरा उद्यान मदहोश वानरों से भरा हुआ था जो नशे में इधर-उधर घूम रहे थे। सुग्रीव के चाचा ने जब पूरी घटना उसे बताई तो सुग्रीव ने उसे चिंता न करने के लिए कहा। उसे विश्वास था कि वे अवश्य ही शुभ समाचार लेकर लौट रहे हैं अन्यथा वे अपने राजा का मनपसंद उजाड़ने का साहस नहीं करते। सुग्रीव ने प्रहरी से कहा कि वह वानरों को तुरंत उनके समक्ष प्रस्तुत करे। वह उस समय राम और लक्ष्मण के साथ प्रश्रवण पर्वत से लौटा था और वे सब हनुमान के आगमन का समाचार सुनकर अत्यंत उत्तेजित और प्रसन्न थे।

वानर समूह शोरगुल करता हुआ वहाँ आ पहुँचा। प्रत्येक वानर ऐसे इतराकर चल रहा था मानो उसने स्वयं ही वह असंभव कार्य किया हो। हनुमान और अंगद आगे आए। हनुमान ने राम को प्रणाम किया और कहा, "मैंने सीता को देख लिया!" उन्होंने इस बात को इस तरह इसलिए बोला क्योंकि वे जानते थे कि राम का हृदय आशा से परिपूर्ण था और जब तक वह "देखा" शब्द नहीं सुनेंगे उनका कष्ट दूर नहीं होगा। हनुमान नहीं चाहते थे कि राम को एक क्षण भी और कष्ट हो और इसीलिए वे चिल्लाए थे, "मैंने सीता को देख लिया!" राम की प्रसन्नता की कल्पना की जा सकती थी। यह समाचार सुनकर कि उनकी पत्नी जीवित हैं यद्यपि दुखी हैं, राम के लिए सबसे बड़ा समाचार था। उन्होंने हनुमान को गले लगा लिया और आशीर्वाद दिया।

वानरों में हनुमान से सुनी हुई बात को दोहराने के लिए होड़ लग गई। राम ने उन सबको स्नेहपूर्वक देखा और बोले, "मैं सीता के विषय में जानना चाहता हूँ। उसने क्या कहा? क्या उसने मेरे लिए कोई संदेश या चिह्न भेजा है?" यह सुनकर सब वानरों ने हनुमान की ओर देखा और उनसे आगे की कथा सुनाने की विनती करने लगे। हनुमान ने राम को प्रणाम किया और फिर लंका पर विजय की पूरी कथा सुनाई। उन्होंने राम की प्रिय व अकेली पत्नी सीता से हुई भेंट के विषय में भी बताया, जो अपने प्रिय पति से मिलने के लिए व्याकुल थीं। हनुमान ने राम को कौवे और लाल बिंदी वाली बातें भी बताईं। उन्होंने सीता द्वारा कही गई बातों में से एक भी शब्द नहीं छोड़ा। राम की आँखों से आँसू बहने लगे। हनुमान ने बताया कि सीता राम की मुद्रिका पाकर कितनी प्रसन्न हुईं और फिर उन्होंने सीता द्वारा दिया सिर का आभूषण राम को भेंट किया। उन्होंने सीता के आभूषण को अपनी छाती से लगा लिया। उनके भीतर मानो स्मृतियों की बाढ़-सी उठ गई। वे बोले, "यह हमारे विवाह के समय मेरे श्वसुर राजा जनक ने सीता को दिया था सीता ने इसे हमारे विवाह के समय पहना था। वह इसे सिर पर धारण करके कितनी सुंदर दिखती थी!" यह कहकर राम अपनी प्रिय पत्नी की स्मृतियों में खो गए।

राम ने लक्ष्मण को कहा, "यह कैसी विडंबना है कि मैं आभूषण देख सकता हूँ किंतु इसे पहनने वाले को नहीं देख सकता। यदि उसने कहा है कि वह एक माह और जीवित रहेगी, तो उसका जीवन मुझसे लंबा है क्योंकि मैं तो उसे देखे बिना एक क्षण भी नहीं रह सकता। हनुमान, मुझे उसके पास ले चलो!" ऐसा कहकर, राम दुखी हो गए।

हनुमान और लक्ष्मण ने राम को धीरज बँधाने लगे। आख़िरकार, राम शांत हो गए और उन्होंने हनुमान की उनके अद्भुत कार्य के लिए सराहना की। "तुमने जो कार्य किया है, उसे कोई अन्य नहीं कर सकता था। मुझे दुख है कि मैं तुम्हें इस कार्य के लिए कोई उचित उपहार देने में असमर्थ हूँ। मैं तुम्हें धन्यवाद के रूप में केवल गले से लगा सकता हूँ।" यह कहकर राम ने हनुमान को कसकर गले लगा लिया और उनसे बहुत देर तक लिपटे रहे। सब उन दोनों को प्रसन्नतापूर्वक देख रहे थे।

वशिष्ठ कहते हैं :

"यह चेतना ज्ञेय नहीं है। जब यह ज्ञेय होना चाहती है तो यह ब्रह्मांड का रूप ले लेती है। मन, बुद्धि और अहंकार, सब एक ही चेतना की तरंगें हैं।"

हरि ॐ तत सत

ॐ

ॐ

सेतुकृते नमः!

खण्ड 6

युद्ध कांड

ॐ

धनुर्धराय नमः!

अध्याय 1

वानरों की यात्रा

आनेतो भेषजद्रे लावांजलानिधे
लंघने दीक्षितोया,
वीर श्रीमान हनुमान मम मानसी वसन
कार्यसिद्धिं तनोतु।

हे वीर हनुमान! आप संजीवनी बूटी लेकर आए,
और समुद्र को इतनी सरलता से पार कर लिया,
कृपया मेरे मन में वास कीजिए तथा
मेरे समस्त कार्यों को समान सफलता के साथ करने में
सहायता कीजिए।

अब जबकि सीता का पता लग गया था, राम की अगली चिंता यह थी कि लंका पर आक्रमण करके सीता को कैसे मुक्त करवाया जाए। सुग्रीव ने राम से कहा कि वे ऐसी छोटी समस्याओं की चिंता न करें क्योंकि उसकी सेना उनका आदेश मानने के लिए तत्पर थी।

"प्रिय मित्र," सुग्रीव ने कहा, "यह दुखी होने का समय नहीं है। आप केवल समुद्र पर पुल बनाने की युक्ति सोचिए, शेष कार्य मेरी सेना करेगी। हम सब लोग आपकी सहायता के लिए उपस्थित हैं। याद रखिए कि इस संसार में ऐसा कोई नहीं है जो युद्ध में आपको परास्त कर सके। इसलिए दुख के बजाय मन में क्रोध को स्थान दीजिए ताकि हम शीघ्र ही शत्रु को समाप्त कर सकें।"

राम ने सुग्रीव की बात सुनी और फिर कहा, "यदि तुमने समुद्र पर सेतु बनाने की युक्ति नहीं सोची तो मैं अपने तपोबल से इसे सुखा दूँगा और वानरों के लिए मार्ग बना दूँगा। परंतु तुम सबसे पहले मुझे लंका नगरी के विषय में बताओ। वह किस प्रकार सुरक्षित है, वहाँ कितनी सेना है, वहाँ के द्वार की रक्षा कैसे होती है, इत्यादि? इसके बाद ही हम आक्रमण की योजना बना सकेंगे।"

हनुमान ने राम को प्रणाम किया और फिर लंका एवं उसके अवरोधों का विस्तृत विवरण देने लगे जिन्हें वे ध्यान से देखकर आए थे। उन्होंने बताया, "लंका एक शानदार नगरी है जो पर्वतशिखर पर स्थित है। वह रत्न-जड़ित स्वर्णिम दीवारों से घिरी हुई है। नीचे एक खाई है जिसमें मगरमच्छ रहते हैं। नगरी में लोहे की सलाखों से बने चार विशाल द्वार हैं। प्रत्येक द्वार पर एक पुल निर्मित है जिसकी रक्षा भयानक राक्षस करते हैं। रावण के पास अग्नि फेंकने वाली मशीनें हैं जो बहुत दूर तक विशाल शिलाएँ फेंकने में सक्षम हैं। रावण सदा सतर्क रहता है। उसमें प्रवेश करना लगभग असंभव है, किंतु आप घबराइए मत। मुझे विश्वास है कि हम यह कर सकते हैं।"

राम यह विवरण सुनकर प्रसन्न हुए और बोले, "मुझे भरोसा है कि हम लंका को नष्ट कर देंगे। सूर्य अपने चरम पर है और वह अभिजीत नामक नक्षत्र में प्रवेश कर रहा है। इस मुहूर्त में आरंभ किए गए किसी भी कार्य में अवश्य सफलता मिलती है। नील वानर के नेतृत्व में सेना की एक टुकड़ी को आगे भेजा जाए, जिस मार्ग पर फल तथा कंद हों। उसे राक्षसों से सावधान रहना होगा जो हमारे पानी में विष मिला सकते हैं तथा अन्य कई तरीक़ों से हमें परेशान कर सकते हैं। यदि उन्हें हमारे अभियान के बारे में पता लगा तो वे अवश्य ऐसा करने का प्रयास करेंगे। मैं, हनुमान की पीठ पर और लक्ष्मण, अंगद की पीठ पर सवार होकर आगे बढ़ेंगे ताकि हम जल्दी चल सकें। सेना को टुकड़ियों में बाँट दो और प्रत्येक का नेतृत्व किसी वीर योद्धा को सौंप दो।"

सुग्रीव ने तत्काल राम के निर्देशानुसार आदेश जारी कर दिए और बिना समय गँवाए उनकी सेना आगे चल पड़ी। वानरों में भारी उत्साह था और वे वृक्षों पर कूदते तथा अपनी पूँछ हिलाते खुशी से चल रहे थे। वे एक डाल से दूसरी पर झूलते हुए, फूलों को तोड़ते, फल एवं शहद खाते तथा परस्पर हँसी-मज़ाक करते हुए आगे बढ़ रहे थे। उनमें ज़बर्दस्त उत्साह था। उन्होंने बिना थके आसानी से मीलों की यात्रा तय कर ली। इस बीच, उन्होंने सरोवरों के किनारे पड़ाव डाले, वनों और पहाड़ों को पार किया तथा कुछ ही समय में दक्षिणी समुद्र तक पहुँच गए।

राम महेंद्र पर्वत पर चढ़े, जहाँ से हनुमान ने छलांग लगाई थी, तो उन्हें सामने उफनता हुआ सागर दिखाई पड़ रहा था। राम ने पर्वत की तराई वाले जंगल में पड़ाव डालने का निश्चय किया और आगे की योजना बनाने लगे। हज़ारों हज़ार वानर वहाँ आ पहुँचे और सागर-तट पर पड़ाव डाल दिया। वास्तव में, वे स्वयं समुद्र जैसे लग रहे थे। वे सागर में उठ रही तूफ़ानी लहरों को देखकर अचंभित थे और सोच रहे थे कि उस विशाल सागर को कैसे पार करेंगे।

राम ने लक्ष्मण से कहा, "मेरा मन इस सागर को देखकर बहुत दुखी है। कहते हैं, समय के साथ दुख कम हो जाता है, किंतु मेरे साथ ऐसा नहीं है। अपनी प्रिय पत्नी से दूर रहकर प्रति पल मेरा कष्ट बढ़ रहा है। सीता द्वारा दिया गया समय तेज़ी से बीत रहा है। सीता ने संदेश दिया है कि वह दो माह से अधिक जीवित नहीं रह पाएगी जिसमें से एक माह समाप्त हो गया है। अब हम क्या करें?"

अपने चेहरे पर हवा को महसूस करते हुए राम ने कहा, "हे मंद पवन, कृपया मेरी

प्रिय पत्नी के चेहरे को भी स्पर्श करो और फिर लौटकर मेरा स्पर्श करो ताकि उसका गर्म स्पर्श तुम्हारे साथ आ सके। जब उसे इस सागर के ऊपर से ले जाया गया होगा तो उसने मुझे बार-बार पुकारा होगा। मुझे उसकी असहाय स्थिति के बारे में सोचकर बहुत पीड़ा हो रही है। अब जबकि मुझे पता है कि वह कहाँ है, मैं उसे देखने के लिए अत्यंत व्याकुल हूँ। मुझे उसकी मुस्कान देखनी है, उसके चेहरे के भाव देखने हैं और उसकी मधुर आवाज़ सुननी है। वह पहले ही पतली थी। अब तो निरंतर व्रत से वह अवश्य ही दुर्बल व क्षीण हो गई होगी। मैं उस दिन की अधीरता से प्रतीक्षा कर रहा हूँ, जब मैं उस दुष्ट रावण को मारकर सीता को गले से लगा सकूँगा!"

इस बीच, लंका में रावण ने अपने सलाहकारों को बुलाया और लंका-दहन के हुए विध्वंस के विषय में विचार करने लगा। उसे बहुत गुस्सा आ रहा था कि एक साधारण वानर ने उसकी लंका नगरी को कुछ ही घंटों में नष्ट कर डाला जिसे उसने इतने वर्षों में कड़ी मेहनत से बनाया था। उसके गुप्तचरों ने उसे आगे बढ़ती वानर सेना का समाचार दे दिया था। उसे विश्वास था कि राम सागर पार करने में सफल हो जाएँगे। उसने अपने सभा में बैठे विद्वानों का सुझाव लेना उपयुक्त समझा। दुर्भाग्य से, उसके आस-पास चाटुकारों और चापलूसों का जमघट था। उन्हें रावण के पहले से वर्धित अहंकार को बढ़ाने के अतिरिक्त, कुछ नहीं आता था।

वे बोले, "हे शक्तिशाली शासक! आपने स्वर्ग से लेकर पाताल तक, सब पर विजय प्राप्त कर ली है। तीनों लोकों में ऐसा कोई नहीं है, जो आपके नाम से काँपता न हो। आपको राम से डरने की क्या आवश्यकता है? उसकी सेना में सिर्फ़ बंदर और भालू हैं। राम की सेना की आपकी सेना से तुलना कैसे की जा सकती है? आपके पुत्र इंद्रजित ने स्वर्ग जीता था। आपको तो अपने स्थान से हिलने की भी ज़रूरत नहीं है। वह बिना सेना की सहायता के, अकेला ही शत्रु के सागर पार करने से पहले, उनकी सेना का संहार कर देगा।" अपने सर्वोच्च योद्धाओं द्वारा कहे इन सांत्वनापूर्ण वचनों से रावण का आत्मविश्वास बढ़ गया और वह प्रसन्न हो गया। वहाँ केवल एक व्यक्ति था जिसने रावण की इच्छा का विरोध किया और वह उसका अपना भाई विभीषण था।

वह बोला, "शत्रु की ताक़त को कम आँकना उचित नहीं है। राम ने आपका क्या बिगाड़ा है? आपने उनकी पत्नी सीता का अपहरण किया है और उन्हें उनकी इच्छा के विरुद्ध यहाँ बंदी बना रखा है। दूसरे पुरुष की पत्नी पर बुरी दृष्टि रखना दुख और अपयश का कारण बनता है। सीता आपके तथा आपकी प्रजा के लिए दुख का कारण बन जाएगी। मेरा सुझाव मान लीजिए और सीता को राम को लौटा दीजिए। यदि आपने तत्काल यह कार्य नहीं किया तो हमारे ऊपर भारी संकट आ जाएगा। मैंने आपको सुझाव देने का साहस इसलिए किया है क्योंकि आप मेरे भाई हैं और मैं आपसे बहुत प्रेम करता हूँ। हम सब प्रेम एवं सौहार्द के साथ रहना चाहते हैं, इसलिए मेरी सलाह मान लीजिए।"

रावण ने कुछ नहीं कहा और दरबार को स्थगित कर दिया। अगले दिन सुबह विभीषण अपने भाई के कक्ष में गया और उसे प्रणाम किया। वह अपने खूँखार भाई से एकदम अलग, अत्यंत नेक व सदाचारी था। उसने फिर से अपने भाई को समझाने तथा

उसे उसकी भूल का एहसास करवाने की कोशिश की। विभीषण ने रावण को नगर में हो रहे अपशकुनों के विषय में बताया जो उनके कुल के लिए बुरा संकेत दे रहे थे।

काम-वासना में अंधा रावण, सुवचनों एवं नेक परामर्श सुनने का इच्छुक नहीं था। उसने चिढ़कर उत्तर दिया, "हमें किसी से भयभीत होने की आवश्यकता नहीं है। यदि राम समस्त देवताओं को साथ लेकर आ जाए तो भी मुझे पराजित नहीं कर सकता। विभीषण, अब तुम जाओ! मुझे कायरों की सलाह नहीं चाहिए।"

विभीषण उदास होकर लौट गया। यद्यपि रावण ने अपने भाई की बात नहीं मानी, उसके मन में डर उत्पन्न हो गया। उसने फिर से युद्ध-परिषद को बुलवाया। विभीषण समेत सभी मंत्रीगण आ पहुँचे।

रावण बोला, "मैंने तुम लोगों से तुम्हारा सुझाव माँगने के लिए बुलाया है। मैं अपने भाई कुंभकर्ण के जागने और उसका सुझाव देने की प्रतीक्षा कर रहा था। अब वह भी आ गया है। तुम सब जानते हो कि मेरे मन में सीता के प्रति बहुत अनुराग है, किंतु वह मेरी ओर देखती भी नहीं है। राम ने यहाँ अपना दूत भेजा था जिसने नगर में आग लगा दी थी। मुझे अब यह सूचना मिली है कि राम ने समुद्र पार तट पर पड़ाव डाल दिया है। मैं यहाँ एकत्रित विद्वानों का सुझाव लेना चाहता हूँ कि हमारा अगला क़दम क्या होना चाहिए। कोसल के राजकुमार को मारकर वानरों को समाप्त कर दिया जाए। हमें यह कार्य कैसे करना चाहिए?"

रावण का भाई कुंभकर्ण, जो अपनी नींद के लिए प्रसिद्ध था और जिसे रावण की गतिविधियों की कोई जानकारी नहीं थी, अपनी झपकी से बाहर आया और गरजकर बोला, "तुम्हें सीता का अपहरण करने और उसे यहाँ लाने से पूर्व हमारी सलाह लेनी चाहिए थी। उस समय तो तुम केवल अपनी कामेच्छा की सुन रहे थे। अब जबकि तुम मुसीबत में हो तो हमसे क्यों राय ले रहे हो? सीता का अपहरण करना विषैला भोजन करने के समान है। मुझे आश्चर्य हो रहा है कि राम यहाँ पहले क्यों नहीं आया! तुमने किसी से बिना पूछे इतने सारे काम कर लिए। अब यह देखना तुम्हारा दायित्व है कि हम लोग किसी संकट में न पड़ जाएँ। निश्चय ही, मैं राम से युद्ध करूँगा और उसे मार डालूँगा और फिर सीता तुम्हारी हो जाएगी, किंतु ध्यान रखो कि मैं इन सबसे सहमत नहीं हूँ।"

रावण को अपने भाई द्वारा कही स्पष्ट बात की बिलकुल चिंता नहीं थी, किंतु वह शांत रहा। इसके बाद एक अन्य मंत्री ने भी मीठी बातें कीं और रावण को कहा कि उसे चिंता करने की कोई आवश्यकता नहीं है। उसने फिर रावण से पूछा कि यदि वह सीता को प्राप्त करने का इतना इच्छुक है तो उसे बलपूर्वक अपना क्यों बना लेता।

रावण ने कहा, "बहुत पहले, मैंने रंभा नाम की एक अप्सरा से दुष्कर्म किया था। वह मुरझाए कुमुदिनी के पुष्प की भांति हो गई थी और फिर उसने अपने पति नलकुबेर से मेरी शिकायत कर दी। उसे बहुत क्रोध आया और उसने मुझे शाप दिया था, 'रावण, यदि तुमने किसी स्त्री की इच्छा की विरुद्ध उससे दुष्कर्म किया तो तुम्हारे सिर के हज़ारों टुकड़े हो जाएँगे।' यही कारण है कि मैंने बलपूर्वक सीता के साथ संभोग नहीं किया है। राम तथा सीता को इस बात का पता नहीं है परंतु मैं राम को जीवित नहीं छोड़ूँगा। कोई

साधारण मनुष्य, बंदरों के दल के साथ राक्षसराज की शक्ति को चुनौती कैसे दे सकता है?" ऐसा कहकर वह भीषण गर्जना के साथ हर्षपूर्वक खड़ा हो गया। उसके दोनों भाइयों के अतिरिक्त पूरा दरबार उसके साथ उठ खड़ा हुआ और उन सबने बंदर व भालुओं के झुंड द्वारा रावण को परास्त करने के हास्यास्पद दृश्य पर ज़ोरदार ठहाका लगाया! परंतु रावण, ब्रह्मा से मिले वरदान को भूल गया। उसने वरदान में सभी प्रकार के दिव्य एवं दैत्य श्रेणी के प्राणियों से सुरक्षा माँगी थी। अपने अहंकार के चलते, उसने मनुष्यों और वानरों को अपना प्रतिद्वंद्वी मानने से ही मना कर दिया और अब वही अपने उद्देश्य के साथ तेज़ी से उसकी ओर बढ़ रहे थे।

विभीषण ने एक बार फिर रावण को समझाने का प्रयास किया। "क्या आपको दिखाई नहीं दे रहा कि सीता एक घातक सर्प है, जो आपके हृदय से लिपट गई है? आपके योद्धा राम की शक्ति के आगे नहीं टिक सकेंगे। आप और आपका भाई कुंभकर्ण मिलकर भी युद्ध में राम का सामना नहीं कर सकते।" इसके बाद विभीषण ने अन्य मंत्रियों को संबोधित करते हुए कहा, "यह मंत्री का कर्तव्य है कि वह राजा को बुद्धिमत्तापूर्ण परामर्श दे और यदि संभव हो, तो उसके द्वारा की गई भूल के परिणाम से उसकी रक्षा करे। तुम सब लोग मिलकर इनका पतन और अपने कुल का नाश क्यों चाहते हो? तुम लोग सब मिलकर इन्हें मृत्यु की ओर धकेल रहे हो।"

रावण का पुत्र इंद्रजित, अधीर स्वर में बोला, "पिताजी, मुझे आपके भाई के वचन सुनकर आश्चर्य हो रहा है! ये कायर हैं और यदि आपने इनकी बात सुनी तो आपका नाम धूल में मिल जाएगा। इनका स्वभाव आपसे बिलकुल अलग है। यदि आप अपना उपहास नहीं करवाना चाहते तो इनकी कोई बात मत सुनिए। मैंने अपना नाम भीषण योद्धा के रूप में स्थापित किया है। मैंने वज्रधारी इंद्र के हाथी को मार दिया था। क्या आपको लगता है, मैं दो साधारण मनुष्यों को देखकर मैं भयभीत हो जाऊँगा?"

विभीषण ने अपने भतीजे की बात को बिना विद्वेष भाव के सुना। "पुत्र, मुझे लगता है कि तुम उचित और अनुचित में भेद नहीं कर पा रहे हो। तुम्हें धर्म के विषय में ज्ञान नहीं है, इसलिए तुम इस तरह बोल रहे हो।" विभीषण ने फिर रावण से कहा, "प्रभु, मेरी बार सुनिए। अपने मूल्यवान रत्न तथा सीता को लेकर राम के पास जाइए और सीता को उन्हें लौटा दीजिए। उसके बाद, सदा के लिए यह बोझ आपके ऊपर से उतर जाएगा। मैं आपसे ऐसा ही करने की विनती करता हूँ।"

अपने भाग्य द्वारा प्रेरित रावण ने अपने हितैषी भाई को बुरी तरह फटकारा, "मुझे लोगों द्वारा कहे गए सत्य का आभास हो रहा है। व्यक्ति अपने शत्रु, यहाँ तक कि किसी सर्प के साथ भी मिल-जुलकर रह सकता है किंतु ऐसे व्यक्ति के साथ नहीं रह सकता जो मित्र होने का दिखावा करता हो, किंतु अवसर मिलने पर आपको क्षति पहुँचा दे। मुझे अग्नि और अस्त्र-शस्त्रों का भय नहीं है। मुझे आग और अस्त्र-शस्त्रों से भय नहीं लगता, किंतु अपने निकट संबंधी अधिक ख़तरनाक हैं। मधुमक्खियाँ, फूल के पराग की अंतिम बूँद चूसकर उड़ जाती हैं, इसी तरह अपात्र लोग भी किसी संबंध के लाभकारी न रहने पर, उसका त्याग कर देते हैं। यदि किसी अन्य व्यक्ति ने यह बात कही होती तो मैं उसे मार

डालता किंतु तुम मेरे भाई हो इसलिए मैं तुम्हें छोड़ रहा हूँ। तुम्हें धिक्कार है! तुम, हमारे कुल पर कलंक हो!"

विभीषण अपने चार मित्रों के साथ खड़ा हो गया और बोला, "महाराज, मैं आपके द्वारा की गई भूल से आपकी रक्षा करना चाहता था। मैंने जो कुछ कहा, आपके हित में कहा। मीठे बोल द्वारा आपको प्रसन्न करने वाले लोगों को खोजना बहुत सरल होता है, किंतु राजा के सामने शुद्ध सत्य बोलने वाले लोग बहुत कम होते हैं। आप मुझसे बड़े हैं इसलिए मैं क्षमा माँगता हूँ। परंतु, मैं अब यहाँ नहीं रह सकता। आपको चाटुकारों और मूर्खों ने घेर रखा है। मैं आपकी सहायता करना चाहता था किंतु मृत्यु के पाश में फँसा व्यक्ति, अपने हितैषी द्वारा दी गई नेक सलाह पर ध्यान नहीं देता।" ऐसा कहकर विभीषण अपने चारों मित्रों के साथ समुद्र पार करके राम के शिविर में आ गया।

कहते हैं, वे तीनों भाई - रावण, कुंभकर्ण और विभीषण क्रमशः तीन प्रकार के गुण अथवा प्रकृति को दर्शाते हैं - रज, तम और सत्त्व। विभीषण, सतोगुण अर्थात सामंजस्य और अच्छाई का प्रतीक था। रावण, रजोगुण अर्थात आवेश का तथा कुंभकर्ण, तमोगुण अर्थात निष्क्रियता, आलस्य एवं उदासीनता का प्रतीक था।

वशिष्ठ कहते हैं :

"परम तत्व असार है और इसीलिए सूर्य जैसा कोई भौतिक प्रकाश उसे उजागर नहीं कर सकता।

वह स्व-दीप्तिमान है, इसलिए वह जड़ अथवा अंधकारमय नहीं है।

इसे किसी अन्य द्वारा समझा अथवा अनुभव नहीं किया जा सकता।

परम तत्व ही केवल परम तत्व को जान सकता है।"

हरि ॐ तत सत

ॐ

ॐ

विभीषण-प्रतिष्ठात्रे नमः!

अध्याय 2

लंका तक सेतु

भज दीनबन्धु दिनेश दानव
दैत्य वंश निकन्दनम्!
रघुनन्द आनन्द कन्द!
कौशल चन्द्र दशरथनन्दनम्!

आनंदमय रघुनंदन की वंदना करो,
जो दशरथ-पुत्र एवं कोसल राज्य की पूर्णिमा के चंद्रमा हैं,
दुखियों की सहायता करने वाले हैं,
असुरों के विनाशक हैं।

अपने भाई रावण को छोड़कर, विभीषण तट के दूसरे छोर पर राम के शिविर में आया। प्रवेश पर पहरा दे रहे वानरों ने उसे और उसके चार साथियों को हवा में उड़ते देखा। विभीषण ने आभूषण पहने थे तथा उसके हाथ में गदा थी। सुग्रीव ने उसे देखा तो उसने वानरों को युद्ध के लिए तैयार रहने को कहा। यह देखकर विभीषण आकाश में उड़ते हुए बोला, “मैं रावण का छोटा भाई, विभीषण हूँ। मैंने उसे बार-बार समझाया कि वह सीता को राम को लौटा दे, किंतु उसने मेरा अपमान किया और मुझे निकाल दिया। मैं अपने परिवार सहित, सर्वस्व त्यागकर राम के चरणों में शरण लेने आया हूँ क्योंकि मैंने सुना है कि वे अत्यंत दयालु हैं तथा सभी प्राणियों से मित्र जैसा व्यवहार करते हैं।”

सुग्रीव, दौड़कर राम के पास गया और उन्हें सावधान किया, “इन निशाचरों पर कभी विश्वास नहीं करना चाहिए। यह कहता है, यह रावण का भाई है परंतु यह उसका गुप्तचर भी हो सकता है। यह हमारा विश्वास जीत कर फिर बाद में विश्वासघात भी कर सकता है। उस उलूक की भांति, जिसने सही अवसर की प्रतीक्षा की और फिर कौवों का पूरा वंश समाप्त कर दिया, यह हमारे साथ मिल जाएगा और फिर अवसर पाकर हम सबको मार डालेगा।”

राम ने उसकी बात ध्यान से सुनी और अन्य लोगों से उनका मत पूछा। सबकी यही राय थी कि विभीषण पर भरोसा नहीं करना चाहिए।

अंत में हनुमान ने कहा, "मैंने इस व्यक्ति को लंका में देखा था। तब इसने रावण द्वारा मेरा वध किए जाने के विचार का विरोध किया था। वास्तव में, इसी के कारण रावण ने मुझे मारने का विचार छोड़ दिया। मुझे इसकी मुखाकृति और व्यवहार कपटपूर्ण नहीं लगता। मेरे विचार से इसने रावण को समझाने का प्रयास किया होगा किंतु उसने इसकी बात नहीं मानी। इसी कारण यह रावण को छोड़कर यहाँ आ गया है। शास्त्र कहते हैं कि अधर्मी के साथ नहीं रहना चाहिए। इसके अतिरिक्त, कोई गुप्तचर इस तरह अपने आने की घोषणा नहीं करता, जैसी कि इसने की है।"

राम ने हनुमान का मत सुना तो वे बहुत प्रसन्न हुए क्योंकि उनके भी यही विचार थे। वे बोले, "मेरे पास जो भी प्रेम से भरे हृदय से आता है, मैं उसे प्रेम सहित स्वीकार करता हूँ। मैं अपनी शरण में आए किसी भी व्यक्ति को निराश नहीं करूँगा चाहे, उसकी नीयत बुरी क्यों न हो। यही मेरा निर्णय है।"

विवेकशील सुग्रीव ने, एक बार फिर राम द्वारा एक राक्षस को अपना मित्र बनाने के विचार के लिए समझाने का प्रयास किया क्योंकि यह उसका अपना अनुभव था कि राक्षसों पर भरोसा नहीं करना चाहिए।

राम ने मुस्कराते हुए कहा, "कोई धार्मिक व्यक्ति भी राक्षसों के कुल में जन्म ले सकता है। यह स्पष्ट है कि विभीषण के लिए अपने अधर्मी भाई के साथ रहना असंभव हो गया था और इसीलिए यह मेरे पास आया है। मैं इसे स्वीकार करूँगा।"

सुग्रीव ने कहा, "प्रभु! आप अत्यंत उदार हैं। मुझे विश्वास है कि वह गुप्तचर है। उसे मार डालना अधिक सुरक्षित है।"

राम ने मुस्कराते हुए उत्तर दिया, "मेरे लिए इस बात का कोई महत्त्व नहीं है कि यह अच्छा है अथवा बुरा। धर्म का नियम यही है कि शरणार्थी को कभी निराश नहीं करना चाहिए। मेरा यह सिद्धांत है कि जो भी मेरे पास आकर कहेगा कि वह मुझसे जुड़ना चाहता है, मैं उसकी सहायता करूँगा। मेरे लिए उसके चरित्र का कोई महत्त्व नहीं है। यदि रावण स्वयं भी आ जाए, तो मैं यही करूँगा! जाओ, और उसे यहाँ लेकर आओ।"

सुग्रीव राम के वचन सुनकर आश्चर्यचकित हो गया। गया। उसने राम को प्रणाम किया और उनके आदेश का पालन करने चला गया। विभीषण को यह जानकर बहुत खुशी हुई कि उसे स्वीकार कर लिया गया था। यह सुनते ही विभीषण तुरंत नीचे उतर आया और राम के चरण पकड़कर गिर पड़ा। वह फिर उठा और बोला, "प्रभु, मैं रावण का सौतेला भाई विभीषण हूँ। उसने मेरा बहुत अपमान किया है। मैं अपने नगर, मित्रों और संबंधियों को त्यागकर आपके पास आया हूँ। अब आप ही मेरे सब कुछ हैं। मेरा जीवन और कल्याण आपके हाथ में है। मैंने अपने सुख, दुख और अपना जीवन भी आपके शुभ चरणों में अर्पित कर दिया है। कृपया मुझे अपने निष्ठावान दास के रूप में स्वीकार कीजिए।"

विभीषण की निष्ठा देखकर राम भावुक हो गए। वे उसे देखकर धीरे-से मुस्कराए

और उसका स्वागत किया। उन्होंने विभीषण से रावण की शक्ति और उसकी दुर्बलताओं के विषय में पूछा।

विभीषण बोला, "मेरे भाई को ब्रह्मा से यह वरदान मिला है कि उसे देव, दानव, गंधर्व अथवा सर्प या पक्षी नहीं मार सकते। मेरा दूसरा भाई कुंभकर्ण, असाधारण योद्धा है। प्रधान सेनापति प्रहस्त, अजेय है। रावण के ज्येष्ठ पुत्र, इंद्रजित के पास अभेद्य कवच है और अग्निदेव से मिले वरदान के कारण, इंद्रजित अदृश्य रहकर युद्ध कर सकता है। रावण की सेना में कई हज़ार राक्षस हैं, जो माँस व रक्त पर जीवित रहते हैं तथा स्वेच्छा से रूप बदल सकते हैं। रावण, स्वयं युद्ध में देवताओं को भी पराजित कर चुका है।"

राम ने ये सब बातें बहुत ध्यान से सुनीं और फिर मुस्कराते हुए कहा, "विभीषण, तुम घबराओ मत! मैं उन सबको मार दूँगा और तुम्हें लंका का राजा बना दूँगा। वह भागकर किसी भी लोक में कहीं भी चला जाए, रावण को मेरे बाणों के कोप से अब कोई नहीं बचा सकता। मैं इस कार्य को पूर्ण किए बिना, अयोध्या नहीं जाऊँगा। मैं अपने तीनों भाइयों के नाम की शपथ लेकर यह बात कहता हूँ।"

विभीषण ने राम के चरण पकड़ लिए और कहा, "मैं धर्म की शपथ लेता हूँ कि मैं अपनी क्षमतानुसार, आपकी पूरी सहायता करूँगा। परंतु एक कार्य है, जो मैं नहीं करूँगा - मैं अपने लोगों को नहीं मारूँगा!"

राम बोले, "लक्ष्मण, समुद्र से जल लेकर आओ। मैं स्वयं विभीषण का अभी और यहीं राज्याभिषेक करूँगा।" लक्ष्मण तुरंत समुद्र से जल ले आए और राम ने वानरों की उपस्थिति में, विभीषण के सिर पर जल डालकर उसका अभिषेक कर दिया और उसे लंका का राजा घोषित कर दिया।

इसके बाद, राम ने सुग्रीव और विभीषण से समुद्र पार करने की योजना के विषय में पूछा। विभीषण ने कहा कि यदि राम प्रार्थना करें तो सागर देवता अवश्य उनकी इच्छा पूर्ण करेंगे। "इस समुद्र का अस्तित्व ही सगर बंधुओं के कारण है, जो राम के पूर्वज हैं। जलदेवता को यह अवश्य पता होगा और वे अवश्य आपकी सहायता करेंगे।"

इस बीच, रावण ने अपना गुप्तचर भेजकर सुग्रीव से मित्रता करने और उसे अपनी ओर मिलाने का प्रयास किया। वानरों ने उस गुप्तचर को पकड़ लिया और बुरी तरह पीटा। वह चिल्लाता हुआ राम के पास भागा और उसने राम से उसकी रक्षा करने की प्रार्थना की। राम ने तुरंत वानरों को उसे छोड़ने का आदेश दिया। वह आकाश में उड़ गया और राम की प्रशंसा करने लगा। "हे राम! आप सचमुच पुरुषोत्तम हैं। कृपया मुझे बताएँ कि मैं रावण से क्या कहूँ।"

सुग्रीव ने गुस्से से कहा, "अपने स्वामी से कहना कि सुग्रीव कभी उसका मित्र नहीं बन सकता। तुम राम के शत्रु हो और इसलिए तुम्हें मेरे हाथों केवल मृत्यु प्राप्त होगी।"

राम ने प्रण किया कि यदि जलदेवता उनकी प्रार्थना स्वीकार नहीं करेंगे तो वे अपने प्राण त्याग देंगे। वे समुद्र के सामने दर्भ घास बिछाकर बैठ गए और ध्यान में लीन हो गए। जब तीन दिन और तीन रातों के बाद भी जलदेवता ने राम की प्रार्थना पर ध्यान नहीं

दिया तो राम का धैर्य समाप्त हो गया। उन्होंने लक्ष्मण से कहा, "मैंने तुम्हें पहले भी कहा था कि मेरी विनम्रता को मेरी दुर्बलता समझा जाता है। कभी-कभी लोगों को बलपूर्वक ही पराजित करना पड़ता है और जलदेवता भी उनमें से ही एक लगते हैं। मेरा धनुष और बाण लाओ और मैं इस समुद्र को एक ही बाण से सुखा देता हूँ। मैं इसे जल से वंचित कर दूँगा और फिर इसमें रेत के अतिरिक्त कुछ नहीं बचेगा। तब मेरी सेना बिना कठिनाई के इसे पार करके रावण की लंका तक पहुँच जाएगी।"

ऐसा कहकर, राम ने अपने धनुष से बाण छोड़ दिया जिससे समुद्री जीवों में हलचल पैदा हो गई। उसमें पर्वत जितनी ऊँची लहरें उठने लगीं। पीड़ा से पूरी पृथ्वी काँपने लगी। आकाश काला हो गया और बिजली कड़कने लगी तथा आकाश में उल्कापिंड चमचमाने लगे। भीषण कष्ट से समुद्र कराहने व काँपने लगा। तभी लक्ष्मण ने राम की बाँह पकड़कर उन्हें दूसरा बाण चलाने से रोक लिया। जलदेवता भय से काँपते हुए बाहर आ गए। सागर के गले में पड़े माणिक्यों की चमक ने राम के क्रोध से उत्पन्न अंधकार को दूर कर दिया। सागर देवता ने मोतियों की लंबी माला पहनी हुई थी। उनके बाल समुद्री शैवाल से ढँके हुए थे और उनके लंबे, सफ़ेद बालों एवं दाढ़ी से पानी लगातार गिर रहा था। वे एक लहर पर सवार होकर सागर की सतह पर आ गए। वे धीरे-धीरे तट पर पहुँचे और हाथ जोड़कर विनम्रतापूर्वक राम के सामने खड़े हो गए।

वे बोले, "प्रभु, आप सदाशयता एवं दया के धाम हैं। मैं पहले ही, आपके सम्मुख इसलिए नहीं प्रकट हुआ क्योंकि मैं अपने स्वभाव के विरुद्ध नहीं जा सकता। आप तो जानते हैं कि पृथ्वी, अग्नि, वायु और जल सभी प्रकृति के नियमों से बँधे हैं। मैं गहरा, विस्तृत और अथाह हूँ और मैं अपनी प्रकृति बदल नहीं सकता। परंतु मैं आपको एक योजना बता सकता हूँ जिससे आप आसानी से मुझे पार कर लेंगे। आपकी सेना में नल नाम का एक वानर है। वह देवताओं के शिल्पी विश्वकर्मा का पुत्र है। वह सेतु निर्माण की कला में पारंगत है। आप उसे सेतु बनाने का कार्य सौंप दीजिए और जिस समय आपकी सेना उस सेतु को पार करेगी तो मैं उसे टूटने या डूबने नहीं दूँगा। मैं आपको यह वचन भी देता हूँ कि पानी में रहने वाले मगरमच्छ एवं अन्य सरीसृप आपकी सेना को हानि नहीं पहुँचाएँगे।" ऐसा कहकर सागर देवता एक लहर में, जो उन्हें लेने आई थी, विलीन हो गए।

राम ने नल को बुलाया। उसने तत्काल सेतु निर्माण का कार्य करना स्वीकार कर लिया। निर्माण आरंभ करने से पूर्व, राम ने रेत से भगवान शिव का एक अत्यंत सुंदर लिंग बनाया और उसकी पूजा की। उन्होंने भगवान शिव से अपने कार्य की सफलता के लिए आशीर्वाद भी माँगा। जिस स्थान पर राम ने वह शिवलिंग स्थापित किया था, उस जगह को अब रामेश्वरम कहते हैं और यह आज भी पूजा-अर्चना का प्रसिद्ध स्थल है।

नल के आदेश पर वानर तेज़ चाल से सेतु के निर्माण हेतु सामग्री एकत्रित करने लगे। उन्होंने वृक्ष उखाड़ लिए और वे अपने कंधों पर उठाकर बड़ी-बड़ी शिलाएँ ले आए। वे प्रत्येक पत्थर को सही जगह पर रखने के साथ-साथ लगातार राम नाम का जादुई मंत्र भी जप रहे थे और उससे यह कार्य द्रुत गति से चल रहा था। वह सेतु सौ योजन लंबा और दस योजन चौड़ा था। पहले ही दिन उसका पाँचवां भाग तैयार हो गया और पाँच

दिन में पूरा सेतु बनाकर तैयार हो गया। राम और लक्ष्मण तट पर बैठकर कार्य होता देख रहे थे। कहते हैं, एक गिलहरी, जो राम की सहायता करना चाहती थी, बार-बार पानी में कूदती, फिर रेत में लोट लगाती और फिर अपने शरीर पर चिपकी रेत को सेतु के ऊपर झाड़ आती थी। उसके लिए, इतना ही प्रयास कर पाना संभव था। वानरों ने उसका मज़ाक उड़ाया और उसे कहा कि वहाँ से हट जाए नहीं तो वानरों के पैरों के नीचे कुचली जाएगी। वह डर गई और और उदास होकर राम के समीप जाकर दुबक गई। राम ने उसे अपनी गोद में बैठाया। राम ने स्नेहपूर्वक उसकी पीठ पर अपनी तीन उँगलियाँ फेरीं। तभी से, भारतीय गिलहरियों की पीठ पर आज भी राम की उँगलियों के चिह्न के रूप में, तीन धारियाँ अंकित होती हैं। राम ने उसका भय दूर करते हुए कहा कि उसका प्रयास भी वानरों की भीषण उपलब्धियों के समान ही मूल्यवान है। उसके द्वारा लाई गई रेत भी वानरों द्वारा लाई गईं चट्टानों जितनी ही अनमोल है। इस तरह, उस छोटी-सी गिलहरी ने राम के हृदय में स्थान बना लिया।

सेतु तैयार था और देवतागण भी उसका निरीक्षण करने के लिए आए। वह सेतु ऊपर से देखने पर किसी स्त्री के बालों में निकली मनोहर और सुंदर माँग की भांति लग रहा था। राम ने सबसे पहला चरण रखा और उनके पीछे लक्ष्मण तथा सुग्रीव भी आए। उनके पीछे नाचते-कूदते वानरों के समूह चल रहे थे। वे बीच-बीच में हवा में उछलकर समुद्र में छलांग लगाते और कुछ पल पानी में तैर लेते थे। उनके शोर में समुद्र का शोर भी दब गया था! ऐसा लग रहा था, मानो सेना द्वारा सेतु पार करते समय, समुद्र ने अपनी श्वास रोक ली हो। आख़िरकार उन्होंने शत्रु की भूमि पर क़दम रख दिया। राम ने लक्ष्मण और सुग्रीव को शिविर तैयार करने को कहा। सूर्य अस्त हो चुका था और चंद्रमा उदय हो रहा था। रात्रि होने पर राम की सेना वहीं ठहर गई। नगर का शोर उन्हें दूर तक सुनाई दे रहा था। वानरों के उत्साह और निष्ठा एवं उनके निश्छल प्रेम को देखकर राम भावुक हो उठे। वानर भी खुशी से उत्साहित थे और चीख़ रहे थे।

राम ने दृष्टि उठाकर लंका के सोने व चाँदी के बुर्ज देखे तो उन्हें उस घृणा की नगरी के अंदर प्रेम के बंधन में बंदी बनी अपनी प्रिय पत्नी सीता की याद आ गई। वे बैठकर बहुत देर तक सीता के विचार में डूबे रहे। अंत में, वे उठे और फिर उन्होंने सुग्रीव एवं अपने सेनापतियों से अगले दिन की योजना पर विचार करना आरंभ कर दिया कि सेना का नेतृत्व कौन करेगा, इत्यादि।

वशिष्ठ कहते हैं :

"सही अर्थों में बुद्धिमान लोग, जनसमूह की प्रशंसा अर्जित करने के लिए अपनी बुद्धि अथवा ज्ञान का प्रदर्शन नहीं करते।"

हरि ॐ तत सत

ॐ

ॐ

दयासराय नमः!

अध्याय 3

लंका की घेराबंदी

अगेथिभीतं, सुजने विनीतम्!
त्मोविनाशं मनुवंशदीपम्!
ताराप्रगीतं, व्यसने च मित्रम्!
श्री रामचन्द्रं सततं नमामि!

मैं श्रीरामचंद्र को प्रणाम करता हूँ,
जो दुष्टों के लिए संत्रास हैं तथा भले लोगों का ध्यान रखते हैं,
दुखियों के मित्र हैं,
तथा तमस से दूर, मनु के कुल का दीपक हैं।

रावण द्वारा भेजे गए गुप्तचर ने लौटकर यह समाचार सुनाया : "जिस समुद्र को किसी ने पार नहीं किया, उसे राम के सेना ने सरलता से पार करके और दक्षिणी तट पर पड़ाव डाल दिया है। आप या तो सीता को लौटा दीजिए अथवा भयंकर युद्ध के लिए तैयार हो जाइए!"

यह सुनकर रावण को क्रोध आ गया और वह चिल्लाया, "समस्त संसार यदि आकर मुझसे युद्ध करे तो भी मैं सीता को राम को नहीं दूँगा। यह सत्य है कि मुझे विश्वास नहीं था कि वे समुद्र पार कर लेंगे किंतु उन्होंने उसे पार कर लिया है। मैं चाहता हूँ कि तुम और एक अन्य व्यक्ति वानर का रूप धारण करके उनके शिविर में जाओ और उनकी योजना का पता लगाओ। तत्काल जाओ और जल्दी वापस आओ।"

दोनों राक्षसों ने शिविर में घुसकर खोजबीन करना आरंभ ही किया था कि विभीषण ने उन्हें पहचान लिया और पकड़कर राम के पास ले गया। वे राम के चरणों में गिर पड़े तथा क्षमा माँगने लगे। राम ने मुस्कराकर उनसे पूछा, "क्या तुमने अपना कार्य समाप्त कर लिया है?" यदि नहीं, तो विभीषण से कहो कि वह तुम्हें शिविर दिखा लाए। मेरे पास छिपाने को कुछ नहीं है। अपने स्वामी के पास जाकर कहना, 'तुमने शक्ति के बल पर मेरी सीता का अपहरण किया है। अब उस शक्ति की परीक्षा का समय आ चुका है। कल

सूर्योदय के साथ ही, मैं लंका को नष्ट कर दूँगा और तुम राम का क्रोध देखोगे!'" उन्होंने विभीषण से कहा, "इन बेचारों को छोड़ दो। उन्होंने क्या किया है? इन्हें वापस जाकर मेरा संदेश पहुँचाने दो।"

दोनों अपराधियों को बड़ी राहत मिली। उन्होंने राम को दया के लिए धन्यवाद दिया और शीघ्र ही लंका लौट आए तथा रावण को राम का संदेश सुनाया। रावण बहुत क्रोधित हुआ और सेना का निरीक्षण करने के लिए महल के बुर्ज पर चढ़ गया। दुर्ग के सामने की समस्त भूमि, हर रूप और आकार के वानरों से भरी हुई थी। उसने गुप्तचरों को बुलाया और उनसे पूछा कि उनका सेनापति कौन है। उसने दोनों गुप्तचरों को अयोग्य तथा देशद्रोही कहा क्योंकि वे लोग कुछ नहीं कर सके, अपितु शत्रु की प्रशंसा कर रहे थे।

रावण ने सीता को परेशान करने की एक नई चाल चली। उसने विद्युतजिह्वा नाम के एक जादूगर को बुलाया और उसे सीता को डराने के उद्देश्य से राम के सिर में से पार निकले एक बाण का प्रतिरूप तैयार करने को कहा। रावण उसे लेकर अशोक वाटिका पहुँच गया, जहाँ सीता, राम के विचारों में डूबी निराशा की प्रतिमा बनी बैठी थीं।

रावण ने सीता के निकट पहुँचने से पहले अपनी चाल कुछ धीमी कर ली ताकि वह उनके सौंदर्य का पान कर सके। फिर वह सीता के निकट गया और बोला, "समय आ गया है कि तुम अपने बेकार पति को भूल जाओ। सीता, मुझे यह बताते हुए बड़ा दुख हो रहा है कि राम की मृत्यु हो चुकी है। इससे स्पष्ट है कि तुम्हारे आध्यात्मिक गुणों का उसे कोई लाभ नहीं मिला। तुम्हें बहुत गर्व था कि तुम्हारा पति अजेय है, किंतु वह मेरे हाथों मारा जा चुका है। उसने अपनी सेना के साथ समुद्र-तट पर शिविर लगा रखा था। वह जब सो रहा था तो मेरे सेनापति ने जाकर उसका सिर काट डाला। विभीषण को बंदी बना लिया गया और लक्ष्मण तथा अन्य वानर अपने प्राण बचाकर भाग चुके हैं। हनुमान का जबड़ा तोड़ दिया गया और वह एक वृक्ष के नीचे मृत पड़ा है। पूरा सागर-तट मृत वानरों के रक्त से भीगा हुआ है।" रावण ने अपने हरी आँखों से सीता पर पैनी दृष्टि डाली और कहा, "मुझे लगता है कि तुम्हें मेरी बात पर विश्वास नहीं हो रहा। मुझे इस बात का पता था और इसीलिए मैं यह प्रमाणित करने के लिए राम का सिर लाया हूँ!"

रावण ने एक राक्षस को भेजकर जादूगर को अपने पास बुलाया। वह तुरंत एक डंडे पर टँगा राम का सिर लेकर आ गया। उस भयानक वस्तु को सीता के सामने रख दिया गया। उसके बाद, रावण ने एक धनुष सीता के सामने फेंक दिया और कहा, "यह राम का प्रसिद्ध धनुष है।" वह आगे की ओर झुका और सीता के कान में धीरे-से बोला, "क्या अब तुम्हें मेरी पत्नी बनना स्वीकार है?"

सीता उस सिर को देखकर चिल्ला पड़ीं, "मेरे प्रभु! क्या आप मुझे छोड़कर चले गए? मैं अत्यंत अधम स्त्री हूँ क्योंकि मेरे कारण आपकी मृत्यु हो गई।" सीता अपनी छाती पीटकर रोने लगीं। रावण इस आशा से सीता की ओर ध्यान से देख रहा था कि दुखी होकर सीता उसके पास आ जाएँगी, किंतु उन्होंने रावण की ओर देखा भी नहीं।

उसी समय रावण को समाचार मिला कि किसी अत्यंत महत्त्वपूर्ण चर्चा के लिए उसका सभागार में उपस्थित होना आवश्यक था। रावण भयभीत हो गया और तत्काल वहाँ से

चला गया। सीता को देखकर बहुत आश्चर्य हुआ कि रावण के वहाँ से हटते ही, वे जादुई सिर और धनुष भी ग़ायब हो गए। उसी समय विभीषण की पत्नी, सरमा वहाँ आई और उसने सीता को बताया कि वह रावण की चाल थी।

"सीता, डरो मत! राम को कोई नहीं मार सकता। तुम्हारे पति और उनके भाई जीवित हैं और उन्होंने पहाड़ी की तराई में शिविर लगा रखा है। वे लंका पर आक्रमण की तैयारी कर रहे हैं।" उसी समय तुरहियाँ एवं बिगुल बजने लगे और राक्षसों को युद्ध हेतु एकत्रित होने के लिए घोषणा होने लगी। सरमा ने सीता को सँभाला, जो अचेत हो गई थीं तथा उनका उत्साह बढ़ाया।

आगे बढ़ रही वानर सेना के शोर से राक्षसों के सेना के हौसले पस्त होने लगे। उन्हें भयभीत देखकर रावण हँसने लगा और बोला, "तुम लोग महान योद्धा समझे जाते हो और फिर भी तुम इस अफ़वाह को सुनकर कि राम अजेय है, घबरा रहे हो।"

इस पर, एक वृद्ध मंत्री ने कहा, "पुत्र, राजा को सदा अपनी प्रजा के कल्याण की बात सोचनी चाहिए। तुम एक स्त्री के प्रति आकर्षण के कारण अपनी प्रजा के हित की बलि देने को तैयार हो गए। क्या राजा के लिए ऐसा करना उचित है? इस संपूर्ण घृणा और द्वेष का कारण सीता है। उसे उसके पति को लौटा दो तथा अपनी प्रजा को बचा लो। क्या तुम ब्रह्मा द्वारा दिए गए वरदान को भूल गए हो? तुमने अपनी मृत्यु के लिए देवताओं और दैत्यों से छूट माँगी थी किंतु उनमें मनुष्य एवं वानर सम्मिलित नहीं थे और अब वही लोग तुमसे युद्ध करने को तैयार हैं। मुझे डर है कि सीता के प्रति तुम्हारा आकर्षण तुम्हारे अपने और हमारे कुल के पतन का कारण बनेगा। उसे लौटा दो और हमें शांति से जीने दो।"

रावण अपनी आलोचना नहीं सुन सकता था। इसके अतिरिक्त, वह सीता के प्रति इतना आसक्त था कि सीता को लौटाने के विचार से ही उसे घृणा हो रही थी। "यह राम, जिससे तुम सब लोग घबरा रहे हो, केवल एक निर्बल मनुष्य है जिसे उसके पिता ने राज्य से निष्कासित कर दिया और अब वह कुछ वानरों को एकत्र करके बलशाली रावण पर आक्रमण करने का दुस्साहस कर रहा है, जिसने देवताओं को भी पराजित कर दिया है! यह सचमुच हास्यास्पद है। मैं इतनी कठिनाई से सीता को यहाँ लाया हूँ और अब तुम्हें लगता है कि मैं उसे उस भिक्षुक राम को यूँ ही लौटा दूँगा? मैं उसे कभी नहीं लौटाऊँगा। मैं मर जाऊँगा किंतु न तो किसी के सामने झुकूँगा और न ही क्षमा माँगूगा।"

इस चेतावनी के साथ उसने अपने सेनपतियों को कहा कि वे नगर के द्वार की सुरक्षा करने तथा आवश्यकता पड़ने पर, लंबी लड़ाई के लिए तैयार रहें।

इस बीच, राम की सेना इतना समीप आ गई थी कि उन्हें द्वार पर तैनात प्रहरी दिखाई देने लगे। विभीषण के गुप्तचरों ने उसे वह सब सूचना दे दी थी जो उन्हें शत्रु की सेना की स्थिति के विषय में चाहिए थी। वह जानकर राम ने निर्णय किया कि कौन-सा सेनापति किस द्वार की ओर जाएगा। उन्होंने स्वयं, लक्ष्मण के साथ उत्तरी द्वार पर जाने का निर्णय किया जहाँ रावण स्वयं उपस्थित था। रात्रि होने वाली थी। राम और लक्ष्मण, कुछ अन्य लोगों के साथ समीप की एक पहाड़ी पर चढ़ गए जहाँ से उदय होते चंद्रमा के मोतिया प्रकाश में शानदार लंका नगरी का भव्य दृश्य दिखाई दे रहा था। वे लोग उसी

पहाड़ी पर खुले में सो गए और जब उनकी नींद खुली तो उस अभिशप्त नगरी से हजारों नवपल्लवित फूलों की मदहोश करने वाली सुगंध आ रही थी। पक्षी अपने मधुर संगीत से उदय होते सूर्य का स्वागत कर रहे थे और तब राम को दुर्ग के बुर्ज पर खड़े रावण की पहली बार झलक मिली। उसके सिर के ऊपर राजसी श्वेत छत्र फहरा रहा था। उसके लाल रेशमी वस्त्रों पर मढ़ा सोना सूर्य के प्रकाश में चमक रहा था। सुग्रीव, उस समय राम के निकट खड़ा, शान से खड़े रावण को देख रहा था। सुग्रीव से यह सहन नहीं हुआ और वह अचानक हवा में उछलकर रावण के समीप कूद गया।

रावण हैरान हो गया किंतु उसने अनुमान लगा लिया और बोला, "वानरराज! शीघ्र ही तुम अपनी इस सुंदर गर्दन को गँवा दोगे जिससे तुम्हें यह नाम मिला है!" सुग्रीव को अपनी भूल का एहसास हो गया और वह तत्काल कूदकर राम के पास लौट आया। वानरों ने अपने नेता का जयघोष किया, किंतु राम ने सुग्रीव को उसकी मूर्खता के लिए धीरे-से डाँटा।

राम के नेतृत्व में वानर सेना हाथों में डंडे, पत्थर, शिलाएँ और वृक्ष लेकर नगर की ओर बढ़ रही थी। उन्होंने अपने-अपने स्थान ले लिए जैसा कि पहले ही तय हो चुका था। राम ने युद्ध में भी धर्म के नियमों का पालन किया तथा शांति का एक अंतिम प्रयास करने के उद्देश्य से रावण के पास अपना दूत भेजने का निर्णय किया। उन्होंने अंगद को बुलाया और उसे रावण से बात करने भेजा।

"रावण को कहना कि मैंने बोला है कि मैं तुम्हें अपनी पत्नी का अपहरण करने का दंड देने आया हूँ। परंतु इस अंतिम क्षण में भी मैं तुम्हें एक अवसर देना चाहता हूँ। यदि तुम सीता को लौटा दोगे तो मैं यह युद्ध रोक दूँगा, अन्यथा यह युद्ध अंत तक चलेगा और राक्षस जाति के संहार के बाद ही समाप्त होगा।"

अंगद लपककर दरबार में पहुँच गया, जहाँ रावण अपने मंत्रियों के साथ बैठा बात कर रहा था। वह निर्भयता से भीतर गया और उसने रावण को राम का संदेश दे दिया। यह संदेश सुनकर रावण क्रोधित हो गया। उसने अंगद को पकड़कर तत्काल मृत्युदंड देने का आदेश दे दिया। अंगद ने अपनी ओर आते प्रहरियों को पकड़ लिया और उन्हें लेकर महल की दीवार पर कूदा और उन चारों को ज़मीन पर पटक दिया और फिर राम के पास लौट आया। अब युद्ध होना निश्चित था। रावण को अंतिम अवसर दिया जा चुका था। राम की सेना नगर के बुर्ज तक पहुँच गई। नगर की दीवारों को देखते हुए राम का हृदय सीता को याद करने लगा जो इतने महीनों से उनके आने की प्रतीक्षा कर रही होंगी। यह विचार राम को उग्र रूप धारण करवाने के लिए पर्याप्त था।

श्रीराम की कथा में लाखों श्लोक हैं और उनका प्रत्येक शब्द हमें भयंकर पापों से मुक्त करने में सक्षम है।

हरि ॐ तत सत

ॐ

ॐ

दिव्यास्त्रधारिणे नमः!

अध्याय 4

भीषण युद्ध

शरणागत गोपतारम्!
प्रणिपातप्रसादिकम्!
कलामेघानिभकरम्!
कर्तास्वरसमप्रभम्!

(राम) उन सबके रक्षक हैं जो समर्पण कर देते हैं,
(सीता) उन सबको आशीष देती हैं
जो उनके चरणों में गिर जाते हैं,
राम का वर्ण वर्षा मेघों के समान है,
और सीता का रंग स्वर्ण के समान है।

वानर सेना ने दिल दहलाने वाली चीख़ों के साथ पूर्वी द्वार पर आक्रमण कर दिया। वे दीवारों पर चढ़ गए और प्राचीर को तोड़ दिया। शीघ्र ही उन्होंने अन्य तीन दीवारों में से भी रास्ता बना लिया। सब जगह कूदते-चिल्लाते वानर विध्वंस मचा रहे थे। राक्षस सेना ने पहले दिन अच्छे ढंग से अपने दुर्ग की रक्षा की और वह युद्ध देर रात्रि तक चलता रहा। उस समय राक्षस, जो वास्तव में निशाचर होते हैं, अधिक शक्तिशाली हो गए।

रावण का पुत्र इंद्रजित उसका सबसे कुशल योद्धा था। उसका जन्म के समय नाम मेघनाद था, किंतु देवताओं के राजा इंद्र को परास्त करने के बाद उसका नाम इंद्रजित पड़ गया। वह बहुत बढ़िया जादूगर तथा मायावी कलाओं में पारंगत था। वह रावण का करामाती पुत्र था जो अपनी इच्छा से कोई भी रूप धारण कर सकता था। कहते हैं, केवल उसकी माता, मंदोदरी को उसके असली रूप का पता था। अंगद को लगभग परास्त करने के बाद, इंद्रजित बादलों में ओझल हो गया। अपने स्थान से उसने घातक नागपाश चलाकर दोनों भाइयों को बाँध लिया। वह नागपाश, राम एवं लक्ष्मण की गर्दन के चारों ओर लिपट गया जिससे उनका दम घुटने लगा और वे मूर्छित हो गए। इंद्रजित के घातक बाणों के कारण

राम और लक्ष्मण उन जादुई रस्सियों से बँधे हुए थे तथा उनके शरीर रक्त में भीगे हुए थे। उनके तन में प्राणों का संचार लगभग समाप्त होने लगा था और बीच-बीच में उनके शरीर में हलका-सा झटका महसूस होता था। वानर सेना घबरा गई। वे इंद्रजित की एक झलक पाने के लिए आकाश की ओर देखते रहे किंतु वह उन्हें कहीं दिखाई नहीं पड़ा। केवल विभीषण ही इंद्रजित को देख पा रहा था किंतु नागपाश के सामने वह भी असहाय था। इंद्रजित बहुत हर्षित हुआ क्योंकि उसे विश्वास था कि उसने दोनों भाइयों को मार डाला है। वह वानर सेना में विध्वंस मचाकर, अपने पिता के पास लौट आया और उसने रावण को कोसल बंधुओं की मृत्यु का शुभ समाचार सुनाया।

सुग्रीव ने जब राम और लक्ष्मण को इस अवस्था में देखा तो वह बहुत दुखी हो गया। परंतु विभीषण ने उसे दिलासा दी, “मेरा विश्वास करो। इन दोनों की मृत्यु नहीं हुई है। ये केवल मूर्छित हैं। कुछ मंत्रों का जाप करने से ये फिर से होश में आ जाएँगे। इन दोनों भाइयों के वापस होश में आने तक तुम्हें सेना का उत्साह बनाए रखना होगा। अपने स्नेह के वशीभूत होकर दुर्बल मत बनो। इनके होश में आने तक इनकी रक्षा करनी होगी।”

इस बीच, इंद्रजित गर्व से लंका लौट आया और उसने यह शुभ समाचार अपने पिता को दिया कि उसने दोनों शत्रुओं को मार डाला है। रावण बहुत प्रसन्न हुआ और उसने अपने वीर पुत्र को आशीर्वाद दिया। उस रात पूरी लंका नगरी चैन से सोई। रावण ने सीता की सुरक्षा में लगी राक्षसियों को कहा कि वे सीता को समाचार दें कि उसका पति रणभूमि में मारा गया। उसे पता था कि सीता को इस बात पर विश्वास नहीं होगा, इसलिए उसने यह आदेश दिया कि सीता को पुष्पक विमान में बैठाकर ऊपर से उसके पति का शव दिखाया जाए। “सीता से कहो कि अपने पति को भूलकर मेरे पास आ जाए क्योंकि उसके पास मेरा प्रेम स्वीकार करने तथा मेरी पत्नी बनने के अतिरिक्त कोई विकल्प शेष नहीं है।”

राक्षसियाँ, सीता को बलपूर्वक विमान में बैठाकर रणभूमि में ले गईं। सीता रण में हुए विनाश और इतनी बड़ी संख्या में मारे गए वानरों को देखकर रोने लगीं। उन मृत वानरों और शवों के उस सागर के बीच, उन्होंने अपने प्रिय पति को और उनके भाई को निष्क्रिय एवं रक्तरंजित अवस्था में लेटे देखा। सीता को कुछ भी स्पष्ट नहीं दीख रहा था क्योंकि उनकी आँखों से आँसुओं की बौछार हो रही थी। सीता ने रोना और अपने भाग्य को कोसना आरंभ कर दिया।

“ऐसा कैसे हो सकता है कि मेरे राम, जिन्होंने जनस्थान पर अकेले ही सब राक्षसों को मार डाला था, रावण के उस दुष्ट पुत्र के बाणों का सामना नहीं कर सके? हमारे गुरु वशिष्ठ ने यह भविष्यवाणी की थी कि राम अनेक अश्वमेध यज्ञ करेंगे और राजा के रूप में बहुत ख्याति अर्जित करेंगे। मैं कभी विधवा नहीं बनूँगी और मेरे पुत्र वीर होंगे। ये सारी बातें ग़लत कैसे सिद्ध हो सकती हैं? हम किसी पर भरोसा नहीं कर सकते। नियति सर्वशक्तिमान है। मेरे पैरों पर बने कमल-चिह्न किस काम के हैं, जो यह दर्शाते हैं कि मुझे रानी बनना है? मेरे शरीर पर उच्च श्रेणी की स्त्री के सभी बारह लक्षण विद्यमान हैं। मेरा शरीर सुडौल है, मेरे दाँत एक समान हैं, मेरी नाभि मेरे पेट के भीतर है। मेरा वक्ष उन्नत है, मेरी त्वचा व केश मुलायम हैं। मेरी आँखें हिरण के समान तथा नाक तिल के

फूल के समान नाजुक है, मेरे गाल छोटे व गोल हैं और मेरी गर्दन शंख जैसी है। मेरा वर्ण मोती जैसा है और मेरी एड़ियाँ चलते समय धरती को स्पर्श करती हैं। इन सबके बावजूद मुझ पर यह संकट आ गया है!"

एक राक्षसी ने, जो अन्य से अधिक दयावान थी और जिसने सीता के साथ मैत्री कर ली थी, सीता को दिलासा देते हुए बोली, "देवी, तुम रोओ मत! तुम्हारे स्वामी की मृत्यु नहीं हुई है, बल्कि दोनों में से किसी की मृत्यु नहीं हुई है। देखो, वे वानर किस तरह उनके शरीर की देखभाल कर रहे हैं। वे उन दोनों के ठीक होने की प्रतीक्षा कर रहे हैं। इस अवसर का लाभ उठाओ और अपने स्वामी को देख लो, जिनसे तुम इतने समय से दूर हो। उनके चेहरे पर अब भी चमक है जो मरने के बाद नहीं होती है। दुख मत करो और साहस रखो!"

यह सुनकर सीता रोमांचित हो गईं। उन्होंने ध्यान से दोनों को देखा तो यह मान लिया कि वह राक्षसी ठीक ही कह रही थी। सीता ने हाथ जोड़कर राम को प्रणाम किया और लौट आईं।

धीरे-धीरे, कुछ समय बाद, नागपाश का प्रभाव समाप्त हो गया तथा राम को होश आ गया। उन्होंने जब अपने भाई लक्ष्मण को मूर्छित अवस्था में देखा तो वे बहुत दुखी और शोकाकुल हो गए।

उसी समय, जब सभी वहाँ बैठकर लक्ष्मण के लिए दुखी हो रहे थे तो सुग्रीव के राजवैद्य ने कहा, "बहुत समय पहले, जब देवताओं और दैत्यों का युद्ध हुआ तो देवता भी इसी प्रकार घायल हो गए थे किंतु उनके गुरु ने क्षीर सागर से एक विशेष बूटी द्वारा स्वस्थ कर दिया था। उन बूटियों के नाम हैं संजीवकरणी, जो मृतकों को जीवित कर देती है तथा विशाल्यकरणी, जिससे अस्त्र-शस्त्रों के घाव भर जाते हैं। हनुमान को उन बूटियों को लाने के लिए भेज दीजिए।"

अभी उसकी बात समाप्त भी नहीं हुई थी कि अचानक आकाश में तूफ़ानी गति से हवा चलने लगी जिसके प्रभाव से समुद्र में ऊँची-ऊँची लहरें उठने लगीं। वायु का ज़बर्दस्त प्रवाह मानो पर्वतों को उखाड़ देना चाहता था। वृक्ष, सूखी टहनियों की तरह उखड़कर समुद्र में गिरने लगे और पशु-पक्षी इधर-उधर भागने लगे। तभी उन्होंने पक्षीराज गरुड़ को देखा जो तूफ़ान से लदे आकाश के बीच से दहकती हुई ज्वाला के समान तेज़ी से आ रहे थे। वह तूफ़ान उन्हीं के विशाल पंखों से उत्पन्न हुआ था। गरुड़ सर्पों के प्रमुख शत्रु हैं। उन्हें देखते ही, सारे सर्प जिन्होंने राम और लक्ष्मण को बाँध रखा था, भयभीत होकर भागने लगे। गरुड़ के निकट आते ही सभी सर्पों ने लक्ष्मण को पाश से पूरी तरह मुक्त कर दिया और लक्ष्मण को होश आ गया। गरुड़ उनके निकट आए और अपने पंखों से दोनों के चेहरों को स्नेहपूर्वक सहलाया, जिससे उनके घाव तुरंत भर गए और चेहरों की आभा लौट आई। उनकी कांति और विभूति पहले से दस गुना बढ़ गई। गरुड़ ने उन्हें बड़े प्रेम से गले लगाया तो राम बोले, "जब आपने मुझे अपने पंखों से छुआ तो मुझे ऐसा लगा मानो मेरे पिता मुझे दुलार कर रहे हों। आपकी कृपा से हम इस घातक नागपाश से बच गए हैं। कृपया, बताएँ कि आप कौन हैं?" गरुड़ ने कहा, "मैं विनता का पुत्र गरुड़ तथा

भगवान विष्णु का वाहन हूँ। मैं सदा आपके साथ हूँ और आपके जाने बिना भी आपके निकट रहता हूँ। ये सर्प इंद्रजित के मायावी मंत्रों से बाणों में परिवर्तित हो गए थे। केवल मैं ही आपको इस पाश से मुक्त कर सकता था। मैं उनका पुराना शत्रु हूँ और इसीलिए मुझे देखते ही वे सब भाग गए। हे राम, आप चिंता मत कीजिए! यह निश्चित है कि आप और आपके भाई, शत्रुओं का नाश कर देंगे तथा आपका भविष्य अत्यंत उज्ज्वल है। आपकी धर्मपरायणता ही आपकी शक्ति है। आपके शत्रु कितनी भी धूर्तता करें, किंतु आपकी विजय निश्चित है। कृपया मुझे जाने की अनुमति दीजिए। आपको जब भी मेरी आवश्यकता हो, मुझे याद करें, मैं तत्काल उपस्थित हो जाऊँगा।"

राम व लक्ष्मण के चमत्कारी स्वास्थ्य लाभ को देखकर वानर प्रसन्नता से चीख़ने-चिल्लाने लगे। वे ख़ुशी से पूँछ पटकने, नगाड़े पीटने तथा मिट्टी के ढोलक बजाने लगे और नाचने-कूदने लगे।

रावण उनकी आवाज़ें सुनकर दुविधा में पड़ गया। "ये सब राम की मृत्यु पर इतने प्रसन्न कैसे हो रहे हैं?" उसने सोचा। उसने अपने गुप्तचरों को भेजकर सचाई जानने को कहा और उसे दोनों भाइयों के चमत्कारी ढंग से जीवित बचने का समाचार सुनकर बहुत आश्चर्य हुआ।

रावण ने अपने एक अन्य सेनापति व प्रचंड नेत्रों वाले धूम्राक्ष को भेजा किंतु हनुमान ने उसे मार डाला। इसके बाद, रावण ने अपने अगले योद्धा और हीरे के समान दाँतों वाले वज्रदंत को रणभूमि में भेजा, किंतु वह भी अंगद के हाथों मारा गया। उसके बाद अकंपन आया, जिसे हनुमान ने मार दिया। अपने तीन सर्वश्रेष्ठ योद्धाओं की मृत्यु से रावण निराश हो गया।

रावण ने अपने मुख्य सेनापति प्रहस्त को बुलाया और उसे युद्ध में जाने का आदेश दिया। "ऐसे कैसे हो सकता है कि ऐसी सेना ने, जिसे सेना भी नहीं कहा जा सकता, मेरे सर्वश्रेष्ठ योद्धाओं को परास्त कर दिया? वे तो केवल कुछ जंगली और चंचल वानर हैं जिन्हें युद्ध-कौशल का कोई प्रशिक्षण भी प्राप्त नहीं है। वे तुम्हारे जैसे प्रतापी सेनापति के मार्गदर्शन में आगे बढ़नेवाली अत्यंत अनुशासित सेना का सामना कभी नहीं कर पाएँगे।"

प्रहस्त अपने स्वामी का उसमें विश्वास देखकर बहुत खुश हुआ और वह सेना लेकर चला गया। उसने वानर सेना में कोहराम मचा दिया। परंतु फिर उसका सामना नील से हुआ। नील ने उसका रथ चकनाचूर कर दिया, जिसके कारण प्रहस्त को नीचे उतरना पड़ा। उसका नील से भीषण द्वंद्व हुआ। नील ने एक बड़ी शिला से वार करके प्रहस्त का सिर चूर कर दिया। प्रहस्त की भयभीत सेना अपने सेनापति को अकेला छोड़कर लंका की ओर भाग गई।

रावण को विश्वास नहीं हुआ कि उसका सर्वश्रेष्ठ सेनापति मारा गया था। अब उसने स्वयं रणभूमि में उतरने का निर्णय किया। उसकी सेना को आगे बढ़ता देखकर, राम ने सुग्रीव से उनके सेनापतियों के विषय में पूछा।

विभीषण ने कहा, "सिंह की पताका वाला रथ इंद्रजित का है तथा श्वेत छत्र वाले रथ निशाचरों के राजा, रावण का है।"

राम बहुत देर तक रावण की ओर देखते रहे और बोले, "वह सचमुच शानदार दिखता है। क्या चमक है! बिलकुल दोपहर के सूर्य की भांति! उसके भीतर एक वीर नायक के सभी लक्षण विद्यमान हैं। परंतु मुझे उस पर दया आ रही है क्योंकि वह मृत्यु के निकट बढ़ रहा है!"

रावण ने सावधानी से अपने सेना का विन्यास किया और फिर युद्धभूमि में उतर गया। सुग्रीव, रावण का सामना करने को बहुत उत्सुक था। उसने एक शिला रावण के ऊपर फेंकी, किंतु रावण ने उसे अपने बाणों से छिन्न-भिन्न कर दिया। फिर रावण ने सुग्रीव पर बाण चलाया जिसके प्रहार से सुग्रीव धरती पर गिर पड़ा। यह देखकर वानर सहायता के लिए राम के पास दौड़े तो राम धनुष उठाकर युद्ध के लिए तैयार हो गए। परंतु लक्ष्मण ने उन्हें रोक दिया और राम से आग्रह किया कि वे युद्ध में उन्हें जाने दें।

इस बीच, हनुमान रावण के रथ की ओर दौड़े और बोले, "तुम्हें बहुत-से वरदान प्राप्त हैं किंतु ऐसा एक भी नहीं है जो वानरों से तुम्हारी रक्षा कर सके। अब मैं तुम्हें अपने दाहिने हाथ से सबक़ सिखाता हूँ।"

रावण को क्रोध आ गया। उसने उत्तर दिया, "मैं तुम्हें यह प्रसिद्धि पाने का एक अवसर देता हूँ, और उसके बाद मैं तुम्हारा अंत कर दूँगा।"

हनुमान ने अपनी मुट्ठी उठाई और रावण की छाती पर वार किया। रावण उस वार से चकरा गया। उसने हनुमान के बल की प्रशंसा की किंतु रावण वहाँ अधिक देर नहीं रुका तथा उसने अपना रथ नील की ओर मोड़ दिया। उसने नील को घायल करने का बहुत प्रयास किया परंतु अग्निदेव का पुत्र होने के कारण नील को मारा नहीं जा सका। तब रावण, लक्ष्मण की ओर चल पड़ा। उन दोनों के बीच भी घमासान युद्ध हुआ। रावण ने शक्ति नामक एक अभिमंत्रित अस्त्र चलाकर लक्ष्मण को घायल कर दिया। उस अस्त्र के प्रहार से लक्ष्मण मूर्छित होकर गिर गए। रावण मुस्कराता हुआ लक्ष्मण के निकट आया और उन्हें उठाने का प्रयास किया परंतु वह लक्ष्मण को नहीं उठा सका। उसे बहुत आश्चर्य हुआ कि उसने एक बार कैलाश पर्वत उठा लिया था किंतु वह राम के भाई को उठा पाने में समर्थ रहा। इस बीच, हनुमान ने रावण पर वार किया जिससे रावण अपने रथ से नीचे गिरकर अचेत हो गया। इतनी देर में हनुमान ने लक्ष्मण को उठाया और उन्हें राम के पास ले आए। राम के समीप आते ही, शक्ति अस्त्र लौटकर रावण के पास चला गया और लक्ष्मण पहले की भांति स्वस्थ हो गए।

रावण, वानर सेना में विध्वंस मचाना चाहता था और तब राम ने स्वयं युद्ध करने का निर्णय किया। हनुमान ने राम से प्रार्थना की कि वे उनके कंधे पर चढ़कर युद्ध करें क्योंकि रावण भी रथ पर सवार था। राम ने हनुमान की बात मान ली और वे उनके कंधे पर सवार हो गए।

आख़िरकार, दोनों वीर आमने-सामने आ गए। दोनों मन में एक-दूसरे की प्रशंसा कर रहे थे किंतु राम ने कहा, "तुम्हें लगता है कि तुम बहुत वीर हो परंतु कोई वीर तुम्हारे जैसा व्यवहार नहीं करता। तुम केवल मृत्यु के अधिकारी हो और मैं तुम्हें मृत्यु देकर रहूँगा!"

रावण ने बिना उत्तर दिए अपना धनुष उठाया और हनुमान पर बाण चला दिया। वह बाण हनुमान से टकराकर ऐसे नीचे गिर गया जैसे आम की टहनी से कोई पत्ता टूटकर गिरता है। हनुमान पर हुए वार से राम को क्रोध आ गया और उन्होंने रावण का रथ तोड़कर, उसके अश्वों और सारथी को घायल कर दिया। राम ने अगला बाण रावण की छाती पर मारा जिससे वह चकरा गया। राम ने एक और बाण से रावण का स्वर्ण मुकुट काटकर धूल में गिरा दिया। उस निरस्त्र अवस्था के कारण रावण का आधा प्रताप नष्ट हो गया था।

राम को उसपर दया आ गई और वे बोले, "तुमने अक्षम्य कार्य किया है, किंतु तुम थक चुके हो, इसलिए मैं तुम्हें अभी नहीं मारूँगा। घर जाओ, थोड़ा आराम करो और फिर दूसरा धनुष एवं रथ लेकर आना, तब मैं तुम्हें दिखाऊँगा कि मैं क्या कर सकता हूँ!"

रावण का अभिमान पूरी तरह ध्वस्त हो गया था। वह हताश तथा लज्जित होकर लंका वापस आ गया।

वशिष्ठ कहते हैं :

"यह चेतना अपने अनंत प्रभावों का अनुभव करना चाहती है।
यह स्वयं से परिचित होती है तो यह ज्ञानी बन जाती है,
यह जब स्वयं से अपरिचित रहती है तो यह अज्ञानी बन जाती है,
इसलिए ज्ञान और अज्ञान भी विशुद्ध चेतना का रूप हैं।
सत्य के संदर्भ में ऐसा कोई भेद नहीं होता।"

हरि ॐ तत सत

ॐ

ॐ

श्रीमते नमः!

अध्याय 5

हनुमान द्वारा रक्षा

ध्यात्वा नीलोत्पल श्यामम्!
रामं राजीवलोचनम्!
जानकीलक्ष्मणोपेतम्!
जटामुकुटमण्डितम्!

नीलकमल के समान वर्ण वाले राम का ध्यान करो,
जिनके नेत्र कमल की पंखुड़ियों के समान हैं,
जो जटाधारी हैं,
और जिनके साथ सीता और लक्ष्मण रहते हैं।

रावण उस दृश्य से हताश हो गया था। वह राम द्वारा छोड़ दिए जाने की उदारता की प्रशंसा न करके, अपमान और प्रतिशोध के भाव से भरा था। वह अपने जीवन की उन सब पीड़ाजनक घटनाओं को याद करने लगा जब उसने अनेक लोगों को अपमानित किया था और उन लोगों ने उसे शाप दिए थे। अंत में वह उन निराशाजनक विचारों को त्यागकर उठ गया और बोला कि अब कुंभकर्ण को नींद से जगाने के अतिरिक्त कोई विकल्प नहीं है। उसे नौ दिन पहले परिषद् की बैठक के लिए बुलाया गया था जिसके बाद वह दोबारा जाकर सो गया था।

"जाओ और उसे उठाओ," रावण चीख़ा, "अन्यथा वह अगले छह माह के लिए सो जाएगा। वह युद्ध में दोनों कोसल राजकुमारों को समाप्त कर देगा।"

उसका मुख जम्हाई लेती गुफा की भांति था और उसके खर्राटों से शहतीर भी काँपते थे। उसकी श्वास में से नौ दिन पूर्व गहरी नींद में सोने से पहले पेटभर कर पी गई मदिरा एवं रक्त की गंध आ रही थी। उसे जगाने के लिए राक्षस अपने साथ गाड़ियाँ भरकर भैंस व शूकर का माँस तथा बाल्टियाँ भरके रक्त व मज्जा और पीपे भर के मदिरा लाए थे। उन्होंने कुंभकर्ण के भोंडे तन पर चंदन का लेप किया तथा इत्र एवं मालाएँ डालीं। उन्होंने

उसे जगाने के लिए भीषण शोर किया जबकि कुछ ने शंख, बिगुल और तुरही बजाकर आवाज़ें निकालीं। कुछ ने उसे डंडों और सलाखों से उठाने का प्रयास किया किंतु अपने शरीर के साथ किए जा रहे अत्याचार से अनभिज्ञ, कुंभकर्ण मज़े से सोता रहा! उसके बाद उन्होंने उसके कान पर काटा, उसके बाल खींचे और उसके पेट पर ऊपर-नीचे कूदने लगे। अंत में, वह दैत्य थोड़ा-सा हिला और उसने एक ज़ोरदार जम्हाई ली। जो लोग उस समय कुंभकर्ण की दाढ़ी नोच रहे थे, वे उसके गुफा जैसे मुख में गिर गए और उसके मुख बंद करने से पूर्व, उन्हें जल्दी से बाहर निकालना पड़ा। सिर्फ़ नौ दिन की नींद लेने के बाद उसे जल्दी जगाने पर वह बुरी तरह क्रोधित हो गया और ज़ोर से चिल्लाया। इससे पहले कि वह, उन लोगों को पकड़कर खाने लगता, वे सब डर के वहाँ से भाग निकले। परंतु जब उसने अपने सामने भोजन के पर्वत-से ढेर रखे देखे तो वह थोड़ा शांत हो गया और झटपट खाने लगा। राक्षसों ने धीरे-से उसके पास आकर उसे सूचित किया कि उसका भाई, रावण तत्काल उससे मिलना चाहता है। कुंभकर्ण, वहाँ रखे घड़ों को चाट गया और भोजन से भरी गाड़ियों को खींचकर लाने वाले भैंसों को भी खा गया। इसके बाद, वह राजा से मिलने जाने के लिए वस्त्र पहनने लगा। उसके हर क़दम से धरती काँपती थी। उसके विशालकाय तन ने मार्ग की चौड़ाई को घेर लिया था।

उसे देखकर रावण बहुत प्रसन्न हुआ और उसने कुंभकर्ण को, जिस बीच वह गहरी नींद में सो रहा था, लंका में हुए घटनाक्रम के विषय में सूचित किया। रावण द्वारा वानर सेना के विवरण को सुनकर कुंभकर्ण बहुत हँसा और बोला, “मेरे भाई! मैंने सिर्फ़ दस दिन पूर्व राजसभा में तुम्हें स्त्री के प्रति आकर्षण के दुष्परिणामों के बारे में चेताया था, किंतु तुमने मेरी बात नहीं मानी। जो राजा धर्म के नियमों का पालन करता है और विवेकशील लोगों के परामर्श पर ध्यान देता है, उसे सदा अपने सत्कर्मों के सुपरिणाम मिलते हैं, किंतु जो उस परामर्श की उपेक्षा करता है तथा अपनी दूषित बुद्धि के अनुसार कार्य करता है, उसे अपने कर्मों के परिणाम भुगतने पड़ते हैं। मैंने और विभीषण ने तुम्हें यह बात समझाई थी किंतु तुमने उसे नहीं माना। अब भी देर नहीं हुई है। इस मूर्खतापूर्ण युद्ध को रोक दो और राम से मैत्री कर लो। मैंने सुना कि तुम्हारे श्रेष्ठ सेनापति मारे जा चुके हैं और तुम सार्वजनिक तौर पर अपमानित हो चुके हो। क्या तुम अपना सिर धड़ से अलग हो जाने तक नहीं रुकोगे?”

क्रोध से रावण के होंठ थर्राने लगे और उसकी आँखें जलते हुए कोयले के समान दहकने लगीं। वह कुंभकर्ण पर चिल्लाया, “बड़े भाई को पिता की तरह सम्मान देना चाहिए। तुमने मुझे परामर्श देने का दुस्साहस कैसे किया? जो हो गया, वह हो गया। मैंने जो कुछ किया है, मुझे उसपर कोई पछतावा नहीं है। यदि तुम मुझसे प्रेम या मेरा सम्मान करते हो तो मुझे बताओ कि अब क्या करना चाहिए? मेरे द्वारा पूर्व में हुई असावधानियों की चर्चा करने की अपेक्षा उनके परिणाम को सुधारने का प्रयास करो!”

कुंभकर्ण समझ गया कि उसके शब्द, साँड़ के सामने लाल रंग के वस्त्र जैसा प्रभाव दिखा रहे थे, इसलिए उसने रावण को शांत करने के लिए मधुर वचनों का प्रयोग किया। “चिंता मत करो, भाई! मैं सिर्फ़ उनके बीच चलकर अपने पैरों से. उन्हें मसल दूँगा। मैं

उन नन्हें राजकुमारों के टुकड़े कर दूँगा। मुझे एक बार उनसे मिलने दो। मैं उन्हें अपने हाथों से ही चीर दूँगा। मुझे अस्त्र-शस्त्र की आवश्यकता नहीं है। चिंता छोड़ो और अपने कक्ष में जाकर अपनी पत्नियों के साथ आनंद मनाओ। एक बार राम मारा गया, तो फिर सीता तुम्हारी हो जाएगी।"

यह सुनकर रावण प्रसन्न हो गया और उसने कुंभकर्ण को बहुत-से अनमोल हार पहनाए तथा आशीर्वाद देकर विदा कर दिया।

उसने कांस्य का कवच और सोने का मुकुट पहना हुआ था। उसका कमरबंद पुल बाँधने की जंज़ीर जितना मोटा था। वह युद्ध के लिए दो हजार पीपे मदिरा और कई हज़ार पीपे भैंस का गर्म रक्त पीकर आया था। उसमें विकट उत्साह था और हाथ में ज्वाला उगलता फ़ौलादी भाला था। उसके आगे चलने वाले व्यक्ति के हाथ में काले रंग का ध्वज था जिसपर मृत्यु-चक्र बना हुआ था। कुंभकर्ण के पीछे राक्षस, उत्साहित और शोर मचाते चल रहे थे जिनके हाथों में त्रिशूल, भाले और बर्छियाँ थीं। लंका के द्वार से आने के बजाय, जब वह दीवार को लांघकर रणभूमि में उतरा। वह विशाल, काले बादल जैसा दीख रहा था। उसे देखते ही वानर डर के भाग खड़े हुए।

इस बीच, विभीषण ने राम को कुंभकर्ण की कथा सुनाई और बताया कि कि उसे इतने माह तक सोने का शाप क्यों मिला था। उसकी भूख इतनी ज़बरदस्त है कि जब वह शिशु था, उस समय भी नाश्ते में हज़ारों प्रकार के जीव खाता था और उतने ही फिर से दोपहर और फिर रात्रि के भजन में भी खाता था। उसे बीच-बीच में भी कुछ खाने को चाहिए होता था। अंत में समस्त प्राणियों ने ब्रह्मा से प्रार्थना की। ब्रह्मा भी कुंभकर्ण का आकार देखकर घबरा गए और उन्होंने उसे शाप दिया कि वह अपना शेष जीवन सोता रहेगा। परंतु फिर रावण ने अपने भाई की ओर से हस्तक्षेप किया तो ब्रह्मा ने अपने शाप में सुधार करते हुए कहा कि कुंभकर्ण छह माह तक सोएगा और फिर एक दिन के लिए उठेगा तथा अपनी भूख को शांत करके फिर से छह माह के लिए सो जाएगा।

"यह आसानी से एक बार में हमारी पूरी सेना खा सकता है," विभीषण ने कहा। "यदि इसे इस तरह का शाप न दिया जाता तो इसने बहुत पहले धरती के समस्त प्राणियों को खाकर समाप्त कर दिया होता।"

कुंभकर्ण ने दीवार लांघी और चलते हुए पर्वत के समान आगे बढ़ने लगा। उसकी आँखों की पुतलियाँ रथ के पहियों के समान घूम रही थीं। वानर घबराकर इधर-उधर भागने लगे। अंगद ने भयभीत वानरों को रोकने और उन्हें समझाने का प्रयास किया कि कुंभकर्ण सिर्फ़ युद्ध की मशीन है जिसे लड़ना सिखाया गया है और वे सब मिलकर उसे आसानी से पराजित कर सकते हैं। वे उसके ऊपर पत्थर, वृक्ष और शिलाएँ फेंकने लगे किंतु वे कुंभकर्ण से टकराकर ऐसे गिर रहे थे मानो पंख, चट्टान से टकरा रहे हों। वानरों ने उसके ऊपर कूदने और उसे काटने की भी चेष्टा की लेकिन उसने उन सबको मक्खियों की तरह भगा दिया। वास्तव में, उसने उनके ऊपर ध्यान ही नहीं दिया और अपने पैरों के नीचे उन्हें रौंदता चला गया। वह अचानक सुग्रीव पर टूट पड़ा और उसे रेंगते हुए साँप की भांति पकड़कर ऊपर उठा लिया। सुग्रीव ने कुंभकर्ण के कान नोच लिए, उसकी नाक पर काट

लिया और अपने तेज़ नाखूनों से उसकी जाँघ छील डाली। कुंभकर्ण ने चीख़ते हुए सुग्रीव को ज़मीन पर पटक दिया। सुग्रीव भागकर राम के पास पहुँच गया।

लक्ष्मण ने कुंभकर्ण को ललकारा तो उसने लक्ष्मण के साहस की प्रशंसा करते हुए कहा, "मैं तुम्हारे भाई राम से मिलना चाहता हूँ, इसलिए मुझे जाने दो।"

लक्ष्मण ने उसे आगे नहीं जाने दिया और उसपर बाणों की बौछार करते रहे। आख़िरकार, कुंभकर्ण के हाथ से उसकी गदा छूट गई, किंतु वह आगे बढ़ता रहा। अंत में उसका सामना राम से हो गया। उसने दिल दहलाने वाली गर्जना की जिसे सुनकर वानर मूर्छित होकर गिर पड़े। उसने एक बड़ी-सी शिला उठाकर राम पर फेंकी जिसे राम ने सात बाण मारकर रोक दिया। लक्ष्मण ने राम से कहा, इससे पहले कि कुंभकर्ण और अधिक विध्वंस करे, उसे मार देना चाहिए। राम ने सामने खड़े होकर कहा, "वीर राक्षस! मैं दशरथ पुत्र राम हूँ, जिसे तुम खोज रहे हो। मुझे अच्छी तरह देख लो क्योंकि शीघ्र ही तुम कुछ नहीं देख सकोगे।"

कुंभकर्ण हँसा और बोला, "मैं विराध या कबंध नहीं हूँ। तुम मुझे नहीं मार सकते।"

राम घबराए नहीं, अपितु उन्होंने वायुदेव का आह्वान किया और बाण चलाकर कुंभकर्ण का वह हाथ काट डाला। उसने अपने दूसरे हाथ से एक वृक्ष उखाड़ा और राम की ओर फेंका। राम ने एक और बाण चलाकर कुंभकर्ण का दूसरा हाथ भी काट दिया। उसके बाद भी वह राक्षस आगे बढ़ता गया। इसके बाद, राम ने दो बाण चलाकर कुंभकर्ण के दोनों पैर भी काट दिए और फिर राम ने एक बाण से कुंभकर्ण का भीमकाय सिर काट दिया जो लुढ़कता हुआ भीषण आवाज़ के साथ धरती पर गिरा। उसके गिरने से समूची धरती काँप उठी। सुदूर, लंका में रावण ने यह भीषण आवाज़ सुनी तो वह भयभीत हो गया। कुंभकर्ण का विशाल सिर पर्वत से नीचे लुढ़कता हुआ रक्तरंजित समुद्र में जा गिरा। उसके गिरने से सागर में विकट लहरें उठीं। कुंभकर्ण, जो संसार के लिए आतंक तथा रावण की अंतिम आशा था, रक्त के सरोवर में मृत पड़ा था।

अपने प्रिय भाई की मृत्यु का समाचार सुनकर रावण मूर्छित हो गया। जब उसे होश आया तो उसने अपना सिर पकड़ लिया और उस क्षति पर शोक करने लगा। उसे विश्वास नहीं हुआ कि एक साधारण मनुष्य ने उसके विशालकाय भाई को मार डाला था। उसे इस प्रकार रोता देख, उसके अन्य पुत्र उसे समझाने लगे और उन्होंने दल बनाकर युद्ध में जाने और अपना भाग्य की परीक्षा लेने का आग्रह किया। रावण ने उन्हें गले से लगाया और युद्ध में जाने की अनुमति दे दी। यद्यपि, वे सब वीर थे, पर वे सब एक-एक करके मारे गए। वे वीर, जो सुबह अत्यंत उत्साह के साथ आए थे, कटे हुए वृक्षों की भांति रणभूमि में मृत पड़े थे। रावण इस समाचार को सहन नहीं कर सका। उसे समझ में नहीं आ रहा था कि वह क्या करे। वह सोचने लगा कि उसने जो कुछ राम के विषय में सुना था है - कि वे नारायण के अवतार हैं और उन्होंने पृथ्वी पर रावण को मारने के लिए ही अवतार लिया है - क्या वह सत्य है!

वह जिस समय, सिर झुकाए निराशा में डूबा बैठा था, उसका करामाती पुत्र एवं मनपसंद पत्नी मंदोदरी का पुत्र, इंद्रजित वहाँ आ गया और उसे प्रसन्न करने का प्रयास

करने लगा। "पिताजी!" वह बोला, "मेरे होते हुए आपको चिंता करने की क्या आवश्यकता है? मैं इसी क्षण जाता हूँ और आपके शत्रुओं को दंड देता हूँ। आज सूर्यास्त होने से पूर्व सीता आपकी हो जाएगी!"

रावण ने अपने पुत्र को स्नेहपूर्वक देखा। उसकी त्वचा और बाल सुनहरे थे और उसकी आँखों में सुनहरे धब्बे थे। उसके कवच और शिरस्त्राण के अतिरिक्त, उसका कमरबंद और जूते भी सोने के थे। वह अपनी माता के समान सुंदर था। उसकी बात सुनकर रावण हर्षित हो गया। "जाओ पुत्र," वह बोला, "विजयी होकर लौटो!"

इंद्रजित ने अपने पिता को प्रणाम किया और अपने मायावी रथ पर सवार होकर तत्काल अपनी विशाल सेना के साथ निकल पड़ा। युद्धभूमि में जाने से पहले, उसने अग्नि प्रज्ज्वलित की तथा अपने इष्ट अग्निदेव को आहुति अर्पित की। इंद्रजित ने आकाश से वानरों के ऊपर बाणों की वर्षा करनी आरंभ कर दी जिससे हज़ारों की संख्या में वानर गिरने लगे। कुछ ही देर में, पूरी रणभूमि में वानरों के शव बिखरे पड़े थे। वानर सेनापतियों ने अपना सर्वोच्च प्रयास किया किंतु वे इंद्रजित को देख नहीं सके क्योंकि वह मायावी युद्ध लड़ने में पारंगत था। वे अदृश्य शत्रु से किस प्रकार लड़ते? जादुई बादलों के बीच से उन्हें रथ की आवाज़ और धनुष की टंकार सुनाई दे रही थी। कभी-कभी उन्हें उसका सुनहरा कवच और उसके सुनहरे भाले की चमक भी नज़र आती थी किंतु वह स्वयं दिखाई नहीं पड़ रहा था। हनुमान और जांबवंत को छोड़कर एक के बाद एक सभी वीर वानर, इंद्रजित के हाथों मारे गए। अंत में, राम और लक्ष्मण भी इंद्रजित के घातक बाणों का शिकार हो गए।

अपने दिन भर के कार्य से हर्षित, इंद्रजित लंका लौट गया। बहुत समय के बाद, विभीषण को होश आया और वह पीड़ा से कराहते हुए स्वयं को घसीटता हुआ जांबवंत के पास ले आया। उसने पूछा कि उन्हें अब क्या करना चाहिए। जांबवंत भी बुरी तरह घायल था किंतु उसने सबसे पहले हनुमान के विषय में पूछा।

उसे जब पता लगा कि हनुमान जीवित हैं तो वह बोला, "अब हमें किसी बात की चिंता नहीं है।" हनुमान को बुलाते हुए जांबवंत ने कहा, "हनुमान, अब केवल तुम कोसल बंधुओं तथा अन्य वानरों को बचा सकते हो। तुम तत्काल हिमवान पर्वत शिखर पर जाओ, जो जड़ी-बूटियों से भरा पड़ा है और वहाँ से चार प्रकार की जादुई बूटियाँ ले आओ। मृतसंजीवनी बूटी, मृत व्यक्ति को पुनर्जीवित कर सकती है, विशाल्यकरणी बूटी, अस्त्र-शस्त्रों से हुए घावों को ठीक कर देती है, तथा शेष दो तरह की बूटियाँ तन की स्वाभाविक कांति लौटाती है और टूटी अस्थियों को जोड़ सकती है।"

हनुमान ने तुरंत अपना आकार बढ़ाया और उत्तर दिशा की ओर उड़ गए। वे आराम से उड़ते हुए, शीघ्र ही जांबवंत द्वारा बताए शिखर पर पहुँच गए किंतु वे बहुत प्रयास करने पर भी उन विशिष्ट बूटियों को नहीं खोज पाए। ऐसा लगता था कि वे बूटियाँ, जाना नहीं चाहती थीं और इसीलिए उन्होंने स्वयं को छिपा लिया था। हनुमान परेशान हो गए और उन्होंने वह पूरा पर्वत शिखर अपने साथ ले जाने का निर्णय किया। उन्होंने उस शिखर को उखाड़ा और उसे लेकर आकाश मार्ग से लंका पहुँच गए। परंतु उस विशाल पर्वत को रखने की जगह नहीं मिल रही थी तो वे उसे लेकर रणभूमि के ऊपर उड़ते रहे। उन

जादुई बूटियों की तेज़ सुगंध हवा में फैल गई और उससे राम एवं लक्ष्मण उठ बैठे मानो नींद से जागे हों। शेष सभी वानर भी, जो इंद्रजित के बाणों से मर गए अथवा घायल हो गए थे, उन जादुई बूटियों की सुगंध के प्रभाव से मानो गहरी नींद से उठ गए। उन सबके स्वास्थ्य में सुधार होने लगा। हनुमान पर्वत को हिमालय में उसके मूल स्थान पर वापस रख आए।

लोगों को इस बात पर आश्चर्य हो सकता है कि ऐसा कैसे हुआ कि बूटी के प्रभाव से एक भी राक्षस जीवित नहीं हुआ। ऐसा इसलिए हुआ क्योंकि रावण ने यह आदेश दिया था कि सभी मृत राक्षसों के शवों को समुद्र में फेंक दिया जाए ताकि कोई उनकी गिनती करके रावण की कीर्ति को कलंकित न कर सके।

उस रात, उत्साहित वानरों ने लंका को दूसरी बार जला दिया। लोगों की चीख़-पुकार और धुएँ की दुर्गंध से रावण की, जो राम की मृत्यु का समाचार सुनकर आराम से सो रहा था, नींद खुल गई। उसे विश्वास नहीं हुआ कि वानर सेना राम के बिना युद्ध कर रही है। जब उसे दोनों राजकुमारों के जीवित होने का समाचार मिला तो वह बहुत व्याकुल हो गया।

रावण ने तुरंत कुंभकर्ण के पुत्र, कुंभ और निकुंभ को बुलाया तथा उनसे युद्ध में जाने और अपने पिता की मृत्यु का बदला लेने के लिए कहा। दोनों निशाचर भाई अत्यंत शक्तिशाली योद्धा थे तथा वे प्रण लेकर तत्काल युद्ध करने चल पड़े। यद्यपि, युवा वानरों ने उनके विरुद्ध वीरता से युद्ध किया, किंतु वे परास्त हो गए और अंगद अचेत होकर गिर पड़ा। यह समाचार राम को मिला तो सुग्रीव ने युद्ध में जाने का निर्णय किया।

उसने कुंभ से कहा, "मैं तुम्हारी शस्त्रविद्या से प्रभावित हूँ। तुम्हारे भीतर, तुम्हारे पिता और चाचा दोनों के गुण हैं - एक की दृढ़ता तथा दूसरे की निपुणता! मैं तुम्हें मारना नहीं चाहता क्योंकि तुम निश्चय ही अपने कुल के भूषण हो। परंतु हम दोनों परस्पर विरोधी हैं, इसलिए हमें यह युद्ध अंत तक लड़ना होगा।"

यद्यपि सुग्रीव द्वारा की गई प्रशंसा से कुंभ प्रसन्न हुआ किंतु उसे यह कटाक्ष पसंद नहीं आया कि सुग्रीव युद्ध में उससे बेहतर है। वह गरजता हुआ सुग्रीव पर झपटा और उन दोनों के बीच द्वंद्व आरंभ हो गया। उनके युद्ध से पृथ्वी हिलने लगी और वृक्षों से पत्ते झड़ने लगे। अंत में, एक शक्तिशाली प्रहार से सुग्रीव ने कुंभ को धरती पर गिराकर मार डाला। अपने वीर भाई की मृत्यु देखकर, निकुंभ वानरों की ओर दौड़ा तथा उसने सैकड़ों की संख्या में वानरों को मार डाला। वानरों की दुर्दशा देखकर हनुमान उसकी सहायता के लिए आ गए और उन्होंने निकुंभ की छाती पर वार किया। निकुंभ ने हनुमान पर एक विशाल लौह मूसल दे मारा। सबने सोचा कि उस प्रहार से हनुमान गिर जाएँगे किंतु वे देखकर स्तब्ध रह गए कि हनुमान की अभेद्य छाती से टकराकर मूसल के असंख्य टुकड़े हो गए। कुछ देर लड़ने के बाद, उन्होंने निकुंभ को धरती पर गिरा दिया। फिर वे उसकी छाती पर चढ़कर बैठ गए और दम घुटने से उसकी मृत्यु हो गई।

वानरों में हर्षोल्लास छा गया। राक्षसों को यह देखकर बहुत आश्चर्य हुआ कि टहनियाँ और पत्थर लिए उन लंबी पूँछ और पेड़ पर रहने वाले वानरों के सामने उसकी सेना के

शक्तिशाली और आधुनिक अस्त्र-शस्त्र विफल हो गए थे। उनमें से कोई भी तलवार या धनुष नहीं चला सकता था और फिर भी वे उसकी सेना पर हावी थे।

रावण दुविधा में पड़ गया कि क्या किया जाए। वह उस गुप्त उपवन में गया और वहाँ उसने इंद्रजित से, जो उस समय अपनी तंत्र-साधना कर रहा था, राम को मार डालने की विनती की।

इंद्रजित ने कहा, "पिताजी! आपके लिए मैंने उन्हें एक बार मार दिया, किंतु ऐसा प्रतीत होता है कि समस्त प्रकृति उनकी सहायता कर रही है, अन्यथा वे जीवित कैसे बच सकते हैं? याद कीजिए, अपनी युवावस्था में, आपने सिर्फ़ धर्म के सहारे पूरे विश्व पर शासन किया है, किंतु अब आप केवल अधर्म के सहारे शासन कर रहे हैं। वे सब देवता, जो आपके नाम से काँपते हैं और उन संतों के शाप, जिनकी आपने हत्या की है, इस युद्ध में आपके विरुद्ध हो गए हैं और युद्ध में आपका अंत हो जाएगा। आपने अपने अन्याय से पूरी प्रकृति को पीड़ा पहुँचाई है। परंतु राम, धर्म की प्रतिमा हैं और इसीलिए प्रकृति उसकी सहायता कर रही है। तथापि, मैं आपकी आज्ञा का पालन करूँगा। मैंने आपको कोसल बंधुओं को मारने का वचन दिया है और मैं उसे अवश्य पूरा करूँगा।"

इंद्रजित ने हमेशा की भांति अग्निपूजा की तथा युद्ध पर जाने से पूर्व सहायता हेतु अग्नि का आह्वान किया। उसके रथ का ऊपरी भाग और पताका सोने से मढ़े हुए थे। उसका रथ उसकी इच्छानुसार प्रकट एवं ओझल हो जाता था। वह सहसा रणभूमि के मध्य में प्रकट हुआ और सभी पर बाणों की वर्षा करने लगा। उसके बाद वह अचानक ओझल हो गया और आकाश से निर्दयतापूर्ण ढंग से राम एवं लक्ष्मण पर बाण चलाने लगा। उन्होंने भी ऊपर की ओर बाण चलाए। इंद्रजित ने माया से घना कोहरा उत्पन्न कर दिया जिसने पूरी रणभूमि को विषैली वाष्प की भांति ढँक लिया ताकि उसे कोई देख न सके। केवल उसके सुनहरे कवच की चमक दिखाई दे रही थी और उसके धनुष की टंकार सुनाई पड़ रही थी। उसके घातक बाणों से राम का शरीर अनेक स्थानों से छलनी हो गया। इंद्रजित बहुत तेज़ गति से आकाश में चक्कर लगा रहा था और दोनों भाइयों को परेशान कर रहा था क्योंकि वे बीच-बीच में, जहाँ उन्हें ठीक लगता, बाण चलाते थे। वानरों की दुर्दशा देखकर, लक्ष्मण ने ब्रह्मास्त्र चलाने वाले थे किंतु राम ने उन्हें रोक दिया और कहा, "इस ब्रह्मास्त्र से भयंकर विध्वंस हो जाएगा और इसे केवल नितांत आवश्यकता पड़ने पर प्रयोग करना चाहिए। यह समय इसके लिए उचित नहीं है। मैं कुछ अन्य शक्तिशाली मंत्रों का उच्चारण करके इंद्रजित को मार देता हूँ।"

इंद्रजित ने राम का विचार पढ़ लिया। वह रणभूमि छोड़कर चला गया तथा एक नई चाल के साथ लौट आया। अपनी मायावी शक्तियों की सहायता से उसने सीता का प्रतिरूप तैयार कर लिया और वह उसे रथ में बैठाकर रणभूमि में ले आया। सीता ने वही गंदा-सा पीला वस्त्र पहना हुआ था, जो उन्होंने अंतिम बार सीता को पहने देखा था, लेकिन उनके शाश्वत सौंदर्य की आभा में कोई कमी नहीं आई थी। वे अकेली और उदास बैठी थीं मानो उन्हें आस-पास होने वाली किसी बात की चिंता नहीं थी। हनुमान, सीता के दुखी चेहरे से अपनी दृष्टि नहीं हटा पाए। उन्हें नहीं पता था कि क्या हो रहा है। हनुमान ने इंद्रजित की

ओर छलांग लगाई और उससे लड़ने लगे। इंद्रजित ने सीता के बाल पकड़े और उन्हें अपनी तलवार से डराने लगा। वे ज़ोर से राम को पुकारने और रोने लगीं। विदेह की राजकुमारी के साथ ऐसा अपमानजनक व्यवहार होता देख, हनुमान से सहन नहीं हुआ। उन्होंने इंद्रजित को बुरा-भला कहा किंतु इंद्रजित ने आराम से उत्तर दिया। उसने हनुमान से कहा कि वे ध्यान से देखें, वह किस प्रकार उस स्त्री का अंत करने वाला है जो राक्षसों के विनाश का तथा उसके पिता के मोह का मुख्य कारण बन गई है। फिर उसने वह तलवार सीता की छाती पर तान दी और उन्हें मार डाला। इस बात से अनभिज्ञ कि वह माया से तैयार की हुई सीता थीं, हनुमान रोने लगे और उन्होंने उस युद्ध का अंत करने का निर्णय कर लिया क्योंकि उसे अब अधिक समय जारी रखने का कोई कारण नहीं था।

यह समाचार सुनकर राम मूर्छित हो गए। लक्ष्मण ने उन्हें अपनी बाँहों में सँभाला और उन्हें शिशु की भांति दिलासा देने लगे।

“भैया,” लक्ष्मण ने कहा, “आपने सदा धर्म का अनुसरण किया है और अब देखिए हमारे साथ क्या हो गया। यदि हम धर्म से विजयी हो पाते तो रावण बहुत समय पहले मर गया होता और हमें यह कष्ट क़दापि नहीं देखना पड़ता। भैया, यह कर्म करने का समय है। आपके साथ जो भी अन्याय हुए हैं, मैं उन सबका प्रतिशोध लूँगा।”

इसी बीच, विभीषण आ गया और उसने राम के मूर्छित होने का कारण पूछा। जब उसे पता लगा कि सीता को हनुमान के सामने मार दिया गया तो वह बोला, “आप इस बात पर कैसे विश्वास कर सकते हैं? क्या आपको रावण के मन में सीता के प्रति मोह का पता नहीं है? क्या यह संभव है कि वह अपने पुत्र को सीता की हत्या करने की अनुमति देगा? मैंने उसे कितनी बार समझाया कि वह सीता को लौटा दे किंतु उसने मेरी बात नहीं सुनी! आपके मन यह विचार भी कैसे आया कि वह उस स्त्री को मार डालेगा जो उसके पिता को इतनी प्रिय है? यह सारी योजना उस मायावी इंद्रजित की बनाई हुई है। उसने यह स्वांग इसलिए रचा था, ताकि वह यज्ञ कर सके जिसके संपन्न होने के बाद, वह अजेय हो जाएगा। इस समय भी, जबकि हम यहाँ बैठे हैं, वह अपना यज्ञ करने में व्यस्त होगा। हमें एक क्षण भी नष्ट किए बिना उस स्थान पर चलना चाहिए जहाँ वह यज्ञ कर रहा है और उसे यज्ञ पूर्ण करने से पहले रोकना चाहिए। आप मेरे साथ लक्ष्मण को भेज दीजिए। हमारे पास नष्ट करने के लिए समय नहीं है। यदि उसने वह अनुष्ठान पूर्ण कर लिया तो उसे परास्त करना असंभव होगा। वैसे भी उसके पास ब्रह्मा का दिया अस्त्र है जिससे वह हम में से बहुत-से लोगों को मार सकता है। ब्रह्मा ने उसे चेतावनी दी है कि जो उसके यज्ञ को रोक सकेगा, वही उसका वध भी कर सकेगा।”

राम ने तुरंत लक्ष्मण को विभीषण के साथ जाकर यज्ञ रोकने का आदेश दिया।

वशिष्ठ कहते हैं :

"चेतना की वह रहस्यमयी शक्ति अनंत प्रकार के नामों एवं रूपों को उत्पन्न करती है।

वही चेतना, जब अपना अनुभव करना चाहती है तो वह ज्ञेय ब्रह्मांड बन जाती है।

इसमें कोई वास्तविक रूपांतरण नहीं होता क्योंकि चेतना के अतिरिक्त कुछ नहीं है।"

हरि ॐ तत सत

ॐ

ॐ

अनंतगुण-गंभीराय नमः!

अध्याय 6

इंद्रजित

सासितुनधनुर्बाणपाणिम्!
नक्तांचरन्तकम्!
स्वलील्या जगत्रातुम!
आविर्भूतमजम विभुम्!

हाथ में धनुष धारण किए हुए,
अजन्मे, अवतार के रूप में
संसार की रक्षा हेतु आचरण कर रहे थे।

लक्ष्मण ने जाने से पूर्व राम का आशीर्वाद लिया। उनके साथ विभीषण और जांबवंत भी सेना लेकर चल पड़े।

"आइए, जल्दी कीजिए!" विभीषण ने कहा, "मैं आपको उस गुप्त उपवन में ले चलता हूँ जहाँ इंद्रजित अपनी साधना कर रहा है। अग्निदेव, उसे बाघों से युक्त एक जादुई रथ देने वाले हैं जिससे वह अजेय हो जाएगा। केवल राक्षस ही इस स्थान को देख सकते हैं।"

विभीषण, लक्ष्मण को लेकर उस गुप्त उपवन में पहुँच गया जहाँ इंद्रजित यज्ञ कर रहा था। विभीषण ने लक्ष्मण को स्पर्श किया तो उन्हें भी इंद्रजित दिखाई देने लगा। वह उद्यान के भीतर हवन-वेदी के समक्ष घुटनों के बल बैठकर अपने इष्टदेव का आह्वान कर रहा था। उसकी पीठ उनकी ओर थी और वह लकड़ी की कलछी से यज्ञवेदी में घी की आहुति दे रहा था और मंत्रोच्चारण कर रहा था। उसके निकट बलि हेतु एक काली बकरी बँधी हुई थी जो दयनीय रूप से मिमिया रही थी। इंद्रजित ने गहरे लाल रंग के वस्त्र पहने थे और उसके बाल बिखरे हुए थे। उसने अपने भाले से धरती को पीटा तो भीतर से हज़ारों सर्प निकल आए और वेदी के निकट रखे उसके बाणों पर लिपट गए। इंद्रजित ने कुल्हाड़ी से बकरी की गर्दन पर एक सटीक प्रहार किया और वह कटकर ख़ून के तालाब में लुढ़क गई। उसने कलछी को बकरी के रक्त से भरा और वह उसे ऊपर उठाकर अंतिम आहुति

के लिए तैयार हो गया। जैसे-जैसे अग्नि की लपटें ऊँची उठ रही थीं, पीले रंग के गुर्राते, गरजते बाघ दिखाई देने लगे, जो अजेय रथ को खींचकर बाहर कूदने के लिए तैयार थे। विभीषण के संकेत करते ही लक्ष्मण ने कलछी पर बाण मारा और अंतिम आहुति से पूर्व ही उसके दो टुकड़े कर दिए।

सभी सर्प फुफकारते हुए पीछे हटे और दोबारा पाताल लोक में चले गए। इंद्रजित क्रोध में भरकर पीछे घूमा और विभीषण पर गुर्राया, "देशद्रोही! तुमने मेरे साथ विश्वासघात किया है। तुम स्वयं को मेरा चाचा कहते हो और फिर भी तुमने मेरे सब रहस्य शत्रु को बता दिए। तुम्हारी सहायता के बिना ये इस स्थान को कभी नहीं खोज सकते थे। तुमने मेरे पिता का नमक खाया और शत्रु के साथ मिल गए। तुम्हें धिक्कार है! शत्रु के तलवे चाटकर, वहाँ का स्वामी बनने से अपने देश में दास बनकर रहना बेहतर है। जो व्यक्ति अपने लोगों को छोड़कर अपने शत्रु के साथ मिल जाता है, वह देशद्रोही कहलाता है। मैं लक्ष्मण को मारने से पूर्व तुम्हें मारूँगा!"

विभीषण ने उत्तर दिया, "तुम मेरे दुष्ट भाई की दुष्ट संतान हो और मेरा, तुम दोनों से कोई संबंध नहीं है। इतने वर्षों से मेरा भाई पापकर्मों में लिप्त है। उसके क्रोध और अहंकार से सब परिचित हैं। मैं उसे सहन करता रहा क्योंकि मैं उस समय असहाय था। यद्यपि मेरा जन्म राक्षस कुल में हुआ, मेरा स्वभाव सदा से मनुष्य जैसा था। मैंने तुम लोगों को इसलिए त्याग दिया, क्योंकि मैं अधर्म का साथ देते-देते थक गया हूँ और अब मैं सदाचार के मार्ग पर चलना चाहता हूँ। तुम मूर्ख, आवेगी और अहंकारी हो, किंतु सावधान रहो! तुम और तुम्हारे पिता अभिशप्त हो और साथ ही, तुम्हारी यह शानदार लंका नगरी भी!"

इतनी देर में जांबवंत और उसकी भालू सेना भी वहाँ आ गए और उन्होंने इंद्रजित की सेना पर हमला बोल दिया। वहाँ हलचल इतनी बढ़ गई कि इंद्रजित को विवश होकर अपने चाचा के साथ चल रही मौखिक लड़ाई को रोककर गुप्त सुरंग से खुले वन में बाहर आना पड़ा। राक्षसकुमार वह अनुष्ठान को बाधित होता देखकर अत्यंत क्रोधित हो गया। वह बाहर निकला तो मृत्यु के देवता के समान दिखाई पड़ रहा था। हनुमान ने एक हाथ में वृक्ष लेकर उसका मार्ग रोक लिया।

विभीषण ने लक्ष्मण को हनुमान की सहायता करने और मय दानव के पौत्र को रोकने के लिए कहा। लक्ष्मण ने धनुष की टंकार लगाई तो क्रोधित इंद्रजित उनकी ओर दौड़ा। वह सिर से लेकर पैर तक चाँदी से सुसज्जित था। चाँदी के शिरस्त्राण, तलवार और बाणों के साथ, इंद्रजित हाथ में धनुष लेकर लक्ष्मण के सामने आ गया। हनुमान ने तत्काल लक्ष्मण को अपने कंधे पर बैठा उठा लिया।

"लक्ष्मण, क्या तुम हमारी पिछली मुठभेड़ भूल गए हो," इंद्रजित चिल्लाते हुए बोला, "जब मैंने तुम्हें और तुम्हारे भाई को नीचे गिरा दिया था? इस बार मैं तुम्हें सरलता से नहीं छोड़ूँगा और यमलोक पहुँचाकर ही दम लूँगा।"

दोनों योद्धा आमने-सामने आकर युद्ध करने लगे। दोनों एक के बाद एक अचूक सटीकता से बाण चला रहे थे। लक्ष्मण ने इंद्रजित का कवच काट दिया तो बदले में

इंद्रजित ने भी लक्ष्मण का कवच काट डाला। वे दोनों ही आस-पास की घटनाओं से अनभिज्ञ थे। दोनों के शानदार अभिमंत्रित बाण आकाश में उल्कापिंडों की भांति उड़ते तथा भयंकर विस्फोट के साथ टकराकर चूर हो जाते थे। उनके युद्ध से घबराकर पशु-पक्षी इधर-उधर भाग रहे थे और वायु ने भी भय से मानो अपनी श्वास रोक ली थी। विभीषण भी वहाँ आ गया किंतु उसने अपने भतीजे के साथ युद्ध नहीं किया। लक्ष्मण ने चार चाँदी की नोक वाले बाण चलाकर इंद्रजित के चारों सुंदर एवं सुसज्जित अश्व मार डाले। अश्वों के मरने से रथ तेज़ी से घूमने लगा और इसी बीच लक्ष्मण ने एक अर्द्धचंद्राकार बाण चलाकर सारथी का सिर धड़ से अलग कर दिया। एक पल के लिए इंद्रजित लड़खड़ाया, किंतु फिर बिना घबराए, उसने दोबारा धनुष उठाया और लक्ष्मण की सेना पर एक हज़ार बाण चला दिए। सारे वानर शीघ्र ही लक्ष्मण के पीछे जा छिपे। अंधकार में छिपकर, इंद्रजित अपनी नगरी में गया और दूसरा रथ लेकर लौट आया। वह जिस फुर्ती से लौटा था, उसे देखकर लक्ष्मण चकित रह गए। परंतु, कुछ ही पलों में, लक्ष्मण ने इंद्रजित का दूसरा रथ भी ध्वस्त कर दिया। वह निशाचर अपने भाले को सिर के ऊपर उठाकर ज़ोर-ज़ोर से घुमाने लगा जिसके कारण वह जलते हुए पहिए के समान लग रहा था। लक्ष्मण ने उसके भाला चलाने की प्रतीक्षा नहीं की, बल्कि उसे सौ बाण मारकर नष्ट कर दिया।

वह भीषण युद्ध इसी प्रकार चलता रहा। अंत में, लक्ष्मण ने महर्षि अगस्त्य द्वारा दिया बाण निकाला जो इंद्र की शक्ति से ऊर्जान्वित था। उन्होंने उस बाण से प्रार्थना की, "यदि यह सत्य है कि दशरथनंदन, राम कभी धर्म के मार्ग से च्युत नहीं हुए हैं, यदि यह सत्य है कि वे सदैव निष्ठावान व सत्यमार्गी रहे हैं तथा वे अद्वितीय हैं, तो इस बाण से रावण-पुत्र इंद्रजित की मृत्यु हो जाए!" यह कहकर, लक्ष्मण ने वह अभिमंत्रित बाण इंद्रजित पर छोड़ दिया। वह बाण वज्रशिरा की भांति सीधा अपने लक्ष्य तक पहुँच गया। इससे पहले कि इंद्रजित उसे अपने बाण से काट पाता, लक्ष्मण के बाण ने इंद्रजित का सिर काट दिया, जो नीचे गिरकर सोने के कमल-पुष्प सा लग रहा था। पर्वत के पीछे डूबते दीप्तिमान सूर्य जैसा मंदोदरी के गौरवशाली पुत्र का सिर, कट चुका था। वानर हर्ष से चिल्लाने लगे और यह शोर राम तथा सुग्रीव को अपने शिविर में भी सुनाई दे रहा था। राक्षस सेना ने अपने अस्त्र-शस्त्र वहीं छोड़ दिए और भयभीत होकर, भाग खड़ी हुई।

विभीषण, हनुमान तथा जांबवंत तीनों लक्ष्मण के इस साहसिक कार्य से बहुत उत्साहित थे। लक्ष्मण को हनुमान अपने कंधे पर बैठाकर लाए और राम ने उनका शानदार स्वागत किया। राम ने अपने भाई को गले लगा लिया। उन्होंने तत्काल वैद्य बुलवाकर, उसे लक्ष्मण के घावों पर मरहम लगाने को कहा। समूचे शिविर में हर्ष का माहौल था। राम को आशा थी कि अपने पुत्र इंद्रजित की मृत्यु का समाचार सुनकर, अगले दिन रावण स्वयं युद्ध करने आएगा।

अपनी प्रिय पत्नी मंदोदरी के पुत्र का समाचार सुनकर रावण मूर्छित हो गया। इंद्र को परास्त करने वाला, स्वयं इंद्र के अस्त्र से मारा गया! रावण जब अपनी मूर्छा से बाहर आया तो उसने दुखी होकर कहा, "मेरे पुत्र! मेरे प्रिय पुत्र! इस संसार में तुम्हारे समान कोई दूसरा नहीं था। तुम किसी को भी पराजित कर सकते थे, फिर भी तुम एक दुर्बल-से

मनुष्य के हाथों मारे गए! यह कैसे संभव है? मुझे, तुम्हारे बिना यह पूरी धरती रिक्त नज़र आती है। मेरे लिए अब जीवन में कोई रस शेष नहीं है। तुम, मुझे और अपनी माता एवं अपनी प्रिय पत्नी को छोड़कर कहाँ चले गए? इंद्रजित, तुम्हारी मृत्यु क्यों हो गई?"

वह भूल गया कि अपने सभी पुत्रों की मृत्यु का वही उत्तरदायी था। उसका शोक, शीघ्र ही क्रोध में परिवर्तित हो गया, जैसा कि उसके साथ सामान्य तौर पर होता था। उसने सीता को, अपने पुत्र द्वारा खेली गई चाल की भांति नहीं, अपितु सचमुच मार डालने का निर्णय किया क्योंकि सीता के कारण ही यह सब हो रहा था। वह भूल गया कि इस सबका कोई अन्य नहीं, बल्कि वह स्वयं उत्तरदायी था। अपने क्रूर और अनुचित कृत्य के कारण, जैसा कि विभीषण ने भविष्यवाणी की थी, उसके कुल का नाश हो गया था। उसकी आँखों से अश्रु, तरल अग्नि के समान बहने लगे। वह तलवार उठाकर अशोक वाटिका की ओर दौड़ा। सीता अब भी सिर्फ़ राम के प्रति समर्पित थीं। उसके मंत्रियों के साथ उसकी पत्नियाँ भी पीछे भागीं। उन्होंने अब से पहले रावण को इतना क्रोध में कभी नहीं देखा था। वह शुक्र ग्रह की ओर बढ़ते किसी दुष्ट उल्का की भांति, हाथ में तलवार लिए सीता की ओर भागा। सीता ने उसे देखा तो वह समझ गईं कि इस बार वह प्रेमपूर्ण शब्दों के साथ नहीं, बल्कि घृणा की तलवार लेकर आया था और जितनी सहजता से उसने सीता के समक्ष प्रेम प्रस्ताव रखा था, वह उसी सहजता से उन्हें मारना चाहता था। दुष्ट लोगों का मन कितनी आसानी से बदल जाता है! एक दिन वे प्रेम दर्शाते हैं और अगले दिन घृणा करने लगते हैं। सीता ने मान लिया कि राम की मृत्यु हो गई है, इसलिए वे भी मरने के लिए तैयार थीं।

सौभाग्य से, रावण का एक मंत्री, जो शेष मंत्रियों से अधिक बुद्धिमान था, रावण के पास आया और बोला, "स्वामी! आप यह पाप कर्म कैसे कर सकते हैं? आपने यही बुरा किया जो इनका हरण कर लिया! अब जबकि ये असहाय हैं और आपकी दया पर निर्भर हैं तो आप इन्हें मारने के विषय में क्यों सोच रहे हैं? इस असहाय व अरक्षित स्त्री को अकेला छोड़ दीजिए और अपना क्रोध उनके ऊपर निकालिए, जिन्होंने आपके पुत्र को मारा है। आज कृष्ण पक्ष का चौदहवां दिन है। कल अमावस्या है और हम निशाचरों के लिए सबसे शुभ समय है। उस समय आपको राम पर आक्रमण करना चाहिए तथा दोनों भाइयों को मारने के बाद, आप विजयी होकर लौटेंगे तो सीता आपकी हो जाएगी!"

रावण को यह सुझाव अच्छा लगा। वह रुक गया और सोचने लगा। इसके बाद, बिना किसी से कुछ कहे, वह मुड़ा और अपने सभागार में लौट गया।

रावण ने अगले दिन अपने अत्यंत कुशल एवं साहसी योद्धाओं वाली सर्वश्रेष्ठ सेना को रणभूमि में भेजा और यह आदेश दिया कि वह दोनों कोसल बंधुओं को मारे बिना न लौटे। अपने समय के सर्वाधुनिक अस्त्र-शस्त्रों से सुसज्जित वह बेचारी सेना सुबह होते ही निकल पड़ी। दोनों सेनाओं में भीषण युद्ध हुआ और रक्त की नदियाँ बहने लगीं। राम ने उनका उसी तरह अकेले सामना किया जैसे उन्होंने जनस्थान पर किया था। बाणों की बौछार में संपूर्ण सेना ढँक गई और दिखाई नहीं पड़ रही थी। अंत में राम ने गंधर्व नामक दिव्यास्त्र चलाया जिसके प्रयोग से सभी जगह सैकड़ों राम नज़र आने लगे। एक घंटे के भीतर, राम ने रावण की उस सर्वश्रेष्ठ सेना को पूरी तरह नष्ट कर दिया।

युद्ध में मारे गए सैनिकों की पत्नियों का विलाप पूरी लंका में गूँज रहा था। वे इस सबके लिए शूर्पणखा को दोषी मान रही थीं। लंका का प्रत्येक घर में शोक छा गया। वे घर, जहाँ से किसी समय में, सिर्फ़ संगीत एवं आमोद-प्रमोद के स्वर सुनाई देते थे, अब विलाप और सिसकियों के शोर से गूँज रहे थे। उस रात जब रावण अपने शयनकक्ष में पहुँचा तो, माया के रचयिता मय दानव की पुत्री मंदोदरी ने अपनी बाँहें उसके गले में डाल दीं। "स्वामी!" वह बोली, "आपको कल युद्ध के लिए जाना है। क्या आप अपना विचार नहीं बदल सकते?"

उसने धीरे-से मंदोदरी को स्वयं से दूर किया और कहा, "प्रिय, तुम जानती हो कि मुझे जाना है, परंतु मेरा विश्वास करो। मैं तुम्हें निराश नहीं करूँगा।"

"आपने मुझे कभी निराश नहीं किया, स्वामी। जिस दिन से हमारा विवाह हुआ है, आपने मुझे हमेशा सुख प्रदान किया है। मैं यह कैसे भूल सकती हूँ?"

रावण अंतिम बार अपने दुर्ग के प्राचीर पर चढ़ा और *सामवेद* की ऋचाएँ गाने लगा, जिनमें वह पारंगत था और जिन्हें गाकर उसने एक बार महादेव शिव को इतना प्रसन्न कर दिया था। वायु की सरसराहट, लहरों का स्वर तथा वृक्षों की चरचराहट के साथ, समस्त प्रकृति मानो गायन में सुर से सुर मिलाकर, उसका साथ दे रही थी। राम और उनके साथी, नीचे से रावण के बलशाली व्यक्तित्व की छवि को, संगीत पर झूमते-नाचते देखकर मोहित हो गए।

आख़िरकार, अर्द्धरात्रि होने पर अमावस्या के समय, हवा रुक गई, लहरें शांत हो गईं और रावण निर्णायक युद्ध के लिए नीचे उतर आया।

रावण ने जब अपने अंतिम सेनापतियों को युद्ध के लिए तैयार होने का आदेश दिया तो पहली बार, उसके स्वर में भय झलक रहा था। उसने स्वयं युद्ध में जाकर अपने प्रियजनों की मृत्यु का प्रतिशोध लेने का निर्णय किया। उसके दिव्य रथ में जड़े रत्न और सुनहरी पताका जगमगा रहे थे। आठ अत्यंत फुर्तीले अश्वों से सुसज्जित उस रथ में समस्त आधुनिक अस्त्र-शस्त्र रखे थे। रथ के द्वार के निकट पहुँचते ही, रावण उसमें बाघ की फुर्ती से कूदकर चढ़ गया और लगाम स्वयं सँभाल ली। वह मार्ग से होकर गुज़रा तो आस-पास खड़े राक्षसों ने शोर मचाया तथा तालियाँ बजाईं। उसने बाहर निकलने के लिए पाँचवां द्वार चुना, जो माया का द्वार था। वह अर्द्धरात्रि के काले आकाश में, विशाल काले राजहंस की भांति प्रकट हो गया।

वशिष्ठ कहते हैं :

"सृष्टि एवं इसके रचयिता दोनों विशुद्ध चेतना हैं।
जब यह बोध हो जाता है तो इसे ब्रह्म कहते हैं।"

हरि ॐ तत सत

ॐ

ॐ

दशग्रीवशीरोहाराय नमः!

अध्याय 7

रावण का अंत

लोकाभिरामं रणरंगधीरम्!
राजीवनेत्रं रघुवंशनाथम्!
कारुण्यरूपं करुणाकारं तम्!
श्री रामचरणं शरणं प्रपद्ये!

मैं रघुकुल के राजा श्रीराम को प्रणाम करता हूँ,
जिनके नेत्र कमल की पंखुड़ियों के समान हैं
जो संपूर्ण संसार में सबसे रूपवान हैं,
तथापि रणभूमि में आतंक मचा देते हैं
और दया से परिपूर्ण, कृपानिधान हैं।

वानर चारों द्वारों पर तैनात थे, किंतु रावण आकाश-स्थित मायावी एवं पाँचवें द्वार से बाहर आया और ज़ोरदार आवाज़ के साथ सबके बीच में उतर गया। कहते हैं, उसके द्वार से बाहर निकलते ही सूर्य का तेज़ मंद पड़ गया और पक्षी ज़ोर-ज़ोर से चीखने लगे। बादलों से रक्त की बूँदें टपकने लगीं तथा अश्व लड़खड़ाकर गिरने लगे। रावण के चेहरे का तेज़ समाप्त हो रहा था और उसका स्वर कर्कश होने लगा। उसकी बाईं आँख और हाथ फड़कने लगे। ये सब मृत्यु के संकेत थे।

उसने इन अपशकुनों की चिंता नहीं की तथा अपने शेष सेनापतियों के साथ तेज़ी से वानरों की सेना के बीच में से गुज़रा। रावण वानर-दल को धकेलता हुआ उन्मत्त होकर युद्ध कर रहा था। उसके क्रोधपूर्ण आक्रमण को सहन करने का साहस किसी में नहीं था। सुग्रीव ने रावण के सेनापति विरुपाक्ष के साथ युद्ध किया और उसे अपने खुले हाथ के प्रहार से ही मार डाला। जिस प्रकार ग्रीष्म ऋतु के आगमन पर सरोवर सूखने लगता है, उसी तरह वानर सेना की संख्या भी कम होती जा रही थी। धीरे-धीरे, रावण को एहसास होने लगा कि नियति राम के पक्ष में है अन्यथा उसके साथ, जो तीनों लोकों में अजेय

माना जाता है, ऐसा कैसे हो सकता था। उसे इस बात पर विश्वास नहीं हुआ कि उसका वीर सेनापति विरुपाक्ष एक वानर के पंजे के वार से मारा गया। रावण ने महोदर को लड़ने भेजा तो सुग्रीव ने तलवार से उसकी गर्दन ऐसे काटकर गिरा दी जैसे वृक्ष से पका फल गिरता है। उसका तीसरे और अंतिम महान योद्धा का नाम महापार्श्व था। वानर राजकुमार अंगद ने उसे मार डाला।

अपने तीनों सेनापतियों की मृत्यु का समाचार सुनकर, रावण ने अपने सारथी को राम के पास चलने का आदेश दिया। एक बार फिर, उसका सामना राम से हुआ। वह राम के साथ हुई अपनी पहली मुठभेड़ को भूल जाना चाहता था जिसमें राम ने उसे उदारतापूर्वक छोड़ दिया था। राम ने अपना कोदंड धनुष हाथ में पकड़ा हुआ था और लक्ष्मण, उनके साथ खड़े थे। रावण ने जब राम को देखा तो उसे लगा कि उसके सामने भगवान नारायण हैं और उनके साथ इंद्र खड़े हैं।

वह लक्ष्मण को पार करके राम के समक्ष पहुँच गया। राम उसे सामने देखकर प्रसन्न हुए क्योंकि उन्हें इतने समय से इसी बात की प्रतीक्षा थी। वह शानदार युद्ध था। उसे देखने के लिए देवतागण भी आ गए। दोनों युद्ध कौशल में पारंगत थे। शेष सैनिक भी अपना व्यक्तिगत युद्ध रोककर इस ज़बर्दस्त युद्ध को देखने लगे। सारा आकाश दोनों के द्वारा चलाए जा रहे विभिन्न तरह के अभिमंत्रित बाणों की चमक से प्रकाशित हो गया। एक प्रकार से यह अनुचित युद्ध था क्योंकि राम पैदल थे और रावण रथ पर सवार था किंतु इस बात से राम परेशान नहीं हुए।

लक्ष्मण भी युद्ध में शामिल हो गए क्योंकि उन्हें रावण के साथ युद्ध करने की बहुत इच्छा थी। वे अपनी भाभी, सीता का दयनीय चेहरा भुला नहीं पाए थे जिसे उन्होंने अंतिम बार तब देखा था जब सीता ने उन्हें राम की सहायता के लिए वन में जाने को कहा था। लक्ष्मण ने एक ही बाण से रावण की शानदार पताका काट दी जो हवा में फहरा रही थी। इसके बाद उन्होंने, रावण के सारथी को मार दिया और फिर उसका रथ ध्वस्त कर दिया। विभीषण ने दौड़कर रावण के अश्व मार डाले जिसे देखकर वह अत्यंत क्रोधित हो गया। वह रथ से कूदा और उसने अपने भाई पर शक्ति नामक प्रसिद्ध अस्त्र चला दिया, परंतु लक्ष्मण बीच में आ गए और विभीषण को बचा लिया।

रावण ने मन में निश्चय किया कि अब राम के धृष्ट भाई को समाप्त करने का समय आ चुका था। कांस्याग्नि की भांति चमचमाती हरी आँखों वाले और सिंह के समान गरजते हुए रावण ने, मय दानव का मायावी शक्तियों से बना भाला लक्ष्मण की ओर फेंका। वह भीषण आवाज़ करता हुआ किसी ख़तरनाक उल्कापिंड की भांति अपने लक्ष्य की ओर बढ़ गया। राम ने मंत्र पढ़कर उस अस्त्र की मारक क्षमता समाप्त कर दी, तथापि वह इतना शक्तिशाली था कि उसके प्रहार से लक्ष्मण मूर्छित हो गए। लक्ष्मण के घाव बहते देख राम घबरा गए, किंतु वे जानते थे कि वह रोने का समय नहीं था। उन्होंने रावण के साथ युद्ध ज़ारी रखा। उन्होंने सुग्रीव और हनुमान को बुलाया और लक्ष्मण को वहाँ से ले जाने को कहा, जिन्हें राम ने अपनी बाँहों में सँभाला हुआ था। राम को इस बात की कोई चिंता नहीं थी कि रावण के बाणों से उनका शरीर छलनी हो रहा था।

अपने प्रिय भाई को देखभाल के लिए सौंपने के बाद, राम ने अपना समस्त ध्यान रावण पर केंद्रित कर दिया। अपने मित्रों को संबोधित करते हुए उन्होंने कहा, "यह स्पष्ट है कि इस संसार में हम दोनों नहीं रह सकते। वह मरेगा अथवा मेरे प्राण जाएँगे। तुम सब लोग पर्वत पर अपना स्थान ले लो और ध्यान से देखो, क्योंकि जब तक यह संसार रहेगा, जब तक समुद्र के ऊपर यह पृथ्वी टिकी रहेगी और जब तक पृथ्वी पर प्राणी रहेंगे, तब तक इस युद्ध की चर्चा होती रहेगी!" रावण के विरुद्ध राम के मन में जो क्रोध पिछले ग्यारह माह से उफन रहा था, अब उठकर सतह पर आ गया। वे उन्मत्त हाथी की तरह युद्ध करने लगे।

राक्षस निशाचर होते हैं और रात के समय वे अधिक शक्तिशाली हो जाते हैं। परंतु सुबह होने के साथ रावण काफ़ी दुर्बल होने लगा। राम व रावण का यह युद्ध, उनकी पिछली मुठभेड़ से भी अधिक भयंकर था तथा देखने वालों को, सिर्फ़ धनुष की टंकार और बाण छूटने पर तालियों की आवाज़ सुनाई दे रही थी। उन्हें योद्धा मुश्किल से ही दिखाई दे रहे थे। रावण के बाणों के फल पिशाच, सिंह, बाघ और भेड़ियों जैसे थे, जबकि राम के बाण बहुत तेज़, वज्र एवं उल्कापिंडों के समान लगते थे। अंत में राम के ज्वलंत धनुष से चले सुनहरी नोक वाले बाणों से घायल होने के बाद, रावण रणभूमि छोड़कर भाग गया। तब राम ने अपने भाई लक्ष्मण की ओर देखा जो मूर्छित थे। उन्होंने सुग्रीव के राजवैद्य से लक्ष्मण को बचाने के प्रयास करने का आग्रह किया।

"यदि मेरा भाई मारा गया तो फिर मुझे इस युद्ध में हार या जीत से कोई अंतर नहीं पड़ेगा। मुझे न राज्य चाहिए और न ही अपना जीवन। सीता को मुक्त करवाने की मेरी इच्छा भी अब समाप्त हो गई है। सीता जैसी पत्नी तो शायद फिर मिल सकती है, किंतु लक्ष्मण जैसा भाई, मुझे फिर कभी नहीं मिलेगा। इसका जन्म मेरे साथ हुआ और यह छाया की तरह मेरे साथ रहता है। इन दुख के दिनों में यही मेरा सहारा रहा है।" ऐसा कहकर, राम रोते हुए लक्ष्मण के शरीर पर गिर पड़े।

वैद्य ने कहा, "प्रभु! लक्ष्मण के चेहरे का तेज गया नहीं है, इसलिए मुझे विश्वास है कि ये अभी जीवित हैं। इनकी त्वचा पर कालापन नहीं है, जो मृत्यु का संकेत होता है। इनकी हथेलियाँ अब तक गुलाबी व नर्म हैं। इसके अतिरिक्त, इनके तन पर दीर्घायु होने के सभी लक्षण विद्यमान हैं। इसलिए आप कृपया दुखी न हों!"

वैद्य ने हनुमान को तत्काल हिमालय से मृतसंजीवनी तथा विशाल्यकारिणी नाम की बूटियाँ लाने के लिए कहा जिससे व्यक्ति की मूर्छा तुरंत दूर हो जाती है। वैद्य का वाक्य पूर्ण होने से पहले, हनुमान उत्तर दिशा की ओर उड़ चुके थे, किंतु पहले की भांति वे फिर से बूटी को नहीं पहचान सके और दोबारा वैद्य द्वारा प्रयोग हेतु पूरा पर्वत ले आए। वैद्य द्वारा तैयार बूटियों की सुगंध ज्यों ही लक्ष्मण की नाक तक पहुँची, वे ऐसे उठ गए मानो गहरी निद्रा से जागे हों। उनके चेहरे पर थकान अथवा ऊर्जा के क्षय का कोई लक्षण नहीं था। राम और लक्ष्मण ने हनुमान को धन्यवाद दिया।

उन्होंने रोते हुए लक्ष्मण को गले से लगा लिया और बोले, "मेरे प्रिय भाई! तुम्हारे बिना मेरा जीवन बेकार है। मेरे लिए सीता या राज्य का कोई अर्थ नहीं है।"

यह सुनकर लक्ष्मण लज्जित होते हुए बोले, “भैया, आपने आज रावण को मारने और विदेह की राजकुमारी को मुक्त करवाने का प्रण लिया है। अब आपका यही लक्ष्य होना चाहिए। मेरी चिंता मत कीजिए। रावण को युद्ध के लिए चुनौती दीजिए। आपको सूर्यास्त होने से पूर्व उसका वध करना है।”

राम को पता था कि उनके भाई की बात सत्य थी, किंतु वे दिवास्वप्न में चले गए और एक क्षण के लिए उन्हें ऐसा लगा कि वे रावण को परास्त नहीं कर सकेंगे। उन्हें थका हुआ और गहन चिंतन में देखकर, महर्षि अगस्त्य उनके पास आए और उन्हें “आदित्य हृदय” नाम का महान मंत्र दिया, जो सूर्यदेव की स्तुति है और जिससे सभी बाधाएँ दूर हो जाती हैं।

“हे सूर्यवंश के राजकुमार, बलशाली राम!” अगस्त्य ने कहा, “इस प्राचीन मंत्र को सुनिए, जिससे आप युद्ध में अपने सभी शत्रुओं को परास्त कर सकेंगे। इस ऋचा के इष्ट सूर्यदेव हैं और यदि उत्साहपूर्वक इसका उच्चारण किया जाए, तो यह आपके शत्रुओं का नाश करने और आपको विजय एवं अनंत सुख प्रदान करने में सक्षम है। यह निश्चित रूप से सभी पापों को नष्ट करके समस्त चिंताओं को दूर करती है। इसलिए, आप इस ऋचा के साथ सुनहरे गोलाकार सूर्यदेव की अर्चना कीजिए क्योंकि समस्त दिव्य प्राणियों की समग्रता के, वही एकमात्र प्रतिनिधि हैं।”

अगस्त्य मुनि सर्वज्ञ थे और जानते थे कि राम, नारायण का अवतार हैं किंतु उन्हें यह भी पता था कि वे अपनी दिव्यता से अनभिज्ञ हैं। इसीलिए अगस्त्य मुनि ने, सामान्य प्राणी के गुरु के समान, राम को उस मंत्र की दीक्षा प्रदान की। इस पवित्र ऋचा के निष्ठापूर्ण उच्चारण से न केवल सभी तरह की भौतिक बाधाएँ, अपितु सनातन सत्य की खोज करने वाले के मार्ग की भी समस्त बाधाएँ दूर हो जाएँगी। अगस्त्य मुनि ने राम को कहा कि यदि वे सूर्य की ओर देखकर उस ऋचा का उच्चारण करेंगे तो उनकी युद्ध में निश्चय ही विजय होगी। यह सुनकर, राम को उत्साह आ गया और वे सूर्य की ओर देखकर पूर्ण श्रद्धा और निष्ठा के साथ मंत्र का उच्चारण करने लगे।

“हे विजय के स्वामी! पूर्व दिशा के स्वामी! पश्चिम दिशा के स्वामी! आप असीमित हैं! आप देदीप्यमान हैं! आप सुनहरे अंगों वाले एवं ब्रह्मांड के रचयिता हैं! आप समस्त प्राणियों के कर्मों के साक्षी हैं! मैं बारंबार आपको प्रणाम करता हूँ!” राम ने तीन बार उस मंत्र का उच्चारण किया और रावण को चुनौती देने निकल गए। उसी समय सूर्यदेव अपनी समस्त आभा के साथ राम के ऊपर दीप्तिमान होने लगे, मानो राम के निर्णय की प्रशंसा कर रहे हों। उन्होंने राम को तत्काल उस कार्य को पूर्ण करने का आग्रह किया।

राम ने रावण को बाहर निकलने के लिए चुनौती दी तो रावण एक अन्य भव्य रथ में बैठकर आ गया। दोनों के बीच घमासान युद्ध हुआ। देवतागण, जो उस युद्ध को देख रहे थे, बोले कि यह असमान युद्ध है क्योंकि राम धरती पर खड़े हैं जबकि रावण रथ पर सवार है। तब इंद्र ने अपने सारथी मातली को तत्काल अपना रथ लेकर राम के भेजा। इंद्र ने राम की सहायता हेतु अपने दिव्यास्त्र और कवच भी भेजा। राम ने देखा कि उनके सामने एक चमकता हुआ चाँदी का रथ उतरा, जिसमें जगमगाते अस्त्र-शस्त्र रखे थे और

चाँदी के रंग के दस अश्व जुते थे।

मातली रथ से नीचे उतरा और उसने राम को प्रणाम किया और कहा, "हे सूर्यवंश के महाराज! मुझे इंद्र ने आपको विजय दिलाने में सहायता हेतु यहाँ भेजा है। कृपया इसमें सवार हो जाइए और हम युद्ध आरंभ करते हैं।" राम ने लक्ष्मण की ओर मुस्कराते हुए देखा। उन दोनों ने उस रथ को पहचान लिया था। यह वही रथ था जिसे उन्होंने शरभंग मुनि के आश्रम के बाहर देखा था जब वे उनके दर्शन हेतु वहाँ गए थे। अगस्त्य मुनि ने उन्हें बताया था आवश्यकता पड़ने पर इंद्र उनके पास अपना रथ भेजेंगे यद्यपि, उस समय उन्हें मुनि की उस बात का आशय समझ नहीं आया था। राम रथ पर सवार हो गए और फिर उन्होंने समान स्तर पर आकर रावण से युद्ध किया। दोनों सारथी अपने-अपने रथों को कौशल व अचंभित करने वाले ढंग से चला रहे थे। राम और रावण ने एक-दूसरे पर विभिन्न शक्तिशाली मंत्रों से युक्त घातक बाण चलाए। रावण द्वारा चलाए अचूक नाग बाण अपने खुले मुख से विष उगलते राम की ओर आते थे, किंतु राम के गरुड़ बाण उन्हें बीच में ही समाप्त कर देते थे। हवा में उड़ते बाणों से आकाश में अंधेरा छा गया और उनके परस्पर टकराने से विद्युत की गड़गड़ाहट जैसी भयंकर आवाज़ें पैदा होती थीं। राम का कोप देखने के लिए सारा संसार एकत्र हो गया था। सूर्य का तेज़ क्षीण पड़ गया और समुद्र अपनी विशाल लहरों के साथ इस भयावह दृश्य को देखने के लिए उमड़ने लगा। सामान्य तौर पर, राम की त्योरियाँ बहुत कम चढ़ी हुई नज़र आती थीं, किंतु उस दिन उन्हें उस अवस्था में देखकर रावण भी घबरा गया। पशु-पक्षी डरकर इधर-उधर भागने लगे। वाल्मीकि कहते हैं, जिस तरह समुद्र की तुलना सिर्फ़ समुद्र से, आकाश की तुलना सिर्फ़ आकाश से की जा सकती है, उसी तरह राम-रावण युद्ध की तुलना केवल राम व रावण के युद्ध से ही की जा सकती है!

अंत में, रावण ने अपना शूलयुक्त भाला उठाया। उसकी नोक अत्यंत पैनी थी और वह ज्वाला उगल रहा था मानो राम की छाती भेदने को उतावला हो। रावण ने चिल्लाकर राम को कहा कि अब उनका अंत आ गया था और फिर उसने वह भाला राम के ऊपर छोड़ दिया। राम ने उसे काटने के लिए अनेक बाण चलाए किंतु वे सब रावण के भाले से निकलती अग्नि में भस्म हो गए। यह देखकर राम क्रोधित हो गए। उन्होंने रथ में रखा इंद्र का शक्ति नामक अस्त्र रावण के अस्त्र पर चला दिया। दोनों अस्त्र बीच हवा में टकराए और रावण का भाला, शक्तिहीन हो हज़ारों टुकड़ों में टूटकर बिखर गया।

राम ने रावण से कहा, "तुमने सीता का हरण किया, जब वह आश्रम में अकेली व असहाय थी और ऐसा करके तुम स्वयं को वीर कहते हो। वह तुम्हारे पशुबल के समक्ष कैसे टिक पाती? तुम चोर तथा कामी पुरुष व कायर से अधिक कुछ नहीं हो। परंतु सावधान हो जाओ! आज सूर्यास्त से पूर्व, तुम्हारा सिर, भूखे गिद्धों का भोजन बनेगा और भेड़िये तुम्हारे रक्त से अपनी प्यास बुझाएँगे!"

राम के अविरत उत्साह एवं बाणों की वर्षा को देखकर रावण थोड़ा हतोत्साहित होने लगा उसे मूर्छा आने लगी। अपने स्वामी की स्थिति को देखते हुए, रावण का सारथी, कुशलता से उसे राम से दूर ले गया। ज्यों ही रावण की मूर्छा दूर हुई, वह अपने सारथी

को अपशब्द कहने लगा और उसे रथ को तेज़ी से युद्धभूमि के मध्य ले जाने के लिए कहा। "रावण कभी अपने शत्रुओं को पीठ नहीं दिखाता," वह बोला। "वह अपने शत्रुओं को समाप्त किए बिना नहीं लौटता!"

"स्वामी," उसके सारथी ने कहा, "अपने स्वामी की रक्षा करना सारथी का कर्तव्य है। हमारे अश्व थक गए थे तथा आपको भी थकान एवं मूर्छा आ रही थी। मुझे अपशकुन होते दिखाई पड़े, इसलिए मैंने आपको वहाँ से दूर ले आना उचित समझा।"

रावण ने उसकी निष्ठा से प्रसन्न होकर उसे अपना कंगन भेंट कर दिया। सारथी ने अपने स्वामी के आदेशानुसार, अश्वों को चाबुक लगाई और उन्हें फिर से राम के सामने ले आया। राम ने मातली से रथ को किसी अच्छे स्थान पर ले चलने का अनुरोध किया और शीघ्र ही रावण का रथ इंद्र के रथ से उड़ी धूल से ढँक गया। शेष सेना किसी चित्रित आकृति की भांति खड़ी उस शानदार दृश्य को देखकर मुग्ध हो रही थी। रावण ने इंद्र की दिव्य पताका को गिराने का प्रयास किया किंतु वह सफल नहीं हो पाया, जबकि राम ने अपने बाण से रावण की पताका को काट दिया। राम को आहत करने के अपने सभी वार विफल जाते देख, रावण अपने होंठ काटने लगा और आँखों से तेज़ चिंगारियाँ छोड़ने लगा। इसके विपरीत, राम लक्ष्य को भेदने में सफल होने पर मुस्करा रहे थे। राम ने अपने धनुष पर विषैले नाग के समान एक बाण चढ़ाया और विशाल बालियाँ पहने हुए अपने शत्रु का दीप्तिमान सिर काट दिया। परंतु, सबके सामने यह आश्चर्यजनक दृश्य था कि रावण के पहले सिर के स्थान पर एक नया सिर निकल आया। इस तरह हर बार, सिर काटने के बाद, उसी स्थान पर नया सिर निकल आता था।

रावण के दस सिर प्रचुर अहंकार के प्रतीक थे। हम लोगों का एक सिर होता है, लेकिन हमारे लिए अपने अहंकार पर नियंत्रण पाना अत्यंत कठिन हो जाता है, तो ऐसे व्यक्ति के विषय में सोचिए जिसके दस सिर हों! जितनी बार भी उसका अहंकारी सिर कटता था, उसकी जगह एक नया दंभी सिर प्रकट हो जाता था। हमारे साथ भी ऐसा ही होता है। जब हमारे अहंकार को किसी स्थान पर चोट पहुँचती है तो हम तत्काल, स्वयं को महत्त्वपूर्ण सिद्ध करने हेतु कोई अन्य स्थान अथवा परिस्थिति खोजने लगते हैं।

यद्यपि, राम का चेहरा शांत था, उन्हें चिंता होने लगी थी और वे अपने धनुष से निरंतर बाण छोड़ते जा रहे थे। इस तरह, वे पूरा दिन प्रयास करते रहे। तब इंद्र के सारथी मातली ने राम से कहा, "प्रभु! याद कीजिए, आप कौन हैं। रावण का अंत समय आ गया है। यह ब्रह्मास्त्र चलाकर उसे जल्दी मार दीजिए। उसके सिर पर नहीं, बल्कि उसकी छाती पर वार कीजिए!"

कहते हैं, जब राम ने रावण की छाती की ओर देखा तो उन्हें, उसके हृदय में सीता नज़र आईं और उन्होंने सीता के हृदय में स्वयं को देखा। वे दुविधा में पड़ गए। ऐसे में, वे क्या करते? उन्होंने प्रतीक्षा की और जिस क्षण रावण मे हृदय में राम के प्रति क्रोध उत्पन्न हुआ और सीता, वहाँ से ओझल हुईं, उसी क्षण राम ने ब्रह्मा का आह्वान किया तथा वह सुनहरी नोक वाला अस्त्र सीधा रावण की छाती पर चला दिया। वह अस्त्र मनुष्यों व देवताओं दोनों के लिए सर्वशक्तिशाली था और बहुत कम मनुष्यों को उस अस्त्र की शक्तियों

का ज्ञान दिया जाता था क्योंकि उसकी विध्वसंक शक्ति इतनी अधिक थी कि जिसने स्वयं पर नियंत्रण करना नहीं सीखा, वह इस अस्त्र का ज्ञान पाने का पात्र नहीं था। वह अस्त्र समस्त तत्वों के सार से निर्मित था। ब्रह्मांडीय विनाश की अग्नि के समान प्रज्ज्वलित तथा समय की शक्ति के समान घातक, वह बाण राम के धनुष से विद्युत-शिखा की भांति छूटा और सीधा रावण की छाती में घुस गया। वह रावण के शरीर को भेदकर, पार निकल गया और धरती में समा गया तथा फिर से मुड़ा और विनीत सेवक की भांति, राम के हाथ में लौट आया! बाण लगते ही, राक्षसराज के निर्बल हाथ से उसका अजेय धनुष छूट गया तथा उसका दीप्तिमान शरीर वज्र की भांति रथ से नीचे गिर पड़ा।

यह दृश्य देख रहे देवताओं ने आकाश से पुष्प-वर्षा की और सूर्यदेव भी बादलों के पीछे से निकल आए। रावण के प्राण तेज़ी से निकल रहे थे। राक्षसों का बलशाली राजा, जिसने अपने बाहुबल से समस्त संसार पर शासन किया था, अब रणभूमि में मृत पड़ा था और वहाँ से गुज़रने वाले प्रत्येक गिद्ध व सियार का शिकार बन चुका था। वीरता और बल में जिसके समान कोई न था, पूरा संसार जिससे भयभीत रहता था तथा इसी कारण उसका नाम "रावण" (भयभीत करने वाला) पड़ा था, *सामवेद* के श्रेष्ठ उच्चारण से जिसने महादेव शिव को प्रसन्न कर लिया था, वह रावण भविष्यवाणी के अनुरूप एक मनुष्य के हाथों मारा गया। पर-पुरुष की पत्नी के प्रति वासना और उन सब स्त्रियों के शाप, जिनके साथ उसने दुष्कर्म किया था, रावण के अंत का कारण बन गए। मृत्यु के बाद भी उसकी चमक कम नहीं हुई थी। मृत्यु होने पर भी, वह अस्त हुए सूर्य की भांति शानदार दीख रहा था।

उसे गिरता देख, शेष निशाचर भय से चिल्लाते हुए भागने लगे और वानर सेना में हर्षोल्लास छा गया। लक्ष्मण, सुग्रीव और अन्य सभी ने राम के आस-पास एकत्र होकर उन्हें बधाई दी। विभीषण को अचानक पश्चाताप हुआ और वह अपने गौरवशाली भाई के ऐसे दुखदायी अंत पर रोने लगा। राम ने उसे यह कहकर सांत्वना दी कि रावण की मृत्यु, एक वीर योद्धा की भांति हुई थी।

"भ्रष्ट वीर इसी मार्ग पर चलते हैं," राम ने कहा। "एक क्षत्रिय के लिए जीने और मरने दोनों, का एक सही तरीक़ा होता है और रावण ने, जीने का नहीं किंतु युद्धभूमि में मरने का सही ढंग चुना है। विभीषण! सारी शत्रुता मृत्यु के साथ समाप्त हो जाती है। अब जाओ और नियमानुसार, जो भी अंतिम संस्कार किए जाने चाहिए, वह करो क्योंकि तुम्हारे सिवाय अब यह कार्य करने वाला कोई शेष नहीं है।"

रावण की मृत्यु का समाचार लंका में जंगल की आग की भांति फैल गया। उसके रनिवास में से, विश्वभर से लाई गईं हज़ारों सुंदर स्त्रियाँ बाहर निकल आईं। उन्हें इससे पहले कभी सूर्य ने भी नहीं देखा था क्योंकि उन्हें महल से बाहर निकलने की अनुमति नहीं थी। वे सब दौड़ती हुईं रक्तरंजित युद्धभूमि में पहुँच गईं और रावण के शरीर पर गिरकर बुरी तरह रोने लगीं।

"भगवान ब्रह्मा ने हमारे स्वामी को अमरता का वरदान दिया था और आज इन्हें एक साधारण मनुष्य ने मार दिया! आपने हमारी बात क्यों नहीं मानी? हमारे परामर्श के बाद भी आपने सीता का हरण किया। वही हमारे राक्षस कुल के विनाश की उत्तरदायी है। यदि

उसे राम को लौटा दिया जाता तो यह सब नहीं होता। आपने विभीषण की बात भी नहीं मानी। नियति निश्चय ही सर्वशक्तिमान है। यही नियत था कि राजाओं में सर्वश्रेष्ठ रावण, वानरों एवं भालुओं के सहयोग से एक मनुष्य के हाथों मारा जाएगा!"

रावण की सर्वप्रिय रानी और वीर इंद्रजित की माँ, मंदोदरी भागती हुई रणभूमि में आई। उसके बाल खुले हुए थे और उसके चेहरे से अश्रुधारा बह रही थी। वह अपने मृत पति के शरीर पर गिरकर रोने लगी।

"मेरे स्वामी! आपके ऊपर यह विपदा कैसे आ गई? एक साधारण मनुष्य किस प्रकार आपको मार सकता है? ये राम अवश्य ही कोई दिव्य पुरुष हैं। इन्होंने जब खर और दूषण को अकेले मार डाला था, तभी आपको समझ लेना चाहिए था कि ये कोई सामान्य मनुष्य नहीं हैं। मैंने जब यह सुना था कि इन्होंने समुद्र पर सेतु बनाया है तो मैं समझ गई थी कि वे कोई साधारण मनुष्य नहीं हैं। मुझे अब पता है कि राम कौन हैं। वे स्वयं भगवान नारायण हैं - पुरुषोत्तम! इन्होंने संसार की रक्षा हेतु साधारण मनुष्य का रूप धारण किया है और स्वयं देवताओं ने वानरों का रूप धरा है। आपको, किसी साधारण मनुष्य ने नहीं, बल्कि नारायण ने मारा है। एक बार आपने इंद्रियों पर पूर्ण संयम रखते हुए घोर तपस्या की थी और आज उन्हीं इंद्रियों ने, अनियंत्रित अश्वों की भांति, आपको घसीटकर मृत्यु तक पहुँचा दिया है। सीता सदाचारिणी स्त्री है जो पूर्णतया अपने पति के प्रति समर्पित है। आपको उसका सम्मान करना चाहिए था, किंतु आपने उसका अपमान किया। आपको राम के बाणों ने नहीं, अपितु सीता के निराशा व लज्जा युक्त अश्रुओं ने मारा है। उसके पास ऐसा क्या है जो मेरे पास नहीं है? मैं जन्म से उसके समान हूँ, वह सौंदर्य में मुझसे श्रेष्ठ नहीं है, तथापि वासना के अधीन होकर आपने अपने भयंकर अंत को आमंत्रित किया। आप जिस दिन उसे लंका लेकर आए थे, उसी दिन आप अपनी मृत्यु यहाँ ले आए थे। अब सीता तो अपने स्वामी से मिलकर, प्रसन्नतापूर्वक रहेगी जबकि मुझे दुखी रहते हुए, आपके बिना जीवित रहना पड़ेगा। आपकी मुस्कान कहाँ चली गई स्वामी? मेरी ओर देखते हुए आपकी आँखों में जो प्रेम उमड़ता था, वह कहाँ चला गया? मुझे अपने सौभाग्य पर कितना गर्व था! मैं असुरों के शिल्पकार की पुत्री, तथा राक्षसराज की पत्नी हूँ और मेरा पुत्र संसार में सबसे बलशाली योद्धा था। मैं यह किस तरह स्वीकार करूँ कि मृत्यु ने एक झटके में मुझसे मेरी सभी प्रिय चीजें छीन ली हैं?" इस तरह, दुख मनाती हुई मंदोदरी अपने पति के शरीर पर गिरकर मूर्छित हो गई। अन्य स्त्रियों को उसे वहाँ से ले जाना पड़ा। वह बार-बार मुड़कर अपने पति के चेहरे के अंतिम दर्शन हेतु आ जाती थी, जिसे वह फिर कभी नहीं देख पाएगी।

राम ने विभीषण को रावण का अंतिम संस्कार करने को कहा। उसके लिए चंदन तथा विभिन्न प्रकार की सुगंधित लकड़ियों और बूटियों की चिता तैयार की गई। उसके शरीर को कृष्ण मृग के चर्म में लपेटा गया और फिर उसके कंधों पर दही एवं घृत डाला गया। उसके बाद उसकी जांघों के बीच लकड़ी का खरल फँसाया गया। उसके शव पर विभिन्न प्रकार के रेशमी वस्त्र और मालाएँ डाली गईं। फिर उसके ऊपर भुना हुआ अन्न बिखेरा गया। सबने उसे उठाकर सुगंधित लकड़ी की चिता पर लिटाया। विभीषण ने अत्यंत

आदर के साथ अपने भाई के पार्थिव शरीर को अग्नि दी। उसने संस्कार से संबंधित सभी अनुष्ठान पूरे किए तथा दिवंगत आत्मा को श्रद्धांजलि अर्पित की। उसके बाद, विभीषण ने राम को प्रणाम किया और कहा कि उनकी इच्छानुसार, सभी संस्कार पूर्ण कर दिए गए हैं।

राम ने इंद्र के रथ को प्रणाम किया तथा मातली को धन्यवाद दिया और उन्हें वापस भेज दिया। उसके बाद, उन्होंने लक्ष्मण और सुग्रीव को कहा कि वे विभीषण को नगर के भीतर ले जाएँ तथा उसका राज्याभिषेक करें। राम स्वयं उनके साथ नहीं गए क्योंकि उनके चौदह वर्ष पूरे नहीं हुए थे। लक्ष्मण, विभीषण को अपने साथ लंका ले गए और उसे राजसिंहासन पर बैठाकर उसके सिर पर प्रतिष्ठित जल डालकर अभिषेक किया और विभीषण को लंका का राजा घोषित कर दिया।

वशिष्ठ कहते हैं :

"आभूषणों में मुझे केवल स्वर्ण दिखता है। लहरों में मुझे केवल जल दिखता है।
वायु में मुझे केवल गति दिखती है।
मरीचिका में मुझे केवल गर्मी की लहरें दिखती हैं
इसी प्रकार मुझे संसार में केवल ब्रह्म दिखाई देता है।"

हरि ॐ तत सत

ॐ

ॐ

परमात्मने नमः!

अध्याय 8

अग्नि परीक्षा

आपदमापाहारतरम्!
धातरं सर्वसम्पदम्!
लोकाभिरामं श्री रामम्!
भुयहो भूयो नमाम्यहम्!

मैं बारंबार श्रीराम को प्रणाम करता हूँ
जो संसार का आनंद हैं
दुखियों के सहायक हैं
और सौभाग्य के दाता हैं।

राम ने हनुमान को कहा कि वे सीता के पास जाकर उनका हाल पता करें तथा उन्हें शुभ समाचार सुनाएँ। यह बात ध्यान देने की है कि सीता से मिलने की तीव्र इच्छा के बावजूद, राम ने रावण के प्रति अपना कर्तव्य पहले निभाया। सीता से मिलने जाने से पूर्व, उन्होंने शत्रुओं का संस्कार किया, विभीषण का राज्याभिषेक किया और उसके बाद ही वे अपनी पत्नी से मिलने गए।

हनुमान जब अशोक वाटिका पहुँचे तो उन्होंने सीता को उसी तरह उदास बैठे देखा जैसे सबसे पहले, दुख और हताशा की प्रतिमा के रूप में देखा था क्योंकि किसी ने उन्हें अब तक रणभूमि का समाचार नहीं दिया था।

हनुमान हाथ जोड़कर सीता के समीप खड़े हो गए और बोले, "देवी! मैं आपके लिए एक शुभ समाचार लाया हूँ। राम ने रावण का वध कर दिया है। लंका का शासन अब विभीषण के पास है। राम ने ही मुझे आपको यह समाचार सुनाने को कहा है।"

यह सुनकर सीता इतनी प्रसन्न हो गईं कि उनके मुख से कोई शब्द नहीं निकला। उनकी आँखों से खुशी के बहने लगे।

सीता के सामने मृदुल भाव से खड़े हनुमान ने कहा, "देवी! मेरा विश्वास कीजिए,

मैंने आपकी दयनीय स्थिति के विषय में विचार करते हुए असंख्य रातें जागते हुए काटी हैं और यह मेरा सौभाग्य है कि आपको यह शुभ समाचार देने के लिए हमारे स्वामी ने मुझे चुना है। मैं आपसे एक और कार्य की अनुमति चाहता हूँ। आप मुझे अनुमति दें कि मैं इन राक्षसियों को मार डालूँ, जो आपको इतने समय से परेशान कर रही हैं।"

सीता ने मधुर स्वर में कहा, "प्रिय हनुमान, ये लोग तो मात्र सेवक हैं और अपने स्वामी के आदेश की अनुपालना कर रहे हैं। तुम इन्हें क्यों मारना चाहते हो? प्रत्येक व्यक्ति को पूर्व में किए कर्मों का फल भोगना पड़ता है। मैंने अवश्य ही, पूर्वजन्म में कोई पाप किया होगा, जिसका दंड मुझे इस रूप में मिला है। यह मेरा नियम है कि मेरे मन में सबके प्रति, यहाँ तक कि पापियों के लिए भी, करुणा और दया है। सभी से भूल होती है। ग़लती करना मनुष्य का स्वभाव है। तुम जाओ और मेरे पति से कहो कि मैं उत्सुकता से उनकी प्रतीक्षा कर रही हूँ।"

हनुमान ने सीता को प्रणाम किया और चले गए। उन्होंने राम को सीता से हुई भेंट की बात सुनाई और बोला कि वे उत्सुकता से राम की प्रतीक्षा कर रही हैं। यह सुनकर राम की आँखों में आँसू उमड़ आए किंतु वे विचारों में डूब गए। फिर उन्होंने विभीषण से कहा कि जब सीता शुभ स्नान कर लें एवं सुंदर वस्त्रादि पहन लें, उसके बाद वह जाकर सीता को ले आए। विभीषण ने सीता को राम का संदेश दे दिया तो सीता ने उत्तर दिया, "मैं जिस रूप में हूँ, उसी रूप में इसी क्षण अपने पति से मिलना चाहती हूँ।"

विभीषण ने सीता से कहा कि राम के आदेश का पालन करना उसका कर्तव्य है तथा वह सीता को उस स्थिति में राम के पास नहीं ले जा सकता। उन्होंने पीले रंग के रेशमी वस्त्र पहने तथा आभूषण पहने और पालकी में बैठकर, जो उनके लिए भेजी गई थी, राम के पास आ गईं। राम तब भी विचारों में डूबे हुए थे और उनकी दृष्टि धरती पर टिकी हुई थी। सभी वानर और राक्षस पालकी के चारों ओर उस सुंदरी की झलक पाने को एकत्र हो गए, जिसके लिए इतना कष्ट उठाया गया था और राक्षसों के पूरे कुल का विनाश कर दिया गया! विभीषण ने उन्हें पीछे धकेलकर वहाँ से हटने के लिए कहा क्योंकि राम अपनी पत्नी से अकेले में मिलना चाहते थे और वैसे भी आम लोगों के लिए राजपरिवार की स्त्री को देखना अनुचित था।

राम ने विभीषण को झिड़कते हुए कहा, "स्त्री की रक्षा, किसी दीवार या पर्दे से नहीं, अपितु उसकी शुचिता व मर्यादा से होती है। वे जहाँ खड़े हैं, उन्हें वहाँ खड़ा रहने दो और यदि वे सीता को देखना चाहें, तो भी कोई बात नहीं है। उन्हें विदेह की राजकुमारी के सौंदर्य को मन-भर के देख लेने दो। इसके अतिरिक्त, सीता को देखना उनका अधिकार है, जिन्होंने सीता के लिए युद्ध किया है।"

लक्ष्मण को राम का विचित्र व्यवहार देखकर आश्चर्य हो रहा था। उन्हें विश्वास था कि राम को कोई बात परेशान कर रही है। विभीषण, सीता को लेकर आए। सीता को लग रहा था कि उनके शरीर में शक्ति नहीं है और वे थोड़ा सिमटकर खड़ी हो गईं। सीता ने अपने ऊपरी वस्त्र से अपना चेहरा ढँका हुआ था। वे राम के निकट आईं और लजाते हुए धीरे-से कहा, "प्रभु!" उसके बाद आँसुओं के कारण उनका गला रुँध गया और वे

कुछ नहीं कह सकीं। उन्होंने शर्माते हुए राम की ओर देखा और उनके प्यासे नेत्र राम के रूप का पान करने लगे।

राम ने मुँह फेरकर अस्वाभाविक रूप से, कठोर स्वर में कहा, "मैं जिस कार्य को पूरा करने निकला था, वह हो गया है। मैंने अपने सम्मान की रक्षा की है और इक्ष्वाकु कुल की कीर्ति को सुरक्षित रखा है। मैंने अपने अपमान को भी धो दिया है और जिसने तुम्हारा अपहरण किया था, उसे भी मार दिया है। मैं हनुमान को, जिसने समुद्र पार छलांग लगाकर लंका को ध्वस्त किया, तथा विभीषण को भी, जो अपने भाई को त्यागकर मेरी शरण में आया था, पुरस्कार दे चुका हूँ।"

सीता एक वर्ष से इस क्षण की प्रतीक्षा कर रही थीं, जब उनके पति उन्हें मुक्त करवाकर उन्हें अपनी बाँहों में लेंगे और दिलासा देंगे तथा पति से मिलकर सीता ने जो पीड़ा व दुख सहा है, उसे वे भूल जाएँगी। उन्हें समझ नहीं आया कि राम, जिन्होंने पहले कभी कठोर स्वर में बात नहीं की, इस समय ऐसी वाणी का प्रयोग क्यों कर रहे थे तथा वे उनसे दृष्टि न मिलाकर इन सब घटनाओं का उल्लेख क्यों कर रहे थे। सीता ने राम को स्नेहमयी आँखों से देखा जो थोड़ी-थोड़ी अश्रुपूरित होने लगी थीं। राम का हृदय पीड़ा व प्रेम से फटा जा रहा था किंतु उन्हें पता था कि उन्हें सीता की मर्यादा की रक्षा करनी थी।

"यह मत समझना कि मैंने यह युद्ध तुम्हारे लिए लड़ा है। मैंने यह युद्ध केवल आत्म-सम्मान व अपने कुल की प्रतिष्ठा को बचाने के लिए लड़ा है। चूंकि तुम रावण की नगरी में ग्यारह माह तक रही हो, इसलिए तुम्हारे चरित्र पर कलंक है। उस कामुक दुष्ट रावण ने तुम पर कुदृष्टि डाली और वह तुम्हें अपनी बाँहों में उठाकर ले गया था। तुम्हारे बारे में शीघ्र ही ये अफ़वाहें फैल जाएँगी, इसलिए मैं अब तुम्हें स्वीकार नहीं कर सकता। जानकी! तुम अपनी इच्छा से कहीं भी जाने के लिए स्वतंत्र हो। मैं अब तुम्हें देख नहीं सकता। कष्टप्रद आँखों में, जिस प्रकार सूर्य का प्रकाश चुभता है, उसी प्रकार तुम्हें देखने से मुझे पीड़ा हो रही है। मैंने तुम्हें मुक्त करके अपना दायित्त्व पूरा कर दिया है और अब मेरे ऊपर कोई ऋण शेष नहीं है। मैं उच्च कुल का हूँ, इसलिए तुम्हें वापस लेकर जाना मुझे शोभा नहीं देता। रावण जैसे दुष्ट व्यभिचारी के नगर में, ग्यारह माह रहने के बाद, क्या तुम मुझसे इस बात का विश्वास करने की अपेक्षा रखती हो कि रावण ने तुम्हारे साथ दुष्कर्म नहीं किया होगा, जबकि तुम इतनी सुंदर व आकर्षक हो?"

अपने पति से, जिसने आज तक प्रेमपूर्ण शब्दों के अतिरिक्त कुछ नहीं कहा, ऐसे क्रूर वचन सुनकर सीता उस बेल की भांति हिलने लगीं, जिससे उसका सहारा छीन लिया गया हो। उनकी आँखों से आँसू गिरने लगे और वे मुरझाए फूल-सी दिखने लगीं। इस मार्मिक दृश्य के साक्षी वहाँ खड़े संवेदी लोगों की उपस्थिति ने स्थिति को और भी गंभीर बना दिया। सीता को लगा कि उनका हृदय रावण द्वारा उनका अपहरण करने पर टूटा था, किंतु अब उन्हें यह एहसास हुआ कि इस भयानक व कटु अनुभव के सामने वह पीड़ा कुछ भी नहीं थी।

आख़िरकार, सीता ने लड़खड़ाती आवाज़ में कहा, "आप मुझसे इतने कठोर शब्दों में बात क्यों कर रहे हैं? इस तरह की भाषा एक सामान्य व्यक्ति, किसी वेश्या से कहता है

और न तो आप, साधारण व्यक्ति हैं और न ही मैं, वेश्या हूँ। यदि आपको मुझ पर संदेह था तो आपने मुझे ढूँढ़ने के लिए हनुमान को क्यों भेजा? आपने हनुमान से यह क्यों नहीं कहा कि आपको मेरी अब कोई आवश्यकता नहीं है? आपने समुद्र पार करने और रावण को मारने का कष्ट क्यों उठाया? आपने यहाँ आकर अपना और अपने साथियों का जीवन संकट में डाला। आप यह कष्ट उठाने से बच जाते। मैंने अपना जीवन वहीं उसी समय समाप्त कर लिया होता और फिर, मुझे आपके ये कठोर वचन भी नहीं सुनने पड़ते। यदि मेरा हरण करते समय, उस पापी ने मुझे छुआ, तो वह भी सिर्फ़ इसलिए कि उस समय मैं दुर्बल व असहाय थी और अपनी रक्षा नहीं कर सकती थी। उसके लिए आप मुझे दोष क्यों दे रहे हैं? ऐसा लगता है, इतने वर्ष मेरे साथ रहने के बाद भी आप मुझे समझ नहीं पाए। मेरा प्रेम, मेरे विचार, एक पल के लिए भी आपसे विमुख नहीं हुए। जनक की पुत्री होने के कारण मेरा नाम जानकी अवश्य है, किंतु मैं वास्तव में, पृथ्वी की संतान सीता हूँ। मेरे विषय में इस तरह के निष्कर्ष पर पहुँचने से पूर्व क्या आपको मेरे उच्च कुल का ध्यान नहीं आया? क्या आपके लिए मेरे प्रेम और सतीत्व का कोई अर्थ नहीं है? यदि ऐसा है, तो आप यहाँ क्यों आए हैं?"

सीता ने लक्ष्मण को देखकर कहा, "लक्ष्मण, मेरे लिए एक चिता तैयार करो। मुझे जो पीड़ा भीतर से जला रही है, उसका अब केवल यही एकमात्र उपचार है। मुझे पर मिथ्या आरोप लगाया गया है, इसलिए मैं अब और जीना नहीं चाहती। मेरे पति ने इतने लोगों के सामने मेरा त्याग किया है और मुझे स्वेच्छा से कहीं भी जाने के लिए कह दिया है। अब मेरे जाने के लिए सिर्फ़ एक ही स्थान शेष है और वह अग्नि है!"

लक्ष्मण ने गुस्से से राम की ओर देखा, जो मूर्ति के समान अपना सिर झुकाए खड़े थे। लक्ष्मण जब चिता तैयार करने लगे, तो भी राम ने कोई विरोध नहीं किया। सीता ने राम की परिक्रमा की और जलती चिता की ओर चल पड़ीं। वे उसके सामने हाथ जोड़कर खड़ी हो गईं और बोलीं, "यदि यह सत्य है कि मेरे मन में राम के अतिरिक्त किसी अन्य का विचार नहीं आया और न ही मेरा मन सत्य से विचलित हुआ है, तो प्रत्येक घटना की साक्षी यह पवित्र अग्नि, मेरी रक्षा करे। मेरे पति को लगता है, मैं कलंकित हूँ। यदि मेरी निष्ठा में, सद्गुणों के भंडार मेरे पति राम के प्रति मन, वचन और कर्म से कोई कमी नहीं आई तो अग्निदेव मेरी रक्षा करें। यदि सूर्यदेव, चंद्रदेव तथा मेरी माता पृथ्वी और चारों दिशाओं के दिग्पाल जानते हैं कि मेरा चरित्र निष्कलंक है, तो अग्निदेव मेरी रक्षा करें।"

यह कहकर, सीता ने अग्नि की परिक्रमा की और फिर वे उस भयानक अग्नि में कूद गईं। वहाँ खड़ी राक्षसियों ने विरोध में शोर मचाया। पीले रेशमी वस्त्र तथा स्वर्णाभूषणों से सजी सीता, अग्नि के मध्य पिघलते स्वर्ण के समान प्रतीत हो रही थीं। राम मूर्ति के समान स्थिर खड़े नीचे धरती की ओर देखते रहे। यद्यपि उनका हृदय विदीर्ण हो रहा था, उन्होंने सीता को, जो उन्हें अपने जीवन से भी अधिक प्रिय थीं, बचाने के लिए कुछ नहीं किया। उसी समय, ऊपर से ब्रह्मा एवं अन्य गंधर्व उतरे और राम से कहा, "यह कैसे संभव है कि सीता के इस तरह आत्म-दाह करने पर भी आप चुपचाप खड़े हैं? क्या आपको पता नहीं कि आप आदियुगीन पुरुष नारायण हैं और सीता, आपकी सनातन संगिनी

लक्ष्मी हैं? आपका जन्म रावण को मारने तथा पृथ्वी पर शांति स्थापित करने के लिए हुआ था। आपका कार्य पूर्ण हो गया है और धर्म की स्थापना हो गई है।"

ब्रह्मा ने अपनी बात समाप्त ही की थी कि, उस जलती चिता में से, सीता को हाथों में उठाए अग्निदेव प्रकट हुए। सीता ने लाल वस्त्र पहन रखे थे और यहाँ तक कि उनकी माला भी आग में नहीं जली थी। अग्निदेव ने सीता को सौंपते हुए कहा, "ये आपकी पत्नी सीता हैं तथा ये पूरी तरह निष्कलंक हैं। इनकी निष्ठा में मन, वचन अथवा दृष्टि से कभी कमी नहीं हुई है। मेरी बात का विश्वास कीजिए और स्त्रियों में श्रेष्ठ अपनी पत्नी, सीता को स्वीकार कीजिए!"

राम की आँखों से आँसू बहने लगे। वे बोले, "मैं जानता हूँ कि मेरी पत्नी निर्मल बर्फ़ की भांति शुद्ध व निष्कलंक है। मैंने इसके ऊपर एक क्षण के लिए भी संदेह नहीं किया, किंतु यदि सीता ने यह अग्नि-परीक्षा न दी होती तो लोग इनके और मेरे विषय में भला-बुरा कहते रहते। वे कहते कि दशरथ का पुत्र, अपनी पत्नी के प्रेम में इतना मुग्ध हो गया कि उसने सीता को, इतने समय तक पर-पुरुष के निवास पर रहने के बाद भी, स्वीकार कर लिया। मुझे पता था कि सीता की मर्यादा ही उसकी रक्षा करेगी। रावण कभी सीता को कलंकित नहीं कर सकता था। मेरे साथ सीता, उसी तरह रहती है, जिस तरह सूर्य के साथ प्रकाश रहता है। जिस प्रकार कोई सत्पुरुष अपने यश का त्याग नहीं कर सकता, उसी तरह मैं सीता को नहीं त्याग सकता। मैंने इतने कठोर वचन कहे और सीता को आत्म-दाह करते हुए चुपचाप खड़ा देखता रहा। यह केवल इसलिए था ताकि सबके सामने सीता के सम्मान की रक्षा की जा सके।"

ऐसा कहकर, राम ने सीता का चेहरा ऊपर उठाया और उनकी मनोहर आँखों में देखा, जैसा कि वे इतने समय से करने के इच्छुक थे। जब सीता ने राम को उलाहना-भरी, अश्रुपूरित दृष्टि से देखा तो राम ने उन्हें धीरे-से झिड़का, जिसे कोई नहीं सुन सका। "हे पृथ्वी कन्या! मेरी प्यारी सीता! तुमने एक क्षण के लिए भी यह कैसे सोच लिया कि तुम्हारे ऊपर संदेह कर सकता हूँ? तुम्हें क्या लगता है कि मैं, तुम्हारे मनोहर रूप की झलक पाने के लिए नहीं, अपितु इस देश के एक छोर से दूसरे छोर तक पैदल घूमने निकला हूँ? तुम्हें क्या लगता है, यदि मुझे तुमसे मिलने की इच्छा न होती, तो मैं अपना जीवन संकट में डालकर राक्षसराज रावण के क्रोध का सामना क्यों करता? प्रिये! मैंने तुम्हें त्याग देने की बात इसलिए कही ताकि कोई दूसरा कभी मेरी पत्नी पर कोई आरोप न लगा सके।" यह प्रेमपूर्ण वचन सुनकर, सीता को शांति मिली और उन्होंने राम को प्रेम-विह्वल नेत्रों से देखा। वे दोनों बहुत देर तक जगत से अनजान, एक-दूसरे की आँखों में देखते रहे। वहाँ उपस्थित सभी लोग, राम व सीता को देखकर बहुत प्रसन्न हुए।

राम और सीता वहीं खड़े थे कि तभी देवतागण, राम के पिता दशरथ को लेकर आ गए ताकि राम उनके दर्शन कर सकें और फिर तीनों का सुखद मिलन हुआ। गंधर्वों ने राम से कहा कि अब वे तुरंत अयोध्या लौट जाएँ क्योंकि उनके चौदह वर्ष के वनवास की अवधि पूर्ण होने वाली है तथा भरत, अत्यंत उत्सुकता से उनके आगमन की प्रतीक्षा कर रहे हैं।

वशिष्ठ कहते हैं :

"संसार रूपी यह भयंकर रोग आत्म-बोध के अतिरिक्त किसी अन्य वस्तु से ठीक नहीं होता।

समय नष्ट करना और मृत्यु की प्रतीक्षा करना अत्यंत दयनीय है।"

हरि ॐ तत सत

ॐ

ॐ

पट्टाभिरामाय नमः!

अध्याय 9

अयोध्या वापसी

दिव्यसिंहासनासीनम्!
दिव्यस्रुग्वस्त्राभूषणम्!
अनुक्षणं कटाक्षभ्याम!
अन्योन्येक्षणाकांक्षिनौ!

दिव्यासन पर बैठकर,
दिव्य वस्त्र एवं मालाएँ धारण करके,
उन्होंने एक-दूसरे को
कृपालु दृष्टि से देखा।

अगले दिन सुबह विभीषण राम के पास आया और बोला, "मैं आपके अभिषेक-स्नान के लिए सुगंधित जल और चंदन का लेप तथा रेशमी वस्त्र लाया हूँ। कृपया इन्हें स्वीकार कीजिए। इससे मुझे प्रसन्नता होगी।"

राम मुस्कराए और बोले, "तुम ये सब वस्तुएँ सुग्रीव को दे दो क्योंकि मेरा मन तो अपने प्रिय भाई भरत में रमा हुआ है। अयोध्या वापस लौटने का मार्ग बहुत लंबा व कठिन है। चौदह वर्ष भी समाप्त होने वाले हैं और भरत ने यह प्रण किया है कि यदि मैं निर्धारित समय तक वापस नहीं लौटा तो वह अपना जीवन समाप्त कर लेगा।"

विभीषण ने कहा, "स्वामी! मैं एक ही दिन में अयोध्या पहुँचने में आपकी सहायता करूँगा। मेरे भाई रावण ने अपने भाई कुबेर से, ज़बरदस्ती, उसका पुष्पक विमान छीन लिया था। वह अत्यंत अनमोल है। आप कुछ दिन मेरा सत्कार स्वीकार कीजिए और फिर आप उस विमान से अयोध्या लौट सकते हैं।"

राम उसकी निष्ठा से भावुक हो उठे और बोले, "विभीषण, मैं जानता हूँ कि तुम्हारे मन में मेरे लिए बहुत स्नेह है, किंतु अयोध्या लौटकर अपने भाइयों, माताओं तथा राज्य के लोगों से मिलना चाहता हूँ जो मेरे आगमन की उत्सुकता से प्रतीक्षा कर रहे हैं। तुम

तत्काल पुष्पक विमान ले आओ ताकि हम शीघ्र निकल सकें।"

फूलों से सजा वह शानदार रथ, जिसे श्वेत हंस खींचते थे, उनके प्रस्थान के लिए लाया गया। राम, लक्ष्मण और सीता रथ पर सवार हो गए। यद्यपि, पुष्पक विमान महल के समान विशाल था, तथापि राम अपनी पत्नी सीता के निकट बैठे और लक्ष्मण उनके समीप बैठ गए।

उन्होंने विभीषण, सुग्रीव और अन्य सभी वानरों को अश्रुपूरित दृष्टि से देखा और बोले, "तुम सब मेरे सच्चे मित्र हो। मुझे नहीं पता कि मैं आपके स्नेह और निष्ठा के लिए तुम्हारा किस तरह आभार व्यक्त करूँ। सुग्रीव, तुम कृपया अपनी सेना लेकर वापस किष्किंधा लौट जाओ। मेरा आशीर्वाद सदा तुम्हारे साथ है। मेरे प्रिय पुत्र अंगद, मैं तुम्हारे साहस को नहीं भूल सकता। हनुमान! तुम्हारे कारण ही, हम दोनों को जीवन मिला। अब कृपया हमें अपने नगर लौटने की अनुमति दो। मैंने इतना लंबा वनवास काटा है कि अब मेरा हृदय लौटने के लिए व्याकुल है।"

सुग्रीव ने राम को प्रणाम किया और कहा, "स्वामी, आप कृपया हमें अपने साथ अयोध्या चलने की अनुमति दीजिए। हम वचन देते हैं कि हम वहाँ किसी प्रकार का विध्वंस नहीं मचाएँगे, जैसा कि हम स्वाभाविक तौर पर करते हैं। हम आपका राज्याभिषेक देखने के लिए उत्सुक हैं।" शेष सभी ने भी यही इच्छा व्यक्त की।

राम की अन्य चारित्रिक विशेषताओं में सबसे प्रिय उनका पशु-पक्षियों के प्रति प्रेम है। उनके जीवन-वर्णन के पृष्ठों में वानर, भालू और पक्षियों का उल्लेख मिलता रहता है मानो वह उनके लिए अत्यंत स्वाभाविक बात थी। राम उन सभी के साथ चलने की उत्सुकता देखकर तथा उनके वचन सुनकर मुस्कराए और बोले, "मैं यह सोचकर अति प्रसन्न हूँ कि मैं अपने पैतृक नगर में उन सब लोगों के साथ जाऊँगा जिन्होंने मेरी सबसे अधिक सहायता की है। सुग्रीव, तुम अपने दल को भी विमान में ले चलो।"

विभीषण तथा अन्य राक्षसों ने भी उनके साथ चलने की इच्छा व्यक्त की। राम ने उनको भी सहर्ष अनुमति दे दी और वे सब पुष्पक पर सवार हो गए, तथा उसके बाद भी उसमें इतनी जगह थी कि एक और सेना आ सकती थी।

वह दिव्य विमान सहजता से हवा में उठ गया। वह जब ऊपर उठा तो आकाश से पुष्प-वर्षा हुई। वानर खुशी से चीख़ने लगे और विमान के किनारे से नीचे धरती को झाँकने लगे, जो तेज़ी से पीछे छूटती जा रही थी।

राम ने सीता को मार्ग में पड़ने वाले अनेक रोचक स्थल दिखाए जहाँ से वे अपनी लंबी और पीड़ादायक खोज करते हुए लंका पहुँचे थे। सीता वह सब देखकर बहुत प्रसन्न हुईं। वह विमान, धीरे-से सेतु के दूसरे छोर पर उतर गया ताकि राम और सीता उस मंदिर में पूजा कर सकें, जो उन्होंने स्थापित किया था। उस समय, उन्होंने भगवान त्रिनेत्र को यह वचन दिया था कि वे अपनी पत्नी सीता के साथ लौटकर श्रद्धा-सुमन अर्पित करेंगे। वंदना के बाद राम ने सीता को वह शानदार सेतु भी दिखाया।

"यही वह स्थान है, जहाँ सेतु बनाया गया था। अब हम सुग्रीव की नगरी, किष्किंधा

पहुँच गए हैं।" सीता ने विमान को नीचे उतारने के लिए कहा ताकि वे सुग्रीव की पत्नियों को तथा अन्य वानरों की पत्नियों को भी साथ ले जा सकें।

विमान नीचे उतरा और सभी स्त्रियाँ भी सहर्ष उस समूह में सम्मिलित हो गईं। बाद में, राम ने ऋष्यमूक पर्वत दिखाया, जहाँ उनकी हनुमान से पहली बार भेंट हुई थी। "वह कमल-पुष्पों से भरा, पंपा सरोवर है जहाँ मुझे तुम्हारी बहुत याद आती थी। यहीं हम महान संत शबरी से मिले थे।"

"देखो सीता! वह पंचवटी में हमारा आश्रम है, जहाँ से तुम्हारा क्रूरतापूर्वक अपहरण हुआ था। तुम्हारे अपहरण के तुरंत बाद, हमने यह स्थान छोड़ दिया था क्योंकि तुम्हारे बिना वहाँ रहना असहनीय था।" यह कहकर राम कुछ पल के लिए शांत हो गए और बीते दुख को स्मरण करने लगे। सीता भी राम के कंधे पर सिर रखकर रोने लगीं।

इसके बाद वे चित्रकूट पहुँचे, जहाँ उन्होंने सुखद समय बिताया था। अंत में वे भरद्वाज मुनि के आश्रम पहुँच गए। वहाँ पुष्पक विमान को नीचे उतारा गया। भरद्वाज मुनि ने राम से अनुरोध किया कि वे उस दिन वहीं आश्रम में ठहरें तथा अगले दिन सुबह चले जाएँ। राम ने हनुमान से यह बात कही। "मैं ऋषिवर का आग्रह अस्वीकार नहीं कर सकता, इसलिए तुम नंदीग्राम जाकर भरत को सारा समाचार बता दो। यदि तुम्हें भरत का चेहरा देखकर तनिक भी आभास हो कि उसे मेरे आगमन की बात से हताशा हो रही है अथवा वह अयोध्या का राज्य अपने पास रखने का इच्छुक है, तो तुरंत लौटकर मुझे बताना। मैं उसके मार्ग में नहीं आऊँगा। कभी-कभी, सर्वश्रेष्ठ व्यक्ति भी सुख व वैभव के प्रलोभन में आ जाता है।"

हनुमान ने मनुष्य का रूप धारण किया और नंदीग्राम पहुँच गए। उन्होंने ऊपर से भरत को देखा। भरत की जटाएँ सिर पर बँधी थीं और उनकी लंबी दाढ़ी उग आई थी। उन्होंने वल्कल वस्त्र पहने थे। वे अत्यंत दुर्बल हो गए थे क्योंकि पिछले चौदह वर्ष से उन्होंने अपने स्वास्थ्य पर कोई ध्यान नहीं दिया था। उन्होंने अपने भाई के लौटने तक राज्य की सुरक्षा का प्रण लिया था वही उनके जीवन का उद्देश्य था। वे किसी ब्रह्मर्षि जैसे दिखाई पड़ते थे, जो आँखें आधी मूँदकर, गहन ध्यान में लीन बैठे रहते थे। हनुमान ने ब्राह्मण के वेश बनाया और विनम्र भाव से भरत के पास पहुँचे क्योंकि उन्हें पता था कि वे अत्यंत श्रेष्ठ व्यक्ति के समक्ष खड़े थे, जिसने अपनी इंद्रिय पर संयम पा लिया था और जिसे भौतिक सुखों की कोई इच्छा नहीं थी।

हनुमान ने कहा, "राजकुमार! मैं आपके पास आपके भाई राम का समाचार लाया हूँ, जिनके लिए आपने यह रूप धारण किया है और जिनके लिए आपने समस्त सुखमय जीवन के विचारों का त्याग कर दिया है, जिनका आप अन्यथा भोग कर सकते थे। उन्होंने मुझे आपके पास यह समाचार देने के लिए भेजा है कि वे, सीता और लक्ष्मण ले साथ शीघ्र ही यहाँ पहुँचने वाले हैं।"

भरत को पिछले चौदह वर्ष से इसी क्षण की प्रतीक्षा थी। यह समाचार सुनकर वे खुशी से मूर्छित हो गए। उन्होंने स्वयं को सँभाला और हनुमान को गले लगाकर बोले, "मुझे नहीं पता कि आप कौन हैं किंतु आपने मेरे जीवन का सर्वश्रेष्ठ समाचार सुनाया है, इसलिए आप

मेरे सबसे अच्छे मित्र हैं। कई वर्ष पूर्व, मेरे भाई वन में चले गए थे और मैं इतने वर्षों से उन्हीं के लौटने की प्रतीक्षा कर रहा हूँ। मुझे बताइए कि मैं आपको क्या पुरस्कार दूँ?"

भरत का ऐसा समर्पण देखकर हनुमान की आँखों में आँसू आ गए। उन्हें लगता था कि उनसे अधिक राम को कोई प्रेम नहीं करता था, किंतु अब उन्हें पता लगा कि ऐसे अनेक लोग हैं, जिनके मन में राम के प्रति वैसा ही प्रेम भाव है। तब हनुमान ने भरत को वन के लिए प्रस्थान करने के बाद के राम के जीवन का विवरण सुनाया। वे अंत में बोले, "राम इस समय भरद्वाज मुनि के आश्रम में हैं तथा कल अयोध्या पहुँच जाएँगे।"

भरत एवं शत्रुघ्न तत्काल राम के आगमन की तैयारियों में जुट गए। इतने वर्षों से निर्जीव पड़ी अयोध्या नगरी, अचानक सजीव हो उठी। एक बार फिर राजमहल की प्राचीर पर पताकाएँ व ध्वज फहराने लगे। संगीतकारों ने फिर से अपनी वीणाओं को साध लिया। वृक्षों पर फिर से फूल खिल गए। सड़कों पर गुलाब जल और अक्षत छिड़का गया और उन्हें शुभ संकेतों से सजाया गया। एक बार फिर फ़व्वारे चलने लगे और जलधाराएँ बहने लगीं। हवा में फिर हँसी और प्रसन्नता गूँजने लगी। नगरवासियों ने सुंदर वस्त्र धारण किए, जो उन्होंने पिछले चौदह वर्षों से अलमारियों में बंद रखे थे और उन्हें पहनकर सड़कों पर निकल आए। पूरा नगर अपने स्वामी के आगमन की प्रतीक्षा करने लगा। नंदीग्राम से लेकर नगर तक, राजमार्ग को रंगीन चूर्ण और गुलाबजल से बनी शुभ आकृतियों से सजा दिया गया। राम की पादुकाएँ सजावट वाले सफ़ेद हाथी पर रखी गई थीं और उसके ऊपर श्रेष्ठता के प्रतीक के रूप में, श्वेत छत्र लगा हुआ था। भरत और शत्रुघ्न, हज़ारों नागरिकों के साथ चल रहे थे। तभी पुष्पक विमान नंदीग्राम पहुँच गया। वह कुछ देर हवा में ही मँडराता रहा क्योंकि उस बीच राम उत्साहित वानरों व राक्षसों को विभिन्न परिचित स्थान दिखा रहे थे।

"वह, मेरे पिता की नगरी और सूर्यवंश के राजाओं की नगरी अयोध्या है। वह सरयू नदी है, जिसकी गोद में अयोध्या नगरी बसी हुई है और वहाँ मेरे प्रिय भाई भरत व शत्रुघ्न हैं जो मुझे नीचे से ही प्रणाम कर रहे हैं।"

विमान धीरे-से नीचे उतर आया और सभी भाई एक-दूसरे के पास दौड़े। भाइयों का यह भावुक मिलन देखकर वानरों की आँखों में आँसू आ गए। भरत ने राम की पादुकाएँ उठाईं जिनके सहारे उन्होंने चौदह वर्ष शासन किया था, और उन्हें धीरे-से राम के पवित्र चरणों में पहना दिया। "मैं आपका राज्य आपको लौटाता हूँ, जिसकी देखभाल करने का दायित्त्व मुझे दिया गया था। यह मेरे ऊपर भारी बोझ था किंतु मैंने इसकी सावधानीपूर्वक रक्षा की है। आज मेरी माता के नाम पर लगा कलंक भी मिट गया है और मैंने उनके पापों का प्रायश्चित पूरा कर लिया है। कृपया हमें अपना राज्याभिषेक करने दें जो चौदह वर्ष पूर्व हो जाना चाहिए था।"

राम ने भरत की बात मान ली और फिर सब भाइयों ने अपनी जटाएँ कटवाईं, स्नान किया तथा राजकुमारों वाले वस्त्र पहने। कौशल्या, सुमित्रा और कैकेयी ने सीता को प्रेम से स्नान करवाया और मनोहर वस्त्र पहनाए। कौशल्या ने वानरों की पत्नियों के भी केश सँवारे, जिन्हें यह राजसी सम्मान पाकर बहुत खुशी हुई।

सारथी सुमंत्र, राजसी रथ ले आया और राम तथा सीता उसमें बैठ गए और फिर उन्हें वहाँ से मुख्य महल ले जाया गया। मार्ग के किनारे खड़े नगरवासी खुशी से मतवाले हो रहे थे। सुग्रीव और उसकी पत्नियों को राम के महल में रहने के लिए निमंत्रण दिया गया। सुग्रीव ने सब वानरों को समस्त पवित्र नदियों एवं समुद्रों से जल लाने के लिए कहें, जिससे राम का राज्याभिषेक किया जा सके। मंत्रियों ने महर्षि वशिष्ठ को पूरे कार्यक्रम का कार्यभार सौंप दिया।

वशिष्ठ ने राम को सीता के साथ, इक्ष्वाकु कुल के रत्नजड़ित सिंहासन पर बैठाया। सभी महान ऋषियों ने धरती के समस्त पावन समुद्रों व नदियों से से लाए गए जल को राम के सिर पर डाला और साथ ही वैदिक ऋचाएँ भी पढ़ीं। शत्रुघ्न ने राम के ऊपर श्वेत छत्र थामा हुआ था। लक्ष्मण और भरत उनके दोनों ओर खड़े थे। सुग्रीव तथा विभीषण राजसी चँवर डुला रहे थे। चारों ओर हर्षोल्लास छाया था। इसके बाद, राम ने योग्य ब्राह्मणों को एक लाख गाय और घोड़े भेंट किए। उन्होंने सुग्रीव को रत्नजड़ित स्वर्णमाला दी तथा बालि के पुत्र, अंगद को हीरे व अन्य मूल्यवान रत्नों से बने सुंदर बाजूबंद का एक जोड़ा प्रदान किया। फिर उन्होंने सीता को इंद्र द्वारा दिया मोतियों का हार तथा अनेक मूल्यवान उपहार दिए सभी वानरों तथा राक्षसों को भी शानदार उपहार दिए गए। केवल हनुमान को कुछ नहीं मिला था। राम ने स्नेहमयी दृष्टि से सीता को देखा और बोले, "तुम किसी ऐसे व्यक्ति को उपहार दो, जिसमें महानायक के सभी गुण जैसे निष्ठा, सत्य, कौशल, शिष्टाचार, दूरदर्शिता, बल और बुद्धि विद्यमान हों। अपने आस-पास देखो और उस व्यक्ति को अपना हार उपहार में दे दो।"

सीता ने राम द्वारा दिया मोतियों का वह मूल्यवान हार बिना पल भर सोचे हनुमान को दे दिया। हनुमान उस हार को ध्यान से देखने लगे। उन्होंने उसे सूँघा, काटा, खरोंचा और फिर व्यर्थ जानकर फेंक दिया। सीता को हनुमान के, जिन्हें वे बहुत प्रेम करती थीं और जिन्होंने सीता के लिए इतना कुछ किया था, वानर जैसे व्यवहार को देखकर बहुत आश्चर्य हुआ। उन्होंने हनुमान से उसका कारण पूछा तो हनुमान ने उत्तर दिया, "मेरे लिए केवल राम का नाम मूल्यवान है। कोई भी ऐसी वस्तु जिसमें राम नहीं है, मेरे लिए व्यर्थ है। मैंने उन मोतियों को ध्यान से देखा कि कहीं उनमें राम का नाम लिखा हो, फिर मैंने उन मोतियों को सूँघा कि उसमें कहीं राम की सुगंध हो, परंतु उन मोतियों में कुछ नहीं था, फिर मैंने उसे काटा ताकि मुझे उसमें कुछ दिख सके, परंतु मुझे उसमें कुछ मिला। वह साधारण मोतियों का हार था और मेरे जैसा वानर ऐसे हार का क्या करेगा? देवी, मैं निश्चित रूप से स्वयं को भाग्यशाली मानता हूँ कि आपने वह हार उपहार में देने के लिए मुझे चुना परंतु, मैं उसे पहन नहीं सकता, इसलिए कृपया मुझे क्षमा करें।"

हनुमान की बात सुनकर वहाँ खड़े लोग हैरान रह गए। सीता ने उनसे पूछा, "हनुमान! तुम्हारे शरीर का क्या? क्या इसमें राम हैं?"

हनुमान ने सुग्रीव को उनके हृदय के निकट अपना कान लगाने को कहा। सुग्रीव ने जब ऐसा किया तो वह आश्चर्यचकित हो गया क्योंकि हनुमान के हृदय में से निरंतर "राम, राम" की आवाज़ आ रही थी। इसके बाद, इस विवाद को स्थायी रूप से अंत करने के

लिए, कहते हैं राम के उस अनन्य भक्त ने नाखूनों से अपनी छाती चीर दी। वहाँ उपस्थित समस्त जनता यह देखकर स्तब्ध रह गई कि हनुमान की छाती के भीतर भी राम विद्यमान थे! राम ने हनुमान को स्नेहपूर्वक गले लगा लिया और उनके घाव पर अपना हाथ रख दिया। उनके स्पर्श करते ही हनुमान का घाव चमत्कारी ढंग से भर गया।

राज्याभिषेक के साथ राम और सीता की कथा का गौरवशाली समापन हो गया। राम ने सबको अनमोल उपहार भेंट किए। कोई शेष नहीं रहा। यहाँ तक कि कुबड़ी मंथरा को भी उपहार दिया गया। पूरा दिन नगरवासियों और वानरों ने जी-भर के खाया-पिया और आनंद मनाया। उस रात चौदह वर्ष के बाद, पहली बार लक्ष्मण, अपनी पत्नी उर्मिला की बाँहों में सोए थे।

एक माह के बाद, सुग्रीव तथा उसका वानर-दल, किष्किंधा लौट आए। विभीषण भी लंका वापस चला गया। हनुमान ने राम के साथ रहना पसंद किया क्योंकि उन्हें राम से अलग होना पसंद नहीं था। राम ने लक्ष्मण को युवराज का पद देने का प्रस्ताव किया, किंतु लक्ष्मण ने उसे अस्वीकार कर दिया तो फिर, भरत को युवराज घोषित किया गया।

रामराज्य, अर्थात राम का शासन काल, विश्वभर में गौरवशाली काल के रूप में प्रसिद्ध है। वहाँ किसी प्रकार का रोग अथवा दुख नहीं था तथा किसी की असमय मृत्यु नहीं होती थी। वन्य पशु-पक्षी लोगों को परेशान नहीं करते थे और वे पर्याप्त संख्या में रहते थे। राज्य में समृद्धि थी, लोग पूरी तरह खुश थे और वे राम को ईश्वर का अवतार मानते थे। कोई चोरी नहीं करता था क्योंकि सबके पास पर्याप्त धन उपलब्ध था।

वशिष्ठ कहते हैं :

"जब मन से विचारों का ईंधन हटा लेने से स्व की अवधारणा समाप्त हो जाती है,
तो जो कुछ शेष रहता है, वही ईश्वर है।
उसी में ज्ञान, ज्ञानी और ज्ञात एकरूप में वास करते हैं।"

हरि ॐ तत सत

ॐ

ॐ

धर्मकृते नमः!

खण्ड 7

उत्तर कांड

ॐ

सत्यवाचे नमः!

अध्याय 1

सीता का परित्याग

राजेन्द्रं सत्यसन्दं दसराथाथनयम्!
श्यामलं शान्तिमूर्तिम्!
वन्दे लोकाभिरामं रघुकुलतिलकम्!
राघवं रावणारिम्!

रघुकुल के वंशज राघव की जय हो,
जो रावण के शत्रु और संसार के मंगल,
राजाओं के राजा तथा सत्य के अवतार,
दशरथ के पुत्र, श्याम वर्ण
एवं शांति प्रिय हैं।

उत्तर कांड में वाल्मीकि ने निशाचरों के राजा रावण के पूर्व इतिहास का उल्लेख किया है। इसी कांड में राम द्वारा सीता को प्रताड़ित करने की कष्टप्रद घटना भी दी गई है। हमें ऐसा करने के पीछे महर्षि के उद्देश्य पर आश्चर्य हो सकता है। वे शायद सीता को अत्यधिक प्रेम करने वाले दो पुरुषों के विलक्षण व्यक्तित्व के ध्रुवीय अंतर की तुलना करना चाहते थे। एक कामुक प्रवृत्ति वाला शक्तिशाली राक्षस रावण था, जो पर-पत्नी के प्रति अपनी वासना को तृप्त करने के लिए अपने कुल, अपने भाइयों, मित्रों और यहाँ तक कि अपने पुत्रों को मरवाने के लिए भी तैयार था! दूसरी ओर, राम का दिव्य व्यक्तित्व है, जो धर्म की वेदी पर अपने सर्वप्रिय की बलि चढ़ाने को तैयार हो गए थे। इससे यह सिद्ध होता है कि राजा को सबसे पहले ईश्वर, फिर अपना देश तथा अंत में अपनी व्यक्तिगत इच्छा को स्थान देना चाहिए। रावण अपने समूचे कुल के साथ समाप्त हो गया जबकि अपने संत समान राजा के शासन में कोसल देश समृद्ध होता गया।

राम ने अनेक वर्षों तक सीता के साथ, अपने कुशल मंत्रियों और प्रिय भाइयों के साथ राज किया। राजमहल के निकट एक अशोक वाटिका थी, जो लंका की अशोक वाटिका से भी सुंदर थी। उसमें चंपक, कदंब, अशोक और चंदन के वृक्ष थे तथा आम और अनार

जैसे फल लगते थे। अपना कार्य समाप्त करने के बाद, राम अपनी पत्नी के साथ उस वाटिका में टहलते थे। एक दिन, जब वे दोनों वहाँ बातें कर रहे थे तो राम ने ध्यान दिया कि उनकी पत्नी गर्भवती हैं। सीता ने लाल रंग के चमकते वस्त्र पहने थे और उनकी त्वचा शाश्वत सौंदर्य के साथ कांतिमान दीख रही थी। राम यह देखकर बहुत प्रसन्न हुए तथा वे सीता का हाथ पकड़कर उन्हें वाटिका-कुंज में ले गए और उन्हें आराम से रत्नजड़ित आसन पर बैठाया। राम ने उन्हें अनेक फूलों के पराग से बना रस पिलाया, जिसे मधुमक्खियों ने स्पर्श भी नहीं किया था। उन्होंने अपने हाथ से रस का प्याला सीता के होंठों से लगाकर, रस उन्हें पिलाया। उन्होंने अपनी पत्नी का बहुत प्रेम से आलिंगन किया और उनसे पूछा, "प्रिय! तुम कितनी सुंदर लग रही हो! मैं देख सकता हूँ कि तुम गर्भवती हो। हमारे जीवन में केवल एक पुत्र का अभाव है। मुझे इसमें कोई संदेह नहीं है कि हमारी संतान अत्यंत विलक्षण होगी। मुझे बताओ, प्रिय, मैं तुम्हें किस प्रकार प्रसन्न कर सकता हूँ? क्या तुम्हारी कोई इच्छा है, जो अभी पूरी नहीं हुई है? तुम जो चाहोगी, तुम्हें मिलेगा।"

यह सुनकर सीता ने कमल-सा चेहरा उठाया और धीरे-से कहा, "स्वामी! मैं स्वयं को सबसे सौभाग्यशाली स्त्री मानती हूँ। आपकी पत्नी की इससे बड़ी क्या इच्छा हो सकती है कि वह सदा आपके साथ रहती है?"

परंतु राम ने ज़ोर देकर कहा, "प्रिये, यदि संभव हो तो, मैं तुम्हें इससे भी अधिक खुश रखना चाहता हूँ। मुझे बताओ, मैं तुम्हारे लिए क्या कर सकता हूँ। मैं तुम पर अपना सब कुछ न्योछावर करने को तैयार हूँ क्योंकि कहते हैं, गर्भवती स्त्री की सब इच्छाएँ पूर्ण करनी चाहिए।"

सीता ने उन्हें मुस्कराकर प्रेम-भरी दृष्टि से देखा और कहा, "क्या आपको वह चित्रकूट का वन याद है जहाँ हम लोग हाथ में हाथ डालकर घूमते थे? क्या आपको वहाँ के ऋषि-मुनि, उनकी पत्नियाँ तथा उनके आश्रमों में होने वाली शांति याद है? मैं एक बार फिर वहाँ जाकर उनसे मिलना चाहती हूँ तथा वन के कंद-मूल, फल खाना और गंगा का शुद्ध जल पीना और वहाँ एक-दो दिन रहना चाहती हूँ।"

राम ने अपनी पत्नी को प्रेम से देखा। वे सीता को किसी बात के लिए मना नहीं कर सकते थे। इतने वर्षों में उनका अपनी पत्नी के लिए प्रेम बढ़ गया था। उनके मन में, अन्य राजाओं की भांति, कभी अतिरिक्त रानियाँ रखने की इच्छा जाग्रत नहीं हुई। वास्तव में, यह विचार ही उन्हें घिनौना लगता था। उनके लिए सीता सबसे आकर्षक स्त्री थी और उन्होंने कभी किसी अन्य स्त्री को नहीं पसंद नहीं किया।

सीता का हाथ अपने हाथ में लेकर, राम ने उनकी छौने जैसी आँखों में देखा और बोले, "वैदेही! प्रिये, यदि यही तुम्हारी इच्छा है तो तुम वहाँ अवश्य जाओगी। मैं तुम्हें कल ही वहाँ भेजने का प्रबंध कर देता हूँ।"

सीता को वचन देकर, राम उन्हें वहाँ छोड़कर अपने साथियों के साथ बातें करने लगे। बातचीत के दौरान, उन्होंने अपने मित्र भद्र से पूछा, "भद्र, मुझे बताओ कि अयोध्यावासी, मेरे विषय में, मेरी पत्नी और मेरे भाइयों के बारे में क्या बातें करते हैं? राजा लोग हमेशा

सामान्य जनता के लिए निंदा का विषय होते हैं और राजा के लिए यह जानना आवश्यक होता है कि वे लोग क्या सोचते हैं।"

भद्र ने हाथ जोड़कर कहा, "लोग सदा आपकी प्रशंसा करते हैं। कभी-कभी वे पहले के समय की बात करते हैं जब आपने दशानन को मारकर, वैदेही को छुड़ाकर असंभव कार्य कर दिखाया था। आपके कार्यों को सभी लोग बड़े उत्साह से याद करते हैं।"

"वे और क्या कहते हैं, भद्र? मुझे सब कुछ बताओ। तुम अपना मुँह क्यों छिपा रहे हो? क्या ऐसा कुछ है जो तुम्हें लगता है कि मुझे नहीं बताया जाना चाहिए? तुम घबराओ मत। मैं अच्छा और बुरा दोनों जानना चाहता हूँ। कोई राजा अपनी प्रजा के विचारों की उपेक्षा नहीं कर सकता, इसलिए मुझे सब कुछ स्पष्ट रूप से बताओ।"

भद्र ने धीमी और लड़खड़ाती आवाज़ में कहा, "लोग यह भी कहते हैं कि हालांकि आपका उस राक्षस रावण को मारना प्रशंसनीय कार्य है, किंतु अपनी पत्नी के साथ आपका व्यवहार लज्जाप्रद है। एक राजा किसी ऐसी स्त्री को कैसे स्वीकार कर सकता है जिसे रावण ने अपनी गोद में बैठाया, और जो उसके पास इतने समय रहकर आई है? रानी अपना अनादर कैसे भूल सकती हैं? हमें भी अपनी पत्नी का ऐसा व्यवहार सहन करना पड़ेगा। वे स्वेच्छा से एक पुरुष से दूसरे के पास जाएँगी और हमें विवश होकर इसे स्वीकार करना पड़ेगा। 'यथा राजा, तथा प्रजा!' लोग, अज्ञानतावश, यही कहते हैं।"

अपने और अपनी निष्कलंक पत्नी के विरुद्ध ऐसा अपमानजनक आरोप सुनकर राम के चेहरे के भाव परिवर्तित हो गए। वे कुछ नहीं कह सके। उनके साथियों ने उन्हें दिलासा देते हुए कहा, "राजन! उच्च कुल के लोगों के विषय में बुरा बोलना सामान्य जनता का स्वभाव होता है। राजा को ऐसे निरर्थक आरोपों पर ध्यान नहीं देना चाहिए।"

राम ने उनकी कोई बात नहीं सुनी। अपने सहज और शिष्टाचारी तरीक़े से विदा लेकर, वे वाटिका में जा बैठे और विचारों में डूब गए। उन्होंने निश्चय किया कि कोई निर्णय लेने से पहले उन्हें इस मामले की जाँच करनी चाहिए। उस दिन उन्होंने सामान्य अयोध्यावासी जैसे वस्त्र पहने और नगर के गुप्त दौरे पर निकल पड़े। संयोग से, वे नगर की एक पीछे वाली गली में एक धोबी के घर के पास से गुज़रे तो उन्हें घर में से किसी पुरुष के गुस्से होने का स्वर सुनाई पड़ा। वे द्वार के निकट गए और बाहर खड़े होकर बातें सुनने लगे। पुरुष अपनी पत्नी को फटकार रहा था। "मैंने तुम्हारे अनुचित व्यवहार की बातें सुनी हैं। तुम्हें इस मार्ग में आने वाले एक श्रेष्ठ पुरुष से बातचीत करते देखा गया है। तुम अपने घर वापस चली जाओ। मैं अब तुम्हें यहाँ नहीं रख सकता। मैं उच्च कुल का हूँ और किसी चरित्रहीन स्त्री को अपनी पत्नी बनाकर नहीं रख सकता। तुम जहाँ जाना चाहो, जा सकती हो।"

बेचारी स्त्री ने याचना की कि वह निर्दोष है और उसने केवल पुरुष द्वारा पूछी गई किसी बात का उत्तर दिया था। धोबी ने कठोर स्वर में उत्तर दिया, "क्या तुम्हें ऐसा लगता है कि मैं राम हूँ, जो ऐसा व्यवहार सहन करूँगा? वे राजा हैं इसलिए, जो चाहे कर सकते हैं। जहाँ तक मेरा प्रश्न है, मैं ऐसी स्त्री को अपनी पत्नी बनाना नहीं स्वीकार कर सकता जो किसी अन्य पुरुष से बातचीत करती हो।"

राम कुछ क्षण के लिए मानो जड़ हो गए। उन्हें लगा वे वृक्ष हैं जिसपर वज्रपात हुआ है। लंका से लौटने के बाद, उनके हृदय में अंकुरित हुए आशा के पत्ते व कलियाँ जल गई थीं तथा स्वर्ग से गुहार लगातीं मूक व जली हुई, नंगी और काली शाखाएँ प्रकट हो गई थीं। उन्हें लगा उनका तन जल रहा है। वे किसी तरह लड़खड़ाते हुए महल लौट आए। वे निजी कक्ष में पहुँचे और उन्होंने अपने भाइयों को तुरंत बुलवाया। उनके भाई उनके व्यवहार पर अचंभित थे और वे तत्काल उपस्थित हो गए। राम द्वार की ओर पीठ किए खड़े, बाहर शीतकालीन उद्यान को देख रहे थे। उनका चेहरा पीला और आँखें भावशून्य थीं। उन्होंने मुड़कर अपने भाइयों को देखा। उनके हाथ हलके काँप रहे थे।

लक्ष्मण उनके समक्ष घुटने के बल बैठ गए और बोले, "भैया, क्या बात है? मुझे बताइए। आपका शत्रु कहाँ है? आप जानते हैं कि आपको केवल आदेश देना है और मैं तत्काल उसका पालन करूँगा।"

राम ने भाव शून्य स्वर में उत्तर दिया, "क्या तुम्हें पता है कि नगरवासी, मेरे और सीता के विषय में क्या बोल रहे हैं?"

सभी ने अपने सिर झुका लिए। राम ने कहा, "मुझे लग रहा है कि तुम सबको इस बात का पता था किंतु तुमने इतने वर्षों तक यह सत्य मुझसे छिपाया। लक्ष्मण! तुम तो इस बात के साक्षी हो कि मैंने अग्नि परीक्षा द्वारा सीता की शुचिता सिद्ध हो जाने तक उसे स्वीकार करने से मना कर दिया था। फिर भी, ये लोग इस तरह बोल रहे हैं मानो मैंने कोई बहुत बड़ा अपराध किया है। मेरा हृदय दुखी और आहत है। मैं दुख में डूबा जा रहा हूँ, तथापि राजा होने के नाते मुझे अपने कर्तव्य का भान है। राजा का सबसे पहला दायित्त्व, अपने लिए नहीं अपितु अपनी प्रजा के लिए होता है। सीता मुझे अपने प्राणों से भी अधिक प्रिय है, किंतु अपनी प्रजा के लिए सीता का परित्याग करने के अतिरिक्त मेरे पास कोई विकल्प नहीं है। लक्ष्मण, तुम सुमंत्र के साथ सीता को रथ में बैठाकर गंगा पार, तमसा नदी के निकट छोड़ दो, जहाँ हम बहुत समय साथ रह चुके हैं। कल सुबह ही उसने मुझसे वहाँ जाने के लिए कहा था। उसकी इच्छा भी पूरी हो जाएगी और उसे किसी प्रकार का संदेह नहीं होगा।"

लक्ष्मण आश्चर्य से उछल पड़े और बोले, "भैया, आप उनके साथ ऐसा नहीं कर सकते! वे आग से निकले कंचन की भांति शुद्ध हैं। आप कृपया मुझे ऐसा करने के लिए मत कहिए। आप और कुछ कहेंगे तो मैं करने को तैयार हूँ किंतु यह मुझसे नहीं होगा। क्या आपको नहीं पता कि उनके गर्भ में आपकी संतान पल रही है? आप यह कैसे कर सकते हैं? क्या आप अपनी संतान के जन्म की प्रतीक्षा नहीं कर सकते?"

राम का चेहरा पत्थर-सा भावशून्य था। उन्होंने कठोर स्वर में कहा, "संतान के जन्म के बात तुम कहोगे कि उसे बच्चे के स्तनपान की अवधि तक रुक जाइए, फिर तुम कहोगे कि बच्चे को पाँच वर्ष का हो जाने दीजिए और इस तरह यह अनिश्चित समय तक चलता रहेगा और अंत में राम, अपने आनंद के लिए अपनी प्रजा के साथ विश्वासघात का दोषी बन जाएगा।"

राम ने तेज़ और तीखे स्वर में कहा, "मैं किसी की कोई बात नहीं सुनना चाहता। मुझे किसी का सुझाव नहीं चाहिए। मैं तुम्हारा राजा हूँ और तुमसे निर्विवाद आज्ञापालन की अपेक्षा रखता हूँ।" कुछ पल की स्तब्धता के बाद, मौन छा गया। राम द्वारा अपने भावावेश को नियंत्रित करने के प्रयास के कारण उनके श्वास का स्वर भारी हो गया था और केवल वही स्वर सुनाई पड़ रहा था।

आख़िरकार, विवर्ण अवस्था में, चेहरे पर छद्मभाव के साथ राम ने कहा, "जाओ लक्ष्मण! सीता को गंगा किनारे, तमसा नदी के तट पर एकांत स्थान पर किसी आश्रम के समीप छोड़कर, वहाँ से तुरंत लौट आना। तुम्हें उससे बात करने के लिए रुकना नहीं है। उसे कुछ समझाना भी नहीं है। वह मेरे बारे में जो चाहे, उसे सोचने दो, अन्यथा उसका हृदय टूट जाएगा और वह मर जाएगी। मेरी ओर इस तरह आक्षेप भरी दृष्टि से मत देखो। जो भी मेरे निर्णय पर आपत्ति करेगा, वह मेरा शत्रु बन जाएगा। लक्ष्मण! उसे इसी क्षण ले जाओ। मेरे लिए उसे एक बार भी देख लेना अपराध है। मैं अपने ही आदेश का पालन नहीं कर सकूँगा। यदि मैंने उसकी छौने जैसे आँखों में विनती का भाव देख लिया तो मैं उसमें खो जाऊँगा और संसार भर की निंदा के बावजूद, मैं उसे यहाँ से जाने की अनुमति नहीं दे सकूँगा। इसलिए, इससे पहले कि मेरा हृदय मुझे धोखा दे जाए और मैं भावुक होकर अपना प्रण तोड़ दूँ, तुम उसे लेकर चले जाओ। तुम इतना झिझक क्यों रहे हो? मैं, यहाँ का नरेश, तुम्हें ऐसा करने की आज्ञा देता हूँ!" तीनों भाई, एक शब्द भी न कह सके। लक्ष्मण अपने भाग्य को कोस रहे थे कि उन्हें इस कष्टदायक आज्ञा का पालन करना था।

राम की आँखों से आँसू बह रहे थे। वे लड़खड़ाते हुए बाहर उद्यान में एकांत स्थान पर चले गए, जहाँ से सीता को न देख सकें।

उन्होंने वह रात, उद्यान में ही, तारों को देखते काट दी। यदि वे अपने कक्ष में जाकर अपनी प्रियतमा को बाँहों में ले लेते तो उन्हें पता था कि वे सीता को कभी नहीं भेज पाते। कौन जानता है कि उनके मस्तिष्क में कैसे कटु विचार चल रहे थे! परंतु उन्होंने अपना प्रण नहीं तोड़ा। धर्म उनका ईश्वर था और धर्म की रक्षा के लिए, वे अपनी पत्नी और अजन्मी संतान की बलि देने को तैयार थे।

उस रात सीता को अकेले सोना पड़ा। उन्हें अपने स्वामी की अनुपस्थिति पर आश्चर्य हो रहा था किंतु उन्होंने सोचा कि वे अवश्य किसी महत्त्वपूर्ण कार्य में उलझ गए होंगे। वे, बच्चे के समान, अगले दिन सुबह मिलने वाले उपहार के विषय में सोचकर खुश हो रही थीं। उन्होंने अपने जीवन के कुछ सर्वश्रेष्ठ पल अपने पति के साथ वन में बिताए थे और वे एक और रात्रि ऋषियों की पत्नियों के साथ आश्रम में बिताने को लेकर बहुत उत्साहित थीं। उन्होंने आश्रमवासियों के लिए पहले से ही कुछ उपहार बाँध लिए थे और वे जाने को तैयार थीं कि तभी लक्ष्मण ने उनका द्वार खटखटाया।

सीता की ओर बिना देखे, भावरहित स्वर में लक्ष्मण ने कहा, "आपके पति और हमारे राजा ने मुझे यह आदेश दिया है कि मैं गंगा किनारे आश्रम जाने की आपकी इच्छा को पूर्ण करूँ। क्या आप चलने को तैयार हैं?"

सीता अत्यंत प्रसन्न हो गईं और वे लक्ष्मण के साथ बाहर प्रतीक्षा कर रहे रथ पर सवार हो गईं। दोनों, सुबह की धुंध में निकल पड़े। सुमंत्र और लक्ष्मण में से किसी ने भी सीता की ओर नहीं देखा। सीता अकेले ही प्रसन्न हो रही थीं। सीता ने मुड़कर अपने पीछे सो रहे, नगर को देखा। उन्हें यह बिलकुल नहीं पता था कि वे उसे अंतिम बार देख रही थीं। सहसा, उनके हृदय में आशंका उत्पन्न हो गई। उन्हें चारों ओर अपशकुन दिखाई दे रहे थे। उनके दाएँ अंग और आँख फड़क रही थी और उन्हें अचानक दुर्बलता का अहसास होने लगा।

सीता ने क्षुब्ध स्वर में पूछा, "सुमित्रानंदन! मुझे बताओ, क्या तुम्हारे भैया कुशल हैं? मैंने उन्हें कल रात से नहीं देखा है। वे कहाँ हैं? मुझे लग रहा है कि कुछ संदिग्ध घट रहा है।"

लक्ष्मण ने रुँधे गले से उत्तर दिया, "आपके पति बिलकुल ठीक हैं। यह उनका आदेश था कि आपको रात में बिलकुल परेशान न किया जाए क्योंकि आपको सुबह लंबी और कठिन यात्रा करनी है। उन्होंने आपके लिए मंगलकामना भेजी है।" लक्ष्मण, इससे अधिक कुछ नहीं कह सके।

दोपहर तक वे गोमती नदी के तट पर पहुँच गए थे और उन्होंने एक आश्रम के निकट पड़ाव डाल दिया। अगले दिन सुबह, वे रथ में बैठकर आगे चले और शीघ्र ही पवित्र गंगा नदी के तट पर पहुँच गए। यहाँ पहुँचकर, लक्ष्मण स्वयं को सँभाल नहीं पाए और बच्चे की तरह रोने लगे।

"लक्ष्मण, तुम रो क्यों रहे हो?" सीता ने पूछा। "तुम्हें देखकर मुझे घबराहट हो रही है। मेरी यहाँ आने की बहुत इच्छा थी और अब जब तुम मुझे यहाँ ले आए हो तो तुम इस तरह रोकर, मुझे दुखी कर रहे हो। क्या तुम्हें यह दुख राम से दो दिन अलग होने के कारण हो रहा है? फिर मेरा क्या होगा? मुझे कितना रोना चाहिए? मैं तो उनके बिना जीवित ही नहीं रह सकती। चलो, हम लोग जल्दी से आश्रम चलें और वहाँ सबको उपहार बाँटकर हम वापस लौट जाएँगे। मुझे भी असहज महसूस हो रहा है। मुझे डर लग रहा है कि मेरे स्वामी परेशान हैं।"

लक्ष्मण ने अपने आँसू पोंछे और फिर वे एक नाव ले आए। उन्होंने उसमें सीता को बैठाया तथा नदी पार कर ली। उसके बाद, वे सीता के चरणों में गिर पड़े और फूट-फूटकर रोने लगे। सुमंत्र भी एक ओर अलग खड़ा हुआ चुपचाप रो रहा था। यह देखकर सीता सचमुच बहुत व्यग्र हो उठीं। "लक्ष्मण, मुझे बताओ, क्या बात है? क्या मेरे प्रिय पति को कुछ हो गया है? वे हमारे साथ क्यों नहीं आए? मुझे आशा थी कि वे भी हमारे साथ आएँगे।" अंत तक, सीता का विचार राम पर ही केंद्रित था, जो उनके लिए सब कुछ थे। उन्होंने यह कल्पना नहीं की थी कि मार्ग में होने वाले सारे अपशकुन उन्हीं के संदर्भ में हो रहे थे।

लक्ष्मण ने आँसुओं से धुंधली पड़ी आँखों से, सीता को विनती-भरी नज़रों से देखा। "हे रानी! मुझे जो कुछ करना पड़ रहा है, कृपया मुझे उसके लिए क्षमा कीजिए। राम ने

आपको यहाँ छोड़ देने का निंदनीय कार्य मुझे सौंपा है। मेरे लिए बेहतर होता कि मैं उनकी इस आज्ञा का पालन करने की अपेक्षा अपने प्राण त्याग देता।" यह कहकर लक्ष्मण, सीता के चरणों में गिर पड़े।

सीता ने झुककर धीरे-से लक्ष्मण को उठाया, "क्या हुआ लक्ष्मण? तुम क्या कहना चाहते हो? मेरे पति के इस अचानक लिए निर्णय का क्या कारण है?" सीता को अपने कानों पर विश्वास नहीं हो रहा था।

"देवी, चारों ओर आपके और राम के विषय में अफ़वाह फैल गई है। मैं आपको सब कुछ नहीं बता सकता। राम ने मुझे आपको बताने के लिए मना किया है। मैं केवल इतना ही कह सकता हूँ कि आपके ऊपर लगे कुटिल आरोपों को सुनकर उनका हृदय विचलित हो गया है। परंतु वे राजा हैं। वे धर्म के अवतार हैं। राजा का कर्तव्य अपनी प्रजा के हितों की रक्षा करना होता है। अयोध्या की महारानी! कृपया उन्हें और मुझे क्षमा कर दीजिए। मैं इससे अधिक कुछ नहीं कह सकता। रात होने वाली है। मैं आपको यहाँ अकेले छोड़कर कैसे जा सकता हूँ? राम ने मुझे कहकर भेजा है कि मैं आपकी सुरक्षा का प्रबंध किए बिना आपको एक क्षण के लिए भी अकेला न छोड़ूँ। हम दोनों केवल एक बार आपको अकेला छोड़ गए थे और तभी राक्षसराज आपका हरण कर ले गया था। अब यहाँ कौन आपकी देखभाल करेगा? मैं प्रार्थना करता हूँ कि आपकी माता, पृथ्वी आपकी रक्षा करें, आकाश आपका छत्र बने और यह पवित्र नदी आपकी समस्त इच्छाओं को पूर्ण करे। ध्यान रखिए, देवी कि आपके गर्भ में इक्ष्वाकु कुल की संतान है। हर क्षण, उसकी रक्षा करना आपका कर्तव्य है।" लक्ष्मण को डर था कि सीता परेशान होकर अपने प्राणों का अंत न कर लें।

सीता किसी भयभीत हिरण की भांति लक्ष्मण की बातें सुन रही थीं। उसके बाद, उन्होंने आश्चर्य-भरे स्वर में कहा, "मैंने क्या अपराध किया है, जिसके लिए मेरे पति ने बिना किसी कारण, मुझे दो बार प्रताड़ित किया है? निश्चय ही, मेरा जन्म दुख सहने के लिए हुआ है। दुख ही मेरा स्थायी साथी है। मुझे सहनशील बनकर, राम के असहाय चेहरे को देखते रहना है। मैं सबको छोड़कर, अपने पति के साथ वन में गई, वन्य पशुओं एवं राक्षसों के बीच रही। मैंने जो किया, वैसा कोई स्त्री नहीं करती, और फिर भी उन्होंने मुझे त्याग दिया! वह राक्षस मुझे उठा ले गया, क्या यह मेरी भूल थी? जब ये तपस्वी मुझसे पूछेंगे कि मैंने क्या अपराध किया है, जिसके लिए मेरे पति ने मुझे त्याग दिया है तो मैं उन्हें क्या उत्तर दूँगी? मुझसे क्या भूल हुई है? मैं इस पवित्र नदी में कूदकर अपने प्राण त्याग देने का सरल मार्ग भी नहीं चुन सकती, अन्यथा मुझे इक्ष्वाकु वंश की उच्च वंशावली को खंडित करने का दोषी माना जाएगा। लक्ष्मण, तुम दुखी मत होओ। मुझे यहाँ छोड़कर तुम अपने राजा और मेरे पति के पास लौट जाओ और उन्हें कहना कि उनकी पत्नी ने उनके मंगल की कामना की है। एक स्त्री के लिए उसका पति भगवान होता है और मैंने भी उन्हें इसी रूप में माना है। ईश्वर करें कि राजधर्म का पालन करने से राम को सनातन कीर्ति प्राप्त हो। मेरे कष्ट से अधिक महत्त्वपूर्ण यह है कि उनका सम्मान अक्षुण्ण रहे। राम के अपयश का दोष, सीता पर कभी नहीं आना चाहिए। तुम अब जाओ, लक्ष्मण! तुम मेरे लिए भाई से भी बढ़कर हो। मेरे मन में तुम्हारे लिए अगाध सम्मान है। मैं तुम्हें किसी

बात का दोषी नहीं मानती। शीघ्र ही रात हो जाएगी। अब तुम्हें जाना चाहिए ताकि मेरे स्वामी तुमपर क्रोधित न हों।"

लक्ष्मण ने एक बार फिर सीता के चरणों में गिरकर उन्हें प्रणाम किया। वे एक शब्द भी नहीं कह सके। वे धीरे-धीरे नाव की ओर गए और नदी पार लौट गए। उन्होंने मुड़कर सीता को देखा। वे अपनी माता, पृथ्वी के वक्ष पर लेटी रो रही थीं मानो उनका हृदय विदीर्ण हो जाएगा।

सीता ने दृष्टि उठाकर देखा। लक्ष्मण का रथ बहुत दूर जा चुका था। एक मोर द्वारा अपने साथी के लिए करुण पुकार सुनकर सीता की दुर्बल नसें काँप उठीं। गंगा शांत भाव से बह रही थी मानो उन्हें दिलासा दे रही हो। वे नदी के झिलमिलाते जल को देखकर मुग्ध हो गईं और सोचने लगीं कि वह जल उनके सिर के ऊपर किसी मरहम के समान बहता हुआ कैसा लगेगा, किंतु तभी उन्हें अपने भीतर हिलते हुए जीवन का एहसास हुआ। उन्हें पता था कि वे उस सरल मार्ग को नहीं चुन सकती थीं।

वशिष्ठ कहते हैं :

"प्रबुद्ध मनुष्य गैर-स्वैच्छिक जीवन जीता है।
वह स्वयं को उचित कर्म में अनायास ही प्रवृत्त कर लेता है।
वह दूसरों के लिए जीता है और उसके हृदय में समस्त प्राणियों के लिए करुणा होती है।"

हरि ॐ तत सत

ॐ

ॐ

व्रतधाराय नमः!

अध्याय 2

धर्म की विजय

कूजंतं रामरामेति!
मधुरं मधुराक्षरम्!
आरुह्य कविताशकम्!
वन्दे वाल्मीकि कोकिलम्!

वाल्मीकि रूपी उस बुलबुल की जय हो,
जो कवि के वृक्ष पर बैठती है
और मधुर स्वर में
राम, राम, राम, कूजती है।

लक्ष्मण दुखी हृदय से अयोध्या लौट आए। उनके मस्तिष्क में सीता की छवि घूम रही थी। वे कहाँ होंगी? क्या वे वाल्मीकि के आश्रम में गई होंगी? लक्ष्मण को पता नहीं था और उन्हें इन शंकाओं के कारण कष्ट होता रहा। उन्होंने जब अपने भाई के कक्ष में प्रवेश किया तो राम अपना सिर थामे उदास बैठे थे।

लक्ष्मण ने उन्हें प्रणाम किया और कहा, "महाराज! मैंने आपके आदेश का पालन किया है और आपकी निर्दोष पत्नी को गंगा पार छोड़ दिया है। आशा है, अब आप संतुष्ट होंगे। आप उदास क्यों हैं? यह निर्णय करके तो आपको प्रसन्न होना चाहिए कि उसकी पूर्ण अनुपालना हुई है। आप जानते हैं कि कोई संबंध स्थायी नहीं होता। जो संवर्द्धित होता है, उसका क्षय निश्चित है, जो खिलता है, वह मुरझा जाता है और जो उठता है, वह गिरता है। मिलन और वियोग जीवन के खेल के अंश हैं। जन्म के बाद मृत्यु होना निश्चित है। तो फिर, आप दुखी क्यों होते हैं?" राम ने कोई उत्तर नहीं दिया।

प्रजा इस बात से प्रसन्न थी कि उनके राजा पर कलंक मिट गया था, किंतु राम के लिए जीवन में किसी प्रकार की प्रसन्नता शेष नहीं थी। राम और सीता दोनों ने जीवन के अंत समय तक विरह की वेदना को सहन किया, किंतु रामराज्य के दौरान, देश बहुत समृद्ध

हुआ और उस कालखंड को आज भी इस बात के लिए याद किया जाता है कि प्रकृति के नियम भी उस महात्मा पुरुष के समक्ष नतमस्तक हो गए थे जिसने धर्म की रक्षा हेतु अपना सुख त्याग दिया। भूमि संपन्न थी, समय पर वर्षा होती थी, पृथ्वी में प्रचुर मात्रा में अन्न उगता था और देवता भी प्रसन्न थे। उस युग की परंपरा के विपरीत, राम ने पुनर्विवाह नहीं किया यद्यपि, उनके ऊपर इसके लिए बहुत दबाव था। उन्होंने तपस्वी की भांति जीवन बिताया और कभी किसी अन्य स्त्री की ओर नहीं देखा।

प्रति दिन राम अपने सभागार में बैठे होते और लक्ष्मण को कहते कि वे बाहर द्वार पर जाकर देखें कि कोई शिकायत लेकर न आया हो। यदि कोई आता तो उसे भीतर बुलाकर उसकी शिकायत का निवारण करते थे।

एक दिन एक कुत्ता आया। राम ने उसे भीतर बुलाया और पूछा कि वह क्या चाहता है। कुत्ते ने कहा कि एक ब्राह्मण ने उसके सिर पर चोट की थी। राम ने सभासदों से पूछा कि वे ब्राह्मण के लिए कोई उचित दंड निर्धारित करें, किंतु सभा का मत था कि ब्राह्मण को दंड नहीं दिया जा सकता था। तब राम ने कुत्ते से कहा कि वह स्वयं बताए कि उसकी शिकायत कैसे दूर की जाए। कुत्ते ने कहा कि उस ब्राह्मण को किसी मठ का मठाधीश नियुक्त कर दिया जाए।

राम ने जब कुत्ते से इस विचित्र दंड का कारण पूछा तो कुत्ते ने उत्तर दिया, "महाराज, मैं अपने पूर्वजन्म में उस मठ का मठाधीश था और यद्यपि मैं अत्यंत ईमानदार और निष्ठावान था, तथापि उस पद का दायित्व इतने संकटों से भरा है कि मृत्यु के बाद मुझे कुत्ते के रूप में जन्म लेना पड़ा है। क्या आप उस लोभी व्यक्ति की अवस्था की कल्पना कर सकते हैं जिसका क्रोध भी अनियंत्रित हो?"

इस बीच, तमसा नदी के तट पर, जहाँ लक्ष्मण ने सीता को छोड़ा था, सीता अकेली व असहाय बैठी थीं और वनवासियों के लिए लाए उपहार उनके आस-पास फैले पड़े थे। उन्हें समझ नहीं आ रहा था कि वे क्या करें। उसी समय, वाल्मीकि के आश्रम के कुछ ब्रह्मचारियों ने सीता को दुखी अवस्था में नदी किनारे बैठे देखा तो वे दौड़ते हुए गए और वाल्मीकि को सूचना दी। वाल्मीकि को नारद से हुई वार्ता याद आ गई और वे तत्काल स्थिति को भाँप गए। वे शीघ्र अपने शिष्यों के साथ नदी-तट पर गए और सीता को अपने साथ आश्रम में ले आए।

"घबराओ मत, सीता! मैं जानता हूँ कि आप निष्कलंक हैं। आप मेरे साथ मेरे आश्रम चलिए और वहाँ अन्य तपस्वियों की पत्नियाँ आपके प्रसवकाल में आपकी देखभाल करेंगी।"

सीता वाल्मीकि के साथ चली गईं और उनके आश्रम में तपश्चर्या का जीवन बिताने लगीं। इस बीच, उनकी संतान के जन्म का समय आ गया।

सीता ने दो जुड़वाँ बच्चों को जन्म दिया। यह समाचार जब वाल्मीकि तक पहुँचा तो वे दौड़कर प्रसूति कक्ष में आ गए। राम के दोनों पुत्रों को देखकर, जो जुड़वाँ देवगण की भांति तेजस्वी लग रहे थे, वाल्मीकि का हृदय प्रसन्नता से भर उठा। उन्होंने थोड़ी कुश घास ली जो सभी अनुष्ठानों में प्रयुक्त की जाती है। उन्होंने घास की नोक से एक बालक को स्पर्श

किया और कहा, "इसका नाम कुश होगा।" उन्होंने घास के सिरे से दूसरे बालकों को स्पर्श किया और बोला, "इसका नाम लव होगा।" उसके बाद उन्होंने शिशु के जन्म से संबंधित समस्त उचित संस्कार संपन्न किए और उन्हें प्रसन्नता एवं समृद्धि का आशीर्वाद दिया।

उसी समय उन्होंने अपने अमर महाकाव्य *रामायण* की रचना आरंभ की। जब दोनों बालक बोलने लगे, तो वाल्मीकि ने उन्हें कविता-पाठ सिखाना आरंभ कर दिया। उनके बारह वर्ष का हो जाने तक वाल्मीकि ने ग्रंथ की रचना पूर्ण कर ली और दोनों बालक उस महाकाव्य को तानपूरा तथा छोटे मृदंग की संगत पर आसानी से गाने लगे।

उधर अयोध्या में, दोनों बालकों के जन्म के समय महल के द्वार पर एक ब्राह्मण आया जिसने अपने हाथों में अपने पुत्र का शव उठा रखा था। वह अत्यंत शोकाकुल अवस्था में रोने लगा, "मैंने अपने पूर्व जन्म में कौन-सा पाप किया था जिसके कारण मुझे अपनी वृद्धावस्था में अपने एकमात्र पुत्र से वंचित होना पड़ा है? यदि किसी राज्य में निर्दोष बच्चों की मृत्यु होती है तो उसके लिए वहाँ का राजा दोषी होता है। हे राम, यदि आपने मेरा पुत्र मुझे नहीं लौटाया तो मैं और मेरी पत्नी आपके महल के द्वार के सामने अपने प्राण त्याग देंगे और आपको ब्राह्मणों की मृत्यु का दोषी समझा जाएगा। यदि वयस्क होने से पूर्व ही बच्चों की मृत्यु हो जाती है आपके राज्य में बच्चों की क्या सुरक्षा होती है? जब राजा अपने कर्तव्य के प्रति असावधान होता है तो राज्य में अपराध बढ़ता है तथा अराजकता फैलती है।"

राम इस नए आरोप को सुनकर स्तब्ध रह गए। उन्होंने अपने सभी सलाहकारों को बुलाया और राज्य में इस तरह की घटना का कारण जानने को कहा। उनसे कहाँ भूल हुई थी?

उस समय देवर्षि नारद ने उन्हें समझाया, "महाराज, उस बालक की असमय मृत्यु का कारण सुनिए। प्रत्येक युग के अपने नियम और सिद्धांत होते हैं। उनका पालन करके राज्य संपन्न होता है किंतु उसमें चूक होने से संपूर्ण ब्रह्मांडीय व्यवस्था अस्त-व्यस्त हो जाती है। सतयुग के स्वर्णिम काल में केवल ब्राह्मणों को तपस्या की अनुमति होती थी। त्रेता युग में क्षत्रिय भी तपस्या आदि करने लगे। इसी युग में अगले दो वर्णों की रचना हुई। वैश्य व्यापार करते थे और शूद्र अन्य तीन वर्णों की सेवा करते थे। द्वापर युग में अधर्म की वृद्धि हो गई तथा वैश्य भी तपस्या करने लगे किंतु शूद्रों को इसकी अनुमति नहीं थी। कलियुग में, शूद्रों को भी तप आदि करने की अनुमति मिल जाएगी। यह त्रेता युग है और मुझे भय है कि कोई शूद्र आपके राज्य में तप कर रहा है। जब तक इसे रोका नहीं जाएगा, आपके राज्य पर ऐसी विपत्तियाँ आती रहेंगी। राजा होने के नाते यह आपका कर्तव्य है कि आप उसे धर्म के विरुद्ध कार्य करने से रोकें। मनुष्य को केवल स्वधर्म का पालन करने से मोक्ष की प्राप्त होती है। मनुष्य का अपना कर्तव्य, जो देखने में निम्न लगता है, वास्तव में दूसरे के कर्तव्य से, चाहे वह कितना भी अच्छे ढंग से किया जाए, उच्च होता है। इससे स्वयं को अपयश मिलता है और देश पर विपदा आती है। किसी व्यक्ति का कर्तव्य, अन्य व्यक्ति के कर्तव्य से निम्न या उच्च नहीं होता। राजा के कर्तव्य और प्रजा के उत्तरदायित्व परस्पर भिन्न होते हैं, किंतु प्रत्येक को अपने स्वधर्म का पालन करना होता है और यही

सृष्टि का नियम है। यही प्रकृति का नियम है, जिसकी अनुपालना करने से व्यक्ति संपन्न होता है। तप, अपने आप में सद्गुण है किंतु यदि कोई शूद्र इस युग में तप करेगा, तो उसका अपना और देश का अनिष्ट ही होगा।"

राम ने नारद की सलाह स्वीकार कर ली और ब्राह्मण से कहा कि वह उनके लौटकर आने तक अपने पुत्र के शव को सुरक्षित रखे। उन्होंने पुष्पक विमान को वापस बुलाया, जिसे उन्होंने लंका से लौटने पर कैलाश भेज दिया था, और उसमें बैठकर उन्होंने अपराधी को खोजने के लिए देशभर की यात्रा की। अंत में, उन्होंने दक्षिणी भाग में एक व्यक्ति को वृक्ष से उलटा लटका देखा। वह कठोर तप कर रहा था। राम उसके पास गए और पूछा कि वह कौन है और क्या कर रहा है। उसने बताया कि उसका नाम शंबूक है और वह शूद्र है तथा प्रायश्चित्त कर रहा है।

राम ने बिना कुछ कहे अपनी तलवार निकाली और उसका सिर काट दिया। जिस व्यक्ति ने अपने राज्य और देश के हित में अपनी पत्नी को त्याग दिया हो उसके लिए नियम के विरुद्ध कार्य करने वाले किसी व्यक्ति का सिर काटना कोई बड़ी बात नहीं थी। इसके बाद राम ने देवताओं से उस ब्राह्मण के पुत्र को पुनर्जीवित करने की प्रार्थना की और जब तक वे अपनी राजधानी वापस लौटे, वह बालक स्वस्थ हो दोबारा जीवित हो गया था। राम के लिए अपने देश एवं अपनी प्रजा के प्रति कर्तव्य से अधिक कुछ महत्त्वपूर्ण नहीं था। बृहत्तर हित के लिए लघुतर हित को बलिदान करना आवश्यक था।

बारह वर्ष बाद, राम ने अश्वमेध यज्ञ करने का निर्णय किया। उन्होंने लक्ष्मण से सभी ऋषि-मुनियों को बुलाने को कहा। राम ने हाथ जोड़कर समस्त ऋषि-मुनियों को संबोधित करते हुए अपने निर्णय की सूचना दी। मुनिजन प्रसन्न तो हुए किंतु उन्होंने बताया कि यह यज्ञ पत्नी की अनुपस्थिति में करना अनुचित होता है। उन्होंने राम से पुनर्विवाह करने की विनती की। राम ने उस प्रस्ताव को अस्वीकार कर दिया। क्रूर संसार ने उन्हें उनकी प्रिय पत्नी से अलग कर दिया था और अब वे दूसरी पत्नी रखने के पक्ष में नहीं थे। अंत में, उन्होंने सीता की स्वर्ण प्रतिमा बनवाई और अनुष्ठान के समय उस प्रतिमा को अपने साथ बैठा लिया।

एक वर्ष तक चलने वाले उस यज्ञ का कार्यक्रम आरंभ हो गया। इसके लिए नैमिषारण्य को चुना गया। एक शुभ-चिह्न वाले तथा स्वर्ण एवं चाँदी का शृंगार करके एक काले रंग के अश्व को राम ने छोड़ दिया। उस अश्व को एक वर्ष तक पूरे देशभर में घूमना था। उसके पीछे लक्ष्मण एवं उनकी सेना थी। यदि किसी ने उस अश्व को पकड़ा और बाँध लिया तो सेना उस व्यक्ति से युद्ध करेगी जो राजा का अश्व पकड़ने की धृष्टता करेगा। यदि अश्व निर्विरोध लौट आया तो राजा को सम्राट मान लिया जाएगा।

नैमिषारण्य को वास्तविक स्वर्ग में परिवर्तित कर दिया गया जहाँ मंडप और संगीत कक्ष, उद्यान तथा यज्ञशालाएँ थीं। देश के सभी राजाओं को राम का सम्मान करने एवं उनकी सत्ता स्वीकार करने हेतु आमंत्रित किया गया था। राजाओं को ही नहीं, अपितु वनों में रहने वाले तपस्वियों तथा ऋषियों को भी आमंत्रित किया गया था। किष्किंधा में वानरों को तथा लंका में राक्षसों को भी बुलाया गया था। किष्किंधा से सुग्रीव और लंका से विभीषण आए

थे। भोजन, वस्त्र, आभूषण, रत्न, स्वर्ण तथा चाँदी का उदारतापूर्वक दान दिया गया। कोई ऐसा नहीं था जो वहाँ से ख़ाली हाथ लौटा हो।

महर्षि वाल्मीकि भी लव-कुश के साथ पहुँच गए। उन्होंने दोनों बालकों को राजा एवं समस्त ऋषि-मुनियों के समक्ष *रामायण* के बीस अध्याय का गायन करने को कहा। उन्होंने बच्चों को कहा कि उन्हें अपनी इस सेवा के लिए किसी प्रकार का पारिश्रमिक नहीं लेना है। यदि कोई उनसे उनके कुल के विषय में पूछे तो उन्हें स्वयं को केवल महर्षि वाल्मीकि का शिष्य बताना है।

बालकों ने ऐसा ही किया और उन्होंने सबके सामने अपनी मधुर आवाज में बीस सर्ग गाकर सुनाए। उन दोनों तपस्वी बालकों को देखकर और उनकी मधुर आवाज़ सुनकर अयोध्यावासी मंत्रमुग्ध हो गए। वे उन बालकों की राम से समानता देखकर भी स्तब्ध थे क्योंकि राम भी जब अनेक वर्ष पूर्व वल्कल वस्त्र पहने और जटाएँ बनाकर वन को गए थे, तो बिलकुल वैसे ही दिखाई देते थे। राम उन बालकों से बहुत प्रसन्न हुए। उन्होंने लक्ष्मण से बालकों को बीस हज़ार स्वर्ण मुद्राएँ तथा मूल्यवान वस्त्र भेंट करने को कहा परंतु बालकों ने यह कहकर, वस्तुएँ लेने से मना कर दिया कि तपस्वी लोग कंद-मूल पर रहते हैं तथा उन्हें इन सब वस्तुओं की कोई आवश्यकता नहीं होती।

यह सुनकर राम चकित हो गए और उनसे पूछा, "यह महाकाव्य किसने लिखा है और इसमें कितने सर्ग हैं?"

बालकों ने उत्तर दिया, "इस महाकाव्य की रचना महर्षि वाल्मीकि ने की है जिसमें आपके जीवनचरित का वर्णन है। इसमें बीस हज़ार श्लोक तथा छह कांड हैं। सातवां कांड, उत्तर कांड है जो अभी चल रहा है। आपकी अनुमति से हम यह संपूर्ण महाकाव्य, अश्वमेध यज्ञ के अनुष्ठानों के बीच में गाकर सुनाएँगे।"

"अनुमति है!" राम ने कहा।

राम और उनके भाइयों के साथ ऋषियों के दल, राजाओं तथा वानरों ने कई दिन तक राम की संपूर्ण कथा का श्रवण किया। उस गायन को सुनकर सभी मुग्ध हो गए। कथा समाप्त होने तक, राम को यह विश्वास हो गया कि दोनों बालक उनके और सीता के ही पुत्र हैं। इतने वर्षों से उनके भीतर दबी हुई भावनाएँ फिर से सक्रिय हो उठीं और उनके मन में सीता से मिलने की तीव्र इच्छा उत्पन्न हो गई। जिस दिन उन्होंने सीता का त्याग किया था, उसी दिन राम ने सीता को अपने हृदय के मंदिर में स्थापित करके उसकी चाबी फेंक दी थी। परंतु, इन दोनों बालकों ने, जो उनके जैसे दिखते थे और सीता की तरह मुस्कराते थे, उनके हृदय के द्वार तोड़कर उनके भीतर की भावनाओं का सागर फिर से उन्मुक्त छोड़ दिया था। उसके प्रवाह की तीव्रता में राम को अपने बह जाने का संकट महसूस होने लगा था। उनकी मुस्कान से राम को सीता का मनमोहक चेहरा याद आने लगा। सीता को देखने की उत्कट इच्छा बढ़ती जा रही थी। उन्हें लगा कि निश्चय ही, उनकी नियति, उन्हें सुख के इन अंतिम क्षणों से वंचित नहीं रखेंगी। नगरवासियों ने पहले ही राम को सीता को वापस बुलाने का अपना निर्णय बता दिया था। राम ने वाल्मीकि की कुटीर में अपने दूत भेजकर अपना अनुरोध भिजवा दिया।

"महर्षि वाल्मीकि के आश्रम जाओ और इन बालकों की माता को तत्काल मेरे पास लेकर आओ क्योंकि मुझे विश्वास है कि वह कोई अन्य नहीं, मेरी पत्नी सीता है। यदि महर्षि को लगता है कि सीता निर्दोष और निष्कलंक है तो उन्हें कहो कि सीता को यहाँ आकर स्वयं को निर्दोष सिद्ध करने कई अनुमति दें। कल सुबह, विदेह की राजकुमारी का स्वागत है ताकि वे अपनी शुचिता सिद्ध कर सकें।"

अगले दिन सभी लोग तथा यज्ञ के आमंत्रित सभी अतिथिगण नैमिषारण्य की यज्ञशाला में अपने राजा और रानी के जीवन के नाटक और उसके अंतिम दृश्य को देखने के लिए एकत्र हो गए। प्रत्याशी दर्शकों की उस मौन सभा में वाल्मीकि ने सीता के साथ प्रवेश किया। सीता का सिर निष्ठा से झुका हुआ था, उनके हाथ प्रार्थना भाव से जुड़े हुए थे, उनकी आँखों में अश्रु तथा हृदय में राम थे। तपस्विनी की भांति, वल्कल वस्त्रों में भी अत्यंत सुंदर लगने वाली सीता को देखकर वहाँ एकत्र भीड़ सहज ही स्वागत-करतल करने लगी। जो लोगों ने सीता को निर्वासित करने के लिए अत्यंत आतुर थे, वे फिर से सीता का स्वीकार करने को तत्पर थे।

वाल्मीकि, सीता को राम के पास ले गए और बोले, "दशरथनंदन, ये आपकी निष्कलंक और पवित्र पत्नी सीता हैं। इनके स्पर्श से अग्नि भी ठंडी हो जाती है क्योंकि ये अग्नि से भी अधिक पवित्र हैं। बारह वर्ष पूर्व, आपने इस पवित्र स्त्री को लोकनिंदा के भय से मेरे आश्रम के निकट छोड़ दिया था, किंतु मैं आपको विश्वास दिलाता हूँ कि ये अत्रि की पत्नी अनसूया जितनी ही पवित्र हैं। यदि सीता दूषित हैं, तो मेरा सारी तपस्या व्यर्थ है। अपनी प्रजा के हित के लिए आपने अपनी पतिव्रता पत्नी को त्याग दिया, जिससे आप बहुत प्रेम करते थे। आपके अनुरोध पर ये दूसरी बार स्वयं को निर्दोष सिद्ध करने यहाँ आई हैं।"

"तथास्तु!" राम बोले, "देवताओं को साक्षी मानकर, सीता पहले भी लंका में अपनी पवित्रता सिद्ध कर चुकी है, किंतु फिर भी लोगों ने बातें बनाईं और इनकी निंदा की और इसीलिए, राजधर्म के अनुसार मुझे सीता का त्याग करना पड़ा। सीता ने बहुत पहले, प्रकार वानरों और राक्षसों के समक्ष अग्नि परीक्षा दी थी। मैं यह वचन देता हूँ कि यदि, सीता उसी तरह एक बार फिर अयोध्यावासियों के सामने अग्नि परीक्षा दे देगी, तो मैं उसे अपनी पत्नी के रूप में तथा लव-कुश को अपने पुत्रों के रूप में स्वीकार कर लूँगा।"

यह कहते हुए, राम ने एक बार फिर अपनी प्रिय पत्नी की ओर देखा। आभूषणों एवं शृंगार के बिना, वल्कल वस्त्रों में और सिर के ऊपर जटाजूट धारण किए उनकी रानी, अयोध्या की महारानी और उनके हृदय की स्वामिनी उनके सामने खड़ी थी। सीता की ओर देखते हुए उनका हृदय उन्हें कचोट रहा था। अनजाने में ही, उनका हाथ सीता की ओर बढ़ गया। सीता ने भी बिना कुछ सोचे, अपने कोमल गुलाबी हाथ, राम के हाथ पर रख दिए। शृंगार के बिना भी, वे अत्यंत सुंदर दीख रही थीं। राम उनसे अपनी दृष्टि नहीं हटा सके। उन दोनों की दृष्टि और उनके हाथ परस्पर एक-दूसरे का आलिंगन कर रहे थे। उन्हें ऐसा महसूस हो रहा था मानो वे आँखों में तैर रहे प्रेम के सागर में डूब रहे थे। उन्होंने अपने हाथों में अनंतता एवं आँखों में असीमता को पकड़ रखा था।

उनके चारों ओर उत्सुक दर्शकों का घेरा बन गया था, किंतु राम और सीता उस घेरे के बीच में अकेले खड़े, एक-दूसरे को निहार रहे थे मानो अब उन्हें अलग होना स्वीकार नहीं था। वे दोनों बारह वर्ष से इस सुख से वंचित थे। परस्पर आँखों में देखते हुए, वे किसी अन्य लोक में पहुँच गए थे। समय थम गया था। एक-दूसरे को देखते हुए, उनका संपूर्ण जीवन, उनके सामने से किसी स्वप्न की भांति गुज़र रहा था और फिर भी वे एक-दूसरे से दृष्टि नहीं हटा पा रहे थे।

आख़िरकार, सीता ने मौन तोड़ा और धीरे-से कहा, "स्वामी! क्या मुझे सार्वजनिक रूप से अग्नि परीक्षा देने की अनुमति है?"

राम ने हामी भरी। तपस्विनी वाले वस्त्र पहने हुए, वधू की भांति सुंदर लग रही, पृथ्वी-पुत्री सीता ने उस घेरे के बीच में प्रवेश किया और हाथ जोड़कर अपनी माता पृथ्वी को प्रणाम करके बोलीं, "हे माधवी! पृथ्वी माता! यदि आपको पता है कि मैंने अपने पति के अतिरिक्त एक क्षण के लिए भी, किसी अन्य पुरुष को प्रेम नहीं किया तो कृपया अपनी बाँहें खोलकर मुझे, अपनी पुत्री को स्वीकार कीजिए क्योंकि मैं अब अश्रुओं की इस घाटी में रहना सहन नहीं कर सकती। इस जीवन में दुख ही केवल मेरा साथी रहा है और अब माता, मैं आपकी बाँहों में चैन से रहना चाहती हूँ। जिस तरह आपने मुझे अपने गर्भ से निकालकर, मेरे पिता जनक के खेत में स्थान दिया था, उसी तरह अब आप मुझे फिर से अपने हृदय में स्थान दे दीजिए!"

सीता ने अपनी बात अभी पूरी भी नहीं की थी कि भयंकर गड़गड़ाहट के साथ धरती फटी और उसकी दरार में से सुंदर फूलों से सजा एक आसन प्रकट हुआ। उसके ऊपर अपने प्राचुर्य से भरी, फूलों से सज्जित तथा हाथों में नौ प्रकार के अनाज के गट्ठर लिए देवी पृथ्वी विराजमान थीं।

देवी ने अपनी बाँहें खोलीं और सीता दौड़कर अपनी माता के साथ उनके आसन पर बैठ गईं। दर्शकों की मंत्रमुग्ध भीड़ के सामने, धरती का मुख एक बार फिर खुला और सीता एवं उनकी माता के साथ वह आसन धीरे-धीरे नीचे चला गया और धरती की गोद में समा गया। आकाश से देवतागण पुष्प-वर्षा कर रहे थे। भीषण गड़गड़ाहट और कराहती वायु के झोंके के साथ, धरती की वह दरार बंद हो गई। इसके बाद, लोग आह भरते हुए मुग्धावस्था से बाहर आ गए।

सीता के ओझल होने के बाद, राम भी घबराहट की चपेट से बाहर आ गए। वे भागकर उस स्थान पर गए जहाँ सीता अदृश्य हुई थीं और उन्हें दयनीय ढंग से पुकारने लगे।

उन्होंने यज्ञशाला की जगह से, सहारे के लिए एक लाठी उठा ली क्योंकि उनमें खड़े रहने का बल शेष नहीं था। उस स्थान पर खड़े होकर वे ज़ोर-ज़ोर से पुकारने लगे, "हे जानकी! हे वैदेही! हे सीता! तुम मुझे छोड़कर क्यों चली गईं, जबकि मैं तुम्हें वापस बुला रहा था? एक बार तुम्हें दुष्ट रावण ले गया तो मैं तुम्हें वापस लेकर आया और फिर मुझे तुम्हें फिर से स्वयं से दूर भेजना पड़ा। उस समय, मैं इस विरह को केवल इसलिए सहन कर पाया क्योंकि मुझे पता था कि तुम जीवित हो और किसी स्थान पर तुम्हारी

देखभाल हो रही है। परंतु अब मैं जीवित नहीं रह सकता क्योंकि मुझे पता है कि मैं तुम्हें कभी नहीं देख सकूँगा। मुझे लगता है कि मुझे यह दंड तुम्हारा त्याग करने के कारण मिला है।"

उनका शोक क्रोध में परिवर्तित हो गया और वे उस लाठी को धरती पर पीटने लगे और बोले, "देवी पृथ्वी, आप मेरी पत्नी तुरंत लौटा दीजिए। मैं बहुत कष्ट भोग चुका हूँ। अब मैं सीता के बिना नहीं रह सकता। अन्यथा, आप एक बार फिर अपनी बाँहें खोलिए और मुझे भी स्वीकार कर लीजिए। मुझे यहाँ राजा बनकर रहने की अपेक्षा सीता के साथ धरती की गोद में रहना स्वीकार है। याद रखिए, मैं आपका दामाद हूँ, कृपया मुझपर दया कीजिए। आप मेरी क्षमता को जानती हैं। यदि आपने मेरी इस उचित प्रार्थना को अस्वीकार कर दिया तो मैं आपको नष्ट कर दूँगा, आपके वन जला दूँगा, आपके पर्वतों को चकनाचूर कर दूँगा और प्रत्येक वस्तु को तरल बना दूँगा!"

राम के स्वर में क्रोध और पीड़ा को सुनकर समस्त लोक घबरा गए। किसी में उनसे कुछ कहने का साहस नहीं था। अंत में, सृष्टि के रचयिता ब्रह्मा राम के पास आए और बोले, "राम! याद कीजिए, आप कौन हैं। मैं आपको आपके देवत्त्व की याद दिलाता हूँ। पवित्र सीता से आपकी दोबारा स्वर्ग में भेंट होगी क्योंकि वे आपकी ही पत्नी लक्ष्मी का अवतार हैं। दुख मत कीजिए। अपने पुत्रों के साथ सुख से रहिए तथा अपने जीवन की शेष कथा सुनिए जिसे कल सुबह आपके पुत्र आपको गाकर सुनाएँगे। यह एक शानदार ढंग से लिखा हुआ सुंदर महाकाव्य है जिसमें एक धर्मपरायण राजा के जीवन की कथा वर्णित है। आप इसे सुनने वाले प्रथम व्यक्ति हैं क्योंकि यह आपके लिए ही लिखी गई है। हे राम! आप न केवल राजाओं में, अपितु समस्त ऋषियों में भी श्रेष्ठ हैं।" यह कहकर, ब्रह्मा अंतर्ध्यान हो गए।

राम और उनके पुत्रों ने वह कष्ट भरी रात्रि, वाल्मीकि की कुटिया में सीता के लिए रोते हुए बिताई। वे पूरी रात बड़बड़ाते रहे, "तुम मुझे छोड़कर क्यों चली गईं? तुम मुझे छोड़कर क्यों चली गईं? क्या तुम्हें पता नहीं कि मैं तुम्हारे बिना नहीं रह सकता? मैं जानता हूँ कि तुम्हें भी उस समय ऐसा ही महसूस हुआ होगा जब मैंने तुम्हारा परित्याग किया था और इसीलिए मुझे यह विरह की वेदना सहनी पड़ रही है। उस समय, कम से कम मुझे यह पता था कि तुम जीवित हो और मैं तुमसे जब चाहे मिल सकता हूँ किंतु अब तो तुम मुझे छोड़कर पृथ्वी की गोद में समा गई हो और मेरा जीवन निर्जन रेगिस्तान के समान हो गया है। हे सीता! हे सीता! क्या तुम मेरे पास नहीं आओगी?"

दोनों बालक भी अपनी माता के चले जाने से बहुत दुखी थे और वाल्मीकि उन तीनों को शांत करने का प्रयास करते रहे। एक मादा पक्षी के शोक से आरंभ हुए काव्य से यही अपेक्षित है कि उसका अंत प्रेमी युगल के शोक से हो। जिस समय वाल्मीकि ने नर-पक्षी को बाण से घायल होकर मरते देखा था, उस समय उन्हें लगा मानो उस बाण ने स्वयं उन्हें ही बींध दिया था। अब कष्ट में फँसे राजा को असीम रात्रि की लंबी व अकेली अवधि के दौरान शोकाकुल होते देखकर, उन्हें कितना दुख हुआ होगा?

अगले दिन, एकत्रित भीड़ के सामने, राम ने दोनों बालकों को महाकाव्य का अंतिम

अंश सुनाने को कहा। उसके बाद, उन्होंने वहाँ आए सभी लोगों, ब्राह्मणों, नगरवासियों, वानरों, भालुओं और लंका से आए निशाचरों को धन आदि वितरित किया। यज्ञ संपन्न हो गया और लोग लौट गए। समारोह के लिए साफ़ किए उस स्थान पर फिर से जंगल उग आया।

राम अयोध्या लौट आए और उन्होंने अपना शेष जीवन तपस्वी की भांति बिताया। उनके लिए सीता के बिना जीवन का कोई अर्थ नहीं था। उन्होंने पुनर्विवाह नहीं किया। वे सदा अपने साथ सीता की स्वर्ण प्रतिमा रखते थे और उसी के साथ उन्होंने अपने गुरुओं तथा प्रजा को प्रसन्न करने के लिए दस हज़ार अश्वमेध यज्ञ आयोजित किए। उनके शासनकाल को आदर्श माना जाता है। राज्य समृद्ध होता गया और वहाँ रहने वाले लोग भी हमेशा ख़ुश रहते थे। राम और सीता ने निरंतर अपने आँसू बहाकर इस गौरव का मूल्य चुकाया था। वे दोनों कष्ट भोगते रहे ताकि उनकी प्रजा प्रसन्न, समृद्ध और ख़ुशहाल रह सके। नगरवासियों ने यह कभी नहीं सोचा कि उनकी समृद्धि का मूल्य उनकी रानी ने अपना बलिदान देकर चुकाया था। सीता ने उनकी भूमि को अपने आँसुओं से सींचा था, उनकी प्रसन्नता को अपने दुख से ख़रीदा था। सीता यज्ञ की समिधा थीं, जो उन लोगों की दुर्भावना के साथ बँधी थीं। लोगों की विषैली जिह्वा के कारण, उन्हें वन भेजा गया था और उन्हीं के संदेह के कारण, सीता को धरती ने निगल लिया था! नगरवासी अपनी पत्नियों के साथ आनंद से रहते थे, जबकि उनका राजा प्रत्येक रात्रि को अपने कक्ष में अकेला, केवल स्मृतियों के साथ सोता था।

राम ने शेष जीवन, अपना कर्तव्य, अपने स्वभाव के अनुसार धर्मपरायण रहकर बिताया और वे सबके साथ हँसी-ख़ुशी रहते थे। केवल लक्ष्मण जानते थे कि यह सिर्फ़ दिखावा है। वास्तव में, राम इस पछतावे से जल रहे थे कि उन्होंने अपनी पत्नी के साथ क्या किया! वे उस दिन की उत्सुकता से प्रतीक्षा कर रहे थे जब स्वर्ग में उनकी भेंट दोबारा सीता से हो पाएगी।

इसी तरह अनेक वर्ष बीत गए और कौशल्या, सुमित्रा एवं कैकेयी का देहांत हो गया। एक दिन राम के महल में काल ने ब्राह्मण के रूप में प्रवेश किया। राम उसकी प्रतीक्षा कर रहे थे। उन्हें बहुत लंबे समय से काल की प्रतीक्षा थी। उन्होंने ब्राह्मण को स्वर्णासन पर बैठाया और पूछा कि वह क्या चाहता है।

उन्होंने उत्तर दिया "यदि आप मेरा और देवताओं का सम्मान करना चाहते हैं तो आपको यह वचन देना होगा कि हमारी यह भेंट गुप्त रहेगी। जो भी हमारे बीच में हस्तक्षेप करेगा, उसकी तत्काल मृत्यु हो जाएगी।"

"तथास्तु," राम ने कहा। "मैं लक्ष्मण को द्वार पर खड़ा होने को कह देता हूँ जिससे कि बीच में कोई व्यवधान न उत्पन्न कर सके।" राम ने लक्ष्मण को द्वारा पर तैनात कर दिया और कहा कि कोई भी भीतर आए तो उसे मृत्युदंड दे दिया जाए। इसके बाद, उन्होंने ब्राह्मण से कहा कि वह स्वतंत्र होकर जो कहना चाहता है, कह सकता है क्योंकि अब उनके बीच में कोई व्यवधान उत्पन्न नहीं होगा।

"सुनिए राजन," काल ने कहा, "मुझे ब्रह्मा ने आपके धाम वापस ले जाने के लिए

भेजा है। पृथ्वी पर आपका समय पूरा हो गया है। आपको जो कार्य करने थे, वे सब आपने पूर्ण कर लिए हैं। आप स्वयं विष्णु हैं! सनातन, अचल, सर्वव्यापी और सृष्टि के पालनहार हैं। मनुष्यों के बीच आपका समय पूरा हो गया है। अब अपने धाम लौटने का समय आ गया है।"

राम मुस्कराते हुए बोले, "मैं आपके आगमन से धन्य और आपके संदेश से प्रसन्न हुआ हूँ। मैं वैसा ही करूँगा जैसा आप कहेंगे।"

जिस समय वे लोग बात कर रहे थे, क्रोधी स्वभाव वाले ऋषि दुर्वासा वहाँ आ गए। वे तुरंत राम से मिलना चाहते थे। लक्ष्मण ने विनम्रतापूर्वक उनका मार्ग रोक लिया और उन्होंने कहा कि राम का आदेश है कि कोई भीतर न जाए क्योंकि उस समय राम किसी अन्य से व्यक्तिगत रूप से भेंट कर रहे थे। यह सुनकर दुर्वासा को क्रोध आ गया और वे चिल्लाए, "राम को तत्काल मेरे आगमन का समाचार दो, अन्यथा मैं तुम्हें, तुम्हारे भाइयों और तुम्हारे समस्त कुल एवं कोसल राज्य को शाप दे दूँगा और फिर कोई भी यह कथा सुनाने के लिए जीवित नहीं बचेगा!"

लक्ष्मण ने एक पल के लिए सोचा और फिर यह निर्णय किया कि अपने राज्य की रक्षा के लिए अपने जीवन का बलिदान देना उचित होगा, इसलिए वे भीतर चले गए और राम को ऋषि के आगमन का समाचार सुनाया। राम उन्हें देखकर बहुत भयभीत हो गए किंतु वे तत्काल सब कुछ छोड़कर ऋषि से मिलने बाहर चले गए। उन्होंने ऋषि से विनम्रतापूर्वक पूछा कि वे क्या चाहते हैं। ऋषि ने राम को कहा कि उन्होंने अभी-अभी अपना सौ वर्ष से चल रहा उपवास समाप्त किया है, इसलिए वे भरपेट भोजन करना चाहते हैं। राम ने उनके भरपेट भोजन का प्रबंध कर दिया। दुर्वासा प्रसन्न हो गए और उन्होंने शाप देने के स्थान पर राज्य को अपना आशीर्वाद दिया और फिर अपने आश्रम लौट गए। राम को अपना वचन याद आया जो उन्होंने काल को दिया था और वे तुरंत सिर झुकाकर भीतर गए। क्या यह उनका अंतिम यज्ञ होने वाला था? क्या उन्हें धर्म की वेदी पर अपने भाई का, अपने अंतरंग मित्र का बलिदान देना होगा?

लक्ष्मण समझ गए कि राम के दिमाग़ में क्या विचार चल रहा था। उन्होंने हँसकर कहा, "भैया! आप संकोच मत कीजिए। मुझे इसी क्षण मार दीजिए। मैं इसके लिए तैयार हूँ। मैंने सोचा कि पूरे राज्य को ऋषि का शाप लगे, इससे अच्छा स्वयं मरना है। यदि आप धर्मपरायण हैं तो मुझे तत्काल मार दीजिए। अपने वचन का पालन न करने वाला नरक में जाता है। अपने पिता के वचन पूरा करने के लिए, आप राज्य का त्याग करने को तैयार हो गए थे। उसकी तुलना में मेरा क्या महत्त्व है?"

राम ने कुछ नहीं कहा। उन्होंने अपने मंत्रियों और पुरोहितों को बुलाकर उनसे परामर्श माँगा क्योंकि उन्होंने उस ब्राह्मण को वचन दिया था कि जो भी उनके बीच में बाधा उत्पन्न करेगा, उसे मार दिया जाएगा। उन्हें यह नहीं पता था कि यह उनकी अंतिम परीक्षा थी। पुरोहित और मंत्रीगण चुप रहे क्योंकि उन्हें पता था कि राजा के मन में कितनी पीड़ा थी। अंत में वशिष्ठ बोले, "यदि राजा अपना वचन पूरा नहीं करता तो धर्म भ्रष्ट होता है और राज्य के आदर्शों का पतन होता है। परंतु मृत्यु के स्थान पर, राज्य से निर्वासित किया जा

सकता है, इसलिए लक्ष्मण को निर्वासित करना आपका कर्तव्य है!"

लक्ष्मण सिर उठाकर निर्भय भाव से राम की आँखों में देखते रहे। राम ने लक्ष्मण की उनसे प्रेम करने वाली स्नेहमयी आँखों में देखा, उन्होंने लक्ष्मण के रूप को देखा जिसे वे बचपन से देखते आए थे और जो परछाईं की भांति सदा राम के साथ रहता था। वे जानते थे कि अपनी छाया से अलग होकर किसी की मृत्यु नहीं होती, किंतु छाया का क्या? शरीर से अलग होकर, क्या वह भी समाप्त नहीं हो जाएगी? राम की आँखों से दर्द और लक्ष्मण की आँखों से प्रेम बह रहा था।

"इससे कुछ नहीं होता भैया," लक्ष्मण ने धीरे से कहा, "मुझे उसी कठोर भाव से जाने की आज्ञा दीजिए जिस भाव से आपने मुझे सीता को ले जाकर उन्हें वन में छोड़ने का आदेश दिया था।"

राम को बहुत पीड़ा हो रही थी। वे बार-बार बोल रहे थे, "सब समाप्त हो जाएगा, कुछ भी शेष नहीं रहेगा। समय सबसे बलवान है। समय की तेज़ धारा में सब कुछ बह जाएगा। मुझे अपना वचन पूरा करना है। मुझे केवल एक चीज़ का पालन करना है, जिसका मैंने आजीवन पालन किया है - धर्म! मेरी बार-बार परीक्षा ली गई किंतु मैं कभी उसमें असफल नहीं हुआ। मुझे अब भी असफल नहीं होना चाहिए।"

वे लक्ष्मण के सामने खड़े थे किंतु लक्ष्मण से आँखें नहीं मिला पा रहे थे। उन्होंने लक्ष्मण के सिर के ऊपर एक बिंदु पर अपनी दृष्टि को केंद्रित करते हुए पूरी तरह भावरहित आवाज़ में कहा, "मैंने सत्य और धर्म का सदैव पालन किया है और उन्हीं का सम्मान करते हुए, मैं तुम्हें सदा के लिए राज्य से निर्वासित करता हूँ। लक्ष्मण, तुम अपने अंतकाल तक कभी कोसल राज्य में नहीं आ सकोगे!"

लक्ष्मण ने स्नेहपूर्वक अपने भाई को देखा जिनकी आज्ञा का उन्होंने सदा पालन किया था और बोले, "प्रिय भैया, आप दुख मत कीजिए। मैंने आपको हमेशा प्रेम किया है और चुपचाप आपकी आज्ञा का पालन किया है। अब भी आपकी इच्छा का पालन होगा। मुझे जाने की अनुमति दीजिए! आप सदा प्रसन्न रहें! हम इस जीवन में फिर कभी नहीं मिलेंगे। आपसे स्वर्ग में भेंट होगी।"

ऐसा कहकर लक्ष्मण ने राम की तीन बार परिक्रमा की और बिना मुड़े महल के द्वार से बाहर निकल गए। वे सरयू नदी के तेज़ धारा के पास आ गए जो अयोध्या नगरी के चारों ओर वृत्ताकार में बहती थी। उनके लिए राम के बिना, जीवन की कल्पना करना कठिन था। ऐसे जीवन से मृत्यु बेहतर थी। उन्होंने उसके विषय में ऐसा विचार भी नहीं किया। वे सरयू के तट पर योग में लीन हो गए। उन्होंने अपनी प्राणवायु को रोक लिया और अपनी आत्मा को भीतर खींचकर उसे ब्रह्म में लीन कर लिया। इस तरह उन्होंने समाधि ले ली। देवराज इंद्र का रथ, विष्णु के चौथे अंश, लक्ष्मण को अपने साथ स्वर्ग ले गया जहाँ वे परमात्मा में विलीन हो गए।

उधर अयोध्या में, राम जानते थे कि लक्ष्मण उनके बिना जीवित नहीं रह सकेंगे और वे स्वयं भी उस निरर्थक जीवन को जीने के इच्छुक नहीं थे। उन्हें लगा कि अपने धार्मिक

अनुशासन के प्रण पर अडिग रहने के कारण, एक-एक करके उनके प्रियजन उनसे बिछड़ते जा रहे थे। वे यही मानते थे कि जीवन एक स्वप्न है, नाटक है जिसमें उन्हें अपनी भूमिका निभाने के लिए कहा गया है। उनकी भूमिका पूर्ण हो चुकी थी। यह अंतिम दृश्य था और उन्हें पहले ही, मंच छोड़ने के लिए कहा जा चुका है। उन्होंने अपने मंत्रियों तथा पुरोहितों को बुलाकर, उन्हें अपना निर्णय बता दिया। "मैं भरत को अयोध्या का राजा नियुक्त करता हूँ। कोसल राज्य का दक्षिणी भाग कुश का होगा तथा उत्तरी भाग लव को दिया जाएगा। मैं लक्ष्मण के पीछे जा रहा हूँ।"

भरत और शत्रुघ्न ने राम के बिना रहने से मना कर दिया और उन्होंने भी राम के साथ चलने का निर्णय कर लिया। बहुत-से नगरवासी, जिनके लिए उन्होंने अपना सर्वस्व त्याग दिया था, अपने प्रिय राजा के बिना वहाँ नहीं रहना चाहते थे। राम द्वारा संसार छोड़ने के निर्णय को सुनकर वानर, भालू तथा समुद्र-पार से विभीषण भी वहाँ आ गए और उन्होंने भी राम के साथ चलने का हठ किया।

राम ने विभीषण से कहा, "राक्षसराज! आप लंका में ही रहिए और अपना दायित्त्व पूरा कीजिए। धर्म के मार्ग पर शासन कीजिए। धरती पर जब तक लोग मुझे याद रखेंगे, तब तक आपका शासन भी चलेगा।"

राम ने हनुमान से कहा, "आयुष्मान भव, हनुमान!" जहाँ भी मेरी कथा होगी, जहाँ भी मेरा नाम स्मरण किया जाएगा, उसे सुनने के लिए तुम वहाँ उपस्थित रहोगे। सूर्य और चंद्रमा के रहने तक, जब तक पृथ्वी पर लोग रहेंगे, यह कथा कही जाती रहेगी और तुम उसे सुनने के लिए यहाँ रहोगे!"

जांबवंत को देखकर राम बोले, "हे विवेकशील जांबवंत! आप यदुकुल में कृष्ण के रूप में मेरे वापस आने तक पृथ्वी पर रहेंगे। उस समय तक, आपकी पराजय नहीं होगी। आप जिस समय किसी से पराजित हो जाएँगे, तब आपको पता लग जाएगा कि मैं वापस आ चुका हूँ।"

राम ने शेष लोगों से कहा, "जो लोग मेरे साथ चलना चाहते हैं, वे आ सकते हैं। इस दिन आप सब मेरे साथ स्वर्ग में प्रवेश कर सकेंगे।"

अयोध्या के अधिकतर लोग प्रेम व निष्ठापूर्वक राम के साथ चले गए। यहाँ तक कि गाएँ, बकरियाँ, हाथी, वानर और भालू समेत पशु-पक्षी भी उनके साथ चले गए। अयोध्या की सड़कों पर पड़े पत्थर रोने लगे क्योंकि वे उनके साथ नहीं जा सकते थे। मार्ग के वृक्षों ने झुककर राम के सिर का स्पर्श किया। जो भी प्राणी चल-फिर सकता था अथवा नाच या लड़खड़ा सकता था, वह राम के साथ चला गया। पूरा जुलूस, अयोध्या के चारों ओर चाँदी-से कमरबंद के समान बहती पावन सरयू नदी के पास पहुँच गया। वहाँ सुमंत्र लाल रंग के चार अश्वों के साथ खड़ा था और उसने अश्वों को रथ से अलग कर दिया था। निषादराज गुह्य भी वहाँ उपस्थित था। राम सभी लोगों के साथ नदी के बर्फ़ीले पानी में उतर गए। धीरे-धीरे पानी की धारा आशीर्वाद के समान, उनके सिर के ऊपर से बहने लगी। आकाश से पुष्पवर्षा होने लगी।

ब्रह्मा ने कहा, "हे विष्णु! अपने धाम में आपका स्वागत है। आप सब जीवों की आत्मा हैं - आप अजर, अमर और सनातन हैं। माया के इस रूप को त्यागकर अपने स्वरूप को प्राप्त कीजिए।"

उनकी बात समाप्त होते ही, जल में से भगवान विष्णु अपने अत्यंत मनोहर रूप में प्रकट हो गए। उनके हाथों में चक्र, शंख, गदा और पद्म सुशोभित हो रहे थे। जो लोग उनके साथ गए थे, वे सब भी दिव्य रूप में जल से बाहर प्रकट हो गए और मखमली सांध्यप्रकाश में ब्रह्मांड की संगीत लहरियों के बीच, स्वर्ग की ओर प्रस्थान कर गए।

राम के अपने धाम लौट जाने के बाद, चौबीस हज़ार श्लोक पूरे हो गए। उधर, वीरान पड़ी अयोध्या नगरी में लव और कुश ने अदृश्य श्रोताओं के समक्ष महाकाव्य के अंतिम पद्यांश गाकर आदि कवि, वाल्मीकि द्वारा रचित आदि काव्य, *रामायण* का समापन कर दिया।

हरि ॐ तत सत

ॐ

इसके बाद फल-श्रुति की बात करते हैं अर्थात *रामायण* का अध्ययन अथवा इसका श्रवण करने से क्या-क्या लाभ होते हैं। उससे पहले, हम यह देखते हैं कि इस पुस्तक के अध्ययन से हमने क्या प्राप्त किया है। जैसा कि हमने देखा, *रामायण* दुख से आरंभ होकर शोक पर समाप्त होती है। यह जीवन की सत्यता को परिलक्षित करती है जो मिलने और बिछड़ने से भरा है, जिसमें निरंतर हमारा दुविधाओं से सामना होता है जहाँ साधारण मनुष्य लड़खड़ा जाता है और सोचने लगता है कि वह किसी उच्च स्थान तक कैसे पहुँचे। वाल्मीकि ने राम को बार-बार ऐसी परिस्थितियों में डाला। उन्होंने कभी अर्द्ध-सत्य की सहायता से राम की चारित्रिक दुर्बलताओं को छिपाने का प्रयास नहीं किया जो ऐसे साधारण अध्यात्मवादी को संतुष्ट कर सकता है, जिसके लिए धर्म, समस्त दुखों की दवा है। वाल्मीकि का ग्रंथ राम जैसे निष्ठावान लोगों के लिए है जिनके हृदय में समूची मानवजाति के लिए प्रेम है तथापि, जो स्वयं में और समाज में व्याप्त बुराइयों के समूल नाश हेतु हाथ में शल्य-छुरा लेकर साहस के साथ आगे बढ़ते हैं। इस छुरे का प्रयोग केवल दुष्ट शक्तियों के विरुद्ध ही नहीं, अपितु अपनी दुर्बलताओं को नष्ट करने के लिए भी किया जाता है। राम, अंत समय तक धर्म के सिद्धांत पर अडिग रहे। उन्होंने कभी न स्वयं पर, न किसी अन्य पर और न ही अपने प्रियजनों पर दया की। उनकी ग्रंथों में निर्दिष्ट धर्म के चारों पक्षों के प्रति अटूट निष्ठा थी।

ये चार पक्ष हैं - सत्य, दया, तप और त्याग। वाल्मीकि का काव्य इन सब पक्षों को अत्यंत सुंदर ढंग से प्रस्तुत करता है। राम की सत्य के प्रति निष्ठा, उनके पास जाने वाले सभी लोगों के प्रति उनकी करुणा, वनवास के दौरान तपस्वी जीवन के प्रति उनकी अडिगता तथा सीता से अलग होने के बाद, दूसरों के लिए अपने हितों का बलिदान देने की उनकी क्षमता इस महाकाव्य में निरूपित की गई है। वाल्मीकि ने एक ऐसे सशक्त मनुष्य का चित्रण

किया है जिसने धर्म के कठोर लौकिक सिद्धांत पर अटल रहते हुए स्वयं को ईश्वररूप में परिवर्तित कर लिया। राम सचमुच एक धर्मात्मा थे।

श्याम वर्ण और कमल नयन वाले राम का चिंतन करो,
जो हाथ में तलवार, धनुष और तरकश धारण करते हैं,
जो निशाचरों का वध करते हैं, जो अजन्मे हैं,
जिन्होंने संसार की रक्षा हेतु अवतार लिया है।

जय श्री राम!

हरि ॐ तत सत

ॐ

उपसंहार

फल-श्रुति लाभ की सूची

इस महाकाव्य का श्रवण करने वाले समस्त आपदाओं से बच जाएँगे। यह दीर्घायु, विजय और शक्ति प्रदान करता है। निस्संतान लोगों को संतान की प्राप्ति होगी और जो यश चाहते हैं, उन्हें यश मिलेगा। इसका निष्ठापूर्वक अध्ययन करने से धर्म, अर्थ, मोक्ष और काम की प्राप्ति होती है। उनपर सदा भगवान विष्णु का आशीर्वाद रहता है क्योंकि राम ही नारायण हैं, सर्वव्यापी, अनादि, अनंत हैं जो प्राचीन क्षीरसागर में निवास करते हैं। महालक्ष्मी के रूप में सीता उनकी सनातन अर्द्धांगिनी हैं जो सृष्टि की जननी तथा समस्त शुभ वस्तुओं एवं समृद्धि की दात्री हैं।

ईश्वर से प्रार्थना है कि जो भी इस महाकाव्य का निष्ठा और प्रेम से पाठ करता है उसे स्वास्थ्य, संपत्ति और बुद्धि की प्राप्ति होती है।

हे वनमाली! मैं आपको *रामायण* नाम की यह अविनाशी माला अर्पित करती हूँ।

सर्वेषां स्वस्तिर भवतु।
सर्वेषां शान्तिर्भवतु।।
सर्वेषां पूर्णम् भवतु।
सर्वेषां मंगलम् भवतु।।
सर्वे भवन्तु सुखिनः।
सर्वे सन्तु निरामयाः।।
सर्वे भद्राणि पश्यन्तु।
मा कश्चित् दुःख भाग्भवेत्।।

सब स्वस्थ रहें,
सब परस्पर शांति से रहें,
सब संतुष्ट रहें,
सब प्रसन्न हों,
सब कष्टों से मुक्त हों,
सबको सर्वत्र सत्य के दर्शन हों,
कोई दुखी न हो।

महर्षि वाल्मीकि की *रामायण* यहाँ समाप्त होती है।

ॐ *शांति शांति शांति*

ॐ

अनुवादक की ओर से

रामायण और *महाभारत* हिंदू धर्म के दो बेहद महत्त्वपूर्ण ग्रंथ माने जाते हैं। *महाभारत* का कथानक जहाँ पूरी तरह छल, कपट और स्वार्थपूर्ण राजनीति से प्रेरित है, वहीं *रामायण* प्रेम, सत्य, त्याग और सेवा की अनूठी गाथा है। *रामायण* की रचना करके आदिकवि वाल्मीकि ने समाज के लिए भगवान राम द्वारा प्रतिपादित शाश्वत आदर्शों की स्थापना की। इन्हीं आदर्शों पर चलकर दशरथनंदन राम साधारण मनुष्य के स्तर से उठकर महापुरुष श्रीराम और फिर भगवान श्रीरामचंद्र बन गए। श्रीराम ने अपने जीवन की विकट परिस्थितियों और अनेक प्रकार के शारीरिक, मानसिक एवं भावनात्मक कष्टों को सहन किया, किंतु उन्होंने अपने जीवन को सरल अथवा निष्कंटक बनाने हेतु धर्म का मार्ग कभी नहीं छोड़ा। *रामायण* की सबसे बड़ी विशेषता यह है कि इसे पढ़ने से आंतरिक विकार और नकारात्मक भाव स्वतः दूर हो जाते हैं तथा मन ईश्वरीय अनुकंपा एवं सकारात्मक ऊर्जा से भर उठता है। वनमाली ने वाल्मीकि कृत *रामायण* एवं अन्य मौखिक परंपराओं को आधार बनाकर राम की गौरवमयी गाथा का अत्यंत शानदार निरूपण किया है। इस पुस्तक में लेखिका ने *रामायण* की कुछ विसंगतियों पर अपनी विशिष्ट टिप्पणियों द्वारा मन की अनेक जिज्ञासाओं के उत्तर देने का भी सफल प्रयास किया है। इस अथक परिश्रम के लिए वनमाली को हार्दिक बधाई!

मैं इस पुस्तक का अनुवाद करने से पूर्व भी राम-कथा से परिचित था, किंतु इसके अनुवाद-कार्य के दौरान मुझे अनेक नवीन घटनाओं और तथ्यों की जानकारी मिली। मैं मंजुल पब्लिशिंग हाउस का हृदय से आभारी हूँ कि उन्होंने मुझे हिंदू धर्म के महान ग्रंथ पर आधारित इस अद्‍भुत पुस्तक का अनुवाद करने के योग्य समझा।

मुझे पूर्ण विश्वास है कि इस पुस्तक को पढ़ने से ज्ञानवर्द्धन तथा मनोरंजन के साथ, पाठकों के लिए ईश्वरीय कृपा एवं आध्यात्मिक ऊर्जा के द्वार भी खुलेंगे।

—आशुतोष गर्ग

आशुतोष गर्ग का जन्म 1973 में दिल्ली में हुआ। इन्होंने एम.ए. (हिंदी), स्नातकोत्तर डिप्लोमा (अनुवाद, पत्रकारिता) तथा एम.बी.ए. किया है। लेखन-प्रतिभा अपने पिता डॉ. लक्ष्मी नारायण गर्ग से विरासत में मिली। स्कूल के दिनों में काव्य-लेखन से लेखन का सफ़र आरंभ किया और अब तक इनकी कई पुस्तकें प्रकाशित हो चुकी हैं। आशुतोष अंग्रेज़ी व हिंदी दोनों भाषाओं पर समान रूप से अधिकार रखते हैं तथा अनुवाद के क्षेत्र में एक परिचित नाम हैं। इन्होंने लेखन व संपादन के क्षेत्र में भी सराहनीय कार्य किया है। *शिक्षार्थी हिंदी प्रयोग कोश, द्विभाषी प्रशासनिक शब्द-प्रयोग कोश, एक सौ एक रोचक पहेलियाँ* तथा *मैं ऐल्बर्ट आइंस्टाइन बोल रहा हूँ* इनकी मौलिक पुस्तकें हैं। इसके अतिरिक्त *द्रौपदी की महाभारत, आनंद का सरल मार्ग, श्री हनुमान लीला, दशराजन्* तथा *द लाइफ़ ऐंड टाइम्स ऑफ़ थॉमस अल्वा एडिसन* इनके प्रमुख अनुवाद हैं। इनकी कुछ अन्य पुस्तकें प्रकाशनाधीन हैं। समाचार-पत्र व पत्रिकाओं में नियमित रूप से लिखते हैं। आजकल रेल मंत्रालय में उप-निदेशक के पद पर कार्यरत हैं।